U0559978

兵戈

1929

野芒◎著

团结出版社
UNITY PRESS

目 录

CONTENTS

第一章　北伐胜利了

一、退往关外去

张作霖黑着脸一声不响，只把烟袋锅子抽得"嗞嗞"作响。

杨宇霆、张宗昌、张作相、张学良几个也都埋着头不做声。

张作霖的安国军陆海军大元帅府，往日里人来人往，很是热闹。如今却是悄没声地，院子里走动的人也都急急惶惶、蹑手蹑脚，脸上带着些慌张神色。

足足过了一袋烟的工夫，张作霖突然把烟袋往桌上一拍，骂道："妈了个巴子的，老子拿定主意了，退到关外去！"

话音未落，安国军第二军团长张宗昌便蹦了起来："这不成，大帅！俺跟着你多少年了，天塌下来也没见你眨巴一下眼皮，这回也不能草鸡了！咱们……"

"屁！"张作霖截住张宗昌的话头，伸了一个指头点着他的鼻子道，"我看你小子脖子上面顶的不是脑袋瓜子，是尿壶！"

"大帅，大不了是个死，怕个鸟！"张宗昌梗着脖子红涨着脸道，"咱手里还有 30 万人马，一人一口唾沫，也平地三尺水！不能就这么轻生生地把天下给了他们！他娘的，让蒋介石、冯玉祥、阎锡山、李宗仁几个并膀子来吧。俺带兄弟们跟他们拼，反正是死是活鸟朝上……"

第三军团团长张学良伸手拍拍张宗昌手背，道："效坤兄，军事上进退是常事。你不也常说好汉不吃眼前亏嘛！如今顶要紧的还是保住东北，那才是咱的根本。东北稳当了，咱们才能挺得直腰杆子，做事才有底气。你看看——"张学良起身走到墙上挂着的地图前，指划着说道，"蒋中正的国民革命军第一集团军已攻到沧州，冯玉祥的第二集团军已进占徐州，阎锡山与李宗仁的第三和第四集团军眼下正逼近保定，形势危急，咱们不能干拿脑瓜子撞墙的事儿……"

安国军参谋总长杨宇霆也道："效坤，眼珠子不能只盯着眼皮底下那一小块去处，得往远处瞧。眼下火烧眉毛的是，南边的国民革命军一涌而上，关外的日本人也有动静……"

张作霖"唔"了一声，伸手抓过荷包往烟袋里装烟，又骂起来："小日本就是狼虫虎豹！他们是瞧老子落到了蒋中正的下风，就动了趁火打劫的心思，琢磨一口咬住咱们的后脖梗子，把东北给一口吞了！"

张学良给张作霖点上烟，道："父帅看得透。咱们如今退到关外去，等时机一到再打回来就是了。要是东北落到了日本人手里，咱们既断了退路，也没了粮饷弹药供应，那便让人连锅端、连根拔了。"

张宗昌"啪啪"拍着胸膛道："大帅，咱爷们这基业来得不易，如今就这么送给别人，俺心肝都疼呀！"

张作霖长长地叹了口气，仰头靠到了椅背上，脸朝着屋顶，徐徐吐出一口烟，说道："前不久，老子做了个梦，嗯……，那个梅兰芳到咱这儿唱戏，咿咿呀呀了半天，我竖着耳朵横竖没听出唱的啥营生，倒是'凤还巢'三个字听得真真的。醒了之后，老子就觉得蹊跷，可到底也没琢磨出个子丑寅卯来。昨日，老子'忽'一下想透了。'凤还巢'，不就是'奉军回家'嘛？妈了个巴子的，这是命呀！"说到这儿，声儿颤了起来。

张作霖从胡匪起家，血里火里滚了多少来回，才做到这执掌北洋的安国军大元帅，跺跺脚，天下也要晃悠几晃悠，吆喝一声，便是打个霹雳。如今这一切眼睁睁地便要丢了，难怪心肠比铁还硬的老帅心酸。

杨宇霆劝道："大帅，三十年河东，三十年河西……"

张作霖"嗨"了一声，"啪"地一拍椅子扶手，脸上立马换了毅然决然的神色道："妈了个巴子的，让那些王八羔子来吧。咱爷们先咽下这口气，退到关外去，养它几年，瞅空子，一抬腿再回来。这北京城，这天下，还是咱爷们的！"

这话说得硬气，可众人分明看到，张作霖的眼里闪着泪花儿。

杨宇霆几个不约而同地一起站了起来。张作霖指着张学良道："小六子，你跟大伙合计合计这事，我到外头透透气去。"说罢，背起手，出了议事厅。

此时，正在民国十七年的六月里，大热的当口。大元帅府里各色花木郁郁葱葱，红的红、绿的绿，透着一股子旺相。张作霖在屋檐下神不守舍地踱了几步，抬眼瞧见几个杂工正在侍弄院里的花草，一腔子血"呼"地涌上了脑门，浑身上下腾地热了。

岔开腿站定，张作霖亮开喉咙喊道："给老子好生摆弄！过不了三年五载，老子还要回来的！这大元帅府里头，一棵树、一枝花、一块土坷垃，还姓张！这北京城，还姓张！这天下，还姓张！！哼！蒋中正、冯玉祥、阎锡山、李宗仁，哪个不是两条腿的蝎子？哪个不是连毛带骨生吞肉的主儿？老子死也不信，他们几个能长久弄到一块去！你们都给老子瞪圆眼珠子瞧着，要是他们不自家人脑子打出狗脑子来，我张作霖头朝下绕着北京城走三圈！！"

说到最后，张作霖嗓门裂了，手里的烟袋杆子一下一下戳向天空。

此时的天空，厚厚的云正像一排排浊浪，重重叠叠、翻翻滚滚，直压到头顶上。几声雷响，从远处隐隐传了过来。

二、北京城是俺们的

> 6月5日。昨夜间张作霖在奉天皇姑屯为日本关东军埋没地雷炸伤毙命。今报载：奉天疑日人主使；日人则委谓系我方便衣队所为云。
>
> ——蒋中正　时任国民党中央政治委员会主席、军事委员会主席、国民革命军总司令、第一集团军总司令

三百多匹战马撩开四蹄，飞一般卷向北京城。尘土腾起，如旋风裹着偌大一团黄烟在滚动。那些马俱已跑得四体汗淌，马上的兵也都大汗淋漓。

跑在头前的正是国民革命军第二集团军第三方面军总指挥韩复榘，他转了头向着身后阔着嗓子叫道："给老子再加把劲！要是晚一步，北京城就落到别人手里了！"

身后的兵"嗬！嗬！嗬！"一片声地应着，挥动马鞭不住地抽打马屁股。马蹄声响得分不出点儿来，人与马都气喘吁吁。

东直门已在眼前，韩复榘高兴起来，连声吆喝，一簇人直冲过去，到了近处，却见城门关得严丝合缝，城门外，麻袋垒起了掩体，百十个持枪的兵拦在城门前。一个背着盒子枪的官儿，在路当中不住地挥手。

韩复榘高声叫起来："是奉军！给老子抄家什！"

吆喝牲口和马儿蹿蹦嘶叫及哗哗啦啦拉动枪栓的声音顿时响成一片，韩复榘的兵与奉军都把枪口对准了对方。

这时，一个穿洋装的人急忙上前隔在中间，道："别误会，别误会。兄弟是维持会的。"然后向着韩复榘问，"长官可是西北军冯总司令的人？"

年里，蒋介石与冯玉祥、阎锡山、李宗仁携手组建了国民革命军，四支队伍编成了四个集团军，蒋介石、冯玉祥、阎锡山及李宗仁分别做了各集团军的总司令，蒋介石还当上了国民革命军的总司令。可人们说起话来时，还是习惯把蒋介石的第一集团军叫做中央军，把冯玉祥的第二集团军叫做西北军，阎锡山的第三集团军叫做晋军，李宗仁的第四集团军叫做桂军。西北军的装束与其他几部大不相同，士兵身后都背一把红穗子大刀，故而让人一搭眼便认了出来。

韩复榘却像没有看到这着洋装的人一般，下巴仰到半空去，用马鞭一指

奉军那个背盒子枪的人道："你，哪个？"

"奉军四十七旅，连长马佩宽。"

"果然是张作霖的兵！你们怎么还在这儿？"

那穿洋装的又忙上前堆了笑道："长官有所不知，张大帅退出关前，各国使节跟国民政府打了招呼，暂留奉军一个旅维持北京城的治安，等国民革命军到了，接过手去，他们便立马开走。"

韩复榘"哈哈"一笑，对马佩宽说："行了，你的差事办完了，北京城我韩复榘接了，你们回东北那疙瘩歇着去吧。"

马佩宽道："对不住，上峰给咱的命令是：'北京城要交到阎锡山手里。'"

"嘿嘿。"韩复榘摇着马鞭子，冷笑一声，"告诉你，第二集团军跟第三集团军都是国民革命军，给哪个都成！再说你们奉军完蛋了，北京城给谁不给谁，哪有你们说话的分儿！"

穿洋装的那人说："长官，这可是国民政府的号令。"

"放屁！"韩复榘瞪起眼睛厉声喝道，"老子是靠枪杆子打到这儿来的。这北京城，谁先到归谁，凭什么要给阎锡山！识相的让开，再多嘴多舌，老子拿枪头子跟他说话！"

那马佩宽却梗起脖子叫起来："老子也不是吓大的！上司不发话，就是天王老子来了，北京城也不能进！你有枪，老子手里也不是烧火棍！"

"哟嗬。没想到这儿还有个舌头比枪杆子还硬的，张作霖都认熊了，你们还敢在老子面前挺腰子。"韩复榘向着身边的一个提着盒子枪的大个子丢个眼色，那大个子抬手"砰！砰！砰！"便是几枪。城跟下有一座青瓦房子，屋脊上一溜儿蛤蟆狗子，让大个子一枪一个，打得粉碎。

韩复榘的兵大叫起来："开门！开门！开门！"

韩复榘十分得意，道："怎么样？小子，试试你的脑瓜子硬还是枪子儿硬？"

马佩宽见了这阵势，也有些发憷，又听这人是西北军里有名的韩复榘，更有几分胆儿虚，不自觉地退后了一步，向着身后的手下摆了摆手，少气无力地说道："开门！"

韩复榘"哼"了一声道："全是些敬酒不吃吃罚酒的玩意儿！也就老子今日高兴，不跟你们计较，要是往日，哪里还跟你们费这些唾沫，早叫你们全横在地上了。"说到这儿，向着身后的兵一挥手，道，"走，随老子进城。"

韩复榘的兵一阵欢呼。

韩复榘又得意地吆喝道："给我周身上下拾掇利索，排好队伍，让京城人瞧瞧咱的威风。"

手下齐声答应，急忙排队，整理军容。

北伐以来，西北军跟直鲁军和奉军在河南、河北几块去处连番血战，出力极大，牺牲很多。按理，这京津地盘应该是冯玉祥的。可蒋介石看到冯玉祥军力太强，气势迅猛，倒生出心病来，只怕天下统一之后肩膀高过头去，便转个念头把京津交与了阎锡山。冯玉祥嘴上不好说什么，心里却是着实气闷。得了张作霖撤出北京城的信儿，便要来个先下手为强，命令韩复榘部疾进北京，不管三七二十一先把北京抢先夺在手里，生米做成熟饭再说。韩复榘也是个狠角色，得了命令，率了两万多人马自彰德北上，三昼夜行军八百里，前锋突到了北京南苑，这时听到晋军也已靠近北京，便选了三百名精干骑兵，亲自带了，飞奔来抢北京城。这下眼看北京城已是攥到手里，韩复榘心花怒放，等部下收拾利索，一拨马头，向着城门走去。

突然，就听"突突"一阵机关枪响，只见半空里飞着的几只鸽子，应声落了下来，羽毛在天空中纷纷扬扬。

韩复榘一愣时，两扇城门又"呼呼隆隆"关个严实。这才看到，城头上，不知什么时候已是站满了兵，无数黑洞洞的枪口正瞄着这边。

韩复榘倒吸一口凉气，正要开口说话，却听城楼上有人大叫："哪个在此撒野？"

韩复榘直着脖子叫道："你是哪个？"

楼上那人阔着嗓门道："我，第三集团军左路军前敌总指挥张荫梧便是。前不久，蒋总司令又委我为北京警备司令！北京警备司令！"

韩复榘心往下一沉，变了脸色，道："是桐轩兄呀，我是韩复榘，你要干嘛？"

"本人身为北京警备司令，自然是来接收北京城的。"

"北京城是我们西北军的。"

张荫梧"哈哈"大笑道："向方兄，别让我笑话你癞蛤蟆打哈欠好大的口气，没看到国民政府的命令吗？北京城是我们第三集团军的防地，哪个也不能往我们裤裆里伸手。"

城头上，晋军得意地齐声大叫起来："噢！噢！噢！"

韩复榘眉毛拧成了个疙瘩，道："打河北，俺西北军出力最多，凭什么你说北京是你的就成了你的！"

张荫梧却道："我说韩总指挥，也不怕大风闪了舌头，还出力不少？方顺桥打张宗昌，说好了咱们两家合起来对敌的，可你韩向方忒不地道，不言语一声就撒了丫子，把老子的半边身子闪了出来，差点叫张宗昌把我们包了饺子，要不是桂军伸手帮了一把，老子怕是提不上裤子了。你们西北军真他娘的不仗义，还好意思挺着胸脯子说什么出力不出力！"

韩复榘也瞪起眼来，手指城头喝道："张荫梧，你们晋军才没个好东西！那年你们跟张作霖穿一条裤子，在南口抄了西北军的后路，让我们吃了多大的亏！你说老子在方顺桥撒了丫子，那还不是因为你们阎老西传过话，北京的事不让我们插手！"

张荫梧黑下脸来："韩复榘，你啰啰的那些跟眼前的事八杆子打不着，少在这儿闲磨牙！给老子听好了，你要是敢往前一步，张荫梧认得你，我这水连珠可不认你。"说罢，又对身边的晋军高声道，"弟兄们，给我伺候好了！"

城头上，一片晋军拉动枪栓的"哗哗"声响。

眼看到手的肥肉落到别人嘴里，韩复榘火气蹿上了顶门，额头上的青筋根根跳了起来，一伸手抓住枪把子："他娘的，老子跟你拼……"

这时，他的参谋长李树春急忙上前劝道："总指挥，沉住气，咱们好汉不吃眼前亏。"

韩复榘"呼呼"直喘，斜着眼瞪了城门楼子半晌，心中已是盘算清楚。靠手下这300多人攻城，实是拿鸡蛋碰石头，吃亏不说，惹出事来还不好擦屁股，眼下只能咽下这口气去。韩复榘朝着城上吐了一口唾沫，拨转马头，打了一鞭，气恨恨地走了。

手下的兵也跟着去了。

城头上，晋军一片声欢叫，张荫梧"哼"了一声道："他奶奶的，想从咱锅里捞肉吃，也不瞧瞧爷们是哪个？"脸一沉，对着手下道，"都给我手脚利索点，把北京城里的机关有一个是一个全给我抢下来，除了咱们，谁伸手都不行！咱们阎总司令发话了，北京城里连一根草，也不能从咱们指头缝里给漏出去！"

三、进北京

> 阎（锡山）是中等身材，皮肤黧黑、态度深沉，说的一口极重山西土音，寡言鲜笑，唇上留着八字胡须。四十许人，已显苍老，一望而知为工于心计的人物。
>
> ——李宗仁　时任国民革命军第四集团军总司令

晋军浩浩荡荡开进了北京城。

一千多骑兵排成八路纵队走在最前边，每人怀里抱一把明晃晃的马刀，明亮的日光在刀面上闪烁跳动，像海面泛起的鳞鳞波光，耀人眼目。马蹄敲在路面上，却又似无数梆子脆响，很是响亮悦耳。骑兵过去后步兵到了，这队伍一眼望不到头去，队列里夹着各色山炮、野炮、迫击炮、重机枪。身穿灰色军服的士兵气昂昂走将起来，"踏踏"震响，透着冲天气势，连地面也好似随着抖动起来。

路两边，看热闹的百姓人山人海，挥着各色小旗，锣鼓声、口号声震天动地。

"打倒军阀！"

"欢迎国民革命军！"

"北伐胜利！"

一辆黑色的轿车，随着前行的队伍缓缓行进。

车后排的座位上，坐着第三集团军总司令阎锡山和总参议兼政治训练部主任赵戴文。赵戴文年纪已是过了六十，平日里很是沉稳，这时却掩饰不住心底儿的欢喜，一边透过车窗向外边瞧着，一边不住嘴地说着，阎锡山却仍是往日模样，抄着手，靠在座位上，耷拉着眼皮，睡着了一般。

"伯川。"赵戴文叫着阎锡山的字，"还记得当年我们进包头时的情景吗？"

阎锡山眼皮一翻，轻轻地"噢"了一声，咧嘴微微一笑。

这事儿怎能忘得了呢。宣统三年时，阎锡山刚好29岁，在山西新军第八十六标里做标统，他串通八十五标和八十六标两三千弟兄响应武昌起义，在太原城举旗造反，杀了清廷的山西巡抚和协统，成立了军政府，做了都督。曹锟带着北洋第三镇打进了娘子关，阎锡山抵敌不住，带着千把兵逃向绥远。一路上饥寒交迫，吃了许多苦头，方好歹到了包头。这时有人提议：应当摆个大都督进城的排场，一来显示显示威风，二来也振奋振奋士气。可那时局面乱成一锅粥，阎锡山做事小心，担心这样做太过招摇，弄不好会招来不测，掂量来掂量去拿不定主意。这时，赵戴文挺身而出，换上阎锡山的都督服，扮作都督骑马进了包头。果然，进城时有刺客行刺，也是赵戴文命大，刺客那一枪只把他的帽子打飞了，只是众人受了一场惊吓。

做梦也没想到，17年后，他阎锡山却作为国民革命军第三集团军的总司令、京津卫戍总司令，带着几万人马威风八面、大摇大摆地开进京城，怎不让人打心底儿感慨与激动呢。

车子继续走着，赵戴文轻声吟出一首唐诗来：

> 男儿何不带吴钩，
> 收取关山五十州。
> 请君暂上凌烟阁，
> 若个书生万户侯？

阎锡山脸上依然静如秋水，心中却是波涛翻滚，赵戴文那带着些苍凉的嗓门儿，把他的思绪勾回了山西老家。

五台山的西南有一座山，名叫文山，因为周遭无山的缘故，这山兀然凸起，更显得卓立挺拔，滹沱河蜿蜒从山下流过，山山水水很是峻秀。依着山势，在近河的去处，高低错落建着许多房屋，住着上千户人家，这便是河边村。阎锡山小时跟着爷爷阎青云下地，爷爷不只一次指着文山和村子告诉他：河边村绝好风水！村里老少也都传着，当年有一个风水先生打这儿路过时，曾在村边细细打量了半天，临走留下话来：文山分明是只盘踞的老虎，村东层层的梯田正是虎身上的花纹，这去处早晚要出将相一般的人物。

此时，阎锡山心道：这事今日果然应验了。

正想呢，车子"吱"一声刹住了。他的参谋长周玳和警备司令张荫梧，一齐迎上前，拉开了车门，恭敬地道："总司令，总参议，到了。"阎锡山"唔"了一声，慢慢地下了车。

路已是封了起来，路上一个行人也没有，路两边相隔三两步便站着一个士兵，脸儿朝外，每人手里一支花机关，如临大敌的模样。另有两排兵对着面站成一条长长的胡同，通向眼前一座雄伟气派的大门。

阎锡山知道，这便是他的卫戍司令部了。

这座建在铁狮子胡同的宅子很不一般。大清时，曾是海军部和陆军部的所在。袁世凯当民国临时大总统时，这儿做过总统府和国务院。后来，还做过靳云鹏的总理府。民国十三年时，段祺瑞当上了民国临时执政，执政府也正在这个去处。

阎锡山轻轻"咳"了一声，走上前去，进了大门，迎面便是一组灰砖洋楼。东、西、北三面各有一幢两层楼房，皆连着那中间的三层主楼，形成了一个楼群，整座楼全是欧洲古典样式，楼墙的灰砖雕满极精致的花纹，透着一种别样的气派。

阎锡山在楼下抬眼略略上下打量，微微点点头，抬腿走了进去。赵戴文、周玳、张荫梧跟在后边。

楼内的大理石地面明光光地照得出人影儿，几个人迈出步去，皮鞋落到地上，"卡卡"作响，听来特别清脆响亮。周玳在前边领路，阎锡山与赵戴文径直走进了原先袁世凯办公的屋子，在屋当间站了，向着四周撒摸起来。

宽敞的房间，硕大的桌案，华丽的吊灯……无一处不显露着气派。阎锡山走到办公桌后那把硕大的椅子旁边，一手扶着靠背，仔细看了半晌，方坐了下去，一时觉得说不出的舒坦。遥想当年，袁大总统、段执政几个，就坐在这上面呼风唤雨、号令天下，今日自己也坐到这儿，竟也不自觉地生出了雄视一切的感觉。

赵戴文满意地一声长叹，问道："伯川，如今你手握晋、冀、察、绥四省和平、津两个特别市的军政大权，麾下重兵30多万，名副其实的华北王，以前可曾想到过有这一天？"

阎锡山脸上泛起些得意的神色道："几年前，一个相面先生曾说过，我的八字相貌，国内除袁世凯之外，无人能及……"说到这儿，猛地意识到话儿说得多了，便"咳"了两声，正色道："此戏言耳，戏言耳，我是没当回事的。"

自从进了司令部，阎锡山似乎突然间换了个人似的，往日里总是心事重重、直如丢了魂一般，或是一副没睡醒的模样，说起话来少气无力、吞吞吐吐，眼下却是神采奕奕，眼里放出光来，话儿多了快了，声儿也高了亮了。更有一样，以往阎锡山总是话到嘴边留三分，吐一半咽一半的，哪知今日却把心底里的事儿也抖落出来。赵戴文三个人都知道，阎老总是真的高兴了。

这时，阎锡山转了话题，一指周玳与张荫梧，问道："有什么要紧的事吗？"

周玳说："听说南边想把北京改名为北平。"

阎锡山一听这话，轻轻"噢"了一声，垂下眼皮略略一想，伸了一个指头"咚"地一敲桌面，一声冷笑道："这定又是蒋中正的鬼主意！"

赵戴文的笑容也不见了。几个人心中透亮，北京改北平，虽是名字只换了一字，干系却是极大，意味着民国的首都要定在南边，北京不再是京师，那南边的蒋介石便自然占去天时、地利之便了。

赵戴文在屋里踱了几步，道："民国初建时，袁世凯就曾执意建都北京，而孙中山则极力主张以南京为都，为了这事，北洋还在北京闹了一场兵变。我看蒋总司令也是一样的心思。"

阎锡山从鼻孔里哼了一声："此人心机忒重。"

赵戴文道："北伐胜利，蒋总司令的声望可是如日中天了。"

阎锡山冷笑一声："他蒋中正就是浑身是铁，能打几颗钉？没有我们三个集团军出力，单靠他第一集团军，能打得败孙传芳、张宗昌、张作霖？去年他在徐州让张宗昌打得大败，李宗仁、白崇禧逼着他下了野，要不是我跟冯玉祥竭力扶持，他能重新出山，能有今天？"

周玳道："往后天下无人能与他比肩了。"

阎锡山又"哼"了一声道："不尽然。此人虽握有江南，控制国民政府，占据天时地利之便，却有一个极大的毛病：缺人和！他跟哪个都尿不到一个壶里，像汪精卫、胡汉民都跟他仇敌似的，李宗仁、白崇禧与他也一直疙疙瘩瘩的。这点，他哪能比得过我们！"

赵戴文听出阎锡山话里有话，不由得转脸去看周玳和张荫梧，两人也把目光投了过来，三个人眼光一碰，立马分开了。

阎锡山低头想了半晌，突然抬头叫着周玳的字道："子梁，这事儿咱们不能伸脖子这么等着，你去找几个说话有分量、外人眼里又跟咱们不相干的人出头说话，要求民国政府定都北京。"

"好，我就去布置。"周玳道。

"还要给蒋介石打个电报，"阎锡山道，"就不遮不掩地向他言明：平津全部税收咱们得留下，这事他必须得点头！平津卫戍区军政开支可不是叁瓜俩枣，这么多人马，也不能勒起脖子来过活！"

赵戴文说："伯川，我看另几宗事也要紧着办，一是与在京的北洋元老多会会面，二是与各大报馆的记者多碰碰头。此次北伐咱们晋军出力尤多，对民国贡献极大，不可埋没了将士们的功劳。"

阎锡山眼睛放出光来，连连拍着桌子道："极是极是，次陇所见极是，子梁马上去办。"

周玳答应着，突然阎锡山又转向了张荫梧问道："白健生现在何处？"

白健生正是国民革命军副总参谋长、第四集团军前敌总指挥白崇禧，依着原先定好的计划，他也要进北京的。

张荫梧道："想是已开进城了。"

"唔……"阎锡山轻轻地答应一声，"咝咝"吸了几口气，捻着八字胡梢沉吟了一会儿。突地，眼皮翻了上去，露出白白的眼珠子来，挺直了身子道："立即传下令去，着各部加紧接收北京之行政、财政、税收、交通各机关，哪个误了事，我摘他的脑袋！"

"是。"周玳与张荫梧同声答道。阎锡山挥挥手，两人急急地走了。

阎锡山站起身，背着手在室里转了两圈，走到东墙前时站住了，抱着胳膊打量了半晌，突然问道："次陇兄，你看这面墙空空的，我猜当年袁世凯在这儿定是挂着一幅字画的。"

赵戴文也来了兴致："这字面上会写着什么呢？"

阎锡山一字一顿地念道："大泽龙方蛰，中原鹿正肥。"

"白总指挥到！"

北京东方饭店的接待厅门口蓦地响起一声喊喝，厅里的中外记者顿时静了下来。接着便见侧门大开，白崇禧穿一身崭新的土黄色军装，斜挂双排扣眼武装带，高筒皮靴锃亮耀眼，健步走了进来，身后跟着他的部下——第八军军长李品仙、第十二军军长叶琪、第三十六军军长廖磊等几位。到了主席台正中，白崇禧站下，微微笑着向众人点点头，真个神采奕奕，风度翩翩，英气逼人。

镁光灯频频闪烁，按动相机快门的声音响成一片。

一位英国记者抢先问道："白将军，你对奉军退往关外，国民革命军进入北京如何评价？"白崇禧道："这标志着北洋政府的彻底垮台，北伐革命的最终胜利！"

一位胖胖的中国记者接着问道："白将军满面春风，想来此时定是心花怒放。"

"你的眼力着实不错。"白崇禧答过，全场的人都笑了起来。

白崇禧道："所谓人逢喜事精神爽。北伐大获全胜，此国家之大喜，人民之大喜，也是国民革命军之大喜，崇禧当然高兴万分。崇禧还以为，这更是第四集团军之大喜。自古以来，凡中国统一，皆是由北而南，从未曾由南而北的。太平天国时两广军队虽曾一度进至天津，但也仅此而已。广西军队打到北京，实中国历史上破天荒之事也。"

一个日本记者显是听出了弦外之音，便问白崇禧："白将军的意思，北伐的胜利是第四集团军的功劳吗？"

白崇禧依然笑嘻嘻地说道："那是你的意思！我的意思是第四集团军在北伐中牺牲甚巨，功不可没。"

话音不轻不重，态度不急不躁，但众人都分明听出了张狂和得意，却又觉得，白崇禧确实也有资格这般张狂和得意。

李宗仁与黄绍竑、白崇禧原是广西护国军里的三个排长，谁也没想到，三人联手，几年之内竟将天下有名的陆荣廷、沈鸿英等几个老牌军阀扫荡一空，统一了广西，成了敲敲头皮当当响的角色。1926 年 7 月，蒋介石率国民革命军在广州东校场誓师北伐，李宗仁与白崇禧带着两万广西子弟兵作为第七军随之出征，北伐中打了不少硬仗，特别是决战吴佩孚的汀泗桥、贺胜桥之役，扫荡孙传芳的龙潭之战，都是少见的恶斗，真个杀得日月无光，尸横遍野，血流成河。七军打出了"钢军"的威名，也打成了一支雄师。国民革命军出师北伐时共八个军，第七军只是其中一军而已，而到后来，却与蒋介石的第一军一道成了一个集团军，李宗仁也一跃成为与蒋介石、冯玉祥、阎锡山并肩的人物。白崇禧名为国民革命军副总参谋长，但总参谋长李济深一直在广州坐镇，他实际做着总参谋长的差使。或在蒋介石身边运筹策划，诡谋百出；或至战场直接指挥作战，胆大心细，"小诸葛"之名天下传扬。

一个女记者问："如今有人主张定都南京，有人主张建都北京，白将军有何主张？"

白崇禧脑子一转，断然答道："南京为先总理指定之首都，不管如何，应以遗意为重。"

白崇禧兵来将挡，水来土掩，或谈笑风生，或唇枪舌剑，时不时激起一阵掌声笑声，记者会开了一个多小时方才结束。白崇禧离了会场，进了他设在饭店里的前敌总指挥部。

李品仙与叶琪、廖磊随后跟了进来，这三人原是白崇禧军校时的同学，没有外人在的时候，自是随便许多。叶琪笑道："健生今日舌绽莲花，威风不弱于战场杀敌，那些记者个个佩服得很呢。"

白崇禧得意地"哈哈"一笑道："见笑见笑。"

李品仙道："明日报章一出，四方传扬，更使我第四集团军北伐之功天下尽知，也足彰显我白总指挥既战功赫赫，又文采风流呀。哈哈哈。"

四人一起大笑。

廖磊道："听说在故宫里边有一座门，名叫'崇禧门'，跟健生的名字一字不差的，真是有些意思。"

"噢。真的吗？"白崇禧露出极感兴趣的样子，"有意思，改日去那儿看看，就在那座门下照些相片。"

四个人又是一阵笑。

这时，副官跑了进来，报告说："阎锡山的人把北京城各机关给占了，一个也不让咱们插手。"

白崇禧的笑容眨眼间消失得无踪无影，皱了眉露出嫌恶的样子道："这个阎老西，到底改不了土财主本色！打仗时没个脆快劲头，抢起好处来倒手脚麻利。"又冷笑一声说，"咱们是不与他一般见识，要是真刀真枪较量，阎老西还真不放在我的眼里。"

廖磊道："蒋总司令与这阎老西到底有什么过节？按理说夺下河北西北军出力最多，又是头一个打到北京，这块地盘该给冯玉祥才是，怎么蒋总司令却给了阎老西呢？"

白崇禧掏出手帕擦了擦嘴角，露了一副不屑的神色说道："我在蒋中正左右不是一天半天了，他的眉毛动上一动我便知道他想什么。他这是使的一石三鸟之计。"

"一石三鸟？"廖磊问道。

"正是。一、控制冯玉祥坐大；二、拉拢阎老西；这第三更是毒辣，便是挑拨冯阎两人的关系。"

白崇禧捅破了窗户纸，众人心里顿时透亮，只是叹息阎老西白白拣了好大个便宜。

"哼！"白崇禧略一沉吟，脸上立刻恢复了往日里精明干练的表情。"翠微，"他一指叶琪，"你把韦云淞师给我放到南苑驻扎，命他们随时保持战斗状态。"

南苑就在北京的眼皮底下，一抬脚便可踏进北京来，在那儿放一个师，分明就是往阎锡山的眼里插根棒槌，让阎锡山睡觉也不得安稳。李品仙几个人心中暗道：到底是白健生，出手就是狠招！

白崇禧却抱起胳膊，左手抚着下巴，嘴角浮出一丝冷笑。

四、我们当这么干

雪窦山一片葱茏。

各色树木遮天蔽日，风一吹，如涛声滚过。细小些的树随风俯仰，摇曳婆娑，而随处可见的水桶般粗细的大树，树干插到天上去，站在树下仰头望去，极像绿色的扫帚在漫不经心地扫拂着天上的云朵儿。一簇人沿着山路信步走了上来，鸟鸣啾啾，景色宜人，自是脚下轻快了许多。

到了一个去处，便听得水声潺潺从不远的地方传来。蒋介石在前，杨永泰、方本仁、蒋百里几个在后，向着声响处走去。到了跟前，抬眼便见直入云天竖起一堵石壁，顶上一股清水倾泻而下。落到半壁时正遇上兀然突出一块巨石，那水柱在石上哗然摔碎，化成了水珠子向四处迸射出去，倒像是飞雪一般，日光一照，现出一道彩虹，很是美丽。岩下有一个深潭，水珠儿下雨一般落进潭里，水面满是打起的水花。那水澄澈见底，水面上涟漪一波接一波直荡开来。

这雪窦山位于浙江省奉化溪口西北，正是蒋介石的老家所在，他自是熟悉的，便向众人介绍道："这便是雪窦山一景，称做雪窦飞瀑。这堵石壁，叫做千丈岩。"

众人在潭边站了，仰头看着飞瀑，齐声赞叹。

方本仁却高声吟起王安石写这千丈岩瀑布的一首诗来：

> 拔地万重青嶂立，
> 悬空千丈素流分，
> 共看玉女机丝挂，
> 映日还成五色文。

众人自是夸一番景色秀丽，又赞一通人杰地灵，正说得热闹，却见蒋介石已在一个石凳子上坐了，脸上显出若有所思的神色。

几个人见了，也都换了庄重神色，各自在旁边的石头上坐了。只听蒋介石问道："诸位可知中正现在的心情吗？"

杨永泰一字一顿地说："钧座忧多于喜。"

蒋介石露了满意的神情点点头说："畅卿且说说看，喜从何来？"

杨永泰说："钧座所喜者，自是削平军阀，北伐胜利，统一中国，完成先总理遗愿，立下不世奇功。"

蒋介石轻轻"唔"了一声道："那忧在何处呢？"

杨永泰道："如今军阀虽灭，名义上国家归于统一，然兵戈之根未曾铲除。且看，我第一集团军50万人马，仅据有江苏、浙江、福建、江西、安徽几个省份。冯玉祥之第二集团军42万人，却占着陕西、甘肃、河南、山东等地。阎锡山之第三集团军30万人，占有山西、河北、绥远及平津地带，李宗仁之第四集团军24万人，盘踞广西、湖南、湖北及河北东部，张学良东北军则占据东北三省。此外，四川有刘湘叔侄，广东有李济深，云南有龙云。这些强人个个手挽强兵，各据地盘，与中央分庭抗礼，时有冲天而起之忧。"

句句说中心事，蒋介石长长地叹口气，皱起了眉头。

方本仁说："如今中央政令不出东南，此为弱干强枝，断不可为继。"

蒋百里道："畅卿先生所言极是。"

蒋介石道："目前北伐大功告成，国家将开始一新旅程，但也到了另一紧要关头。如何举措，实是极大一个题目。诸位有何见教，中正洗耳恭听。"

同来的几位都不是一般角色。杨永泰先后在北洋、孙中山和广西陆荣廷手下干过差使，文事武备、立法行政，无一不精。方本仁则在孙传芳的五省联军里当过江西总司令，北伐时还做过江西宣抚使、第十一军军长。蒋百里早在袁世凯当政时就天下知名，做过保定军官学校校长和吴佩孚的参谋长，说来还是蒋介石的老师。这几个人都在官场战场滚打过不少时日，极有城府和谋略的。当下听了蒋介石的话，便都沉吟起来。

过了片刻，就听杨永泰首先道："首当裁兵！"

蒋介石点点头，又沉下脸道，"此事，在我心中已是掂量许久，只是甚感难以措手。"

杨永泰道："如今各派之所以能各霸一方，所依凭者还是手中的军力！钧座应整编全国军队，遣散各派赖以活动的资本。如此，可从根本上祛除战乱之源，国家便可长久安宁了。"

"此理甚当，只是……"蒋介石站起身来，往杨永泰面前走了几步，道，"我所头疼的是，此事一经提出，冯焕章、李德邻他们定不答应，如何应付？若他们联起手来作对，怕是极危险的。"

众人一时接不上话茬儿，却都知道蒋介石的担心不是杞人忧天。冯玉祥、阎锡山与李宗仁几个皆是当世枭雄，军队又是他们的眼珠子、命根子，哪能让人说拿走就拿走？裁兵，分明就是拔老虎须子。

蒋介石长长地叹口气，又微微摇了摇头道。"此不可不小心酌量呀。"

蒋百里徐徐道："战争结束，裁兵当是大势所趋、民众所愿、国家所需。哪个反对，便是逆势而行，难逃国人唾骂谴责。钧座所虑者自是有理，若既能裁兵，又免却冯阎李联合起来矛头指向钧座，我意可从两方面着手。"

"请讲。"蒋介石恭敬而又有些急切地说。

"其一，力造舆论，全国上下同声共气，齐喊裁军。其二，钧座不便直接出头提出裁兵，可由宋子文部长出面倡议。"

蒋介石两掌轻轻一击叫起好来："先生所言极是，极是。如此，裁兵的理便立住了。"

宋子文眼下是国民政府的财政部部长，由他出面，代表政府以国家财力、物力紧缺，难以养活偌大兵马为由，要求各方裁兵，自是理所应当，理直气壮。

这时，杨永泰又道："裁兵之外，还有一事，也亟须着手。"

"噢？"

"削藩。"杨永泰竖起掌来，做了一个一刀切下去的样子说。

"削藩？"

"削藩！"杨永泰道，"如今，阎锡山在太原、冯玉祥在开封、李宗仁在武汉、李济深在广州各自把持政治分会，他们自行任免官吏，收取赋税，征兵征粮，自定法律，俨然独立王国。政治分会之建立乃北伐时权宜之计，现在北伐结束，则断不可续存下去。"

方本仁与蒋百里也都连连称是。

蒋介石却想到汉景帝时因曾实行"削藩策"引起了七国之乱，不由得轻轻叹了一口气。

杨永泰仍是侃侃而谈："唐开元盛世，人民安居乐业，到了玄宗时，却出了安史之乱，便是由于藩镇割据。唐顺宗时，王叔文、柳宗元虽也看到了这一点，然此时想动手却已力犹不及了，最后唐朝便亡于藩镇。故而即使激起滔天巨浪，钧座也当痛下决心！"

蒋介石没有做声，只是低头沉思。

杨永泰自是知道蒋介石的心思，便又说道："裁兵与削藩，永泰有两策可保成功。"

"哪两策？"

"一是离窝毁巢！二是釜底抽薪！"

"请先生详言。"蒋介石往前欠了欠身。

"所谓'离窝毁巢'，即把冯、阎、李等各首领从各防地调到中央，委以适当职务，将他们安定下来，然后由中央明令取消其所在各政治分会，如此，他们便是欲兴风作浪，也无能为力了。所谓'釜底抽薪'，便是由国家统一整编所有军队，实施裁兵，这便抽去了各方凭依的资本。"

"好。确为治国安邦之妙策！"蒋介石双掌一拍，脸上溢出笑来。

杨永泰又道："削藩的重点当是军事上化整为零，财经上化零为整。一旦事有意外，对几位实力人物当取不同手段对付。"

"如何不同？"

"对冯玉祥用经济手段，对阎锡山用政治手段，对李宗仁用军事手段，对张学良则以外交手段。"

蒋介石心思一转，已是领会了杨永泰的意思。不由得从心底里佩服此人眼睛之尖、心思之密、手段之准，道："畅卿先生高见！"

一直在旁蹙着眉头若有所思的方本仁这时也开口说道："还有一篇文章钧座也须作上一作。"

"耀亭先生请讲。"

方本仁慢吞吞地说："钧座继先总理之志，受国民政府之命，领导北伐，号令天下。北伐胜利，自当告慰先总理之灵。先总理灵柩现在停于碧云寺，钧座应到香山主持祭灵。”

“祭灵？”蒋介石心中一动。

“祭灵，主持祭灵。”方本仁把主持二字咬得真真的，翻起眼皮看了蒋介石一眼。

蒋介石“唔”了一声。孙中山于民国十四年的三月在北京病逝，灵柩暂厝在北京西山碧云寺，当时定下待南京中山陵竣工后，再举行奉安大典，方本仁所提此时主持祭灵，却是别有一层深意在，蒋介石一听之下，已是心领神会，心里暗暗叫了一声好。

蒋介石背了手，缓缓转了几个圈子，面向着千丈岩站住了，只觉得胸中风云激荡，疾雷滚动，万丈豪情直冲上千丈岩顶，喷向了天空。

蓦地，蒋介石转过身来，断然道：“通知冯焕章、阎伯川、李德邻诸人，到北京祭灵、开会！”

第二章　到北平开会去

一、冯玉祥说：不去

> 冯（玉祥）由小兵到旅长，是历尽艰辛，经过20多年个人的艰苦奋斗，一步一步爬上去的。以后在军阀混战中，仅仅7年的时间，就由旅长而师长、军长、总司令、督军，由数千兵而增加至15万人马。又不过四年工夫，再扩张为40余万大军，成为旧中国历史上一个传奇式的人物，也可以说是乱世英豪吧。
>
> ——余心清　曾任冯玉祥随军牧师、开封训政学院院长

早晨的阳光明晃晃地照在开封的大操场上，几千第二集团军士兵笔直站着，四下里鸦雀无声，只有操场边竖着的大旗，在风中呼啦啦作响。

一簇人走了过来。

头前一人身量比寻常人足足高出一个头去，膀阔腰圆，浓眉阔嘴，很是威武。虽是身上的军装与士兵没什么两样，可迈开大步走来，全场的兵都能觉得出一股煞气。这人正是第二集团军总司令冯玉祥，他的身后跟着50来个精壮后生，皆身挎盒子枪，身后背一把红穗大刀，这正是冯玉祥的手枪队。

冯玉祥来到队前站定，沉着脸扫了他的兵一眼，没有做声，只向操场边一挥手，就见十几个手枪队的弟兄推着5个五花大绑的兵到了队前，将他们摁着跪倒在地。

众人都屏了呼吸，就听冯玉祥突然亮开喉咙高声道："你们的父母亲戚是什么人？"

几千人一起亮开喉咙高声答道："老百姓！"

"你们吃的穿的是从哪儿来的？"

"老百姓！"

冯玉祥平时训练时经常这般询问，士兵都知道如何应答，故而一问一答，很是齐整响亮。

一时问完，冯玉祥低了声道："你们都知晓！可就有那么几个人，只把这话挂在嘴上，却未曾放到心里去。他们竟敢干出土匪强盗的勾当，青天白日闯到人家铺子里抢吃抢喝，掀桌子打人！尤其是这个王成和，还是个排长！军法无情，这等人怎能留得！"说着，向着手枪队叫道，"拉出去，枪毙！"

几个手枪兵上前来，拖起那五个绑着的兵向着场外便走，走了几步，王成和突然挣扎着叫道："总司令，容我说句话！"

手枪队兵看过来，冯玉祥伸手一指道："让他说。"

王成和道："冯总司令，我王成和该死，没说的。求总司令饶过这几个弟兄吧，他们都是好汉子，三月里打安阳时，奉军把我们团围个结实，眼看性命就要丢了。当时我问弟兄们：要是能活着出去，最想干啥？弟兄们想了半天都说，多少日子没见个油花儿了，最想放开肚皮吃顿红烧肉。当时我拍了胸脯子打了包票！一仗打完，我这个排的三十号弟兄，只有我们这五个活了下来。满指望打完仗能发几个饷，我也完了对弟兄们许下的愿，可到现在，连个饷毛也没见着，弟兄们多少时日连个油花都见不到了。昨日正好弟兄们打饭馆边过，闻到了红烧肉的香味儿，实在忍不住了，我才一横心闯进去，让弟兄吃了一顿。总司令，我王成和不是不知军纪森严呀，只是觉得弟兄们在战场上提着脑袋拼命，如今混得连肚皮也填不饱，实在是亏呀！"

一时，近旁的兵都低下头去，有的竟抽泣起来，冯玉祥的嘴唇也在不停地抖动。

手下的弟兄确实苦。陕、甘、宁一带本来就是兔子不拉屎的去处，西北军兵又多，日子自是过得叮当响，别说吃红烧肉，便是顿顿窝头吃饱便不错了。可冯玉祥带兵历来严厉，这干犯军纪的事又容不得软心肠，便一咬牙道："西北军的弟兄，哪个有红烧肉吃？从我总司令到师长、旅长、团长，哪个不是清汤淡水的大锅菜？"

王成和听了垂下头去。另一个绑着的兵对着王成和叫了起来："排长，反正早晚也是个死，怕个鸟！弟兄们随着你一块儿上路！"

冯玉祥摆了摆手道："你们放心去吧，家里的父老儿女我来照料。"

王成和往冯玉祥跟前跑了几步，跪倒在地，磕了一个头，然后站起身，转身走去，到了操场边上，突然放开喉咙向着众人大叫一声："弟兄们，下辈子再会！"

这时，就听士兵队里有人高声叫道："总司令刀下留人！"接着便见一人跨出队来，到了冯玉祥面前跪倒在地，喊道："总司令，王成和是我的部下，他们犯了军法，我当受处罚，只求总司令念他们往日出生入死，留他们一条性命，让他们戴罪立功。"

说话的正是团长王赞亭。冯玉祥对着他俯过身去道："你不懂得军法吗？"然后直了身子向着众人断然道，"王赞亭部下扰民，他身为团长当受处罚，打五十军棍。"又向着押着王成和的手枪兵一挥手，"执行！"

听到吩咐，两个手枪兵上前将王赞亭摁倒在地，另一个手枪兵抡了棍子打去，噼啪声中，王赞亭向着王成和几个人嘶声叫道："兄弟，走好！"

冯玉祥呆了半晌，一跺脚，转身走了。

回到司令部，一进门，冯玉祥的泪水便涌出了眼眶，走到凳子前一屁股坐下，"呼呼"喘起粗气来。

参谋长石敬亭，副参谋长曹浩森和河南省建设厅长张钫三个人见了，急忙上前劝说。冯玉祥"咳"了一声道："怨我冯玉祥，弟兄们跟我出生入死，却连饱饭也吃不上。"

石敬亭他们也觉得有些心酸。

冯玉祥低头闷了半天，突地"砰"一拍桌子，咬着牙道："说起来都是那个蒋介石，这南蛮子不可交！"

石敬亭他们久随左右，自然知道冯玉祥指的是什么。西北军自五原誓师，加入国民革命军，与张作霖、张宗昌等舍命搏战，出力不少，可到头来，肥肉全到了别人的碗里，他们占据的地盘多是穷去处，地方收入自然养不起这些兵。蒋介石身为国民革命军的总司令，却把第二集团军看作外人，发放军饷物资时，历来抠抠索索，故而西北军官兵的日子过得叫花子一般，官兵都是一肚子闷气。

冯玉祥道："咱们死人，人家当官发财。我看我这个把兄弟，分明就是个张怀芝，恨不得让咱们勒起肚皮过日子。"

蒋介石与冯玉祥有八拜之交，把兄弟自然便是指的他了，这位张怀芝却是北洋时名头极响亮的人物。这人在做参谋总长时，从不给部下发饷。一日，部下找上门去索要，直了脖子大叫：饿死了！谁知这位张总长却道：你们要是觉得肚子饿了，把裤腰带勒一勒就行了。——冯玉祥说的便是这事儿。

正在骂时，一个副官走了进来，递过一张电报说："蒋总司令来电，请你去北京参加善后会议。"

冯玉祥一听火直蹿了上来，一挥手："不去！"

石敬亭与曹浩森两人做了多年幕僚，素来稳当沉着，知道冯玉祥这是在执气，便齐齐地把目光转向了张钫。

张钫字伯英，河南人氏，曾领导过陕西的辛亥革命，做过秦陇复汉军东路征讨大都督和略威上将军，民初时参加过护国运动，挑旗反对袁世凯和北洋军阀，当过陕西靖国军副总司令，在河南地界赫赫有名，与冯玉祥既是上下级，还有几分朋友情谊。

张钫在江湖滚打多年，为人极是机警，一见石敬亭与曹浩森两人的眼色，已是心领神会，便上前劝说道："冯先生，此事，你再斟酌一下？"

"考虑什么？不去！"冯玉祥一指副官，"你给他回电，就说我病了，这会，我不去。"

副官答应一声，去了。

张钫倒沉得住气，"嗯"了一声，不疾不缓地说："蒋中正确实可恼，给他点难堪倒也应该的。只是……不去开会，便跟他撕破了脸皮，往后便不好相处了。不管怎么说，咱们往后还得跟他一个锅里摸勺子不是？"冯玉祥抬头看了张钫一眼没有做声，脸色却是和缓了些。

张钫又道："况且这善后会议，没有咱们第二集团军参加，又怎么开得成？要是开不成，那还不让人说咱们不服从中央？国人的唾沫还不全吐到咱脸上来？咱们可不背这个破坏和平的黑锅！"

冯玉祥叹了口气。

曹浩森也插嘴道："况且，蒋介石凭借中央政府这棵大树，权力在他手里握着，往后许多事还要仰仗他的，还是不撕破了脸为好。"

石敬亭这时也道："所言有理。"

冯玉祥垂着头闷了半晌，突然抬头对石敬亭道："你，给李鸣钟发个电报，让他到李德邻那儿走一趟，把我因病不能到北平开会的事儿向他言语一声。"

李鸣钟本是西北军的五虎将之一、冯玉祥的心腹，眼下正做着西北军驻武汉的代表。石敬亭听冯玉祥突然说出这话来，只当总司令又来了犟脾气，铁了心不参会了，可又有些丈二和尚摸不着头脑，不去便不去，却又为何打发李鸣钟去向李宗仁说？

张钫却对两个人使个眼色道："我们且让冯先生想一想再做定夺吧。"

三个人一出冯玉祥的司令部，石敬亭便忍不住问张钫道："冯先生倒也怪了，这事去向李宗仁说什么。"

张钫脸上却露了神秘的神色道："到底是冯总司令，行事别出心裁。筱山把心放到肚子里去，此事风平浪静了。"

说完一笑，走了。

二、李宗仁说：该去

汉口，第四集团军司令部。

李鸣钟道："李总司令，冯总司令派鸣钟前来禀报，这次善后会议他去不了了。"

李宗仁正端起茶杯要喝茶，听了这话，茶杯停在了嘴边，问道："怎么啦？"

李鸣钟说："冯总司令病了。"

李宗仁"噢"了一声，把茶杯放到了几上，露了担心的样子问道："生病了？"

"不知怎么的，猛不丁就上吐下泻，头晕咳嗽起来。"

"不要紧吧？"

"难受得很，身子支撑不住。冯总司令说：这会确不能去了，请李总司令务必原谅他。"

"原谅谈不上，"李宗仁稍稍顿了一顿，长叹一声，"倒是宗仁对冯总司令如此看重很是感激。"说完，端起茶杯呷了一口。

李鸣钟曾是西北军里有名的战将，经历过大风大浪，也见识过各色人物，面对这李宗仁，从心底里觉得有趣。——身量不高，说话不快不慢，行动不急不躁，如果不是一身戎装，根本与第四集团军总司令、威震天下的李猛仔不搭边儿。倒是一旁坐着的十九军军长、武汉卫戍司令胡宗铎，浑身上下透着一股子煞气。

李鸣钟到武汉做西北军代表的时间不长，但李宗仁的大名却已塞满了耳朵。此人打过的恶战不在少数，尤其他成名的莲花圩那一战，桂系的人说起来都是眉飞色舞。

那一战发生在民国八年，当时李宗仁还在陆荣廷的护国军里做营长，随护国军与广东的陈炯明作战。那仗打到后来，护国军垮了，向着肇庆没命地逃去。谁知大军退到一个叫做莲花圩的地方时，粤军却在前头堵住了去路。莲花圩素称天险，两边高山陡立，唯一的路正从沟底通过。敌人在沟两边和路前边一个拐弯处的山腰上筑起了阵地，三面居高临下，弹如雨泼，护国军连续冲锋，沟里横七竖八倒满了尸体，到底也没能突出去。三四万人被死死堵在沟中动弹不得，此时前有堵截，后有追兵，护国军官兵全都以为已是没了活路。正在着急，负责断后的李宗仁到了前边，自告奋勇，带着本营五百人马前去冲锋。李宗仁命令部下在沟里排开，自己举着大旗，大步走在前边。敌人三面射击，子弹雨点般落到脚下，身旁的兵接连倒下，可李宗仁头也不回，脚下不缓，只顾挺身走去，把几万将士看了个目瞪口呆。等到靠近前方的敌人阵地时，李宗仁大喝一声，大旗一挥，猛虎一般扑向前去，号兵一齐吹响冲锋号，全营官兵齐声喊杀，迎着弹雨蜂拥而上，竟将敌人的正面阵地一举突破。护国军几万人一起欢呼，如滚雷一般。此一战救了几万人的性命，也让李宗仁勇猛之名在两广地界无人不晓。

可眼前的这位李宗仁却一派从容淡定的模样，把茶杯轻轻地放下，道："冯总司令病情不轻，确需静养。不过，北伐善后会，缺了一个集团军总司令，还能开得成吗？如不参会，知道缘由的还能谅解，不知道的怕要说三道四，讲冯总司令的闲话呢。"

"只是冯总司令身子确是撑持不住。"

"我看这样，"李宗仁此时露了些许果断的神色道，"我派个人随你去一趟新乡，代我看望冯总司令，同时把我的意思禀告冯总司令：民国成立以来，天下纷乱，内忧外患不断，如今北伐完成，国家统一在望，如果善后会议遭受挫折，中央固有责难，人民也不会谅解。深盼冯总司令能顾全大局，忍辱负重，扶病北上，参加善后会议。如此，公私两利，实为国家之幸。"说到"忍辱负重"四字时，李宗仁加重了语气。

李鸣钟道："鸣钟一定把李总司令之言传给冯总司令。"

"我再写一封信带给冯总司令，请多多费心，力劝冯总司令保重，并带病参会。"

"鸣钟代冯总司令多谢关怀之情，一定按李总司令的吩咐办。"

一时安排停当，李鸣钟告辞。李宗仁与胡宗铎送到门口，看着李鸣钟走远了，胡宗铎道："德公，你也有心管这等闲事！"

李宗仁转身进了屋去，在沙发上坐了，轻轻摇了摇头，道："此事有趣。我料冯焕章得的是心病。"

"心病？"

"身上有病只是托辞，冯焕章不参加善后会议，实是为了给蒋介石脸色看。"

胡宗铎倒高兴起来："是吗？老蒋这人不地道，给他点脸色看也是应该的。"

"冯焕章的确不是善茬，他这一手不仅使蒋介石面子上极为难堪，也使政府即将统一的政令难以推行，大损威信。"

"确实如此。"

李宗仁又道："想来冯焕章消极抗命倒也情有可原。因为第二集团军在北伐中功劳不小，可收复平津，他们却几乎一无所获，怎能不生怨气？"

"不过，冯焕章与老蒋一直是穿一条裤子的。当时老蒋下野，让他复职的嗓门儿属冯焕章最响。"

李宗仁淡然一笑说："蒋中正偏私狭隘，劲气内敛，心肠狠辣，刚直其表，阴柔其里，多疑而忌才，哪是好相与的？便说这北伐时，他身为国民革命军八个军的统帅，可还是要分出个亲疏厚薄来。他的嫡系第一军，弹械补充、给养调剂诸般总要比其他各军高出一头去。你还记得打下江西时么，天寒地冻，岭南子弟个个冻得浑身哆嗦，可军毯运到时，蒋中正却吩咐兵站，优先发给第一军伤兵医院，奖赏的大洋也是先给第一军。这样的人怎能相处得？"

这事胡宗铎也知道的，一听李宗仁重又提起，犹是有些气闷，握了拳一捶沙发扶手："真他娘的。"

李宗仁道："北伐时，苏俄援助了一批武器，他蒋中正亲口对我许下要拨给咱们一些，可我派人去领时，管发枪支的却说未奉到蒋总司令条谕，不给！我亲自找到蒋中正讨要，他竟然哼哼哈哈，只当没这回事一样，我忍不住发了脾气。临了，他才像割自己的肉似的，分给了七军1000步枪，四挺机枪。"说这话时，李宗仁声儿高了起来，脸色也红涨起来，显见仍有一肚子的怒气。

胡宗铎道："按我说，冯焕章参不参加善后会议这事德公你就不该管，他不去才好，给老蒋淋一头粪水，看他怎么收拾！"

李宗仁倒笑了起来，道："其实，冯焕章并不是拿定主意真的不去，只是想给蒋中正些脸色看罢了。"

"老冯是这心思？"

"冯焕章打发李鸣钟专程来咱们这儿，他的心思我便看穿了。他是想既要蒋中正知道他不高兴，又不想搞得太僵，还能找个台阶下，所以，咱们只是做个顺水人情罢了。"

"老冯这心机要的。"

李宗仁又笑道，"冯焕章也不是善茬。倒过大清的戈，倒过袁世凯的戈，倒过段祺瑞的戈，还倒过曹锟、吴佩孚的戈，同样不是好相与的主儿。五月里，蒋中正与阎伯川在石家庄会晤时，阎伯川对蒋中正说过这样的话：'你翻开历史看看，哪个没有吃过冯玉祥的亏。'据说老蒋听了这话才铁了心，把平津交到了阎伯川手上。"

"好个阎老西，这不是存心挑拨吗？"

"阎伯川挑唆之心确有，但蒋中正肯定早已对冯焕章生出提防之意了。"

"说的是。"胡宗铎想了一想，又问道，"德公你看，蒋中正会不会与冯焕章真的撕破脸皮闹将起来？"

李宗仁微微摇了摇头道："我看蒋中正不放心冯焕章是一定的，可最恨的却不是冯焕章。"

"那是哪个？"

李宗仁一指胡宗铎，又一指自己，道："我们。我们第四集团军。"

"我们？"

李宗仁十分肯定地说："正是我们！冯焕章不听招呼，扫了面子，蒋中正肯定着恼。冯焕章手握重兵，蒋中正也不会放心，但不管如何，却与咱们截然不同。去年蒋中正大败徐州，狼狈下野，他一直认为这是我与白健生联手逼迫的缘故。你也知道，此公向来睚眦必报，有了这事儿，咱们便成了他的眼中钉、肉中刺。你且看，北伐结束，蒋中正把山东划给了冯玉祥，把平津及河北划给阎锡山，而咱们第四集团军得了什么？白健生开到华北，出了大力将奉军打出关去，但蒋介石却连个立足的地方也不给他，不能不说是别有心思。"

胡宗铎点起头来，却又道说："老蒋虽是看咱们不顺眼，也不至于翻脸跟咱们动刀枪吧？"

"不至于？"李宗仁冷笑一声道，"此公什么事也做得出来的。"

"他妈的！"胡宗铎突然骂了起来，"老蒋对咱们动手，那是他没长眼睛，咱们第四集团军怕过谁来！"

李宗仁道："就是这话！哪个想啃咱们一口，他得有副好牙口！"

说着，把茶杯重重地往几上一顿，两道冷光从眯着的眼缝里直射出来。

三、下不来台

> 民国十七年六月下旬，国民政府乃正式通过设立裁兵善后委员会，并决定于北平召开善后会议，6月28日蒋总司令率总参谋长李济深，中委蔡元培、吴敬恒、张人杰、戴传贤及随员张群、陈布雷等一行20余人，自京抵汉。
>
> ——李宗仁

军舰离岸还有老远，岸上已是锣鼓喧天。远远看去人山人海，旗帜招展，很是热闹。蒋介石脸上虽是不动声色，心里却是一阵轻松。

前几日，收到冯玉祥拒绝参加善后会议的电报，蒋介石顿时头都大了，真是又急又恼、又气又恨，急忙派人赶去武汉，请李宗仁出面劝说，后来得知冯玉祥点头答应北上参加善后会议，满天乌云，方才一风吹散。蒋介石只觉得卸下了千斤重担，很是高兴，当即决定，乘军舰绕道武汉，约上李宗仁一块儿去新乡，从那儿叫上冯玉祥一道前往北平。

军舰缓缓向岸边靠过去，军乐吹奏起来，雄壮的旋律在汉口码头回响，几百名士兵军容严整，在路两旁站成两溜儿，各界民众在他们身后挥着小旗，连声高喊着欢迎口号。

军舰停稳，蒋介石与宋美龄在前，李济深、吴稚晖等在后，走了下去。李宗仁率了武汉文武官员迎上前来，蒋介石与李宗仁先是规规矩矩行了军礼，之后，又分别与众人打了招呼。

蒋介石道："德邻，有些时日不见，很是惦念呢。"

李宗仁笑道："是呀，宗仁也很想念钧座，钧座好像清减了些。"

蒋介石笑了起来："是吗？如今军阀打倒，北伐胜利，我等再无征战操劳之苦，应该心宽体胖才是，可我却越发瘦了下来，看来也是无福之人。哈哈。"

李宗仁道："倒是宗仁实实胖了几斤，可能正如钧座所言，心宽体胖了。"

俩人大笑。

吴稚晖站在旁边，看这两人一见面嘻嘻哈哈，却是语带机锋，叮叮当当敲打对方，便上前打起岔来："我说德邻呢，你们胖呀瘦呀的能否暂且不表，老朽等实是又累又饿了，别在你这一亩三分地上让我们饿瘦了呀。"

李宗仁一听，哈哈一笑，伸手向不远处的一溜儿车一让，道："宗仁知罪了。皆已备好，只等稚老。请。"

一行人上了车，直奔李宗仁的司令部，到了那儿，在客厅坐定，喝茶，寒暄。

蒋介石眉飞色舞，背着手在室内转了两圈，而李宗仁依然是往日惯常的模样安稳坐着。倒像蒋介石是主人，而李宗仁成了客人一般。

蒋介石道："诸位，你们可知我现在想起了什么吗？"

吴稚晖虽是年老，心思却快，众人未及开口，便道："可是民国十五年武昌大战吴佩孚？"

蒋介石一笑道："到底是稚老，深知我心。"

其实，吴稚晖说的这事儿，众人都知道。民国十五年八九月间，李济深的第四军、李宗仁的第七军、蒋介石的第一军及唐生智的第八军联手攻打吴佩孚，在武汉好一场恶战。李宗仁与蒋介石一块儿参与了这场战斗。

那一仗打得忒是惨烈。当时，吴佩孚声言要与武昌共存亡，率军据城死守。李宗仁是攻城总指挥，率第四、第七军连续两次强行攻城，死伤惨重，但未曾攻进城去。后来，蒋介石与白崇禧、唐生智赶到，蒋介石咬紧牙关，下了限两天之内攻下武昌的死命令，北伐军第三次舍命攻城。这一次，第一军的刘峙师也加入进来。敌我拼死搏战，炮火连天，枪弹横飞，武昌城上城下打成了一片火海。城下面，尸体堆成了山，城头上，吴佩孚的旗子依然飘着。

蒋介石与李宗仁说起当时情景，都连声感慨起来。

李宗仁对众人道："战事最激烈时，钧座约我一道到前沿视察。说实话，当时我曾暗暗生出担心来，以为钧座未尝作过下级军官，未曾亲历战火冲锋，在这枪林弹雨中，怕要生出些许胆怯来。可我二人走到火线时，炮火震耳欲聋，流弹飕飕乱飞，钧座却镇定从容，无一毫惊慌，主帅风度，宗仁着实佩服。"

众人听了都笑起来，蒋介石道："事儿过去已近两年，当时情形犹在眼前。"

吴稚晖道："蒋总司令与李总司令并肩作战，为北伐留一段光荣历史。今后也定能同心携手，再传崭新革命佳话的。"

众人有的叫好，有的鼓掌。

蒋介石道："稚老说得不错。德邻，五中全会就要开了，你、我、焕章、伯川等要负起更大的职责，中央希望我们都能住京做事，党国大事好及时相商处理。如此，我们便可再次并肩为国效力了。"

吴稚晖几个又都叫起好来，李济深却别有意味地淡淡一笑。

嘴上虽是嘻嘻哈哈，可身上的毛一直乍着，李宗仁听了这话顿时警觉起来，端起茶杯，轻轻呷了一口，又轻轻地放下，心中一阵冷笑：绕了这么大一个圈子，原来打的竟是这个算盘！略一思忖，点头道："钧座，我长期住京自无问题，因为武汉政治分会可由程潜、胡宗铎、张知本各委员处理辖内大事，第四集团军诸事也可由参谋长张华甫代拆代行，可冯焕章与阎伯川两个怕是有些难处，因为二人的军中大小事务历来全由他们亲自裁决，参谋长形同虚设，他们要是不在军中，军中一切事务便都要停顿，留他们长住京畿，反不若让他们常去常回的好些。"

李宗仁的确是个厉害角色，开口不见半点疾言厉色，话里却带着弦外之音。众人都听出，李宗仁说的虽是冯玉祥与阎锡山，但背后的意思却是自己不愿进京。

蒋介石顺手推舟道："德邻虑事向来周到深远，这也是我提早向你透些风的缘由。焕章与伯川那边还要德邻帮助说服他们，以国家为重，以大局为重。"

"钧座有命，宗仁无不服从。"

吴稚晖怕两人再出火花来，便插嘴道："我说德邻呀，你是拿定主意不管饭了，老朽这饭桶看来非得要在汉口饿出个好歹来了。"

众人一齐大笑。李宗仁这时站了起来，笑道："诸位，请！请！请！"

一行人说笑着出了客厅，向宴会厅走去。

宴会厅宽敞明亮，装饰得也雅致讲究。厅中间四桌筵席已是安排停当，杯盘罗列，菜肴鲜亮。李宗仁等将客人向席上让去，众人按着桌上摆好的台签走向自己的座位。

蒋介石在最前边的一张桌子旁的主宾位置站定，笑着向众人扫了一眼，点点头，众人各自落座，蒋介石也坐了，侧过身子向着李宗仁道："德邻，咱们……"笑容突地僵了，一顿之下方又恢复了先前的模样，只是声音低了下去，道："……开始？"

原来这一桌竟有三个座位没人，空荡荡的看去很是扎眼！瞧那台签上的名字，正是第七军军长夏威、第十八军军长陶钧、第十九军军长胡宗铎。这三军皆是第四集团军的主力，三个军长也是李宗仁手下的头号大将。蒋介石身为国民革命军总司令、军委会主席，民国的军事首脑，这次亲自来武汉，不用说，三位大将自是应该作陪的，可他们却一齐缺席，显然是存着别的意思。

蒋介石看了李宗仁一眼，却见李宗仁正笑着，伸了脖子去看另几桌客人的情况。

蒋介石又道："德邻，应到的都到了，就开始吧。"

李宗仁便站了起来，致了欢迎辞。蒋介石与吴稚晖随后也讲了话。自是说些欢迎、感谢之类的客气话，还有些北伐胜利不易、尚需团结奋斗的勉励话。最后，众人嘻嘻哈哈吃喝起来。

蒋介石平时不苟言笑，也从不喝酒的，这时却是很高兴的样子，端了一杯酒向李宗仁与他的部下一一敬过去，李宗仁也向蒋介石与客人敬酒。众人又上前来，敬蒋总司令的敬蒋总司令，敬李总司令的敬李总司令，倒也热闹。

酒宴一直到晚上九点多方才散了，蒋介石进了宾馆，站在窗前，对着漆黑的夜空沉着脸一动不动、一声不响，宋美龄觉得奇怪，道："达令，可是累了？"

蒋介石没有应声，只是微微摇了摇头。宋美龄知道蒋介石在想心事，便倒了一杯水，轻轻地放到他身后的茶几上。

突然，蒋介石转过身来，对宋美龄说道："第一次北伐时，孙中山先生驻节桂林，徐树铮受段祺瑞之命，前去协商要事。孙先生召集护法各省首脑开会，诸人都到了，唯有陈炯明一人未到。徐树铮由此看出了蹊跷，私下对人道：'孙公祸将不远了。'果然，时日不长，陈炯明便发动了叛乱，孙先生差点遭了他的毒手。"

蒋介石说的这事儿，宋美龄还是头一回听到，不过倒是知道徐树铮、陈炯明的。徐树铮是北洋段祺瑞手下赫赫有名的大将，足智多谋，敢作敢为，人送外号'小扇子'。陈炯明则是当年广东的军政领袖，二次革命时因与孙中山意见不合，下令炮轰总统府，蒋介石曾带兵讨伐过他。只是宋美龄有些奇怪，怎么突地没头没脑地提起这事来，刚要问时，蒋介石却又转过身去，望着夜空不做声了。

宋美龄也是绝顶聪明的人，脑子一转，便明白了蒋介石的心思：今天的宴会上胡宗铎三人缺席，蒋介石心中结了疙瘩！

第二天，晴空万里。

第四集团军驻汉口部队在操场上排列起来，旗帜鲜明，枪炮齐整。一声令下，军乐队诸般乐器齐声响起，热闹非凡。

阅兵总指挥胡宗铎骑一匹白马，持一柄明晃晃的指挥刀，在前边走进场来。蒋介石一身崭新的戎装，斜挂武装带，下着锃亮的高筒马靴，骑一匹枣红马跟在后边，李宗仁与李济深各骑青鬃马相随左右。最后边走着的是百十号卫兵。一时间马蹄得得，很是清脆悦耳。

胡宗铎阔了嗓门发出口令："敬礼！"

操场上，官兵发出整齐的响声，立正、举枪、行军礼。

蒋介石与李宗仁、李济深也举手行礼，从队前缓缓走过。到了阅兵台一边，几个人下马走上台去。这时，宋美龄、吴稚晖等人，早已站在了台上。蒋介石走到最前排中间站了，李宗仁与李济深也在他身边站定。

胡宗铎高声道："请李总司令致辞！"

李宗仁上前一步，道："蒋总司令一行莅临武汉，第四集团军官兵无不倍感荣幸，宗仁也极觉光荣。蒋总司令对我官兵关爱有加，宗仁等无不真诚感戴。第四集团军官兵北伐中付出重大牺牲，未曾有负党国信任，劳绩党国当不会忘却。如今国家走向统一，我等革命责任未尽。蒋总司令此次莅临检阅，当激发我第四集团军官兵之意志，再建革命功勋。"

掌声响起，李宗仁退了回去。胡宗铎又高声道："有请蒋总司令训话！"

蒋介石从容向前走了两步，威严地向台下的官兵扫视一眼，开始讲话。他先是回顾了国民革命军北伐中的顽强精神，表扬了第四集团军官兵的功劳，最后，向第四集团军提出了要求："革命军人应忠诚拥护中央政府，应尽阶级胆、从天职，确守军风纪，不惜为国家牺牲。"

掌声四起。

这时，却见胡宗铎大步走上前来，在台子中间岔开腿站定，放开喉咙道："适才蒋总司令的训示我等官兵一定铭记在心。蒋总司令说得极好，我等应该忠诚拥护中央政府，为国家牺牲，为国家尽力。宗铎在这儿也有几句掏心窝的话要说，这便是，宗铎深盼中枢能开诚布公，赏罚分明，用人唯才，形成政府廉洁风气。北伐时，政潮纷起，几乎动摇大局，全是由于中央未能如此所致，宗铎切望中央记取教训，呈现革命之崭新气象，俾我武装同志为国牺牲才有价值，才有意义。"

一时间，全场鸦雀无声，大伙儿自是听出胡宗铎字字带刺，直奔蒋介石而去，也都知道他说的这些事儿不是无中生有，只是这般当众针锋相对，一时都觉得有些不得劲儿。

李宗仁偷眼看过去，却见蒋介石稳稳地站着，脸上没有一丝表情。

胡宗铎一通牢骚发过，方才无事似地长出一口气，向着台下高声发令："开始！"

操场上的士兵各依官长的号令，排成方队齐步向阅兵台前走来，众人松了口气，看着队队的士兵从面前走过。

还有几队便要走完时，蒋介石突然对李宗仁道："就看到这儿吧。"也不待李宗仁应声，独自下了阅兵台，大步走了。

四、冯玉祥说：我来干好

专车在郑州火车站徐徐停下。蒋中正、李宗仁、吴稚晖、李济深几个走了下来。冯玉祥大着嗓门叫着："介石吾弟！"大步迎上前来。蒋介石满脸是笑地伸出手去："焕章大哥。"

两人握了双手，"哈哈"大笑。

蒋介石在武汉盘桓了两天，便换乘专车前往北平。虽说在武汉遇了些不愉快，李宗仁临了还是给了不小的面子，陪同他一起北上。原先已计划停当，专车到达郑州时稍做逗留，在这儿吃过午饭，再叫上冯玉祥一块儿动身。

冯玉祥又与李宗仁等打过招呼，便率众人向他的司令部走去。路上，蒋介石露了关切的神色道："大哥的病可好些了？"

冯玉祥"咳"了两声道："这几日已是见好了，只是还有些头疼咳嗽。"

蒋介石道："大哥这身子确需好好休养。北伐中，大哥常常不管白天黑夜，一连几天在战壕里边指挥作战，连顶帐篷也不扎，风吹雨淋，艰苦异常，便是个铁人也承受不住，只怕那时落下病根了。"

冯玉祥一挥手道："我这人是吃苦的命，倒也没有那般娇贵，吃几服药，歇上一歇，病便见轻了。咳咳。"

两人边走边说，很是亲热。

李宗仁走在后边，轻轻触了一下李济深的胳膊，低声问道："你看焕章果然病了吗？"

李济深微微一笑，道："他在演戏。"

冯玉祥的司令部离着车站不远，不多时便到了，冯玉祥直接把众人引到了餐厅里。冯玉祥敞开喉咙叫道："来的都是自家人，我这儿从不讲虚礼，诸位随便坐随便坐。"

冯玉祥这餐厅也忒寒酸，平常百姓家的样子。餐桌皆是大小不一的旧方桌，座位也是各式各样，高高低低。众人嘻嘻哈哈坐了。看了桌上的饭菜，更觉得出人意料。中间是一大黑瓷盆烩菜，白菜豆腐粉条汤上面漂着几片五花肉，绿绿白白地看着倒也鲜亮，四周几盘则是炒萝卜、炒辣椒，黄瓜大酱之类的寻常菜肴。一盆小米稀饭和一篮子馒头，也早已端上桌来。

各人坐定，冯玉祥道："各位，今天这饭菜实在普通了些，有些同志可能咽不下去。不过我们这一带百姓穷，第二集团军也穷，要是百姓与士兵顿顿都吃上这些，便烧了高香了，实在对不住，可冯玉祥对蒋总司令、对各位的这颗心却是热的。"说到这儿，冯玉祥拍了拍胸脯。

众人有的叫好，有的连声客气。

吴稚晖站了起来，高声道："冯总司令这才叫革命，老吴佩服得很，我要多吃几个馒头表示表示。"

众人一阵大笑。

冯玉祥向吴稚晖抱抱拳，然后对蒋介石道："请蒋总司令讲话！"

蒋介石站了起来，兴致勃勃的样子，先向冯玉祥表示了感谢，然后又对冯玉祥的艰苦奋斗精神夸赞一番，最后道："今日与众位相聚于此，真大快乐也。中正自十五年七月，受命中央，统军北伐，屡挫逆军，兹值北都奠定，克复幽燕，军事告竣，党国前途一片光明，诸同志当效忠党国，共图匡济，完二十余年革命未竟之功，慰四万万民众之望，愿与同志共勉之。"

掌声响起，很是热烈。

蒋介石向众人挥挥手，坐了下去。这时冯玉祥却又站了起来，道："我也来讲几句。"

蒋介石道："诸位欢迎冯总司令讲话。"

掌声又起。

冯玉祥道："蒋总司令说今日乃大快乐，我却认为不胜悲痛。"

此言一出，顿时静得连根针掉到地上的声响都听得清楚。都知道这冯玉祥做事常常不循常理，有时话一出口呛人个跟头，却没想到今日对蒋总司令也如此这般，而且适才还笑逐颜开，猛不丁就黑下脸来。众人脸上的笑容顿时僵住，齐齐地把目光投到了冯玉祥和蒋介石身上。

蒋介石神色却是一丝不变，依然微微笑着，只是从桌上取过一块手巾，若无其事地擦起手来。李宗仁却垂了眼皮端坐着，如没有听到一般。

冯玉祥接着说道："为什么我悲痛呢？因为革命尚未成功。为什么这么说呢？其证有三……"说着，伸出三个指头一晃，然后说一条摁倒一个，"一、不平等条约尚未废除；二、军阀之残党尚未完全消灭；三、各军裁兵未见实行。所以，还是中山先生哪句话：'革命尚未成功，同志尚须努力。'"

冯玉祥硕大的嗓门轰轰作响。屋里静了半晌，就听蒋介石突然叫了一声好，带头鼓起掌来。

冯玉祥又道："这几日我一直在寻思，民国以来，官僚政治诸多弊病，其中最主要的一条就是秉政者尽力排除异己，不能开诚布公。袁世凯、段祺瑞、吴佩孚没一个不是这样，结果贻误国家、祸害人民，弄得数十年来战火不断。这一次北伐革命告一段落，我们万万不能再蹈此覆辙，必须真正地天下为公，真正地精诚团结，这样才有希望建造真正的三民主义的新国家。"

说完，冯玉祥坐了下来。众人鼓掌。

蒋介石心中明白，冯玉祥心里窝着的那股子气还没出，这是敲边鼓给他听呢。还是露了高兴的样子，连连鼓掌。

吴稚晖出来打圆场，说："焕章这话倒让我想起何为革命来了。因为张作霖这帮军阀的办法不好，所以我们起来打倒他们，这可用八个字来说明，就是：'你不好，打倒你，我来！'"

冯玉祥朗声大笑起来："我以为这还不够，我来补充一下好不好？"

"好、好。请、请。"

冯玉祥道："'我看只是'我来'不行，必须'我来干'，光加个'干'字还不行，必须再加一个'好'字——'我来干好'。我来了，不干不行，干不好也不行！"

这话说得有趣，全场哗然大笑。

这时，李宗仁站了起来，道："适才蒋总司令语重心长，冯总司令也是情真意切，皆是革命同志，皆为革命大业，有此革命意志，何愁不能胜利？来来来，咱们开饭，祝革命胜利。"

全场人又笑了，一片声招呼开饭。

一边吃着，蒋介石对冯玉祥道："焕章大哥，这次咱们一起去北平……"

冯玉祥正大口吃着馒头，听了这话马上咽下一口去，道："老弟，真是不巧得很，我这边出了个大事，正急着料理，实在脱不开身……"

蒋介石只觉得头"嗡"地一声响，脸色顿时一变，猛地停了咀嚼问："怎么？"

冯玉祥没接话茬儿，只是若无其事地说道："你们放心先走便是，过几天，过几天我便赶过去，误不了事的。"

李宗仁却像只对面前的一碟青豆子咸菜有兴趣，吃得津津有味，什么也没听到一般。

"噢。"蒋介石低了头沉吟了一下，"咝咝"地抽着气道，"开会的事可……"。

冯玉祥大咧咧地说："误不了，转眼我便赶到了。"然后，端起碗呼呼噜噜喝起粥来。

蒋介石勉强吃了小半块馒头，只是什么滋味没吃出来，反觉得肚子鼓鼓地撑得难受。

饭毕，众人又说了几句闲话，蒋介石一行便告辞启程，冯玉祥一直将他们送到车站，看着火车驶远了方才打道回府。

蒋介石自打进了车厢，便沉着脸一言不发，只是不住地挠着额头。

吴稚晖着实有些生气，不住声地唠叨："这个冯焕章，到底弄的哪一出？明明说好了的，怎么转脸就变了？"

张静江在旁只是连声叹气，李宗仁却面沉似水，正襟危坐。

火车"咣咣当当"地响着，向北驶去。不知过了多久，蒋介石突然抬起头来，断然道："马上给南京发电，让那边以国民政府的名义催促冯焕章急速赴平！到北平时，我们几个也分别给冯焕章发电——让阎伯川也发——催他速速启程。这会他冯焕章不来，责任他负不起的。"说这话时，蒋介石脸色有些发青。

专车到了北平，阎锡山、白崇禧等亲自率领大批文武到车站迎接，自是又有一番排场热闹，又有一番客套应酬。

蒋介石满面春风，与阎锡山几个交谈甚欢，可心里却沉重得像吞了一肚皮沙子，又像装了个猴子一刻也不得安稳。他担心冯玉祥这次不管不顾梗着脖子跟他较起劲儿来，死活就是不来北平，那样的话，事儿便真有些难以收场了。

谁知仅过了两天，冯玉祥的电报到了，说已启程赴平。得了这个信儿，蒋介石顿时长出了一口气，立马安排吴稚晖与阎锡山及北平行营主任何成浚等到火车站迎接。

吴稚晖与阎锡山、何成浚带着一大簇人提前到了北平西车站，场面弄得也很热闹。可还有半小时专车就进站时，却传来个信儿：冯玉祥已从丰台转向西直门车站去了。

众人顿时措手不及，急急忙忙向西直门车站奔去，场面一时乱作一团。

阎锡山黑着脸上了自己的小车，北平警备司令张荫梧气鼓鼓地道："冯玉祥弄的这是哪一出？这不是折腾人吗？"

阎锡山冷笑一声："不折腾人他还是冯玉祥吗？"

张荫梧对着司机道："开快点！"

阎锡山却沉声说："沉住气开！是他冯玉祥改了道儿，就是晚了也怨不得咱们。"

"冯玉祥到底存的什么心呀？"

"存的什么心？"阎锡山冷笑一声，"分明是不放心咱们，给咱们个措手不及！"

车子开出一段路去，阎锡山又自言自语般地说道："这位冯老兄，做事历来神出鬼没。我听人说，北伐时他驻节郑州、新乡，车站上的四个火车头，都朝着东西南北四个方向升火待用，一声令下，挂好就走。究竟何时要走，去往何处，只在冯焕章的嘴里，没一个人提早知晓。以前这事儿传到耳朵里，我还有几分不信，现在看来，都不是虚的。"

张荫梧忍不住笑了出来："还真有点儿神出鬼没。"

说话间，西直门车站到了。阎锡山等走到站台时，专车正巧也开进站来。众人看到这列专列上挂着一节花车，断定冯玉祥就在上面，便都朝着那儿拥过去。车子停稳，花车上下来的却是冯玉祥的副参谋长曹浩森，身后跟着几个参谋。

吴稚晖变了脸色，急急问道："焕章呢？焕章没来？"

曹浩森对吴稚晖挤了挤眼，朝着另一节铁篷车抬了抬下巴。吴稚晖、阎锡山几个又转身向着那节铁篷车急急走去，到了门口时，冯玉祥刚好从车上走下来。

吴稚晖大呼小叫迎上前去，阎锡山脸上的不高兴眨眼间也没了影儿。冯玉祥高喉大嗓地与他们打着招呼，几个人顿时一派亲亲热热模样。

叙了几句相思之谊、盼望之情，几个人边说话边向车站外走去。

阎锡山道："焕章兄，我已在颐和园为你安排了行辕，你看可好吗？"

冯玉祥没有打顿儿摇着头道："不用。我带来的人就住在专车上，手枪队的弟兄跟我到碧云寺中山先生灵前伴灵！"

阎锡山噎个跟头，咽了口唾沫，方道："那也好。先请焕章兄入城叙话。晚上我尽地主之谊，为焕章兄接风洗尘，请焕章兄务要赏光。"

　　冯玉祥向着阎锡山一抱拳，道："多谢，多谢了。"

　　众人分别上了汽车，驶向北平城里。阎锡山的车走在头里，一上车，便抱着胳膊肘儿打起盹来。

　　张荫梧知道阎锡山今日让冯玉祥折腾得着实不高兴，不敢开口找骂，直到快到平津卫戍司令部时，方陪着小心问："总司令，有个事儿。冯玉祥的专车停在西直门那儿，他那些兵都在车上，天黑了时，咱们关不关城门呀？"

　　阎锡山立马直了腰，说道："关，怎么不关！像往常一样，入晚十点准时关闭城门！没有命令，哪个敢开城，我摘了他脑袋！"

　　"是！"

　　"还有，这段时间，就是睡了也要睁一只眼，尤其要盯紧那边。"阎锡山伸了一个指头往肩膀后边一指。

　　那儿，正是西直门火车站。张荫梧心中透亮：阎总司令对冯总司令着实有些放心不下，便急忙点头道："晚上，我悄悄再调一团人过去。"

　　阎锡山没有做声，只是重重地吐了口气，又抱起胳膊肘儿，垂下了眼皮。

第三章　善后会议开起来

一、总司令哭惨了

> （1928 年）7 月 3 日，蒋介石、李宗仁到达北京，蒋介石偕宋美龄住香山碧云寺，李宗仁则住在集灵囿。7 月 6 日，冯玉祥也到了北京。各集团军总司令、总指挥在香山碧云寺孙中山先生灵前举行祭告大典。
>
> ——程思远（曾任李宗仁、白崇禧秘书）

北平西山，是个清幽去处。

在这夏日里，只见碧涛万顷，绿雾蒸腾。各色树木遮天蔽日，庙宇寺塔隐约其中。山高谷深，壁陡岩峭，着实有些雄伟气象，而流泉飞瀑、鸣声啾喁，却又增了无限旖旎。

远近闻名的碧云寺便坐落在西山的东麓，这寺依着山势，六层院落一层比一层高出，直到山顶。近四十米高的金刚宝座塔，全是汉白玉砌成，塔身雕满精致图案，在高山和绿树的映衬下，显得极有气势却又带着几分婀娜。

7 月 6 日一大早，整个西山突然喧闹起来。碧云寺外更是人山人海，气氛也与往日大不相同。四下一片庄严肃穆景象。石阶两边的树上缀满了白花，民国党政军及民间各界、外国使节送的花圈、花篮放满了金刚宝座塔四周。

蒋介石与冯玉祥、阎锡山、李宗仁、吴稚晖、李济深、白崇禧、徐永昌等 34 位政府要员和各部军事首领都在碧云寺入口处的大牌楼下恭敬站好。

牌楼也与往日不同，新挂的一副楹联，很是显眼：

人群进化
世界大同

横额四个大字，更是苍劲厚重："天下为公。"

这时，悲壮的军乐响了起来，整个西山却似乎安静了下来。总纠察张群引导众人行动起来。蒋介石在前，冯玉祥、阎锡山、李宗仁左右相随，其他人跟在后边，缓缓地向着金刚宝塔走去。——1925 年 3 月时，孙中山在北京病逝，灵柩就停放在金刚宝塔的石龛中。

哀乐声里，众人拾级而上，到了第二道门牌楼，却见上面高悬着"精神不死"的横额，另有一副楹联写得激情四溢：

赤手创共和，生死不渝三主义
大名垂宇宙，英名常耀两香山

到了塔跟前，只见孙中山的遗像挂在正中，遗像两旁交叉悬挂着中华民国国旗和中国国民党党旗，左右也有一副楹联：

革命尚未成功
同志仍须努力

众人在金刚宝塔前依次站定，蒋介石脸上挂满庄重和悲戚，缓缓走上前去。向着孙中山的遗像献上一束花，然后三鞠躬，退了回来。

哀乐停下，第三集团军前敌总指挥商震上前几步，读过国民党中央的祭文，又开始读蒋介石个人的祭文："维中华民国十七年七月六日，国民革命军既奠北平，弟子蒋中正，谨诣香山碧云寺，致祭我总理孙先生之灵曰：溯自我总理之溘逝，于今已三年余矣。中正昔侍总理，亲承提命之殷，寄以非常之任，教诲拳拳，所以期望于中正者，原在造成革命之武力，铲除革命之障碍，以早脱人民于水火。乃荏苒岁时，迄于今日，始得克复旧都，展谒遗体，俯首灵堂，不自知百感之纷集也……"

蒋介石的这篇祭文很有些篇幅，内容措辞诸般也着实用了心思。先将孙中山对自己的情谊及信赖诉说一番，又将自己遵循孙中山遗命、艰难奋斗的历程陈述一番，最后，则将反对地盘思想、呼吁裁兵、防止内战、实行以党治国等八件事向孙中山一一禀告说明。

商震缓缓地读着。蒋介石肃然直立，清癯的脸上，满是庄重和虔诚。

冯玉祥站在前排，竖着耳朵将祭文一字一句听得真真的，早已品出另外的滋味来，不由得微微转了脸向身边的李宗仁、阎锡山瞥去。正巧，李宗仁也朝着这边瞄过来，两人目光一对，便又分了开去。阎锡山却一直恭敬地垂着头，一副仔细聆听的模样。

祭文读罢，哀乐又起。众人依了司仪口令，再次一齐行过三鞠躬礼，接着便上前瞻仰孙中山的遗容。

几个士兵把灵柩的盖子轻轻挪开，蒋介石到了跟前，扶棺往里看去，只见去世三年多的孙中山遗容仍如生前一般，依然安详而沉着，顿时全身一阵发热，千言万语涌上心头，可喉咙却像堵了一团棉花，一个字也说不出来。只觉得胸膛一阵阵痉挛，两腿没了半点力气，他用力扒住了棺，哽咽着叫了一声："先生……"两行热泪直流下来。

蒋介石一手捂了眼，泪水却从指缝中溢了出来，先是连声抽泣，接着呜咽出声，临了竟放声大哭。

起先，众人在后边看到蒋介石趴在灵柩上好大一会儿一动不动，有些诧异，接着见蒋介石的两肩不停地抖动，更是觉得蹊跷，这时听到哭声突然响起，一时有些不知所措。

这哭声痛彻心肺。吴稚辉、冯玉祥、阎锡山几个也都泪流满面。

全场一时更加寂静，似乎山上的风声也停息了，只有蒋介石的哭声惊天动地。

哭了三五分钟，竟是没有止下的意思，冯玉祥用肘轻轻碰了碰阎锡山，阎锡山会意，两人一齐上前，劝说蒋介石节哀。蒋介石却更是悲痛，越哭声儿越大。

李宗仁却一直站在一旁没挪窝，不远处站着的众人有些躁动起来。

吴晖稚向着蒋介石的卫队摆摆手，几个兵上前，将蒋介石架开，众人这才上前，向孙中山的灵柩三鞠躬，最后把棺盖重新安放停当，又绕着缓缓走了三圈，祭灵仪式方才结束。

众人各自散去。李宗仁与李济深、白崇禧三个出了碧云寺，沿着一条石阶路信步走去。此时，林荫铺地，清风拂面，适才的抑郁顿时削减了许多，心情也变得轻松起来。走了两三里远近，路边正有一座凉亭。李济深道："就在此坐坐。"

三个人到了凉亭底下，李济深与李宗仁在石栏上坐了，白崇禧却卡着腰四处瞭望起景色来。

李济深曾做过黄埔军校教练部主任、副校长，也做过国民革命军第四军的军长。现下是国民革命军总参谋长、广东省政府主席。他虽说出生在广西，却不是桂系的人物，可是两粤人士却都知晓：李宗仁、黄绍竑、白崇禧的新桂系，起家时只有一支4000多人的队伍，之所以在几年之内扫荡群雄，统一广西，实是仰仗了李济深的全力扶持。所以，李济深与桂系的关系扯不开挣不断，他们几个的交情也非同寻常，说话自然也就不藏着掖着。

李济深道："德邻，适才蒋总司令在中山先生灵前悲痛欲绝，冯焕章、阎伯川他们也都悲怆万分。我偷眼瞧去，怎么未曾见你落泪呢？"

李宗仁一笑，微微摇摇头道："有人抚棺恸哭，有人扶泪相陪，都似出于矫情，李某实在无此表演本领。"

白崇禧扭过头来道："此次老蒋灵前痛哭，难说没有真情流露。不过我总觉得似是另有深意在，即向我等显示，中山先生与他关系非同一般，他才是中山先生唯一的继承人，实是存了要压我等一头的意思。"

李宗仁道："健生说的极是，蒋中正的那篇祭文听来颇多弦外之音。其一，他之权力来自总理授予。其二，他在北伐中功高无匹。其三，他是正朔，各部须服从他之号令。"

李济深也点头道："祭文可咀嚼之处确实甚多。"

李宗仁沉默了一会儿，转了话头道："听说冯焕章过几日也要在南口开什么大会，追悼在南口战役时战死的将士。"

南口战役是指民国十五年五月里的一场大战。当时，冯玉祥的国民军，与张作霖的奉军和吴佩孚的直军以及阎锡山的晋军双方近80多万人在南口鏖战三个多月，最后国民军被击败，逃向了陕甘等地。这一仗打得极是惨烈，双方伤亡了几万人。

白崇禧听了却又笑起来："老冯这是要打擂台呀，以此显示战功绝不在老蒋之下，继承孙中山主张者大有人在，而不只有你蒋介石。哈哈，这戏越发好看了。"

李宗仁沉吟道："随他们闹去，不关我事。我只担心他们联手，对付我们。"

李济深道："今日这碧云寺，只是响起锣鼓点儿罢了，接下来的小汤山会议，才是大戏开场呢。"

二、小汤山会议

> 北伐成功后第一次会议是在北平西北的汤山开的，这个地方水是热的，树木很多，有一道小河，还有很多座新式的大洋楼，有人说这些洋楼都是安福系的曹汝霖、王揖唐等从西原大借款里得的"回扣"为他们自己盖的洋楼。
>
> ——冯玉祥 时任国民革命军第二集团军总司令

蒋介石背着手，在厅中间边说边踱。冯玉祥斜坐在沙发上，一手握了拳拄在扶手上，一手撑在膝盖上，架式极像一只随时准备跃起扑向猎物的猛虎。阎锡山依然是老模样，耷拉着眼皮，两手平放在膝盖上，端端正正地坐着，分明就是个老老实实听课的小学生。李宗仁靠在沙发背上，抱着胳膊，眼睛直盯着头上的吊灯。白崇禧则是一副轻松模样，手中一支笔把玩得溜溜儿乱转，眼珠子一会儿落到这个身上，一会儿又落到那个身上。李济深却翘着二郎腿，一只胳膊肘放到沙发靠背上，一只手放在大腿上，轻轻拍打着。吴稚晖、张静江、张群等几个也各有姿势，坐在沙发上。

蒋介石说道："如今，北伐业已完成，战争基本结束，国家将开始一个崭新阶段。裁兵节饷，从事建设，已成全国各界一致之要求。"

这个军事善后会议，已是开过两天，商议了处理奉军张学良部及军阀张宗昌、孙传芳残部的办法，对平津军政的人事也作了安排。议决这些事时，虽说舌头上也有些磕碰，好歹却没撕破脸皮。今天，蒋介石猛不丁提起裁兵这事儿，大伙儿方个个都像听到了枪声一般，耳朵顿时直竖起来。

蒋介石今日穿了一身灰色的中山装，看来比往日多了几分亲切随和。他走到茶几前，俯身拿起一叠文件拍了一拍，说："我想诸位都已知晓，前不久，全国经济会议在南京召开，通过了这个《克期裁兵从事建设案》，此案指出：革命成功，建设开始。言建设，则首当注重经济，言经济，则首当实施裁兵……"

蒋介石向着众人看了一眼，微微叹了口气，又道："此言对我等统兵之人无疑振聋发聩，中正感到压力甚大。我国今日军队之多、军费之巨，尽人皆知。全国经济会议算了一笔账：目前全国军队有84个军，18个独立旅、21个独立团，总共220万人以上，一年共需军费6.6亿元，嗯，6.6亿元！"说到这儿，蒋介石加重了语气，目光又从众人脸上扫过。

"可各位知道吗？眼下全年国家收入有多少？多少？总共4.5亿元，除去应还内外债1.5亿元之外，还剩多少？3亿！3亿！"蒋介石伸出三个指头在眼前晃着，"倘若保持现有的兵额，全部国家收入皆拨作军费，也不够用！民力财政，均属绝对不能负担！此种情形，不只全国民众认为严重，想必在座各位也均有所感。"

吴稚晖一声长叹："确实如此，百姓的确养不起这么多兵了。"

蒋介石又举起那叠文件晃了几晃，道："经济会议已作出决议：全国军队留50个师，军费全年总额为1.92亿元——这还要占全国收入的2/3。会议另对裁兵机关，裁兵方法及兵工建设费筹划等项也有议定。想诸位均已鉴及。"

蒋介石把文件放下，脸上换了一副焦虑的神情，低头踱了几步，突然又停了下来，转过身坚决地说："今日非裁兵无以救国，非历行军政、财政之统一无以裁兵，故而我们于推翻军阀之后，仍有两大责任：一当裁汰兵额，移巨额军饷为建设之用；一当充实军备，保持国家与社会安全。凡我同志，必当以真正之觉悟，与全国人民切实合作，完成此重大职责。中正尤当竭尽绵薄，与诸同志一起努力。"

说罢，蒋介石走到自己的座位上坐了，长长地出了口气。

厅里静了好长一会儿，冯玉祥首先开口道："国家穷，养数百万军队，难处确实大，必须得裁兵，这没说的。今后国家的希望，全在咱们军人的觉悟。什么觉悟呢？第一不能拥有太多的兵，第二不能存地盘思想，第三励精图治，切实干下去。我最近就在第二集团军里提了一个口号：'要少、要小、要好。'所谓少，就是兵要少；所谓小，就是防地要小；好呢，就是指什么事都要尽力往好处做。"

阎锡山接口道："蒋总司令与冯总司令所言极是，锡山极表赞成。锡山以为，首当召集各方革命领袖，开个军队缩编会议，限定兵额，分期裁减。"

李宗仁也道："宗仁同意各位总司令的意见，支持裁兵。"

吴稚晖鼓起掌来："各位总司令如此见识胸怀，我代天下百姓喝一声彩。"

蒋介石点了点头，脸上露了笑容道："好，各位总司令一致同意裁兵，实国家之大幸，民族之大幸，也足见我革命同志之觉悟，中正欣慰之至。"

话音未落，却听李济深接口道："缩减军队，减少军费开支，减轻百姓负担，济深举双手赞成，但裁兵须有个前提，这便是天下为公！只有这样，裁兵才可顺利进行，不然，断不会有好结果！像我们参加北伐的军队，还要裁减，可张宗昌、孙传芳、吴佩孚等人的残余部队反而要收编，这便有些说不过去。"

李济深虽是没有提名道姓，可众人知道他说的正是蒋介石。不由一起扭头向蒋介石看去，蒋介石着实没有想到李济深会突然翻脸，当众吐他一脸唾沫，很有些恼火，面上却无事似的，轻轻"咳"了一声，坐着没动。

冯玉祥也接着道："国家号召裁兵，我等积极响应。任潮说得极是，裁的对象，首先当是蒋总司令收编的吴佩孚、张宗昌等人的那二十几万军阀队伍。另一方面，国内裁兵也不应着眼于限制各军事领袖的实力，此层最需认清。"说这话时，冯玉祥伸了一个指头，"笃笃"点了几下面前的茶几。

蒋介石只觉得心口窝堵得难受，咽了一口唾沫，冷冷地道："这些第一集团军已有裁撤计划。"

冯玉祥话音里仍是带着气："我的意思是，裁兵要公平合理，不然怎么服众？"

李宗仁也接过话头说："裁兵裨利于民，势在必行，但冯总司令与李总参谋长之言也甚为有理，裁兵出于公心才是。"

蒋介石沉声道："当然。"

众人都住了声，一时有些冷场。一直没说话的白崇禧，这时清了清嗓子，道："崇禧倒以为，与其裁兵，不如实施总理之兵工政策，使之实边。崇禧自告奋勇，愿带广西子弟开发边疆。"

阎锡山眼皮一翻，马上又垂了下去，心中不住地冷笑：你白健生打得好算盘！蒋介石多少心计，还能看不透你的小九九？现在对你们已是放心不下了，还能再让你再带兵渗透到边疆去？

果然，蒋介石脸上淡淡地答道："此事容后再议。"

白崇禧"噢"了一声，脸上露了不高兴的神情，猛地往沙发背上一靠。

李宗仁道："宗仁以为，裁兵不难裁官难，裁高级军官尤难。军队里一般士兵多是招募而来，平日里尚有不少逃走的，裁撤起来自是容易。至于下级军官，裁撤后转业也不难，即使强迫他们退伍，也不致引起什么大乱子。可师长以上的将领则不同，如对他们任意裁撤，而不予适当安置，他们兵符在握，必不肯就范，那时怕中央就会为难了。"

"依你该如何办？"蒋介石问。

"可由政府出一笔经费，把各军中的高级将领分批派遣出洋考察军事，一则可增长他们的见闻，再则可作一回旋的步骤。他们回国后，可令入高级研究机关深造，能继续任用的，给予军职，不堪造就或自愿退伍者，则由国家优给退休金，使其能优游林泉或转务他业。"

"如此所费甚巨呀。"蒋介石露了为难的样子摇了摇头。

李宗仁很是干脆："是的，但这却是革命军人于革命成功后应得的报酬。再退一步讲，如是因裁兵不慎招致内乱，那所耗军费便不止于此了。"

蒋介石"唔唔"两声，没有再接下茬，一股火却直拱到脑门上，暗暗咬牙道：好个李宗仁，竟然威胁起我来了！

白崇禧几个却是暗暗点头：李总司令这话绵里藏针，点中了蒋介石穴道。

这时，蒋介石扭头转向阎锡山问道："阎总司令有何看法？"

阎锡山像猛地惊醒过来一般，动了动身子，轻轻咳过两声，才道："蒋总司令所言极具真知卓见，发人深省。冯总司令言之有理，裁兵确应从长计议，造次不得。李总司令的看法也需重视，不可忽略。总之，商议出个万全之策，有了定盘星，行事便有了轻重了。"

冯玉祥轻蔑的神色在脸上一闪而逝，他向身边几人转过眼珠去，却见李宗仁跟李济深仍是没有表情，只有白崇禧嘴角撇了一撇，两人目光一对，都是一个心思：这阎老西着实滑头！说了这一大堆，却没一点儿中用的东西。

阎锡山却又道："锡山觉得为了公平起见，可商定一个比例，各部按比例平均裁兵为好。"

别人还未接口，冯玉祥已是急了，道："这法子不成！裁兵不是裁强兵，而是裁弱兵，当以精兵留下、老弱淘汰为原则才是。"

这正触到了阎锡山的痛处，因为晋兵在四个集团军里边实力最是不济，他轻轻摇了摇头，淡淡一笑，道："只是何谓强兵，何谓弱兵呢？"

两人各不相让，争了起来。

蒋介石乐得众人互相争执，便不再言语。李宗仁却暗暗埋怨冯玉祥和阎锡山好生糊涂，不觉间竟掉转了枪口，急忙插嘴道："此事非同小可，确当各抒己见。宗仁浅见，首当开诚布公。若不然，恐怕就会将中华民国牺牲掉，而我辈也将为千秋万世的罪人。"

冯玉祥立马应声："说得好！"

阎锡山也点头道："开诚布公最是重要，不然怕要出乱子。"

李济深道："只要开诚布公，各方自会拥护，裁兵便可顺利实施，"

看众人又一起把矛头对准了自己，蒋介石坐不住了，站起来在厅里背着手转了两圈，柔中带刚道："裁兵能否实行，军备能否整理，已成国家存亡之关键。我们自当以大公无私之心，收集思广益之效，此非任何人所能阻挠，也非任何人所能把持。"

冯玉祥双掌一拍道："蒋总司令这话说得好。你一提'大公无私'这四个字，倒让我记起一件事来。去年八月里，蒋总司令辞职去了日本，我曾给伯川打过一个电报，记得是这么说的：'我愿意请蒋介石回国来，不只请他做第一集团总司令，我这第二集团军总司令也愿意归他指挥，你喜欢不喜欢？'伯川，你给我的回电是怎么说的？"

阎锡山"嗯"了一声道："我是这么说的：'你这电报真是大公无私，我愿意署名。'"

冯玉祥露了得意的神情道："着，正是这话。"

两人一唱一和，很是默契。明里叙叙旧事，暗里却是往自己的脸上贴金，说自己才是真正的大公无私，另外还带着给蒋介石敲敲脑门提个醒的意思，你少在我们面前挺腰子，别忘了是哪个把你推上去的。

蒋介石与李宗仁、白崇禧自然都听出这些意思来，却又觉得如挠脚心一般不得劲儿。因蒋介石下野，与李宗仁、白崇禧有极大的干系。几个人被冯玉祥与阎锡山不动声色戳了疮疤，都有几分尴尬。

蒋介石从来就是个受不得委屈的主儿，更容不得别人随便揉搓。眼下见众人这个一榔头，那个一棒槌，存心敲打自己，肚子里的火腾腾的有些压不住。

他在窗前站了一会儿，突然回身说道："凡我同志，有不能切实裁兵及编遣、不以国家为前提者，当受本党最严厉之惩罚，最公正之制裁。"

蒋介石这番话义正词严，即有指着众人的鼻子严迫威胁的味儿，又有拍着自己的胸脯表态发誓的意思。众人自是听得出来，却依然不动声色。白崇禧又摆弄起手中的那支笔来，冯玉祥眯起了眼，眉头结成个疙瘩。李宗仁则不停地摩挲着下巴，李济深抱着胳膊沉着脸不住地长长吐气，只有阎锡山还是一副恭恭敬敬模样。

突然，就听一阵大笑响起，众人扭头看去，却是吴稚晖在那儿眉飞色舞。只听老头子道："此事重大，怎能一两次会便板上钉钉？我看须沉住气，再会再议，再议再会。反正咱们民国喜欢会而不议，议而不决，再议议又有何妨？各位以为如何？哈哈哈。"

蒋介石见冯玉祥他们联手唱起反调，眼看一锅好饭已是做夹生了，不由得急火攻心，有点儿按捺不住。这时听吴稚晖插科打诨，顿时醒悟过来，坐回了沙发，长出了口气，道："稚老说得是，此事改天再议。我们此次先定下个裁兵的共识，然后再到南京召开编遣会议，请冯总司令、阎总司令和李总司令诸位参加，那时再把具体事宜商定下来。"

冯玉祥道："眼下东北的事儿还没有眉目，此时便裁兵我觉得有些早了。"

李宗仁道："冯总司令说的是，此事须从长计议。"

阎锡山不住地点头说是。

吴稚晖道："好好，就这么定了。哎哟哟，天到这般时候，老夫这肚子早就咕噜个不停，馋虫勾起来了。阎总司令，你能否尽尽地主之谊，请我等吃顿烤鸭解解馋呀？"

众人一起笑起来。阎锡山抱拳道："锡山当仁不让，当仁不让。"

吴稚晖站起来伸着懒腰道："老夫就是不愿委屈了自己这肚子。"突然又像想起了什么似的，"诸位，老夫给你们说件趣事来听。"

众人知道吴稚晖一派老小孩脾性，从来都是口无遮拦，行事怪诞，如今看他那模样，断定又有乐子，便都静下来听他说。

吴稚晖却突然一本正经起来，正色道："诸位知道的，老夫生来就看着鸡鸭鱼肉亲。可有一次李石曾请我吃饭，偏偏摆了一桌素席，真个气煞我也。这还罢了，此人还存心跟我做对似的，不住声地对我讲什么素食养生的好处。我就对他说：'我是上头喜荤，下头却是吃素的。你与我正好相反，你上头是吃素的，下头却要吃荤的。'你道我为何这样说他？李老兄新娶了一房如夫人是也。"

众人哄地大笑起来。冯玉祥直拍大腿，李宗仁一口茶喷出去，就连一直未见笑容的蒋介石竟也忍不住笑了。几个总司令适才的威严顿时都没了影儿，满屋的紧张空气也一下散了。众人笑够了，方嘻嘻哈哈走出门去。

蒋介石推说有点事儿尚要处理，晚一些再去。等众人走后，自个黑着脸窝在沙发里，只觉得一时喘不过气儿来。

副官郑介民走了进来，轻手轻脚地收拾文件，突然就听一声低喝："娘希匹！"吓了一跳，一回头，只见蒋介石一把抓起茶几上的茶杯，猛力向着墙上摔去。

"砰"地一声，茶杯粉碎。

三、咱们弟兄再联手

这日，蒋介石约了冯玉祥，一起游小汤山。

两人沿着林间甬路边走边看边谈。这时节，四下里各色植物好生繁茂，绿树葱葱，修竹亭亭，湖水漾漾，清风习习，真个山清水秀、鸟语花香。

蒋介石道："小汤山因温泉而得名，明时曾是皇家禁苑，清康熙年间在此建了汤泉行宫，乾隆时又拓建了这座园林。"

冯玉祥喝彩道："真是个好去处！"

蒋介石道："要是冬日大雪时节，到里边泡泡温泉，那才真是其乐无穷呢。"

"要说咱中国着实神奇，大冬天里还会从地下冒出热乎乎的水来。"

"天下之大，无奇不有呀。"

"确实如此。"

蒋介石突然感慨起来："览山川之胜可愉悦身心，得重地险隘可操控天下呀。"

"噢？"冯玉祥听出蒋介石话里有话。

蒋介石却是一副不经意的样子道："不是有这说法么，谁将平粤沪汉四个地方拿到手里，全中国便是谁的了。"

冯玉祥先是一愣，接着重重地叹了口气。如今北平握在阎锡山手里，白崇禧也在这儿驻有军队。广东却是李济深的地盘，上海市长是桂系的人，武汉由李宗仁占着。一提这事儿，便勾起冯玉祥的烦恼来。

蒋介石仍是一副随意模样，却把冯玉祥的神色收到了眼里。

两人又走了几步，蒋介石道："这些人占据要地，却不跟咱们一条心，很是危险，大哥你觉出来没有？"

冯玉祥外表粗犷，内里却极细致机敏。这时已是听出蒋介石话底里存着试探的意思，还有挑着他跟李宗仁作对的心思，顿时警觉起来，对着蒋介石埋怨道："我说老弟呀，你是领袖，不该说出这样的话来的。他们都是你的兄弟，是你的臂膀，占了哪儿，还不都是为你做事吗？何必顾虑这些呢？"

这话说得堂而皇之，把蒋介石噎得半天没倒过气来，心里暗道这冯焕章真是一条成了精的泥鳅，脸上却满是笑容，道："没有别的意思，我的真心话只对大哥说。"

"这便是了。"

蒋介石转了话题问："大哥这是头一次逛小汤山吧？"

"是头一次。"冯玉祥感慨道，"说起来我在北平待的时间倒也不短，在这儿当过陆军检阅使，倒过曹锟，又将老段赶下台来。那时要么忙得脚不点地，要么没有心绪，哪儿能四处溜达呢。"

蒋介石露了真诚的表情道："大哥革命勋业赫赫，着实令人敬佩。"

冯玉祥知道蒋介石这是在灌迷魂汤，不过听来倒也觉得受用，叹了一声道："我只是尽力罢了，也没有什么大功劳。从前，我常觉得自己学识不足，只想有了闲空，四处走走，再埋头读些书，如今北伐完成，我打算把军队全数交与国家，到美国和德国住几年，好生看看，增长些见识。"

蒋介石知道冯玉祥的话有真有假，却也做出感慨万千的样子道："大哥此话，足显革命境界之高尚。只是现在天下初定，国家事千头万绪，哪离得了大哥？别人走得大哥也走不得！说实在的，大哥的想法与我不谋而合，我也常常动起出洋开开眼界的心思，只是走不开。这样吧，等一切有了头绪，革命任务完成，那时咱们弟兄放下肩头这千斤重担，结伴一起出洋，岂不更好？"

这番话说得冯玉祥心中着实舒坦，不觉笑了起来，道："这倒极好，这倒极好。"

蒋介石道："如今，大哥不但不能有享清闲的念头，还要担起更重担子来。"

冯玉祥带着询问的表情看过来，脚下不自觉地缓了。

蒋介石一指不远处一棵柳树下的石条凳，道："且在这儿坐坐。"

两人挨着坐了，蒋介石亲切道："大哥有光荣的革命阅历，又有极高远的见识，是国家的擎天柱。我有意由大哥出任行政院副院长和军政部部长，还望大哥不辞辛劳。"

冯玉祥又看了蒋介石一眼，没有做声。

蒋介石道："军政部常务次长就由鹿钟麟来做，往后全国军队方面的事全由大哥做主。"

"唔……"冯玉祥沉吟起来。军政部掌管全国陆海空军行政事宜，很有些分量。鹿钟麟是自己的心腹爱将，现做着第二集团军第九方面军的总指挥。此人做次长，自己做部长，军政部便结结实实地握到了自己手里。冯玉祥心动起来，脸上却没有露出半点儿可否的神色来，半晌才道："只怕我与瑞伯本事不够，承担不起这个责任，误了国家的大事。"

蒋介石更是真诚："大哥承担不起来，哪个能承担起来？大哥入京供职，以后有事，我都听大哥的。咱们弟兄同心联手，创一个新的中国出来。"

一番话说得冯玉祥心眼儿活动起来：蒋介石这人分明是只会说话的刺猬，亲近不得。可往后，国家大权铁定要落在他的手里，要想第二集团军不吃亏，要想自己的人在政府里多占些位置，还只有跟他合作这一条路。冯玉祥又掂量了一番，军政部是硬邦邦的交椅，自己做了军政部部长，便可以拉开架势施展拳脚，做一番大事业。至少，在编遣和军费诸方面对自己的第二集团军只有好处，没有坏处。

冯玉祥"呲呲"地抽着气，不停地挠着短短的头发茬儿。

蒋介石眼珠子不离冯玉祥的脸，心里却像在蹚水过河，不断地试探着深浅。他接着道："中央拟任命孙连仲为青海省政府主席，任门致中为宁夏省政府主席，何其巩为北平市市长。大哥还可从第二集团军中再选拔一些可用人才，推荐到政府里担当工作。"

孙连仲、门致中与何其巩都是第二集团军的人、冯玉祥心腹，起用他们，自然便是多给自己权力，冯玉祥心中很是舒坦。

蒋介石又道："说句掏心窝的话，第二集团军的弟兄的确太苦了。那都是因为以前国家未曾统一，财政没有办法，以后军队都是国家的，绝对一律平等。第一集团军吃什么，第二集团军也吃什么。我已做了安排，从这个月起，第二集团军所有军官的军饷都往上提一提，将官每月薪水60元，校官40元，尉官20元。"

冯玉祥暗道这回蒋介石看来的确是想笼络自己，与他拉起手来，这次编遣料定不会吃亏的，便半天没有做声，再开口时没接适才的话茬儿，只是正色道："我这边一切好说，只是伯川和德邻那边，让他们入京供职怕是有些不好办。"

蒋介石暗暗松了一口气，知道冯玉祥已是点头了，便道："中央拟任阎

47

伯川为内政部部长，德邻为军事参议院院长，他们皆需到南京任职。——大哥想想，身为国家高官，哪有不在京做事的道理？——我想只要大哥去了，他们不敢不去的。"

冯玉祥道："也是。"

蒋介石又说："二届五中全会正紧着筹备，中央已多次催促我返京。我只能先行一步，善后的事儿大哥与他们继续商议着，到时，咱们在南京将编遣会议开起来。"

冯玉祥道："这事好说。"

与冯玉祥谈过话，蒋介石回到自己的住处，搬走了心上一块石头，很有些高兴，刚刚坐定，郑介民走了进步，露了欲言又止的神情，蒋介石问道："有事？"

"报告校长，学生有话想说。"

"说。"

"是。"郑介民道，"学生看来，革命又到了紧要关头。"

"噢？"蒋介石露了感兴趣的样子，"为何这么说？"

"校长一直以党国大局为重，以维持和平为任，并为此忍辱负重，但某些人军阀性成，视校长宽容为软弱可欺、视党国权威如同无物，得寸进尺，狂悖自大，学生看国家和平早晚便要毁在他们手中。"

蒋介石点点头道："北伐刚刚结束，国家满目疮痍，民众一闻战争便心生厌恶，哪个称兵作乱，必遭唾弃。"

"可有些人不明大势，不顾国家和民众。我们不可掉以轻心，应早做准备。"

郑介民是黄埔二期的学生，还曾在莫斯科念过大学，为人机警，行事精明，很得蒋介石赏识。听了这话，蒋介石微微点头，"你且说说，如何准备？"

郑介民道："把握全局，校长自是胸有成竹，学生以为，有一件事须早着手才是。"

"何事？"

"接近各方核心，掌握各方动向。"

蒋介石明白郑介民说的是要打入各方内部的意思，极感兴趣，指着沙发道："坐下说坐下说。"

郑介民坐了，接着道："不然，我们在明处，别人在暗处，只怕到时要被动的。"

"说的是，只是接近各方核心，不是件容易的事。"

"学生愿为革命效力。"

"噢？"

"学生在俄国读书时，有一要好的同学，名叫李宗义，他便是李宗仁的弟弟，眼下在第四集团军中任职，人称'二总'，李宗义曾多次约请我到那边去。"

蒋介石高兴起来，猛地站起身，郑介民也急忙站起立正。

蒋介石带着欣赏的目光看着郑介民说："好好，耀全，我没有看错你！"接着，又沉吟起来，"不过，李宗仁、白崇禧都极狡猾有心计，且他们都认得你，这事怕是有些……"

郑介民早已胸有成竹，便将打算说了一遍：先找个由头，辞了这边军职，然后带着一副落魄模样去武汉，通过李宗义，进入第四集团军，后边的事再见机行动。郑介民道："校长放心。第四集团军与第一集团军，都是国民革命军，说起来还是一家人，又同在校长的统率之下，我到那边去，只说在这儿干得不顺心，要换个地方做事，估计他们不会生出太多的疑心来。再说，有李宗义的引荐，这事儿估摸也能顺风顺水。"

"此事可行。"蒋介石高兴地踱了几步，又走回来，拍了拍郑介民的肩膀，两眼闪着光道，"依你的机敏、本事和口才，相信会得到李宗仁的信任。"

"谢校长信任。"

蒋介石大步走到案子前，坐下，拖过一张纸来，唰唰写了几行字，然后递给了郑介民。郑介民接过一看，上面写着批给他5万元，便又急忙双手递了回来，立正道："学生多谢校长奖励，只是……只是学生此番行动，是为革命事业，分内之事。这钱，学生不能收。"

蒋介石更加高兴，伸手替郑介民正了正军帽，满意地点点头："好，这才是真正的革命精神，这才是我的学生。"

"全仗校长教导。"

蒋介石把那张条子塞进了郑介民的口袋，点点头，嘱咐道："此次到了那边，你一方面要注意探听各方消息，另一方面，还要留心哪些人能为我所用。需要用钱时，不要吝惜，直接发密电给我。"

"是。"

四、我要回去

阎锡山出了北平卫戍司令部大楼，刚走到停在楼前的轿车旁，副官急匆匆地从楼内跑了出来，到了跟前报告说："冯总司令又来电话了，问你动身了没有。"

阎锡山顿时黑下脸来，一声没吭，转身跨上车去，"嘭"地一声把车门关了。

阎锡山一肚皮的气。

蒋介石在北平逗留了几日便回京去了。过了不久，冯玉祥与李宗仁也离了北平，准备进京参加编遣会。走前，俩人几次邀阎锡山一块儿动身，可阎锡山另有打算，只说自己身负卫戍平津的责任，难以拔腿便走，须将事儿料理出了眉目方能登程。冯玉祥与李宗仁没法子，只得先去了洛阳，在那儿浏览名胜古迹，盘桓起来，只等着阎锡山南下。这期间，冯玉祥几次打过电话，催促阎锡山启程。冯玉祥还半开玩笑半认真地说：要是你阎伯川不动身，我冯玉祥就在河南蹲着等你。你要是拿定主意坠着屁股不挪窝，我就从河南赶回北平拽你。今天，阎锡山已是说了就要启程，冯玉祥也从河南动身南下，可上车前还是打过电话再次催促，路上到了一个车站，又下了专车，打过电话来问，难怪阎锡山老大的不高兴。

轿车出了司令部，向火车站驶去。车里还坐着赵戴文与周玳。周玳也没好气地问："冯玉祥什么心思？火上房似地催。"

赵戴文道："子梁，你就没看出来？冯玉祥跟蒋介石一个鼻孔出气，他这是替人打短工呢。"

周玳露出担心的神色道："要是这样，咱们得提备些。"

赵戴文道："的确该提备些。"

阎锡山自打上车便沉着脸、耷拉着眼皮没做声，这时突然冷笑一声："且把心放到肚子里，冯焕章这是阎王爷面前卖长生药，早晚没好结果。"

停了一会儿，赵戴文又说："也有一种可能，便是这次的善后会议，大伙儿都已摸到了蒋中正的脉，那便是要削弱我们几个集团军的势力。因此，冯玉祥想拉上我们，也算是人多势众，好在编遣会上跟蒋中正争个高低。"

阎锡山道："嗯，我看冯玉祥也有这心思。"

说话间，火车站到了。阎锡山三个还有卫队上了火车，屁股还没沾着座位，站长却又跟了上来，说冯玉祥刚把电话打到火车站来了，问阎总司令的专车是否开出。阎锡山听了苦笑起来，对那站长说道："过会儿冯总司令还会打电话来的，到时你就对他说，专车早已开走了，让他放心进京去吧。他前脚到，我后脚就跟过去了。"

站长下了车，火车开动起来。阎锡山歪在座位上眯起了眼，赵戴文与周玳说起闲话来。

周玳道："这个冯玉祥着实有些意思。"

"生就的骨头长就的肉，冯玉祥行事从来如此：乖张怪诞，出人意料，做了总司令也改不了这性情。"赵戴文谈兴上来了，道，"子梁，你可听说过这事吗？冯玉祥做陕西督军时，有一天督军署近旁的一家商铺半夜里遭了贼。当时的城防司令张治公和军法处处长邓哲熙提心吊胆跑进督军署请罪。冯玉祥出来了，你猜怎么着？哗哗啦啦带着脚镣！张治公跟邓哲熙吓得脸都白了。人家冯玉祥却周吴郑王、一本正经地说：'在眼皮下出了这等事，我冯玉祥有罪，该当戴这脚镣。你们啥时抓住人犯，我啥时除下。'张邓两人磨破了嘴皮子，冯玉祥死活不摘。哈哈，这两人只好硬着头皮火急火燎破案去。还真就在当天把人犯给拿住了，绑到商铺门前，砍了脑袋，冯玉祥才摘了脚镣。事儿一传扬，西安城还真就平安多了。"

周玳笑了半天，方道："我曾听韩复榘给我讲过另一件事，也着实有趣。有一次，冯玉祥招呼手下军官开会，可他自己却迟到了。冯玉祥也不多说，当众扑通跪倒在地，噼噼啪啪打了自己几个耳光。军官们全吓毛了，也急忙跪了，噼噼啪啪打起自己耳光来。从此之后，冯玉祥再开会，大小军官再没一个敢迟到的。"

赵戴文"哈哈"大笑，道："别说，这位冯焕章行事虽是古怪，倒还有些可取之处。"

周玳道："不少人说起这些事来都竖大拇指呢。"

这时，阎锡山突然坐直了身子，冷笑一声道："这是宣传！这是政治！"

赵戴文与周玳都是一愣，却听阎锡山若有所思又一本正经地问："次陇，你的文章学问在咱山西稳坐头一把交椅的，你且说说，何谓宣传？何谓政治？"

赵戴文秀才出身，又留学过日本，这个题目自是难不倒，略略沉吟一下道："《三国志·蜀志·马忠传》里有'见大司马蒋琬，宣传诏旨，加拜镇南大将军'之语，此处的'宣传'，当为'宣布传达'之意。宋时王明清《挥麈后录》里也有一句话：'二人官虽崇，然止于承进文书、宣传命令，如唐宦者之职'，此处的'宣传'却是'讲解说明、教育训导'的意思。依我看，'宣传'一语，当为激励、劝导、说明之意……"

阎锡山却摇起头来，道："没这么复杂！我看，宣传就是让大家都认为咱们好，别人不好！"

像迎面灌了一口西北风，赵戴文觉得喉咙一下子噎住了，到了嘴边的话咽不下去吐不出来，好生不得劲儿。

阎锡山却是一副随意模样，又道："你再说说什么是政治？"

赵戴文有些气短，得意劲儿减了许多，又道："《尚书》有'道洽政治，泽润生民'一语，可见许久之前，'政治'这词儿便已有了，但此语究竟何义，古今中外却是众说纷纭。依我看来，'政治'一语有两层意思，一是'政'，一是'治'。何谓'政'？权力、制度、法令等等是也。何谓'治'？管理民众、教化百姓是也，这政治……"

阎锡山突然一伸手，止住了赵戴文的话，道："也没那么复杂！政治嘛，我看就一句话，让对手下来，咱们上去！"

赵戴文又一次噎得半天没倒上气来。想反驳阎锡山，却又抓不住破绽；觉得他的话太浅太偏，可又觉得分明在理儿；着实有些不服，可又不得不服。一直引以自豪的学问，看似一堵结结实实又高又厚的墙，在阎锡山面前却成了一张窗户纸，让他轻轻一戳便破了一个窟窿。赵戴文一时有些尴尬，又有些沮丧，还有些佩服。

阎锡山又像没事似的，眯了眼歪在沙发上。赵戴文与周玳没了闲聊的兴致，各自坐了想事儿。渐渐地，周玳也打起盹来，赵戴文垂了眼皮，口中念经一般低低地咕嘟个不停。

列车过了保定、石家庄，进了邢台地界。再往南去，便要过邯郸，进入河南境内了。

突然，阎锡山猛地站了起来，大声道："次陇，子梁！"

赵戴文与周玳以为发生什么事，也急忙站了起来，四处张望。阎锡山却定定地道："车到邢台我便下车，你们两个到南京去。"

不见风不见云，却猛不丁当头响个霹雳，赵戴方与周玳都很觉意外，竟是不约而同地问道："下车？"

阎锡山眼皮一翻，道："我转回石家庄去，从那儿径直回山西去。"

"回山西？"周玳又问。

"是！"阎锡山眼窝儿生得有点儿深，这时瞳仁里闪出光来，道："次陇，蒋中正要我到南京任内政部部长，我打算保荐你做次长，内政部由你且去替我撑着。子梁，你代我去开编遣会，到了那儿，你什么都不用说，只出两个耳朵好生听着便是。"

赵戴文却摇头道："只怕中央不会点头。"

周玳有些着急："编遣会可不是寻常会议。"

"确是非同寻常！"阎锡山道，"所以，我才不能急着去。"

一刹风一刹雨，周玳一时脑子转不地弯儿来，却又不敢多问，只是担心地说："我怕总座不去开编遣会，我顶不上去，他们要给咱们亏吃。"

"我不是不去开，而是现在不去，到了该去的时候才去。"阎锡山淡淡一笑，道，"你且把心放到肚子里去，睁大了眼看看，这次我不出面，却要唱一出好戏。"

赵戴文道："只是这话怎么对蒋介石和冯玉祥他们说呢？"

"你们到了南京，就说我家老爷子突患急病，事情紧急，我中途返回施救去了，等老爷子病情稍好，我便立马赶去南京。"

赵戴文点头答应。

阎锡山又道："凡事掂量出轻重，看准秤高秤低，方能举重若轻。你们在那边应付着，我在咱们老家，好生训练第三集团军，保住根本是正经。如今，得凭实力说话。"

周玳这时却又想起另一桩事来，问道："那你怎么回山西呀？"

阎锡山微微一笑，没有回话。

不多时，列车拉响了汽笛。阎锡山道："邢台到了，我便在此下车，你们继续前行，其余的事毋需操心。"说着话时，列车停了，阎锡山起身往车下走去。

赵戴文与周玳送到车门口，这才发现，离着十来步远近的另一条轨上，已是停着一列生了火的列车，车旁，或站或蹲或坐了不少汉子，他们便装打扮，与其他乘客一般模样。赵戴文与周玳搭眼认出，这些人都是阎锡山贴身卫队的兵。阎锡山下车时，门口已有十几个便装后生候着。他们簇拥着阎锡山三步并作两步上了停着的那列火车，四周的那些汉子也迅速拢过去，麻利地上了车。火车立马开动起来，向北便走。

就在同时，赵戴文周玳乘坐的这列火车也向南驶去。

这一切发生在转眼之间，且又不动不惊，就连车站上来往的乘客竟也没往这边多瞅一眼。恰像水中的鱼儿打个水漂，便没了踪影，连半个水花儿也没激起。

这边车上，赵戴文呆了半晌，方道："看来阎伯川早已安排停当了。"

周玳却是一脸的不解，问道："总座为何这么做呢？他不去南京，不上这火车便是了，却为何到了这儿再掉头返回去呢？"

赵戴文垂了头，想了足足一顿饭的工夫，突然一拍前额道："原来如此！"

周玳往赵戴文身边挪了一挪，急急问道："为何？"

"只在冯焕章身上。"

"冯焕章？"

"正是。"赵戴文看破了阎伯川的心思，有些得意，站起身来对着周玳道：

"阎伯川之所以先出来再回去，全是做给冯玉祥看的。你明白的，阎伯川要是不动身，那冯玉祥肯定也不动身，要是他们两人都不去南京，这事便大了，临了只能两个全都非去不可。所以，阎伯川这才使了这一招，两个人一起动身，半道上却在冯玉祥背后轻轻一推，将他推进京去，自己却又轻轻一闪，抽身退了回来。妙，着实妙。"

周玳明白这是将冯玉祥诓进京去，连声道："妙妙。"

赵戴文捋着胡子点着头露了很是钦敬的神色道："大处看得准，小处算得精，要害抓得紧，招术用得活，正是我佩服伯川的地方。此等妙计也只有咱们阎伯川能想得出来。"

周玳却又问道："只是总座为何不去开会呢？让人着实想不透。"

赵戴文沉吟了半晌，方道："反正自有他的道理。"

第四章　南京再开编遣会

一、娘希匹

五中全会所通过的最重要的决议，便是实行五院制，并推举蒋中正为国民政府主席，谭延闿为行政院院长；并成立编遣委员会，设法裁减全国兵额。

蒋先生同时发表冯玉祥为军政部部长，阎锡山为内政部部长，我为军事参议院院长，并希望我们三人长期住京。

——李宗仁

"娘希匹！"蒋介石咬牙骂了一声，把手里的一叠纸往桌上一拍。

客厅里坐着杨永泰、方本仁与何应钦，这三个都是见过大阵仗的主儿，又在官场上滚打多年，自有一套涵养功夫，听到蒋介石这般骂出来，脸上依然一副淡漠表情，连眼珠子也没动弹一下。

不过，他们心底里却都明镜似的，知道蒋介石为何发这么大的脾气。

本来，蒋介石要借着编遣会，实现自己的裁兵大计，没想到摁下葫芦起来瓢，局面竟乱成了一锅粥。先是那个阎锡山任你磨破了嘴皮子，就是蹲在山西不来参会。先是咋呼他家老太爷病了，后来又说老太爷的病好了，自己又累病了。蒋介石气炸了胸膛，却一点办法也没有。四个集团军首领缺了一个，这会还怎么开？蒋介石只得与冯玉祥和李宗仁几个商定，先开着编遣非正式会议，等阎锡山到了再开正式会议。

可这非正式会议也开得鸡飞狗跳，狗撕猫咬。开会的没一个不想自个多编少遣，别人少编多遣。你争我吵，红脸黑脸，根本尿不到一个壶里，每日里就是吹胡子瞪眼，拍桌子骂娘，尤其是冯玉祥与李宗仁、白崇禧几个，更是难缠。

一时，蒋介石有些招架不住，越发想让阎锡山赶紧来京。一来北伐后划分地盘时，他给了阎老西好大的便宜，此时阎老西理应站在自己这边说话，帮自己一把，且在北平善后会上看那阎老西一副恭敬听话的模样，想必来了也不会乍毛，至少也能从中转圜一下。

其实冯玉祥与李宗仁这边也盼着阎锡山赶紧进京，三个人好并膀子跟蒋介石论个高低，可两方的电报连番去催，阎锡山回电总是那句话：病势转重，不能前往；等病情好转，就立即启程。

事儿乱成了一锅粥，眼看打好的算盘就要落了空，蒋介石真是急煞、恼透、气疯、恨死，难怪忍不住当着杨永泰几个的面这般骂了出来。

方本仁劝道："有些人都是军阀底子，军队便是他们的命根子，动命根子，他们哪能情愿？故而争竞一番也在意料之中，钧座无需着恼，更不可就此退缩。"

此时已是国民政府军事委员会参议的杨永泰倒是很沉得住气，他轻声问道："不知冯焕章什么意思？"

训练总监、编遣筹备主任何应钦道："冯焕章早先已是放出风来，他的第二集团军编的数目应占第一。"

蒋介石从鼻子里哼了一声道："他提出了四条标准，什么强壮者编，老弱者遣；有枪者编，无枪者遣；有训练者编，无训练者遣；有革命功绩者编，无革命功绩者遣。"

杨永泰想了一想，道："这话听来倒是半点不错的……"

方本仁道："这是照着他自个的屁股裁席子！按这个标准编遣，他们第二集团军自是大得便宜。"

蒋介石皱着眉头，重重地吐出一口气，没有说话。

杨永泰却仍是若有所思的模样："这事儿倒有些琢磨头。"

蒋介石往前探了探身子。

杨永泰又道："冯焕章提的这个编遣标准，哪个也不能说不公允，完全能摆到桌面上来。可明眼人都会看出，这只有利于他的第二集团军，而不利于其他三个集团军。我第一集团军收编降兵不少，李宗仁的第四集团军同样很多，阎锡山的第三集团倒是少些，可他们参加革命晚，功绩也小，训练也差，皆不符合冯焕章的这四条标准呀。"

蒋介石点头道："确是如此。"

"阎伯川与李德邻向来机警，冯焕章的心思他们能看不出来？钧座不说话，他们能不说话吗？"杨永泰道。

蒋介石一直担心冯、阎、李三人联手对付自己，杨永泰这么一点拨，顿时醒悟，这是一个机会！冯玉祥这个编遣标准一摆出来，阎锡山与李宗仁铁定要拍桌子骂娘，他们定要撕扯到一块儿去，便连连点头道："好，此事我们不做声，就让他们去说。"

何应钦又道："不过，冯焕章今日又对我说，想第一、二集团军各编十二个师，第三、四集团军各编八个师，杂牌编八个师。"

　　蒋介石一声冷笑："他又不占第一了？"

　　"冯焕章这一举动颇有回味处。"杨永泰略略沉吟一会道，"冯焕章为何改了主意，不想压我们一头，而是要把第一、二集团军拉齐？只有一条，他已琢磨透彻，没有钧座的支持，他的主意是行不通的。故而他想靠过来，与我们并为中心，联手压制阎伯川与李德邻。"

　　方本仁道："冯焕章此人历来桀骜不驯，野心勃勃，第二集团军又强悍凶猛、规模颇大，要是他裁不下兵来，编遣等于失败，又怎么能裁得动别人？"

　　蒋介石微微点了点头。

　　杨永泰看着蒋介石的脸道："我想，冯玉祥此意，阎锡山与李宗仁，未必就看不出来……"

　　蒋介石脸上露出笑意来，杨永泰这是要挑起冯玉祥跟阎锡山与李宗仁的矛盾，借阎锡山李宗仁之力，把冯玉祥强摁下去，便说道："畅卿先生说的极是，要鼓励冯焕章把他的方案提到正式会议上去。"

　　杨永泰安然坐了，道："正是如此。"

　　方本仁却又问道："李德邻那边有没有方案？"

　　蒋介石又皱了眉头道："这个李宗仁，我让他提个方案，他却说什么第四集团军与第一集团军同出一支，提什么方案外人都会说闲话，他不提了，怎么决定他们怎么服从便是了。"

　　杨永泰笑了起来："李宗仁倒比泥鳅还滑。"

　　何应钦道："白崇禧倒是弄了个什么《西北戍边计划》。"

　　杨永泰"噢"了一声，问："他怎么说？"

　　何应钦道："大略的意思是他愿率部入西北，做左宗棠第二，巩固国防。"

　　杨永泰立马道："此议断不可准！如遂他愿，桂系不但一兵不裁，怕还要扩兵，且桂系势力将侵入西北。这个万万不成！"

　　方本仁也附和道："白崇禧不亏是小诸葛，心机太深！"

　　蒋介石断然道："此案不予理睬！"

　　杨永泰长长出了口气，又道："这方案那方案，临了还得按我们的方案来办，缰绳务须握在钧座的手里，断不能让别人牵着鼻子走。"

　　这话说到心坎上，蒋介石不由得敲了一下桌子。

　　"这事儿到最后，必须确保钧座一锤定音！"杨永泰说得极是干脆。

　　"那我们也提交个方案？"方本仁疑惑起来，他心中自然清清楚楚，蒋介石拿的方案，肯定要压冯玉祥、阎锡山、李宗仁一头的，便问，"那不同样招惹他们说三道四？让他们联起手来对付我们？"

杨永泰却一派胸有成竹神色，摇头笑道："此事倒也无须多虑，我们可以借人之力，成己之事嘛。我们的意思不便直接说，可借别人的嘴说出来嘛。"

蒋介石心领神会，暗暗叫了一声好。杨永泰这法子，既可以达到自己的目的，又避开了别人的攻击，还能够激起他们的矛盾，真是一举数得。

方本仁道："这得找个有分量的人出面。"

蒋介石已是有了主意，猛地站了起来，对何应钦道："敬之，你马上亲自跑一趟山西，一定要将阎伯川给我请进京城来！"

何应钦道："我马上动身。"

二、阎锡山到了

南京到了。

蒋介石、谭延闿、吴稚晖、冯玉祥、李宗仁等军政大员，还有各界代表、报馆记者，将阎锡山迎下船来。

阎锡山瞅着这热闹场面，依然是一副淡定表情，心中的得意劲儿却一阵阵直泛上来：那日从邢台折回山西，真是走了一步好棋！

这些日子，京城闹得一会儿风一会儿雨，可阎锡山却安安稳稳地蹲在山西，风刮不着，雨淋不着，只顾做自己的活儿。他一面竖着耳朵探听编遣会的信儿，一面紧盯另几个集团军的动静，一面紧着将冀、察、平津几处的人事梳理顺溜，安排训练部队，稳固辖区统治。还暗地与关外的张学良串通往来，方方面面、台上台下都摆弄得有声有色，像模像样。

编遣会弄僵了，蒋介石与冯玉祥、李宗仁都眼巴巴地看向山西，函电一封接着一封，一叠声催促阎锡山快快进京。一时，阎锡山成了决定秤杆子高低的秤砣。这次，何应钦又亲自到山西请他，更让他脸上有了十分光彩。眼见得火候到了，阎锡山方才决定动身进京。

本来按计划还要早些日子到的，可因两件事又误了行程。

阎锡山行事历来小心，尤其提防别人暗算。出门时，一名副官专门给他背水，外边的水也不喝一口的。在山西就有这样的传言，阎锡山剃头时，他的卫兵就在一旁端着枪对着剃头匠的脑袋。这次去南京，不在自己这一亩三分地里，并且要过冯玉祥的防区，阎锡山更不敢造次，掂量了几百次，方才拿定主意：不坐火车南下，而是绕个弯儿，先坐火车去天津，从天津上船，绕上海再转赴南京，还支派交际处处长梁汝舟提前去天津包下了一艘两千吨的客轮候着，直到万事俱备，严丝合缝，滴水不漏，这才动了身。

谁知动身时还是出了事儿。那天收拾停当，随行的参谋、副官与卫兵都已上车等着，阎锡山走出门来，就听"嘎嘎"一阵响，抬头看去，却是一群乌鸦从门边的老槐树上叫着飞走了。

"不祥之兆！"阎锡山嘀咕一声，停下步子，愣了半晌，回身进了屋子。过了好一会儿，副官传出话来："今天不走了，过两日再走。"

就这么着，直到今天方到了南京。

不管怎么，千柱香，万个头，终究请得了神仙下凡，蒋介石与冯玉祥、李宗仁等都松了口气。

蒋介石对着阎锡山，也对着众人道："伯川病愈，实为近来最好的消息；伯川进京，也着实让人高兴。编遣会议将顺利召开，中央决议得以实施，也为党国之幸，民众之福。"

阎锡山道："锡山对中央裁兵极表赞成，裁兵确为建设之先务，锡山将本着国家优先之革命精神，为裁兵完成而努力。"

蒋介石带头，全场鼓掌，一片叫好声响起。

冯玉祥与李宗仁却不约而同地微微一笑。

蒋介石要在三元巷家中设宴为阎锡山接风，请冯玉祥、李宗仁几个作陪，几个人便各自上车往城南驶去。

阎锡山上了赵戴文和周玳接他的车子。赵戴文道："今天排场不小，头面角色都到了。伯川的面子不小。"

阎锡山有些得意，淡淡一笑。

车子跑着，透过车窗向外看去，只见满街的墙上贴满了标语：

"编遣会议是根据五中全会决议案召集的！"

"编遣会议是中央特设整理军事的最高会议！"

阎锡山道："咱们的蒋总司令倒是做得好功课。"

赵戴文道："如今是天下皆言编遣，无人不说裁兵。"

阎锡山问周玳："他们火上房似的，电报一封接一封地催，如今事办到哪一截了？"

周玳道："非正式会议开了三次了，反正都是各吹各的号，各定各的调，公说公有理，婆说婆有理，吵得嗓子都劈了，到底也没吵出个结果来，都盼着你来解这个疙瘩呢。"

"我早就料到会是这么一出，"阎锡山有些得意地道，"如今你们该明白那日我为何半道上回了山西，不来参加这个会了吧？"

赵戴文与周玳打心底里佩服，连连点头。

这次编遣非正式会议，蒋介石与冯玉祥、李宗仁犹如拔河一般，拼命角力，毫不相让，阎锡山站到哪一头去，哪一头便多了胜算。因次，各方都眼巴巴地盼他出来帮自己一把，一直不露头的阎锡山，倒成了编遣会起死回生的仙丹，各派将领眼里的香饽饽，国人盼着露头的压轴人物。

赵戴文连声夸赞时，阎锡山却换了庄重神色问："众人吵翻了天，咱们的蒋总司令怎么着了？"

"他倒没发什么话，只是任由众人吵吵。"

"噢？冯焕章呢？"

"他倒是弄出了一个方案。"

"噢。就是那个他跟第一集团军编十二个师，咱们跟第四集团军编八个师的？"

"正是。"

"哼！"阎锡山冷笑一声，"冯焕章这人着实有些意思。他想抱住蒋介石的大腿，把咱们一脚踩进泥里去呢。"

周玳道："我看咱们也得赶紧准备个方案，免得到时来不及。"

"不。"阎锡山突然道，"让咱们提时，咱们再提也不迟；不让咱们提，咱们不去操这个闲心。"

"我是怕咱们提晚了吃亏。"

"吃亏？"阎锡山道，"这就好似做买卖，你先开口出了价，便落了下手。还是那句话，且把心放到肚子里去，瞪大眼珠子瞧着。"

三元巷到了，阎锡山下车赴宴，赵戴文与周玳回了内政部。

赵戴文与周玳在内政部吃过午饭，便在客厅里等着阎锡山。可快到四点了，仍不见人影儿，两人不免有些焦急。这时，白崇禧到了，说是来看望阎总司令的，见阎锡山尚未回来，便与赵戴文、周玳闲聊起来，没说几句，话题便落到了编遣的事儿上。

白崇禧道："冯焕章胃口越发大了，一心一意靠着老蒋，只想裁我们的兵，夺我们的地盘呢。"

周玳道："不能吧。"

"这还看不出来？冯焕章的心思拐着弯呢，他想先捧老蒋、拉老蒋，消灭我们第三、四集团军，之后再把老蒋打倒，那全中国便都改姓冯了。"白崇禧冷笑一声道，"老冯打得算盘倒是不错，可他也不想想，蒋介石是什么人？哪能任别人随意摆布？"

周玳刚要说话，赵戴文却递过一个眼色道："我看未必这般严重。"

白崇禧道："次公实诚，没看透他们的肚肠。"

"哈哈……"赵戴文笑了起来。

白崇禧道："冯焕章这人不消我多说，方顺桥那事你们不会忘了吧？"

周玳道："这事儿哪能忘得了？那回要不是健生你出手相救，我们便吃了大亏。"

赵戴文已是听出白崇禧话里挑拨的意思来，便道："不过，我们也得提防被人各个击破，对冯焕章，我们老总的意思还是想拉他一把，免得唇亡齿寒。"

白崇禧笑了起来："次公呀，如果让冯玉祥提的这个编遣方案通过了，那我们便成了先'亡'的'唇'啦。哈哈。"

赵戴文与周玳听白崇禧说得有趣，都笑了起来。

白崇禧却又换了一副严肃的表情道："老蒋与冯焕章都是一嘴獠牙，第三集团军与第四集团军要想不被他们咬住喉咙，只有一条路可走，那就是联起手来。不然，我们会吃大亏的。"

周玳连连点头。

三个人又聊些闲事，白崇禧起身告辞。又过了半顿饭工夫，阎锡山回来了。赵戴文把适才白崇禧的情形话语说了，阎锡山仔细听过，"噢"了一声，垂头寻思起来。

赵戴文忍不住问道："伯川，你怎么这时才回来？让我跟子梁都有些担心了呢。"

阎锡山脸上泛出些得意神情，道："嗨，在蒋中正那儿吃过了接风酒，本要立马赶回来的，可冯焕章非要拉我到他那儿去喝茶。到了那儿，冯焕章话匣子一打开就合不上了，一直说到了现在才算完事。"

"说编遣会的事儿？"

"那是。如今除了这个还说什么！"

"冯焕章什么意思？"

"什么意思？自然是要我们同心合力，别吃老蒋的亏，要我们支持他的方案。"

"你怎么说的？"赵戴文道。

"我给他个囫囵话，劝他沉住气，操之过急弄成了僵局，对我们也不好。"

"好，这样答他最好。"

"在午间的酒宴上，蒋介石瞅冯焕章与李德邻离席的当口，凑到我耳朵边上，悄声让我一定帮他开好这个会，劝劝冯焕章与李德邻，别再动不动跟他顶牛，我也这般对他说：不可操之过急。"

接着，赵戴文与周玳又把探听到的一些情况叙说了一番，阎锡山点着头道："我这次迟来几天南京，真是做对了，做对了。"又低头想了半晌，小声咕噜道，"蒋中正也该找我了。"

话音未落，副官来报，何应钦来访。

阎锡山得意地一笑，向赵戴文、周玳使个眼色，两人急忙起身从边门走了。

何应钦进了门，与阎锡山寒暄几句，问候一番，话题便转到编遣的事儿上来，何应钦问："伯公看冯总司令拿的方案如何？"

阎锡山长长地"唔"了一声道："这个没仔细琢磨，不好说好说歹。钧座对此什么看法？"

果然是只老狐狸！何应钦心中暗道，脸上却是平静地道："钧座的意思是，把这个方案提到正式会议上，让大伙儿讨论。"

阎锡山微微点了点头。

何应钦道："钧座想请伯公也拿个方案出来。"

"这个……我拿方案妥当吗？"

"钧座一向认为伯公立心公正、老成持重、看事深远、谋事稳妥，是党国倚重的柱石，编遣这等大事自然伯公应该说话的。"

"惭愧。"

"如今到了编遣成败的紧要关头，有人不顾党国大局，只想保全实力，如果伯公作为革命元老也不出头说话，那不是坐视革命事业陷入危机，任真正之革命力量遭受损失吗？"

阎锡山听出何应钦舌头后边的意思来：冯玉祥这样做，对党国没益处，对蒋介石没有好处，对你阎锡山也只有坏处。这里边分明存了挑拨的心思，便就坡下驴道："如此说，只要钧座发了话，我提个方案倒没问题。"

"那是最好的。"

阎锡山放了茶杯，问："对这个方案……钧座有什么吩咐吗？"

何应钦不得不佩服这阎老西善解人意，往前靠了一靠，道："钧座希望编遣时，在四个集团军之外，另加上一个中央编遣区，想请伯公在方案中提出。"

"唔……"阎锡山沉吟着，把茶杯又端了起来，心中一下便想透了，这里边好大机巧！脑子急急转了几转，道，"锡山可以提方案，但中央编遣区这事由我提出似乎不太合适，要是钧座能在先提出的话，我一定表示赞成。"

老谋深算，何应钦却也无话可说，两个又谈了一会儿，何应钦去了，阎锡山立即让副官把赵戴文与周玳叫到客厅来。

两人到了，看到阎锡山正在屋里打转转，知道这是阎锡山的习惯，只要动心思，便是这般模样。两个人悄悄地坐了，也不做声，只等阎锡山开口。

足足过了十几分钟，阎锡山突然在屋子中间停了下来，说道："蒋中正打得好算盘！"

阎锡山把何应钦的意思讲说了一遍，道："蒋中正提的这个中央编遣区着实藏着老大心机。分明就是圈里的羊盛不下了，另盖个羊圈圈过去么。中央编遣区，名义上是中央的，可中央还不是老蒋说了算？他第一集团军就是裁下几个师，挪到中央编遣区里就是了。这样一来，他蒋介石只怕兵员还不够，还要招兵哩。"

"果然。"周玳道，"老蒋比冯焕章胃口还要大。"

赵戴文也道："蒋介石如此行事，编遣会不会有什么好结果。"

阎锡山"哼"了一声道："此人器量狭小，遇事又操之过急，终不能成什么大事。你们且瞪大了眼珠子看着，这事非得让他弄个稀里哗啦不可。"

"那……咱们反对？"周玳问。

阎锡山意味深长地摇了摇头，道："蒋中正的脉我是摸到了，他本来就没打算裁自己的第一集团军，他最想裁的是冯焕章的第二集团军。他让咱提方案，是想拿咱当枪使，让咱去戳冯焕章的老虎屁股。"

周玳道："总座不会上当的。"

阎锡山还是摇摇头："这事让我左右为难。蒋中正如今手握党政军大权，又占着天时地利，不管怎么说，咱们往后许多事还要依靠他，尽量不去抠他的鼻孔眼儿才是。可是顺着他的心意行事吧，弄不好又让他诓到泥里去，弄个里外不利索。要是不顺着他的意思，说不准他就会反过手来，与冯焕章一道掐我们的脖子。"

赵戴文道："伯川说的是，的确得好生斟酌。"

阎锡山在地上踱了几步，轻轻嘀咕一声："不过，蒋中正跟冯焕章过不去，多裁他的兵，对咱们倒没啥坏处。他冯焕章也不能太过强梁吧。"

阎锡山对冯玉祥有南口大战的旧恨，又有方顺桥差点儿陷入重围的新仇，更有争夺平津地盘的近怨，另外还有一个疙瘩一直堵在心口窝里，那便是冯玉祥在河南、陕西挨着山西的地界都驻有重兵，像只老虎天天蹲在窗户底下，着实让他吃不熨帖、睡不安稳。所以，削冯玉祥的兵，倒是很遂阎锡山的愿。

赵戴文道："咱们提方案，既让蒋介石高兴，又让冯玉祥跟李宗仁欢喜，也难。"

"故而得多费些脑子，好生斟酌。"阎锡山拍拍额头。

晚饭时，阎锡山跟赵戴文、周玳边吃边说，吃完了饭，坐下便又没挪屁股，一直商议到半夜，还是想不出两全其美的办法，只得散了。

两人走后，阎锡山在客厅里独自想了大半晌，脑子竟如一团乱麻，理不出个头绪来，不由得一阵心烦，索性推门走了出去。

不知什么时候，地下已是落了薄薄的一层雪，灯影里，稀稀的雪花飞舞着。

一阵冷风吹来，几片雪花落在脸上，冰凉。阎锡山打个激灵，顿时觉得清醒了许多，他几步走到院中，深深地呼吸了几口，真是畅快无比。

副官急忙取来大衣，给阎锡山披上，可阎锡山像没觉出来似的，不紧不慢地院里转起圈来，编遣的事儿在心中翻过来覆过去地掂量。一会儿长叹，一会儿摇头，一会儿又微笑……

就这么转了足有一个时辰，阎锡山方才回了屋里，却又坐在那儿像泥塑的一般，只个眼珠子还动弹，直到天朦朦亮时，阎锡山才裹着大衣在沙发上躺了下去，临睡前吩咐副官，让赵戴文与周玳天明时来见。

赵戴文与周玳到了，两人进得门来，见阎锡山还闭着眼躺在沙发上，知道他还没睡醒，便蹑手蹑脚在一边的椅子上坐了下来。

屁股刚沾着椅子，"呼"地一声，阎锡山把大衣一掀，猛地坐了下来。

赵戴文与周玳还没回过神来，就听阎锡山念书一般拉着长腔道："政务识见务须识势。势，外力也。乘势而行，势为我助，难者亦易；逆势而行，势为我阻，易者亦难。然势力有宜乘其头者，有宜乘其腰者，有宜乘其尾者，乘之不当，效力并减。"

赵戴文与周玳一头雾水，刚要开口相问，阎锡山却又猛地站了起来，几步走到他们的面前，说道："冯焕章的方案是第一、二集团军各编十二个师？三、四集团军各编八个师？杂牌共编八个师？"

周玳说："是。"

"老蒋的意思是另外再多加个中央编遣区？"

"是呀。"

"我们的方案是……"阎锡山眼中闪光，"把一、二集团军各拿下两个师来，各编十个师。其他的几条跟冯焕章提的一样，三、四集团军各编八个师，杂牌编八个师。"

赵戴文首先摇起头来，道："不妥不妥，如此大大不妥。第一、二集团军凭空多裁去两师人马，李德邻可能不会说什么，可蒋介石与冯焕章断断不会答应的。"

周玳也道："这样把他们两个全得罪了不说，咱们的方案也通不过去。"

两人都觉得蹊跷。阎老总虑事向来细得超过箩面筛子的眼儿，怎么今日却粗成了渔网呢？

阎锡山却露了一丝得意的神色道："莫慌，莫慌，我后边还有：另外六到八个师由中央处理！"

"这不跟老蒋说的一个意思吗？"赵戴文道。

"不一样，老蒋那叫中央编遣区，意思是这个区是属于中央的，我提的这个中央处理区，意思是六至八师人马可由中央看着处理的。这此人马可以是第一集团军的，也可以是其他集团军的，还可以是杂牌的呀。而这'处理'二字，可以理解为'编'，也可以理解为'遣'。嘿嘿。如何？"

周玳道："那到底还不是老蒋说了算？"

"这便是，我不管你什么花生豆子棒子麦子，就这么掺和着一簸箕端上，你喜欢什么随便挑。咱们就这方案，他老蒋想怎么办随他去。"

周玳与赵戴文两人恍然大悟。这个方案既有利于蒋介石，又压制了冯玉祥，还没得罪李宗仁，既不动声色，还保了自己。

阎锡山走回到沙发上坐了，说："儿要亲生，土要深耕，存在第一。"

赵戴文道："伯川，这主意着实高明。"

阎锡山道："子梁，由你动笔，把我适才说的意思写成个方案，递上去。"说完，抓起大衣裹了身子，歪在了沙发，一会儿，便起了鼾声。

赵戴文与周玳蹑手蹑脚地走了。

在睡过去之前，阎锡山心中浮起一丝暗笑。赵戴文与周玳也是人精，可到底没看出他这方案里还隐着的另一层意思，估摸交到蒋介石那儿，他也照样看不出来。

想想有些得意，迷迷瞪瞪中，阎锡山记起了话本里常见的一句话："凭你奸似鬼，喝了老娘的洗脚水。""嘿"地一笑，睡了。

三、没有这样的道理

> 十二月二十九日东北易帜，全国统一，三十日，国民政府任命张学良为东北边防军司令长官……
>
> ——戢翼翘　曾任奉军第一军参谋长、东北长官公署军事参议官

南京国民政府的西侧，便是天下闻名的煦园，煦园的西边有一座西式平房，据说早先是大清时两江总督端方建修的花厅，从花厅的亭形拱式门斗进去，过大门入穿堂，左侧便是一个三四间屋大小的会议室。

会议室东头的墙上，高挂着孙中山遗像，遗像旁，一边悬着青天白日满地红中华民国国旗，一边悬着青天白日国民党党旗。旗下，是一个不高的主席台，台上摆着一张小条桌，蒋介石就坐在条桌后边，条桌左边坐着总司令部秘书长邵力子，右边坐着第一集团军参谋长杨杰。台下，三面靠墙一溜儿条桌围成个"U"字形，坐着胡汉民、宋子文、吴稚晖、冯玉祥、阎锡山、李宗仁、何应钦等中央执委、监委和各集团军总司令、总指挥，共有60余人。

编遣会议第一次正式会议开始，与会者站起，对着中山像宣誓。

何应钦领誓，众人高声诵读："敬以至诚，宣誓于总理灵前：委员等遵奉总理遗教，施行裁兵救国，对于本党之一切决议，竭诚奉行，不敢存丝毫偏私、假借、欺饰、中辍之弊。如有违犯，愿受本党最严厉之处罚。谨誓。"

宣誓完毕，吴稚晖代表国民党中央致训词。这吴稚晖往常惯的是信口胡诌、口无遮挡，但今天却也人五人六、一本正经。他说："编遣会议是统一中国后应有的一个会议，今天是会议开幕的一天，也将是编遣开始的一天。中央切望诸位，从党国利益出发，以国家民族为重，把整理军事的责任负担起来。中央也要求诸位，切实理解此次编遣，被编入的，是要再任捍卫苦役，无可羡慕；被遣了的，却是另外生个方法，去替人民做些生产事业，也是利国利家。"

吴稚晖慷慨激昂地讲了十几分钟方才结束，接着，蒋介石站了起来，代表各总司令致答词。

今天的蒋介石格外精神，笔挺的新军装，新理的头发，清癯的脸庞透着精明和干练。他朗声道："北伐大业现已完成，国家建设方在开头。全体委员一定遵照党的意旨，接受中央训词，使编遣会议成为救中国、救军人之机会……"

蒋介石的宁波官话今天听来格外坚定有力、抑扬顿挫："试观近百年中国历史，深受外人压迫，而不能自奋自振，诚为最大耻辱，今幸革命成功，全国统一，我等应洗刷中国历来军人之丑恶积习，共同努力建设新中国。编遣会议开幕，即为中国新生命之开始，军人个人新生命亦于此发轫，愿与各位共勉之。"

蒋介石停了一停，声音突地高亢起来："凡我忠实同志，就在这编遣会上，团结起来，以彰显吾辈革命军人大公无私之精神，不姑息，不因循，不中辍，亲爱精诚，努力完成我们的使命。全党同志，全国同胞，都起来指导、监督我们前进，给我们以支持，做我们的后盾，这是中正等最所希望的。"

蒋介石讲完，全场掌声响了起来。

接着，何应钦报告了编遣会议筹备经过，第一集团军参谋长杨杰宣读了会议规则。之后，大会推定了审查委员会的人选。

这时，蒋介石又轻轻"咳"了两声，道："编遣是大势所趋，诸同志都已看清了，特别是冯总司令和阎总司令，噢……还有李总司令，对编遣皆是极表拥护，此彰显了我革命军人之无私精神。冯、阎两位总司令还不辞辛劳，为编遣献计献策，各自筹划了一个方案，在这儿提交给大会，诸位共同研究商议。至于哪个方案可行，本人没有任何成见，诸位尽可畅所欲言。"

何应钦将两个方案读了一遍，众人竖着耳朵，听得明白。冯玉祥主张：第一、二集团军各编十二个师，第三、四集团军各编八个师，杂牌编八个师。阎锡山主张：第一、二集团军各编十个师，第三、四集军各编八个师，杂牌编八个师，另有六到八个师由中央处理。

读完，众人没一个做声，会议室里一片寂静。

蒋介石倚着椅子靠背从容说："请诸位仔细斟酌，这两个提案赞成哪一个，或是另有方案，也可以提出。"

蒋介石话音刚落，众人便纷纷议论起来。蒋介石却像没听到一般低了头只是翻着桌上的文件，冯玉祥阴着脸斜了阎锡山一眼，阎锡山垂着眼皮、抄着手纹丝不动。

李宗仁暗暗喝了一声彩，好你个阎老西，真好心机！按他的方案，第二集团军怕要裁去差不多三分之二的兵，第一集团军不减反增，第三、四集团军裁也裁不去多少。冯玉祥吃了大亏，岂能不气得头上冒烟？那冲天怒火还不都朝着蒋介石烧过去？这个方案，明里压冯玉祥，讨蒋中正的好，暗里却藏着离间手段！可再看蒋介石的神情，却是一派淡定。李宗仁断定：蒋介石被阎锡山这方案迷了眼睛，只看到自己得的好处，没看破背后的玄机。想到了这儿，李宗仁松了口气。善后会议以来，看到冯玉祥与蒋介石很是亲近，李宗仁一直担心他们两个联手对付自己，如今阎锡山这一计要是成了，蒋介石与冯玉祥铁定翻脸，那压在自己心口窝儿上的这一块巨石便挪去了。李宗仁暗自高兴，轻轻用膝盖触了一下身旁的白崇禧，白崇禧微微一笑，没有说话，却悄悄把个大拇指伸了一伸。

众人吵吵了半天，何应钦站起来道："诸位想是议得也差不多了，说说吧。"

"用阎总司令的方案！"有人突然叫了一声，何应钦刚要寻声看过去，又听到另一边有人高声道："还是冯总司令的方案好。"又转头去看是哪个说话时，众人已是阎总司令冯总司令地嚷成一片，乱了半晌，可能是觉得这般有些不成体统，有人嘻嘻哈哈笑了起来。

蒋介石这时转向李宗仁问道："李总司令，你的意思呢？"

李宗仁立即道："宗仁以蒋总司令和多数同志的意见为意见。不过，个人以为……取阎总司令的方案为妥。"

"嗯！"蒋介石点点头。

何应钦道："我看，依照规则，出席会议的表决吧。"

众人分别表态，何应钦一个个数过去。蒋介石、阎锡山与李宗仁各自手下的人自是一个鼻孔出气，不用说，赞成阎锡山方案的占了绝大多数。

冯玉祥的脸色渐渐地紫涨起来。

蒋介石还是一副平静表情，道："既是大多赞成阎总司令的方案，那么原则上就采用这一案。另外，我还有个提议，在中央编遣区之外，单独列一个东北编遣区。"

张学良的代表"啪啪"鼓起掌来。

"没有这样的道理！"冯玉祥"呼"地站了起来，阔着喉咙道，"依了这个方案，那训练有素的、对革命有功劳的倒裁下去，有些军阀部队、俘虏和降兵反倒留下来，这理怎么讲得过去？"

说这话时，冯玉祥一直瞪着近旁的阎锡山，众人听得出，冯玉祥话里的"有些军阀"说的就是阎锡山。可再看阎锡山，却还是那副老样子：抄着手，垂着眼皮，没听到一般。

"冯总司令说得对，裁兵也要先裁掉那些军阀部队。"冯玉祥的手下，现在做着政府卫生部部长的薛笃弼叫了起来。

"这么做事如何对得起那些有革命劳绩的官兵！"鹿钟麟也愤愤地道。

何应钦道："革命不能讲劳绩的。"

冯玉祥"啪"地一拍桌子，瞪起眼睛对着何应钦质问道："不讲劳绩，那为什么要给总理建陵？蒋先生凭什么做主席？不讲劳绩，你何应钦凭什么当训练总监？我冯玉祥又凭什么当军政部部长？"

何应钦面红耳赤，尴尬地苦笑了一下，没了话说。

眼看这场面要乱，行政院院长谭延闿急忙站了起来，向冯玉祥摆着手："焕章，焕章，坐下，坐下。沉住气，沉住气。好商量，好商量。——这个方案也不是即刻便实行的。"

蒋介石仍是一派镇定模样，道："谭院长说得对，方案并不即刻就实施，我们先讨论一下，先把编遣的机构组织起来，便于尔后实施，就算达成了任务。"

冯玉祥气哼哼地坐了下去，屁股下的椅子"咣"地一声响。

蒋介石说："我看咱们需成立一个委员会，掌握处理编遣诸项事宜。可先在会中设一个经理组，管理财务。实施编遣，没有足够的经费是断难办到的。这个组极为重要，组长责任着实重大，我提议请……阎总司令担任。"

谭延闿笑道："阎总司令应当仁不让。"

阎锡山沉默片刻，方道："锡山……勉为其难。"

蒋介石对何应钦使个眼色，何应钦站起来："今天的会就到这儿，三天之后，咱们接着开第二次会议。"

话音刚落，冯玉祥已"呼"地站起身来，一阵风似地走向门口。众人还没欠起屁股，他已是"咣"地一声推门走了出去。

李宗仁偷眼瞅去，蒋介石却如没有看到一般，自顾低头慢慢地收拾着桌上的文件。

三天后，编遣会第二次正式会议仍在煦园进行。

参会的人陆陆续续进了会议室，看蒋介石还未到，便闲聊起来。白崇禧与阎锡山开起了玩笑："经理组长可是大财神，到时阎总司令可要多加照应哟。"

阎锡山刚要开口，薛笃弼却在一旁笑着说："健公无须担心，算账是阎总司令顶拿手的本事。"

阎锡山只当没听到这话，轻轻"咳"了一声，接了白崇禧的话头道："这是个得罪人的差使。阎某以为，只要心中存了两个字便可，"说到这儿，伸了两个指头一晃，"公道！"

白崇禧"哈哈"笑道："有伯公掌管经理组，大伙儿都放心。"

薛笃弼也笑道："都知道阎老总做事是最公道的。"

阎锡山听薛笃弼的话里带刺儿，正要不硬不软敲打他几句，蒋介石走了进来，众人都停了嘴，坐正了身子。

蒋介石径直走上主席台，向着众人扫了一眼，突然发现冯玉祥的座位空着，顿时露出些意外的神色，又向四周撒摸了一遍，屋里也没他的影儿，便问道："冯总司令呢？"

薛笃弼高声道："冯先生病了，我代表他开会。"

听了这话，李宗仁与白崇禧不由得对视了一眼，再看阎锡山，这人却正在向着桌面微微点头。

蒋介石"唔"了一声，坐了下去，脸上顿时挂上了阴云，在桌子后边来回走了两步，停下来道，"中正有几句肺腑之言说与诸位。此次编遣会议，以公开与诚实为标准，我军事同志，自有革命觉悟，当持不欺不隐、不奢不妄之态度，遵守中央意旨，服从会议决定，务使此次裁编，名实表里，绝对一致……"

蒋介石打开话匣子，从服从党国到军权归谁，从国家存亡到军人新生，从军阀覆辙到革命前路，一气讲了一个多小时。李宗仁不住地揉着自己的脑门儿。白崇禧却还是将一支笔在手中滴溜溜地转，只有阎锡山，一直恭恭敬敬听着，还不时地点头。

讲完，蒋介石吩咐，休息半小时再商议其他事体。大伙儿便涌出门去透气儿。

李宗仁与白崇禧在煦园走着，一边看风景，一边说话。

时下正在冬日，煦园不见了花木婆娑，却并未让人觉得萧条寥落，那清水碧潭、亭台楼榭、假山奇石，反增了静幽滋味。

白崇禧活动着身子，道："老蒋真是能说，我这腰都酸了，有些坐不住了。"

李宗仁却冷笑一声道："老蒋惯的是嘴上一套心里一套！自个说的那些，全是只让别人去做，自个偏偏不去做的。"

白崇禧倒是高兴："自打在上次会议时冯焕章跟老蒋翻了脸，我便放下心来。老冯还以为靠着老蒋就能压咱们一头呢，这下领教了老蒋的手段了吧。哈哈。我判断，老冯断不会俯首听从，老蒋也不会善罢甘休，两人最后定有好戏可看。"

"据两人的脾性看，动手只在早晚。"李宗仁沉吟了一会儿，道，"咱们也得早做准备。"

"极是。外边都传老蒋要跟咱们动家伙呢。"

"这的确不是空穴来风。上次老蒋下野，一直恨得牙根儿痒痒，把我们视作眼中钉呢。最近那个中央委员方觉慧还暗地里到武汉去，鼓动胡宗铎和陶钧跟我们分家，另立山头呢。"

"老蒋就爱在人背后干这等上不了台面的事儿。"

"我料老蒋心中已是有了套路，先堂而皇之地开会，摁着咱们点头裁兵；如是不从，他便要武力压迫。"

"以前看老蒋跟老冯一个鼻孔出气，我们还有几分忌惮。如今他们两个已是撕破了脸皮，哪个还惧他？"白崇禧冷笑着道，"现在我驻扎河北，你坐镇武汉，任潮虎踞华南，季宽（黄绍竑）镇守广西，自北至南，形成长蛇之势，他老蒋要是敢动手……"白崇禧一手握了拳，向另一手的手心猛地一砸，"啪"地一声响。

李宗仁点了点头。

白崇禧又道："我们第四集团军向来不是吃素的。要想吃掉我们，他老蒋得有一副好牙口！我看老蒋是想做唐生智第二。"

白崇禧说的唐生智也是个人物。民国十六年时，蒋介石下野去了日本，汪精卫、唐生智的武汉国民政府与桂系把持的南京国民政府便拉起手来，组了新的南京政府。当时，唐生智手里有八个军、十个暂编师，十几万人马，胸脯子直挺上天去，根本不把李宗仁放在眼里。最后，两人翻了脸，动了手。结果，不到一个月时间，唐生智让李宗仁与白崇禧打得大败，逃去了日本。桂系占了两湖，把唐生智手下人马全都收编，桂系便是由此壮大起来的。

李宗仁道："来软的咱们软的对，来硬的咱们硬的对，眼下要紧的是要瞪起眼来，加紧准备。"

"极是。"

看看时间差不多了，两人便掉头往回走去，来到花厅门口时，李宗仁听到身后的白崇禧恨恨地低声骂了一声："丢那妈！"

四、他得的是心病

天近午时，第二集团军四杆子驻京办公署门前突然一阵骚乱。

两辆卡车在门前"嘎"地停了，随即车上跳下一些兵来，他们一边厉声吆喝驱赶行人，一边在墙外站成一溜儿。这些兵个个横眉立目凶神恶煞。行人一见这架势，赶忙跑远了。

不多时，几辆小车到了，径直开进了院子，在楼门口停了，从上面走下几个人来，正是蒋介石、宋美龄、阎锡山、李宗仁和何应钦。

这儿现在已做了冯玉祥的行营，冯夫人李德全早已候在楼下，这时迎上前与几个人相见过了，寒暄几句便引进楼里去。

到了卧室，只见地当央一个火盆里炭火烧得正旺，满屋热腾腾像铁匠铺一般。床上躺着一人，身上两床棉被，蒙了个严严实实，不用看，几个人都知道这是冯玉祥。

李德全说冯玉祥咳得厉害，昨晚一宿没睡着，适才刚合眼睡下，说着便要上前喊他起来，蒋介石伸手止住了。

蒋介石上前去轻轻掀了被角，只见冯玉祥满脸通红、双目紧闭、额上挂满汗珠子，轻轻叹了一声，伸手摸了摸冯玉祥的额头，又轻轻把被子盖上，仔细掖好。

几个人来到外屋，蒋介石带着关切的神情轻声说："大哥看来病得不轻。"

李德全道:"浑身难受。"

蒋介石道:"大夫看过了吗?"

"看过了,说是受了风寒。"

"还是进医院吧。"

"我也跟焕章这么说过的,可他说吃过两剂药看看再说。"

蒋介石长叹了一声:"大哥自来好强,那就好生将养吧。"

宋美龄也小声道:"只是辛苦夫人了。"说着递过去一个物件,正是老大一枝山参,"让大哥补补。"

李德全推辞一番,方才接了过去,连声道谢,道:"主席与夫人客气了,焕章在这节骨眼上病倒了,误了公事不说,还麻烦各位跑一趟,实在对不住。"

阎锡山这时开口道:"让焕章安心养病吧,别的事就甭牵挂了。"

李宗仁与何应钦也安慰了几句,蒋介石几个起身告辞,李德全送出门去。

蒋介石上了汽车,便摸着额头不住地叹气。宋美龄问道:"冯焕章平素看来身强力壮,没想到竟然一下子就病倒了。"

蒋介石一声冷笑,说:"昨天,稚老来看过冯焕章,回去对我说,他刚进院子里时,还听到焕章大声说话呢,可进了屋去,却见焕章躺在床上,蒙着棉被,在那儿连声哎哟……"

宋美龄轻轻"噢"了一声:"那……他这病……"

"他没病!他是心病!"

"那他为何这样呀?"

蒋介石心中明镜似的,嘴上却道:"冯焕章向来阴阴阳阳的,哪个晓得他是为什么。"

李德全送走客人,回到卧室,只见冯玉祥已是掀开被子,盘腿坐在床上,两道浓眉拧成了疙瘩,一脸的怒气。李德全还没开口,冯玉祥"啪"地一拍膝盖,气冲冲地道:"蒋介石就爱弄这些花样,我再也不给他捧场了。"

李德全道:"你们这是怎么啦?"

"怎么啦?这个蒋中正居心不正!"

冯玉祥这回是从头顶恼到脚后跟了。

本来,冯玉祥虽是一肚皮牢骚,但还是存着不跟蒋介石翻脸的心思,又听蒋介石说得好听,这才顺着他的意思进京做了军政部部长,参加了编遣会。只指望自己扶了蒋介石一把,他蒋介石便不给自己亏吃,没想到自己好心换了驴肝肺,蒋介石一转脸便将自己推到了坑里。自己的第二集团军战功最大,实力最强,名头最响,过去得的地盘少了不说,如今还要裁去大半,反而是阎锡山几个得了老大便宜，这让他冯玉祥如何咽下这口气去。

冯玉祥越想越觉得心口窝儿堵得慌，入京这些时日受的腌臜气又一件件想了起来。

请他来京做军政部部长时，蒋介石那一张嘴真是说得花儿一般，可真进了京，才知道这军政部就是个聋子耳朵，他这军政部部长便是个弼马温。不说别的，就是要看看军政部的账册，可军需署长竟仗着是蒋介石的亲戚，死活不给，还挺着胸脯子说：只服从蒋总司令的命令。

还有一桩事更让他气破肚皮。

在北平时，蒋介石当面向冯玉祥打过包票：第二集团军的军饷无须担心，往后他的第一集团军吃什么，第二集团军就吃什么。可这饷只发了两个月，往后就没再见一个子儿。冯玉祥亲自跑了去催，蒋介石一口咬定没钱。冯玉祥直接问：没钱为何你第一集团军却发？哪知蒋介石脸儿一点也不红，说：第一集团军的兵，日子向来过得不错，不发足饷他们会闹事的；你第二集团军的兵过惯了苦日子，迟几天发饷也没事的。

自己跟蒋介石掏心窝子，可蒋介石却跟自己耍心眼子，冯玉祥越想越气，"呼"地一下把被子一掀，几步到了门口，推开门朝着外边大声叫道："季振同！"

季振同是冯玉祥卫队团的团长，听到喊声立马跑到了跟前。

冯玉祥道："你立即去发个电报，让石敬亭跟张钫马上进京来见我！"

开完了会，阎锡山回到住处，脸上竟是掩不住的高兴。

阎锡山往日里少有个笑模样，自从来了南京，更是一副心事重重的样子，今天这般眉目舒展却是少见，周玳上前问道："今天的会开得顺？"

"哈，今天在会上看了一出好戏。"

"怎么啦？"

"嗨！冯焕章的手下真没一个是省油的灯，他那个代表薛笃弼就是个愣头青，嘴巴骨也硬，一张嘴就一股子辣椒味，把蒋中正呛了好几个跟头。"阎锡山笑起来，"要不是我给打个圆场，咱们的蒋总司令怕是下不来台了。"

周玳把副官泡好的茶，端到阎锡山跟前，问道："怎么，他跟蒋中正骂起来了？"

"也倒没有，只是梗着脖子，跟蒋中正子丑寅卯结结实实理论了一番。"说着，阎锡山端了茶杯呷了一口，然后满足地长长叹了一声，"真让人开眼呢。"

周玳也觉得有趣，道："哈哈，这么厉害？"

阎锡山伸手指了指椅子，周玳知道老总谈兴上来了，便坐了下来。

阎锡山道："今天这第三次编遣会，开得真像演戏一般。一开始，蒋中正大马长枪坐在台子上，东扯葫芦西扯瓢，反正说的还是那些服从中央什么的老一套。后来不知怎么说到了日本军制。他说：日本明治维新之后，人家改了征兵制，所以士兵素质好，而我们行的是募兵制，募来的兵都是些无赖、流氓、土匪，所以，咱们中国才有了这么句俗话，叫做好男不当兵，好铁不打钉。说到这儿，蒋中正才把话题归到了正题上，说现在北伐完成，我们一定要把旧式军队改变成爱国爱民的新军队。正说得唾沫星子乱飞呢，你猜怎么着？"

阎锡山向着周玳探过身去，有点儿眉飞色舞的样子，笑道："这时，那个薛笃弼猛地站了起来，一张口就戳蒋中正的心口窝：'蒋总司令这话说得偏了。你说中国士兵素质不好，诚然，一般军队素质不好，因为那是拉来的，壮丁没经过选择。可第二集团军从来就不这样，我们的兵是向各县县长要的，要来的兵，先由中下级军官选拔，剔出一半差的，再叫他们将人数补足，带上来，再由上级军官和冯先生一一看验，再剔出一些去，经过这样几番甄别才最后定下来，所以我们的兵不会是土匪，也不会是流氓无赖。我们第二集团军向平军纪严肃、爱护百姓。所以说，中国的军队不能一概而论。'"

阎锡山说得兴奋："薛笃弼叮叮当当一通说罢，便一屁股坐了下去。众人都听出他这是翻蒋中正的眼皮子，也没人敢接这话茬，一时会议室里冷了场。我瞧着蒋中正那脸红一阵白一阵很是难看，便出头说了几句，蒋总司令这才下了台。哈哈。"

周玳也笑了起来："有趣，有趣。"

阎锡山像放下千斤担子一般长长出了一口气，道："看来冯玉祥是拿定主意要跟蒋中正掰掰手腕子了。"

听了这话，周玳顿时便明白了阎锡山这般高兴的缘由，不只是因看了一出好戏，而是冯玉祥跟蒋介石彻底翻了脸！便道："冯焕章这次弄了个里外不是人。"

"这不管咱们的事。只要他们不割咱的肉，不往咱兜里伸手，咱就不言声。还是那句话：存在就是真理。咱们找个风刮不着雨淋不着的去处，安下心待着，打雷打闪由着他们去！"

"是。"

"打电话叫次陇过来，今晚咱们一块儿吃饭。有些日子没吃羊杂割和猫耳朵了，真有些馋了。"

"我去吩咐厨房做去。"

"不用了，我已跟他们打过招呼了。"

周玳知道阎锡山是打心底儿高兴了，便一边应着一边起身去打电话叫赵戴文，刚走了两步，副官来报：何应钦到了。

阎锡山长长地"唔"了一声，有些神秘地低声对周玳说道："今晚这羊杂割吃不成了，肯定是蒋总司令要请我吃饭。"

"噢。"

"阎某面子不小呀，训练总监亲自来请。"说这话时，阎锡山心中已是有数：必定有大事。

何应钦进了屋，果然是代蒋介石请阎锡山到家里吃晚饭。

"还有哪个？"阎锡山问道。

"没请别人，就阎总司令一个。坐我的车去。"

阎锡山知道蒋介石这是要跟他密谈，便没打顿儿道："走。"

两个人出了门去，周玳在后边抿嘴一笑。

车子奔蒋介石城南三元巷的官邸。到了那儿，何应钦把他引到客厅里，说了几句便找个借口走了。房间里只有阎锡山跟蒋介石，菜肴早已准备停当，两个人便坐下边吃边谈起来。

蒋介石无限感慨地道："如今我还经常想起北伐时的事儿来。"

阎锡山也是长叹一声道："北伐如果没有钧座的统筹指挥，几个集团军的同心携手，哪能打得败张作霖他们？"

"伯川对北伐胜利贡献殊大，那份老成稳健、深谋远虑，中正着实钦佩。"

"钧座过奖了。"

"如今，党事国事，千头万绪，还需伯川兄一如既往相助。"

"对于党于国有利之事，锡山自当竭诚效力。"

蒋介石叹了一口气道："要是焕章与你一般想便好了。他身为元老，却处处只为自己打算，全不想国家未来、党国难处，实难脱军阀之故态。"说这话时，蒋介石脸上泛起些愤怒神色来。

阎锡山知道话儿渐渐靠了正题，身上的每根汗毛都警觉起来，可脸上依然平平和和，他伸了筷子夹过一片火腿放到嘴里，慢慢地嚼着，道："焕章这人你还不知道？枪杆子就是性命，眼窝里只有他的第二集团军。"

蒋介石声儿高了起来："我辈军人流血革命，断难容军阀再生。"

"这事不可操之过急，还要做些细话儿，把理讲透，焕章心里的疙瘩解开，便没事了。"

"我看他是刁顽不灵，中央对他仁至义尽。"

"也倒是呀。"阎锡山长叹了一声，脸上换了郁闷沉重的神色，心里却轻松得如春风拂柳，说："焕章是有些不识大体，有中央在，怎能由着性子乱来？"

蒋介石道："不管怎样，编遣非实施不可。"

"大势所趋，民心所向。"

蒋介石不喝酒，喝的是白开水，这时却像喝酒一般，端起杯来仰头一口喝光了。又道："有一事，我想请伯川兄帮忙。"

"钧座客气了，有事吩咐便是。"

蒋介石夹了一片烤肉放到了阎锡山面前的盘子里，说："我想请你再去看望一下冯焕章，劝他尽早出席会议，也让焕章给他那个代表传个话，不要再在会场上闹。列席会议的军政人员不少，总要维持体面才是。"

"钧座说的极是，我明天一早便去。"

阎锡山慢慢地嚼着烤肉，半晌又道。"说句掏心窝子的话，焕章此人向来吃软不吃硬，急了眼什么事也做得出来的。主席还是多安抚他些好，别让他上来脾气，再闹一出民国十三年那种事来。那可不得了。"

民国十三年九月时，曹锟与吴佩孚的直系与张作霖的奉系在山海关一带打作一团。冯玉祥当时是直军第三军司令，奉了总统曹锟的命令，带兵前去支援吴佩孚。走到古北口时，却猛不丁掉头而回，一夜之间占了京城，把曹锟软禁在了中南海延庆楼，逼着他下令停战、自动退位，并将吴佩孚免职。直系在前线的队伍得了这个消息，立时便垮了，吴大帅只带了千把残兵败将逃到了南方，曾经一跺脚天下便动弹的直系从此倒了台，冯玉祥成立了国民军，没过几天，又令鹿钟麟带着手枪队，进了皇宫，炸弹手枪一亮，把溥仪从紫禁城里赶了出来。

蒋介石一听这话，果然红了脸，恨恨地道："可惜我蒋中正不是曹锟、吴佩孚，更不是宣统。"

不动声色中又把蒋介石的火撩拨起来，阎锡山暗暗高兴，却又一派无事似的模样说道："师克在和，我们之间闹别扭会让人笑话的。"

两人又闷着头吃了一会儿，蒋介石突然抬头盯着阎锡山的眼睛道："伯川，你看冯焕章是否有异志？"

"异志？"阎锡山一口菜含在嘴里不动了，眼瞅着蒋介石半晌，才道，"不大可能吧？"又低头想了一想，说，"不过我也不敢打包票，冯焕章哪个没反叛过？"

蒋介石暗道阎锡山滑头，却不再拐弯儿，单刀直入道："中央将尽最大努力维持和平，可一旦冯焕章真的动起刀兵，希望伯川主持正义，第三集团军站到中央这边来。"

"锡山坚决拥护中央。"

阎锡山此时品出些味儿来，蒋介石心中已是萌了杀机。不禁暗暗有些吃惊，又有些轻松。

两人吃到九点多，方才散了，阎锡山回到住处时，周玳还在等着，看到他来了，便迎上去道："吃完了？"

"吃完了。"阎锡山声音亮亮的。

"如何？"

"香！只是喝的那洋酒不是个正滋味儿，倒像中药汤子。"

五、全都上了圈套

续续；争争吵吵，好好歹歹。编遣会开了20多天，众人都知道，这会，到了节骨眼上了。

这天，会在煦园继续开。

一开场，蒋介石便对何应钦道："你把《国军编遣委员会进行程序大纲》给大伙儿说明一下。"

编遣会开了这些时日，案板勺子叮叮当当不住地响，终于做出了这道大菜。咽得下咽不下，是饱还是饥，就看端上来的这一盘子了。

参会的有一个算一个，全都竖起了耳朵。

何应钦的贵州口音响起来，从容、轻缓。

大伙儿都屏了呼吸，听着听着，渐渐地，脸色都变了。

冯玉祥这次是带"病"来开会的，开始时还随随便便地坐着，渐渐地两手便撑在了膝盖上。阎锡山原先是低眉顺眼，双手平放在大腿上，一副规矩模样，这时却把胳膊肘儿架在桌上，扣着手，"咝咝"地抽起气来。只有李宗仁还是那个模样，抱着胳膊，两眼盯着面前的桌面，时不时翻起眼皮瞅瞅何应钦。白崇禧却一直斜着身子，一手放在桌子上轻轻地敲着，嘴角挂着一丝冷笑……

何应钦嘴里吐出的每一字，都像焦雷当头爆响。

《国军编遣委员会进行程序大纲》枝枝蔓蔓好大一簇，但筋骨就这么几条。

全国现有军队分成八个编遣区编遣：四个集团军、东三省与海军各自单设一个编遣区，川、康、滇、黔共设一个编遣区，中央直辖一个编遣区。各编遣区编留部队不得超过十一个师。成立国军编遣委员会，编遣未完毕前，一切由这个编遣委员会负责。现有的军队，不论原属何部，皆留驻原在防地，没有编遣委员会的命令不得移动，不得私自任免、调整防地内的军政官员。以前解拨总司令部或总指挥部的军费，以及各区截留的国家税收，往后一律移交财政部，再由财政部拨交编遣委员会经理部，经理部再转发各部队。

何应钦读完。蒋介石问道："诸位有什么意见？"

会议室里没人做声，只是死一般的寂静。

冯玉祥、阎锡山、李宗仁怒火全都升腾起来：你这蒋介石，真是个心狠手辣的角色！

四个集团军每军一个编遣区，你蒋介石占着第一集团军的编遣区，还比旁人多出一个中央编遣区。这样，你可以打着裁兵的旗号，把第一集团军裁撤下来的兵，小孩拉屎挪挪窝，归到中央编遣区里去，或者把想控制的部队移到这里边来。如此细算下来，同是编遣，你蒋介石的军队只会增不会减。编遣来编遣去，你老蒋裁的只是别人的兵！

其实比起另外的几项来，这一条却又简直算不了什么。因为依了大纲规定，即便军队留下来，可往后调动移防，任免个营长团长，也全都由你老蒋说了算，辖区内的税收，也让你全都划拉到了口袋里，这分明把裁兵变成了夺兵，编遣变成了夺印，这样下来，我们的军队一个不剩全都姓蒋，我们这些总司令分明成了聋子耳朵、光棍一条。——奶奶的，你老蒋真是蝎子尾巴，独（毒）一份。自己吃肉不说，汤也不想让别人喝一口。不给别人喝口汤不说，还想从别人身上撕块肉来吃。从人身上撕块肉吃不说，还存心想将别人连骨头带毛一口吞了。

冯玉祥、阎锡山与李宗仁互相看了一眼，已是看出了一样的心思：我们之间还算计来算计去，临了全受了蒋介石的算计，一个不剩，全落进了他的套子里。

几个人牙关咬得生疼，可全都明白，这个《程序大纲》就是铸就的坯子，生出来的崽，争也是白费唾沫！要紧的还不是这个《程序大纲》，而是它后边藏着的心思。编遣就是个幌子，全部夺去别人的军队才是真的。蒋介石只要存了这心，跟他说破大天又有什么用？因此，他们虽是火气直冲到顶门子上，却没有像以往一样跳起来拉开脸争个长短，而是全都闷着，没一个出声。

一时，会议室里静得只有"呼呼"喘气的声音。

蒋介石又抬高了嗓门儿，问道："诸位，有何看法？"

过了好一会儿，仍是没有一个开口。

蒋介石有些尴尬，便道："冯部长，你有什么话说？"

"没有。"冯玉祥回答得极是干脆，脸上没有一丝儿表情。

"阎部长呢？"

阎锡山没做声，只把头轻轻摇了两下。

"李院长呢？"

李宗仁却将手举到头顶摆了一摆。

"噢。"蒋介石坐了下来，心里已是觉出不对劲儿。

开会前，便估摸这《程序大纲》一公布，冯玉祥定会头一个蹦起来拍桌子骂娘，李宗仁几个也硬挺着脖子死活不点头，脸红脖子粗一场好闹是脱不过去的。蒋介石也早已盘算好如何应对，并跟参会的自己人打了招呼，让他们做好准备，到时一齐出头，把场面稳住。反正这次已铁下心来，就是枣木拐杖也要抻它个直条直溜儿，《程序大纲》必须通过！却没想到冯玉祥几个却是这般模样，竟连个高声说话的也没有。

不知怎的，蒋介石却想到了武士决斗的情景。那些面对对手神不慌、身不抖、步不乱、声不响的才是真正的高手，他们即便从鞘中抽刀，也是缓缓的、轻轻的，而一旦利刃在手，往往快如闪电，毫不留情，直奔要害，让你无法闪躲招架。倒是那些还没见敌手的影子便大叫大嚷，离人十丈开外就把刀子舞得呼呼风响的人，一般不是什么真货色，往往不堪一击。蒋介石知道，他面前的这几个人，全是不慌不忙，缓缓抽刀的主儿！

蒋介石却是那种看准了方向，即便满天飞刀子也毫不畏惧、绝不回头的角色。这时反倒更加镇定，点点头，不慌不忙地道："好，诸位皆无异议，《程序大纲》通过，此为编遣会最重要之成果！中正与诸位此时心情一致，那便是欣慰莫名。今后救国与自救，全在我们一念之间。编遣委员会是集合忠实的军人领袖和党的领袖成立的，它的使命便是共同救中国，我们对党对国所负责任重大，功首罪魁，惟我们自择。"

蒋介石突然站了起来，踱了几步，又道："照现代国家的通例，把军队集中到中央来，由中央统一管理，并不是谁集谁的权，也不是谁来统一谁，而是我们大家在中央联合起来！要实行三民主义、把中国建成一个现代式的国家，就非首先造成一个健全稳固的中央政府不可，而要造成一个健全稳固的中央政府，就必须把构成现代国家要件的军权，集中起来，统一起来……"

蒋介石目光从众人脸上扫过，接着说道："万望我们每一名军人都清楚，军权应归国家，管理应归中央。现在之中央，并不是哪个人的中央，是国民党之中央，是受党指导之国民政府的中央！我们是以国民党为中心、以党之意志为意志的。你我皆为国民政府共同负责之一员,这个中央,就是我们共同的中央。"

"蒋总司令。"突然有人不高不低叫了一声,打断了蒋介石的话。众人寻声齐齐看过去,说话的正是冯玉祥。

众人竖起了耳朵,心道事儿到底来了。这冯玉祥说话历来不打弯儿,开口便要噎人一个跟头,此时猛不丁插嘴,接下来定是一番雷鸣闪电。

谁知冯玉祥却不喜不怒、平平静静地说道:"蒋总司令,有句话我可说吗?"

语气竟是从没有过的谦恭,蒋介石听出话里分明藏着嘲讽和不屑,仍是笑脸相对:"请讲。"

冯玉祥道:"我看刚打完仗没几天,还不是最适宜编遣的时候,是不是先休整一阵子再动手?"

"宗仁附议。"李宗仁突然说道。

"我也附议。"李济深也举了手道。

蒋介石刚要说话,阎锡山却抢过话头道:"农历大年就到跟前了,我提议咱们暂且休会,等过完了节再接着开。"

白崇禧接着说:"阎总司令说的是,是该休会过年。"

一时,众人七嘴八舌聒噪起来,多是主张马上休会。

蒋介石低头略略想了一下,说:"会开到现在,各项议案都已确定下来,基本完成了任务。过了年再选定时间召开编遣实施会议,着手实施编遣也好。咱们再开一个闭幕会,把事儿绾住便休会,如何?"

"好。"

"中。"

"行。"

冯玉祥与阎锡山、李宗仁分别答道。蒋介石便宣布散会。

众人出了会议室,冯玉祥与李宗仁走在最后边,说了几句闲话,看看众人走远了,冯玉祥小声说:"德邻,何时有空,我们一起逛逛明孝陵?"

李宗仁马上道:"随时都可。"

冯玉祥道:"好,定好时间,我派人喊你。"

"但听吩咐。"

冯玉祥急匆匆地走了,白崇禧望着他的背影笑道:"老冯定是要与你计议如何对付老蒋。"

李宗仁也微微一笑:"他到底看清了那人的真面目了。"

白崇禧这时收起笑容，恨恨地道："蒋中正到底是蒋中正，既毒又独。"

李宗仁也皱着眉道："执行这个《程序大纲》，结果就是我们倾家荡产；不执行，只有一个结果……"

两人对视一眼，竟是同声说出了一个字："打！"

李宗仁道："估摸冯焕章也是这个心思。"

白崇禧道："这次你去见冯焕章，直接给他说，不听大纲小纲，也不交这权那权。他老蒋想动武，奉陪便是！跟他约好，到时我们互相支援，就不怕老蒋一嘴獠牙！"

李宗仁点点头，又道："健生，你也到阎伯川那边走一趟，探探他的底儿，打打招呼。"

"明白。"

李宗仁露了些担心的神色说："你要抓紧回北平去，把队伍掌握好。李品仙跟廖磊他们虽也是广西人，又是你的同学，可到底是从唐生智那边过来的，我……有些放心不下。"

"德公但请放心，不会有事的。我却担心老蒋心狠手辣，对我们动手只在早晚，你在这儿极是危险，还是回武汉去，越早越好。"

"不能走！"李宗仁决绝地摇了摇头，道，"我若离开，正好落了人家口实。我就在这儿蹲着，平津有你，武汉那边有夏威他们，他蒋中正料也不敢造次。"

"德公多加小心。"

两人往前走了几步，白崇禧突然站下道："要是真动起手来，我正好一举将平津夺下，或是挥军南下，与胡宗铎夹击南京！他老蒋别做什么好梦！"

李宗仁没有说话，只是"唔"了一声。

这时，一阵风吹过，冷冷地钻进脖领里，李宗仁与白崇禧裹了裹身上的大衣。

六、赶紧离开南京

天已近了午夜时分，阎锡山仍没半点儿睡意。也不开灯，只在乌黑的屋子里不住地转圈圈。

真是急了。

早就知道蒋中正这人的心胸针鼻子大小，没想到竟还是个吃人不吐骨头的主儿。自己在这编遣会上一直帮着他，临了竟也着了他的道儿。弄不好这回一个跟头下去，便要跌个头破血流！

阎锡山自是看得出，蒋中正这次只留了两条路：一条是把军权、地盘全交出来，一条是在京城老实待着。而这两条路，哪一条都走不得。手里没了军队、失了地盘，再大的官儿还不是吹大的尿泡？就是做了大官，拴在南京，还不成了磨道的驴，任他老蒋使唤？可想想却又头疼，要不走这两条路，却只有一个结局，便是动家什！

一想到这儿，阎锡山有些心慌起来。

蒋介石既是早存了夺众人军权和地盘的心，肯定也就早有了不从就来硬的准备，一翻脸将他们硬生生地留在南京，然后派兵去把他们的地盘跟军队夺到手里，他老蒋不是做不出来。

得立马走！阎锡山恨不得插上翅膀飞到山西去，左掂量右寻思，方方面面、沟沟坎坎细细地算计一番，到了两点来钟，有了主意。开了灯，命副官立即去叫梁汝舟。

梁汝舟正睡着呢，听阎锡山叫他，知道有急事儿，边穿衣服边跑了过来，阎锡山示意他把房门关严实。梁汝舟不由得更加紧张起来，问道："出啥事了？"

"老太爷病重，得立马回山西！"

梁汝舟也有些急起来："那我立马去准备，咱们天亮就动身。"

"不，"阎锡山一摇头，"你，先坐火车去上海，在那儿给我雇两条轮船等着。到时我从上海走海道，在天津上岸，从那儿返回太原。"

梁汝舟一愣，这七拐八拐、换车换船的还不误了事儿，便问："怎么不直接坐火车走？"

阎锡山"哼"了一声，道："这次编遣会上我把冯焕章得罪到家了，我可不想做徐树铮。"

徐树铮曾是段祺瑞的"军师"，当时也是呼风唤雨、敢戳老虎屁股的主儿，民国六年时，他下手杀了北洋元老陆建章。陆建章是冯玉祥夫人的姑夫，还是冯玉祥的救命恩人，这下自然就与冯玉祥结了梁子。事儿过了约摸十年，一次徐树铮乘车路过天津。冯玉祥得了信儿，暗地吩咐人在廊坊候着，徐树铮一到，冲上去便揪了下来，推出车站，一枪打在地上。徐树铮做过北洋的陆军上将、远威将军，就这样死在冯玉祥的手里。

梁汝舟明白了，阎锡山这是为了躲开冯玉祥的防地，可想想还是觉得蹊跷，又问："那为啥要雇两只船呢？"

阎锡山道："你就没多长个心眼儿。咱们来时坐的那船，回去时不是触礁沉了吗，听说船上没一个逃出命来的，咱们也得防着。租两条，一起走，一旦一条出了事儿，另一条好施个援手。不然，咱们只能伸着脖子等死。"

"总座想得周详。"

"你立马走，到了那儿把事儿办妥帖了，赶紧来电话。"

"我这就动身。"

"记着，来电话时这事儿不可明言，要是一切顺当，你便说'货到了'，要是有些周折，你就说'货没到'。"

"记下了。"

"这事要办得不动不惊，除了你我，不能传到另外任何一只耳朵里。就是对次陇跟子梁也不能漏一个字。"

"是。"

梁汝舟急急地走了。

阎锡山又窝在沙发里打起盹儿来，天亮后，阎锡山吃饭、看书、写字，一派悠闲模样，心却一直提着放不下。直到下午三点来钟时，终于等来了梁汝舟的电话："货到了。"

放下电话，阎锡山浑身一阵轻松，马上叫来副官，悄声吩咐他立即到火车站买票，然后上了车直奔三元巷国民革命军总司令部。

在那儿，蒋介石看阎锡山面色不好，便问道："伯川，身体不舒服吗？"

阎锡山长叹一声，说太原来电，老父病重。说这话时，眼中泪光浮现，声儿也有些哽咽。

蒋介石心中有些起疑，可看阎锡山的神情却又不像是假的，便也带着焦急的神情问："怎么这样？"

"唉！家父年纪大了，身子骨不行了。这几年一到冬天便犯陈病，也许是今年天冷，这病一下子便沉重了。"

蒋介石重重地叹口气说："伯川沉住气，老伯吉人天相，不会有事的。"

"家父这病很是凶险，只怕熬不过今冬了。"说着，阎锡山掏出手帕擦了擦眼窝。

蒋介石道："这样吧，我让人安排专列，你回去一趟。"

"多谢钧座。"

"你看什么时候走好？"

阎锡山略略想了一下："部里还有不少急事，得处理一下才能脱开身，今晚我打算召集内政部的人开个会。嗯……明天晚上动身吧。"

说这话时，阎锡山把"明天晚上"四字咬得真真的。蒋介石答应着，又安慰了阎锡山一番。

出了三元巷，阎锡山长长地出了一口气。

吃过晚饭，把内政部的官员集合起来，阎锡山亲自训话。军事政治、道德规矩、圣人教诲、总理遗训，东扯葫芦西扯瓢，说了个不亦乐乎，一直讲到晚上九点多钟，直把大伙儿讲了个哈欠连天、腰酸背疼，方才散了。

众人往外走时，都不住地嘀咕：咱这阎部长平日里很少开口，怎么今晚这话匣子一打开就合不上了？

不多时，阎锡山上了车，出了内政部。众人知道，头儿这是回公馆去了。

南京城这时已是没了白日的喧嚣热闹，路上的行人车辆也稀少了许多。阎锡山的车子在前，卫兵的卡车在后，像往常一样走得不快不慢。

驶出几里路去，便离了大路，进了条窄些的街道。这儿更加僻静，路两旁全是成排的法桐，路灯摇曳的光芒倒显得阴森了。到了一个拐弯去处，车子慢了下来，突然车门开了，一个人影一闪，隐到了树后的阴影里。轿车与卡车停也没停，继续一路开去，一会儿便不见了影儿。

下车的这人棉袍马褂，大耳棉帽，圆头棉靴，一条紫色的围巾把脸遮得只露出两只眼睛。他往前走了几步，看到路边已是停着三辆人力车，这人也不说话，快步走向中间的那辆一偏腿，麻利跨了上去。另两辆早有人坐在上面等着，三个健壮车夫不待吩咐，拉起车来便跑，三两步便拐进了一个小胡同，七拐八拐，又从另一个去处上了大路。

一路急奔，到了下关码头，上轮渡，过长江，从浦口下了船，那个戴大耳棉帽的人进了车站，上了火车，在一个下等车厢的角落里坐了下来。

车厢里，一个人站了起来，像是无意似地拍了几下自己的帽子，四下里，有人咳嗽或是扬扬巴掌。

火车开动起来，出了南京时，那戴大耳棉帽的人把帽沿往上推了一推，长长地吁了口气。

此人正是民国内政部部长，第三集团军总司令阎锡山。

这次离京，阎锡山算计得滴水不漏。

晚上在内政部开会，实是有意做个样子给人看，也借这事儿好拖到晚上动身。坐车回家的路上，阎锡山便换了便衣，在定好的去处悄没声地下了车，那儿早已安排了几个本事高强的贴身卫兵扮作人力车夫候着，阎锡山上了人力车，卫士拉着，前后两辆车上的人不远不近地护着，就这么不动不惊，稳稳当当地上了火车。车厢里，早就有另一拨卫兵等在那儿。

阎锡山心底里泛起一丝得意来。

自己向来不做管头不顾腚的事儿，走前给蒋中正打个招呼，便是不让他抓住自己的尾巴，免了一下子撕破脸皮，为自己留了后路。见面时说明天晚上走，今晚便动了身，正是要来个出其不意，走前，阎锡山还给周玳留了书信，让他去报告蒋介石，说阎老太爷不行了，自己迭不得打招呼，已是慌忙回山西了。如此，这谎便圆起来了。

冲破樊笼飞彩凤，奔入大海走蛟龙。阎锡山心中暗道：老蒋呀老蒋，任你浑身都是心眼儿，也想不透这事儿，不会料到阎某竟然去了上海，更不会料到我堂堂的内政部部长、手握几十万军队的总司令，竟绻缩在这下等车厢里。

阎锡山拉了拉围巾，眯上了眼。

下等车厢里挨挨擦擦挤满各色乘客，乱七八糟放着包裹物件，鼾声、吵闹声和孩子的哭叫声响成一片，难闻的气味一阵阵直钻鼻孔眼儿。

阎锡山却觉得浑身舒坦，不一会儿便睡了过去。

冯玉祥带着季振同和一个卫兵，溜溜达达进了医院。

找了熟识的大夫，细细做了一番检查，开罢了药，事儿办完了，谈兴却上来了，又与大夫天南地北好一通聊之后，方才出了医院，却又悠闲地逛起街来，像是随意闲走，来到了长江边上的下关码头。

但见江水浩浩，波光粼粼，江面上大小船只犁浪穿梭。一痕山影，耸立远处，连片洋楼，错落近旁。冯玉祥三人信步观赏起来。

也不知过了多久，似乎突然间，冯玉祥几个的身影消失了。

长江依然东流，江岸上依然人来人往，谁也没有留意这三个人，也没注意他们去了哪儿。

又过了一袋烟的工夫，一艘渡轮由南岸驶出，靠向北岸。停稳后，乘客呼呼拉拉下船，蓦地却见冯玉祥三个出现在人流中，他们出了浦口码头，走向对面的火车站。

车站里，一辆铁甲列车停在不远处。冯玉祥搭眼认出，那正是他的"泰山号"，脚下立马加了劲儿。

这辆铁甲列车原是老毛子给张宗昌造的玩意儿，后来在归德让西北军缴了过来。整车有八节车厢，装甲全是七分厚的钢板，极是坚固。特别是装着炮的那两节炮台车，车底铺着钢板，钢板上又筑了一尺厚的钢筋水泥，车厢两边也是钢筋水泥的夹壁，分明便是个能动的钢铁堡垒。这车上配置的火力也极了得，有三八式野炮七门、追击炮两门、重机枪二十四挺！

冯玉祥三个上了车，门一关，铁甲车便向北开去。

铁甲车上，百十号机枪手、炮手个个神情紧张，手把着武器做着射击模样，几个手枪队的兵，提在手里的盒子枪都大张着机头，只有石敬亭与张钫笑嘻嘻地迎上前来打招呼。

铁甲列车风驰电掣，轻眼便出了南京，冯玉祥这才轻轻吐了口气。

张钫笑道："焕章兄不辞而别回了河南，便是与蒋中正明着撕破脸皮了。"

冯玉祥的脸上顿时换上了怒气，道："他妈的，这老蒋就是只两条腿的蝎子，你就是把心扒给他吃，他也嫌腥气！跟这号人早晚都要撕破脸皮！"

石敬亭道："先生这一走，编遣会也泡汤了。"

冯玉祥更是恼怒："他蒋中正开这会分明就没安好心，不泡汤才怪。"

张钫道："这样的话，焕章兄这军政部部长也不做了？"

冯玉祥道："什么军政部部长？有名无实的幌子！丢便丢了！"

听了这话，张钫一下子想起民国十年时的一件事来。那时，冯玉祥还做着陕西督军。第一次直奉战争打起来后，他执意要出兵讨伐奉系，将队伍拉出了潼关。开拔前，他把官兵召集起来，说："这次出征，不是为个人私利，而是为了讨伐媚日卖国的奉系军阀！有人说，你冯玉祥这么干，这督军便做不得……"冯玉祥一抬腿，把脚上的布鞋踢出两丈开外，阔着嗓门道："我看这督军的位子，就如同这只破鞋！我们这次参加战事，完全是为尽军人的天职：保国爱民！"

张钫知道这回冯玉祥又与当年一样下了决心了，心底里不禁生出些担忧来，嘴上却道："回来好，大伙儿放了心，也有了主心骨。"

冯玉祥道："那个阎老西已是走了，我要是不紧着走，只怕到时想走时也走不成。这个蒋中正什么事也干得出来！"

石敬亭又问道："那我们往后怎么办呢？"

冯玉祥却转脸朝着张钫问道，"伯英兄，你有什么高见？"

张钫也不客气，说："如今天下不稳，只怕战事就在眼前。战事一起，定要打个天翻地覆。咱们不如回西北去，休养生息，整军经武，不问国事，保下西北一片净土。如此三年，再出而问事，一切都可迎刃而解。"

"嗯，这主意倒是不错，"冯玉祥点着头，"只是蒋中正未必肯让我们安稳在西北待着。"

石敬亭问："他会跟我们来硬的？"

"十有八九。"

"那我们怎么办？"

"能怎么办？还能捂住眼任人往胸膛上插刀子？"说到这儿，冯玉祥伸手拍了拍身旁站着的季振同的腰，"就让这个说话！"

季振同的腰间发出低低的"唓唓"声响。张钫与石敬亭都是军人出身，自然知道那儿掖的是一把短枪。

众人都不再说话，满耳里都是铁甲车沉闷的隆隆声响。

接了电话，何应钦、杨永泰、杨杰知道出了大事，立马赶到了三元巷。

离着房门还有十几步远近，便听到屋里传出"砰"地一声脆响，接着是蒋介石一声大喝："娘希匹！"三个人缓下步来，心中都是豁亮，蒋介石发这冲天大火，全因冯玉祥的缘故。军政部部长一声不吭便离了京城，且这一走铁定不会回头，蒋介石这下弄个灰头土脸不说，编遣的活儿也要黄，"离窝毁巢"的策略十成要打水漂。

过了一会儿，听到屋里没了动静，何应钦三个方推门进去，只见地上散着些碎玻璃片儿，知道适才那声响是摔了杯子，又看蒋介石脸色青紫，额头上青筋直跳起来，知道他这回真是气炸了。

看到几个人进来，蒋介石没像往常一样打招呼，只是坐在那儿喘粗气。

杨永泰也没像往常一样上前相劝，却给何应钦、杨杰递个眼色，径直走向墙上挂着的地图。何应钦、杨杰顿时明白了杨永泰的心思：此时说破大天也没用，要想让蒋介石消下气去，只有拿出办法来，两个人便也随后跟了过去。

杨永泰道："现在看来，通过编遣会，好说好道实现裁兵，这些军阀是不会服从的。"

何应钦用手背敲敲了地图道："那只能走另一条路了。"杨永泰与杨杰明白，何应钦的意思是要动刀兵。

何应钦又道："我所虑者，是我们的力量不足。"

杨永泰道："全面出击断不可行，当各个击破。"

何应钦道："冯玉祥兵力雄厚，战力强劲，且其山东、河南、陕西、甘肃等地盘连成一片，打他实没有把握……"

杨永泰道："如与冯玉祥相持不下，李宗仁或阎锡山定会趁机谋我，那便凶险了。故而我们当取近攻远交、逐个击破之策。"

一直在地图上比量着的杨杰伸出一个指头一戳，道："先打李宗仁！"

"正是。"杨永泰点了点头，"眼下，对冯玉祥还是要取个'和'字。"

杨杰是日本陆军大学毕业的高材生，此人向来眼睛长在额头上，便是在蒋介石与何应钦面前，也毫不客气，说出话来极像下达命令："眼下，李宗仁坐镇武汉，统辖两湖，居长江上游腹地，南通两广，北达中原，上溯可达四川，下扼南京上海，对我威胁最大。白崇禧率部伸展于华北，张定璠盘踞上海，气势不凡；黄绍竑留守广西，巩固后方；李济深根扎广东，为之后援。"

杨杰的手指从地图的下方向上方划出一条线来，"桂系在广西、湖南、湖北、天津、唐山、北平一字长蛇摆开，对我形成包围之势，实为我心腹之患。"

这时，三个人听到身后传来轻轻一声叹息，知道这话点中了蒋介石的穴道。

"可桂系的软肋也正在此处。"杨杰提高了声音，说道，"他们一字长蛇摆开，便有了战线过长之弊，且中间河南、河北两省在冯玉祥与阎锡山手中，自是束缚了李宗仁的手脚。要是我们出击得当，桂系首尾难顾，难以呼应。此是取胜桂系把握之一。"

杨永泰与何应钦一起点头称是。

杨杰又道："把握之二，便是桂系虽号称能战，但兵力与我相比，相差不少。且其一字长蛇排开，兵力自然分散，我们集中击其一点，足可使其全线动摇。"

杨永泰道："先攻弱敌，击其弱处，甚好。"

杨杰握了拳在地图上一砸，说："白崇禧率李品仙，廖磊等部十万人，驻扎北平、天津、唐山、山海关一带，猛一看极为强悍，然这些军队刚从唐生智手中收编不久，未及消化，人心不附，极易分崩离析，此为取胜桂系把握之三。"

"耿光所言极是。"杨永泰道。

"还有一样，"何应钦道，"郑介民现已在第四集团军司令部做事，送来不少紧要情报。我们得知，桂系内部不稳。武汉那边，因李宗仁、白崇禧实行什么'鄂人治鄂'，胡宗铎、陶钧等湖北人大受重用，政权、军权、财权皆握于他们手中。李明瑞等广西将领皆有向隅之感，很是不服，双方几次差点儿火拼。李宗仁现在南京，武汉主事的胡宗铎、陶钧又骄横狂妄，暴躁轻率，此为桂系取败之道。"

杨杰道："所以，桂系貌似勇悍，实为病虎，如我出其不意、先发制人，挥拳一击，便可摧枯拉朽！"

"不可！"这时，身后有人突然沉声说道。三个回头看去，蒋介石还在椅子上没挪窝，但脸上的阴云已是消散了许多。

"三位坐下。"蒋介石指指沙发，缓缓道："李、白一贯藐视中央，睥睨权力，包藏祸心，不脱军阀旧习，早晚都是国家祸患。你们适才所议动他们，也是有理。但师出无名断断行不得，越是剑拔弩张之时，越要沉得住气才是。"

杨永泰道："钧座看得深远。高手过招，斗的是沉稳。我们当存先发制人心，取后发制人之势。"

　　蒋介石道："此事当多管齐下。对外，应多加联络，特别与桂系有关联之人更需用心，冯焕章与阎伯川处也当着力。对内，须加紧训练军队，抓紧补充枪械弹药。宋子文须加紧向各银行筹款。"

　　三个人都连连点头。

　　蒋介石又道："凡事当抓紧，但力避操切。李宗仁如今虎视眈眈，我们不可露出破绽。"

　　蒋介石说到这儿，却住了声，仰头看着天花板，一副若有所思的样子，过了半晌，突然站了起来，对杨杰道："耿光，你安排接济鲁涤平子弹 300 万发。"说完，径直走了出去。

　　杨杰与杨永泰、何应钦一时有些意外，竟都没有应声。直到蒋介石去了门，方才恍然大悟。

　　鲁涤平是湖南省主席，主持军、民两政。此人原为谭延闿的部下，后来归了桂系统辖，只是一直与李宗仁磕磕碰碰，倒跟蒋介石明来暗去。他如今手握两师人马，横亘在湖北跟两广的通道上，一旦发作，便可将桂系地盘截成两段，桂系南北便失掉了呼应。

　　三个人不禁叫起好来!

　　何应钦叹口气道："钧座这一招手筋，足以给李、白紧紧气。"

　　杨永泰低头沉吟了半天，微微一笑，徐徐道："也许，这一招里还有其他意思。"

第五章　磨刀霍霍

一、打进长沙去

十五师兵刚刚睡着，急促的哨声便在武汉兵营里响了起来，接着又听有人连声叫道："集合！集合！"

十五师原是天下闻名的"钢军"第七军，是李宗仁带着出广西参加北伐的队伍。眼下因缩编，全国的军队取消了军，故而依了中央番号顺序，改叫了十五师。士兵久经战阵，训练有素，一听号令，跳起来麻利收拾武器行装，不多时，各连便在营房门前排好了队伍，清点完人数，便依了口令向营房外边跑去。

十五师四十三旅的兵到了营门口，灯影里看到，一排弟兄全副武装，早已戳在那儿，旅长李明瑞，岔开腿站在队前。

一队兵一边跑着，一边嘀咕：

"旅长都出来了？出啥事了？"

"看这架势说不准是要开仗！"

"放屁！好好地开什么仗！"

"也许是老张的婆姨养汉子，让咱们去捉奸。"

众人一阵哄笑，连长厉声喝道："噤声！演习！"

众人不再说话，只是低了头紧跑。队列里只听得呼哧呼哧的喘息声和急促的脚步声。一气跑出四五里地去，到了铁道边上，影影绰绰看到几列火车和铁甲车停在那儿，都已生火待发，听响动，已有队伍正在上车。脑瓜子灵动的士兵已是看出苗头来，今日像是全师开动，定是有什么大事。

到了火车旁，又听到一片声地吆喝：

"上车！上车！"

"快！快！"

"跟上！跟上！"

士兵急忙登上车去，刚刚坐稳，铁甲车在前，火车在后，已是开动起来。刚喘口气，便又听到连声喝令："准备战斗！准备战斗！"

黑影里，全是拉动枪栓的声响。

"我怎么瞧着不大像是演习呢。"一个嗓门儿低声说。

"看来还真让老张这小子猜对了，是要开仗！"

"咱们这是往哪儿去？"

"往南……该不是去湖南？"

另一头传过一声喝骂："丢那妈！哪个多嘴多舌？不想要脑袋了吗？"

车厢里立马静了下来。

天地之间，似乎只有这几列火车在奔驰，呼呼的风声和火车的空咣声响，让这民国十九年二月的夜更加寂静，也更加神秘。

四十三旅果然是奔袭长沙去的。

原来，蒋介石从江西地界悄悄给湖南鲁涤平运送弹药，却让何健得了消息。何健原是唐生智的手下，后来投降了桂系，做了二十五军的军长，前不久队伍整编，军改为师，成了十九师师长，兼着湖南清乡会办，说来何分支是鲁涤平的手下，可与鲁涤平好夕弄不到一块去。鲁涤平想尽办法要将何健挤出湖南，何健则费尽心思要占鲁涤平的主席宝座。两个人还都有靠山，鲁涤平与蒋介石眉来眼去，何健则与李宗仁常来常往。这次，蒋介石给鲁涤平暗中运送弹药的事儿一传到耳朵里，何健立马便报告了胡宗铎。

眼下，李宗仁与白崇禧都不在南边，武汉的事儿全由湖北清乡督办、十六师师长胡宗铎跟湖北清乡会办、十七师师长陶钧几个做主。他们一得到何健传的信儿，顿时火冒三丈。

胡宗铎拍着桌子骂道："老蒋他娘的就爱使这等下三滥的手段！"

陶钧直跳起来，嗓门儿炸开："鲁涤平胆大包天。竟敢吃里扒外，勾搭老蒋！"

十五师师长夏威道："老蒋这是往咱们眼里插棒槌呢，得赶紧想办法。"

陶钧道："想什么办法？先把鲁涤平这个家贼拿下再说！"

湖北省主席张知本道："现在解决鲁涤平倒也正是时候！各政治分会马上便要取消，取消之后再想拔这颗钉子，便有些名不正言不顺了。"

胡宗铎道："不早除了他，老蒋一旦动手，我们要吃大亏。"

第四集团军参谋长张华甫道："鲁涤平手里只有十八师和谭道源的五十师两师人马，自然不是我们的对手。就怕我们一动，老蒋找了借口掺合进来，那事儿便大了。"

"湖南是咱们的辖地，对辖地里的一个省有行动，那是咱们武汉政治分会的权力，就跟老子收拾儿子一个道理，用不着别人指手画脚！他老蒋找什么借口？"胡宗铎瞪圆了眼道。

"他找借口也罢，掺合进来也罢，顶多便是打嘛，老子还怕这个！"陶钧"咣"地一拍桌子道，"老蒋动手正好，咱们正好一气打进南京去！"

张华甫道："这事还是慎重稳当些为好。"

"张参谋长，"陶钧斜着眼看着张华甫道，"要说稳当，只有投降了老蒋最稳当。"

张华甫有些恼怒，道："这是什么话？"

张知本看两人有些急眼，便道："此事非同小可，好好商议才是。"

夏威道："要是我们手脚麻利把鲁涤平收拾了，老蒋就是想动也失了内应，料他更不敢对咱们怎么样了。"

"这话有理。老蒋要动手，也得掂量清楚，咱们第四集团军可不是吃素的。平津还有健公十万人马蹲着呢，到时我们南北夹击，看他老蒋怎么应付？"陶钧道。

张华甫道："到了这个时候，督办拍板吧。"

胡宗铎道："如今德公在南京，健公在北平，这儿我说了算！天塌下来，由我胡宗铎顶着。十五师立即兵发长沙，拿下鲁涤平；五十二师叶琪直取常德，解决谭道源！"

"许多时不打仗了，正好活动活动筋骨。"陶钧搓着手笑道，"要让鲁涤平知道，对咱们动心思，便是摸老虎须子！"

事儿定下，各方便立即动起来。这次行动，极是迅速机密。就是桂军里边，也只有旅以上的军官在行动前才得了命令。因此，十五师四十三旅打前锋，开出武汉，开进湖南，当真是神不知鬼不觉，就连鲁涤平派在武汉的联络员也一点儿风声都没听到。

大军过了汨罗时，鲁涤平才得了消息。

蹊跷出在何健身上。何健先向胡宗铎报了蒋介石给鲁涤平运送弹药的信儿，断定这事定会闹个鸡飞狗跳！却做出与此事无关的样子，提前离了长沙，到醴陵视察他的十九师去了，等到夏威和叶琪两个师杀奔湖南，何健却又马上给鲁涤平打了电话过去，透露了武汉军车南来的消息，提醒鲁涤平赶紧防备。何健算盘打得脆响，挑着双方打个血头血脸，却又都知他的情、感他的恩！双方谁胜谁负他都不吃亏。

鲁涤平挂上何健打过的电话时，已是晚上十点多钟了，自是又惊又怒、又急又恨。待了半天才缓过神来，一边手忙脚乱地安排警备部队阻拦桂军，一边紧急召集军政官员开会。把人招呼起来，还没理出个头绪，便已听到了枪炮声。

原来，李明瑞带着四十三旅在前开路，到了长沙附近的霞凝车站时，被鲁涤平的警备部队拦了下来。

灯影里，铁路上已是设了路障，鲁涤平十八师的一个排长带着三四十号人举枪堵在了铁路上，路两边架起了机枪。

李明瑞的铁甲车上跳下十几个兵来，头前一个连长模样的人高声叫道："为什么拦路？"

"未得上峰命令，不得通过！"

"丢那妈！瞎了狗眼，老子是十五师的！"

"你就是蒋总司令来了，没上峰的命令，也不能过！"

正吵吵呢，从铁甲车跳下来一个人，手提盒子枪，大步走上前来，三两下把自家的人拨到一边，径直走到那排长的跟前，抬手便是一枪，那排长仰面倒了。鲁涤平的兵一愣时，这人抬手"砰！砰！"打去，接连打倒了几个，剩下的拔腿便跑。

铁甲车上的十几挺机枪一起打响，雨点般的子弹朝着鲁涤平的兵直泼过去。就在同时，车厢门"哗"地打开，士兵从车厢里"嗖嗖"跳出，向车站各处扑去，转眼间便将车站占领。车站上，鲁涤平的兵没开几枪，便被桂军打死的打死，活捉的活捉。

李明瑞从铁甲车里走了下来，在车站的站台上逛了一遭，对着团长李毅道："这儿留一个连扫荡残敌，接应后边的部队。其他各部立刻从洪山庙、湖迹渡河，由东北两面包围长沙！"

哨声响起，四十三旅的人马立即收拢过来，按了口令，分头行动起来。

鲁涤平在省府内急得晕头转向，打又打不过，逃又不甘心，到底拿不出主意。就在这时，收到蒋介石的一封急电，上面说湘局已无法维持，让他迅即撤离长沙。鲁涤平看了电报，脑子里一个念头一闪：这事儿蒋总司令怎会这么快就得了消息？莫非事前已有所闻？那怎么不提前打个招呼？正觉得一团乱麻理不出头绪来，又一阵枪炮声传到耳朵里，听来更稠更近了。参谋长彭新民急得脸上没了血色，道："鲁主席，来攻长沙的是李宗仁的第十五师，咱们铁定敌不过的。如是硬打，定吃大亏。再说把长沙当了战场，祸及地方父老，那我等的罪过就大了。"

鲁涤平有些不耐烦地说："别绕弯儿，你就直接说，怎么办？怎么办？"

"走！"

"我咽不下这口气，他李宗仁为啥对我们用兵？"

"眼下不是理论的时候，咱们先脱了身再说。"

这时，副官跑来报告，桂军攻到浏阳门了，已是顶不住了。

鲁涤平呆了，彭新民向副官递个眼色，道："扶鲁主席走！"副官出门打个招呼，几个卫兵跑了进来，二话不说上前架了鲁涤平便走。

彭新民下令道："马上命令部队向江西万载方向撤退！"

一簇人吵吵嚷嚷上了车，出了省府，鲁涤平咬牙切齿地道："李宗仁、白崇禧！咱们到蒋总司令那儿论个长短！"

没费多大劲儿，桂军便占了长沙。四十三旅最先开进了湖南省政府。李明瑞在鲁涤平平常坐的大椅子上坐了下来，舒坦地"嗨"了一声。

团长李毅道："鲁胖子熊包一个，不顶打。老子还没晃开膀子呢，他就跑没了影子。"

李明瑞说："立即报告武汉，十五师已占领长沙。鲁涤平向西逃去，我部将继续追击。"

李毅出门传了命令，又回到屋里时，却见李明瑞已是窝在椅子上，呼呼睡了过去。

自打李明瑞与叶琪兵发武汉，胡宗铎与陶钧、夏威几个就一直守在电话机旁，这一夜也只在沙发上打了个盹儿。天亮时，电话到了：占领长沙！几个人听了一起"哈哈"大笑。

夏威搓着手道："他娘的，鲁涤平这下老实了。"

陶钧道："解除了一个心腹大患！"

胡宗铎道："不知老蒋得了消息，会怎么样？"

"怎么样？"陶钧说，"他能怎么样？骂几句娘希匹罢了，干瞪眼没办法。哈哈哈。"

几个人又大笑起来。

胡宗铎道："立即以武汉政治分会名义发出通电。一、鲁涤平任职以来，任情阻抗分会指导监督，动多乖桀，一意孤行。国家税收，任意把持，妄为分配。铲共剿匪诸多不力，致使伏莽潜滋，匪氛遍地。湘省累年丧乱，民困益深。着即免去鲁涤平本兼各职，及谭道源五十师师长一职。二、湖南省主席一职由何健继任，业令先行就职，再呈中央正式任命。"

夏威道："还要有第三，目前湘局安静。"

陶钧双掌一拍道："好！生米做成熟饭，就这么端上去，他老蒋吃也得吃，不吃也得吃。"

二、走、走、走

湖南地界鸡飞狗跳时，李宗仁正在南京优哉游哉。

军事参议院是国民政府里最高军事咨询建议机关，参议院院长的官儿也着实不小，可实权却没多大，李宗仁也不拿这筷子当大梁，院长当得倒也轻松。得空儿便四处游逛，访友会客。有时便关起门来，在成贤街的寓所看书写字，日子过得很是逍遥自在。

这日清早，李宗仁如以往一样，起了床，在院子里活动一下筋骨，然后与妻子郭德洁坐到桌前吃早餐，刚端起碗来，副官进来报告：海军署长陈绍宽来访。

陈绍宽是李宗仁的好友，当年讨伐孙传芳和出征唐生智时，两人曾并肩作战，交情不浅，如今又同在京城做事，自是常来常往，可大清早上门，却是头一遭。李宗仁估摸有要事，便放下碗到了客厅，见了陈绍宽先打个哈哈，哪知陈绍宽劈头便道："德邻兄呀，你这事儿做差了！"

李宗仁有些意外，问道："厚甫兄，此言从何而来？我什么事做差了？"

陈绍宽一顿，道："湖南那边的事。"

"湖南？湖南那边有什么事？"

陈绍宽脸上的神情满是意外和惊讶、还有些不相信，打量了李宗仁一眼，问道："你真不知道？"

李宗仁倒笑了起来："厚甫兄真让宗仁一头雾水了，我知道什么？"

"噢。"陈绍宽这才像是醒悟过来一般，急急道，"我刚接到长沙海军电台急电，说是武汉方面已对长沙鲁涤平采取军事行动了。"

"什么？"李宗仁猛地站了起来，变了脸色说，"哪有此事？绝无此事！"可一转念，陈绍宽既接了长沙海军电台的急电，定是确实的了，又道，"宗仁对此事毫无所闻。"

"真的？"

"真的！"

陈绍宽顿时有些紧张，起身道："此事重大，你赶紧核实一下。"急忙告辞走了。

把陈绍宽送出门去，李宗仁立马喊来副官，吩咐道："赶紧去查，武汉有无来电，要是有，赶紧译出来。赶紧！赶紧！"

郭德洁这时也到了客厅，看到李宗仁的神情与往日大不一样，知道出了大事，也有些慌张，问："德邻，怎么啦？怎么啦？"

李宗仁慢慢地坐到了沙发上，没有做声，只是向着郭德洁摆了摆手。

不多时，副官急步跑了进来，把一封电报递了过来，李宗仁接过急急打开一看，"咳"了一声，连连拍着自己的额头道："糟了，糟了。"

郭德洁又问："到底怎么啦？"

"胡宗铎糊涂透顶！"李宗仁把电报往桌上一拍。

郭德洁拿过去一看，也是倒吸一口凉气："怎么这样？"

这封电报正是胡宗铎发给李宗仁的，告诉他已决定对湖南鲁涤平动手，让他速速离京。

李宗仁道："胡宗铎年轻气盛、鲁莽操切，这下正中了蒋介石的圈套！混蛋混蛋！"

郭德洁也是见过世面的人，心中虽是"噗噗"乱跳，脑子却并不迷糊，果敢道："德邻，先别发脾气，南京你不能再待了，你得马上走！马上！"

"咱们一起走。"

"不成！"郭德洁断然道，"那样怕也累你走不成！"

"那好。你保重。"

"你带几个卫兵走。"

"季光恩一个便成。"

季光恩正是李宗仁的贴身侍卫，此人一身好武艺，寻常人三五个近不得身，且闯荡江湖多年，胆大机智，由他跟李宗仁走，郭德洁自是放心，连声催促道："好，就这么办。马上走！马上走！"

商议停当，将季光恩喊了来，吩咐一番。

几个人立马行动起来。不多时，李宗仁换了一件灰布长衫，头上一顶黑色礼帽，看去像个教书先生，季光恩则一身短装，腰间藏着双枪。两人从后门出去，做出闲逛模样，不慌不忙进了一条小街，走了十几分钟，从另一边上了大道，两人叫过人力车，催着一路快跑，中间拐了几个弯儿，换了两次车，到了下关方停了下来。

季光恩只当李宗仁这是要过江去，去浦口乘火车离开南京，正要头前去寻船只，李宗仁却递过一个眼色，掉头转身便走，季光恩也跟在后边去了，两人走了二三里地，拐进一条小巷，在一家小旅店的门前停了下来。

这个地方不大起眼，来往的杂人也不算多，却离着宪兵司令部不远，李宗仁点头道："就在这儿了。"

季光恩走惯江湖，经的事儿多了，当下脑子一转，便想透了，不禁从心底里佩服起来，李总司令这一招着实高明。南京方面要是想拿他们，多会打发人或是在车站守候，或是到火车上搜寻，或者到路口拦截，这时动身极易一头撞到网里。可任谁也不会料到，他们急急逃出家来，却仍在城里稳稳地盘着，而且就在宪兵司令部的眼皮底下！行的是险招儿，却保了安稳。

两人不慌不忙进了小旅店，季光恩出头与店老板搭话，老板把两人领到房间，送上茶水便去了。李宗仁摘了礼帽，脱下长衫，往床上一躺，向着季光恩道："睡觉！"

季光恩走到窗边，隐了身子向外撒摸一圈，见没动静，才靠到了床头上。

李宗仁闭了眼盘算着湖南那边的事，季光恩竖了耳朵听着外边的动静，两人就这么静静地躺着。到了午间，老板将饭菜送进屋里来，两人吃过后接着躺下，一直到了傍晚，夜色浓了时，方悄悄出了门去，登船过江，从浦口上了火车，在三等车厢找个地方坐下，直奔上海。李宗仁已是打定主意，先在上海租界里住下，看看势头，再定夺下一步的行止。

就在同时，成贤街李宗仁的寓所，也演了一场好戏。

李宗仁离家不到一顿饭工夫，监察院副院长陈果夫便上了门来。郭德洁客客气气把他让进客厅，陈果夫打着哈哈，说是闲来无事，找李宗仁聊聊天。

郭德洁心中忐忑不安，脸上却丝毫也没流露出来，笑嘻嘻地道："别说了，陈先生。这个德邻一大早便出了门，说是到外边转转去。可你瞧瞧，这一走，到现在也没见人影儿。定是又遇到了朋友，跟人家聊起来了。陈先生且喝茶等等，不定说话间便回来了。"

陈果夫便与郭德洁闲聊起来，却有些神不守舍。郭德洁心中有数，越发说个不停，到最后，陈果夫瞅个话缝儿，才插进嘴去道："德邻既然不在，那我就再……"欠欠身露了要告辞的意思。

郭德洁却装作没看出的样子抢过话头去道："陈先生呀，早就听德邻说陈先生的字是天下一绝，在咱们民国就没一个赶上的。一直想请先生赐我们一幅的，只是怕先生忙，没好意思开口。今天先生既然来了，正好，忙不忙都不让先生走了。哈哈。"

说完，便招呼副官准备笔墨纸砚。陈果夫一时哭笑不得，又不好推辞，便只得点头答应。

不多时，副官把笔墨纸砚备好，郭德洁将陈果夫请到书房去，亲自磨墨，提笔濡了墨，想了一想，写下一副对联：

合理合情合法做成大事
轻名轻利轻权修得长生

郭德洁虽是不识得很多字，可也"啧啧"连声，搜肠刮肚寻了许多好听词儿，劈头盖脸把陈果夫好一通夸。

陈果夫心中着急却又没有办法，费了不少力气，方才告辞出来。

陈果夫一走，郭德洁一屁股坐到沙发上"呼呼"吐起气来。过了不一会儿，何应钦又到了。郭德洁又连忙换上笑脸迎了进来，还是说李宗仁出门逛街去了，如此这般应付过去

到了下午，陈果夫与何应钦又分别来了一次，看李宗仁不在，坐一会儿，说几句闲话便走。郭德洁断定李宗仁没出事儿，放下心来。

到了晚上，陈果夫与何应钦两人却一起来了。这次郭德洁话里仍是客客气气，但脸上已是挂了冰霜，两人也都看出来了，也不再转弯抹角，直接问李宗仁哪儿去了。郭德洁这时才作出爱咋咋地的模样说：李宗仁今儿一大早已坐火车到上海治病去了。

陈果夫与何应钦顿时变了脸色，迭不得打招呼起身便走，郭德洁一直送出门去，还在他们屁股后边招呼道："陈先生，何先生，有空常来坐坐呀！"

三、不可饶过他们

"桂系敝屣法令，妄动干戈，从此恐又多事了。"蒋介石长长地叹了口气。

谭延闿与李石曾、吴稚晖、张静江、蔡元培四位国民党元老，闻听湖南闹出了大事，不待招呼，便急如火星跑来。他们料定蒋介石定是暴跳如雷、拍得桌子震天价响，然后发兵打个人仰马翻，没想到却是这副蔫头蔫脑模样。

张静江倒激怒起来："武汉此举，破坏中央威信不小，如是听之任之，则地方割据形势立成，局面将难以收拾。"

"德邻从上海给中央发来电报，"蒋介石拿起一张纸来念道，"'鲁涤平把持财政，剿匪不力，兴税繁荷，民不堪命，经武汉政治分会议决，免鲁本兼各职及五十师师长谭道源本职，所部予以遣散。此系紧急处分，为地方人民计，出于万不得已，请中央鉴谅。现在湘局安静，何健为省府主席，业令先行就职，再呈中央正式任命。'"

念完，却不做声，只是把电报轻轻拍到桌上，缓缓扫了众人一眼。

蔡元培一指众人，对蒋介石道："李德邻也给我们都发了电报，称湘变事前他并不知情，如中央欲处分武汉政治分会，他本人与在鄂将领绝对服从。"

话音未落，行政院院长谭延闿怒声道："李宗仁打的好主意！他这是想大事化小，小事化了！中央断不可轻易放过！不然此例一开，则各地军事领袖，均可随一己之喜怒，任意轻启战端，随一己之好恶，擅自任免高级政治人员。"

谭延闿从晚清到如今，在官场上滚打了多年，有个"水晶球"的诨号，做事极是圆滑的。平日里都是话到嘴边留三分，从不见高喉大嗓说过话，这

时竟是怒形于色。众人心中都知：北伐时谭延闿任国民革命军第二军军长，鲁涤平是他的副军长，说来是一个锅里摸过勺子的，自然打断骨头连着筋。

李石曾道："极是，此种行为若是相习成风，则中央威信坠地，地方割据形成，全国便再无统一之望了！"

吴稚晖接口道："武汉政治分会确实目无中央，未经允许便改组湖南省政府，违反五中全会关于政治分会不得任免特定地域内人员的决议；兴兵湖南，又违反编遣会议关于不得擅自移动军队的规定，必须查明严办！"

李石曾道："桂系真是胆大妄为，绝不能姑息。"

谭延闿一拍茶几，道："对！非以军事手段处置不可！"

蔡元培却道："我看此事当尽力和平处理，据我所知，此事确是胡宗铎等几个人所为，李宗仁白崇禧确未曾预谋。"

谭延闿冷笑起来："鹤卿，这话你也信！这么大的事，李宗仁跟白崇禧会不知道？骗鬼呢。"

五个人一时争了起来：有的主张出兵武汉，武力解决；有的主张政治处分，和平处理。

蒋介石一直静静地听着众人议论，过了好大一会儿，方才长长一声叹息道："中正自北伐完成以来，力言内战不可再起，湘变发生，痛自愧责。身为长官，手下将士却同室操戈，自相残杀，令兄弟阋墙，手足自戕，贻笑外人。此种耻辱，无与伦比！如因此而动干戈，以致涂炭生灵，不但胜之不武，扪心何安？"

五个人听了，很是觉得意外。这事本来全是桂系的不是，没想到蒋介石却检讨起自己来。

吴稚晖拍着大腿感慨道："李德邻跟胡宗铎他们，要是能亲耳听到蒋主席这番言语，该羞愧难当、痛心疾首才是！"

蒋介石却仍是平心静气，道："中正以为，中央当以最大努力，避免军事行动。中央各师将领，非奉中央命令，不可自由行动。对此事，但能用政治手段解决，绝不轻易用兵。五位以为这样合适吗？"

蔡元培道："如此甚好，如此甚好。"

张静江道："当将主席的意思见诸报端，让民众都了解中央之苦心，也使桂系痛切自省。"

蒋介石诚恳地道："各位都是党国元老，国家到了紧要关头，还请不辞辛苦，多多为国家和平奔走，多多宣扬中央和平意旨。"

"这是不消吩咐的。"吴稚晖道。

蒋介石又道："此事已然发生，中央如视而不见自是不行，我意由监察院会同李德邻、何敬之、李任潮一同切实查明真相，然后召开中央政治会议，最后做出处理决议。"

蔡元培此时做着民国监察院院长，当即点头答应。

蒋介石道："中央也须下令，鲁涤平与武汉两方军队，各驻守原防，不得再自由行动，以防战火扩大。"

五个人齐声说是。

蒋介石又道："还有，致电武汉，同意何健暂代湖南省主席一职。"

听到这话，五人都没应声，只是齐齐地把目光投向了蒋介石，显然是大出意外。不对武汉用兵便罢了，为何却要答应桂系的要求？

五人很觉奇怪，他们却不知缘由皆在何健身上。

湖南的事儿自始至终，何健都在暗里推波助澜，却拿定主意只坐在楼上看翻船。在蒋介石向鲁涤平暗送弹药时，他向武汉报信儿，在武汉进攻长沙时，他又向鲁涤平透消息，不动不惊中，他还跟南京方面暗通声气，这也便是蒋介石早早得知湘变的根由。所以蒋介石顺水推舟，同意任命何健为湖南省主席，一石三鸟。既显示中央对桂系极为大度和忍让，又将何健拉了过来，还让桂系的人放松了警惕。

蔡元培几个哪里猜出里边的奥妙，只觉得蒋主席今日着实有些云遮雾绕。

谭延闿却觉出事儿不是那么简单，他做过大清朝的授翰林院编修、北洋的湖南总督、国民政府的主席，最拿手的便是通权达变，八面玲珑。这时看蒋介石言语举止着实不同寻常，便料定背后肯定有些机关，便闭了嘴不再说话，只在心中不住地琢磨。

"稚老，"蒋介石又转向吴稚晖道，"中正想劳你与鹤卿先生跑一趟上海。把德邻请回南京来。告诉他，中央向以大局为重，团结为上，对他自会给予谅解，天大的事儿当面说清楚便罢了，请他不可多心。你们都是党国元老，说出的话德邻会听的。"

吴稚晖与蔡元培道："一定不辱使命。"

开完了会，几个人出了蒋介石的办公室，吴稚晖长长地出了口气道："此事蒋主席处置得很是妥当，如此免了一场天大的乱子。"

蔡元培也道："天下初定，再也不能折腾了。这次免了一场战争，总算松了口气。"

谭延闿只是笑了一笑，理了理衣服，走了。

送走了五人，蒋介石转身进了司令部，何应钦与杨永泰、杨杰早已候在那儿，一见蒋介石到了，三个人一齐站了起来。

蒋介石却只是略略点了点头，大步走向墙上挂着的地图，边走边道："对湘变，口头固可主和，但备战应当积极。"

到了地图前，蒋介石一指道："立即下令，驻徐州的刘峙第一师、驻蚌埠的顾祝同第二师、驻衮州的缪培南第四师、驻庐州的朱绍良第八师、驻新蒲的蒋鼎文第九师、驻南京的方鼎英第十师、驻芜湖的曹万顺第十一师、驻泰州的夏斗寅第十三师，加紧行动，务于三月三日前完成出师准备。"

三人明白蒋介石这是要南北两路合围武汉。还没开口说话，蒋介石却又大步走到沙发上坐了，显出胸有成竹、兴致勃勃的样子道："到了彻底解决桂系的时候了。"

看到蒋介石的神情，杨杰猛地想起那日商议打桂系的事儿来。蒋介石吩咐给鲁涤平运送弹药，杨永泰嘀咕道：也许这一招里还有其他意思。当时他就觉得这话说得有些蹊跷，如今一下子豁亮了，杨永泰看得透。这一招乍看只是要给李宗仁眼里插棒槌，实里却是挑逗桂系先动手，好揪住尾巴拾掇他们！

杨永泰与何应钦、杨杰都是心腹，蒋介石在他们面前自不藏着掖着，道："有两个人至关重要，需立刻着手行动。"然后伸出一个指头道，"第一个，唐生智！"

"唐生智？"

三个人朝蒋介石看去，只听蒋介石道："运动唐生智，让他到北平去，从白崇禧手里夺回旧部，如此事告成，解决桂系便有了五成把握。"

三人一起点头称是。

民国十七年时，李宗仁、白崇禧讨伐唐生智，唐生智兵败下野，手下人马全被桂系收编。现在白崇禧带着驻守在平津唐山一带的第八、第三十六两个军便是其中的一部。如今这两个军改作了五十一师、五十三师，再加上门炳岳的第十四师和王泽民的五十四师，总共十几万人马，成了白崇禧手里的定海神针，不仅可以走陇海铁路、平汉铁路增援武汉，还可沿津浦铁路威胁南京，一直让蒋介石头疼。由唐生智出头策动往日的部下挑旗反桂，把老部队从白崇禧手里夺过去，那白崇禧立马便没了神通，武汉方面也就失去了北方的支援，南京却解除了后顾之忧，可以腾出手来，全力向武汉作雷霆一击。——计策确实不错。

何应钦略略一想，道："只是不知唐生智是否愿意出山。"

蒋介石知道何应钦是担心唐生智过去跟他是冤家对头，此时不肯上他的船，便自信地一笑说："此人对过去败在李宗仁手里一直愤恨不平，一直想寻机报仇。我们要给他一个东山再起的机会，料他不会拒绝的。"

杨杰也道："钧座所言极是。唐生智的旧部都是湖南子弟，思乡心重，如果唐生智以打回湖南相号召，定会乐意相从的。"

杨永泰道："只是……唐生智此人终非好相与呀。"

蒋介石自然明白杨永泰言下之意是怕烧香引了鬼来。唐生智头角峥嵘，不会老实任人戴上笼头、拴上缰绳的，弄不好还会摁下葫芦起来瓢，惹出新的祸事来。

"畅卿先生所虑不为杞人忧天，我也曾有养虎贻患的担心，想让百里先生前去收回唐生智的旧部。——蒋先生曾是他们的参谋长，估计也有几成胜算。"蒋介石道，"后来我想，到底不如唐生智把握大。此事自是有利有害，先把白崇禧解决了再说。我也想了预防的办法。此次可任唐生智为总指挥，但由北平行营主任何成浚代委。事成时，可将从白崇禧手里夺下的四个师编为两个军，由何成浚兼任一个军军长，统由唐生智节制。"

说到"总指挥"、"代委"、"兼任"几个词儿时，蒋介石格外加重了语气。这法子猛一听着实有些古怪。任命唐生智做总指挥，中央却不出面，而由何成浚代委，但唐生智做了总指挥，何应浚反而又到他手下做军长，受他节制。可细细一想里边却是大有机巧。"总指挥"本来便是一种临时职务，战事一结束，当然取消。让何成浚代委，自然更不是名正言顺的军职，这就免却了善后的麻烦，中央也有了转还的余地。而让何成浚在唐的手下兼任一个军长，明里看着是对唐生智的信任支持，暗中却又藏着牵制的意思。

杨永泰、何应钦、杨杰脑子一转，便领会了蒋介石的意思，齐声叫好。

杨杰又问道："一旦唐生智招回旧部不成，白崇禧率军南下，当如何应对？"

蒋介石竖起掌来，在茶几上作势猛地一切，道："可由何成浚联合第三集团军在天津、石家庄一带部署兵力，拦击！"

杨永泰问道："前去运动唐生智的人至为关键，何人合适呢？"

"刘文岛。"蒋介石立马答道。

三个人又不约而同地叫了一声好。刘文岛北伐时曾在唐生智的第八军里做过党代表，现在是国民革命军总司令部总政治部副主任。此人与唐生智交情不浅，又有一副好口才，让他去说动唐生智，真是再合适不过了。

"让刘文岛告诉唐生智，这次最好能捉住白崇禧，要是捉住了他，嗯……可就地枪决。"说这话时，蒋介石的神情平平和和，语气不疾不缓，极似在吩咐打死只蚊子。

杨永泰几个一时觉得头发麻乍起来。白崇禧北伐时曾在蒋介石左右参赞军事，如今在桂系里坐着第三把交椅，不是寻常角色，于公于私都断不能随意处置的，可蒋介石嘴里吐出这个"枪决"二字，竟是如此轻描淡写，更让人不寒而栗。

屋子里静了一会儿，杨永泰方又问道："那第二个人物又是哪个？"

"李明瑞。"

何应钦几个与李明瑞都相熟的。此人是桂系头号猛将，多年来战功赫赫，在桂军中极有威望。蒋介石道："李明瑞有本事，能打仗，功劳也大，可李宗仁却不信任他，白崇禧嫉妒他，因此受了不少窝囊气，很不得意。郑介民多次在密电中提及他，此人身上可做篇大文章。"

杨永泰道："我的高参周伯甘曾与李明瑞碰过头，李明瑞说过这话，'我现在的位置，不是李宗仁的恩赐，是我表兄俞作柏让给我的。表兄对我很好，我对他言听计从。'"

俞作柏当年在广西是与李宗仁、黄绍竑、白崇禧肩膀一般齐的角色，为桂系发家出了不少力气，可到底与李宗仁几个尿不到一个壶里去，到最后，李、黄、白三个在广西成了跺跺脚地皮动弹的人物，俞作柏却被挤到墙旮旯，只当了个农工厅厅长，自是一肚皮的气，临了，干脆撂挑子不干，跑到香港做起寓公来。

蒋介石点头道："那就从俞作柏这儿入手，要是他能说动李明瑞归顺中央，李宗仁便抽去了一根骨头。"

杨永泰道："此事交与永泰去办。我亲自跑一趟香港会会俞作柏。唔……请钧座修书一封，允诺如果事成，便由他出任广西省主席，省府委员由他自行遴选。我带了交与他，此事便增了七分把握。"

"都依畅卿先生。"蒋介石说，"先生去时，多带些钱。此事不要怕花钱，如不够，先生可急电直接告我便是。"

"好。"

"还有，"蒋介石道，"与冯焕章、阎伯川那边也当加紧联络。"

何应钦道："此事我与邵仲辉（力子）商量办理。"

蒋介石点头道："好。务须注意，各军调动，当迅捷有序，不可张扬。"

"我马上颁发命令。"何应钦道。

杨永泰道："对外当力倡和平，显示中央宽容胸怀。"

蒋介石道："极是。此举当多管齐下，我已发电给广东李济深，让他从速进京，调停湘变。"

杨杰自视甚高，往常无几人放在眼里，这时也是不住地点头：蒋总司令用兵难说十分高明，可纵横捭阖手段着实过人。

事儿商议完毕，何应钦三人立即各自分头部署，蒋介石却静静坐着，只觉心中像海浪扑岸，一波下去，一波又起。他站了起来，在房子中间兴奋地走了两圈，最后在地图前停了下来，定定看了半天，轻轻用手背敲了敲地图上北平、武汉、广西三个地方，低声道："李德邻！白健生！你们准备好了吗？"

四、南京去得去不得

李济深一到上海，便直奔李宗仁的住处。李宗仁自从那日离了南京，逃到上海，便一直驻在法租界海格路一个叫做融圃的去处。

一进门，还没坐下，李济深便连声埋怨起来："德邻，你做事怎么也毛躁起来？湖南怎么说动手就动手？"

李济深平日里行事很沉得住气的，这次看来确实急了。李宗仁刚要搭话，他又说道："太过操切！这么做，难逃破坏和平之责，弄不好还要引发战事，如何善后？如何善后？"在沙发上一屁股坐下，尤自黑着脸恨恨地。

李宗仁亲自端了一杯茶递过去，在李济深身边坐了，道："任潮兄，有些情况你可能不知就里。"便将湘变的来龙去脉细细地说了一遍。

李济深"噢"了一声，脸上松缓了些，道："原来如此。"

"此事全由蒋介石故意挑起，只是胡宗铎三人，千不该万不该鲁莽行事，坠入圈套。"

"如今事儿闹到这般地步，怎么办？"

"我要自请处分，辞去国府委员一职，同时责令胡宗铎三人听候中央处分。"

"如此甚好。"

"只怕中央不会轻易罢手，我已得了消息，中央正调动军队意图包围武汉。"

李济深有些着急，沉吟了半晌道："要是真的动起手来，武汉怎么能敌得过中央？"

李宗仁愤怒起来："中央如果要借此强加武力于第四集团军头上，我们也只有破釜沉舟，奋力一搏！"

"还是不动干戈为好。"李济深皱着眉叹口气道，"正好这次蒋介石让我居中调解，我到了南京，跟他把话儿说透，尽力把这滔天巨浪平息下去。不然战事一起，事儿便大了。"

"任潮所言极是，只是你万不可去南京。"

"怎么？"

"你虽在广东自成体系，但在蒋中正眼中，你我却是一家。你去南京，便是自投罗网，必被扣留无疑。"

"不会吧？"

"只怕不只如此！"李宗仁有些激动，嗓门儿高了起来，"你与老蒋相处不是一日半日了，还没看透此人肺腑？你前脚入京，他将你扣住，后脚便要引诱广东将领背叛你。那会是什么结果？广西顿失广东之援，武汉则完全孤立，中央大军四面合围，第四集团军必被缴械，我们无疑便满盘皆输了。"

听了这话，李济深坐不住了，站起身来走到窗前，想了半晌，回身道："老蒋虽然狠辣，也不敢对我下手吧？"

"嗨！任潮呀任潮，我且问你，王天培是怎么死的？你难道忘了？"

这事李济深自然知道。民国十五年秋，王天培自贵州率部出师参加北伐，任国民革命军第十军军长，曾横扫湘鄂，所向披靡。后被任命为第三路军前敌总指挥，在赣皖苏等地打了不少硬仗。讨伐张宗昌时，王天培在徐州孤军奋战，寡不敌众，丢了城池。蒋介石亲率大军反攻，由于指挥失误，致使全线溃退，弄了个灰头土脸，并因此下野，为了泄愤，下野前下令把王天培枪毙。

李济深明白李宗仁的意思：王天培当时的地位不能说不高，功劳也不能说不大，手下也有近十万人马，还不是说杀便杀了？老蒋还有什么不敢的？沉吟了半晌，李济深又道："可这事我能撇开不管吗？我只在一旁瞧着你们打个稀里哗啦吗？"

"不，"李宗仁也走到窗前，给李济深递过一支烟去，自己也含上一支，点上后长长地吸了一口，道，"你就在上海做这个调停人！以你在两广的德望与实力，蒋介石必投鼠忌器，不敢贸然对武汉用兵。故而不去南京，战争或可避免。如去了南京，则恰能促成内战，还要危及你自身的安全。"

李济深"唔"了一声，点点头。

两人一时沉默了下来，只把个屋子抽得烟雾腾腾。

"此事当力争和平解决。"李济深突然道。

李宗仁"唔"了一声，又"咝咝"地用力抽起烟来。过了半晌，把手中的烟头往不远的痰盂里一丢，道："不管怎么说，对处置鲁涤平一事，中央不能过分干预，尤不能武力干预。"

李济深没有接话茬，只是重重地叹了口气。

得了李济深在上海停留下来的消息，蒋介石立即吩咐蔡元培、李石曾、吴稚晖、张静江四个赶了过来。

国民党的四大元老一起上门，李宗仁与李济深知道非同寻常。

果然，吴稚晖一开口便不绕弯子："我们四个老头子是奉蒋主席之命，为湘变之事而来。"

李宗仁道："都是宗仁的罪过。"

吴稚晖道："蒋主席让我捎话与你：武汉方面自你到京后，领导无人；你的命令，亦不能有效施行；中央又鞭长莫及，故而发生此次不应有之事。此事与你无有关系，你且放下心来，也无须过分自责。"

李宗仁向前俯了俯身，道："多谢钧座的体谅。部曲违法乱纪，宗仁虽不在军中，可身为一军主帅，自是难辞其咎，中央当治以应得之罪，宗仁束身待罪。"

四老来时，估计李宗仁定会梗起脖子、拍着桌子跟他们争个长短的，没想到却是这般情景，不由得齐齐地松了口气。

吴稚晖拍手笑起来："德邻这一番话，使我等心中顿时云开雾散、雨过天晴呀。"

蔡元培也笑道："德邻深明大义。"

李宗仁轻轻拍拍自己的胸膛道："还请四位代为转告蒋主席：宗仁始终拥护蒋主席为完成国家统一之一人。"

四老又称赞起来：

"好。"

"德邻到底是革命元勋。"

"德邻是诚实之人。"

李宗仁不紧不慢地又道："宗仁自忖才不足以济变，学不足以匡时，当退避贤路。如今政治分会及集团军总部行将裁撤，宗仁所任之分会主席及第四集团军总司令之职自然卸去，只有国府委员一职尚负重责，宗仁也当辞去，以谢国人。白健生也要发出通电，引咎辞去总指挥一职，请中央照准。"

四老听出这话里味儿有些不对，顿时紧张起来，急忙劝说：

"德邻怎可如此？"

"中央已知事情缘委，德邻无须过分自责。"

"你乃党国栋梁，断不可有此想法。"

李宗仁却不接茬儿，自顾道："也请四位向蒋主席代为说明：武汉政治分会处置鲁涤平部，非为其他，实出于拯救湘民、安戢地方之至诚，毫无个人权力掺杂其间。"

四老一时愣了，觉出事儿没那么简单，这个李猛仔的头不好剃。

蔡元培道："德邻在党国负有重责，行事自然要从党国方面多加考虑的。"

李石曾道："德邻，你与蒋主席共过患难，还是结拜兄弟，这次更应推心置腹，携起手来，把事儿化解了才是呀。"

吴稚晖也道："是呀，这事虽是闹得沸沸扬扬，可要解决也不是什么登天的事情。我看德邻你还是到南京走一趟，有啥话跟蒋主席当面鼓对面锣地说个明白。只要都把心窝儿一亮，还有什么疙瘩解不开呀。"

李宗仁道："宗仁绝对服从中央，也定依四老之命。只是宗仁打算先回武汉，亲自处理此事，然后再赴京晤蒋主席，并向中央自请处分。"

张静江道："我看德邻还是先回京为好，此事耽搁不得。"

李石曾道："是呀，武汉一方自行处理此事难度极大。德邻还是先回京见过蒋主席，你二人存了共识，再由中央处理起来便举重若轻了。"

蔡元培道："今日大局安危，全看德邻能否进京面商。如果进京，则国人自然体谅你一片真诚，政府也绝不至于有所径庭。"

李宗仁却摇头断然道："现在宗仁确不宜进京，务请四位体谅宗仁苦衷。"

几个人你来我往过招时，李济深只在旁边竖起耳朵听着，一直没有吭声。这时，吴稚晖转向了他道："任潮兄，你也劝劝德邻！"

李济深摇着头道："我已是劝过了，无能为力。"

吴稚晖道："任潮兄，你作为调解人，也不能蹲在上海不进京吧？"

李济深未曾张嘴，李宗仁又抢过话头道："是宗仁不主张任潮去南京的。任潮如果去了南京，牺牲了个人而能消弭内战，使数十万袍泽免受屠戮，则此项牺牲有价值。如果牺牲了个人而结果适得其反，则不应作无谓的牺牲！"

吴稚晖激动起来："德邻说的哪里话来？任潮何人？国府委员、国民革命军参谋总长、广州政治分会主席、广东省政府主席！也是这事的调停人！我就想不明白了，德邻，他进京怎么就是牺牲呢？"

李宗仁道："这个蒋主席心中最是明白。"

张静江却笑起来："德邻的意思是怕蒋主席扣留任潮吧？"

吴稚晖连连摆手道："断断不能，断断不能。我们四个来上海之前，蒋主席已是当面向我们拍了胸脯：他以人格担保，绝不使任潮失去自由。"

李石曾也道："德邻多虑了，多虑了。"

蔡元培道："蒋主席身为党国领袖，怎会用流氓手段处置部下？宗仁确不该如此想的。"

李宗仁一声冷笑，道："中央如有诚意和平解决，则在上海谈判和去南京谈判有何区别？蒋主席自己也未尝不可屈尊来沪啊。至于蒋主席以人格担保一层，更不可信。像蒋主席这样的人，还有什么人格可言？四老又何必骗任潮去上当呢？"

李宗仁这话说得噎人，四老顿时全都涨红了脸。吴稚晖有些恼羞成怒，"啪"地一拍茶几，阔着嗓门道："要是蒋主席不顾人格，自食其言，我便当着他的面，一头碰死！"

李宗仁却换了开玩笑的口气说："稚老，漫说你没有自杀的勇气，即便是你真自杀了，战争还是免不了的。"

吴稚晖额头上的青筋暴跳起来，跳起身来挥着手叫道："我们不管了，我们不管了！你们有的是枪杆子，你们去打好了！"

张静江也有些恼火，道："德邻，说来此事全是胡宗铎他们擅自兴兵引起，事儿到了这般地步，怎么就不能好好谈谈？"

李宗仁道："应担之责任，宗仁自不会推脱。不过，宗仁还是要问一声，蒋主席为何偷送军火给鲁涤平？如无此事，怎会惹出这场风波？还请四老主持公道。"

李石曾道："此事可能有些误会。湖南共匪日炽，蒋主席接济些弹药也在情理之中。"

李宗仁却是一笑道："那宗仁便不明白了，中央接济湖南弹药剿匪，本是光明正大之事，尽可利用军舰溯长江、转湘水去长沙，却为何偷偷摸摸、舍近求远，由江西陆路辗转运输呢？"

四人一时又被噎住。

李宗仁倒激奋起来："且湖南本为我之辖地，拿下鲁涤平，本为整顿内部、消除隐患，是武汉政治分会应有之权力，其他政治分会已有此类先例。中央却为这样的局部细故，劳师动众，发兵包围，是何居心？"

吴稚晖道："蒋主席说过的，用兵只为维护中央威信，只要中央威信不坠，便可无事。"

李宗仁道："湘事本无多大问题，不过是有些唯恐天下不乱者，幸灾乐祸，传布流言。中央此时当持以镇静才是，怎可擅动刀兵？"

张静江道："盖世英雄当不得一'骄'字，弥天罪孽当不得一个'悔'字。德邻兄从来行事沉稳、虑事周密，想必能平心静气处理此事。"

李宗仁冷笑一声："静老说得好。可如今能称得上盖世英雄名号的，宗仁以为天下只蒋主席一人。"

吴稚晖摇着头道："你刚我强，相互猜忌，能有什么好结果？不过我可有话说在前头，任潮如不去南京，中央便一定要对武汉用兵！到时这个责任看哪个能负得起！"

李济深看几个人话里火星四迸，只怕局面不可收拾，急忙起身道："各位都不要急躁，事儿皆可商量。济深也不是一定不去南京，相信蒋主席会言而有信的。"

张静江听出李济深话里有活口，便道："任潮说的是，咱们好好商量。"

众人也知道今天已是谈不出个子丑寅卯来，再罗嗦下去极可能要翻脸，便都同意隔天再接着谈。这时已到了吃饭当口，李宗仁便邀四老赴宴。吴稚晖却道："这时你便是弄上龙肝凤胆来，我也吃不出滋味。"一扭头，气哼哼地走了。

蔡元培与李石曾、张静江也起身走了。

会客室里只剩下李宗仁与李济深两人，两人一声不吭，只是坐在沙发上一支接一支地抽烟。

过了半晌，李济深突然掐灭了烟头，道："南京，我去。"

李宗仁抬起头，神情复杂地看着李济深，叫了声："任潮……"

李济深道："此次事件影响很坏，中央指责，民众批评，如果我执意不去，更是坐人口实，我不愿因个人有所顾虑而使宁汉分裂，燃起战火。"

李宗仁有些悲凄地摇摇头，道："任潮，只是南京进去易，出来可就难了。"

李济深长叹一声道："只要有一线希望平了这惊涛骇浪，就是龙潭虎穴，我也去走一遭！"

30多个卫兵在门厅里排列整齐。

蒋介石从内厅里走了出来，在队列前站定，扫了众人一眼，微微点了点头，道："参谋总长李济深已到南京，马上就要来西花厅总参谋部。他身边的人不多，派你们去替他做点儿事。要好好保护，不得疏忽大意。不管出了什么事情，你们都要负责。"

蒋介石寻常极少跟侍卫说话，今天突然声儿不高不低地说了这么多，虽没有厉言疾色，却满是煞气。侍卫明白事儿分量不轻，齐声道："是！"

蒋介石又道："见着李总长时，你们不要叫他总长，要以学生的身份对他，都喊他副校长，这样显得亲切些。对他要恭敬，做事要有眼色，不要让他讨厌。具体该如何做，由吴思豫告诉你们。"说完，转身回了内厅。

办公厅主任吴思豫站到了队前，黑着脸道："今天主席亲自安排我们做事，不用我多说，你们都能掂量出轻重来。出了差池，哪个也救不了你们！"

众人都屏住了呼吸。

吴思豫又道："你们都给我记清了，住在西花厅二门会客室的人，一律穿军服，白天由一人在副校长的室外站岗，夜晚要在花园墙上或树上加岗，并增派巡逻。总参谋部外围的各个路口，要着便衣日夜防守。派给副校长专用的汽车，你们必须记清颜色、车号。另有两辆汽车停在西花厅大门外，副校长要是外出，你们要随时跟随。副校长到了外边，也要在四周放哨警戒，不可让副校长单独行动。"

蒋介石选的侍卫，多来自他的家乡奉化，相貌大多既不高大也不英俊，寻常人模样，但个个聪明机灵，善于察颜观色。这时他们都已觉出此事非同寻常，有些紧张起来。这时，吴思豫向侍卫们一摆手："赶紧准备。"

侍卫们急急走了。过了不到两个小时，接李济深的车子便到了。

李济深下了车，蒋介石亲自迎了出来，两人笑嘻嘻地握手、点头，寒暄着进了会客室。坐定、上茶，说过几句闲话，李济深便将了解到的湘变情况向蒋介石说了一遍，然后问道："不知中央对此事如何处置？"

蒋介石却道："中正想听听任潮兄的意思。"

李济深不想跟蒋介石绕弯儿，便直接道："此事极大，如处理不好，将使国家重燃战火，和平大局立成灰烬，民众再遭劫难。济深惟愿大事化小，小事化无，中央格外宽恕，汉方将领格外忍受，消弭战祸于无形，和平解决此次争端。"

蒋介石点头道："任潮所见极是，此言甚合我意。中央处置湘事，也是力主宽大，以政治解决为目标，绝不愿轻启战端。至于调度军队，实中央为防范与维护威信计，只要威信不失，则余事无不可从长计议。"

李济深松了口气，提着的心顿时放下了，道："如此处置，实党国民众之福，令人欣慰。"

蒋介石却长叹一声道："任潮你是知道的，我与德邻久共患难，不惟成败相共，亦且荣辱一体，德邻之成败即中正之成败，正如党国之安危，即你我之安危一样。"

"介公如此胸怀，济深着实感动。"

"不过，此事如中央不作处理也无以对国家、对政府、对军队、对民众有所交代。"蒋介石露出为难的样子道，"德邻因为留京，事前未得所闻，也已自请处分，故可不咎其责。但张知本、胡宗铎、张华甫三人却难辞其咎，中央拟免除他们三人武汉政治分会委员职务，并交中央监察委员会议处，任潮以为合适吗？"

"妥。想德邻及部下诸人都会心服口服。此事经中央如此处置，将来也断不致生出其他病症来。"

两人一番长谈，都觉得高兴。从蒋介石那儿出来，李济深觉得神清气爽。到参谋总部逛了一圈，吩咐副官龙飞群立刻给李宗仁和胡宗铎发电，告诉他们湘变事有望和平解决，同时特别嘱咐胡宗铎等三人，中央决议出来时，立刻表示服从。

龙飞群听了，问道："任公，此事真的能和平解决？"

李济深笑道："蒋介石亲口答应我的，中央政治会议开过，决议发下来，给武汉方面一个处分，事儿便算了结了。"

龙飞群道："真没有想到呢。"

李济深"哈哈"笑道："事儿确实不小，但德邻等都多虑了。挑起一场大战，责任不是哪个人能承担得起来，这一点蒋介石与李德邻都看得明白。"

龙飞群答应着，转身要去发报，李济深道："此事抓紧办好。完了之后，我们到夫子庙吃小吃去。好久不在南京，想那儿的鸭血粉丝汤了。"

五、30万元拍到桌子上

满天的星斗闪闪烁烁，武汉三镇一片寂静。

汉口三教街李荐廷公馆里，第四集团军第十五师的旅长李明瑞、杨腾辉和团长李毅、钟毅、谢东山、梁重颐都已带了醉意，话也说得多了。

李明瑞长叹一声道："我估计跟蒋介石的这场争斗免不了了，咱们广西子弟又要流血了。"

杨腾辉一擂桌子，紫涨了脸道："咱爷们既是端了这饭碗，还怕流血？要紧的是这血不能白流。别再是咱广西子弟死人，他们湖北佬发财！"

李毅端起酒杯来喝了一口道："唉，说到这儿心口窝里疼呀。咱们自广西出师北伐，哪次不是舍命向前？桂系今天的局面，不全是咱们拿命换来的？到最后，好处全归了他妈的湖北人，我们倒成了叫花子！稍稍歪歪嘴，德公与健公便骂咱们眼窝子浅、气量小。咱们的师长老夏呢，只顾在女人那儿消磨时光，手下的弟兄全不放在心上。这活儿实在干不下去了。"

谢东山把头摇成了货郎鼓，道："咱们夏师长也是哑巴吃黄连，有苦说不出。如今什么事都是胡宗铎与陶钧说了算，像特税局这等肥缺，夏师长一点沾不上边儿。"

梁重颐道："也是。听说上半年，特税局一次就孝敬了陶钧800万元，胡宗铎得了50万元，可咱们这位大师长夏威，才得了3万元！丢那妈！"

杨腾辉一把拿过酒瓶，一边往杯里倒着一边道："说起这个来气破肚皮，全怨老夏死狗推不上墙去！拿下武汉后，胡宗铎既当卫戌司令，又当清乡督办，老夏鸟毛也没捞到一根，只能干瞪眼。咱都为老夏抱不平，要胡宗铎让出一项来给老夏，可人家死活不肯！当时，要不是德公拦着，我跟裕生就跟他们来硬的了，带兵过去把清乡督办署给抄个底朝天！"

钟毅道："德公也不知是怎么想的，弄什么'以鄂治鄂'。我看白健生这心就没长在胸膛正中，他眼里根本就没咱们这一帮一直跟着他的广西弟兄，只认他那帮保定同学。"

杨腾辉又"啪"地一拍桌子，骂了起来："奶奶的，我老杨就是气不顺！龙潭那一仗，他们两个老总都不在，全线眼看就撑不住了，是裕生……"杨腾辉一指李明瑞，然后又"嗵"地一捶自己的胸膛，"跟咱老杨在前边舍命死顶，才把孙传芳打趴了。可仗打完，他们湖北人升师长、升军长，我们俩鸟毛也没捞到一根！"

李毅道："如今别想按本事大小看你了。陶钧不说，像程汝怀，张义纯几个，哪个又是有本事、有功劳的？"

越说越气，几个人破口大骂起来。

龙谭战役之后，第七军先是扩出个十九军，军长给了胡宗铎。后来，西征打败唐生智，又扩编出个十八军，委陶钧做了军长，两个军营长以上的官儿清一色的湖北人。再后来又扩出个五十军，还是由湖北人程汝怀做军长。这程汝怀原是湖北省防军的师长，从没同桂系的弟兄共过甘苦，他当军长，自然更让人不服。前不久再次扩编了个五十六军，却又让安徽人张义纯当了军长。——广西人眼巴巴地看着大块肥肉到了人家嘴里，自己却一个油花儿也没捞到，自是骂娘。

谢东山脸红红地在椅子上晃着，道："也太欺负人了！他胡宗铎、陶钧的人，都是亲娘生的，我们便是后娘养的？咱们十五师以前是第七军，北伐时天下有名的钢军！没有七军哪有现在的局面？可发军饷时，人家腰包鼓鼓的，花天酒地地受用，可我们呢，倒成了叫花子。天都下了雪了，弟兄还都单衣草鞋呢。"

众人一片声聒噪时，李明瑞一声不吭，只闷着头一杯接一杯地喝酒。

杨腾辉"嚯"地站了起来，一脚蹬在椅子上，道："咱们再亏，也亏不过裕生！北伐哪场硬仗少了裕生？功劳哪个能比得过裕生？他这'虎将'的名号怎么来的？拿血泡出来的！咳咳，可你看看如今混得这模样。丢那妈，咱们十五师的弟兄哪个看得下去？"

李明瑞举起酒杯仰头一口喝下去，然后重重地把杯子往桌上一顿，长叹了一声道："我一直有心拍拍屁股走人，可看身边众位弟兄相随多年，这么扔下又实在不忍心。"

十五师里广西出来的人都知道李明瑞的委屈。李宗仁当初挑旗立万时，李明瑞就跟随左右，实实地与他同甘共苦。李明瑞在战场上从来不惜性命，是有名的猛将，可论功行赏却没有他的。第七军出师北伐时，胡宗铎、夏威、李明瑞、钟祖培四人同为旅长，可后来，夏威、胡宗铎先后升了军长，李明瑞却扎了根似地不动，反而是他手下的旅长陶钧越过他去升了军长。这事儿，不但李明瑞不服，就是他手下的兄弟也都愤恨不平。

几个人听了李明瑞的话，有些难受，也都不再言语，只是低了头喝酒。过了半晌，李明瑞方道："烦心事都不要提了，咱们先说眼下怎么办吧。老蒋与咱们这场大战一旦起来，定要打个天翻地覆，得想想如何应付才是。"

杨腾辉道："反正拼命就得靠咱们弟兄了。老子敢断定，老蒋的兵一到，咱们十五师还是打前锋！打光了算球！"

谢东山道："说句掏心窝子的话，让咱们弟兄拿性命来保他胡宗铎与陶钧，老子咽不下这口气！"

梁重颐道："说的是，胡宗铎、陶钧他们不是有本事吗，让他们打去，咱们再不做这个冤大头。"

李明瑞却摇了摇头："话是好说，只是到时命令一到，我们有什么办法？"

一句话又把众人说得没了动静。

静了半晌，杨腾辉突然叫了起来："打也不行，不打又不行，难道咱们就没路可走了吗？"

"有。怎么没有？"就是这时，套间的门突然大开，一个人站到了门口朗声说道。

众人扭头看去，正是俞作柏。

在这儿见到老上司，几个人都觉得意外，"哗"地站了起来。行礼，打招呼，李明瑞将俞作柏让到上席位上坐了。

俞作柏坐下，招呼众人也都坐了，道："适才我在里间把诸位的话都听清了，弟兄们的担心都有道理，确实不能再吃从前那样的亏了。"

几个人都往前靠了一靠，只有李明瑞端坐着没动。

"不瞒各位，我这次来武汉，正要帮弟兄们寻个出路。"俞作柏放低了声音说，"当年咱们舍了性命出来干事，为的就是打倒军阀，过上好日子，可最后却弄成了这个样子。你们都看得明白，胡宗铎、陶钧不可一世，横征暴敛，而李宗仁、白崇禧却熟视无睹。他们的行径，与旧军阀有何两样？"

猛一听这话，几个人吃惊不小，互相瞅了一眼没有做声。

俞作柏的目光向众人脸上一扫，又道："单就弟兄们的前程来看，各位也都看得真真的了，原先的路是走不通了，李宗仁与白崇禧在那儿挡着呢。咱们就是些拉磨的驴，用得着时套上干活，给把草料吃，用不着时怕要杀了吃肉呢。"

杨腾辉道："俞部长说的在理，钟祖培就看开了，撂挑子回家种地去了，不跟他们生这个气了。不过想想他娘的亏得慌，提着脑袋干到如今了，临了却落个这样的结局！早知道这样咱们就一直在家种地得了，拼着性命出来混什么！"

钟毅道："就是呢，可到底也无路可走呀。"

"活人哪有让尿憋死的，"俞作柏道，"咱们可以另辟蹊径。"

众人都竖起了耳朵。

"投中央！"俞作柏道。

"投中央？"几个人又吃一惊。

俞作柏不慌不忙地说道："不瞒各位，蒋介石前不久让杨永泰找过我，我也到南京去会过蒋介石。蒋介石对我交了实底儿，李宗仁、白崇禧无视中央，胆大妄为，中央已下决心要将他们拿下。"

几个人又互相看了一眼。这弯儿太大，都是一时转不过来。

俞作柏又道："大家好好想想，论实力，论心机，李宗仁哪是蒋介石的对手，这仗打下来，你们十有八九要吃败仗，白白替他们做了炮灰；即便打胜了，你们也弄个伤筋动骨，好处却还是没有你们的。投了中央便不一样了，既可以保全手下的弟兄，各位也会有一个大好前程，何乐而不为？"

李明瑞接口道："这确是一条出路，咱们不能再吃哑巴亏了。"

杨腾辉是个急性子，这时跳了起来，端了一杯酒一饮而尽，道："听老长官的。干吧，反正也没有别的出路了！"

谢东山几个也附和起来。

梁重颐却道："只是……蒋介石这人也是个没有尾巴的蝎子。"

俞作柏道："确实，我也看不惯蒋介石的为人，可李宗仁、白崇禧欺人太甚，咱们先借蒋介石的手把他们打倒，等机会一到，咱们再跟蒋介石理论别的事儿。"

几个人都已明白了俞作柏的意思，一起站了起来，道："愿追随老长官！"

俞作柏也站起来，端了酒杯向众人沉声道："好，大家沉住气，回去各自暗里做好准备，只听裕生的号令。等时机一到，我们便行动起来，结结实实干他一场。"

众人答应后一齐干了杯，又坐了下来。俞作柏从皮包中取出一张纸往桌上一拍，道："诸位日子过得凄惶，将这些钱拿去，先救救急。"

众人看到，那是一张 30 万元的支票。

第六章　逃的逃　追的追

一、总指挥成了光杆司令

白崇禧正躺在北平德国医院的病床上看报，门一响，五十三师师长廖磊与十一师师长王泽民一前一后急匆匆走了进来。两人的脸都不是正色儿，来到跟前，廖磊道："健生，出事了。"

白崇禧倒没有慌张，手里依然举着报纸，问道："怎么了？"

廖磊道："唐生智从南京北上！已任第五路军总指挥，李品仙答应迎接他回来，五十一师上下都在暗中串通，有几个旅长还商议要将你绑送蒋介石……"

王泽民也道："眼下到处都是标语，就连天津到北京的火车上也贴满了。写的都是打倒桂系，打倒你，欢迎唐总司令东山再起之类的话。"

白崇禧脸色陡变，把报纸"哗"地一扔，猛地坐了起来，脱口问道："真的？"

其实，白崇禧问这话时，心中已是下了断语：真的！

五十一师与五十三师从唐生智手里夺过来时，白崇禧为了表示信任，师绝大多数军官都留用下来，这些人自是容易再跑回老长官唐生智那边去。两个师的下级士兵又多是湖南人，平日就常嘀咕不愿在北方待下去，他们反叛更有可能。只是白崇禧一时透底儿的懊恼，自己素来以机敏善断自负，"小诸葛"的名号也被叫得山响，可这次让人连窝给端了，事先竟一点儿风声也没落到耳朵里。

"魏益三也要回来。"王泽民道。

魏益三本是吴佩孚手下一个军长，后来投奔国民革命军，民国十六年时桂系将他收编，任他做了三十军的军长，后来白崇禧撤了他的职，三十军也缩编成了一个师。白崇禧派自己的参谋长王泽民做了这个师的师长。

白崇禧一听这话，顿时觉出事儿没有那么简单，定是背后藏着个绝大的阴谋，脸色一下黄了，额头上竟冒出一层细汗。

王泽民跟随白崇禧多年，深知白崇禧心细如缕，又胆大如斗。民国十五年北伐孙传芳时，白崇禧在江西马口将孙传芳手下的王良田、李彦青、杨赓三个军打得走投无路，这三人派了一名副官前来商量投降。白崇禧便由这名副官陪着，孤身一人去了敌营谈判，竟把那三个红了眼的对手吓得一时说不出话来。那时情势何等紧张，可白崇禧却连眼皮也不眨一下，依然谈笑自如、无事一样。眼下，他却成了这般模样，王泽民也知道，事儿危急万分了。

其实，白崇禧的担心却不只在这一件事儿上，心思早已飞出十万八千里，他带着这十来万人驻守平津唐山，与武汉相呼应，战略上极是重要。蒋介石若是对武汉有行动，他便挥军沿津浦线压向南京，或是走平汉线直接支援武汉，再不然直接在平津一带发作起来，蒋介石便要两面受敌，无疑他白崇禧占尽先手。而这边一出事儿，武汉那儿一下子便失去了策应，蒋介石便可集中全力围过去，武汉十有八成守不住了，弄不好要落个满盘皆输，所以，白崇禧才顿时把心提到了嗓子眼里。

到底是白崇禧，在房里走了几步，便镇定下来，道："立即给德公发电报，把这边的情况告诉他，让他早做打算。另给武汉胡宗铎发去急电，告诉他们，武汉为四战之地，易攻难守，命他们立即组织各师撤往湖南，背靠两广，做大战准备。"

王泽民道："总指挥得马上离开北平。"

白崇禧却没接这话茬儿，略略寻思了一下，突然转身问廖磊："燕荪，你的五十三师你还能控制得住不？"

五十三师眼下驻扎在唐山，廖磊一听白崇禧这样问，顿时便明白他是要用这个师在北边亮家什，不由得暗暗佩服，白崇禧到底是白崇禧，在这般情况下还想弄险以求一逞，但五十三师也是唐生智的旧部，实在难保不出事儿，便道："也有些不稳。"

白崇禧一咬牙，果断地说："就去唐山！"

廖磊道："那就赶紧动身，眼下局面火烧眉毛，稍有耽搁，只怕便走不脱了。"

王泽民道："我看这么办，总指挥离开北平，我来负责；去唐山，燕荪你负责。"

三个人急急商量出了个眉目，便立马分头行动起来。

当天晚上，王泽民声称自己过生日，在北平大酒店摆开筵席，把驻平部队团以上的军官全都请来吃酒。声言白总指挥过会儿也要前来赴宴，众人这时只道白崇禧还蒙在鼓里，全都放下心来。一个个放开肚皮尽性吃喝。喝到中间时，王泽民又对众人说白总指挥刚打过电话来，身子有些不舒服，不能前来了。众人也没起疑心。

就在这边喝得热闹时，德国医院的后门边，一辆小车悄悄停下了。黑影里，一个人闪了出来，几步跳上车去，车悄没声地开走了。

车子径直开进了廖磊的公馆，大门随后悄悄关上。过了一顿饭工夫，大门重又打开，一辆卡车头前开了出来，上面载着二三十名卫兵，后边跟着的正是适才进门的那辆小车。两辆车直奔火车站。到了车站，众人跳下汽车，上了一节专列车厢，卫兵个个神色紧张，手握枪把，把住了各个要害位置。

列车向着唐山方向开去。这时，一个头戴大耳棉帽、身穿青布棉袍、围一条大围巾、只露两个眼睛的人，把围巾一摘，露出一脸大胡子来，开口道："燕荪，这回多亏了你跟泽民！"

说这话的，正是化了装的白崇禧！

廖磊把枪套的扣子扣上，道："有我廖磊在，就有你白健生在。"

廖磊与白崇禧是军校同学，还是老乡。白崇禧对廖磊有知遇之恩，廖磊对白崇禧也言听计从，两人很是亲近。更有一宗事让廖磊刻骨铭心。有一日，廖磊的父亲过生日，白崇禧亲自上门祝寿，当着众人的面，跪倒在地，给廖磊的父亲磕了三个头，这一磕使得廖磊抱了生死相随的决心。因此，他这次冒了绝大风险要救白崇禧，白崇禧也打心底儿信得过他。

听了廖磊的话，白崇禧没再开口，只是轻轻捶了一下廖磊的胸膛。

白崇禧心里却是又窝囊又窝火。他白崇禧自打从军，硬仗险仗打了多少？哪次不是耀武扬威？做梦也没想到这次竟然一枪未放，便吃了偌大一个败仗，落得个化装逃命的结局。他"小诸葛"何时吃过这样的亏？又何时这般狼狈过？

廖磊问道："健生怎么打算？"

"到了开平，你把五十三师团团长以上人员招呼起来，我给他们开个会。只要五十三师还握在我们手里，我这孙猴子就要大闹天宫！"

廖磊知道白崇禧是敢说敢干的狠角色，绝不会就这么咽下这口气去，沉吟了片刻，道："健生，五十三师曾是唐生智的嫡系，士兵全是湖南子弟，军官也都是唐生智一手带起来的，这时能否跟着咱们走，我着实没数。我看这样，到了开平，你先不要露面，有些话我来跟他们讲。要是情况还能控制得住，你再露头；要是看事不好，咱们另想办法。如此可更保险些，你看如何？"

白崇禧想了一想，道："也好，这样可保进退自如。"

一路倒也顺当，到了开平，天尚未明，几个人不动不惊进了五十三师司令部。廖磊与白崇禧又关上门细细商议一番，这时，东边的天空已露出些亮光来。廖磊吩咐副官传达开会命令，白崇禧则躲进了会议室里边的一间小屋里。

一个钟头后，团长以上的军官都到齐了。

廖磊开门见山道："唐总司令要回来，我们怎么办？"

猛不丁来了这么一句，众人不知就里，相互看了一眼，没一个开口。

廖磊扫了众人一眼，站起来道："白总指挥往日对大家着实不错，依我说，我们应该跟随白总指挥到底！"

静了半晌，二十一旅旅长颜仁毅突然道："唐老总到了，我们还是要跟唐老总的。"

二十二旅旅长凌兆尧也应声站起来说道："我们拥护唐老总重新统率咱们湖南军队！"

另几个团长这时也一片声地叫嚷起来："咱们是湖南人，都跟老长官走！"

"广西猴子算个球！以往让白崇禧收编了咱们，老子脑袋插到了裤裆里。没脸见人！今天总算到了要仰着头走道的时候了。"

"我们都是唐老总拉把起来的，不能忘了老长官的情义！"

廖磊暗暗着急，连连摆手，众人方才静了下来。廖磊道："此事关系我师近万弟兄的性命，也关系在座各位的前程，草率不得。我看不忙定守，各位都静下心来，好好琢磨一番。我的意思是，我们既要看身后，还要看脚前；既要顾老长官的恩义，也要想新长官的情分。不管怎么说，我以各位的意见为依归。"说完，站起身走了出去。

五十三师的官长都晓得廖磊虽也是唐生智的旧将，却与白崇禧格外亲近，是白崇禧的心腹，所以适才众人尚说半句留半句。他这一出门，众人便都解了缰绳，吵吵起来。放开喉咙一片声地大骂桂系，骂白崇禧，吆喝要跟唐生智走。

正吵得热闹，一个副官跑了进来，高声叫道："李品仙在北平发了通电了，声讨白崇禧，拥护唐老总回来！"

众人齐声欢叫起来。

等廖磊在院子里转了一圈回来，会议室里已是空无一人。

廖磊站在空荡荡的屋子当中低头想了半晌，方打开门进了里边的小屋。这时，白崇禧正抱着脑袋窝在沙发上，见廖磊进来，重重地叹了口气。

廖磊也是一脸的沮丧，长叹一声坐了下来："健生，看来是不成了。"

"唉。"白崇禧猛地一拍沙发扶手，道，"大势已去！"

廖磊分明看到，白崇禧的眼里闪出了泪光，心中也是一阵难受，劝道："健生，留得青山在，不怕没柴烧。眼下开平待不得了，你得走！"

白崇禧两手猛地抹了一把脸，立时恢复了往日的果敢神情，道："我已下了决心。从塘沽乘外国轮船去上海。"

"天黑便动身，我送你到塘沽。你上船后我给张定璠发个密电，让他在那边接应。"

廖磊说的张定璠，正是上海市市长张伯璇。北伐时他曾在白崇禧手下做过参谋处长和前敌总指挥部参谋长，多得白崇禧栽培提携，两人私交甚厚。让他在那边接应自是放心，白崇禧点了点头。

白崇禧藏在廖磊家里，吃喝都由廖磊夫人伺候。天一黑透，便行动起来。廖磊装作访友模样，只带一名副官，一名卫兵，白崇禧还是来时那副平民打扮，几个人不动不惊地上了车，直奔塘沽。急驶几小时，到了港口。白崇禧在车上已与廖磊说好，为防备有人认出他们，车子一到塘沽，白崇禧便独自下车，廖磊开车掉头便回。

白崇禧急急向着港口的大门走去。

这时，正有一拨刚下船的人从大门里边走了出来。四下里电灯亮着，看得清楚。白崇禧把围巾往上提了提，将鼻子嘴巴遮个严实，脚下不停，迎着这群人走去。与这拨人走个对面时，无意间抬头一看，顿时大吃一惊。

只见离着四五步远近，有一人迎面走来，这人身量高大，在人群中很是显眼。他头戴貂皮帽，眼前架一副黑框眼镜，上唇留着一撮小胡子，正是唐生智！

白崇禧饶是胆大，心里也不禁"噗噗"跳了几下，真乃不是冤家不碰头，竟在这儿与唐生智走个对头！全因化了装，唐生智没能认出他来，两人擦肩而过！白崇禧装作无事的模样依然往前走去，却也觉出身后的唐生智随着人流走远了，不禁暗暗道声侥幸。唐生智到这儿肯定是找他的旧部的，自己要是晚走一步，只怕便要死在开平了。

上了船，进了仓，白崇禧蒙头躺下，装作酣睡的样子，可全身的毛都乍着，分明觉得出船儿开动起来，离着港口越来越远，渐渐地进了大海，这才放下心来，眼前出现了这番情景：冷月如钩，斜挂天际。风声呼呼，浪涛起起伏伏。墨一般的黑夜中，只有这艘船行进在无边无际的大海上。

躺在铺上，把这几日的事在脑子里又理了一遍，白崇禧禁不住胸膛里也如这大海的波浪翻腾起来，酸甜苦辣一块儿涌上心头。

白崇禧重重地叹了一声。

二、独坐静推棋

天一亮，李济深起了床，正要出门走走，无意间瞥见门下躺着一个物件，弯腰拣起来一看，却是四指见方一张纸条，上面只有一个字："道。"这字写满了纸面，且极是潦草。李济深只当是张废纸，便揉了一揉，就手往门边的字纸篓里一丢，推门走了出去。

站到楼门口，李济深深深地呼了几口气，伸展了一下腰身。一回头时，却见一个人影一闪，隐到了房子后边。李济深并没在意，在院子里散起步来，却接二连三地发现有人在不远处把把瞧瞧、躲躲闪闪，这才警觉起来，转了一圈，便回了卧室。

刚坐下，两个人急急走了进来。前边是李济深的副官龙飞群，后边那个也常见面的，正是第四集团军驻京联络处的副官雷飚，他们脸上满是慌张神色。

到了李济深跟前，也不寒暄，雷飚便直接道："任公，德公命我来告诉你，火速离开南京，一刻也别耽误！"

李济深觉得意外，问道："出什么事了？"

雷飚道："德公来电说，中央已向武汉大举增兵，战事迫在眼前！"接着便把中央的军事部署说了一遍。

李济深带过兵打过仗，做过北伐军的总参谋长，一听中央军摆出的架势，心中便已一清二楚。蒋介石已是拿定主意要把第四集团军一锅端掉，不由得暗暗跺脚：果然上了老蒋的当！

龙飞群露出气不过的样子道："前几天蒋主席不是说得好好的吗？转眼间就变卦了。"

"咳！到底李德邻看得透，这次真是中了蒋中正的诡计了！"李济深后悔地摇着头，"蒋中正名义上让我来南京调停，实是要夺下我的广东，断去桂军的援手。他对我那番绝不用兵、和平解决湘变的花言巧语，既是为了迷惑李德邻，让他松了戒心，也是为了争取时间做进攻准备。唉，只恨我不听李德邻之言，这回替人当了枪使。"

雷飚又道："任公，眼下得赶紧想办法走！"

龙飞群也是一阵发急："耽搁了怕是走不脱了。"

李济深突然显出恍然大悟的样子，"啪"地一拍前额，几步到了门口，从字纸篓中拣出了适才丢进去的那张纸条，展平了放在龙飞群与雷飚面前，道："今天早上在门口拣的，没当回事，适才我一下子想明白了，这是给我送的信儿。"

龙飞群与雷飚低了身细细看了，却没想出这个"道"字是什么意思。

李济深叹了一声："道者，首者走也。分明是提醒我离开这儿。"

雷飚道："这人为何不直接说个明白，却让人猜这哑谜。"

李济深把那纸条拿过撕碎了，道："我料送信的人定是知道底细的，他同情我，想给咱们透点风声，可周围又盯得紧，他又怕一旦事儿泄出去，难保自己性命，才想出这么一招来。"

龙飞群道："任公，那就快快动身吧。"

李济深却苦笑一声，道："已是走不脱了。"

龙飞群更急起来："任公不能这么说！有个办法，我去跟法国驻上海总领事接洽一下，让他派一艘兵舰泊在下关江上。我们瞅个时机，驱车直驰江边，登上兵舰驶往上海。"

"不可！不可！"李济深苦笑着摇头，"老蒋此时怕早已布下天罗地网了，我们要是强走，只怕未曾上船，便被机枪射杀了。"

龙飞群急得脸红涨起来，道："那咱们就在这儿坐以待毙吗？"

正在商议呢，吴思豫到了，进门来便笑嘻嘻地道："蒋主席请任公赴午宴。"

李济深没打顿儿，脆快答道："请转告蒋主席，李济深准时赴宴。"

吴思豫道："蒋主席吩咐说，他有紧要事请教副校长，请你即刻便去。"

李济深低低"唔"了一声，说："好吧。请在外边稍等，我换件衣服。"

吴思豫走了出去。龙飞群道："任公，老蒋没安好心，你无论如何不能去，得想法子走！"

雷飚道："我们就是舍了性命，也要保着任公出去。"

"走不了喽！白健生曾说过：老蒋此人眼尖、心狠、手快，真是看到他骨子里了。"李济深此时极为沉着，摆摆手毅然决然地道，"是水是火，随他去吧。记着，我走后，立即发密电给李德邻，告诉他如中央军继续入湘压迫，可予迎头痛击。另外，如我有什么不测，粤省政治交由陈铭枢负责，军事由陈济棠负责。"

龙飞群眼中泛出泪花儿来："我跟任公一起去。"

李济深披上大衣，镇定地道："走。"

吴思豫与李济深的车在前，李济深卫兵的车紧跟着，两辆车出了总部，不多时便到了三元巷。李济深在车上一直眯着眼没有吭声，但外边的情况全看在眼里。官邸大门外和围墙边站满了士兵，院里更是三步一哨五步一岗，四下里一派杀气！

李济深从容下了车，与吴思豫一起向楼里走去，龙飞群跟在两人后边，一块儿进了楼。吴思豫伸手将龙飞群挡下，让他在门厅里等候。

龙飞群露了要跟进去的意思，李济深对他使个眼色，道："龙副官，你在外边候着。"

龙飞群只得停了下来，眼看着吴思豫带着李济深进了内厅。

里边一直没有什么动静，龙飞群在外边一阵阵地焦躁。时间不长，四个卫兵模样的人走了进来，像是要上楼的模样，可到了跟前，却猛地直扑过来。这几人显然都是行家，且是早有准备，拧臂的拧臂，锁喉的锁喉，摘枪的摘枪，转眼间，龙飞群已是行动不得，也叫不声来，被拖拉着走出门去。来到院子里，见一队手持花机关枪的士兵，已将李济深带来的那十几名卫兵缴了枪，正推搡着走向另一辆汽车。

龙飞群流下泪来。

且说李济深跟着吴思豫来到客厅门口，吴思豫推开门向里一让便去了，李济深一个人走了进去，只见桌子上摆满了菜肴、美酒和杯盏，却只有两把椅子，也不见蒋介石的影儿。李济深苦笑了一下，在室内踱起步来。走到墙上挂着的一幅字画面前时，停下了脚步。

这一笔楷书，虽是未见精妙，却也有些气势，写的是：

养天地正气，

法古今完人。

没有落款，李济深却认得出，正是蒋介石的手笔，不由淡淡一笑。

正打量着呢，门开了，蒋介石走了进来，两人打过招呼，便一起落座，蒋介石亲自给李济深斟上一杯酒，李济深却直奔了主题，问道："看来中央是要用武力解决武汉，不再需要调停了？"

蒋介石突然把酒瓶往桌上一顿，厉声道："中央对于地方不法事件，只有执行法纪，绝无所谓调停之可能，地方对于中央，只有服众命令，亦绝无调停之余地！"

李济深嘴角泛起一丝冷笑，道："此事蒋主席不怕影响中央威信，最后无法收场吗？"

"中正决心置个人成败利钝于不顾，以实现本党之主义，巩固国家统一。"

"难道和平解决此事就影响实现本党主义，不能巩固国家统一？"

蒋介石脸色红涨起来，道："国民革命以来，牺牲了多少同志，但直至今日为何不能完成？实因内部不团结，叛党军队未能肃清。李宗仁、白崇禧不明党义，不知革命，只知权利地盘，对中央容忍毫无觉悟。你李任潮为虎作伥、助纣为虐，竟至谋叛党国，甘做陈炯明第二！若姑息优容，将何以对全国喁喁望治之民众！何以对为统一而牺牲的将士！"

"蒋主席力主宽大及与李、白情谊深厚之语言犹在耳……"

蒋介石"啪"地一拍桌子，桌上的杯盘丁当乱响，道："革命与反革命势不两立！蒋中正既忠于党，便不能顾及个人感情。本人不日将亲赴前线督师，讨伐叛逆！"

李济深知道蒋介石又要起了流氓手段，便闭了嘴不再应声，只是脸上露出一丝冷笑，看着蒋介石咆哮。

蒋介石道："中央三中全会将对李宗仁、白崇禧，还有你李任潮做出处分，免去本兼各职，开除党籍！"

李济深靠在椅背上，冷冷地看着蒋介石不动，这让蒋介石更是恼火，他断定李济深不服，以为自己的广东势力还在，能跟中央较较劲儿，便道："告诉你，中央已任命陈铭枢为广东省主席，陈济棠为编遣区主任。陈铭枢与陈济棠已联合发表通电，反对桂系，服从中央。"

李济深心中一震，知道这次实实地落了陷阱，情势已是不可挽回了，脸上却依然平静地看着蒋介石。

蒋介石道："你且到汤山去，休息一阵，好好地反省一番。"

李济深站了起来，弹了一下衣服，一声没言语，大步走了出去。

院子里，蒋介石手下百十名全副武装的士兵已是从楼门口起面对面地站成了一条胡同，两辆卡车，一辆轿车就停在胡同的那头。

李济深被软禁的事儿一时传开，整个南京自是吃惊不小，蔡元培等民国四老，除了吃惊，更有气恼。

蔡元培与李石曾一气之下跑去了上海，吴稚晖则直奔三元巷找蒋介石理论。一见面，便是劈头盖脸一通数落。

蒋介石却沉得住气，只等吴稚晖吵吵了半天后，方不慌不忙地道："中正此次处理湘变，实出于万不得已，自思绝不甘误党国与不顾道义。惟是非不可不明，顺逆不可不辨，革命者与叛党者，不可不别，公交与私交，应有区分。"

吴稚晖这时又气又急，红头涨脸地问道："你身为党国领袖，说话不算数，往后让人如何信任你？"

"中正为党为国，牺牲一切在所不计。"

"我不管你牺牲什么，你总得让我们往后有法子做人吧？我等四个老头子，在李任潮面前拍了胸脯、打了包票的。你弄这么一出，我们说的话不全变成放屁了吗？往后我们得脑袋插到裤裆里见人了。"

吴稚晖越说嗓门越高，越说话儿越快，临了，嗓子眼里都冒出烟来。可看那蒋介石却一直端坐着笑眯眯地听着，这让吴稚晖更加愤怒，手都颤抖起来，吼道："你如不恢复李任潮的自由，干脆把我也关到汤山去好了。"

蒋介石平静地道："你要没事干，觉得无聊的话，去汤山陪陪任潮也好。"

吴稚晖伶牙俐齿，能说会道，却让蒋介石这一句话噎得半天没喘上气来，呆了半晌，一跺脚走了，心里恨恨地骂道：生就的骨头长就的肉，到底是流氓底子！

吴稚晖气哼哼地来到院子里，只见一个兵正在捣鼓一辆汽车，便气哼哼地走过去，抬起文明棍敲了敲那兵的屁股，道："你，给我开车！"

那兵直起身来，认得吴稚晖，便立正道："报告吴先生，这是蒋总司令的车！"

吴稚晖的眉毛直竖起来："老子知道是蒋总司令的车！不是他的车我还不使呢。给老子开！"

那兵露了为难的神情道："吴先生，我实在是做不了主。得我们长官发话才成。"

"啪！"吴稚晖的文明棍直打过去，咬牙切齿地骂道："你做不了这个主，老子做得了！你个狗东西，也敢骑在老子头上拉屎吗？"

那兵吓得转身便跑，吴稚晖举着文明棍在后头边骂边追，两个人围着车子团团转起来。

早有人报进去，吴思豫急急跑了过来，拦下了吴稚晖，吴稚晖尤自气喘吁吁地乱骂。

吴思豫明白老头子为什么发这么大脾气，一边说着好话，一边安排司机送人，吴稚晖这才不住声地骂着上车走了。

到了汤山，看到四下里岗哨密布，一派森严，吴稚晖心中很不是滋味儿。到了李济深待的住处，推门走进去，却见李济深身着长袍，低头坐在一张小杌子上，对着一张小方桌，左手执白子，右手执黑子，正一个人在下围棋。这位国民革命军的总参谋长，威风八面的广东王，如今成这般模样，吴稚晖不由得一阵心酸，又是惭愧又是悔恨，也不知怎么开口，在那儿站了半晌，方"咳"了一声坐下了。

李济深头也没抬，也没言语，只是盯着棋盘不动。

过了半晌，吴稚晖一声长叹，说："任潮呀，说来是我老吴害了你呀，老吴愧对朋友呀。往后，我就在汤山跟你做伴了，我老吴已给子女留下话了：你李任潮要是有个三长两短，我老吴愿以身殉而尽友谊。"

李济深的目光依旧没从棋盘上移开，也没应声，屋子里又静了下来。蓦地，李济深开口轻声吟道：

丢了将军印，
问渠何所之？
汤山容憨影，
独坐静推棋。

三、逃逃逃

将近晚上十点了，上海法租界里仍是灯红酒绿，依然喧闹得如白昼一般。

一辆轿车悄悄出了融圃，不快不慢地上了马路，汇入了车流当中。闪闪烁烁的灯光落进车里，落在车上三个人的脸上。一个是司机，一个是季光恩，另一个便是李宗仁。

车子走出一段路去，季光恩突然道："总司令，后边有辆车跟着咱们。"

李宗仁皱起眉来，没有回头，心中却已有数，那是蒋介石的人！

"看样子他们不怀好意。"季光恩低低骂了一声，从腰里掏出勃朗宁手枪，顶上膛火。

司机有些慌张，问："怎么办，总司令？"

"沉住气，稳着开。"

司机知道事儿不好，不自觉地加了油门，后边那辆车也紧紧跟随。

不多时，便到了大东亚酒店，车子在酒店门口停下，季光恩头前跳下车来，打开车门，李宗仁不慌不忙地走出车来，在车旁站定。

这时的李宗仁穿一身藏蓝色西服，白衬衣，花格领带，黑色皮鞋。手提文明棍，显得风度翩翩。他向四周扫了一眼，又略略整理了一下衣服，不慌不忙走进了酒店。

进了饭店，李宗仁与季光恩脚下立马加了劲儿，几步上了二楼，一闪身进了一个房间，房间随后关个严实。

房间里，李宗仁的副官邱剑成迎上来，三个人都没说话，只是急急地行动起来。季光恩帮着李宗仁脱下西装和皮鞋，邱剑成取过一件长袍，帮李宗仁穿上，又在他头上扣了一顶黑色礼帽，脚上换了小圆口千层底布鞋，腋下还给他夹上了一个公事包。转眼间，李宗仁便成了另一模样。

季光恩轻轻地开了门，伸出头去飞快地左右一打量，见没有异常动静，才没事一样走了出来，在一个墙角装作吸烟隐了身子，向四周撒摸一遭，然后轻轻地咳嗽两声。李宗仁接着出了门，沿着饭店工人专用的楼梯走了下去，出了楼，到了酒店的后边。不远处停着的一辆小车开到了跟前。李宗仁一步跨上车去，转眼间，小车驶出了酒店。

季光恩看到李宗仁上车走了，急步回了原先的那个房间。这时邱剑成已把李宗仁的西装穿戴起来，猛一看确也与李宗仁有几分相像。两人从窗帘缝儿往楼下看去，见适才跟来的那辆车还停在楼前不远处，都松了口气，坐下抽起烟来。过了一个小时左右，邱剑成突道："时候差不多了，咱们走？"

季光恩站起身来道："走！"

两人出了酒店，向自己的轿车走去。灯影里看去就是李宗仁会客出来的模样。两人到了车边，季光恩抢在前边拉开车门，邱剑成弯下腰正要上车，就听身后不远处有人叫道："李总司令！"

邱剑成不自觉地停了下来，正要直起腰回头要看个究竟，季光恩猛地一把将他推进了车里，就在同时，"砰砰"两枪打了过来，车门上沿火花乱迸。季光恩也已拔出枪来，回了两枪，然后也跳上车去，喝令司机快走。

车子飞一般往融圃驶去。看看后边，那车没有跟上来，三个人这才长出了口气。邱剑成抹着额头上的汗对季光恩道："老兄呀，这次要不是你，两枪便全打在我脑袋上了。"

季光恩咬牙切齿地道："老蒋真狠，这想要咱老总的命呀。"

邱剑成又擦起汗来，道："不知咱们老总怎么样了。"

再说李宗仁出了东亚大酒店，才与车上的人打招呼，此人正是上海市市长张定璠，他身边还坐着两名卫兵。

原来，李宗仁在租界里这些时日，一面打探南京蒋介石的动静，一面安排人联络冯玉祥跟阎锡山，还要部署武汉方面做好开仗准备，一直忙个不停。可坏消息一个接一个传过来，蒋介石已是拿定主意对武汉用兵，白崇禧从唐山逃了，李济深在汤山囚了，接着又在住处的四周，发现可疑的人逛逛悠悠。李宗仁断定，蒋介石不会轻饶了他，这儿也不保险了，得赶紧抽身离开。他打算，先到香港，再转武汉。——因此，他与张定璠、邱剑成和季光恩商议了这样一个金蝉脱壳之计。

张定璠的车到了黄浦江边一个去处停了，几个人急急下了车，朝着水声响外奔去，到了江边，一个卫兵撮唇响声口哨，接着就听江中"突突"一阵声响，一艘汽艇开到了跟前。

几个人摸黑上了汽艇，汽艇立即开动起来，一路急奔，半夜时到了吴淞口，向着一艘大轮船贴过去。这船正是美国大来公司的"总统号"货轮，天亮前便要起锚开往香港。张定璠早已打点妥当，船上的人这时也看到了汽艇，便放下软梯来。

李宗仁握住了张定璠的手道："伯璇，后会有期！"

张定璠道："德公珍重。"

李宗仁拉着软梯向轮船攀去。

不多时，张定璠仰头望去，黑黢黢的轮船顶上，现出李宗仁的影子，向他们挥了挥手。

汽艇掉头向回开去。走不多远，张定璠回头看去。只见月明星稀，天远地旷。船上那个人影越发显得渺小孤独。渐行渐远，不多时，货轮便湮灭在无边的黑暗里了。

四周没有动静，只有风声、水声和汽艇开动的"突突"声。一丝凄凉撞击着张定璠的心头，他用力向着轮船那边挥了挥手。

在李宗仁从上海逃往香港的同时，白崇禧正由天津逃向上海。

那日白崇禧从塘沽上了船去，真有了鱼入大海的感觉。虽是转眼之间丢了十几万人马，成了光杆一个，让他懊恼得心口直打颤，只盼船儿快些到达上海，从那儿回广西，到时重整旗鼓，拉开架势，结结实实跟老蒋见个高低。

岂不知，更大凶险却在上海那边等着他。

白崇禧从塘沽上船不久，蒋介石便得了信儿，立马给上海卫戍司令熊式辉下了密令：火速亲率两艘炮舰，到吴淞口拦截日本轮船，务必将白崇禧拿获。如日轮不服检查，可直接开炮将其击沉。至于国际交涉，以后再办，无须考虑。

熊式辉收到这个命令，知道蒋介石这次是不顾一切要取白崇禧的性命，自是不敢懈怠，立即着手部署。这消息漏到了市长张定璠的耳朵里，张定璠立马跑去告诉了李宗仁的夫人郭德洁。

郭德洁听了大吃一惊，赶紧召集几个心腹商议，定好了营救白崇禧的办法。然后马不停蹄地行动起来，先是花了十万大洋疏通了日本领事，接着又花十万大洋从日本大阪公司租了一艘货船。

这日，一艘日本大阪公司的货轮开出了吴淞口，到了长江、黄海、东海汇合处的三夹水海面时，便见一艘日本大阪的客轮驶来，正是白崇禧乘的那艘！

货轮打着信号迎了上去。两船靠近后，季光恩下了货轮，上了小艇，渡过去登上了客轮。

白崇禧这时正在舱里迷糊着呢，一见季光恩到了眼前，吃了一惊，猛地坐了起来，问道："你怎么在船上？"

季光恩低低将事儿说个大概，然后道："上海去不得了，你乘那条船到日本去，我乘这条船回上海。"

白崇禧知道事儿紧急，也不再多说，只是向季光恩抱了抱拳，起身便走。下了小艇，渡到了货船上。

不到一袋烟工夫，两条大船分开，向着相反的方向去了。

船儿走着，已是渐近了黄昏。满耳都是呼呼风响和哗哗涛声，火红的太阳正向大海沉去，西边的天空，红彤彤的燃烧着一般，一波一波的海浪直荡过来，看上去远处的似血，近处的如墨，一派苍苍茫茫，浩渺无际的景象。

站在甲板上，白崇禧突然想起一件事来。

在北平时，一日来了兴致，约阎锡山去戏院听戏。阎锡山起先甚是高兴，后来一听说唱的是《走麦城》，便立马吱唔起来，过了半晌才道：我还是最爱听《过五关》。放了电话，白崇禧悟出了阎老西的小九九：因为关公是山西人，因为这戏演的是一个山西人的倒霉事儿，他便咂摸出别的滋味来，不由得大笑。当时，白崇禧对廖磊说道：阎老西怎么像个娘们儿？我白崇禧从来不忌讳这些，这辈子也不会走什么麦城！

言犹在耳，如今自己确如关公一般实实地走了麦城。

做梦也没料到，自己一个手握十几万大军的将军，今日却落得个光棍一条，落荒而逃。一阵苦涩与酸楚，从心底直涌上来。

白崇禧"咳"了一声，两行泪滚下了面颊。

四、帮哪个打哪个

太行山脉北起拒马河谷，蜿蜒曲伸八百里，到河南辉县时伸出一脉，叫做苏门山。这山不高，景致却是不错。翠柏掩映中，远远近近大大小小各色祠宇亭台，或玲珑秀丽，或堂皇壮观，俱是各有意趣。山南麓有一奇景，数不清的泉眼汹涌喷吐，像串串珍珠一般，泉水汇聚一处，便成了天下有名的百泉湖。如是天气晴朗，湖里金光明灭，水清见底，鱼儿悠然来去，如在空中飞翔一般。一水依山，一山抱水，真个让人心旷神怡。

苏门山上，乾隆时曾建有行宫，后来坍塌了。冯玉祥驻守河南后，便在废址上建起了几座房子。百泉冬暖夏凉，正是休养的绝好地方，冯玉祥从南京城回到河南后，便一直住在这儿。

日里，冯玉祥只在静山幽水间读书、散步，外人看来好一派悠闲模样，可他心里边却似一张弓绷得紧紧的。打交道几年了，冯玉祥对蒋介石知根知底儿，知道这回跟这位盟弟撕破脸皮，此人断不会不声不响地咽下这口气的。再说编遣裁兵是个死疙瘩，早晚动家什才能解得开。蒋介石肯定正在紧着磨刀，只要一有时机，便会兜头直剁过来。所以，冯玉祥在这苏门山上待着，明里清闲自在，暗中却一点儿也不放松。西北军各部已是停止了兵员裁撤，紧着训练人马、储备弹药物资，做了拉开架势跟蒋介石硬碰硬的准备。

就在这时，湘案爆发了。

眼看着导火索"呲呲"冒出烟火，两湖地界成了块炸药，便要震天价爆炸开来，冯玉祥倒松了口气，断定这回蒋介石与李宗仁较起劲儿来，是雷是闪是风是雨便都去了那边，自己这边倒是一时风刮不着雨淋不着了。因此，这些时日里，只是竖起耳朵听着外边的动静，暗地里与心腹分析时局、商议对策，表面上还是过着安生日子，还从开封城里请了个老先生，在湖光山色中讲起《论语》来。

这日，李宗仁的高参温乔生到了。

冯玉祥与石敬亭在苏门山一个僻静去处，会见了温乔生，会见时，山上各紧要去处都加了岗，巡逻的士兵也比往常多了不少。一时间，幽静的苏门山添了几分杀气。

到了这儿，温乔生一直带着些神不守舍模样，端茶时，差点儿将茶碗打翻。对着冯玉祥言道："蒋中正以湘案为借口，驱了大军向两湖逼过去，战事已是避不开了。"

冯玉祥问："不知德邻如何应对？"

温乔生决然说："蒋中正之心，路人皆知。为政不以德，只以权诈为能事，他这次是决意要消灭我们第四集团军了，第四集团军只有破釜沉舟，放手一搏。"

"好，德邻到底是有骨头的。只是……怕不是蒋中正的对手。"

温乔生神色黯然，道："是。战事一旦发动，第四集团军极有可能落在下风。这支在北伐中立下卓越功勋的队伍，可能便要土崩瓦解。"

"那德邻什么意思呢？"

"临来百泉时，李总司令对我说，见了冯总司令，你只问一句：还记得在明孝陵说过的话吗？只要冯总司令还记得，第四集团军就敢挺直了腰杆子跟老蒋见个高低。"

冯玉祥自然知道温乔生说的是什么事儿。

在南京编遣会开到未尾时，冯玉祥与李宗仁相约在明孝陵相见，选个僻静去处咬着耳朵做了一番密谈。当时，两人都是一样的看法：蒋中正野心勃勃，排除异己、一心独裁，对二、四两集团军不怀好意。两人约定：绝不同意什么编遣会议决议，也不按他蒋中正的规矩裁兵，他若是动武用强，那两人就联起手来，与他论论长短。

冯玉祥明白，此时李宗仁让温乔生捎过这话来问他，是催他表明态度，便决然道："我冯玉祥一口唾沫一个钉，说过的话一定算数！蒋中正敢对你们动手，我绝不会袖手旁观！"

温乔生站起身来，深深鞠了一躬，道："冯总司令革命元老，到底是主持正义的。乔生代李总司令深表感谢。"

冯玉祥又道："只是现在我的部队太过分散，到时一旦动起手来时，希望你们能撑持十几日，待我把人马集中起来，便开赴过去支援你们。"

温乔生长出了一口气，连声称谢，说了些佩服冯玉祥革命精神等的好听话儿。

冯玉祥说："我派个联络官跟你回去，有事好随时联络。"

三个人又细细商议了一番，诸般事体都定好子丑寅卯。温乔生便急着回去复命，临走时说："有冯总司令点头，第四集团军的胆子便壮了，天塌下来，李总司令也能挺得直身子。"

温乔生前脚走，后脚国民革命军总司令部秘书长邵力子便到了百泉。

在冯玉祥手枪兵的引领下，邵力子进了屋子，一抬眼却见冯玉祥正半躺在床上，石敬亭与河南民政厅厅长邓哲熙在一旁陪着。冯玉祥虽说已不像在南京时那般上气不接下气，可看起来还是少气无力的模样。问候过之后，又说了一会儿闲话，绕了老大一个弯儿，才到了正题上：蒋介石约请冯玉祥回京。

冯玉祥心中一阵冷笑，摇头说："如今革命已经成功，蒋主席又德高望重，才能卓著，治理党国哪在话下。冯玉祥才疏学浅，在南京也只是浪费百姓的粮食，只会耽误党国大事。与其占着茅坑不拉屎，倒不如在这儿开开地、种种庄稼，活得安心踏实。"

邵力子听出冯玉祥话里夹枪带棒，显然还带着一肚子气，便笑道："这是哪里话来？焕章兄革命元老，党国柱石，哪儿离得开？"

"冯某就是想为国家出把力，只是这身子骨也不行了，成天里不是这儿痛便是那儿痒的，做不得事了。"

"那到南京去调治也比这儿好呀。"

"到了南京，冯某既不会做事又不会说话，只会惹蒋主席不高兴，何苦呢。"

"焕章兄多心了。你跟蒋主席同为革命同志，又是结拜兄弟，什么疙瘩解不开呀？再说，哪有军政部部长不在京城办公的呀？"

"我冯玉祥没读过书，也没什么本事，当这个军政部部长分明就是秫秸秆子做大梁。你知道我的脾气，事儿要干就干好，干不好就不干。我已拿定了主意，找个日子出洋去，也好学点本事，将来效力国家。至于军政部部长一职，由鹿钟麟代理吧。"

邵力子知道冯玉祥已是拿定了主意，便不再多费唾沫，转了话题说："眼下湘变闹得不可开交，桂系怕是定要与中央兵戎相见了。"

"兵戎相见？怎么可能？怎么可能？"冯玉祥露了惊讶的表情说，"谁不知道第一与第四集团军同枝一体，蒋主席与李德邻还换过谱。他们怎么会动刀兵？"手摇着，头也随了摇个不停。

邵力子知道冯玉祥是揣着明白装糊涂，便紧追着问道："要真的刀兵相见的话，焕章兄如何应对？"

"冯玉祥一向主张和平，中央最好和平解决此事。"

"只是谈何容易呀。"

冯玉祥"哼"一声道："打什么打！像我在这儿挖几条渠，百姓得了灌溉之利，田地又免遭了淹没之患，利国利民，多好！不胜过打内战，兄弟相残、害国害民吗？"

邵力子听出冯玉祥舌头后边藏着对蒋介石的不满，便道："所以，焕章兄革命前辈，此时当有所作为。只要与中央站在一起，便可保天下和平。"

冯玉祥也听出邵力子的弦外之音来，一笑道："依我看，蒋也别讨桂，桂也别讨蒋，大伙儿坐下来，好生说说是正道。"

邵力子道："焕章兄说的是。可李德邻无视中央号令，妄自兴兵，中央此次实是箭在弦上，不得不发了。"

冯玉祥又"哼"了一声道："你刚我强，针尖对麦芒，那就由着打去，看能打出个什么结局来。"

"焕章兄说气话！对国家对民众，焕章兄从来心热，怎能坐视不管？"

"如今，介石是党国首脑，德邻是集团军总司令，哪用得着冯某在里边多嘴多舌？"

"这是哪里话来？焕章兄乃国家栋梁，天下仰望。蒋主席命我来时曾发说：焕章应该负更大的责任。想由你来担任行政院院长，青岛特别市也交与你。主席还说：这次平息湘变后，两湖也由焕章兄来管理。"

冯玉祥一愣。用神时修庙，得病时烧香，正是蒋介石的老套路！可这回着实大方，一出手便是行政院院长与两省地盘。行政院院长的乌纱帽倒还罢了，湖南湖北比自己现有的省份都富庶许多，要是到手，还与河南连成一片，最是让人心动。转念一想，蒋介石这人向来诡计多端，言而无信，这次只怕又使心计，万不能再上他的当，便摇头道："两湖乃国家之地，我冯玉祥岂敢虎视？"

邵力子道："两湖借重焕章兄坐镇，以维护统一，保护和平，实是国家之福，哪有什么虎视不虎视？"

冯玉祥沉吟了一会儿，才道："自民国以来，兵火狼烟不断，国家亟须安宁，百姓渴望和平，任何人敢冒天下之大不韪，冯某自是不容。"

邵力子听冯玉祥露了活口，便急忙道："极是。焕章对中央有何要求呢？"

"革命讲不得价钱。冯玉祥做事向以国家为前提，如果有利于国家，决不计及私人利害。"

"国家眼下需要的正是这种革命精神。"

"世上万事不外是个'理'字。要是有理，管他是谁，冯某自然站到他那边；如果无理，任他哪个，冯某也不会睁一眼闭一眼的。"

邵力子听冯玉祥说话只觉得有些云山雾罩，到底看不透他心里到底想的什么，暗暗有些着急，又是好一通劝说。

冯玉祥一直带着一副认真的模样听着，临了才道："有些事儿得从头计议，我看这样，仲辉兄想是头一回来百泉，暂且在这儿住下，看看风光，也歇息一番，咱们改日再作细谈，可好？"

邵力子自是无可奈何，便点头答应。冯玉祥吩咐邓哲熙陪着邵力子在山上四处走走。

邵力子与邓哲熙去了。冯玉祥与石敬亭商量了半天，还是没有主意，两人出了门去，到了百泉湖边，冯玉祥背着手来来回回踱起步来。石敬亭在一旁站着，腿都酸了，忍不住问道："冯先生，咱们怎么办？"

冯玉祥叹着气道："蒋中正这人，实实就是没长尾巴的蝎子，毒！你今天拉他一把，明天他反过头就咬下你一块肉来。李宗仁闹事，我看也是他逼出来的。"

"那咱们帮李宗仁？"

冯玉祥像是自言自语，又像是对石敬亭说："何成浚与阎锡山在我们北边，咱们如沿平汉路南下支援李宗仁，料他们便要动兵威胁河南，捣我后路。——蒋中正做事向来不留空当的。"

"要是这样，我们便腹背受敌了。"

"正是。"冯玉祥站在湖边，半晌没有做声。

此时，天高云淡，春天的风一阵阵吹过来，澄澈的湖面上，微波荡漾。蓝天白云、青山翠柏，倒映到湖里去，随波摇曳，别有一番趣味。

突然，冯玉祥抬脚将路边的一块小石子踢进了湖里，转身便走。

石敬亭在后边问："冯先生，你有主意了？"

"出兵！"冯玉祥大声道。

石敬亭刚要再问出兵打谁帮谁时，冯玉祥已是大步走远了。

第七章　枪未响，仗已打完

一、拉开了枪栓

何应钦将此次组织 23 个师直取武汉的军事计划说过一遍，蒋介石扫了众人一眼，道："此计划各位如无异议，我即下令各部按限令时间到达指定位置，展开攻击！"

杨永泰两掌一拍，笑道："唔。此次大军一出，气势如虹，以石击卵，我军胜券在握。"

蒋介石也露了胸有成竹的样子道："我将亲赴前方指挥，行营设于九江，估计一星期左右，即可回京。前方行营诸事由贺耀祖主持，后方由敬之代表一切。"

杨永泰道："此次兵发两湖，当速战速决，务求全胜。"

蒋介石道："师直为壮，曲为老。我军理直气壮，自无不胜之理。"

何应钦扶了扶眼镜，略略沉吟一下，道："武汉方面若无外援，必一败涂地。"

蒋介石听出何应钦话里有话，便道："可为李宗仁外援者不外三个方面：一个是广东，现在李济深幽禁在汤山，陈铭枢与陈济棠已掌控了粤省局面，与广西分道扬镳。另一个是阎锡山，他也已通电拥护中央，我料他不会跟李宗仁站到一块去。让我放心不下的，只有这个冯焕章。"蒋介石伸出指头敲了一下桌子。

何应钦道："是。冯焕章虽是答应出兵讨桂，可总觉得有些靠不住，只怕他与李宗仁暗中串通，那麻烦便大了。"

蒋介石从口袋里掏出一张纸来道："这是冯焕章给我来的密电。"

何应钦接过去轻声念道："闻湘案发生，中央对桂一再宽容，冀其猛醒，可谓大度包容至极点。玉祥亦因国内不堪再有战事，期于保全中央威信之重，继达息事宁人之意，然彼终不觉悟，中央不得已用兵，玉祥服从中央，始终如一，前经迭电声明，已有准备，至于出兵路线及作战方略，统祈主席指授机宜，庶免歧异。"

何应钦轻轻叹口气道："这便好了。"

杨永泰却是淡淡一笑，道："只怕冯焕章心口不一。"

蒋介石看来早有了主意，听了这话站了起来，一指冯玉祥的那封电报，对邵力子道："此电立马登报！"

杨永泰几个顿时明白了蒋介石的意思，登出报去，便是剥了冯玉祥的衣服，他便无法再骑墙了，这招妙极。

蒋介石又对何应钦道："你在南京，要让军政部部次长鹿钟麟，随时催促第二集团军速出武胜关。我军正面主力，一定等他们入关与我部切实联络后，方可开始攻击。"

杨永泰道："对鹿钟麟的态度行动，也需特别留意。"

何应钦点头道："好。"

蒋介石走到了地图前，指着道："砀山与归德为陇海东段战略要地，密令徐州毛秉文师严密监视，要派出专探，探查冯部每日动静，随时报告。"

何应钦与杨永泰都是暗暗点头，砀山与归德地处陇海与津浦两路紧要去处，扼住此处，进可对河南形成压力，退可做防备最前沿。蒋介石出手便直奔要害，眼光确是非同一般。

蒋介石的手指往上一移，点到了河北地界，说："密令何成浚集结重兵于石家庄，以防万一。"

何应钦明白，蒋介石的意思是威慑牵制冯玉祥，使他不敢支援武汉。同时也做好准备，一旦冯玉祥在河南地界有动静，何成浚便可挥军南下，与南边的中央军对西北军南北夹击。

杨永泰道："山西那边，也要派人去再做疏通，要让阎伯川知道，冯焕章一直对山西存有企图。"

蒋介石道："对。命阎伯川在靠近陕西与河南的地界集结兵力，借以警示冯焕章。"

何应钦连连点头。

"我将乘楚有舰出发，四月二日到达黄州，一举解决武汉。"说这话时，蒋介石握起拳头，"嗵"地一声砸向地图一个去处。

那儿，正是湖北武汉。

汉口第四集团军司令部，看去依然如往常一般，车子出出进进，军人来来往往。

司令部的二楼却是格外的寂静，透出一派说不出的森严气象。二楼的作战室里，总参谋长张华甫与军长胡宗铎、陶钧正在商议与中央军开战的事儿。

这时的第四集团军已将编遣刚施行的军制改回了以前的样子，师又成了军，军官也都恢复了原先的官衔，故而胡宗铎又成了十九军军长，陶钧还是十八军军长。两人一个兼着湖北清乡督办，一个兼着会办，眼下李宗仁与白崇禧都不在，军政全由他们做主。

胡宗铎斜着身子靠在椅背上，陶钧却抱着胳膊倚在桌子边上，两个人看着张华甫在地图前边讲说情况。

张华甫道："李总司令的电报到了，命何健、叶琪、夏威跟你二位分别为一至五纵队司令，在黄陂至武穴一线迅速布防。"

"这个按照吩咐安排便是了。"胡宗铎极随意地说道。

张华甫又指着地图将蒋介石进攻武汉的部署说了一遍，然后道："看来这次老蒋是拿定主意要将咱们一口吞下肚了。德公健公如今都不在，广东倒向了老蒋，我们没了援手；平津几个师重投了唐生智，武汉失了呼应；军心士气都受了不小的挫动。武汉又是四战之地，宜攻不宜守。我军面临诸多不利，得小心应付。"

胡宗铎"哈"地一笑，露了不屑的神情道："张参谋长且把心放到肚子里去，想吞了咱第四集团军，老蒋还没这副好牙口！这次咱们一定要让老蒋知道，这盐打哪儿咸，醋打哪儿酸！你先来听听本人亲自撰写的讨蒋宣言。"

说着，从桌上拿起一张纸来，"哗"地抖开，朗声读道："蒋中正把持中央，结党营私，宠用群小，排除异己，指派代表，包办三全大会，钳制舆论，格杀无辜同志。滥发公债，搜刮自肥，投降帝国主义。承认西原借款，滥增中枢军额，擅用裁兵经费。且丧心病狂变本加厉，藉局部之问题，奋独夫之骄固，妄发乱命，轻动天下之忧；逞凶残民，不恤举国之怨。奔走调停者横被拘囚，呼号请愿者惨遭诛戮。望全党同志，爱国同胞，共起义师，一致声讨。"读完，有些得意地问张华甫："如何？"

张华甫有些神不守舍，见问，还是堆了笑容道："好，理直气壮、义正词严。"

胡宗铎道："老蒋既然想挨揍，那咱们也不用客气。把咱们第四集团军当纸糊的，他是没长眼珠子！"

陶钧搓着手，露了跃跃欲试的样子道："老子正饿呢，老蒋送肥肉来了，正好解馋。"

张华甫仍是有些担心的样子，道："老蒋这次动用兵力不少，来势甚猛。"

胡宗铎又是一笑："张参谋长怕了？我们手里现在有 6 个军、60 个团的兵力驻守武汉，而且都是久经战阵之旅，老蒋怎在话下。"

陶钧道："兵在精而不在多。老蒋看似兵多，可杂牌不少。像谭道源这样的，何足道哉？咱们第四集团军自打北伐，还从没遇到过对手。孙传芳、唐生智当年哪个不是牛气冲天？最后还不是全让咱们打个稀里哗啦！"

张华甫道："健公曾有吩咐，武汉难守，让我们全军退往湖南，与广西连成一体……"

陶钧打断张华甫的话，道："未战先退，岂不影响士气？我们能在湖北地界打败老蒋，干嘛要退到湖南去？"

胡宗铎道："子钦说的是。"

其实张华甫明镜一般，知道胡宗铎、陶钧实是舍不得湖南这块肥肉。但也明白，李宗仁与白崇禧不在，无人管束得了这两个主儿，很有些担心，道："还有一样，冯玉祥发电拥蒋，报上登了……"

胡宗铎摆着手"哈哈"笑道："此事更无须担心了，冯玉祥已派人来把事儿挑明。此电只是为了麻痹老蒋，西北军不会打我们的。这是冯焕章使的一计。"

陶钧道："鉴于武汉地形，我们此作战当诱敌深入到武汉外围后以逸待劳，然后发起突袭，一举歼灭之。"

张华甫道："可是……"

胡宗铎不待张华甫说完，便径直走到作战地图前道："此次作战，我跟陶军长已考虑停当，分为江南、江北两个作战区。南线选定在武昌东南面，左靠长江，右倚大湖。这一带丘陵起伏，湖泊纵横，不适于大兵团运动，故而将叶琪与张义纯部配置于此，专司守卫防御，确保武昌，使之不致影响北岸的军事行动。"

胡宗铎手一挥，接着道："北线为决战防御，设定在汉口东面，南起阳逻、五通口，北至黄陂、孝感一线，这一带地势开阔，适于出击。胡舜生的省防第二旅三个团任右翼，我十九军与十八军共十八个团防守正面，夏威第七军共十七个团任左翼。待敌人进到阵地前面，全线突起攻击，迫敌于江边绝地，予以歼灭。"

陶钧翘着二郎腿，倚在椅子靠背上道："军事方面我们稳操胜券。"

胡宗铎回到座位上坐了，道："战事很快就会结束。我们打到九江就没事了，乘船一路东下，直达南京。"

张华甫却仍是一脸的沉重，道："有几件事还请二位斟酌。其一，南边战线长达70余里，张义纯师如今还在宜昌，只有叶琪一师防守，实不敷分配。

其二，长江江面几处存有空隙，未用障碍物封锁，两岸又未设有力炮台，敌军炮舰可长驱直入武汉。其三，武汉无预备队，万一敌军从云梦迂回到长江埠，我全军便有覆没之虞。其四……"

"张参谋长，"陶钧沉着脸打断了张华甫的话，"你也是老军旅了，哪一仗是弄得天衣无缝、有了十分把握才打的？这样吧，开起仗来，你在武汉蹲着，我上前线去指挥，看我怎么收拾老蒋！"

张华甫知道陶钧这人平日里眼睛长在额头上，没几个人放在他眼里，也不容得别人在面前说个不字，大敌当前，又犯了老毛病，可又不大敢跟他针尖对麦芒，便转个弯儿道："事情急了，我看赶紧召集各师旅长开个会，把作战部署等事体详加研究一番才是。"

陶钧一摆手，硬邦邦地道："商议什么？不用商议！你在这第四集团军挨着扒拉一遍，有几个能打的？会打的？咱们定好了，下命令让他们照着做便是了。"

张华甫一时噎住了，半天没倒上气来。

胡宗铎见张华甫面红耳赤，便上前去"哈哈"一笑，道："参谋长且沉住气，老蒋没什么了不起。这回南京是拿定了，到时你只管到南京做官便是了。"

"就是，打老蒋，便是裤裆里抓那个玩意儿，手拿把攥。"陶钧道。

张华甫重重地叹了一口气，不再做声。

胡宗铎转了话头道："我倒是有一事放心不下。"

陶钧转了脸问道："你是说李明瑞？"

"正是。"胡宗铎点点头道，"夏威是第三纵队总指挥，可他有病住院，只能由李明瑞代理其职。"

陶钧道："我也有些担心。风传李明瑞近日跟俞作柏暗中有来往。要不把他们配备在最右翼五通口地区？一旦发现他们有异动，可立即予以包围缴械。"

张华甫摇头道："不可，不可。敌前自相火并，恐予敌以可乘之机，反招大祸。"

三人沉吟了半响，陶钧道："我看这样，可把他手下的两个亲信旅长李毅与钟毅调到司令部来做参谋，抽了他的骨头，另调几个人去，给他紧紧缰绳。"

张华甫又道："不妥，不妥，且不说临阵换将大不宜，此举怕是惹得李明瑞不高兴。"

"这也不行，那也不行，你倒说出个行的来呀！"陶钧气哼哼地站起身走了。

张华甫看着陶钧的背影，重重地"唉"了一声。

冯玉祥说话干脆果断，大嗓门儿在郑州的第二集团军司令部里嗡嗡作响。

冯玉祥一指韩复榘道："你，任这次讨逆军第三路总指挥，统领李兴中、魏凤楼、石友三、张自忠、田金凯、张维玺、程希贤共7个师兵发湖北。"

"是！"韩复榘高声答道。

"这次进军兵分三路。你带主力直奔这儿——"冯玉祥说着在地图上用力地一点，"武胜关。"

"是。"

"石友三将率二十四师集中南阳，张维玺率二十七师开赴陕南荆紫关。"

"唔。"

"他们两路策应你，你要在鄂北给我牢牢扎住。"冯玉祥的大手向地图上河南、湖北与陕西交界的去处划去。

"明白。"

"孙良诚部集中在鲁西，做总预备队。"

"唔。"

冯玉祥看了韩复榘一眼，"你要给我记牢了，你带主力在武胜关安稳扎住，听我号令，我不发话，一步也不要挪动。一听到我发话，一刻也不要耽搁，立即行动。"

韩复榘盯着地图道："冯先生，我看咱们还是先下手，把武汉从李宗仁手里抢过来。不然，湖北怕要落到老蒋手里。"

"哪个让你去打李宗仁的？"冯玉祥有些不满地瞪了韩复榘一眼。

韩复榘愣了，定定地望着冯玉祥半天，有些摸不着头脑，自己这次任了讨伐桂系的讨逆军第三路总指挥，却不去打李宗仁，那兴师动众跑那大老远去看风景吗？便忍不住问道："那我们要帮李宗仁吗？"

冯玉祥沉着脸道："你只待我的命令便是。"

韩复榘皱起眉来，一脸的疑惑。这时，冯玉祥将桌子上一叠纸往前一推，道："这些你给我收好，到时贴出去便是。"

说完，迈步出了屋子，走了。

韩复榘满脑雾水，低头看去，见冯玉祥塞过来的那些纸原来是些布告。

拿起来细看，上面列了贪赃枉法、横征暴敛、屠杀民众、迫害学生等十几条罪状，最后说第二集团军要出兵讨伐，为党为国为民除害。说得义正词严，但却有个蹊跷处，全没写是哪个这般暴虐，也没写要讨伐何人，应该点出名来的地方纸上全空着一块地方。

骨碌了一会眼珠子，韩复榘一拍脑门，道："明白了。冯先生这招真高。"把那卷布告，往胳肢窝里一夹，一路笑着走了。

二、不替湖北佬打仗

> 3月28日，蒋介石乘"楚有"舰从南京出发，29日到九江，指挥刘峙、顾祝同、蒋鼎文、缪培南、王均、方鼎英、夏斗寅各师西攻武汉。3日，蒋介石下达总攻击令，但只虚张声势，前线并无接触。4月1日，蒋海军上溯到刘家庙，同时，刘峙等部进抵团凤、宋埠之线。
>
> ——李毅　曾任第四集团军第七军第一师团团长

第七军第一师营以上军官集合在了黄陂的第三纵队司令部。

中央军进抵团凤，先头部队已迫近阳逻、刘家庙，一场大战便要开始。众人一到司令部便小声议论起来。

正说着呢，外边传来一声喊："李副总指挥到！"话音未落，李明瑞大步走了进来。

众人"哗"地站了起来，李明瑞点点头，众人又坐了下去。

李明瑞说话从来都是一斧子到墨线，这次也是没有半句废话，开口便直接道："蒋中正来到我们眼皮底下了，接下来便是一场血战。"

李明瑞扫了众人一眼，停了一会儿，突然高了声道："这场战争真是肮脏！我们再也不能给军阀卖命了！"

猛不丁听了这话，不少人顿时露出又是吃惊、又是摸不着头脑的神色。

李明瑞仍是不快不慢地说："北洋军阀打倒了，可新军阀又起来了，蒋中正、胡宗铎和陶钧便是新军阀！咱们出生入死，打倒了北洋军阀，落了什么下场？食不饱，穿不暖，领不到军饷。如今，蒋中正打过来了，有人却又要把咱们推上前去流血搏命，有这样的理吗？"

话儿说到了众人的心坎上，不少人纷纷点头。

李明瑞又道："咱们再也不能做这样的傻事了。我们要把第一师开到安全的地方，不参加这场肮脏的战争！"

李毅高声道："副总指挥说得对，这仗不能打了。"

谢东山也跳了起来："咱们再不给人当枪使了。让那些湖北佬升官发财去吧，老子不替他们卖命！"

一时间，众人乱纷纷喊了起来。

"胡宗铎跟陶钧不是觉得他们十八、十九军牛逼嘛，让他们上去跟老蒋干。"

"对对，让老子看看湖北佬有多大本事。"

"咱们不吃这个哑巴亏！"

众人一片声吵嚷，只有第四旅代旅长程树芬和团长王赞斌、秦开明几个一声不吭，耷拉着眼眉坐着没动。李明瑞挥了挥手，众人都静了下来。李明瑞问道："程旅长，你什么主意？"

程树芬是李宗仁与白崇禧的亲信，自是不愿随李明瑞走。可看众人这架势，心里也明白，李明瑞私底下已是把饭做熟了，是苦是酸都得咽下去。所以，一见李明瑞直接问他，便立即答道："我听副总指挥的。只是……我们要一退，整个湖北就丢给老蒋了。"

李明瑞还没开口，谢东山便抢过话头去道："我们拼命，湖北就是不丢，可也是胡宗铎、陶钧他们的。反过来说，要是这仗败了，我们死在了这儿也没人埋。"

程树芬道："咱们总归人少，要是十八、十九军转过头来对付我们……"

李明瑞道："不愿打的并非只有我们第一师，第二师杨腾辉旅，梁重熙、庞汉祯团和第三师黄权团，也与我们一起行动。"

众人听了，嗓门儿更高了起来。

"不替湖北佬打仗！"

"不给小子们当炮灰！"

"听副总指挥的！"

李明瑞又挥了挥手，等众人住了声，才道："此事关系生死前程，是打是走全依众位弟兄的主意，我看举手表态吧。——同意走的举手。"

众人听了，嘴里喊着同意，纷纷高高举起手来。

程树芬几个四下看了一看，也缓缓地举了手。

"好，弟兄们全同意，咱们就这么干了！"李明瑞道，"听我命令——"

众人"哗"地站了起来，立正听令。

"第一师全部，与二师杨腾辉旅及梁重熙团、庞汉祯团，第三师黄权团，紧急集结，急行军向西北方向进发，今夜撤到花园。"

"是！"众人道。

"军情紧急，立刻行动。"

"是！"

众人各自回去准备，只有程树芬坐着没动。李明瑞走到他的跟前，递过一根烟去。程树芬也不客气，伸手接了，点上，狠狠地抽了一口，垂了头长长地叹了口气。

程树芬曾做过李明瑞的参谋长，两人交情不错，李明瑞自是明白他的心思，便道："炎山兄，我是不得不如此。"

程树芬道："裕生兄，这么做……实在对不住德公跟健公呀。"

李明瑞道："炎山兄，大路朝天，各走半边。你跟他们走，我也不留你。等事儿有了眉目，你愿回武汉，我送你一万元，派人护送你回去便是。你看可好？"

"多谢了。"程树芬向着李明瑞抱了抱拳。

李明瑞撤出战场的消息，传到祁家湾第七军第三师尹承纲的师部时，真如大冬天当头炸个焦雷，众人竟是半天没做声。

第七军是响当当的钢军，打吴佩孚、打张宗昌、打孙传芳，哪一仗不是先锋？人前人后，第七军的兵哪个不拍胸脯子？可做梦也没想到，竟然会有这么一出，而且还是第七军里头号猛将李明瑞领头干的。敌人到了眼皮底下了，一多半人马却跑了，众人能不心惊肉跳吗？

七军参谋长黎行恕这时正好也在三师师部，听了这信儿手里的笔"啪"一声掉到地上，张着嘴呆了半晌。尹承纲倒吸了几口凉气，说话的声嗓儿都变了，急急吩咐副官传令，第三师营以上军官立马到师部开会。

不多时，军官们到了师部，他们显然耳朵里都已有了消息，脸上没一个是正色儿，进了门，找个地方坐了，便压低了嗓门交头接耳议论起来。

正要开会，第二师师长李朝芳一步闯了进来。

第二师这次让杨腾辉带走了一个旅两个团，李朝芳如今手下只剩了一团人马。进了门来，一屁股坐了，便不停地擦汗，向着黎行恕与尹承纲连连道："坏了，坏了。天塌下来了。"

没一个人接茬儿，可心里全都透亮，坏了！

这次守卫黄陂一线的第七军一共有 3 个师 17 个团的人马，李明瑞一下子带走了十来个团，第三师也跑了一个团，指望剩下的这点儿人马抵挡中央军，谁都明白：这是捧着一把土堵坝，不济事不说，还铁定要全撂在了这儿。

闷了半天，尹承纲问黎行恕："黎参谋长，现在总指挥不在这里，副总指挥又带着队伍跑了，敌人眼看就到跟前，你拿主意吧。"

黎行恕正垂了头叹气，听了这话猛地抬起来，说："这是部队长的事。我做参谋长的拿什么主意？"

众人知道事关生死，黎参谋长是不想扛这个责任，也不好说别的，李朝芳赶忙道："尹师长，到了这个时候，你就别推辞了，军长不在，你说了算，我们都听你的。"

尹承纲也是桂系的元老，在第七军里威望不低，眼下他的官价最高，手中兵力最强，说话自然有分量，众人都赞成由他做主。

尹承纲不再推辞，开口道："我看，李明瑞杨腾辉他们此番举动，定是对胡宗铎、陶钧心怀怨恨所致。对他们，不可以武力对付。因为我们要是追击，他们肯定会跟我们动手，那便会自相残杀，两败俱伤，只对敌人有利。"

李朝芳道："就是就是。不管怎么说，我们也是打断骨头连着筋，同为第七军的弟兄。"

尹承纲道："我们只有各行其是，他们走他们的，我们干我们的，这样往后才好相见。"

众人一起点头称是。

黎行恕道："可老蒋到了跟前了，我们要打老蒋吗？"

大家又都不再言语，心中却是暗自嘀咕：这可不是动动舌头的事儿。眼下加上二师李朝芳的一个团，满打满算也只有一师人马，怎么抵得住中央军？

尹承钢又说："我看，眼前只有两条路可走。一条是与胡宗铎、陶钧联起手来，继续作战。虽说七军三分之二的兵力被李明瑞拉走，军心业已动摇，但要是上下一心，同仇敌忾，与胡陶两军并肩战斗的话，事情还不是就没有可为了。"

旅长黄远镇"嚯"地站了起来，阔着嗓子叫道："胡宗铎、陶钧什么玩意？跟他们并肩作战，还不如让老子去死！"

"丢那妈，老子也不想受这腌臜气了。"

"要不是他们骑在咱们头上拉屎，李明瑞他们也不会走。"

"不给湖北佬卖命！"

众人一片声聒噪起来。尹承纲用力"咳"了一声，道："弟兄们都不愿意走这条路，那只有第二条路了，便是也撤离战场，往孝感集中，然后撤到宜昌去，看看形势再作打算。如果实在不行，咱们就撤回广西去。"

众人又纷纷嚷了起来。

"这法子成，先保下第七军再说。"

"得立马走，迟了怕是走不脱了。"

"走！走！走！"

黎行恕道："只是我们这么拔腿一走，武汉整个防线便放开了，武汉肯定保不住了，湖北铁定也要丢了。"

众人又是好一阵嚷。

"胡宗铎、陶钧本事大，让他们上来打便是！"

"丢了就丢了，老子不操这个闲心！"

"不走，咱们都撂这儿了，老子不做这冤大头！"

尹承纲看众人都不反对，便站起来正色道："火烧眉毛了，容不得我们多费唾沫。各位既然让我做主，那我便下命令了。"

众人都站了起来。

尹承纲亢声道："第七军按照军部、第二师师部、第三师师部、炮兵营、装甲营、工兵营的次序乘火车撤往孝感，步兵沿铁道线步行向孝感集中！"

众人齐声答道："是。"

尹承纲又转向了黎行恕道："请黎参谋长速回汉口，将我们的行动报告给夏总指挥与胡宗铎、陶钧。"

"好。我立马便去。"

尹承纲又道："十万火急，赶紧行动！"

三、武汉丢了

电话铃响了，副官接起来一听，道："夏总指挥，黎参谋长电话！"

夏威走了过去，接过听筒刚一搭话，便惊叫起来："你说什么？你说什么？"只听得电话听筒里，黎行恕的嗓门儿急急响个不停，夏威的脸一下子没了血色，额头浸出汗来。呆了半晌，手里的听筒竟掉到了地上。

"怎么了？"胡宗铎与陶钧、张华甫三人围上来异口同声地问道。

夏威腿一软，坐了下去，半晌才嘟噜道："第七军出事了。李明瑞跟杨腾辉带着十几个团跑了，剩下的也由尹承纲带着撤出了黄陂。"

三个人齐齐地"啊"了一声，呆了。北岸防守武汉的总兵力，第七军占了将近一半，他们一撤，武汉保不住。木了半晌，方才缓过神来。胡宗铎哑着嗓门儿直叫："怎么这样？怎么这样？"陶钧扑到墙上挂着的作战地图上，趴在上面比量了半晌，"咳"了一声，脑门儿直撞上去，发出"咚"地一声响。

张华甫也是脸色蜡黄，在地上打了几个转，才走到地图前，"咚咚"点着说："赶紧拿办法！第七军一撤，我左翼防线门户洞开，中央军可长驱直入武汉。"张华甫的手从图上划过，夏威与胡宗铎、陶钧不约而同地想到了一副情景：一段堤坝塌开一个大豁口，洪水从那儿奔涌而出，缺口越冲越大，突地"轰隆"一声响，整个大堤倒了，滔天洪水直漫过来。

张华甫喊了起来："得赶紧派兵填防。"

陶钧呻吟一般道："此时从哪儿调兵呀？老兄。"

夏威抖着嘴唇道："就是能调，怕也来不及了。"

几个人都闭了嘴，叹气的叹气，搓手的搓手，挠头的挠头。

过了半晌，夏威才又开口道："第七军他娘的为什么从阵地上跑了？"

"怯阵？"胡宗铎迟迟疑疑地问。

"这是没牙的话！"夏威的脸红涨起来，"你说别人怯阵可能，你说第七军怯阵，哪个也不信！凭良心说，李明瑞别说在七军，就是整个第四集团军，论勇猛也是数一数二的。"

"那就是跟我们作对？"胡宗铎又问。

"八成是……李明瑞一直不服我们。"陶钧说这话时，少气无力。

"我现在担心的倒不是他撤离战场，而是投蒋！"夏威垂头丧气地道。

几个人脊梁骨一阵发凉。前边蒋介石大军压过来，背后要是再让李明瑞一抄，第四集团军定被一网打尽！

胡宗铎脸色死灰，不住地拍着大腿，陶钧使劲揪着自己的头发，夏威则紧锁着眉头，一个劲"咝咝"地抽气儿。

张华甫心里火烧火燎，忍不住道："三位，得赶紧想办法呀，这么干坐着可不行呀。"

三个人都没做声，全像经了霜的茄子，蔫蔫地没了半点精神。

张华甫暗自埋怨：这几个主儿平日里都是天爷第一他第二，怎么到了紧要关头，全都成了怂包？可眼下也只能靠他们支撑局面，便打气道："虽说第七军走了，可我们手里还有几个军的人马，足堪一战。耽搁不得了，赶紧重新部署防线，安定人心，准备作战。"

陶钧却把头摇成了个货郎鼓："还部署个屁呀！这仗怎么打呀？"

胡宗铎连连拍着大腿："怎么办哟？怎么办哟？"

夏威曾是胡宗铎与陶钧的上司，这时将火气撒到他们身上，"啪"地一拍桌子，厉声道："这样丢脸，怎好去见德公与健公！"

陶钧却不吃这一套，顶上来道："今天说打倒桂系，明天说打倒桂系，没想到外人打不倒的桂系，今天却让桂系自己给打倒了。"

夏威听陶钧话里带刺，火气冲了上来，一时又找不合适的词儿，只是指了陶钧，道："你你……"

张华甫急得头上冒出烟来，急忙插嘴道："咱们到底是战还是守？赶紧拿主意吧。"

"战？怎么战呀？"陶钧一摊手。

"怕也无法守了。"胡宗铎直摇头。

"要是德公与健公有一个在这儿就好了。"夏威连声叹气，又说起昨日晚上做的一个蹊跷梦来：一座独木桥眼瞅着便断了。临了，摇着头道，"不祥之兆，不祥之兆哟。"

张华甫忍不住了，气哼哼地道："三位沉住气慢慢商议吧，恕张某不奉陪了。"说罢，拔腿走了。

三个人又闷了声，过了半晌，胡宗铎方对夏威道："这次皆因你不在军中，众人受了李明瑞的诳骗，才弄出这一出来。你是第七军的老军长，要是你给第七军团长以上的军官写封信，劝他们回到阵地，共同对敌，必定可行。"

陶钧一听，也道："好好，要是他们能转回头来，事儿还有救的。"

"唔……"夏威沉吟一下道，"快给我准备笔墨！"

信写完，派了一名副官立马送出去，三个人便在司令部里伸长了脖子等消息。可副官却如出了笼的鸟，从此没再见影儿，也没传回信儿。三个人自是又急又恨，午饭也没吃，只在司令部里吵一会儿，骂一会儿，又叹一会儿。

让人心惊肉跳的消息，一个接着一个传过来：

——李明瑞已到达了花园一带，那儿的墙上贴满了打倒胡宗铎和陶钧的标语，安陆城门上也贴出布告，反对李宗仁、白崇禧。接着又发出通电：拥护中央，服从蒋介石。——李明瑞果然投了蒋。

——蒋介石以总司令名义发表《告桂系军队书》，声明政府不得已而用兵，只欲严惩祸首，绝不牵连将士。要武汉桂军服从中央，静待后命。还悬出赏来：带枪投降者，赏洋五十元，官兵徒手来归一律收容；要是杀了连排长，赏银一百元，官升一级；杀了团营长赏银五百元，升二级；杀了师长、总指挥来归，赏银五千元，升三级。

——湖南那边传过的消息更是惊人。武汉政治分会刚任命的湖北省主席、第一路总司令何健宣布就任蒋介石委任的湖南编遣特派员及讨逆军第四军军长，并发出通电，责令夏威、叶琪几个立即下野。守卫江北的第二路总司令叶琪那边接着也出了事儿：他手下的旅长门炳岳、危宿钟降了蒋介石，叶琪只身逃脱，如今音讯全无。

这些消息，让夏威、胡宗铎、陶钧一会儿如掉进冰窟窿，直打哆嗦；一会儿又如进了铁匠炉，腾腾地冒汗。

眼看第四集团军这幢大楼，这边掉几块砖，那边塌一面墙；这儿柱子裂了，那边基石陷了，再待下去，躲不过"轰"地一声倒下来。夏威、胡宗铎、陶钧明白大势已去，心里急得上树爬墙，可是到底没想出法子来。

不知不觉间，已是到了下午，得到的消息，更让他们把心提到了嗓子眼里。

蒋介石全面出击：朱绍良第八师由茶棚区西进，骑兵旅进逼长弘岭、高阳桥；刘峙第一师由蜀家田经长堰前进，蒋鼎文第九师做策应，看得出是要占领黄陂、截断桂军的归路。缪培南第四师经通城趋咸宁，曹万顺第十一师从通城以北直奔贺胜桥，方鼎英第十师经金牛镇南捣纸坊，海军陈绍宽部则杀向刘家庙。

夏威胡宗铎掂出了轻重。要是再在这儿待下去，临了就只能落进蒋介石的口袋里了。

夏威一咬牙："退，马上退！武汉……不要了！"

这话一出口，连他自己也吓了一跳。手握十几万精兵，不战不守，临了一枪未放撒丫子跑了，这可是第四集团军从来没有过的事。

胡宗铎与陶钧也是心中一颤，可是都明白：不这样不行了。

胡宗铎直起腰来，道："撤！赶紧下命令，向西撤退，撤到荆州、沙市、宜昌去。"

陶钧拖过一张纸，亲自拟写了命令，命人立即传下。三个人一时都觉得十分丧气。

夏威长叹一声："咱们怎样向德公、健公交代呀？"

胡宗铎咬着牙道："等到了沙市、荆州，整顿人马，我们要打回来！"

陶钧却几步上前，一把将墙上的作战地图揪了下来，三下两下撕烂，往地上一摔，拔腿便走。夏威与胡宗铎也急忙跟了出去。

"敬礼！"

随着一声大喝，大门两边及院内各处，足有一个营的中央军官兵"哗"地立正站好，规规矩矩地举手行礼。

第四集团军司令部大院里一时间悄然无声。

接着，一辆卡车驰进大门，"嘎"地停下，车上利索跳下20来个士兵，个个腰缠牛皮弹袋，手中清一色的花机关枪，下车后急步跑到大门及楼门等处，个个站得笔直。

不多时，几辆黑色小轿车开到，头前那辆停在了大楼前。一个副官跑上前打开车门，一人从车里从容迈了出来。

这人40岁年纪，修长清瘦身材，白皙脸皮，两眼有神，沉稳中透着一股煞气，身挂武装带、脚穿长筒皮靴，一身笔挺的军装，更显出一种威严气度。这便是国民政府主席、国民革命军总司令、军事委员会主席——蒋介石。

蒋介石站在大楼的门斗内，四下一打量，微微一笑。

说来蒋介石对这儿并不陌生。以前是俄国领事馆的所在，后来做了李宗仁的司令部。这座四层大楼，全是钢筋混凝土结构，红砖清水外墙，红瓦四坡屋面，立柱大拱券门斗，对称券柱式窗户，平顶券拱门廊，通体上下一派俄国气派。

此时站在这儿，蒋介石却是别有一番滋味涌上心头。曾几何时，李宗仁与白崇禧想尽办法跟自己作对，今天却让自己捣进了他们的老巢。想到这儿，蒋介石只觉得浑身上下说不出的畅快，他直想放开喉咙对着这座大楼喊一声："德邻兄，健生兄，你们哪儿去了？"

这时，何应钦、杨永泰、刘峙、朱绍良等人也下了车，众人簇拥着蒋介石走进楼去，径直进了一个房间。

这屋子是李宗仁往日的办公室。此时还有些凌乱的样子。蒋介石在屋子里背着手走了一圈，然后才坐在了李宗仁从前坐的那把椅子上，像主人一般对着众人道："你们都坐。"

众人屁股刚挨着沙发，便听蒋介石道："胡宗铎、陶钧西逃，是想渡江取道湘西去广西，或是盘踞湘西与广西连成一片，以图卷土重来。我军当乘胜追击，不给其以喘息之机。命令张发奎为第一路司令，自武汉、嘉鱼溯江进剿。第二路以朱绍良为司令，自天门、仙桃镇向荆门、沙市追击。"

杨永泰道："把胡宗铎等部在湘西一举解决，是为上策。如让他们退到广西去，大好机会便丢却了。"

何应钦也道："荆、沙几处易攻难守，桂军又士气皆无，我军四面合围，他们只有缴械一途。"

蒋介石又道："正是，此战如不把桂军彻底解决，便不能算作胜利。——给四川刘湘下达命令，命他速派一师以上兵力东下，开向荆门、沙市。再给何健一电，让他速命湘西谭道源率所部开至石首、公安、松滋一带，两部务要截住胡陶溃军，不得让其西逃。"

何应钦点头道："好。"

蒋介石又起身背着手踱了几步，在窗前站了半刻，道："任命：何应钦为武汉行营主任，贺国光为参谋长，刘峙为武汉卫戍总司令，负责对桂系残逆的作战及善后事宜。"

"是。"三人一齐答道。

蒋介石重又坐到了那把宽大的皮椅上，随意地靠着椅背，道："对胡、陶，当取两策：一是镇之以威，加紧军事压迫，使之无喘息之机；一是晓之以理，速派人与之谈判，敦促其放下武器。——告诉他们，此次叛乱，罪在李、白，中央对他们可不加追究，如将所部交出，宣布下野，他们的行动中央不加束缚，居汉或出洋均可允许。"

杨永泰道："嗯，一则以硬，一则以软，可动胡陶之心，还可摇桂军士气。"

何应钦又问道："反正过来的人如何安置？"

"李明瑞部编为第十五师，委李明瑞为师长；杨腾辉部编为五十七师，委杨腾辉为师长。派俞作柏、钱大钧立即前去慰问，李杨两人各奖60万元，所部官兵发给慰问金。"蒋介石略略顿了一下，道，"另委郑介民与李国基分别为十五师、五十七师政治部主任。"

郑介民与李国基都曾是蒋介石的副官，让他们去到李明瑞与杨腾辉身边做政治部主任，无疑加了一道保险，何应钦点头叫了一声"好"。

"对反正的门炳岳、危宿钟等各旅团长，也要照委原职，多加奖励。"

杨永泰道："如此甚为妥当。"

蒋介石转向刘峙问道："第三路韩复榘现在何处？"

"前锋已抵近孝感。"

蒋介石沉吟起来。杨永泰在后边一声冷笑："打得好算盘。前时我们与胡、陶相持，冯焕章只在武胜关按兵不动，如今瞧着大局已定，桂系大败，他倒麻利伸出手来。此公首鼠两端，意在渔翁得利。"

蒋介石轻轻拍了一下桌面，出口坚决果敢："立即命令韩复榘，停止前进，退到信阳！经扶，你立刻回去，立刻！严密监视韩部动静，做好一切准备，一切！"

"明白。"刘峙敬过礼，急急走了。

蒋介石默默想了一会儿，抬头对何应钦道："电示阎伯川与何成浚，令他们速向豫西方向移动。"众人明白，只要阎锡山与何成浚靠向豫西，冯玉祥便不敢轻易向南边迈腿，湖北这头便可以结结实实挽上扣子了。

又议了几件事体，众人便都去了，屋子里只剩下蒋介石与杨永泰两个。蒋介石靠在椅背上，眼睄着天花板，指头轻轻敲着桌面，低低地嘟哝道："冯焕章……"

杨永泰已是猜出蒋介石的心思，便道："冯焕章其人，善将兵，不善将将。"

蒋介石直起了身子，问道："此话怎讲？"

杨永泰清了一下嗓子，道："冯焕章治军严厉，又能爱兵如子。听说他常亲自动手为伤兵擦洗身体，还曾为士兵输血，故而很得士兵之心。不管此为笼络手段，还是枭雄伎俩，永泰以为皆堪钦佩。"

"唔。"

"然冯焕章对手下将领则大有不同。西北军将领如韩复榘、石友三、刘汝明等辈，皆出身贫寒，靠冯焕章的提携和自己的战场搏命，才有了今天的前程，故而对冯焕章颇为感恩戴德。但这些人并无精神与主义主导，所追求者也不外名利，然名利之企求岂有止境？名利又怎能随取随有？手下诸将间因此生了嫌隙，对冯焕章也有了怨尤。"

"唔，我听说韩复榘跟石友三就因未能当上省主席而一肚子牢骚。"

"是。还有一桩，便是'苦'。冯焕章常年过着窝头白菜豆腐的日子，便要部下也都清汤淡水，即便做了省主席或军长师长的，一月也只给几十元的花销。不让吃不让穿，不许抽不准喝不得纳妾。想想，这些人出生入死，刀头上舔血，为的啥来？而且他们如今已不是当年的小兵了，让他们过这样的苦日子，怎么能笼住人心？"

"唔。"

"再者，冯焕章行家长制带兵，视手下将领如同子侄，动不动便罚跪、罚站，甚至打耳光、打军棍。像张之江身为代总司令，竟也因小过在营门外罚坐，让他颜面皆失。"

"据说鹿钟麟也曾因没扎皮带而当众罚跪。"

"正是，冯焕章如此做，实为显示自己之权威至高无上，但他未曾想到，这些人已非当日他身边的卫兵、班长、排长，而是统兵上万的高级将领！他如此做，大损将领的尊严。久而久之，将领对他便只有敬畏，而少亲情了。此种情况，寻常风吹草动倒也罢了，要是暴风骤雨一来，难保不会分崩离析。"

蒋介石探过身去，露了若有所思的模样。

杨永泰长叹一声道："曾文正公幕下赵伟甫先生曾有言：'苟非贤杰以天下为己任，流俗之情，大抵求利耳，使诚无所求，将销声匿迹于南山之南、北山之北，又肯来为吾用耶？'这话极是有理。冯焕章未曾看到这一点，便留了软肋。故而西北军虽是貌似强盛，又似铁板一块，但只要使出有效手段，倒也不是无机可乘。此所谓庖丁解牛也。"

"什么手段？"

"利！"

蒋介石自然明白杨永泰说的这个'利'的意思，点了点头。

杨永泰又道："光绪年间时，左宗棠曾问两江总督曾国荃：一生得力何处？曾国荃答道：'挥金如土，杀人如麻。'这'杀人如麻'倒还另讲，'挥金如土'四字倒是极有用的。"

"畅卿先生说的是。"

杨永泰道："此次讨桂大胜，桂系已不足畏也，往后能与蒋总司令并肩者，只有山西阎伯川与西北冯焕章两人了。"

蒋介石点点头。

"总司令当挥戈直取冯玉祥！"杨永泰断然道，"孙子曰'善战者，求之于势'。如今西北大旱，数百万灾民饥寒交迫，冯玉祥焦头烂额，此良机也。若待其元气恢复，那时诸事便难办了。此其时也、势也。"

蒋介石却没应声，只是屈了中指，对着桌上的一支自来水笔一弹，那笔滴溜溜转了起来。

屋子里一时又没了动静，过了半晌，杨永泰突然轻声吟诵起来：

何处望神州？

满眼风光北固楼。

千古兴亡多少事？悠悠！

不尽长江滚滚流。

年少万兜鍪，

坐断东南战未休。

天下英雄谁敌手？曹刘。

生子当如孙仲谋。

蒋介石向着杨永泰看过去，两人目光一碰，火花闪烁。

四、常胜将军来了

且说韩复榘依了冯玉祥的命令，率领大军开到武胜关，便窝了下来。韩复榘那天猜透了冯玉祥的心思，先在武胜关蹲住，瞅着蒋介石与李宗仁两家打个鼻青脸肿。到时要是李宗仁落了下风，便挥军南下，抢在中央军前边占领武汉，夺下湖北。如果蒋介石撑不住，孙良诚便兵发徐州，先于桂军占领南京。冯玉祥给的那一叠留着空的布告，便是要他们伺候着，这场仗要是李宗仁胜了，就在空着的那个地方填上'蒋逆'贴出去。要是蒋介石胜了，就填上'李白逆'贴出去。所以，几天来过得着实悠闲自在，除了摸几把牌，便是翘着二郎腿唱梆子。一听胡宗铎陶钧从武汉撤出的信儿，"呀"地一声直蹦起来，高声传令全军立马开出武胜关，直扑武汉。

参谋长李树春劝道："冯先生还没发话。"

韩复榘直着脖子嚷起来："等冯先生发话，黄花菜都凉了！"吩咐李树春在后边催促大队人马快行，自个坐上铁甲车，头前带着第二十师急急忙忙向南开去。火车快到孝感时，蒋介石的命令到了：已占领武汉，第三路军停止前进！

韩复榘听了，眉毛拧成了疙瘩，骂道："听见蝼蛄叫还能不种庄稼了？给我继续前进！"

二十师师长李兴中在旁道："别跟老蒋打起来呀。"

韩复榘道："打就打，怕个鸟！老子不能白忙活一场！湖北又不姓蒋，哪个抢到手是哪个的！这十几万人马开进武汉去，看看哪个有胆子挡咱们！"

二十师继续向武汉开去。韩复榘拿定了主意，此时中央军刚攻下武汉，他要趁他们立足未稳，从他们手里夺过来。

韩复榘越想越气，不住声地骂骂咧咧。怨一会冯玉祥做事不脆快，没胆量，没及早下令开出武胜关，直接把武汉夺到手里。又骂一会李宗仁没本事，太怂包，在老蒋面前没走上一个回合便尿了。再骂一会蒋介石眼尖手快，便宜全让他搂到了自家口袋里。

正在这时，前边来报，有人拦路。

韩复榘更是火冒三丈，传令准备动手。自个带着手枪队下车查看情况，果然看到前边铁路上已是设了路障，禁止通过的红色旗子高高挂了起来，路两边隐约伏着不少士兵。明白老蒋早已有了防备，暗暗跺脚：老蒋算计得严丝合缝，到口的肥肉全都让他给吞个净光，自己这回怕是连口汤也喝不到了。

正在懊恼，传令兵又来报告：冯玉祥急电到。命令他停止前进，全军退回信阳去。

韩复榘心灰到了家，一屁股坐在铁轨上，不住声地骂起娘来。

这时，讨逆军第二路总司令刘峙带着两个卫兵到了，与韩复榘见过面。打了几句哈哈后，刘峙告诉韩复榘，他来这儿有两件事儿：一是奉蒋总司令之命慰劳第三路军弟兄，送上十万现洋。二是代蒋总司令约请韩复榘到武汉会面。

韩复榘见刘峙一派和气，说话中听，先自消了三分火气。又听送来十万现洋，脸上便有了笑模样。再听蒋介石约他会面，觉得自己面子不小，没打顿儿便满口答应下来。

带着一个副官和十名卫兵，韩复榘上了刘峙的火车，两人在火车上说些闲话，不知不觉间到了汉口，一进车站，便见月台上站满了老老少少男男女女，手中摇着花花绿绿各色小旗，韩复榘觉得好生奇怪。火车停下，韩复榘与刘峙还未走出车门，车下军乐已是响了起来。下了火车，听得月台上众人一片声地高喊："欢迎韩总指挥！"抬头又见车站墙上挂着一副红底白字的横幅："欢迎讨逆军第三路军韩总指挥。"韩复榘顿时明白，这排场是为他摆的，一时有些心花怒放：老蒋就爱摆弄花里胡哨的玩意儿，可又觉得浑身上下说不出地受用。搭眼又见月台上站满了人。有些韩复榘认得，皆是第一集团军的高级军官和国民政府的大员，其中一人笑嘻嘻地站在最前边。

韩复榘认出，那便是讨逆军总司令蒋介石！不由心中一热，脚下加劲儿，径直向着蒋介石走去，蒋介石也迎了上来，笑嘻嘻地叫了声："向方兄。"

韩复榘上前立正敬礼，道："钧座，韩复榘来到。"

蒋介石回了礼，亲近地道："向方兄辛苦辛苦。"

"劳钧座亲迎，韩复榘实不敢当。"

"向方兄北伐英雄，有大功于党国。此次又带兵讨逆，鞍马劳顿，中正迎接是应当的。"

韩复榘听来透底儿舒坦，嘴上却连声客气："不敢当，不敢当。"

围在近旁的人一起鼓掌欢笑起来。

蒋介石道："今晚我在行营设宴，一来为向方兄接风，二来慰劳讨桂有功将领。请向方兄赏光。"

"但听钧座吩咐。"

两人一边客套，一边转身往站外走去。众人夹道欢呼，蒋介石有意略略慢了半步，让韩复榘走在头前，韩复榘只觉得浑身轻飘飘地，向众人挥着手，走向蒋介石专门接他的车子。蒋介石却抢先了一步，做势要去给韩复榘开车门。韩复榘倒是脑子来得快，急忙伸手一挡，这时，一个副官上前拉开了车门。

一行人直奔原先第四集团军的司令部——现在的武汉行营，蒋介石与韩复榘在会客室里谈了几句话，便有副官进来报告：酒宴准备妥当，众人都已到齐，两人便起身往餐厅走去。

行营的餐厅灯光璀璨，富丽堂皇，赴宴的军政要员全都坐定。蒋介石与韩复榘走进门时，众人站了起来，行礼鼓掌。蒋介石挥挥手，然后把韩复榘向首桌上让去。韩复榘推辞一番，蒋介石又礼让一番，最后，两个人方才挨着坐了下来。

酒宴开始，蒋介石站起来道："此次讨伐桂逆大获全胜，就中正而言，实觉在意料之中，又出意料之外。所谓意料之中，即为中央此次明令讨伐桂逆，主义在手，理直气壮，自无不胜之理。所谓意料之外，便是桂逆之前气势汹汹，不可一世，然一经声讨，便立刻土崩瓦解，其失败之速，实是未曾料到。此全因我有三民主义之指导，全军将士奋勇向前，举国民众真心拥护。本司令此次讨逆之目的，亦不仅在讨伐李白，而在务使李白铲除之后，永无继李白而起之叛徒，吾全党同志今后宜深自警惕，迅速觉悟，严守纪律，服从中央。"

"服从中央，服从中央！"百十名军政官员站了起来，齐声高呼。

蒋介石举起杯来，道："为此，这第一杯酒，当庆祝此次讨逆胜利！"

"胜利！胜利！"众人又高呼起来。

蒋介石又举了杯高声道："这第二杯酒，庆贺我第一、二集团军，再次携手讨逆！"

众人一齐附和着干了杯。

蒋介石道："这第三杯酒，欢迎河南省主席、讨逆军第三路总指挥韩向方。韩总指挥北伐时便天下闻名，有'飞将军'、'常胜将军'之誉。今日与我等欢聚在此，实在令人高兴。"接着，便将韩复榘北伐时大战直鲁军、奉军等诸般英雄事体分说一遍，临了，向着厅中军人一指，道："你等皆是带兵之人，当以韩总指挥为楷模。"

韩复榘连忙站了起来，向着蒋介石道："蒋总司令过奖了，过奖了。"嘴上这般说，心里却像五黄六月天里喝了瓢凉水，透底儿地舒坦。

蒋介石又笑嘻嘻地端起酒杯来，向着韩复榘一让，韩复榘也连忙举了杯子。蒋介石道："来来，各位一起，共同敬韩总指挥一杯。"

"干杯！"众人哄然叫了一声好，一起干了杯。

韩复榘一仰头，一杯酒下了喉咙，热乎乎一股劲儿从脚底直升到了头顶上，暗暗点头：到底是当主席的，说话实在，冯先生便没有这般公道。一时间心底里陡地涌上些不忿来，在西北军里，论功劳，我韩复榘认第二，就没一个敢认第一。可冯先生眼中却只有个孙良诚，开口闭口都是孙良诚铁军第一。平日也从不给个好脸色，张口都是韩复榘长韩复榘短的，连个向方也不肯叫。哪有人家蒋介石待人这般亲热？在冯玉祥手下多少年，我韩复榘何时有过这等脸面？

这时，蒋介石又道："请韩总指挥讲话。"说完，头一个鼓掌，满厅里随后掌声响了起来。

韩复榘说话从来不怵头，亮开嗓门讲说起来。先是感谢蒋总司令褒奖，接着又夸赞了蒋总司令一番，临了还拍着胸脯表示一定服从蒋总司令的指挥。

刘峙坐在邻近的桌上，他向着身边的杨永泰略略靠过去，低声道："畅卿先生，我怎么觉得今日喝的不是酒呢。"

"唔？"杨永泰转过头看了刘峙一眼。

"是蜜。"

杨永泰听出，刘峙的意思是说蒋介石嘴巴甜得蜜一般，可劲儿这么一夸，韩复榘都不知东西南北了。却微微一笑，摇摇头低声道："不是蜜。"

"是什么？"

"药。"

"药？"刘峙脑子还没转过弯儿来，杨永泰已转过脸去，一本正经地听起韩复榘说话来。

韩复榘说过这番好听话儿，又敬了蒋介石一杯酒，再敬了在场的众人一杯酒，方才重又坐了下来。

这场酒喝得很是畅快。蒋介石到各个桌上分别给众人敬酒时，也拉着韩复榘一道，众军官上前来向蒋介石敬酒时，也自然捎着韩复榘。韩复榘让众人抬到了头顶上，有些飘飘悠悠，嘻嘻哈哈放开肚皮喝了个红头涨脸。

酒宴直到晚上九点多时方散了，韩复榘已有了七八分酒意，蒋介石一直将他送到车子旁，亲手替他拉开车门。韩复榘一条腿迈上车去，一条腿蹬在地上，回转身向着蒋介石一抱拳，高了声道："钧座，韩复榘多谢了！多谢了！"

站在餐厅门口台阶上的几个人，这情景自是全看在眼里。杨永泰转头对站在身旁的刘峙低声道："药，对症！"

刘峙已是明白了蹊跷，刚要说话，杨永泰却转身摇摇摆摆地走了。

韩复榘到了旅店，只觉得兴冲冲地，盘腿坐在床上，摇头晃脑地唱了大半宿梆子，直到天放亮时，方才倒头睡去，一觉醒来，已是第二天将近中午了。

副官进来报告：宋子文部长请他赴蒋总司令家宴，已在外边等候多时了。

韩复榘一骨碌爬了起来，指着副官的鼻子便骂为什么不早点叫他。副官说是宋部长不让叫醒的，说是昨晚喝得有些多了，让总指挥多睡一会儿。韩复榘这才停了声，急忙起身洗涮，心中却是点头，老蒋的手下怎么个个都这么可人意儿。

与宋子文见了面，客气几句后，便出门上车前去赴宴。

蒋介石驻在汉口杨森公馆。车子从杜韦利路拐进了一片园林。路两边的各色树木已被民国十九年的春风染得一片翠绿，亭台楼阁，假山池塘，掩映在树木之中，整个园子很是幽静。走不多远，前边蓦然敞亮起来，一座三层的极漂亮楼房出现在面前。宋子文告诉韩复榘，杨森公馆到了。

透过车窗，韩复榘看到大楼四方形的门廊前，蒋介石与宋美龄正站在那儿。

车子在大楼前的顺坡车道上停了下来，韩复榘急忙下车，蒋介石与宋美龄已是满面含笑迎了上来，韩复榘赶忙立正敬礼。蒋介石指着韩复榘对宋美龄道："这位便是我给你说的常胜将军，韩向方。"又一指宋美龄对韩复榘道："这是夫人。"

宋美龄笑嘻嘻伸出手来说："韩将军大名如雷贯耳，真是幸会。"

韩复榘以前曾见过宋美龄，只是离得远了些，未曾说过话，也未曾看得清眼眉。如今一见面，不由地打心底里感叹：到底是'皇后娘娘'，果然与众不同。说不出的漂亮中带着说不出的高贵，说不出的庄重中带着说不出的随和，说不出的大方中又带着说不出的气势。韩复榘只觉得自己在这女人面前顿时矮下一头去，天不怕地不怕的主儿竟然不敢直视宋美龄笑眯眯的眼睛，急忙握了一握宋美龄的手，连声说："不敢，不敢。"

蒋介石对韩复榘道："向方兄里边请。"

四个一起进了楼，走过八角形小门厅，到了会客厅。边走，蒋介石边道："昨晚在行营未曾尽兴，觉得还有许多话要说，今日在这儿聚一聚，没有叫外人，正好畅快聊聊。"

韩复榘听了，心中又是一热，连声道谢。

公馆的会客厅很是讲究。地板全是拼镶木块，别有一种古色古香的味道。天花板则全是石膏吊顶，拼出的图案极为漂亮。客厅靠墙的去处，摆着极气派的沙发。一进客厅，蒋介石便将韩复榘向中间的座位让去，韩复榘死活不肯，临了，蒋介石只得拉着韩复榘一起坐了，宋美龄与宋子文都在韩复榘的下手落了座。

蒋介石把茶盏送到韩复榘的面前时，宋美龄道："蒋先生常常提起韩总指挥的。"接着，便将韩复榘打过的硬仗、立下的功劳数说了一番。宋夫人绝好口才，娓娓道来却又一片真诚，看不出丝毫矫情，让人听了打心底里舒服。韩复榘连声说："多谢夫人夸奖。"

蒋介石在旁叹了一声道："向方是常胜将军，当世的赵子龙，中正能与向方兄携手的话，定能做一番大事业的。不意今生失缘，很觉可惜呀。"

　　韩复榘只觉血呼地涌到头了，浑身热腾腾地，道："钧座之命，韩复榘无不服从。"

　　说着话儿，韩复榘提到刘峙送 10 万元钱的事儿，向蒋介石表示感谢。蒋介石挥挥手道："休要再说谢字，我只是看弟兄们辛苦，聊表一下心意，实在也算不了什么。"

　　韩复榘却被勾起伤心事来，叹了一声道："要不是钧座伸手帮这一把，日子怕是过不下去了，第二集团军已是几个月不关饷了。"

　　宋子文在旁露了惊讶的神色道："几个月不关饷？怎么能这样？"

　　"说起来脸红呀。第二集团军日子自来过得紧巴，就是我这当省主席的，每个月也只有 60 元。"说这话时，韩复榘耷拉了脑袋。

　　宋美龄也是同情地摇头道："北伐功臣，又是省主席，一个月才 60 元，真是难以置信。"说着，亲自过来给韩复榘续了茶。

　　"也不知冯先生……"韩复榘突然住了嘴，把后半句硬生生地咽了回去，只摇了摇头。

　　蒋介石已是看在了眼里，心中不由漾起笑意来，端起水杯喝了一口，不动声色地道："第一集团军也好，第二集团军也好，都是党国的军队，我做总司令的不能不管，以后向方兄有什么难处直接找我好了。

　　"多谢钧座。"

　　"北伐血战，有大功于党国，党国断不能辜负了的，不然我这做总司令的心也不安呀。"蒋介石略一沉吟，像是猛不丁想起来一样，道："我在上海有一座房子，还不错，就赠予向方兄了，权作对你革命功绩的酬劳。"

　　韩复榘听了先是一愣，接着便"噌"地站了起来，红着脸道："不敢不敢，复榘断断不敢领受。"

　　蒋介石却摆着手让他坐下，道："都是革命同志，这算得了什么？"

　　宋美龄轻声笑道："蒋先生这也是惺惺相惜，看你是位英雄才如此的。韩将军就不要客气了。"

　　宋子文道："蒋总司令是诚心诚意的。向方兄再推辞便见外了。"

　　韩复榘这才红着眼圈儿道："韩复榘真心感谢钧座。"

　　韩复榘自打从军，便紧随冯玉祥左右。靠着血战功劳，由司书生一路升了上来，成了西北军的高级将领。可官儿越做得大，心里却越发不畅快。冯玉祥管束得严，说打便打，说罚便罚，不留半点情面，就是韩复榘当了省主席，冯玉祥也没放开缰绳，他娶个小老婆要骂，喝盅酒要骂，甚至吸根纸烟也要骂，常常让他觉得脑袋插到了裤裆里，没脸见人。今日与这蒋总司令一比,更觉得一个天上一个地下。人家蒋总司令这才是会做人,会当官。

蒋介石却好似全不在意的样子,又与韩复榘谈起桂军的事儿来,说了一会儿,宋美龄便招呼吃饭,四个人起身向楼上走去,到了三楼的透空凉台。举目望去,满眼里树木葱茏,清风徐来,着实爽快。

凉台的桌子上已是摆好了酒菜,蒋介石道:"此处用餐,想是别有趣味。"

"极好极好。"韩复榘也是满口称赞。

这顿饭吃得有滋有味儿。宋美龄不住地给韩复榘夹菜,嘴里一口一个常胜将军叫着,韩复榘很是舒坦,禁不住放开量喝了不少,到了高兴处,竟有些手舞足蹈起来。用汤匙舀了一个丸子正要往嘴里送时,手一抖,掉到了桌子上,宋美龄正要拿了手帕去擦时,韩复榘却飞快地用手抓起来送进了嘴里。

宋美龄脸色一僵,眨眼间又换上了笑容,顺势给韩复榘面前的小碗里又夹了几个丸子。

韩复榘一派真诚,向着蒋介石拍着胸脯子道:"韩复榘虽说是个粗人,可生就的直肠子,还知道个好歹。往后钧座让我干啥,张嘴便是。"

"好好,与有肝胆人共事真是件快乐的事情。"

韩复榘又道:"在西北军里,二十四师师长石友三跟我是一根肠子,往后有啥事吩咐他去做就是,他要是敢说个不字,告诉我,我去拾掇这个舅子。"

宋子文与宋美龄听出这话不是味儿,不约而同地瞥了一眼蒋介石,却见蒋介石依然笑容满面,一派兴冲冲的模样,连连夸赞韩复榘真性情、有情义。

四个人越谈越高兴,天南地北聊得兴起,一直过了三个多钟头这饭局方才结束。韩复榘起身告辞,蒋介石露了几分不舍的神情,起身进了里屋,回来时手中捧着一个盒子,郑重地递给了韩复榘,道:"这是一套《三民主义》,一套《建国大纲》,赠予向方。"

韩复榘低头看到,这盒子极为精致古雅,盒盖上刻着《总理遗教》四个字,上款题着"向方将军存念",下款题的是"蒋中正敬赠"。

韩复榘双手接过,赶紧道谢。

蒋介石轻轻拍了拍那盒子,道:"此是我等革命的宝典,向方兄一定要细细研读,细细研读。"

韩复榘连声答应。

蒋介石与宋美龄、宋子文将韩复榘送到楼下,看着车子远去了方才转身回去。上楼时,蒋介石在前,宋家姐弟在后,就听宋子文悄声道:"韩复榘这人着实有意思。"接着,学着韩复榘吃饭时的样子,嘴巴"吧唧"了几声。

宋美龄掩了嘴轻声一笑。

宋子文笑道："那丸子……哈哈。"

宋美龄也"嘻嘻"地笑出声来。

蒋介石轻轻"咳"了一声，板着脸道："军旅之人，哪有许多讲究？切不可把韩复榘视为粗人，此人粗中有细，这样的人往往成事的。"走了几步，突然停了下来，对宋子文道，"你立刻筹措30万块钱，我要安排人到石友三那儿去一趟。"

宋子文与宋美龄一愣时，蒋介石已是径自走进了房间，两人跟了进去时，分明听到蒋介石"嘿嘿"笑了两声。

且说韩复榘从蒋介石那儿出来，便乘火车回了信阳。

到了信阳，见了李树春，韩复榘把去武汉的事儿说了一通，自是十分得意，临了指着那盒子道："老蒋还送我这一件宝贝。"

李树春打量着那盒子道："不错。"

"哈哈，我哪儿有空看什么三民主义四民主义，你要喜欢，拿去看吧。"

李树春谢过之后抱着盒子走了，只过了一袋烟工夫，却又抱着走了回来，进了门，小心地把盒子放到桌子上，道："总指挥，我寻思了一下，这书是总司令送给你的，不是寻常物件，我拿了去不合适，还是你留着看吧。"

说完便走了。韩复榘觉得有些不对劲儿，嘟囔道："这李树春神神道道的有啥事儿？"

走到桌子前，把盒子打开，取了上面那本《三民主义》，随手一翻，一张纸掉到了地上，弯腰拾了起来，一看：却是一张银行支票：金额200万元！

韩复榘顿时心中豁亮，站了半晌，猛地一敲那书，笑道："老蒋够意思！"

五、下野

再说第四集团军的几万人马，弃了武汉，急急惶惶向西逃去。

程汝怀带着他的五十军沿着长江西撤，走到监利时天黑透了，便宿了营。正要吃饭，团长张亚一到了。张亚一与程汝怀是干亲，又是保定军校的同学，在五十军里同事多年，自是亲近，正好赶上饭点儿，也不客气，坐下便吃。三杯酒下肚，便有些醉意上来。

说到丢了武汉这事儿，张亚一额上的青筋跳了起来，拍着桌子骂道："第四集团军弄成了这个样子，陶钧他娘的脱不了干系！"

程汝怀只是闷着头一杯接一杯地喝酒。

张亚一咬着牙道："弟兄们骂翻天了，恨不得活剥了姓陶的。"

程汝怀一脸阴云，嘟囔道："看来军心不稳呀！"

"稳？"张亚一红涨着脸道，"武汉丢了，又让人家撵得跟兔子似的，怎么会稳？仗都打起来了，还不关饷，怎么会稳？我那个团已是有 30 多个兵溜了号了。"

程汝怀长长地叹口气，握了拳重重地捶了一下桌子。

张亚一往四周瞄了一眼，伸过脖子低声道："老兄，跟你说句掏心窝子的话，到了这时候，咱可不能一棵树上吊死，得另寻出路。"

"什么出路？"

"我联络几团人，把陶钧掀了，拥戴你当头儿，如何？"

程汝怀一听，顿时变了脸色，把举到嘴边的酒杯往桌上猛地一顿，"呼"地站起来，指着张亚一的鼻子喝道："快闭上你这破嘴！如今正在节骨眼上，你再到处说这没牙的话，传扬出去，不是扰乱军心吗？到时我不杀你，陶钧也饶不过你去！"

猛听程汝怀这么一吼，张亚一跳了起来，右手不自觉地摸向腰间的家伙，却见程汝怀吆喝完后又坐了下来，方"哈哈"一笑道："又没外人，自家人随便说说，不干拉倒，急的什么眼！"说罢，转身摇摇晃晃地走了。

程汝怀一个人坐在那儿半晌没挪窝，心中却像揣个兔子，扑腾个不住。眼下人心都散了，说不准什么时候一声吆喝，便掀了屋脊拆了灶。只有赶紧到达沙市，才会安稳下来。想到这儿，立马叫来参谋长，传下令去：明日天亮前便集合，急行军赶往沙市。

第二天，天还黑着，队伍便集合起来，按了行军次序向沙市开拔。走了一顿饭工夫，却发现张亚一那个团没跟上来，程汝怀暗叫不好，正要打发人去探听究竟，有人送来一封信，程汝怀打开一看，正是张亚一写的，里边只有四句话：

> 兄弟情在，性命攸关。
> 大路朝天，各走半边。

程汝怀顿时头发直竖起来，连忙询问那个送信来的兵，方知道张亚一带着他那个团的人马掉头向后，回武汉投蒋去了。

程汝怀又急又气，可又没有办法，只得催促各部脚下加劲儿，快快前进。

其实，五十军上下早已慌张起来，不待催促已跑得兔子一般。

胡宗铎这时已到了沙市，进了军部，屁股刚挨着椅子，便得了程汝怀的一个团投敌的消息，胡宗铎脸色顿时青了，怒骂一声，手中水杯往地上用力一摔，"当"地一下，瓷片儿四溅。李明瑞他们说到底是广西人，跟自己心眼子隔着肚皮，他们投蒋倒还罢了。可五十军全是湖北人，军官也都是自己信得过的，这时竟也翻脸叛变，着实让人着恼。

胡宗铎一阵心焦，担心这事儿开了头，其他人也跟着学样，那便真成了拉肚子解不开裤腰，没法收拾了。越想越怕，一时间六神无主，只是狠狠地拍得大腿"啪啪"直响。

这时，陶钧到了，胡宗铎一看他那神情闪闪烁烁的模样，心里又是"咯噔"一下，估摸又出什么事了。

陶钧一屁股坐了，却垂了脑袋不说话，胡宗铎忍不住，便道："有啥事脆快说！什么时候变成了娘们儿？"

陶钧仍是吭哧了半天，才说："嗯……孔文轩来了。"

胡宗铎一卜瞪圆了眼睛，吼了起来："孔庚来干什么？是不是老蒋派他来劝降的？"

孔庚也是湖北人，曾做过晋西镇守使、讨逆军军长、讨贼鄂军总司令，反过袁世凯，讨伐过曹锟，打过陈炯明，在湖北地界名头也很响亮。眼下，他正在蒋介石那儿做事。胡宗铎咬得牙巴骨"咯咯"直响。这老蒋真好手段，像是算好了似的，一招接着一招，招招直奔自己的心口窝，逼得自己手忙脚乱，却什么劲儿也使不出来。

陶钧躲开胡宗铎的目光，嗫嚅道："谈谈又何妨。"

"谈个鸟！"胡宗铎猛地拔出手枪，往桌上"咣"地一拍，道，"杀！"

陶钧吓了一跳，摆着手道："两国相争不斩来使。不想见他，轰走便是，杀了便绝了后路了。再说，跟他谈上一谈，免得老蒋压迫太甚，也是个缓兵之计。"

胡宗铎听陶钧这样说，也觉有些道理，便不再说这事儿，话儿拐了弯道："陶子钦你不可糊涂，手握重兵，不战而降，军人的脸往那儿撂？等各部来到荆州、沙市，把团长以上军官召集起来，给大伙儿提提神，老子要跟老蒋结结实实干上一场！"

会，在沙市中学里开起来。

到会的军官要么像惊了枪的兔子，心神不定；要么如经了霜的茄子，蔫蔫地没了精神。就是夏威与程汝怀几个，也是一副垂头丧气模样。

胡宗铎倒像缓过魂儿来，嗓门儿亮了许多，对着众人道："诸位不要因为我们失了武汉，就像死了老子娘，就怕了老蒋，谁输谁赢现在还难说！我们手里还有十八军、十九军、五十军，十二军还有一个旅，第七军有四个团，五十六军有两个旅，人马算来也还不少，只要挺起腰杆子来，定能跟老蒋走上几个回合！"

一屋子人没一个应声的，却有几声叹息从人丛里传出来。

胡宗铎仍在兴头上，依旧高声道："我已计划妥当，组织第四集团军行营，本人任主任，就在荆、沙一带布置阵地，与中央军决一死战。先挫其凶锋，然后相机转到宜昌，寻找机会打回武汉去。"

众人还是闷头不响。

胡宗铎顿时恼了起来，一拍桌子，点划着众人骂道："都他妈的聋了还是哑了？老蒋到眼皮底下了，还没睡醒呀？我看让老蒋把你们全捉去毙了才好！"

夏威牙疼似的"咝咝"抽了几口气道："胡督办说的是，我们是得给老蒋点颜色瞧瞧。可是……眼下军心不稳，士气不足，且荆、沙一带地势平坦，无险可凭，极不利持久，似乎……"

黎行恕道："南岸张发奎部已迫近公安，万一荆、沙一战不胜，旷日持久地对峙起来，让敌人抢先到了宜昌，截断了我军后路，那时我们便进退不得，后果不堪设想。"

程汝怀也道："夏军长与黎参谋长皆言之有理。还有一样也不能不管，这便是我们这五六万人的肚子怎么填饱？荆、沙一带历来便种棉的多，种粮的少，又加上去年天旱，粮食欠收，老百姓自己还不够吃，哪有多余的粮食养活我们？"

陶钧这时也抬起头来，少气无力地道："在这儿打仗的确不太适宜，要真困在了这里，那我们只能伸着脖子等死了。"

众人七嘴八舌吵吵起来，竟没一个要打的。

胡宗铎适才还浑身是劲儿，这时却泄了气，一屁股坐了下去，有些不耐烦地说："不能打，那下一步怎么办？哪个有高招？说出来！"

夏威道："我看咱们还是从湘西绕道退到广西去。德公与健公都有电报来，也是这个意思。"

"不行！"胡宗铎与陶钧竟是异口同声地说，接着两个人这个一句那个一句摆了许多理由：广西穷，无法养活这些人马；往广西退，何健要是半途截击，便没法应付，等等。夏威分明听出两人舌头后边还有意思，那便是一到广西，湖北的部队便成了客军，他们不想去那儿当小婆子。

"要不咱们退到四川去？"不知哪个冒出这么一句。话音刚落众人便吵吵起来。有的说湖北官兵肯定不愿远离家乡；有的说入川山高路远，跋涉艰难，难保官兵不中途逃散；还有的说四川如今也是个烂摊子，正打得鸡飞狗跳的，去那儿也是给人卖命当枪使。

程汝怀道："要不到施南去？那儿地势险要，易守难攻。躲进去老蒋也无计可施。"

胡宗铎冷笑一声："计倒是好计，可那个地方穷得兔子也不拉屎，这几万人进去，把脖子扎起来？要是老蒋把山口一封，不用他打，饿也饿死我们。"

众人又闷了缸。

过了一会儿，吴良琛团长起身道："我看眼下还有一件事顶要紧，便是先把这几个月的军饷发了。临阵前发饷，自古以来的规矩。要不说不服弟兄们，这仗还怎么打？"

吴良琛这一起头儿，几个旅团长也一片声叫嚷起来，嗓门儿都是一个动静：发饷！

突然，"咣"地一声响，接着就听一人大叫一声："给我闭上鸟嘴！"

却是陶钧跳了起来，阔着嗓门骂道："你们这些王八蛋站着说话不腰疼，到了这个时候，从哪儿弄钱发饷？是去偷还是去抢？不打败老蒋，别说他妈的军饷，连脑袋也没了！还知道死活吗！"

吴良琛却梗着脖子道："没饷怎么让弟兄们拼命？"

"先要命还是先要饷？"陶钧吼道。

"弟兄们提着脑袋上阵为的啥？到底哪个站着说话不腰疼！"

陶钧往日里说一不二，就连胡宗铎也要让他三分，如今一个小小的团长竟然也挺着胸脯跟他唱起了对台戏，直气得头上冒出青烟来。陶钧知道，以前从没欠过饷，这些人也都捞了不少，腰包皆是鼓鼓的，眼下他们这般闹，实是要再捞一把，好给自己找条后路。军官们心里想的却是，胡宗铎与陶钧肥得流油，寻常扒拉的不说，全军三个月的饷也都在他们手里攥着，往后说不定什么结局，这时不从这两个猴子嘴巴里抠出几个枣核子来，往后便难上加难了。

陶钧把桌子一拍，大声喝道："老子他妈没钱拿什么发饷？都给我滚了出去！"

吴良琛再不搭话，抬腿便走。其他人愣了片刻，也都起身去了。屋里只剩下了胡宗铎跟陶钧两个，陶钧又恨又恼，还有点儿怕，咬牙切齿地对胡宗铎说道："这他妈的是想造反呀。要是从前，我非得'突突'几个不可。"

胡宗铎垂着头一声没吭，他明白，手下这些弟兄已是过惯了花天酒地的生活，哪个还肯像从前一样舍了性命上前拼杀呀。大势已去，要是硬着头皮干下去，只怕没什么好结果。叹了半天气，突然问："孔庚怎么说？"

陶钧一听，知道胡宗铎心眼儿活动了，便直起身子道："孔文轩有两个意思：一是让咱们几个离开军队，他们保证不追究咱们的既往，出国或在国内任由咱们选，出国，给咱们一人五万的花销。二是保证咱们的军队不遣散，不改编。——说来老蒋倒还仗义。"

"噢。"

陶钧又试着说："这些条件还没有抽咱们骨头、喝咱们血的意思，可以考虑的。你想，咱们下了野，可军队还在，等过了这风头，事儿平息下来，咱们还能再回来。"

胡宗铎皱着眉头，道："只是第四集团军落个这样的结局，实在不甘心。"

"那你看咱们如今干得过蒋介石吗？"

一听这话，胡宗铎顿时便觉矮了半截。自打与蒋介石撕破脸皮，便步步落在下风，只觉还没拉开架势，便被他连连点中穴道，自己浑身的力气使不出半点来。往日与李宗仁、白崇禧提到蒋介石，全都歪嘴巴。特别是白崇禧，总是笑话蒋介石不会打仗、不懂指挥，只是个排长的料，今日却是真真地领教了人家的厉害。久经战阵的第四集团军，20来万人马，还未展开手脚，便弄了个丢盔弃甲、屁滚尿流，毫无还手之力！

陶钧又道："今予兄，留得青山在，不怕没柴烧。韩信当年不是也钻过裤裆吗？"

过了半晌，胡宗铎才又开口道："子钦，军饷，我们是不是发些下去，不然这局面怕……"

"不发，一文也不发！"陶钧截断了胡宗铎的话头，道，"如今局面不好，要是他们手里有了钱，便更不肯拼命了。"

胡宗铎刚要说话，就听得不远处一声枪响，呼吸间便响成了一片，顿时吓了一跳，几步到了门口，高声叫道："哪里打枪？哪里打枪？"

陶钧却在后边低声道："在城里。"

胡宗铎的心一下子提到了嗓子眼里，敌人怎么突然便到了城里？这还了得！厉声吩咐副官马上出去察看情况，一边命令卫队做好战斗准备。

过了半晌，胡宗铎突然开口道："你再去跟孔文轩谈谈。"

"你是什么意思？"

"先谈！"

这时，副官跑了进来，报告说，适才是自己人打了起来。

原来，十八军的两个连长到妓院喝花酒，为了争一个女人翻了脸，两人掀了桌子，招呼起手下打了起来，死了三个弟兄。

"乱了套了，这怎么……"胡宗铎还没说完，陶钧已是脸色铁青叫了起来："他妈的，这些东西真的活够了。传令，把那两个连长立即给老子毙了。"

两个人这才松了口气，都觉得抽了骨头一般，浑身发软。

就这么着，第四集团军在荆州与沙市一带蹲了下来。暗里给蒋介石去了电报，表示可以会商，请他命令前方部队停止追击。他们心存了侥幸：船儿在海上遇了台风，咬咬牙撑过去，缓过劲儿来，便风平浪静了。

可没多久，风便刮了个天昏地暗，浪也翻了个汹涌滔天。

夏威到荆门找到了尹承钢、李朝芳他们，本想把旧部重新收拢到麾下，可第七军的弟兄却不再认他这个军长，夏威碰了一鼻子灰，灰溜溜地回了沙市。胡宗铎和陶钧等几个军的官兵，则全成了没窝的蜂，有的拖枪跑得没了影儿，有的打家劫舍，做起了土匪的勾当。当官的却更加逍遥起来。喝的喝、嫖的嫖、赌的赌，一时间，把个荆州、沙市弄得乌烟瘴气、鸡飞狗跳。

这边闹得不可开交，那边中央军的毛炳文、张发奎、赵观涛等七八个师，却围了上来，前锋已到了荆、沙外围，那架势，一看便是要将第四集团军一网兜住。

胡宗铎急了，连忙把团长以上的军官召集起来，商议办法。这次众人一个个嘴巴都上了锁，好歹就是不开口，就连陶钧也丢了魂似地一言不发。闷了半晌，程汝怀才开口说了个办法：沿长江两岸西撤，一部撤至恩施，主力撤至川、黔、湘、鄂边区，待机再反攻武汉。

胡宗铎道："我看也只有这条道可走了，你们看怎么样？"

连问了几遍，没一个人应声。

胡宗铎有些尴尬，"咳"了两声，道："既然你们不说话，那我便下命令了，就按程军长的意思办。五十军在荆、沙一带掩护，十八军乘船过南岸到宜都，第十九军徒步从北岸到当阳，其他各军跟着，到了那儿再齐头西进。明晨行动。散了！"

说完，自己先起身走了，众人随后也都散去。

第二天，天刚蒙蒙亮，大军便各自起行，自是一片混乱。胡宗铎随着头一拨先走了，陶钧打算吃过了早饭再动身。谁知刚举起筷子，便听到外边一阵吵嚷。刚要问时，副官跑了进来，脸上满是惊慌神色，报告说：十九军百十号兵，把司令部大门堵上了，一片声讨要军饷，还吆喝着要陶钧亲自出来说话。

陶钧在湖北有"屠夫"之称，是个杀人不眨眼的角色。听了这话，一下把桌子掀了个四脚朝天，厉声命令卫队团长郭储集，立马到门口把那些闹事的兵赶开，陶钧吼道："他妈的还反了他们不成？让他们滚远远的，不听就拿机关枪'突突'！"

郭储集领了命令，带着一队卫兵跑到了大门口，果然见百十号兵正在大门口指手画脚、乱叫乱骂，便上前去，刚黑起脸呵斥了几句，"砰"地一声，不知哪个打过一枪，正中郭储集，郭储集怪叫一声，捂着肚子踉跄几步，仰面倒在地上。那些卫兵一时慌了，举枪便打，当即将闹事的兵打倒了几个，其余的一哄跑散了。

陶钧脸都灰了，正在手足无措，副官又进来报告说：十九军的两个团长吴良琛与孙希之，带着本团人马向西去了，不用说便是回武汉投蒋去了。

陶钧听了，只觉得天旋地转起来。

还没缓过神，另一个副官又跑进屋来，进门时门坎一绊，打个趔趄差点跌倒在陶钧面前，站在那儿喘了几口方才倒过气来，黄着脸报告：驻宜昌的张义纯五十六军那边出事了，副军长刘和鼎夺了张义纯的权，宣布五十六军向中央投诚。

陶钧觉得浑身的骨头都软了，腿肚子也哆嗦起来，呆呆地想了半天，一跺脚下了决心：停止西撤！如今军队已是维持不住，要是再往西去，路上说不准会出什么事儿，弄不好自己便丢了性命！

陶钧立马打发副官将孔庚叫了来，两个人脸对脸商议了半晌。临了，陶钧一咬牙，径自下令，全军停止西进。又以胡宗铎、陶钧、夏威的名义发了下野通电。

几个军的官兵听到这个消息，本来就已不多的心气儿顿时便散个净光，原地停了下来，将武器归拢到一块儿，只等中央前来收编。

夏威与胡宗铎掉头回了沙市，见了陶钧，埋怨了几句，却也无可奈何。他们都看得清清楚楚，到了这一步，已是没路可走了。

这日，一艘军舰靠向了荆州码头，早已等在那儿的几个人急匆匆地走了上去。接着，军舰缓缓地向东开去。

此时，江流无声，夕阳西下，滚滚长江被晚霞染得一片金黄。

上船的正是胡宗铎与陶钧、夏威几个。他们答应了蒋介石的条件，把手里的军队交了出去，每人接了5万元安置费，按着与孔庚谈妥的办法，由蒋介石派军舰到荆州接他们去上海，然后再转船到香港做寓公。

几个人急匆匆地上了军舰，扭头向着岸上望去，偌大的荆州城已是变得影影绰绰，朦朦胧胧。

夏威突然停了下来，伸手指向胡宗铎大声道："你，胡宗铎，湖北省清乡督办，十九军军长……"又一指陶钧道，"你，陶钧，湖北省清乡会办，十八军军长……"然后，指着自己的鼻子道："我，夏威，第七军军长……"说到这儿，竟是哽咽起来，道，"咳……我们几个就这么把第四集团军……"再也说不下去，转身径自进了仓里，再也没有露面。

陶钧抱着脑袋，圪蹴在甲板上，只有胡宗铎走到船边，扶着船舷，呆呆地望着渐渐远了的荆州叹气。过了半晌，他把手缓缓地伸向腰间，缓缓抽出了一个物件，托在手里看了一看，又颠了一颠。嘴里咕噜一声，一抬手，用力向着远处扔了出去。

那物件飞出一道弧线，落进水里，隐约传过"咕咚"一声响。

那物件，正是胡宗铎用了多年的勃朗宁手枪。

六、还要打

春风丝丝缕缕，吹皱了东湖无边无际的春水。树木葱郁，将起伏绵延的山峰染得碧绿，看去像一面绿色的屏风。

前后几十名卫兵随着，蒋介石骑一匹枣红马，何应钦跨一匹白马，两个并肩沿了东湖岸边的道路，一边缓辔而行，一边说着话儿。

"荆州、沙市那边怎么样了？"蒋介石问道。

何应钦道："胡宗铎、陶钧、夏威已离开荆、沙，转往上海去了，余部已答应投诚。"

"不。"蒋介石一挥手道，"不是投诚，而是乞降！"说出"乞降"两字时，蒋介石加重了语气，一字一顿。

"对，是乞降。"何应钦极有城府，心中明白，眼前的蒋总司令虽是不动声色，心中定是万分得意。

蒋介石道："嗯，可委程汝怀为鄂西编遣专员，将桂军第十八、第十九、第五十军编为四个整编师，分委李石樵、石毓灵、程汝怀、李宜煊为师长，其他军官各擢升一级。"

震之以威，诱之以利，正是枭雄手段。何应钦道："钧座如此举措极为妥当，桂军上下定会诚心服从，两湖大局即可稳定下来了。"

蒋介石没应声，却仰起头看向了天空。此时，头顶上的几片云朵儿，正悠悠飘过。蒋介石突然转了脸问："敬之，你可知武汉人常说的一个词儿'不服周'是什么意思吗？"

何应钦不知蒋介石怎地猛不丁说出这句话来，想了一想，道："倒是常听他们说'老子就是不服周'这样的话，想来大概是不甘心、不服气的意思吧？"

蒋介石没有回答，却又问道："你可知这词儿他们说了多久吗？"

何应钦正在沉吟时，蒋介石已是竖起两个指头一晃，道："两千多年。"

"噢，是吗？"这还是头一回听到，何应钦一时也来了兴致。

前边不远外，路旁有一棵一搂多粗的柳树，树旁有一块碾盘大小平展展的石头，蒋介石向着那儿略略歪了歪头，便下了马，走了过去。

何应钦也下马，两人在石头上坐了，蒋介石接着讲了起来："武汉古时隶属楚国。到商朝时，楚国已是南方数得着的大国了。周建国后，楚国与周室一直若即若离，还时常磕磕碰碰，可周室一直未有痛下决心对楚国用兵。楚国一天比一天强大，到最后竟与周室公开作起对来。周昭王时，率军讨伐楚国，谁知在汉水被楚王杀了个全军覆没，周昭王也落水淹死。自此之后，周室日渐衰落下去，楚国却跟周室分庭抗礼起来，也就是从那时起，楚国有了'不服周'这词儿。"

何应钦笑道："真不知还有这么一个典故。"正要顺着再说时，却听蒋介石又接上了前边的话题，道："此时当告诫我军各部官兵，不可对桂军掉以轻心，一定要严加监视。"

"是。"何应钦嘴上答应着，心里却是转了几转，蒋总司令今天说话东一榔头西一棒槌，好生奇怪，适才这番话到底意指湘人桀骜难制，要对他们保持警惕，还是不可错过时机，防着他们东山再起？正在想呢，蒋介石却又突然问起另一件事来。

"桂系第七军尹承纲、李朝芳部怎么样了？"

"已是派人前去接洽了，尹承纲答应接受中央改编，拟将该部编为第九师，由尹承纲任师长，李朝芳任副师长。"

"可。"蒋介石道，"命令各路追击部队，继续加速前进，务要合围鄂西，不可迟误松懈。方鼎英部暂驻原地，待桂军调遣完毕再作移动；谭道源部由宜都至巴东一带择要配备警戒，并与海军陈司令切实联络，以防疏虞。刘湘部唐式遵师已占领巴东，亦须联络，与其分配警戒任务。"

"是，桂军各部心存侥幸者怕不在少数，如此部署，便确保万无一失了。"

"命令刘峙督促鄂西桂军各部移防，不得延缓。如届期不移，则以违抗命令论处！"

"桂军首脑已去，又在大军合围之下，只有老实听话一途。"

"如今湖北之事已成次要，我等的目光当转向……"说这话时，蒋介石向着南边看去。那边山是青山，水是绿水，一幅绝好图画。

何应钦明白，蒋介石的目光已是越过眼前的山水，落向了广西。

看来蒋介石是拿定主意要一气端了李白的老窝，将桂系连根拔除。何应钦道："李宗仁与白崇禧已潜回广西，料想他们不会安分的。眼下，广西还有黄绍竑之第十五军，共三师人马。"

蒋介石从鼻子里微微"哼"了一声道："桂系已成强弩之末，强与中央对抗，只能自取灭亡。发给黄绍竑的电报有回音了吗？"

何应钦知道，蒋介石问的是命黄绍竑催促李宗仁、白崇禧从速离桂出洋的那个电报，便道："刚刚来了回电。"

"怎么说的？"

"黄绍竑说了四点：一、立刻恢复李济深的自由；二、撤销对李宗仁、白崇禧、李济深的查办案；三、给李宗仁、白崇禧出洋考察的名义与经费；四、广西部队的编遣，由他全权处理。"

蒋介石嘴角露出一丝冷笑，道："桂系已近崩溃，还跟中央讨价还价，猖狂至极，可悲可笑！给黄绍竑回电：让他将李宗仁、白崇禧拿解来京！"

"黄绍竑肯定不会答应。"

"那便打。"

蒋介石起身往前缓缓走了几步，背着手，微微地岔开双腿，在湖边站定，定定地看了起来。此时，近处无边的湖水荡漾开来，远处连绵的青山伸展出去，蒋介石并不雄壮高大的身影，在这山水的衬托下，倒透着一种说不出的气势和掩不住的杀气。

突然，蒋介石转过身来，说道："立即发布任命，任俞作柏为广西省主席，李明瑞为广西编遣特派员，杨腾辉为副特派员，命他们准备带兵回广西。"

何应钦心里叫好，以桂军打桂军，最为得力有效，且最宜善后，此招着实不错，便道："我速速准备，安排他们从水路进兵。"

蒋介石又缓缓地走了回来，在石头上坐了，道："冯焕章眼下有什么动作？"

"前日，他打发人来，拐弯抹角提出两湖管辖与行政院院长的事儿。"

蒋介石知道冯玉祥是让他兑现开战前许下的事儿，"嗤"了一声，道："我看冯焕章比阎伯川还会打算盘。"

"得防备冯焕章用强争夺两湖。"

蒋介石立马道："速将武汉原有临时阵地构筑成最后防线，武胜关一线阵地亦须构筑防御工事。刘峙部宜固守孝感、应山之线，暂取待机之势，不宜到花园以北。"

"如此甚好。"何应钦道，"可令第五路唐生智部移驻济宁，方振武部移驻徐州，刘镇华及晋军集中石家庄、顺德。并令武长路之钢甲车速来津浦路候用，襄樊各路汽车速集中花园。"

"好。"

"我回去便办。"

"务须记着，眼下桂系尚未解决，如另树一敌，似不相宜，故应先征桂，而对其余，应至和缓，故唐生智、何成浚各部移运，务须保持秘密，并不可逾石家庄以南一步，军略和政略当求一致。"

何应钦连连点头。

蒋介石又站了起来，右手持着马鞭在左手心里轻轻拍了几下，道："近日我便启程回京，湖北之事全仗敬之料理。"

"钧座但请放心，应钦一定尽力。"

"如今大局已定，又有敬之在此坐镇，指挥一切，我很放心。不过还是要再提醒你一句：对桂军归顺各部务要特别留心……！"

"是。"

"一旦有异常情况，你可全权处理，当机立断，勿须再作请示。"

蒋介石定定地看了何应钦一眼，然后转身几步到了马前，认镫上马，加了一鞭，那马撩开四蹄直跑起来。转眼间，便已跑出老远，何应钦与卫兵急忙上马跟了上去。

立时，马蹄声"得得"响成一片，踏碎了东湖的幽静。

广西容县珊萃村东头，有一座宅子与众不同。这儿前有护院，后有炮楼，中间却是一座三层的砖瓦楼，显得平实古朴，这便是广西省主席、第十五军军长黄绍竑的老宅了。

院当中，桂系的三巨头李宗仁、黄绍竑、白崇禧围坐在一张小方桌边，边喝着酒边说着话。

李宗仁从上海逃到了香港，费了许多周折，前几日方潜回广西。白崇禧则是先逃到日本，又从日本到了香港，然后才辗转回了广西。三人悄悄在梧州见了面，自是又是悲愤，又是羞愧。

三年前，黄绍竑带十五军坐镇广西，李宗仁与白崇禧率第七军两万多子弟出师北伐。三年里，从广西一直打到北平，打出个二三十万人的第四集团军，打出了几个省的地盘，也打出了新桂系的赫赫威名。没想到只一个来月的工夫，竟输了个净光，两手空空地跑回来。不但地盘丢了，就连带出去的第七军也没带回来，这让一向心高气傲的李宗仁与白崇禧着实觉得窝囊沮丧。

到了梧州，李宗仁、白崇禧便关起门来，没了动静，既不会客，也不露面，只由黄绍竑出头，与中央电报往来，办起了交涉。

这日，三个人轻车简从，悄悄到了珊瑭村，打算在这山清水秀的去处住上几日。一方面存了不招人耳目的意思，另一方面也是为了静下心来商议往后的行止。

几杯酒下肚，黄绍竑与李宗仁的话便多了起来，只有白崇禧闷声不响。

白崇禧不喝酒，只伸了两个指头，捏着茶杯沿儿缓缓地转圈儿，全没了往日的飞扬神采。李宗仁猜这"小诸葛"因了北平与武汉的失败，丢了第四集团军，伤了脸面伤了心，心里不痛快。黄绍竑却担心眼睛向来长在额头上的白崇禧跌了这个大跟头，折了往日的胆气，便对李宗仁使个眼色，道："健生，你可知当年我们在模范营当连长时，我最佩服你的是什么？"

白崇禧嘴角挤出一丝笑来，没接话茬儿。

黄绍竑挑起大拇指，自问自答道："便是左江杀土匪那事儿，真个是胆如斗大。"

李宗仁也道："是呀，这事当年在广西地界可说是无人不知。"

这两人说的是民国五年时的事儿。那时，白崇禧与黄绍竑都在广西陆军第一师模范营里当连长。

当时广西是两广巡阅使陆荣廷的天下，全省穷得丁当响不说，还遍地是匪。全因陆荣廷出身绿林，历来主张对土匪"招抚"，使得不少人卖了耕牛，置办刀枪，上山当起土匪来。官兵一来剿，他们便丢了枪受招安。官兵前脚一走，他们后脚又拣起刀枪，重新干起打家劫舍的勾当。广西真个成了无处无山，无山无洞，无洞无匪的去处。

白崇禧随模范营到左江一带剿匪，他提出主张：改"抚"为"剿"，对土匪要痛下杀手，将俘住的惯匪杀掉，来个斩草除根、杀一儆百。谁知惹得陆荣廷大怒，挨了一顿臭骂。一日，白崇禧将正在管训的80多名土匪召集起来，只说中秋将到，放假三天，让他们回家团圆，这些土匪自是又高兴又感激，直夸白连长仗义。趁着土匪回家的空当，白崇禧暗暗做了布置。三天过后，土匪们归队，白崇禧让他们到一所小学里集合，那些土匪全无防备，呼呼隆隆进了校门，却让白崇禧的兵把大门一关，埋伏在学校教室里的兵从窗户眼里一阵乱枪，将这80多名土匪全都打死。当时众人着实吓得不轻，都道陆大帅定饶不过这个先斩后奏、胆大包天的白崇禧，可白崇禧却无事一般，言称要杀要刮随便处置。谁知陆荣廷见人已是杀了，也没过分处罚，只是骂了一顿，事儿便过去了。就因为这事儿，整个广西对土匪也由"抚"变成了"剿"，纷纷大开杀戒，全省一时安稳了许多，白崇禧的大名也传扬开来。

黄绍竑感叹一声，对李宗仁道："我也算是个天不怕地不怕的角色，可当时见了横七竖八的尸首，血淌了一地，心里也是扑腾乱跳，汗毛都直竖起来。那时我就断定，白健生往后定成大事。"

李宗仁道："那时健生也不过二十五六岁吧，已是露了英雄本色了。"

黄绍竑与李宗仁都笑了起来。

往日里白崇禧提起这事总是有些得意，这时脸上的笑纹却是一闪便不见了，道："德公，季宽兄，两位不要宽慰我，更不要以为白崇禧胆子吓破了，存心给我鼓劲儿。广西人从来就没服过输，也不知什么叫'怕'字的。"

黄绍竑连声叫好，心中赞叹：到底是白崇禧，机灵得像只没尾巴的猴子，自己的心思一下子便让他点破了。

李宗仁右手握了拳，在左掌里一拍，道："我说嘛，健生要是露了怯，那天下便没一个有胆气的了！"

黄绍竑与李宗仁又是一阵大笑。

白崇禧微微一笑，接着便露了沉思模样，道："我只是在想，蒋中正绝算不上会打仗，可咱们怎么竟会输到他的手里？到底输在了哪儿？"

黄绍竑道："健生不亏是参谋长。"

李宗仁沉吟了一下，道："这事儿在我脑子里也打过许多转了。若论战场上刀对刀枪对枪地干，我敢说蒋中正未必是我们的对手。可若论战场外的阴险诡诈，我们当然落在了下风。正如两人较量武艺，正人君子大多敌不过卑鄙小人。因为小人可以发暗器，使阴招，不择手段。"

黄绍竑道："有理，此一战我们不是败在战场上，而是败在战场外。蒋中正此人的确不可小觑，打仗他欠火候，可玩人手段却是高出一筹。"

白崇禧"哼"了一声，把杯子用力往桌上一顿。

这时，副官走了进来，递上一封电报。李宗仁接过去一看，脸色便是一变，一声没吭递给了黄绍竑。黄绍竑看罢，叫了起来："岂有此理，岂有此理！"白崇禧伸手拿了过去，看了一看，往桌上一扔，道："欺人太甚！"

原来，这封电报正是中央发给黄绍竑的命令，上面说的正是那日蒋介石与何应钦在东湖边上商量的意思：令黄绍竑将李宗仁、白崇禧拿解进京，听候查办；广西不准收容从武汉退回的部队；广西境内的部队缩编为一师一旅，剩余武器解缴中央；黄绍竑将以上三项办妥后，可任两广编遣区副主任。

黄绍竑道："如今那边已是摆了向广西合围过来的架势，看来老蒋是铁了心要将我们一举消灭了。"

李宗仁一声冷笑，道："那便打。"

黄绍竑也高了声道："反正我们的本钱也在前方输光了，索性来个孤注一掷，拼个痛快！"

李宗仁道："我们如今虽然只有三个师，防守广西确实有些吃力，但上下激于义愤，足堪一拼。"

这时，白崇禧突然抬起头来，道："我以为眼下不能守。"

"不守？"李宗仁有些意外。

"那要撤？"黄绍竑也是没想到。

"攻！"白崇禧一派果决的样子。

"攻？"李宗仁与黄绍竑不由同声问道。两人虽是早就了解白崇禧是个腰里掖把刀、便敢到老虎窝里转悠的主儿，可没想到如今手里拿根拨草棍儿，他也敢去戳老虎屁股。手里仅有三师人马，势单力薄，守还没有把握，却要挥军向强敌进攻，胆子也忒大了些。

白崇禧已是看出了两人的心思，从容道："曾文正公曾说过：'凡善弈者，棋危劫急之时，一面自救，一面破敌，往往因病成妍，转败为功。'眼下，我军正当危急之时，只有忘死一拼，方可争得转机。"

李宗仁问："你打算怎么攻？"

白崇禧道："攻广东，先解决李济棠！"

李宗仁与黄绍竑又是一愣。眼下只斗蒋介石还觉得十分吃力，再去招惹广东，这何止是拿根拨草棍儿就去戳老虎屁股，分明是连豹子的尾巴也要揪上一揪！天底下就没这白崇禧不敢想、不敢干的事儿！

李宗仁沉吟了一会，委婉道："老蒋已任陈济棠为广西编遣区主任，看来是想用他来牵扯我们。"

黄绍竑却摇了摇头直接道："对粤方，我们当尽力笼络，好全力抵挡老蒋。"

"不！"白崇禧道，"如不解决陈济棠，到时我们既要瞻前，又要顾后，展不开手脚。我们定要先发制人，挥师入粤，一举攻下广州，然后再全力进击老蒋。"

"此为孤注一掷。一旦攻粤不成，便要满盘皆输了。"黄绍竑道。

"确实如此，胜便扭转局面，输则一败涂地。"白崇禧断然道，"可眼下只有孤注一掷！"

黄绍竑熟知白崇禧的脾气，只要拿定主意刀架在脖子上也不回头，可对李宗仁倒很是尊重，便对李宗仁道："德邻兄，你什么主意？"

李宗仁凝神沉思了足足十几分钟，方猛地抬起头来道："就依健生的计策办！"

黄绍竑双手一拍慨然道："那就这么干！"

白崇禧显见不是一时冲动，也不是信口开河，早已在心里盘算好了的，这时接着道："咱们兵分两路，进攻广东。季宽指挥第一路，经肇庆、三水进击；我指挥第二路经怀集、四会向广州进击。德公你去香港，在那儿联络冯玉祥等各反蒋力量以为外援。"

"好！"李宗仁一拍大腿道。

"胜败在此一举。"黄绍竑也道。

李宗仁与黄绍竑人将杯子斟满，白崇禧也端起茶杯，三个站了起来，用力一碰，低低喊了一声"干！"仰头喝了下去。

七、鱼儿吞了钩线

1929年5月初，新桂系以第十五军三个师的兵力攻粤，由白崇禧任总指挥，下辖第一师师长黄旭初，第二师师长伍廷飏，第三师师长吕焕炎，由梧州取得怀集、广宁、四会直捣广州。

陈济棠听到桂军侵粤，即部署抵抗。在对桂军行动未十分了解之前，乃于北江下游左岸，沿三水到源潭一带进行布防，以保卫广州。

——骆凤翔 时任粤军第四军第二补充团团长

猛地坐了起来，看到窗外透进的亮光，方明白适才是做了一个梦。尹承纲长吐了一口气，尤自觉得心"嗵嗵"直跳，一摸，头上汗浸浸的。

这梦忒是骇人。

暗夜里，他一个人走在一座山上，这儿静得只有他喘气的声响。突然，四下里点点绿光闪闪烁烁，影影绰绰看出是一群狼的眼睛。怪的是，畜生们发出的动静，不是狼的嚎叫，却是"嘿嘿嘿"人一样的怪笑。他的汗毛直竖起来，拔腿便逃，可任他穿沟越涧，跑得如飞一般，可一停下，那群狼还是离他十步远近，依然是绿光闪烁，嘿嘿直笑……

他一下子吓醒过来。

"要出事。"尹承纲坐在床上呆了半晌，方才缓过神来，一拍大腿道。

李朝芳也住在这个房间里，听到动静醒了过来，迷迷糊糊问尹承纲怎么了。尹承纲便将梦里的事向他讲了一遍，李朝芳听了清醒过来，怔了一会儿，劝慰道："自打我们投了中央，不是都顺风顺水的嘛。"

李朝芳说的倒也不错。刚带着第七军剩下的一师弟兄投蒋时，上上下下都提溜着心放不下，生怕老蒋言而无信，用强把他们收拾了。可到现在，却一直风平浪静。这一师人马，反而编做了一个甲种师，番号为第九师。尹承纲做了师长，李朝芳做了副师长，其他官佐也各有升迁。中央来劳军的这个走那个来，说了许多好话，还犒劳了不少物资军饷。大伙儿这才都把心放到了肚子里，都道：第七军北伐时也是蒋介石指挥的部队，跟着他战场上拼过命的，打断骨头连着筋，蒋介石没忘这段情义。

尹成纲听了李朝芳的话，露了若有所思的神情道："但愿如此。"

两个人穿衣起床，尹承纲突然问道："程汝怀他们那边有什么消息？"

"日子过得也不错，我听他们私下传扬：老蒋要将他们编成两个军，让程汝怀与贺国光当军长。"

"噢。那倒不错。"

"对了，我还听说老蒋要召见他们，程汝怀与李石樵、石毓灵、李宜煊四个已动身去南京了。"

"去南京了？"尹承纲看了李朝芳一眼，脸上神情很是奇怪。

这时，门外有人喊报告，师部参谋陈勉吾走了进来，递上一封电报说："师座，蒋总司令来电，命师座到南京听训。"

尹承纲脸色顿时沉了下来，接过电报，挥了挥手让陈勉吾退了出去。

李朝芳有些慌张，道："正常兄，看来你那个梦还真是……"

尹承纲没有应声，只是将那封电报在手中掂了一掂，然后往床上一丢。

李朝芳道："这定是老蒋的阴谋，你不能上他的当！"

过了半晌，尹承纲叹了一声道："如今，老蒋已成了我们的上司，他的话就是命令。我们要是不从，便为抗命，人家真要收拾我们，正好送了借口。"

李朝芳想了想道："要是老蒋别有用心，你这一去不是羊入虎口吗？"

"不至于吧。"尹承纲像是宽慰自己一般低声说道，又在心里掂量了半天，明白如今已没有别的路可走，只有按蒋介石的命令做，临了，一拍膝盖，毅然决然道，"去南京。明天动身！"

"正常兄，我还是觉得去不得。你一走，九师群龙无首，一旦老蒋动手，怎么办？"

尹承纲一咬牙，道："我走之后，第九师由你全权负责。如有意外，你可做主采取任何行动，不必顾及我的安危。"

"正常兄……"李朝芳声嗓有些哽咽。

尹成纲挥挥手，道："是福是祸，由他去吧。"

第二天，尹承纲带着陈勉吾到了汉口，又从汉口上船，去往南京。一路上，尹承纲还是如往常一般模样，可陈勉吾却看出，老长官有些心神不定。几次点烟时，把火柴拿反了，用那火柴屁股一下接一下地擦个不停。

到了南京，就近找个旅店住下，便去联系参见蒋介石，却得知两天之后才能安排，尹承纲与陈勉吾自是无心出门溜达，只窝在屋里等着，到了第三天一早，尹承纲动身去见蒋介石。临走前，对着陈勉吾嘱咐道："我走之后，你不要离开这儿半步。要是天黑前我回来了，那便什么事也没有了。要是我回不来，你不要管我，立马给李副师长拍个电报，然后你自己想办法赶紧走。"

陈勉吾鼻子一酸，叫了声"师座"，再要说话时，尹承纲已转身走出门去。

到了那儿，尹承纲在副官引领下走向蒋介石的办公室。

尹承纲早就知道蒋介石接见人的规矩。除非党国元老或特别亲近之人，见面时，蒋介石都是安坐在写字桌后边，屁股也不抬的，点一下头便算打过招呼。晋见的人站在面前，他不冷不热地寻问几句读什么书、做什么事之类的话，再训勉几句，便算完事。尹承纲心下忐忑：自己也是这般便好，只怕要劈头盖脸挨一顿责骂，弄不好便不能体面地走出这门了。可到了这时，也只能硬着头皮随他去了。站在门口，尹承纲长出一口气，定了定神，走了进去。

进了门，却见蒋介石坐在沙发上，脸上满是笑容，先开口道："正常来了？"

尹承纲上前敬礼，报告，蒋介石却拍拍旁边的沙发，道："坐。"

尹承纲道："尹承纲不敢。"

蒋介石又笑道："坐吧。你我不是外人。不讲那些虚礼。"

这倒是实话。北伐时，蒋介石是国民革命军的总司令，尹承纲在第四集团里当师长，自然也在他的指挥之下，那时两人便相熟的。听蒋介石如此说，尹承纲稍稍松缓下来，谢过之后，在一旁的沙发上欠着身子坐了。

蒋介石倒像很有谈兴，仔细问了一番部队的情况，感叹道："第七军是有革命功劳的军队，没想到会走到这一步。"

"承纲有罪。"

"不。"蒋介石将茶杯往尹承纲面前挪了一挪,道,"罪在李德邻与白健生,与你等将士无干。你们对党国有功劳,党国不会忘记。往后,你们只要继续革命,党国还是倚重信任的。"

一番话,说得尹承纲浑身热乎乎的。

接着,蒋介石又讲了一番国家亟待统一,不容长久分裂,军人当服从中央的道理。尹承纲自是连声答应。蒋介石还吩咐尹承纲在京城多待些时日,好好看一看,散散心,休息休息,倒像是兄长关照小弟了。尹承纲松了口气,心放到了肚子里。

这时,蒋介石从茶几上拖过一张白纸来,一边在上面写着字一边道:"你带兵劳苦,送你两万元以作奖励。"

尹承纲连声推辞,蒋介石却似没有听到一般,将纸条递了过来,道:"带这张条子找副官领便是。"

尹承纲只得接了,蒋介石又像突然想起来一般问道:"正常是广西平乐人吧?"

"是。"

"噢,平乐是个好地方啊,山清水秀,我很喜欢。等革命成功了,我倒有心去那儿办个林场,着实不错。"

"党国哪能离得了钧座。"

又说了一会儿,尹承纲方才离开。回到住处,陈勉吾迎了上去,脸上满是惶急神色,连声问:"没什么事吧?"尹承纲"哈哈"一笑道:"庸人自扰了,庸人自扰了。"

将见蒋介石的情景说了一遍,尹承纲道:"好了,什么事也没有了,咱们放下心在南京玩上几天,然后启程回转。"

两个人在南京轻轻松松玩过四五天,方才动身回湖北。一路无事,可到了宜昌,一下火车,尹承纲便觉出有些不对劲儿,上了人力车便连声催着车夫快跑。离着他原先的司令部大门老远,看到大门上没一个哨兵。尹承纲心下便是一凉,进了大门,车没停稳,便跳了下来。四下一望,院中空无一人,汗毛一下子直竖起来。

陈勉吾高声喊了起来:"有人吗?"

喊了两声,楼里一个人冲了出来,几步到了跟前,叫道:"师座,你怎么才回来呀?"这人正是师部的副官黄广元。

尹承纲暗叫一声"坏了",刚要说话,陈勉吾已是一把抓住了黄广元的领子,叫道:"到底出了什么事?你他娘的快说!"

黄元广眼泪直流下来，道："咱们师……完了！"

尹承纲直觉得血一下子涌到了头上，耳边"嗡"地一声响，稳了稳神，问道："到底怎么回事？"

黄广元抹把泪，倒了口气，讲说起来。

原来，尹承纲刚刚去了南京，第九师便接到命令：开往荆州。全师立刻开拔，到了荆州，还没歇口气儿，却又接到了开往汉口的命令。汉口本是南边最为繁华的去处，又是原先待惯了的，因此，得了这个命令，九师上下都兴冲冲地。这日各部集中到了码头上，准备登船启行。物资人马都挤在码头上，一片乱腾。就在这时，却发现江南有部队行动的迹象，李朝芳急忙派人打探，得知张发奎的第四师已在对岸摆开了阵势。

李朝芳警觉起来，急忙命令后撤。九师猝不及防，顿时乱了起来，却又发现，朱绍良的第八师已从江北兜了上来。

第九师已被两个师围个结实，荆州码头成了绝地！

前临大江，后无退路。师长不在，三军无主。一师人马在这码头上挤成一堆，疏散不开，四周又无地利可凭。真个是上天无路，入地无门。第九师的官兵，虽是久经战阵，经的凶险着实不少，这时也都惊慌起来。

正在这时，张发奎手下的三个人悄悄到了，告诉李朝芳：冯玉祥那边有动静，广西那边也不安稳，老蒋为防备他们串通呼应，已是拿定主意解决九师，如今九师就是插上翅膀也飞不了了。这三人劝道：四军与七军一个来自广东，一个来自广西，两广自来号称大同乡，北伐时两军又曾并肩作战，自是比别人亲近一层，因此，张发奎师长让他们来给九师的弟兄指一条明路：将枪弹全都交给四师，四师则网开一面。

李朝芳在心中翻过去覆过来掂量许久。如今已是鱼入了网，鸟进了笼，也只有这一条路可走了，不然手下这近万弟兄只能白白送掉性命。一咬牙，一跺脚，下了命令：放弃抵抗，把武器送给张发奎，官兵各寻出路。

黄广元说着时，尹承纲眼前猛然出现了那日梦中的情景：闪闪烁烁绿荧荧的眼睛，嘿嘿嘿的怪笑，血红的舌头，锐利的牙齿，如影相随的狼群……

一下子全明白了。老蒋到底信不过九师，往日里蒋介石的多方慰劳，实是存了让九师丢掉警觉、好争得时间完成包围的心思。让自己到南京听训，自是调虎离山，使九师群龙无首。在荆州码头将九师围住，更是绝好手段。正当九师毫无防备，又毫无还手之力时，一网过去，兜个正着！这一计接一计，使得不动声色，却又环环紧扣，严丝合缝。到最后，任你抵死不服，任你天大本事，却连一丝挣扎的力气也没有。

说到最后，黄广元哭得像个女人一般上气不接下气，道："散伙那天，将武器归拢起来，咱们师的弟兄全都放声大哭，李副师长还昏倒了。"

尹承纲向来稳重，听了这话也按捺不住，在大门口迈了大步来回走起来，脸上的肉不停地颤抖，看去很是骇人。号称"钢军"的第七军，最后这一师人马竟是落了这般下场！尹承钢只觉得一阵阵撕心裂肺地疼。

走了一会儿，又猛地在台阶上坐了下去，呼呼喘了半天，才像缓过神来，尹承纲抬头问道："李朝芳呢？"

黄广元道："李副师长心灰意冷，说是再也不干带兵这营生了，回家种地去了。临走时，吩咐我留在这儿等着你，把事儿跟你交代明白。"

尹承纲又垂下了脑袋，过了半晌才又问道："程汝怀他们不知怎样了？"

"跟咱们一样，全着了老蒋的道儿。"黄广元道。

尹承纲重重地"嗨"了一声。

黄广元道："我与程汝怀的副官长刘润山是同学，这事儿是刘润山亲口对我说的。程汝怀与李石樵他们去南京见了蒋介石，老蒋对他们说了不少好话，赏了每人两万元。他们几个高高兴兴地回来，到了汉口，还高高兴兴地出席刘峙的接风宴会呢。却没想到，就在他们到南京见蒋介石的空当，何应钦与刘峙已将他们的队伍全部包围缴械。刘润山听到程汝怀回到汉口，便径直闯到宴会上，一把将程汝怀的酒杯夺了，只说程家老太太生了急病，拖着程汝怀便走。在路上，把队伍被缴械的事儿对程汝怀说了，程汝怀一听，当时便晕了过去。"

使的是一样的手段。尹承纲一阵难受，两手一摊，道："这么说，第四集团军全完了？"

黄广元抹着泪道："全完了。"

尹承纲"咳"了一声，呆呆地望着天空不动，足足有一顿饭的工夫，方缓缓站了起来，问黄广元："你们俩怎么打算？"

黄广元低了头道："我也不想在军界干了，我有个表哥在天津做买卖，我想投奔他去。"

尹承纲苦笑了一下。

黄广元与陈勉吾齐声问道："师座，你到哪儿去？"

尹承纲忽地想起，在南京时，蒋介石对他说：平乐是个好地方，山清水秀，他想革命成功之后到那儿办个林场。当时自己还以为是随口闲聊的，全没放在心上，现在一下子明白了，蒋介石的那番话，给他两万块，原来是打发他回老家去种树的意思。不禁又笑了一声，道："我要回家去种树了。"

黄广元却看出，尹承纲挤出的那笑，满是凄惨无奈，比哭还要难看。

陈勉吾说要跟着尹承纲走。尹承纲摇摇头道："年轻人还有大好前程，跟着我便毁了。还是各奔东西的好。"说到这儿，一阵心酸，又道，"要是有缘的话，兴许他日还能见得到。"

不等陈勉吾答话，尹承纲便指着一路上由陈勉吾提着的那个行李箱道："把那个箱子提过来。"

陈勉吾把箱子放到跟前，尹承纲向着箱子抬了抬下巴道："这里边有两万元钱，是咱们的蒋总司令给我的犒劳，你们随我一场不易，权当是我的一点心意，分了吧。"

黄广元与陈勉吾连声推辞。尹承纲不容分说，赌气似地亲手开了箱子，将钱丢到了他们的怀里。

两人知道再说也没用，只得把钱收了。尹承纲道："你们走吧，好自为之。"

陈勉吾与黄广元向着尹承纲敬了个军礼，哽咽着道："师长，我们走了。"

尹承纲转过身去，背朝着他们挥了挥手，陈勉吾与黄广元抹着泪去了。

偌大的院落里，只有尹承纲一个人站在大门口。

一时间只觉得浑身像抽了骨头一般无力，尹承纲坐倒在台阶上。抖抖地从口袋里掏出纸烟来，含了一根，可划火柴时，手却抖抖地几次都没划着，尹承纲一抬手，狠狠地将火柴摔到了地上，叼在嘴上的那根烟一下一下吃进了嘴里，用力地嚼了几下，"噗"地一声，向着天空吐去。

在台阶上呆呆坐了许久许久，突然，不远处响起了京胡声，接着便听有人唱道：

> 我好比哀哀长空雁，
> 我好比龙游在浅沙滩，
> 我好比鱼儿吞了钩线
> ……

正是《过昭关》中的一段二黄，那人唱得呜呜咽咽，凄凄惨惨。

尹承纲又是一阵心酸，眼泪无声地流了满腮，嘟哝道："完了！"

第八章　风起风又止

一、省主席挨了耳光

华山脚下的玉泉院，本是北宋道士陈抟的隐居修真之处。这儿山气霏霏，泉流淙淙，幽竹傍岩，很是祥和静幽，今日却突然间一派森严，围墙四周隔出三五步便戳着一个哨兵，俱各荷枪实弹，杀气腾腾。

一个大嗓门从玉泉院东头的一座屋里子直传出来。

"这个蒋中正真不是东西！一直把咱们当作眼中钉、肉中刺。这回灭了第四集团军，又朝着咱们来了！咱们第二集团军不是软柿子，由着他捏！"第二集团军总司令冯玉祥怒容满面，两道浓眉竖了起来，拍着案子，阔了嗓门吼道。

西北的主要军政官员大多到了，个个屏了呼吸正襟危坐。他们心中皆已有数，疮已恶发，如今到了挤脓的时候了。

北伐时，为了河北及平津地盘，冯玉祥与蒋介石便存了老大的过节。前头开编遣会，又着了蒋介石的暗锤，冯玉祥更是窝了一肚皮火。这次讨桂，蒋介石起先笑得脸上开花，拍得胸脯咚咚作响，满口答应把行政院院长给冯玉祥，把两湖交与第二集团军，可桂军一败下去，说的话便一风吹了。一而再、再而三地吃蒋介石的哑巴亏，冯玉祥肺都气炸了。

更有一样，近日得了情报，刘峙、何成浚已向着河南地界靠过来，阎锡山那边也有了动静，冯玉祥知道，蒋介石这时已是腾出手来，要收拾第二集团军了，便也横下心，要拉开架势，跟蒋介石见个高低。

今日便是召集手下，部署开战。

冯玉祥握了拳头，一播案子，道："我们要组织护党救国军，为党除奸，为国除害，讨伐蒋介石！"

开会的将领都是从战场上滚打出来的，一听这话便心里透亮。这仗说起来轻快，可要真打起来，那便是一场从没有过的大仗。双方怕有五六十万人上阵，要是阎锡山几个再掺和进来，估摸得有百万人上下。这么多人，就是齐了嗓子咳嗽一声，天下也要抖上几抖！更别说动起枪炮，那整个民国脱不了要打个地动山摇、风云变色。自己是带兵的，自然要出了火里再进水里，是好是歹、是死是活着实难料。

众人没一个做声，只觉得有些喘不过气来，一个个都把目光投到冯玉祥的身上。

冯玉祥大步走到墙上挂着的地图前，大手在图上从上往下一划，道："李宗仁这次败在蒋介石手里，全是战线过长的缘故，咱们不能再吃这个亏。咱们西北军如今从山东到河南，再到甘肃、陕西，头尾几千里，极易被蒋介石钻空子，弄得首尾不能相顾，因此，这回用兵，我们的战线不能太长。驻山东的孙良诚部要西撤河南，驻河南的李兴中二十师等部队，要撤进潼关来，这般逐次退到陕西。"说这话时，冯玉祥的手从地图的右边一顿一顿地挪向左边，最后在西北地界拍了两下，"等在陕西站稳了，聚起力来，排好阵势，咱们再出击！"说到这儿，冯玉祥的手猛地由左向着右下方向推了过去。

冯玉祥又回了案子前，脸上露出些得意神色，道："为何如此部署？这跟打架一样的道理，直伸两臂，便无法用力，要想打出力气，将对手击倒，只有先把拳头缩回来，再打出去！"冯玉祥曲起胳膊，握着拳头向前冲了两下。

然后，冯玉祥两只胳膊撑在案子上，从左到右向着众人扫了一眼，道："你们看这法子如何？"

屋里没人应声，却有不少人点头。

冯玉祥坐了下去，往椅背上一靠，道："大伙儿既然没有话说，那就……"

"冯先生，我有话说！"突然，一个大嗓门响了。

在西北军里，多年便有的规矩，大事小情，只要冯玉祥一张口，那便是板上钉钉，没一个敢多嘴多舌，说东道西。这时一听有人出头说话，大家都觉得很是意外，齐齐地转头向着说话的去处看去。

一个人缓缓站了起来，正是河南省主席韩复榘。

冯玉祥显然也是没想到，愣了一愣，翻起眼皮看了韩复榘一眼："你？"

韩复榘却是一派决绝神情，说道："冯先生，我觉得咱们不应丢掉山东、河南，更不应该撤回陕西。还未开战，就没了两个省，实在是好说不好听……"

冯玉祥脸色顿时沉了下来，伸手把面前的杯子往旁边横着一拨。用力猛了些，要不是鹿钟麟一把抓住，那杯子便翻了。冯玉祥冷冷地道："你说！"

韩复榘两眼看着前边，大声道："还有一样，西北地广人稀，近年又连遭大旱，老百姓还啃树皮呢，一下子去这么多兵，我们吃……"

冯玉祥一声冷笑，打断了韩复榘的话："西北再穷，也饿不死你韩复榘！"

韩复榘顿时被噎住了，"咳"了两声，又梗起脖子来说："我看老蒋也不敢打河南、山东，即便来了我们也不怕。不后撤，我们照样能打败他！"

旁边坐着的宋哲元眼瞅着冯玉祥眼中带出火星来，急忙伸手拉拉韩复榘的衣襟，低声道："向方坐下，听冯先生的。"

冯玉祥却斜着身子一指韩复榘，对宋哲元道："让他说，让韩主席说！"

韩复榘一咬牙，几步到了地图前，点划着说："我看这仗该这么打。我带十万人马，从河南沿平汉路进击武汉。孙良诚率兵十万，从山东沿津浦路直取浦口、南京。石友三率兵十万，沿铁路驻守郑州至徐州一线作为接应。宋哲元与刘郁芬部留守后方，监视阎锡山，如此……"

"小孩子见识！"冯玉祥又一次截断了韩复榘的话头，"你这叫管头不顾腚！这么干，你忖量过有多险吗？"

韩复榘马上接嘴硬邦邦地道："冯先生，自打十六混成旅起，咱遇的险只一遭两遭吗？不都是全凭提着脑袋死拼，才有了今天？如今我们手里握着几十万人马，有枪有炮，怎么倒怕起冒险来？连根敌人毛也没见着，就要撒丫子跑路？我……就是想不明白。"

这口气忒是噎人，众人听着也觉崩耳朵，心中嘀咕，这韩复榘今天是怎么啦？吃了枪药，还是吃了豹子胆？竟然挺着胸脯子跟总司令针尖对麦芒。这场面，在西北军里还是头一遭看到，众人一时都有些心惊肉跳。冯玉祥倒强咽了口气，道："韩复榘呀，你是只知其一，不知其二。从前我们没本钱，才不得不孤注一掷，如今有了几十万人马，怎么能说冒险就冒险？只有计策万全，十分稳妥之后才能行动，这道理你可懂得？"

"按我的计策行事要是不胜，我韩复榘甘愿挨枪毙！"

冯玉祥终于炸了，"咣"地一摔案子，打雷一般吼起来："韩复榘！这是几十万条性命，你知道吗？出了事，枪毙你有什么用？"

"那你们撤，我带二十师守洛阳，蒋介石来了，我跟他打！"

"你说什么？"冯玉祥额头上的青筋跳了起来。这分明是要抗命了，西北军三四十万人马，挨个数过去，哪个敢这样？就是有，也不该是韩复榘！他韩复榘一入伍，便做了自己的司书生，自己一直待他如子侄一般。韩复榘虽是个驴脾气，却从来没在自己面前炸过蹶子，如今竟敢蹬着鼻子上脸，当众跟自己打起擂台来。冯玉祥再也按捺不住，几步到了韩复榘面前，指着他的鼻子喝道："你再给我说一遍！"

"韩复榘愿带二十师在河南打蒋介石！"韩复榘梗着脖子高声道。

"啪"地一声脆响，冯玉祥一个耳光打了过去。

适才见韩复榘跟冯玉祥两个红头涨脸、噼里啪啦地吵吵，众人都不敢插嘴。猛听这一耳光打响，皆是吓了一跳。虽说平日里冯玉祥对手下大小军官从不客气，指着鼻子骂一顿，抡起军棍打几下都不是新鲜事儿，可在这样的军事会议上亲手打耳光还是头一遭。

一时间，屋子里静得丁点儿声响也没有。

韩复榘晃了一晃，又挺腰站直。满屋子的人都真真地听到他"呼呼"喘粗气的声响。

"给我滚出去！"冯玉祥向着门口一指。

韩复榘脸色铁青，钉在那儿不动。

"滚出去！滚出去！"冯玉祥连声吼道。

鹿钟麟和刘郁芬这时急忙站起身来，一个去拉韩复榘，一个去拦冯玉祥。韩复榘挣了几挣，突然甩开鹿钟麟的手，扭头大步走了出去。

冯玉祥的大嗓门在身后炸响："给我站到大门口去，摸着脑瓜子好生想想！"

韩复榘气冲冲出了玉泉院，在大门口的台阶上一屁股坐了下去。从口袋里抖抖地掏出烟来，又抖抖地点上一根，狠狠地吸了一口，一仰头，向着天空猛地喷了出去。

这才觉得，腮帮子一阵火辣辣地疼，吸了几口，觉得心口窝也一阵阵疼了起来。以往闹心的事儿一件接一件从心底的旮旯兄兄里跳了出来。

——刘郁芬做了省主席，宋哲元做了省主席，孙良诚做了省主席，就连没多少战功的石敬亭也做了省主席，就是没我韩复榘的份儿，刀头上舔血的营生一件少不了我，可吃肉的事却沾不上边儿。我他妈就是头拉磨的傻驴！

——后来好歹任我韩复榘做了个河南省主席，还没来得及笑出声儿来呢，却又把我的二十师师长给撸了。带了大半辈子兵的人手里没了枪杆子，分明便成了割了鸡巴的太监，还有什么折腾劲儿？

——就是这个劳什子省主席，我韩复榘也当得着实窝囊。花个仨俩的钱，也得冯玉祥亲自点头，动个把人，冯玉祥不开口也办不到。这哪儿是当省主席，分明就是个带钥匙的小老婆。

——自打跟着冯玉祥，日子过得清汤淡水。就是做了省主席，依然像叫花子一般。每月几十块的薪水，还不够塞塞牙缝的。想过滋润日子，那便成了冯玉祥的冤家对头。我韩复榘孬好一个省主席，娶个妾，竟让老先生当着省府部下的面骂了个狗血淋头……要是这回退到西北那个穷地方去，就是没人管束你，也是擀面杖上刮柴，能得多少油水？日子少不得便是黄连树下吃苦瓜，苦上加苦！打破脑袋也想不明白，火里来水里去、死人堆里打滚为的啥？好好的地盘说丢便丢，却要跑到那个兔子不拉屎的去处去。

——立了天大的功劳不说，吃苦受累不说，他冯先生还不拿我韩复榘当人。前不久，就因想要我的卫队，没给他，便喝令我这省主席，亲自到门口给他站岗。适才这一出，更是没了谱儿，往后，让我韩复榘在众人面前怎么抬得起头来。

事儿在心底里翻腾开来，又是酸又是苦又是辣，一时间，韩复榘又是恼又是气又是烦，又想哭又想喊又想跳。

正在这时，一个副官带了两个兵径直走了过来。韩复榘斜了一眼，看那袖标，知道他们是军法处的，却依旧坐在那儿没挪窝。副官认得韩复榘，到了眼前板板正正行个军礼，恭恭敬敬地道："韩主席，请守军法，不要抽烟。"

韩复榘只当眼前没人一般，仰了头徐徐吹出一口烟去，没有吭声。那副官把手伸到了他的面前，韩复榘明白这是要收他的烟，眉头皱起了疙瘩，狠狠地吸了一口，猛不丁从嘴上摘下烟把儿，猛地摁到了副官的手心里。那副官烫得一声尖叫，甩着手接连退了几步。看那韩复榘，却从腰里缓缓拔出一支勃朗宁手枪，"哗"一声顶上了膛火，就手往石阶上一撂。

副官转身便跑，两个兵也随着一溜烟跑远了。

"噗！"韩复榘朝着地上用力吐了一口唾沫，又点上一根烟，仍是坐在那儿不动，脑子又转悠起来。

如今这前程来的不易。河南省主席虽是个没油水又说了不算的缺，可要依了冯玉祥的计策，撤到西北去，地盘没了，这空头省主席也便成了水里的月亮。破死破活地拼打了这么多年，临了弄个狗咬尿泡空欢喜？——这也是适才韩复榘一听要丢下河南往西北撤，便急了眼，不管不顾跳起来争辩的缘由。

到西北去，是条苦路，死路，可不到那儿去，又能去哪儿呢？韩复榘搔了搔头皮，又是一阵心烦。蓦地，他想起一个人来——蒋介石！

自打那日在武汉会了面，脑子便总是晃悠着蒋介石的影子。看人家那个亲热劲儿，看人家料事那个准，看人家出手那个大方，那才是做大事的气派！顶要紧的，人家现在手里攥着整个国家的军、政、党大权，金口玉言，说一不二，实打实的真龙天子！跟上这样的人，才能晃开膀子施展本事，挣个明光光的前程。在西北，你纵是条龙，小水沟里能翻多大的浪头？

想到这儿，韩复榘觉得浑身腾腾地热起来。老子不能在一棵树上吊死，老子不能让提着脑袋挣来的前程一风吹了。此处不养爷，自有养爷处，我韩复榘到哪儿也是敲敲头皮当当响的角色。

一咬牙，韩复榘拿定了主意。

这时，玉泉院里的会散了，将领们说着话走了出来。韩复榘一把抓起枪，掖到了腰里，把烟头往地上一丢，用力踩着碾了几碾，站起身来便走。

"向方！向方！"鹿钟麟与宋哲元几个在后边连声叫道。韩复榘像没听到一般，头也不回地大步走了。

二、陕州换旗

韩复榘气哼哼离了玉泉院，带着手枪队径奔陕州。在车上，与李树春咬了一路耳朵。

到了陕州火车站，车一停，韩复榘便吩咐手枪队队长杨树森："让孙桐萱立马来见我，赶紧！"

二十师是韩复榘一手带起来的老部队，眼下正驻扎在陕州，副师长孙桐萱听到老长官叫，自然不敢耽搁，急急赶到了专车上。可见了面，却不像有急事的模样，韩复榘只哼哼哈哈拉了几句家常，便站起身来道："出了个急事，我要马上去料理一下，你且与李参谋长在这儿等着，我回来咱们再谈。"说完，拔腿走了。

孙桐萱坐下来，有些纳闷又有些着急。如今二十师师长李兴中在华阴开会还没回来，师里的事全由他做主，已是忙得脚不点地，这老师长急急火火把自己叫了来，没说三句话便没了影子，一时有些坐不住。可孙桐萱清楚韩复榘的脾气，没他发话便私自离开，那他回来自己便要吃不了兜着走，只得按了性子，与李树春东扯葫芦西扯瓢说起了闲话。

李树春却是知根知底。眼下，趁着师长李兴中不在陕州，把副师长孙桐萱绊在这里，韩主席是直奔了二十师师部，去干一件惊天动地的大事情。

此时，韩复榘已带着手枪队到了二十师师部的大门口，韩复榘突然停下步子，回头对杨树森道："打今日起，手枪队改成手枪营，你，当营长。"

"啊？"杨树森显然没有想到，顿了一顿方才回过神来，立正道，"谢主席栽培。"

"瞪圆了眼珠子，放机灵点，看老子的眼色行事。"

杨树森跟随韩复榘左右已不是一天半天，韩复榘动动眉毛他便知道个轻重快慢。听了这话，看这神情，觉出今天要出大事儿，自是不敢怠慢，急急指挥手下做好准备。

进了二十师师部，师部的参谋及副官见老长官到了，都一起过来敬礼。韩复榘大大咧咧地坐了，对众人说：自己奉冯总司令的命令前来查看军情，让二十师团以上军官立马到师部开会。

副官分头传令下去，不多时，二十师五十八旅旅长谢会三、五十九旅旅长徐桂林，六十旅旅长万国桢还有几个团长便都到了。

二十师自韩复榘之后，虽是接连换了两任师长，可三个旅长没换，团长也大多还是韩复榘当师长时提携起来的，都是韩复榘的心腹亲信，所以见了面，格外亲热。

谢会三等几个都是老行伍，说笑间隐隐觉出有些不对头。师长与副师长全都不在。师部的岗哨都换成了韩复榘的手枪队，手枪兵的盒子枪全都大张着机头插在牛皮弹带里，杨树森几个更是寸步不离韩复榘的左右。

叙过几句旧，大伙儿坐定，韩复榘沉了脸道："今天我来这儿，是想告诉几位老弟兄，咱们到了要命的节骨眼上了。要是看不准，蒙着头一步走出去，十有八九便要丢了性命。"

猛不丁听了这话，众人都是一愣。

韩复榘却不紧不慢地点了一根烟，道："我刚从华阴回来，冯总司令发话了，咱们西北军要全都退进潼关去，集结起兵力，跟蒋中正开战。"

众人都竖起了耳朵。

"话说出来，也就是动动舌头的事儿，可弟兄们心里有数，西北是个兔子不拉屎的穷去处，这一阵又早得连地皮都张了嘴，到了那儿，还不得把脖子勒起来过活？"韩复榘弹了弹烟灰，道，"再说，蒋介石又不是泥捏的，真要动起家什来，那便是摸阎王爷的鼻子，不死也要脱层皮。"

众人觉得有理，却又一头雾水，不知道韩复榘怎么突然说出这番话来。正在面面相觑时，韩复榘把烟头一丢，猛地站了起来，道："冯先生的办法不对。西北不能去！这仗也不能打！你们都是跟了我多年的老弟兄，我不能让弟兄们去跳那个火坑！"

屋子里静得连针落地的声响都听得清。众人一时脑子转不过弯儿来。多少年了，哪个不知道韩复榘与冯玉祥两个人一根肠子，哪个又不晓韩复榘是冯玉祥的亲信大将，怎么如今突然说出这样的话来。

正觉得惊异，又听韩复榘道："我，要带你们东开洛阳！"

一个炸雷当头响起。徐桂林几个明白了，韩复榘这是要跟冯玉祥翻脸，将二十师拉出去投蒋，这在西北军里还是头一遭。这几个旅长、团长都是在冯玉祥手下干了多年的，一听这话，不由得都是浑身一颤。

韩复榘却像轻松起来，两个指头夹着烟卷儿，点划着众人道："其实，这层窗户纸不用我戳破，你们心里也都明明白白，随着冯先生干下去，没什么好前程，早晚要弄个鼻梁上推小车——走投（头）无路。"

众人都屏了气，不敢做声。

韩复榘道：“我这全是看着多年战场上一块儿滚打的情分，不想让老弟兄白吃苦头、丢性命，才这么干的。自然，我韩复榘也不会硬摁着小猫吃葱，你们哪个情愿去西北受苦，愿意跟老蒋拼命，我也不拦着。你们好生想想。”

说完，韩复榘转身出了屋子，背着手在院子里转悠起来，看去很是悠闲的样子。

几个旅长、团长这时方觉得透过气来。可在西北军里待了这么多年，猛一下要拍拍屁股走人，都觉得心中有些沉甸甸地，各人低头想了半晌，才议论起来。

万国祯向着谢会三问道：“老兄，咋办？”

谢会三没答话，却扭头问徐桂林：“徐旅长，你什么意思呀？”

沉吟了一会儿，徐桂林下定了决心，道：“我……我听老师长的。”

万国祯吞吞吐吐地道：“回西北去……确实没多大出路。”

“可是……”谢会三硬生生把后半句咽了下去，扭头看了看门口。

门两边，四个高大魁梧的手枪兵瞪着眼，手按在枪把上，刀子一样的目光在众人脸上扫来扫去。那杨树森却懒洋洋地倚在门框上，一只手拿着个盒子枪弹夹，另一只手往里边一颗一颗地压着子弹。接着又听门外一阵脚步声响，透过窗户看去，一队手枪兵正从窗外“踏踏”跑过。

突然，一个声儿突然高了起来，道：“咱们得听冯总司令的，做人不能无情无义！”

说话的是徐桂林手下的一个团长，名叫许昌成。这人是李兴中的亲信，从司令部调过来的。

徐桂林却摇摇头道：“我听韩主席说得在理。”

万国祯也道：“要论情义，到底还是韩主席待我们厚。”

许昌成急得眼中闪着泪花儿，道：“蒋中正对我们有什么情义？为何要去投他？”

几个人嗓门儿越说越高，正吵得热闹，韩复榘走了进来，在原先的座位上坐了，斜着身子向着众人问道：“想好了没有？愿意跟着我的，坐着别动；不愿意的，起来走人便是。都是站着尿尿的汉子，别像老娘们一样磨蹭！”

徐桂林头一个道：“我听主席的。”

谢会三与万国祯也随后道：“愿跟韩主席走。”

“我们追随韩主席。”“听主席的。”“老师长说怎么办就怎么办。”几个团长也纷纷说道。

韩复榘高兴起来，道："到底是老弟兄，一个心眼子。我韩复榘也绝不会亏了你们，到了洛阳便发饷：旅长一万，团长五千！"

众人齐声道："谢老师长。"

许昌成却站了起来，道："韩主席，对不住，我不要你的钱，我还是跟冯先生走。"

韩复榘脸上的笑容忽地散了，眉毛拧成了疙瘩，乜了许昌成一眼，没事似地说道："随便。腿长在你身上，你爱跟谁走就跟谁走！"说着向门口一指。

许昌成又道："我那个团得随我走。"

"你算老几！"韩复榘道，"二十师一根烧火棍也是老子的。你，净身出户！"

许昌成不敢再言语，只得往屋外走去，韩复榘朝着他的背影微微点了点头。

突然，屋里"砰"地一声枪响，众人吓了一跳，有几个直蹦起来。寻声看去，只见杨树森的盒子枪在手里滴溜溜一转，利索地插进了枪套里。转脸看向窗外，许昌成在院子里晃了几晃，一个跟头栽了下去。

"枪走火了。"韩复榘没事似地向众人扫了一眼，问道，"还有哪个想走？"

屋里所有的人"哗"地站了起来，阔了嗓门高声道："愿听命令！"

"好，"韩复榘道，"各部随我开往洛阳！"

"是！"

"立马行动！"

韩复榘把各团行动次序分说一遍，又将一路上紧要事体吩咐一通，方命众人去了。杨树森长出了口气道："到底是主席，这么大的事，没费多大劲儿便摆平了。"

"自己家里这芝麻大小的事还摆不平，不如回家抱孩子去。"韩复榘露了不屑的神色，边往外走边道，"你且瞧着，老子要做一番惊天动地的大事业。"

刚出师部大门，就见一个手枪兵如飞似的跑到了跟前，道："李参谋长让你赶紧到火车站去。"

"出了什么事？"

"在那儿截住了几个人，他们正在闹呢。"

"哪几个？"

"有兵站闻总监，军法处处长徐惟烈，还有省民政厅的邓厅长，财政厅的傅厅长，还有……还有……。"

"别他娘的说了，"韩复榘拧起了眉毛，厉声喝道，你回去给李参谋长说，不管西北军的还是河南省政府的，一只苍蝇也不准打这儿飞过去，全都给老子扣下。"

那兵不敢直视韩复榘冒火的眼睛，转身就跑，跑出几步，就听背后韩复榘叫道："给李参谋长说，他手里的玩意儿不是拿来绣花的，不想跟老子走的，别跟他们费唾沫，让枪头子说话！"

三、一个总司令哭了，一个总司令笑了

一眼望不到边的士兵排队阔步行进在黄土路上。五月里的风呼啸着扫过潼关，漫天的烟尘中，军歌吼起来，脚步声"踏踏"轰响，平添了冲天的气势。

冯玉祥站在路旁的高坡上，热血沸腾，无限豪气从心中升腾起来。这便是他亲自创建的所向披靡、天下闻名的西北军！他要带着它杀出潼关，他要让这脚步踏得山河颤抖，他要让这军歌响彻云霄！

"这次，我们要跟老蒋好好打一打。"冯玉祥对站在身边的总参谋长石敬亭道。

石敬亭笑道："这回，老蒋自会明白，咱们西北军不是桂军。"

一提到桂军，冯玉祥不禁叹了口气道："李德邻与白健生都不是熊包，桂军也算是能打的，可在蒋介石面前还没拉开架子，就利利索索地摔了跟头，你说这是什么缘故？"没等石敬亭答话，冯玉祥自己答道，"窝里反！瓜就怕打瓢子里烂。要不是李明瑞几个弄了那么一出，李宗仁顶不济也得跟老蒋打三个月两个月的吧。"

石敬亭道："也许老蒋吃惯了这口食儿，盼着咱们西北军也出个李明瑞呢？"

"那就让他等着吧。到时他就会知道，西北军是木板还是铁板。哈哈……"冯玉祥仰天大笑起来。

正在这时，一个副官急匆匆地跑到了跟前，与石敬亭咬了一会儿耳朵，便又急匆匆地跑了。冯玉祥看到石敬亭的脸色一下子变了，便问道："出了什么事？"

石敬亭迟疑了一下，才道："二十师……没有撤进潼关来。"

"怎么回事？"

"韩复榘……带着二十师东奔洛阳了。"

"什么？"

冯玉祥的嗓门儿陡然高了起来，心一下子提到了嗓子眼里。头一个念头便是：坏了！转眼又生出另一个念头，不可能！他与韩复榘亲如父子，别人走了他信，韩复榘走了绝不信。再一转念，却嘀咕起来。这韩复榘是个急了眼敢揪老虎须子的主儿，说不定是自己那一巴掌打恼了他。想到这儿，不由全身燥热起来，不待石敬亭回答，便连声催促道："赶紧派人查问。"

石敬亭道："我已命令副官带人去了。"

"再派！快快！"

冯玉祥只觉得有些天旋地转，再也站不稳当，转身便走。走了几步，脚下一绊，竟是打了个趔趄。

石敬亭心中不由一动。

跟随身边多年，石敬亭对冯玉祥知根知底。有一件事他记得清楚，北伐时在彰德与张学良开战。奉军使上了飞机坦克大炮，兵力也厚实，西北军眼看便要垮下来，冯玉祥亲到前线督战。一天，前边打得正急，冯玉祥靠在一条坎壕里打电话指挥，石敬亭就在离着百十米远近的去处观察敌情，突然间一颗炮弹飞来，轰一声在冯玉祥的不远处炸开，眼看着几个手枪兵被炸翻在地，一片烟火直冲上天去。当时石敬亭一下子凉了半截，只道这下总司令完了。可扑到跟前，却见冯玉祥一脸一身的土，却仍如适才一般，斜靠着坎壕，一手卡腰，一手举着话筒，大声叫道："我们只有前进，没有后退！你们要退，你们退去！我已经备好了一把手枪，两颗子弹。敌人若来，一颗打敌人，一颗留着打我自己！你们谁要退，先把我打死了再退！"那神情竟与往日没丝毫改变，声嗓儿也依旧洪亮。如今看到这般情景，石敬亭想：这回，总司令慌了。

回了司令部，冯玉祥心乱如麻，坐立不安，只觉得万千件事得马上料理，又觉得不知从哪儿开头。一会儿问一遍二十师的消息，一会儿坐下敲着案子嘟嘟嚷嚷，一会儿又走到门口望望。石敬亭看到，冯玉祥站在地图前，举起茶杯仰头做了一饮而尽的动作，放下杯子时竟没有觉察那是个空杯子。

坐在热鏊子上一般过了一个来钟头，冯玉祥再也待不住了，正要起身往外走时，门"咣"地开了，山东省主席孙良诚一步闯了进来，后边跟着石敬亭派出去的那个副官。不等冯玉祥张口，孙良诚便急急道："冯先生，韩复榘带着二十师投蒋介石去了。"

那个副官道："韩复榘还把席液池的骑兵师也给截住了。"

冯玉祥只觉得血往上涌，一阵天旋地转，扶了桌子缓缓坐了下去。

"妈那个巴子的,我带人去把韩复榘截回来!"孙良诚直着脖子骂道。

话音未落,又一个副官面无人色地跑了进来,进门便叫:"不好了,总司令!韩复榘、石友三、马鸿逵几个发表通电,反对总司令,拥护蒋介石,还有⋯⋯"

"喊什么!"石敬亭厉声喝道。

副官这才意识到自己做错了,急忙住了口。

司令部里的人已是听到了耳朵里,一时都变了脸色,不由地站起身来,齐齐地看向了冯玉祥。

冯玉祥脸上没了血色,眼神呆呆的,强撑着站了起来,走进了司令部里边的那间小屋,两扇门缓缓地关上了。

跟跄了几步到了床边,已是浑身没了半点力气,冯玉祥一下子坐了下去,心里边狂风卷着巨浪翻腾起来。

冯玉祥的心在淌血。在西北军里,韩复榘、石友三与孙良诚是最勇猛的战将,他们的三个师,都是响当当的王牌。北伐时,每当遇到劲敌,摊上硬仗,冯玉祥都是分拨孙良诚任前敌,韩复榘或石友三为预备队,孙良诚要是在前边拿不下来或是撑持不住,韩复榘或石友三便上去啃骨头。没想到,三支劲旅一下子跑了两支,还带走了马鸿奎等几个师,十几万人马转眼便没了!与蒋介石这一仗没法打了。

冯玉祥只觉得撕心裂肺一般。韩复榘与石友三自打当兵,便跟随自己左右,自己一直待他们如亲生儿子,他们也与自己贴心贴肉,多年的情谊分不开,扯不断。冯玉祥眼前,闪过民国六年时在廊坊的那一幕——

段祺瑞撤了冯玉祥北洋十六混成旅旅长的职,混成旅的弟兄齐了嗓子吃喝不答应,还差点闹出一场兵变。段祺瑞派人前来舒解时,混成旅的弟兄全都趴在地上号啕大哭,宁肯挨枪毙,也不让冯玉祥走。当时哭声最响,嗓门儿最大的便是韩复榘跟石友三几个。后来,冯玉祥离开混成旅时,送行的弟兄从军营一直排到火车站。冯玉祥记得真真的,当他转身要上车时,是韩复榘扑上来,死死拉住他的马褂,哭嚷着不放手。临了,冯玉祥只得把马褂脱了下来,众人上前把马褂撕成布条,每人分了一根,揣进怀里留做纪念。

以前,每当忆起这事儿,冯玉祥便一阵心热,可现在想起来时,却是钻心地痛。当年最为倒霉的时候,部下也没一个离他而去。可今天,亲近的人却向他的心口窝儿猛扎了一刀!他想不通,从来都是铁板一块的西北军,怎么突然间就四分五裂了。

冯玉祥又一阵阵心凉。多少年来,在西北军里,都是自己一张口便是打声雷，吐口唾沫就砸个坑的。从张之江、鹿钟麟这些老将，到吉鸿昌、张自忠这些后辈，哪个不是自己一瞪眼，他们立马就跪倒在地不敢起来？对西北军，自己一直拍得胸脯"嗵嗵"响。可如今，这自信一下子从天上掉到了地下，西北军到底还姓不姓冯，还听不听自己的？

一时间心中翻江倒海，脑门就要炸开一般。

外边屋里，石敬亭几个眼看着冯玉祥进了里屋关上了门，没一个敢跟进去，只在那儿摇头叹气。半晌过去，冯玉祥在里边却是没有一点儿动静，几个人正觉得奇怪，突然间，一声号啕在里屋爆开，真个是惊天动地。

石敬亭几个吓了一跳，也顾不得什么规矩，撞开门直冲进去。

却见冯玉祥浑身发抖，满脸泪水，撕心裂肺的哭声从大张的嘴里吼出。几个人跟随冯玉祥多年，从没见到他这般模样，一时都惊得手足无措。

正在这时，又见冯玉祥抬手"啪啪"打了自己两个耳光，嘶声叫道："丢脸呀丢脸！"

石敬亭抢上去抱住了冯玉祥的胳膊，冯玉祥仍是号啕大哭："冯玉祥真是丢人呀！几十年里教出来这样的部下！"

石敬亭道："冯先生，冯先生，你消消气，消消气。"

孙良诚也道："韩复榘早就存了二心了，怨不得冯先生。"

冯玉祥吼了起来："既是早就看出韩复榘有二心，怎么不跟我说？我是聋子、瞎子，你们都是哑巴不成？"

吼完，又像没有力气一般蔫了下去，低了声喃喃道："我看你们都跟韩复榘一路的，全靠不住！嘴上说得好听，谁知肚子里想些什么！我看西北军里没人跟我一心了，我这一辈子的心血算是白费了。"

孙良诚看冯玉祥这般模样，又是心疼又是恼恨，转身出了司令部，气冲冲走到大门口，一边解着马缰，一边向着他的手枪队高声喝道："传我的命令，马上向东，追击韩复榘！"跨上马去，咬着牙骂道，"韩复榘，你这忘恩负义的东西，非剥了你的皮不可！"狠狠加了一鞭，马儿直蹿出去。

司令部里，冯玉祥已不再像头暴怒的狮子，而成了一个唠唠叨叨的老太太，像是对自己，又像是对别人，絮叨一番韩复榘跟石友三他们当年入伍时的情形，又诉说一番他们跟随自己出生入死的往事。

石敬亭不住声地劝说，冯玉祥却像没听到的一般，只顾自个嘟嘟囔囔地说个不停。

石敬亭焦急起来，只怕冯玉祥急火攻心，神志错乱起来，便出了门打发副官赶紧叫宋哲元几个来商议办法，还没说两句，便听身后冯玉祥又阔了嗓门大叫起来："拿绳子来，将冯玉祥绑起来！冯玉祥有罪！"

石敬亭吓了一跳，又返身回屋去劝慰，冯玉祥却又低了声嘟囔起来。

"冯先生……"石敬亭跪下去，紧紧抱住了冯玉祥的双腿，泪流满面。

桌上的肉丝雪菜汤、干菜烤肉、大黄鱼，散着诱人的香味。这些都是蒋介石平素最喜欢吃的，可这次他只拨拉一两下，便放下筷子，起身走到窗边沉思起来。

宋美龄也放下了碗，走过去轻声道："可是为了山东、河南的事儿？"

蒋介石"唔"了一声道："不知冯焕章这次又搞什么名堂？西北军突然动作起来，把武胜关几处的桥梁、涵洞炸了。"

"他要打仗？"

"这正是猜不透的地方。看样子是要跟我们开仗，奇怪的是却又没有进攻，而是撤出了山东，向河南、陕西境里退去。"

"冯焕章做事向来不循常理。"

"是。"蒋介石的眉头拧成了疙瘩，"如是冯焕章果真武力对抗中央，那便是一场惊天动地的大战，我们既要对付他，又要处置桂系残余，实有些捉襟见肘……"

冯玉祥的西北军有40来万人马，且训练有素，久经战阵，勇猛善战，非张作霖与张宗昌等军阀可比。眼下中央军的主力又多集中在南边对付桂军，在北方的力量极为薄弱，要是开战，实在没有把握。蒋介石一阵心悸，眼前闪过这样的情景：炸弹爆开，烟火弥漫，喊声震天，漫山遍野的西北军蜂拥而来……

宋美龄没再言语，凝神沉思起来。蒋介石只当夫人担心，正要劝慰几句，宋美龄却拿起桌上的一杯水递过来，镇定地道："达令，我们有国民政府和第一集团军为倚凭，有英美的全力支持，还有江浙财团做后盾，天时、地利、人和俱在，任他冯焕章怎样，都没有什么可怕的。最终胜利的，绝不是他冯焕章！"

这话说得着实提气，蒋介石也被宋美龄的豪气感染，浑身热了起来。到底是夫人，有过人的见识不说，紧要关头从容镇定，颇有几分大将风度，这番话让他平添了勇气和力量。蒋介石生接过水去，点点头道："我意仍先取政治手段，而后再动用武力。眼下先将桂系彻底解决，对冯玉祥则静观其变。"

宋美龄道："达令，相信你会有办法的。"

两人不再言语，而是并肩立在了窗前。宋美龄挽住了蒋介石的胳膊，蒋介石轻轻地拍了拍宋美龄的手，两人一起向着窗外望去。

不知什么时候，外边已是淅淅沥沥下起了小雨。院子里，风撕扯着树枝，发出"吱吱"的声响。

这时，门突然开了，杨杰兴冲冲地径直走了进来，一进门便高声道："好消息，好消息！"

蒋介石与宋美龄都蹙了蹙眉。这杨参谋长向来沉稳，怎么今天如此唐突无礼？

杨杰仍是自顾高兴，"哈哈"笑道："韩复榘、石友三、马鸿逵等发出通电，拥护中央！"说着，把通电递了过来。

蒋介石猛地转过身问："什么？"

杨杰把刚说的话又重了一遍，蒋介石几步上前，一把将通电抄到手里。急急一看，脸上喜色顿时溢了出来，可眨眼间，却已褪个净光，换上了思虑的神情，道："韩复榘与石友三是……冯玉祥多年的爱将……"

杨杰知道蒋介石怀疑其中有诈，便道："已侦察切实，韩复榘还与庞炳勋、孙良诚在黑石关大战了一场，损失不小。"

"噢！"蒋介石一拍额头，全身顿时松了下来，"哈"地一声大笑，道："好！"

蒋介石往日里不苟言笑，眼下有了这般神情，真是从心底里高兴了。

可再看蒋介石时，脸上的喜色又消失了。过一会儿，又换上了平日的严肃，道："马上给韩、石几位发电！他们服从中央，拥护统一，实为国家砥柱，革命模范。——这个意思一定要在电文中特别表明。"

"是。"

蒋介石又道："还有，以国府和总司令部名义，委韩复榘为总指挥，节制陕甘所有军队，仍任河南省主席。石友三也任总指挥……"

接着，蒋介石吩咐杨杰立刻命令相关人等到司令部开会，商讨下一步的行止，杨杰答应一声急急走了。

屋子里，只剩了蒋介石与宋美龄两个。蒋介石这才如释重负地叹了一声，摊开身子靠在了椅背上，仰了头看着天花板。宋美龄看到，蒋介石的脸上满是笑意。

本来已是黑云压顶，电闪雷鸣，只等疾风骤雨兜头落下，没料到一阵风来，云开雾散。冯玉祥这下伤筋动骨，凭实力再不是自己的对手。更有一样，韩复榘与石友三几个铁杆这一倒戈，西北军定是军心动摇，士气低落，中央反增了声势，自己也平添了威望，接下来的事好做了。

突然，蒋介石站了起来，在屋当央走了几步，自言自语道："那木盒子，终究有了大用场……"

宋美龄立时想到，那日在武汉宴请韩复榘，蒋介石递过去的那个装着200万元汇票的楠木盒子，不由得也笑了起来。

蒋介石突然停了下来，道："韩复榘与石友三此时尚是不稳，得马上前去劳军，把他们稳住……"

"我去！"宋美龄站了起来。

蒋介石一愣。此时夫人到韩、石军中慰问，自是与自己亲去差不多，既可显示自己对他们的看重和信任，又对安抚他们有极大效用。韩复榘与石友三定会由衷感念，实心投靠。可如今情势尚未明了，局面一片混乱，去河南凶险不小。蒋介石犹豫起来。

宋美龄已是猜到了蒋介石的心思，道："达令，不用担心，不会有事的。"

"我到底放心不下。"

"此时，没有人比我亲自去更合适了。"

蒋介石又想了半晌，方下了决心："那好，夫人多加小心。去时，带500万元给韩复榘，石友三那儿，也带500万元去。"

"好。"

"你去时，再给韩复榘带些枪炮、弹药。"

"这样很好，韩复榘及官兵更会明白我们的诚意了。"

事儿确定下来，蒋介石这才觉得有些饿了，坐下端起碗来便吃。宋美龄夹了一片鱼肉放到他的碗里，蒋介石一边吃一边连声道："这大黄鱼做得真是香。"

三口两口吃完，蒋介石便起身去司令部。出了门，见小雨仍是下着，副官上前给他撑伞，蒋介石却伸手拨开，就在雨中大步走去。

蒋介石的官邸如今仍在三元巷的陆海空军总司令部院内，这三元巷本因明朝嘉靖年间出了个乡试、会试、殿试均是第一的武状元而得名。巷内的总司令部，曾做过孙传芳的住所，院子里的亭台、荷池、假山都建得十分讲究，满院的花木湿漉漉的，越发显得葱郁和娇艳。蒋介石走在院里，觉得格外的清爽。小雨淅淅沥沥，落到脸上，凉凉的，说不出的舒适。

走着，蒋介石的脑子也在不停地转着：中常委也要开会，把冯玉祥的势力从中央与政府里彻底剔除出去；国民政府要立即下令对冯玉祥革职拿办，中央要开除冯玉祥的党籍，革除他中央委员、政治会议委员等所有职务……

走到司令部的楼门前时，军事如何行动也在蒋介石心中有了眉目：贺耀祖、刘峙部由武胜关进攻河南南部；陈调元、毛秉文部由徐州陇海线攻打河南东部；方振武、徐源泉部出蚌埠、寿州线，攻打河南中部；唐生智部由济宁出鲁西，攻打开封；山西、河北南部及平汉线则取守势。

一时间，无限豪情在蒋介石的胸中激荡起来。这次，要以排山倒海之势，雷霆万钧之力，压向冯玉祥，压向西北军。

"总司令到！"副官一声高喊。

司令部会议室里，与会的高级将领这时都已到齐，听了口令，齐唰唰地站了起来。蒋介石走进门，在桌案的一头站定，张开两条胳膊撑在案子上，向着众人扫了一眼。那架势，就像一头将要跃出树丛的猛虎。

陡然，蒋介石的嗓门儿清脆地响了："这次，要彻底解决冯焕章！"

四、我要通电下野

西北军官兵的心全都提到了嗓子眼里。

韩复榘、石友三两个师投了蒋，还将席液池的骑兵师、张允荣的二十九师一并裹挟了去，马鸿逵、刘镇华、杨虎诚几个也随后跟着换了旗。一时，这西北的局面，极像大坝猛不丁崩裂了一个豁口，浑水呼啸而去，那口子渐塌渐大，眼看便要不可收拾了。

其实，大多数官兵却不晓得，还有更吓人的事儿。那便是在这火烧眉毛的节骨眼儿上，他们的冯总司令却像疯魔了一般。两天来，饭也不吃，水也不喝，觉也不睡，一个人关在屋里边，哭一阵，骂一阵，还不时打自己的耳光！

蒋介石一步步逼了过来，这边却是乱作一锅粥，众人快要急疯了。西北的军政要人这个走那个来，到冯玉祥的屋子门前、窗下苦劝，可好说歹说，磨破了嘴唇，冯玉祥就是不出屋门，也不搭话。

孙良诚急得连连跳脚，石敬亭嘴唇上竟是起了一串燎泡儿。

正着急呢，陕西民政厅厅长邓长耀到了。众人一见，顿时高兴起来，都道救苦救难的观音菩萨来了。

邓长耀字鉴三，是光绪年间的秀才。当年在练军里做军医时结识了冯玉祥。那时的冯玉祥还是个寻常的伙头军，但邓长耀看他好学上进，断定此人日后会有出息，便教他读书写字，给他讲做人做事的道理。两人后来结成了把兄弟，关系很是密切。冯玉祥成了大事之后，自然没有忘记这异姓兄弟，先后委邓长耀做过县知事和民政厅厅长。邓长耀为人正直，在西北很受尊重。这几日，他正在乡下查看灾情，得了冯玉祥的消息，也是吓了一跳，马不停蹄地赶了回来。

石敬亭上前把邓长耀拉到椅子上坐了，将事儿缘委分说一遍，拉着邓长耀的手道："鉴公，往日里只有你敢在冯先生面前大着嗓门说话，冯先生也最听你的，局势已是十万火急了，再这么下去不得了，你一定要劝劝冯先生……全指望鉴公了……"说到这儿时，竟是哽咽起来。

连一向沉稳的石参谋长也如此举止，邓长耀的心直沉下去，明白事情糟了，嘴上却还是劝道："筱山，沉住气，沉住气，没什么过不去的。"低头想了半晌，一指众人，道，"你们都出去，离得远远的。"石敬亭招呼众人时，邓长耀又道，"筱山，你也出去，就在司令部的大门口给我把着，就是天塌下来，也别放进一个来！"

众人去了，司令部外间屋里，只剩了邓长耀一个。他坐在凳子上琢磨了半晌，"咳"了一声，起身走到里屋门前，伸手推了一推，里边顶得紧紧的，刚要开口说话，便听到冯玉祥在里边吼道："你们都不是什么好东西，跟韩复榘和石友三是一路的！"

邓长耀长吸了一口气，照准房门便是一脚，那门"咣"地一声开了，邓长耀一步跨了进去，阔着嗓门吼道："冯玉祥！"

冯玉祥吓了一跳，猛地抬起头，一看是邓长耀，叫了声"大哥"，又垂下头去。

邓长耀看到，冯玉祥几天之中竟是瘦了一圈，脸色焦黄，满眼血丝，又看到桌上的饭菜一动没动，不由得一阵心疼。转瞬间，又硬起了心肠，指着冯玉祥的鼻子厉声骂道："冯玉祥，你瞧瞧你，还像个总司令的样子吗？如今几十万人都瞪了大眼瞧着你呢，人家都打到咱鼻子跟前了，你知不知道？你看看你在做啥！做啥！做啥！你想让弟兄们都没了指望是不？你想把西北丢给蒋介石是不是？是不是？"

"大哥……"冯玉祥呜咽起来。

邓长耀扯开嗓子大吼："你冯玉祥滚了多少大沟小坎了？这回绊个跟头就爬不起来了？你是哪个？你忘了？你是敢把宣统赶出宫去的冯玉祥！你是敢跟张作霖拼命的冯玉祥！你是敲敲天皮当当响的冯玉祥！你是西北军几十万弟兄的总司令冯玉祥！"

冯玉祥缓缓抬起了头来。

邓长耀红头胀脸地接着骂道："他韩复榘走了怎么着？石友三走了又怎么啦？天塌了？就是塌了天还有弟兄们跟你一块儿顶着呢，你怕啥？脑袋掉了不就碗大的疤吗？你怕啥？英雄了一辈子的冯玉祥草鸡了？要真草鸡了，你卷铺盖回家去,别把西北军的弟兄给坑了!"

冯玉祥长长地"唉"了一声,狠狠一拍膝盖,便又没了动静。

邓长耀也住了声,拉风箱一般"呼呼"直喘,胸脯子起起伏伏。突然间,"呜哇"一声哭起来,倒把冯玉祥吓了一跳。

邓长耀一边哭一边数落。说一番蒋军兵临城下,又说一番西北危在旦夕,再说一番人心惶惶……临了,又提着自己的名字骂起来,骂自己没长眼睛,错将熊包当了英雄……连哭带说捶胸顿足一通号啕,真个是撕心裂肺,痛不欲生。临了,抬手"啪啪"连连打起自己耳光来。

冯玉祥急忙上前抱住了邓长耀的胳膊,嗫嚅道:"大哥……我……"

邓长耀却一把将冯玉祥的手甩开,道:"我没有你这样的兄弟!"摔了门大步走了出去。

石敬亭、宋哲元几个伸了脖子正在院子门口等着,看到邓长耀走出来,一齐拥了上去,七嘴八舌地问:

"怎么样?"

"说通了没?"

"没事了吧?"

邓长耀没应声,径直走到墙旮旯处圪蹴了下去,抱着膀子,喘了半天,方哽咽着道:"焕章好可怜!我这心针扎一般疼呀!"

说得众人也是一阵难受。

过了半晌,邓长耀一抹脸道:"我这是以毒攻毒,下了一剂猛药,成不成就看这回了。"

邓长耀与冯玉祥相处多年,自是摸透了他的脾性,知道近几年里,冯玉祥路走得顺畅,西北军威风八面,部下对他神明一般敬着,心肠也就变得娇弱起来,猛不丁让人一锥子扎到心口,自是承受不住,一时魔怔了,于是使了这个法子。邓长耀只想一盆冷水兜头浇下去,能让冯玉祥一激灵清醒过来。邓长耀自来心细,骂之前先将众人赶出门去,实是怕这些话传扬出去不好听,损了冯玉祥的面子。

众人却不知邓长耀使了什么法子,又不好问,只是对着叹气。过了半晌,方一起回了司令部,却见里屋那门依然关得严严的,里边仍是没一点儿动静。邓长耀跺跺脚,哭着走了。

众人心都凉了,有的圪蹴着抱了脑袋叹气,有的在地当间不住地打转转。也不知过了多久,里间门突然开了,众人转头看去,正是冯玉祥走了出来。众人不由瞪大了眼睛,叫声"冯先生","唰"地一起站好了。

冯玉祥在屋当央站定，向着大伙儿扫了一眼。众人看到，冯玉祥脸色依然阴着，可眼神里却已有了些许往日的精明和犀利。

众人站得笔直，屋里悄然无声。

突然，冯玉祥开口道："我，要通电下野！"

当头一声焦雷，屋里的人一下子全都呆了。

五、我要主持公道

总参议周玳与秘书长贾景德急匆匆走进屋时，阎锡山正微弓了腰，捧着水洗脸。周玳竟是忘了平日的规矩，开口便奔了要害，道："西北军韩复榘、石友三、马鸿逵，还有刘镇华、杨虎诚几个通电反对冯玉祥，拥护中央！"

阎锡山像是中了定身法，猛一下停在那儿不动了，两眼直直地看着两手，水从指缝里滴滴答答流进脸盆里。过了半晌，才像突然惊醒了一般，翻起眼皮，扭头看了周玳一眼，用力抹了一把脸，甩了甩手，缓缓踱进了里屋。里屋的门，随后关上了。

从周玳两个进门到现在，阎锡山脸上没有一丝儿表情，也没开口说一句话。

周玳与贾景德互相看了一眼，然后轻手轻脚走过去在沙发上坐了。过了足有一袋烟工夫，里屋的门依然纹丝不动，里边也没有丁点儿动静。周玳朝贾景德递个眼色，又向里屋门歪了歪嘴。贾景德明白周玳是让他猜老总在里边做什么，微微一笑，从兜里取出一支自来水笔，在手心写了一个字，然后竖起手掌向着周玳一亮。

周玳看得清楚，正是个"惊"字，微微点了下头。拿过笔来，也在自己的手心写下一个字，也竖掌向着贾景德一亮，却是一个"虑"字。

贾景德见了，露了心领神会的样子，两人相对轻轻地点了点头。断定：老长官猛听到这信儿时，脊梁骨定是一阵发凉。此时正盘腿坐在炕上，垂着眼皮想招儿。

两个不敢出丁点儿动静，只在外间里弄这写字的把戏。

过了足有一顿饭的工夫，门一响，阎锡山走了出来。脸上却是一派平和表情，倒让周玳与贾景德觉得好生蹊跷。阎锡山安然在椅子上坐了，开口道："冯焕章这个跟头摔得不轻。"

贾景德道："冯玉祥已发了下野通电。"

"下野？"

"是。通电说，他不再过问军政之事，自后入山读书。"

"唔。下野，读书……"阎锡山点点头道，"到底是冯焕章，这一招使得不错。如此四两拨千斤，轻生生卸了老蒋的劲儿，老蒋失了攻击的借口，不好再对西北用兵了。"

阎锡山一点开，周玳与贾景德两人顿时心中豁亮。西北军是国家军队，即便有错，也是头儿的，头儿如今下野了，再动刀兵便短了理儿。原以为冯玉祥这次输惨了，没想到里边还有个败中求胜的路数，不愧枭雄。

贾景德道："冯焕章紧要关头倒是拿得准。不过，他只发个通电怕是不成，估摸蒋介石不会就此罢手。"

周玳道："这次总要受些揉搓。"

贾景德又道："不说别的，现打现的十来万人马没了。"

周玳重重地叹了口气道："李德邻与冯焕章都不是省油的灯，可没想到全都这么败下阵来。不服不行，老蒋真是有一手。"

贾景德道："阎先生早就说过的，跟老蒋作对，得打起十分精神，稍一打盹就要吃大亏。不过……这回老蒋筋骨没伤着，反倒吃了个肚儿圆，怕是要勾起他的大馋虫来。"

周玳听出贾景德有拐着弯儿劝谏阎锡山的意思，便也接过话茬儿道："冯焕章与李德邻跟老蒋是冤家对头，咱们可是……"

贾景德道："你到底没看透老蒋这人！冯焕章从前也跟他好得一个人似的，听说还曾要在徐州给老蒋竖铜像呢。李德邻与白崇禧北伐时不也是老蒋的手下吗？那可是实打实一个锅里摸勺子呀，能说不近乎？现在不都……"

"有道理，有李德邻与冯玉祥在，老蒋还会存心拉拢我们，如今他们都倒了，老蒋肯定要对着咱们来的，得好生防备了。"

"老蒋如今气势正盛，他要是动了心思，咱们山西还真是凶险呢。"

周玳与贾景德一递一答地说话时，阎锡山一直没有做声，只是一口接一口地吸烟，脑子里不停地拨拉着算盘珠子。听到这儿，突然插嘴道："倒也不尽然，凡事全在个谋划。危机危机，弄得不好，便落个危，弄得好，却是个机！"

"阎先生说的是。"贾景德道。

周玳道："我看咱们一如既往，不蹚这滩浑水，只小心提防便是。"

"不！"阎锡山把烟蒂往烟灰缸里一丢，眼仁儿放出光来，道，"这回我阎锡山要出头主持公道！"

阎锡山一指贾景德，道，"你马上给我起草一份电文，着重挑明两个意思：第一，阎某要维护国家和平，坚决反对向西北用兵。第二，冯焕章可解除兵柄，还之中央，最好出洋。"

贾景德一听这话，顿时一头的雾水。如今局面已成了一滩稀泥，离得近了也怕溅一身泥点子，为何却要直接跳进泥坑里？扭头看去，周玳也是一脸迷糊，便试着问道："总座，这样的话，咱们不是把蒋介石与冯焕章都得罪了？"

阎锡山却意味深长地笑了一笑。

看这神情，知道老总肚里已是有了主意，贾景德还是忍不住道："估计冯焕章也不会答应出洋的。"

阎锡山却将香烟伸到烟灰缸里一弹烟灰，道："我可以陪他去。"

这下更是出人意料，周玳与贾景德不由得一起站了起来。

周玳问道："总座也要出洋？"

贾景德道："使不得，使不得。"

阎锡山又是一笑，却道："你们知道从前有些贼是怎么盗墓的吗？"

正说着正事呢，突然拐到盗墓贼那儿，周玳与贾景德懵了。两人在阎锡山身边多年，知道老长官说话，向来爱曲里拐弯，云山雾罩，很多时候到最后才能品出点儿滋味来。可这时突然说到盗墓上面，实在是没头没脑。两人却又知道，阎锡山定不是随口胡抡的，定有把戏在里边，便竖起耳朵往下听。

阎锡山却是一派极有兴致的样子，不紧不慢地讲道："他们多是两人结成一伙，找到那墓，打一个通到下面去的洞，之后，一个人到下面拿宝物，另一个在上面垂下绳子往上拉。可这么着容易出事。什么事呢？上面那人一看拉上来的东西值钱，便不管还在墓里边的同伙了，把洞口一堵，背起东西，跑了。"

贾景德道："这人可恨。"

周玳倒笑了起来道："下面那人成了个冤大头。"

"为防着老出这样的事，盗墓的人便想出了法子：只父子结伙干。可这么着照样出事，在上面的儿子背着宝物跑了，把当爹的扔在墓里不管了。"阎锡山一笑道。

贾景德道："真有这样的儿子。"

周玳问道："那后来这疙瘩是怎么解的呢？"

"爷俩结伙盗墓时，当老子的在上面拉绳子，儿子下去拿东西！"阎锡山答道，"用了这法子之后，就再也没出过一个人跑了、另一个困死在墓里的事。"

讲完，阎锡山"嘿"地一笑。

周玳与贾景德越发迷糊起来。一大早脚不点地跑了来，本是为了件大事，没想到在这儿安安稳稳听起故事来。这故事倒也说得有趣，只是听到末了，也没琢磨出来此时讲这个到底什么用意。正想呢，却见阎锡山站起身来，大步走出门去。

看那动作和神情，不带半点着急和焦虑的意思，周玳与贾景德对视了一眼，一时生出些感慨来：自己虽在老长官左右多年，可到底也没有摸准他的脉，两人自是顾不得多想，赶紧将手心的字搓了，起身跟了出去。

推门出去，却见阎锡山微微岔开腿，背着手，定定站在门口，正是往日里得意时才有的架势，周玳与贾景德更好像一头跌进了五里雾中。

阎锡山站在台阶上，向着天空长长地吐了口气，浑身说不出的轻松通畅，心里嘀咕道：锣鼓家件响得热闹了，该着阎某上场了！

六、我要单刀赴会

> 1929 年春，南京编遣会议后，蒋介石一面调集重兵，向在武汉新桂系集团的部队进击，一面利用俞作柏煽动李明瑞在武汉阵前倒戈，新桂系在武汉的部队全部瓦解。李宗仁和白崇禧秘密逃回广西，组织护党救国军，由黄绍竑、白崇禧统率桂军万余人侵粤，由吕焕炎担任前锋，在大塘、芦苞与粤军激战，桂军兵败退回广西。时李明瑞、杨腾辉率部由武汉回桂，联合粤军进占梧州。6 月，李、杨率部由梧州直上平南，沿浔江南岸前进，围攻桂平。是时湘军刘建绪的部队，亦已进迫桂、柳。李、黄、白被迫通电下野，经越南出国。
>
> ——黄炳钿　曾任桂军第十五军第二师参谋

一听冯玉祥要请客，石敬亭几个便知道有事儿。

自打北洋十六混成旅时起，冯玉祥就好似与吃香喝辣犯相冲，后来做了总司令、军政部部长，像模像样的请客扳着指头数数，也只有那么几次，眼下正是火烧眉毛、焦头烂额的时候，冯玉祥招呼吃饭，更是有些不寻常，几个人一齐来到了冯玉祥的住处。进了门，一看桌上的饭菜，都是一怔。

冯玉祥常年白菜豆腐下饭，就是来了客人，顶多也是白菜豆腐里放几片肉。可今日，除了白菜豆腐，竟还有一只烧鸡！另一样更是稀罕，桌上还摆着一壶酒，几个酒盅儿。

真是日头从西边出来了，今天这排场，石敬亭与刘郁芬、宋哲元、孙良诚几个全都没有想到，不由互相看了一眼。

冯玉祥在正中的座位上坐了，向着众人一点头道："坐。"

几个人坐下来，冯玉祥伸手去拿酒壶，孙良诚急忙将酒壶抢到手里，道："冯先生，你坐着，我来倒。"

冯玉祥却将酒壶从孙良诚手里拿了过去，手心向下对着众人按了一按，道："今日你们哪个都不要动，这酒，我来倒。"

说着，一一将酒盅斟满。石敬亭几个都依了冯玉祥的吩咐坐了没动，心却都提了起来。

倒完了酒，冯玉祥放下壶，自个端了一杯一饮而尽，然后向着众人道："喝了。"

石敬亭几个也都端起杯来喝了下去，心里更是一阵忐忑。

冯玉祥又举起酒壶给众人斟酒，一边斟一边道："喝罢了这杯酒，我要给你们几个说一件事。"倒完了，把酒壶一放，方道，"我，要去山西！"

几个人来时都已想到会有事儿，可全没想到这一层，一时都变了脸色，全都猛地站了起来，脱口道：

"去山西？"

"冯先生……"

"这……这……"

冯玉祥却像是早就料到了他们会这样一般，一抬手，将他们的话头止住，沉声道："我已拿定主意，"

几个人愣了半晌，方才缓过神来，缓缓地坐了，刘郁芬又道："冯先生，去……"

冯玉祥沉着脸道："不要多说。"

几个人知道冯玉祥的脾气，此时不敢再开口劝说，只是心里着急。

冯玉祥却是一派镇定模样，伸出筷子夹了一片豆腐放到了嘴里。

这要去山西的事儿，已在冯玉祥心里过了许多遍了。这次在自己走投无路的时候，阎锡山却能站出来为自己说话，反对中央向西北用兵，实在未曾想到，也着实让冯玉祥好生感激，更让冯玉祥想到了一条出路。阎锡山对蒋介石也是一肚皮牢骚，要是能拉上他一块反蒋，那局面一下了便翻了过来。冯玉祥暗地派薛笃弼与曹浩森去了太原。可阎锡山却只是撂个囫囵话：只想天下太平，不愿动刀兵。说到联手反蒋，更是一口咬定：这事只有冯玉祥到太原去，面对面才好商量。冯玉祥怕上了阎锡山的圈套，不敢贸然答应。两边的人悄悄跑了好几个来回，也没定下调子来。而这时，蒋介石已放出话来：

冯玉祥要是不离开西北，便要发兵进剿。冯玉祥这才一跺脚，心一横，去山西走一趟。

冯玉祥对着这几个心腹道："眼下，咱们西北军到了生死关头，必须寻条活路。"

石敬亭到底忍不住，道："冯先生，我们只是担心你……"

"我料阎伯川不敢对我怎么样。你们放心便是。"

"我去山西，估摸十来天便回来了。"说到这儿，冯玉祥停了一停，又道，"一旦有什么事……耽搁了，不能及时回来，家里的事就全交给你们几个了，你们多用心。"

一听冯玉祥说出这话来，众人心头全都一颤，明白冯玉祥不是没想到去山西有凶险，他已是做好了出事的准备，一时心中说不出什么滋味，低了头好一阵难受。

冯玉祥却依然平平和和地道："鹿钟麟如今正困在天津租界里，一时半会还回不来。我到山西期间，总司令一职由宋哲元代理。刘郁芬暂不回甘肃，就在西安帮着宋哲元料理军政。"

孙良诚哑着嗓子道："先生多带些卫兵去。"

石敬亭道："我跟冯先生一起去！"

冯玉祥手一挥道："用不着。我就带一个班的手枪兵，再带三五个参谋过去，让阎伯川瞧瞧咱们的诚意。"

"我也去。"突然，就听旁边一个人说道。

众人转头看去，说话的正是冯玉祥的夫人李德全。她手牵着女儿，定定地站在里间屋的门口。李德全开口道："我陪冯先生走一遭。"

众人不约而同地站了起来。

李德全也不是寻常人物。民国十二年时，冯玉祥的元配夫人去世。那时冯玉祥正做着陆军检阅使，自然说媒牵线和自荐的都不少。可冯玉祥只是看中了李德全，缘由就是在相亲时冯玉祥问她：你为什么要和我结婚？李德全答道：上帝怕你办坏事，派我来监督你！冯玉祥听了，觉得此女气概不凡，顿时生出几分好感，后来，两人结成了夫妻。

眼下几个人心中生出许多敬佩来，齐齐地叫了一声："李先生。"

冯玉祥更是感动，亮了嗓门道："说得好，就一起去！"又端了酒杯道，"这杯酒算是我们的辞行酒，你们都干了！"

几个人端起杯，仰头喝了下去，只觉得这酒没别的滋味儿，钻心地辣。

几个人从冯玉祥那儿出来，都觉得浑身火烧火燎的。

刘郁芬道："这事怎么办怎么办？"

宋哲元道："阎锡山一向诡计多端，跟老蒋穿一条裤子，冯先生去他那儿，不是往狼窝跳吗？"

孙良诚道："冯先生到了山西，一旦有事，我们无法救援……"

宋哲元道："可冯先生已是拿定了主意，咱们不能开口，就是开口也不顶用呀。"

"此事，只有一人能出头劝冯先生。"一直没有做声的石敬亭突然道。

"谁？"孙良诚几个不约而同地问。

"邓长耀。"

话音未落，刘郁芬已是叫了起来："他正在乡下，快快派人去叫他！让他立马赶回！"

第二天，太阳一竿来高时，冯玉祥便动了身。

车子来到了城门边，突然，一个人跑到了路中间，张开双手，高声喊道："停下！停下！"

车子猛地刹住。冯玉祥一看，拦车的正是邓长耀。急忙打开门跳下车来，问道："大哥，有事吗？"

邓长耀气喘吁吁，额头上满是汗珠儿，显见是急急赶了来的。他几步到了跟前，不待冯玉祥站稳，便上气不接下气地道："焕章，你……咋这么毛躁？总司令是全军首脑，怎么能轻易离开？"

冯玉祥却笑了起来，道："大哥，这事儿不去不行了。"

"就是一定要去山西，也应该派别人去，你怎么能亲自去？"

冯玉祥上前拉住邓长耀的手道："大哥不必过虑，不入虎穴，焉得虎子。我这次单刀赴会，谅阎伯川也不敢对我怎样？"

"焕章，人心隔肚皮，哪个知道阎锡山的心思？你到了山西，便是老虎进了笼子，一旦出事怎么办？听大哥一句话，为了咱这几十万弟兄，你不能去冒这个险。"

冯玉祥拉着邓长耀到了路边，说："大哥不要担心，正是为了咱们西北军，容我走这一遭。"用力握了握邓长耀的手，又道，"大哥，十万火急，耽搁不得了，等我回来再与大哥细说。"然后，几步上了车，车子马上开了起来。

"焕章，焕章……"邓长耀跟着车跑了几步停下了，站在路中间，望着远去的车子连连叹气。

一路急奔到了潼关，吃过饭，略略歇了一歇，便又去了风陵渡。渡口早已备好了船，冯玉祥带着夫人、孩子和二十来个卫兵、参谋上船坐好。几个船夫拉长了声叫道："开——船——喽！"一起挥动船桨，船儿向黄河对岸悠悠荡去。

滔滔黄水奔流北去，浊浪一层漫过一层，"哗哗"的声响好像从天边传来，船儿在黄水中摇荡起伏，看去惊心动魂。

过了黄河，便是山西地界了，众人神色都凝重起来。

冯玉祥心里也如这黄河水一般翻腾起伏。此一去，便是离了群的雁，落了单的狼，说不定前边是风是雨，也许再也回不到西北来了，不禁隐隐生出一丝酸楚来。又一转念，我冯玉祥何曾惧过什么，凭他刀山火海，激流险滩，我也要大摇大摆走这一遭。想到这儿，万丈豪情在胸中激荡起来。冯玉祥对着卫兵李二牛高声叫道："二牛，来上一段，提提气！"

李二牛答应一声，站在船头，放开喉咙便唱，正是《单刀会》里关羽的一段：

> 大江东去浪千叠，
> 引着这数十人驾着这小舟一叶。
> 又不比九重龙凤阙，
> 可正是千丈虎狼穴。
> 大丈夫心烈，
> 我觑这单刀会似赛村社。
> 水涌山叠，
> 年少周郎何处也？
> 不觉的灰飞烟灭，
> 可怜黄盖转伤嗟。
> 破曹的樯橹一时绝，
> 鏖兵的江水犹然热，
> 好教我情惨切！
> 二十年流不尽的英雄血！

第九章　猛虎入柙

一、山西安生了

天，黑透了。

介休城突然添了几分紧张。城北路口上三步一岗，五步一哨，站满了荷枪实弹的晋兵。行人稍一靠近，便高了声呵斥。有个过路的买卖人不看头势，伸过脖子要瞧究竟，一个晋兵二话不说，上来便是一枪托，将他捣了一个跟头。

介休城在太丘山北侧，汾河南畔，离太原有三百里远近。这儿素称陕晋通衢，是三晋腹地的重要去处，客商来往的多，平日里很是热闹，这等阵势还是头一次遇到。百姓都议论道：该不是阎锡山到了吧？

果真是阎锡山到了。

阎锡山此时身着一件崭新单袍，左右站了不少军政要员，众人不时向着大路另一头看去，都是一副等人的模样。

阎锡山转身问身边的梁汝舟，"几点了？"

"快8点了。"梁汝舟道。

阎锡山想了一想道："往前迎迎去。"

"上车去迎吧。"

"不，就走着去。"

众人都知道阎老总这是为了显示一片真心，也都答应着，随了阎锡山顺着大路往前走去。一簇人打亮了手电，一溜儿灯火彻照走出二三里地去，便见远处车灯闪烁，卫队旅旅长杜春沂叫起来："总座，来了！"

阎锡山脚下加劲，快步迎了上去。

车子在跟前刹住，梁汝舟跑上前去通报。这时，从后边的一辆车上跳下一个人来，极是高大粗壮，从车灯影里，阎锡山已是认出，此人正是冯玉祥！

"焕章大哥！"阎锡山叫了一声。

冯玉祥也认出了阎锡山，也道："伯川老弟！"

两人急步走向对方，四只手紧紧地握在了一起。"大哥。""老弟。"两人又叫了一声，声儿都有些哽咽，突然间，冯玉祥放声大哭，阎锡山也是"呜哇"哭出声来。

两位总司令，平日里威严得如尊神一般，如今却在路中间相抱了呜呜大

209

哭。两人的手下从未遇过这等场面，一时不知怎样才好，过了半晌，贾景德才走上前来，道："阎先生，冯总司令远来，想也累了……"

阎锡山这才猛地醒了，"噢噢"两声，抻了袖子擦着眼窝道："正是这话。老弟兄一见面便有些情不自禁了。"

冯玉祥泪流满面，哽咽着道："我也是这样。"

阎锡山又对身旁的几人道："你们是知道的，我与焕章是战场上结下的过命交情。此时此地相见，不由不百感交集。"说着又抽泣起来。

冯玉祥抹着泪道："想想从前的事就像昨天一样。"

阎锡山道："走，大哥，咱们回家去。"

冯玉祥也慨然道："好！回家！"

两个携手上了冯玉祥的车，向城里驰去。

进了介休城，在一个名叫悦来酒店的去处下了车，只见酒店院里灯火通明，却不见一个闲人走动。阎锡山边走边道："到了山西就是到了自己的家，大哥安心住着便是，外边就是瓢泼大雨，也不会让大哥身上溅上一个雨点子的。"

冯玉祥明白阎锡山的意思，很是感动，道："伯川我信得过。"

阎锡山一指身后的杜春沂，道："此人，杜春沂，现下是我卫队旅的旅长，往后由他来护卫大哥，有啥事你吩咐他便是。"

杜春沂上前行个军礼，道："冯总司令，杜春沂愿听指挥。"

冯玉祥也回礼道："有劳老弟了。"

阎锡山又对杜春沂说："咱们可早把话说到头里，冯总司令要是在咱们这儿少了一根头发，我立马把你的脑袋摘了。"

杜春沂赶紧立正道："请总座请心！"

冯玉祥知道这话是说给自己听的，"哈哈"一笑。

众人到了酒店楼下，阎锡山道："今晚咱们便在这儿住上一宿，等到明天一起回太原。"

"全听伯川安排。"

阎锡山道："天到这般时候，想也饿了，已是安排停当，咱们先去吃饭。"

冯玉祥道："我倒是不饿，只想找个清静去处跟伯川说说话。就让大伙儿吃吧。"

阎锡山知道冯玉祥此时的心思，自己倒更是沉住了气，道："那就自家人不客套了，请这边来。"说着伸手向冯玉祥一让。

梁汝舟招呼其他人到楼上房间吃饭，冯玉祥跟着阎锡山进了后院，四个卫兵手提盒子枪，在后院门口两边站定，只杜春沂一个跟了进去。走到一间屋门前时，阎锡山回身"咳"了一声，便推开门与冯玉祥走了进去，杜春沂在屋门外站了下来。

这屋子不错。迎门墙上，挂着一幅《关公夜读春秋》图，关云长威风凛凛地坐在虎皮椅上，右手捋长髯，左手捧《春秋》，身后关平与周仓，一个举着灯烛，一个抱着青龙偃月刀。画两边，配着一副对联：

忠义凛然参天地
成败岂足论英雄

画下边，是一张八仙桌，桌子两边一边一把太师椅。靠东墙立着一个博古架，上面摆着陶瓷、纹石等物，西墙却是一溜儿镂花方椅。几上白色青花盆里养着几株绿莹莹的水仙，屋子很是干净淡雅。冯玉祥明白阎锡山是用了心的，心下很是受用。旅店的伙计送了茶米，卫兵在院门口接了，送到杜春沂手里，杜春沂上前轻轻敲了敲门。阎锡山开门接了，杜春沂又退了出去。

冯玉祥与阎锡山坐定，阎锡山执了壶给冯玉祥倒上一杯茶，又给自己倒了一杯。冯玉祥端起茶杯吹着，正在寻思话儿如何开头时，阎锡山已是先开了口，道："真没想到，事儿成了这个模样。"说完，重重地叹了一声。

冯玉祥有些羞愧，又有些悲痛，还有些恼怒，道："眼下第四集团军完了，第二集团军也不成了，咱们这个蒋老弟真是好手段。"

阎锡山愤怒起来，将蒋介石好一通痛骂，骂他好用诡计，骂他心狠手辣，骂他专横自私，排除异己，真个是义愤填膺、怒不可遏，把冯玉祥要说的话全都说了出来。冯玉祥满心欢喜，这阎伯川此时真跟自己并了膀子！

阎锡山骂着时，见冯玉祥脸上渐渐泛出些笑意来，心下暗暗得意：这一招击鼓骂曹对了冯玉祥的心思了。

临了，阎锡山道："有你我弟兄在，断不能容他蒋中正胡作非为，无法无天。"

这话正搔到冯玉祥痒处，真是高兴，道："伯川说的极是，你有什么主意？"

阎锡山重重地叹了一口气，没接话茬儿，却拐了弯儿，说道："蒋中正已下达了第一期计划命令，调集 30 万人马，分南北两路进兵陕甘。北路军以我为总司令，统率河北和山西的人马；南路军以他本人为总司令，统率唐生智第五路军、方振武第六路军和在鄂各军。南路军主力先从河南东、南两个方向形成合围，将你压迫至郑州以西地区。北路军由晋南出清化、济源、陕州各渡口与陇海线各军协取虎牢关、洛阳等地，最后在潼关以东地区将你的西北军包围消灭。"

冯玉祥皱起了眉头，他自是明白局面的凶险，脑子里全是敌人铺天盖地涌来，西北军抵挡不住、一路溃败的情形，嘴上却是"哼"了一声："打得好算盘。"

阎锡山依然垂着眼皮道："蒋中正还打算从我这儿抽两个步兵师，外加一个骑兵师，编成北路挺进军，由包头进取宁夏，以四川邓锡侯、田颂尧两部为南路军挺进军，由汉中威胁西安，切断西北军的归路。"

说罢，阎锡山翻起眼皮，看了一眼冯玉祥。心中道：这块石头压上去，冯焕章自然知道轻重了。

冯玉祥却突然笑了起来："看来，咱们这位老弟是拿定主意要我的命了。"

"蒋中正向来出手不留情。"

"那伯川做那个北路军总司令吗？"

"大哥这是哪里话来？我早已向他们挑明了，反对用武！"

"好。"冯玉祥道，"到底是阎伯川。"

"我已抱定了决心，与焕章大哥并起膀子共进退，咱们两家从今往后便是一家。大哥那边日子过得紧，我手里还稍有些宽裕，先送大哥一万袋面粉救救急。大哥不要嫌少。"

冯玉祥一阵感动，起了身向着阎锡山施了一礼，道："我替二集团军的弟兄谢了。"

阎锡山却摆着手连声说见外了，又道："现在第四集团军倒了，第二集团军也出了事儿，我们再不互相帮衬，他蒋介石也不会放过第三集团军的。"

这正是冯玉祥已到嘴边的话。冯玉祥一直说这阎锡山是个没毛狐狸，如今听他这般说，倒觉得贴心贴肺，点头道："蒋中正的面目都已看得真真的了。"

"那焕章大哥有什么打算？"似乎无意间，冯玉祥问阎锡山的问题，却变成了阎锡山问冯玉祥了。

冯玉祥想也没想便道："只有一条出路，你我联起手来，打！"

阎锡山"唔"了一声，低头想了半晌，点了点头，又摇了摇头道："不是可以打，而是最好不要打。"

"怎么？"

　　"如今蒋中正气势正盛，兵强马壮，这是不可打缘由之一。"阎锡山伸出一个指头在眼前点了一点，道，"大哥那儿刚出了事，内部不稳，士气不振，这是不可打缘由之二。"说到这儿，伸了两个指头一晃，接着伸出了三个指头道，"这三，便是我第三集团军未曾准备停当，便是咱们两家联合起来，怕也占不了上风。"

　　"那你说怎么办？"冯玉祥的脸上有了些焦躁神色。

　　"咱们一起出洋。"

　　"这怎么能行？"冯玉祥脸色沉了下来，"咱俩一出洋，不是正遂了老蒋的愿，断送了第二、三集团军吗？"

　　"不是这样，焕章大哥。咱们出洋，正是为了打，保下第二、三集团军。"

　　"怎么讲？"

　　阎锡山又给冯玉祥续了茶，方轻声道："蒋介石已是拿定主意要消灭你第二集团军，我们弟兄相携出国，正是要闪避出去。出国后，你我把军队交给手下将领，力量还是完整的。不出半年，国内反蒋之战必起，那时，我们再回来，重新掌握军队，振臂一呼，蒋介石非垮不可。"

　　"倒也有些道理。可蒋介石要是趁我们不在……"

　　"你是说他趁机进攻我们？"阎锡山笑起来，道，"我看他不敢。你我携手出洋，意味着什么？第二、三集团军连成一体！他要真敢动手，那咱们两个集团军只能联合起来跟他拼命。蒋中正不会掂不出其中的分量来。"

　　冯玉祥没有做声。

　　"焕章大哥，咱们一起出洋，不是'逃'，也不是'躲'，而是'闪'。——闪开蒋介石的锋芒，瞅机会再猛身而上。"

　　冯玉祥一拍椅子扶手，道："这话说的是。"

　　阎锡山又道："从另一面说，咱们出了洋，你我两军正好得了缓空，做好与蒋中正开战的准备。所以，出洋便是为了打。"

　　"这么说倒是可以考虑。"

　　阎锡山知道已是说动了冯玉祥，便趁热打铁道："明天，咱们一起回太原，大哥就在晋祠住下，咱们从头细细商议一番，拿个反蒋计划出来。等有了头绪，我到北平检查一下身体，打点一下行装，咱们便动身出洋。"

　　冯玉祥道："那就这么办。"

　　阎锡山笑起来，道："我阎锡山就喜欢跟大哥一起做事，干脆痛快！那明天咱们俩就一同发个出洋通电？"

"好!"

"我明天便吩咐人到天津预订好去日本的船票,派几个人先行一步到日本筹备行馆。你我弟兄到日本过个夏天,再一同到西洋各国走走。"

"唔,好。"

两人一直谈到下半夜,方才散了。

阎锡山回到房间时,梁汝舟正在沙发上垂了脑袋打盹呢。阎锡山轻轻咳了一声,梁汝舟方睁了眼,急忙站了起来。

"你,马上给蒋介石发个电报,告诉他,我要辞去现任所有军政各职,与冯焕章一道出洋。"

梁汝舟一怔,刚要问时,阎锡山又道:"一定要说明,我阎锡山是为了国家和平,避免战争而陪冯焕章出洋的。"

梁汝舟显是有话要说,可阎锡山已是料到他要说什么,只是挥挥手道:"去吧。"

梁汝舟走了,阎锡山舒舒坦坦地坐了,点上一根烟轻轻吸了一口,又"噗"地一声吐了出去,心中生出十分得意来。

"危过去了,机来了。山西安生了。"阎锡山微微一笑。

二、我要一块出洋

阎锡山带着贾景德进了北平。

北平卫戍司令张荫梧将他迎进了司令部。阎锡山一笑道:"张荫梧呀,我动身来你这儿时,还有不少人觉得不放心呢。好说歹说才让我出来。"

"他们怕什么?"

"他们不是怕树倒了压着我,而是怕'草'绊我个跟头。"说到"草"字时,阎锡山加重了语气。

张荫梧立马便明白了,这"草"指的正是蒋介石,便道:"请总座放宽心,北平城里何成浚的兵是不少,可我敢拿脑袋担保,他们动不了总座的一根头发。"

阎锡山"嗤"地一笑,道:"我不宽心?笑话!"

张荫梧连声说"是",又陪着小心道:"不过还是小心为好,咱们不动不惊地瞧病。"

"为什么要不动不惊?"阎锡山瞪起眼来道,"我偏要来个大张旗鼓!我来北平的事,你要给我遍告各大报馆,我还要会见记者,理直气壮地告诉他们,我阎锡山为了国家和平大计,真心真意要把军队交给中央,陪冯焕章出洋。"

张荫梧顿时一头雾水，又不敢多问，只是依言前去安排。

一时间，天下尽知，阎锡山要与冯玉祥一同出洋，他现在正在北京检查身体，准备行装。

前不久看到各方剑拔弩张，都以为一场大战便要开始，国内一片声地惊呼。如今得了这个消息，都松了口气，只道这阎锡山与冯玉祥两人出了洋，蒋介石没了冤家对头，这仗便打不起来了。

蒋介石一听冯玉祥到了山西，又与阎锡山一齐发了通电要出洋，却是吸了一口冷气。

本来局面一片大好，西北军分崩离析，冯玉祥方寸大乱，正要来个快刀斩乱麻，把事儿一举解决，却没想到半路里杀出个程咬金。阎老西蹦出来直着嗓子吆喝反对中央用兵，还要与冯玉祥一起出什么洋。蒋介石知道这是阎锡山使的鬼把戏，这阎锡山是要与冯玉祥并膀子！

听说阎锡山到了北平，蒋介石立马携宋美龄、吴稚晖、孔祥熙几个离京北上，对外只说是避暑，到了北平住进了西山李石曾的别墅，之后派了吴稚晖去请阎锡山前来会面。

几天里，阎锡山在张荫梧的司令部里喝茶、看书、聊天、会客、见记者，逍遥自在。吴稚晖来请，便立即答应下来。张荫梧偷个空儿问他："带多少人去？"阎锡山道："又不是去赴鸿门宴，弄得打雷打闪的，倒让老蒋以为咱们怕他。不用多少人，就带一个副官去便成。"

阎锡山与吴稚晖一起到了西山，车子在李石曾的别墅外停下，蒋介石与宋美龄、孔祥熙笑着迎了上来。

蒋介石上前握住了阎锡山的手，头一句便问："老太爷可好了？"

阎锡山依然笑容满面，脑子却已是拐了几个弯儿，蒋中正话里有话，他是想翻我的眼皮子，仍是若无其事地说："多谢主席牵挂，老太爷现在康健多了。说来也是蹊跷，那些时日中医西医请了无数，都是一个嗓门，没救了。倒是我家五妹子有见识，说定是邪魅鬼祟上身，请人到家来打鬼驱邪。我自然是不信的，可也别说，一阵闹腾之后，老太爷还真就缓过来了，现在越发结实了。哈哈。"

众人都笑起来。蒋介石听出阎锡山舌头上带刺，却也随着笑了。宋美龄更是乐不可支，道："这个法子好，得让做大夫的都学会这个本事才是。"

阎锡山也是笑着，心中却是"哼"了一声。

几个人说着话，向着屋里走去，这个去处几个人都曾一块儿来过的。蒋介石感叹起来，道："想北伐之后，我们在碧云寺祭奠孙总理，转眼已是过了将近一年了。"

阎锡山也道："是呀，真个光阴似箭，物是人非呀。"

蒋介石听出阎锡山话里有话，激动起来："是呀，本来北伐胜利，我等当致力国家统一，和平建设，可李德邻挑起事端，破坏和平。冯焕章无故张皇，挑动混乱，致使大好局面荡然无存，也使我们兄弟情分大受损伤，想来心中不胜悲痛。"

"锡山也是对此好生烦闷，寝食难安。"

这时，进了客厅，几个人都在沙发上坐了。

蒋介石接着说道："如今到了党国生死存亡的紧要时刻，伯川兄于党于国于民，都须挺身而出，主持公道。"

阎锡山道："锡山只想学诸葛孔明，鞠躬尽瘁，死而后已。"

吴稚晖拍掌笑了起来："我说么，到底是革命元老，紧要关头看出本色来了。"

蒋介石也是一笑，把茶杯往阎锡山面前送了一送，道："对目前局势，伯川兄以为当如何举措？"

阎锡山端起茶杯呷了一口，然后轻轻放下，道："锡山的看法在通电里都已言明。一句话，对西北用兵大不可取，再动兵戈于党于国于民皆无半点好处。"

说这话时，阎锡山神态从容淡定，嗓门不高不低，可每个字都带着骨头。

蒋介石道："请伯川兄指教。"

"其一，战事一起，西北军定是不敌中央，但若焕章无奈之下退据甘新，联俄联蒙，将来必为中国大患。其二，国家初建，国基未固，军事若旷日持久，便动摇了国本。其三，北方连年兵旱，民不堪命，若再用兵，不只民困可虑，且恐民怨日深，共党乘机煽动，致蹈苏俄覆辙。"

吴稚晖道："可是放任焕章胡作非为，那中央的威望则荡然无存，和平则更遥遥无期了。"

阎锡山道："只是打个天翻地覆，也未必有利于中央威望。"

"唔。"蒋介石向阎锡山做了个请继续说的手势。

阎锡山道："如是焕章不出洋，中央完全可以军事解决，锡山也不会置身事外，但现在焕章已答应出洋，国事已可无虑，所以更无须用兵。"

"唔。对冯焕章出洋，中央也无异议。"蒋介石道。

"中央此举，锡山极为拥护。锡山还建议中央，撤销对冯焕章的通缉令，出洋时，给予20万元费用和相当名义，顾全焕章面子，不管怎么说，焕章对北伐总是有功的。"

"唔，这个可以。"

"另外，由中央拨付西北军欠饷300万元。"

"这个……也无问题。"

"好，"阎锡山显得高兴起来，道，"为坚冯焕章出洋之意，锡山已答应陪他同去，同时也通电告知了国人，锡山绝不负朋友和国人，将践行前约。"

蒋介石道："如今国家刚刚统一，万端待理，伯川兄为中原柱石，务望体察中央相需之殷，同人相依之切，暂止出洋，共济艰辛。"

阎锡山摇摇头道："还望主席俯念锡山确是为促成国家和平统一，而非消极以鸣个人高蹈，约同焕章出洋，不只免除目前战祸，将来也不至留国家隐患，肯请钧座俯允。"

蒋介石道："焕章必须出洋，而伯川兄却不一定，且伯川兄留下也无害焕章远行。"

阎锡山还是一副沉着模样："与焕章相携出洋，早已约定。如今焕章已到了山西，锡山若不同行，纵使焕章能谅解，不以卖友自利见责，其部属众多，又岂能得到他们的原谅？"

吴稚晖插嘴道："伯川说得倒也在理，只是还应顾念党国大局，舍小信而就大义。"

阎锡山道："锡山与焕章出洋，则军事可停，国家可定，正是大义，也保全了人格，还请钧座玉成。锡山已准备停当，去日本的船都已定好。"

蒋介石没接下茬，脸色沉了下来。

阎锡山却只当没有看到一般，继续道："锡山还欲辞去本兼各职，另外，四省主席也一并请主席另委高人。"

蒋介石与阎锡山虽是一来一往毫不相让，可两人面上都是心平气和模样，话说到这儿，却有点儿撕破脸皮的意思。宋美龄这时急忙笑着说道："我看你们说得累了，先到外面去看看风景，散散步，再接着说吧。"

吴稚晖也急忙打哈哈道："正是正是，我老头子正觉累得难受呢。"

阎锡山却站起身道："多谢夫人、稚老，只是锡山今日约了医生前去检查，不可多待，实在对不住，请允先行告退。"

场面一时有些尴尬，蒋介石接口道："那也好，改日我到城里与伯川兄细谈吧。"

几个人将阎锡山送上车，站在那儿看着车子去了。蒋介石脸上的笑容渐渐僵硬下来，正要说话，宋美龄却已转身进了屋子。

吴稚晖道："嗨，今天这阎伯川怎么啦？怎么蓦地就像小青年的鸡巴，硬起来了。"

这话说得粗鲁刺耳，可也形象生动。蒋介石知这稚老生就的骨头长就的肉，什么时候都口无遮挡，只当没有听到。孔祥熙道："我看阎伯川果敢不如冯焕章，但阴鸷实过之。"

吴稚晖很是生气道："什么出洋？什么辞职？他阎锡山摆明了是要挟中央。"

孔祥熙却哂笑道："阎锡山'钱鬼子'之绰号名副其实呀。他这是待价而沽。"

蒋介石却一直站在那儿没有言语，这时突然转身大步走去，一边走一边高了声道："给东北发电，让张学良马上到北京来。"

三、我有个要求

从西山回来，阎锡山便住进了德国医院。也不见客，也不做事，一心静养起来。这天正坐在沙发上拿了本《春秋》在看呢，贾景德进来报告说：医院四周突然多了不少兵。

阎锡山依然举着书，从书顶上投过眼光瞧着贾景德，问："兵？"

"是。"贾景德有些紧张，"是中央军。不会有什么事吧？"

"能有什么事？怕是蒋中正要来。"

"他要来？怎么没提早打招呼？"

"你且看吧。"阎锡山又低了头聚精会神地看起书来。

贾景德出了门去，没过多久，又回来了，笑道："阎先生料事如神，果然来了。"

阎锡山淡淡一笑，半是讥讽半是得意地道："阎某好大的面子。"

不多时，蒋介石、宋美龄笑嘻嘻地走了进来，后边两个副官抱着许多礼物。

阎锡山这时已是躺在了床上，一见蒋介石与宋美龄，顿时露了意外的神色，接着满面歉意，急急做了下床的样子，道："折杀锡山了，还劳钧座与夫人跑了来。"

蒋介石与宋美龄疾步上前，扶住阎锡山，道："伯川兄躺着说话。"

三个人客气一番，临了，阎锡山盘腿坐在了病床上、蒋介石与宋美龄在沙发落了座。

宋美龄温言问道："阎先生不要紧吧？"

"我这身子真是不争气，"阎锡山道，"不知怎么，昨晚肚子猛不丁便疼了起来，想是旧病发了，今天打了针吃了药，感觉才好了些。"

蒋介石道："伯川兄还得注意身体。"

阎锡山感叹起来："到底是老了，身子骨一天不如一天了。正好，这次借着出洋的机会，到外边调养一番。"

蒋介石微微皱了一下眉，道："唉，如不是诸般事务缠身，我倒是极愿与你携手出洋，畅游天下，想想确是人生乐事。"

"这可不行，锡山可有可无，可国事党事怎么能离得了你？"

蒋介石使个眼色，宋美龄寻个借口出了门去。

屋子里只剩下蒋介石与阎锡山两个人。蒋介石极诚恳地说道："伯川兄，中正再次郑重请你为国计，为和平计，打消出洋念头。"

阎锡山垂了眼皮，轻轻"唔"了一声，不知是什么意思。蒋介石又道："伯川兄有什么困难，有什么要求，你我皆不是外人，都请直言。"

阎锡山想都没想，便将手摆了起来，连声道："没什么要求，锡山于公于私皆无半点要求。噢，如果说有的话，那便是允我出洋。"

蒋介石道："我倒对伯川兄有三个要求。"

"噢？请讲请讲。"

"第一，请你答应，担任民国陆海空三军副总司令。"

阎锡山抬眼看向蒋介石，正与蒋介石目光碰在了一起，蒋介石那眼神，极是殷切真诚。阎锡山自能掂得出三军副总司令的分量，在中华民国，可说是一人之下万人之上。心里一动，暗道：老蒋倒是下得大本钱，只是不知里边有没有猫腻。阎锡山重又垂了眼皮，也是真诚地说道："多谢钧座信任，只是锡山实难当此大任。"

蒋介石也从那一碰的目光里，看到阎锡山的心底去，断定阎锡山已是心动了，便道："中正当向中央举荐。"

阎锡山摇头道："锡山如今只想与焕章一起出洋。"

蒋介石却如没听到这话一般，又往前俯了俯身，道："这第二项要求便是就任西北宣慰使，处理西北善后事宜。"

做了西北宣慰使，那河南、陕西、甘肃几省便可接管过来，华北到西北大半个中国便都归入了自己的口袋里。副总司令是个高帽子，这个宣慰使倒实打实是一块肥肉。阎锡山心中一阵暗喜，脸上却依然平静如水，蹙起眉头道："西北与河南情形极为复杂，第三集团军断无此等力量维持。"

蒋介石却坐正了身子道："中央深知第三集团军任务极重，故拟拨军费2000万元。"

阎锡山一听这话，心思已是接连翻了几个跟头，掩着嘴轻轻"咳"了三五声，拿定了主意。正如做买卖，哪个先喊出价来，哪个便要落了下手，此时，还是要不动声色，便道："锡山对钧座感激不尽。只是力不从心，只愿辞去军职，将第三集团军一个不剩交与国家。"

蒋介石知道阎锡山比泥鳅还滑，却拿定主意不去满池子捉他，只在水口上张起网等着，便又道："这第三顶要求，便是请伯川兄应允，让次陇兄担任国民政府监察院院长。"

"次陇德才兼备，他能担得起。"

"伯川兄，此三项，请你务要答应，为国多劳。"

"我阎锡山做人向来是崇尚实诚，若答应了一定要做到，要是做不到的一定不答应。"

"这方面，中正特别钦佩伯川兄。"

蒋介石觉得这时水要开了，倒不想紧着添柴，转眼看到床头上放的那本《春秋》，便转了话题道："伯川兄喜欢看《春秋》？"

阎锡山一笑道："闲来没事，聊以解闷吧。"

蒋介石道："说到《春秋》，我便想起那幅《关公夜读春秋》的画来。武圣是你们山西人，是我敬仰的英雄人物。"

阎锡山断定蒋介石闲话中藏着机关，更加警觉起来，嘴上漫应道："可惜临了走了麦城，到底还是曹操、孙权英雄。"

蒋介石听出阎锡山话里掺着刺，还是装作不在意的模样说道："在河南省辉县一座关帝庙里，我曾看到过一副楹联，着实有些意思。"

"噢？"

蒋介石略略想了一想道：

> 春秋大一王，拒北和东，诸葛尚非知己
>
> 纲目存正统，尊刘抑魏，紫阳方是同心

阎锡山低声重复一遍，已是品出滋味来，长长地"噢"了一声，道："着实有些意思。"

蒋介石说的这副联楹很是有名。上联的意思是，在如何对待东吴的事儿上，诸葛亮主和，关羽主战。两人不是知己。下联里的紫阳是安徽一个地方，宋时的朱熹曾在这儿著书立说，意思是说关羽与朱熹都有维护正统的思想，两人虽然所处朝代不同，但观点完全一致。

阎锡山暗道：蒋中正还会弄这一手，便笑道："你们浙江省江山县，有一个去处叫——对了，叫仙霞岭，那儿的关帝庙里有一副对联，也很是有趣。"

"写的什么？"

阎锡山徐徐念道：

> 拜斯人，便思学斯人，莫混账磕了头去
> 入此山，须要出此山，当仔细扪着心来

这联有让人处心公正，明白事理，对人要讲信义，不能不分好孬的意思，蒋介石自然也明白阎锡山这是在给他上眼药，心中也是"哼"了一声。

两人对望一眼，"嘿嘿"一笑。

正在这时，宋美龄与贾景德走了进来，宋美龄道："瞧瞧，本来说好了是来看阎先生的病的，怎么反倒说起来没头了不是？阎先生要多休息，有空再说不成吗？"

蒋介石这才像突然醒过来似的，也笑道："夫人说的是。"一边说一边站起来，"伯川好好养病，改天再来看你。"

阎锡山一边作势要下床相送一边说："不敢当，实在不敢当。"

蒋介石与宋美龄又劝阻起来，临了，才由贾景德替他送出门去。过了一会儿，贾景德回到病房，却见阎锡山正垂着眼皮在房里背着手转悠。

贾景德问道："阎先生，老蒋待了这么长时间，有啥事呢？"

贾景德向来谨慎，话一出口，便知道自己犯了忌讳，多嘴了。

偷眼看去，阎锡山却像并没在放在心上的样子，在床上安然躺了下来，答道："谈买卖！"

四、不拘泥小节

一阵刺耳的刹车声响起，几辆大卡车在北平饭店的门前猛地停住，还未停稳，持枪的士兵已接连从上面跳了下来，一溜烟跑向饭店的各个出口。另一队则跑步进了饭店大门，在大门到楼口之间的路两边，面向外站成了两排。

一时间，北平饭店弥漫了杀气。

过了一会儿，三辆车又开到，头前与后边都是卡车，中间一辆轿车。车子直接进了院子，在楼前停下。卡车上又跳出许多兵来，这些兵都配着盒子枪，下了车后，也不言语，只是迅速跑向四周站好。

一个副官模样的人上前打开了轿车的车门，一个人从容迈了出来。此时虽是晚上 8 点多钟，可借着四周的灯光，仍能看出此人气度很不一般。这时，楼门里快步走出一人，也是一身戎装，到了跟前，立正敬礼。

来的那人还了礼，两人握起手来，又说过三两句话，便一起进了楼去。

这一切，极像如镜般平静的湖面上，突地蹦起一条鱼儿，打个水漂，便无声无息了。

冷月如钩。北平饭店又恢复了寂静。

医院里，张荫梧与贾景德，急急来到了阎锡山的病房门前。这时已将近子时，病房里悄然无声，显然阎锡山睡得正香，两个人在门口跟哨兵低声打个招呼，贾景德刚曲起手指要敲门，便见屋里灯光亮了，接着便听阎锡山的嗓门响了起来："是煜如跟桐轩吗？进来。"

阎先生真是警觉，睡觉都睁着一只眼！两人心中佩服，推门急步走了进去，见阎锡山盘腿坐在床上，贾景德低声道："阎先生，张学良到北平来了。"

阎锡山一怔道："张学良来了？"

贾景德道："是，就住在北平饭店。"

张荫梧道："我的人来报告说，蒋中正与张学良今晚在北平饭店会了面。"

阎锡山脸一沉，身子顿时挺直了，眼珠子转了一转，又问："探听到他们会面干什么了吗？"

张荫梧道："没有。他们两个关起门谈了两个多钟头，之后蒋中正就急急地走了，过了不多时，张学良也离了饭店，动身上火车回东北了。我的人回来说，他们都鬼鬼祟祟的。"

"噢。"阎锡山想了半响，轻轻地摆了摆手，道，"蒋中正这人就爱玩鬼吹灯，我看也不会有什么大事。半夜了，你们都回去歇了吧。"

贾景德与张荫梧没想到阎锡山会这样说，愣了一愣，便转身出了病房，没走几步，身后病房里的灯灭了，两人都觉得有些蹊跷。

听得脚步声远了，阎锡山从床上一下子坐了起来，咕嘟道："好事不背人，背人没好事，"想了半响，又下了床，在黑黑的病房里，背着手一圈一圈地走着，一个大大的问号一直在心里翻着跟头：蒋中正与张学良背着我在北京相会，偷偷摸摸到底想捣什么鬼？

阎锡山一直转悠了大半夜。

天一亮，阎锡山便吩咐贾景德，安排车辆。去见蒋介石。

一听阎锡山的车子到了西山，蒋介石便笑了起来，自己使的敲山震虎之计成了。

在北平几次见面，阎锡山出人意料地强硬，着实让蒋介石觉得蹊跷。后来琢磨出了究竟，这阎老西是在跟他做买卖，手里的"货"便是冯玉祥，他是拿冯玉祥要挟中央。识破了阎锡山的招术，蒋介石便有了对付的套路，也拿出了自己的"货"，这便是张学良。他招张学良来北京，只说要商议东北军政的事儿，实是要摆个架势给阎锡山看。让这阎老西明白，再不松口，中央不再指望他了。果然，阎锡山一来，蒋介石便知道自己的药引子已是起了效了。

蒋介石带着一副惊讶的神情快步迎到了门口，道："伯川兄，你怎么来了？病体未愈，有事你打个招呼，我去你那儿便是了。"

阎锡山随着蒋介石进了屋里，道："打过针服过药后，感觉好了许多。山西那边这事去那事来，我得赶紧回去处置。走前想了些事，想跟钧座聊聊。"

蒋介石道："伯川还是急脾气，养病要紧，其他的事等病好了，再慢慢去做也不迟。"

"国家事一日不宁，锡山一日不安。"

"伯川兄忧国忧民，着实让人感动呀。"

两个入了座，阎锡山道："钧座前日说的话，锡山仔细琢磨了，很是感念中央期待之深、钧座信任之重，在此国家和平危殆之际，锡山断无置身事外之理，故而遵从钧座要求，暂罢出洋之念，与钧座一起共渡时艰。"

蒋介石松了口气，心下得意，脸上却是一派兴奋感动的神色，道："伯川兄不愧革命元勋，中正感激莫名。"

"牺牲前约，自古所难，但对国家有利，不违备信义，锡山也不能拘泥小节。"

"伯川此言足显革命气概。"

"方今建设万端，最要者莫若编遣，唯有尽快将我部编遣完成，然后再放洋游历，履行前言才好，如此既循公家之急，又能践个人之约，正可兼顾两边。"说这话时，阎锡山隐隐有些气恼，又略略有些丧气。

本来这盘棋下得极是顺手，先是坚决反对中央对西北用兵，大张旗鼓要与冯玉祥联手出洋，摆明了晋军要与西北军并起膀子，让蒋介石不敢打山西的主意。将冯玉祥接到山西，其中更有深意在，那便是他要圈住这只猛虎，哪个敢来招惹，便打开笼门放出来。如此，他阎锡山便成了决定轻重的秤砣，天下安危的缰绳便握在了自己的手中，所以，在蒋介石面前，阎锡山头一次梗起了脖子。这次蒋介石出手大方，阎锡山明白自己的计策已是成了，心下暗自得意，却没想到，蒋介石又跟张学良勾联起来。

昨晚，阎锡山想了半宿，算计个清楚。他断定，蒋介石暗会张学良，定是看他一直没有松口，起意要另寻出路。而这样一来便险了。蒋介石许给他的好处一风吹了不说，他定好的计策也立马落了空，自己的分量顿时便由秤砣变成了尿泡，更让人担心的是，蒋介石与张学良极有可能南北夹击，那山西一下子便进了油锅，这亏吃大了，因此，阎锡山立马转了主意，低头装起了孙子。

蒋介石知道阎锡山是给自己找个台阶下，心中暗笑，面上却是一派真诚，道："如此甚好。他日中正也极愿意与二位兄长相偕出国，以保全革命之亲爱精神。"

阎锡山也道："想想我们三人一齐出洋游历，真个其乐无穷。"

"不过……"蒋介石沉吟道，"要是焕章在，则中央威望难以维持，故而眼下当请伯川催促其先行出洋，如此于公于私皆可两便。"

"这个使得。"

两人沉默了一会儿，蒋介石往阎锡山身边斜了一下身子，道："伯川，要是焕章执意不出洋，那你便把他送出山西，以免物议，中正对各方也好有个交代……"

阎锡山心中冷笑，嘴上却道："钧座对焕章始终包容，爱护到底，锡山感佩同深。锡山真心替中央着想，焕章出了山西便成了个刺猬，抱也抱不得，扔也扔不得，打也打不得，难以处理。而焕章留在山西，则大为相宜。其一，他再也无力反抗中央，从此和平可期。其二，不让他离开，有什么罪名和风险，由锡山一力承担。钧座也有回旋的余地。"

这话说得合情合理，还有些知疼着热的意思。可蒋介石心中清楚，阎锡山还是想把冯玉祥做宝贝疙瘩，用他来玩把戏，便又沉吟一下道："伯川兄谋事深思熟虑。不过焕章总是个疙瘩，终究要解开。我看在山西可由你做出处理，要是你认为不合适，中央可派人前去处理。"

阎锡山听出蒋介石的意思是想要冯玉祥的命，不由后脊梁一阵发凉，心中暗叫这个蒋中正心肠忒毒，脸上却是不动声色，道："锡山一向主张，处事必须得中，宇宙万象，人间万事，均是得中即成，失中即毁，须不偏、不过、不及，横不碍其他，竖不碍将来。"

这雾里云里的一番话，蒋介石自是听不出个子丑寅卯来，只是"唔"了一声，道："此事一切责任，皆由中正来负。"

拿我当小毛孩子呢！冯玉祥要是在山西出了事，说破大天也没人信跟我阎锡山没干系，冯玉祥手下的那群虎狼还能跟我善罢甘休？这不是把火引到我的窝里去？你蒋中正打的好算盘！阎锡山却没接这个话茬儿，显了若有所思的样子道，"前几日与钧座说到关帝庙的对联，着实有意思。昨日吃饭时，我又想起云南异龙湖边的关帝庙里，也有一副楹联，写得很是不错。"

蒋介石只得敷衍问道："噢，说来听听。"

阎锡山清了清嗓门，朗声说道：

> 异姓胜同胞笑他人同胞异姓
>
> 三分归一统恨当年一统三分

"唔，果然有意思。"蒋介石听出了味儿，向着阎锡山看过去，阎锡山却定定地看着窗外，眼眯着，一双眸子陷在眼窝里，深不可测。

五、老蒋要杀你

阎锡山回到山西，在太原住了两宿，便径奔晋祠。

冯玉祥见了阎锡山很是高兴。自打驻到这儿来，太原方面照料得很是热情周到，阎锡山三天一趟，五天一回前来看望，冯玉祥很是舒心，直说阎锡山够朋友。只有一样，到这儿许多时日了，往后怎么办，阎锡山却一直没撂个准话。冯玉祥暗暗着急。如今见阎锡山从北平回来，估摸事儿已是有了着落。

两个人关起门来，阎锡山把在北平会见蒋介石的事说了，自然是把他为冯玉祥和西北军争条件的事着实描绘了一番，而蒋介石要他当陆海空副总司令等诸般事儿一字不提。冯玉祥听了自然要感激一番，这时阎锡山才把暂缓出洋的事儿说了出来。

冯玉祥听了一愣，脱口问道："怎么啦？"

阎锡山道："在北平时，老蒋对我讲，中央马上要着手对军队实施编遣。听口气，这回要动大刀子，咱们第二、三集团军定不会有好果子吃。我寻思，咱俩要是一起出了洋，第二、三集团军便没了出头说话的，到时他老蒋不就想怎么处置便怎么处置了？因此，我翻来覆去地想了好久，还是编遣完了之后再出洋最好，大哥你看如何？"

冯玉祥心下一沉，微微皱了一皱眉道："伯川言之有理，这样吧，你留下处置编遣的事儿，我回西北去。"

"不，不，不。"阎锡山道，"那样蒋中正肯定发兵打你，正中了他的诡计。"

"那我单独出洋。"

阎锡山急了起来，道："焕章大哥，你如不等我，不是让我人格破产吗？我阎锡山不能自己打自己的耳光不是？

冯玉祥想了一想，道："我在此长住下去，日子倒是过得舒坦，可少不了要给你惹出事，我早走一日，你也少一日累赘。"

阎锡山道："焕章大哥，说这话便是见外了。就是当蒋中正的面我也说了，我与你共进退。大哥还是安心在这儿等我三两个月，等编遣的事儿一办利索，咱俩立刻便走，不好吗？"

看阎锡山脸上一片真诚，冯玉祥心思转了几转，如果自己执意要走，朋友的面子不好看不说，只怕还要撕破脸皮，以前下的力便白费了，往后的事更不好说了，便道："好，我便在这儿等你。只是打扰了，在这里住着读书写字，倒是适意得很。"

阎锡山却摇头道："大哥，这个去处住不得了。"

冯玉祥听了很觉意外，道："怎么着？"

"蒋中正要对大哥下手！"

"噢？"

阎锡山从口袋里掏出一张纸来，递给冯玉祥。冯玉祥接过一看，却是一份电报，上面写的是：让蒋介石于二日从石家庄派出便衣宪兵悄悄到太原，用大汽车秘密把冯玉祥劫走，再用火车走正太线送到南京去。

阎锡山道："我回来时，方本仁随着我一起到了太原，他定是探听到你住在晋祠，所以才给蒋中正发这个电报的。"

冯玉祥问："你怎么得了他这电报？"

阎锡山一笑道："这方本仁用特别电码拟了这份电报，让我的电务处代发给蒋中正，他以为这特别电码别人译不出来，却不知他手下的一个副官跟我的人很有交情，故而……全给破译了出来。"

其实，阎锡山的话半真半假，他的电务处译出了蒋介石的电报是真，可方本仁的副官泄了特别电码却是假，实是阎锡山的电务处有几个绝顶高手，破译电报极有本事，是他们破译了方本仁的密码。阎锡山之所以不吐露实情，实是因为冯玉祥也常从他的电务处往外发报，故而多了个心眼儿，不想让冯玉祥也警觉起来。

"噢，"冯玉祥显然没怀疑阎锡山的话，冷笑一声道，"这个蒋中正，真是心狠手辣呀。"又细细看了看电报，说："二日便来捉我，还有两天。"

阎锡山有些神秘地一笑道："这个大哥倒是无须担心，在发他这个电报时，我已将'二'改成了'五'了。"

冯玉祥暗暗点头，这阎锡山，分明就是个没毛的狐狸，电报经他这么一改，老蒋动手的日期便推迟了三天，却道："我就在这儿等着，我倒要看看，他蒋中正如何料理我。"

阎锡山却是大不以为然的样子，摇头道："焕章大哥呀，有道是好汉不吃眼前亏，这是何苦呢？跟你说句掏心窝子的话，你在山西有丁点儿闪失，我阎锡山对不住大哥且不论，也没法向西北军的弟兄交代呀。"

这话说得实在，冯玉祥点点头道："那你怎么打算？"

"晋祠虽是安逸，可这儿杂人太多，地形又不利于防备，容易出事，我想咱们另到一个去处安下为好。"

"哪儿？"

"建安村。那儿是我岳丈在的村子，建着两座别墅，我一座，我妻舅徐一清一座，你若去住在他那儿，那个去处很是僻静，乱人少，也好护卫，可保万无一失。"

"嗯，就依伯川。"

"还有五天时间，咱们还可从容准备，到时悄悄动身。"

送走了阎锡山，冯玉祥在院子里呆呆站了足有一顿饭的工夫。

到了第三天上午，阎锡山亲自接冯玉祥到了建安村。

徐一清的别墅紧挨着阎锡山的行辕，就在建安村外二三里远近的去处，周围绿树葱葱郁郁，幽静舒适，冯玉祥很是喜欢。当晚在徐公馆里开了一场宴会，宴会完了后，阎锡山与冯玉祥又关起门来，嘀咕了老半天，方才散了。

阎锡山回了自己住的别墅，把杜春沂叫了进去。

杜春沂一进门，便见阎锡山正沉着脸、低了头琢磨事儿，他不敢说话，立正戳在那儿。过了半晌，阎锡山才抬起头，紧盯着杜春沂道："给我说说，派你来这儿干啥？"

"警卫。"

"警卫哪一个？"

"冯玉祥！"

"冯玉祥又是哪个？

"这个……原先是军政部部长，第二集团军总司令……"

"还是我的盟兄。明白不？"

"是。"

阎锡山站起来，到了杜春沂跟前，定定地盯着他说："我且来考考你，假如你是条蚂蟥，怎么才能活呢？"

杜春沂一时有点丈二和尚摸不着头脑，不知老总为什么没头没脑地问出这么一句来，想了半天，才说："叮在牛身吧。"

"嗯，"阎锡山带着几分神秘的神色道："倒还不笨。我再问你，叮在牛身上的蚂蟥，要是不打它，怎么才能死？"

阎锡山这东一锒头西一棒槌的，把杜春沂问得头大，唔唔了半天也没说出答案来。

阎锡山脸上有了些许得意的神色，道："不知道便告诉你，牛死了，它便死了。"

杜春沂一阵迷糊，老总跟他说这牛呀蚂蟥的、活呀死的，到底葫芦里边卖的什么药？正在寻思呢，就听阎锡山道："蚂蟥，就是你。牛，便是冯焕章。你就给我叮在他身上。他只要有个好歹，你也别想好过，你要给我拿脑袋担保。"

说这话时，阎锡山瞪大了眼睛，眸子里冷光闪烁。杜春沂打了个冷颤，急忙脚跟一碰，挺直了身子，大声道："是！杜春沂拿脑袋担保。"

"这建安村放个卫队旅，你要亲自在这儿指挥，一步也不能离开。"阎锡山上前一步，道，"给我牢牢记着这么几点。"

"是。"

"第一，只能让冯焕章在建安村四周方圆五里的去处活动，不能让他走出这地界一步。"

"是。"

"第二，不能让冯焕章少一根头发。"

"是。"

"第三，好酒好肉伺候好。冯焕章要是胖了，我这儿有赏；要是瘦了，我便割你的肉！"

"是。"

"第四，有什么动静要立马报告，直接跟我说，一刻也不能耽搁。"

"是。"

阎锡山突然又道："你把适才我说的话重复一遍。"

杜春沂复述了一遍。阎锡山又道："我且问你，要是冯玉祥闹起脾气来，非走不可，你怎么办？"

"他就是吃了我，也不让他走成。"

"唔，要是中央来人要接冯玉祥走呢？"

"一样，就是蒋总司令来接，没总司令你发话，也不让他走。"

"嗯，就这么办。"阎锡山仍是露了不放心的神色道，"在忻州我安了一个宪兵旅，从那儿往东来的客车我已下令全部停开，可以说是万无一失，就看你这儿了。你平日做事稳当，才给你这差使。我再说一遍，你要给我办砸了，我可饶不过你去！"

杜春沂道："请总司令放心，要是出了事，杜春沂自我了断。"

走出阎锡山的住处时，杜春沂摸摸额头，满是汗水。

第十章　道高一尺　魔高一丈

一、敢在总司令面前亮家什

自从冯玉祥到太原以后，蒋介石就派张群、吴铁城等重要人物，携带大量金钱到山西活动，要求阎锡山不要容纳冯在山西避难。上海反蒋团体、西南反蒋实力派，也都派代表到太原活动，力图促成阎冯合作反蒋。

——凌勉之　曾任第二集团军政治部副部长

在建安徐公馆住下不几天，冯玉祥便觉出有些不对劲儿。

刚到山西住在晋祠时，阎锡山三天一趟五天一回，送东送西，嘘寒问暖，让冯玉祥很是心热，可自打来到建安村，便没再见这人的影子。问了杜春沂好几回，不是说不在太原，就是这事那事。又见四周白天黑夜都有哨兵把把瞧瞧，便是出门走走，也总有几个兵像狗皮膏药黏在了身上，走哪儿跟哪儿。杜春沂口口声声说是为了保证他的安全，可冯玉祥越来越觉得，事儿有些不祥。

这日，冯玉祥正在寻思呢，参谋尹心田从太原回来了，报说得了消息，阎锡山要当民国三军副总司令了，又探听到邻近的村子全都戒严，忻州往东的车全都停开。冯玉祥一下子明白了，上了阎锡山的圈套！

正气得浑身发颤呢，一个人挑着食盒走了进来，那是杜春沂安排的送饭的，众人都叫他老四，老四打着哈哈道："冯先生，吃饭吧。"

冯玉祥上前一脚踢翻了食盒，盘盘碟碟飞了出去，汤汤水水洒了一地，吓得老四脸上没了血色，一溜烟地跑了。冯玉祥的参谋和卫兵，听到动静不对，全都跑了过来。

冯玉祥敞开喉咙叫道："走！到太原找阎锡山去！"

众人听了这话，立刻动作起来，转眼间便准备停当，一齐上了卡车。

车子冲出大门，却见路当央站着一队人挡住了去路，头前一个背盒子枪的官儿，身后跟了十几个兵。众人认得那人，名叫张得法，是杜春沂手下的排长。

车子猛地刹住，张得法扬手道："停下！"

李二牛跳下车来，骂道："你他娘的眼珠子长到屁股上了，没看到俺们冯总司令在车上吗？"

张得法却道："冯总司令在车上更不能走了，前边有情况，出了事哪个担当得起？"

冯玉祥从驾驶室里直窜出来，阔着嗓门吼道："阎锡山弄他娘的什么鬼把戏，老子是他的俘虏吗？"

张得法看到冯玉祥暴怒起来像头狮子一般，有些胆怯，往后退了一步，向着身边的一个小兵递个眼色，那小兵明白了排长的意思，拔腿便跑。这时，四下里哨声急响，又有几百号士兵赶了过来，个个手里提着家什，将冯玉祥他们围在了中间。

杜春沂的住处离着徐公馆不远，这时正躺在床上抽大烟呢，听了报告，愣了一愣，道："他娘的，疮口到底流出脓来了。"把烟枪一丢，带着卫兵向外便走。

到了徐公馆门口，远远便见手下的卫兵聚成一团，举了枪如临大敌一般，便紧跑了几步，拨开手下到了里边，却见冯玉祥正指着张得法的鼻子大骂，冯玉祥手下的几个卫兵和参谋也拔枪在手，满脸怒容。

杜春沂向着他的兵大声喝道："干什么干什么？哪个这么大胆？敢在冯总司令面前亮家伙，都给我滚远点！"骂着，照定张德法的屁股踢了一脚。

杜春沂的兵往后退了几步，杜春沂脸上堆起了笑容，向着冯玉祥鞠了一躬道："对不住冯总司令，对不住冯总司令，这些东西全没长眼睛，惹冯总司令生气了。"

冯玉祥脸色铁青，硬邦邦地说："杜春沂，甭说这些没用的，把路让开，我要到太原去见阎锡山！"

杜春沂还是陪着笑脸道："冯总司令，你多担待，这怕不成，路上太不安全了。"

"我冯玉祥生死与你们何干？"

"冯总司令，话不能这么说，你是我们老总请来的客人不是？老总给我撂过话的，你要是少了一根汗毛，他要我的脑袋。"

"那让阎锡山来见我。"

"老总不在太原，到外地去了。"

"哼！"冯玉祥一声冷笑，"我看你也跟阎锡山学得一样了，满嘴里没一句实话。"

李二牛几个把盒子枪对准了杜春沂，喝着："让道！"

杜春沂脸上露了为难的神色，却并不闪避，道："冯总司令，你要是离开建安村半步，我也活不成了。"

李二牛吼了起来："奶奶的，我们冯总司令是你的囚犯吗？"

杜春沂像要哭出来的模样，说道："冯总司令，我也是个说了不算的小官儿，你叫我怎么办呀？"

冯玉祥怒极反笑："好办，要么你让道放我们去太原，要么你就……"说着一把抄过李二牛的盒子枪，扔到了杜春沂的怀里，然后一拍胸膛，道："往这儿打！"

杜春沂像捧着块火炭一般急忙双手将枪递了回来，连连往后倒退，不停地抱拳叫着冯总司令。

冯玉祥"哼"了一声，向着手下人喝道："上车，走路！"

车子刚往前挪了几步。杜春沂突然跪倒在车前，带着哭音道："冯总司令要是路上有丁点儿闪失，那我定也活不成了。冯总司令不可怜我们这些当兵的，那就把我们全都轧死吧！"

杜春沂手下的兵也随着一起跪在了地上。

冯玉祥一时没了办法，又是气又是急，只是点划着这些晋兵道："你们……你们……"

正在这时，就听"轰隆"一声巨响从远处传来，众人齐齐扭头看向那边，便见一股烟尘直腾起来。

众人正在惊疑，杜春沂道："不瞒冯总司令，属下已是派人把去太原的那座桥给炸了。"

那座桥冯玉祥知道的，桥下有一人深浅的水，桥一断，开车去太原是绝对办不到了，冯玉祥咬牙冷笑道："到底是阎锡山的人，什么下三滥的手段也会使。"

正在骂呢，就叫有人大声道："你们且闪开！"却是冯夫人李德全气昂昂大步走上前来。众人都静了下来。到了跟前，李德全对冯玉祥道："冯先生，咱们回去。"冯玉祥一愣时，李德全又向着李二牛道，"二牛，搀着冯先生回屋去。"

嗓门虽是不高，却是不容置疑。李二牛向着另几个卫兵递个眼色，众人上前，簇拥着冯玉祥往回便走，转眼间，西北来的人全都退回了徐公馆。

杜春沂从地上爬了起来，叹口气道："我那阎老总哎，趁早把我毙了得了。"

冯玉祥进了屋子，尤是气得浑身乱颤。李德全端过一杯茶来，放到桌上，坐了下来，静静地看着冯玉祥在屋子中央转了半晌，方轻声道："冯先生，现在不是置气的时候，我们如今已是到了悬崖边上，要是一步走错，便是大祸事。你掉下去不说，咱们西北军也就全完了。再说，你向外边那些兵发火能有什么用？他们又做不得主。"

李德全轻声细语好一通劝，冯玉祥的火气略消了些，想想自己的西北军，又想想自己这一脚迈进井里，不知怎么个结局，还是恨恨地"咳"了一声："没想到中了阎锡山的奸计！"

出了事儿，杜春沂自然不敢怠慢。待事儿平息下来，立马到了太原，向阎锡山原原本本地报告了一遍，阎锡山点点头："好，不错，就这么干。"

杜春沂道："总座呀，你是不知道呀，当时那个冯玉祥就像头狮子一样，恨不得一口把我给吞了。"

阎锡山听出杜春沂有表功的意思，便走到墙边的橱子旁，从口袋里掏出钥匙，开了锁，拉开一个抽屉，拿出一沓票子来。

杜春沂知道老总这是要赏他了，心中暗暗高兴。

阎锡山站在橱子跟前仔细数了两遍，方转过身，到了杜春沂面前，道："干得好，就要奖。"把钱往杜春沂手里一放，又在上面轻轻拍了一拍，道，"往后还得好生在意，给我看紧了。"

杜春沂看到只有薄薄的几张，顿时有些失望，脸上却装出激动的样子道："多谢总座。"

杜春沂从阎锡山那儿出来，骑了马走出一段路去，方从口袋里掏出阎锡山奖给他的那沓钱数了一数，正好五十，不觉有点儿好笑又有点儿着恼，将这钱往身后的卫兵怀里一丢，道："拿着，赏你们喝酒去吧。"

"多谢旅长，多谢旅长。"那两个卫兵眉开眼笑。

杜春沂却板起脸来道："干得好，就要奖。往后给老子好生干。"

二、冯先生的妙计

西北军司令部突然一片声吵嚷起来，就见十几个兵被反绑着，推进了院子。二十来个背枪的兵在后边厉声喝令他们跪下，可那帮被绑的兵不但不跪，还直了嗓子高声叫骂起来。

代总司令宋哲元与总参谋长石敬亭、甘肃省主席刘郁芬几个正在商议事情，听到聒噪，便一起走了出来。宋哲元站在台阶上喝道："这是干什么？"

一个连长上前报告说："这些人劫了往甘肃运粮的车。"

刘郁芬一听便瞪圆眼睛，叫道："这是谁的兵，这么无法无天？"

那连长道："孙总指挥的。"

刘郁芬一听是孙良诚的手下，便闭了嘴，转过脸来瞅着宋哲元，那神情很有些奇怪。

自打冯玉祥去了山西，西北军真个是山中无老虎，猴子称大王，一些骄兵悍将都成了摘了金箍的孙猴子，再也不服管束。尤其这个孙良诚，以前冯玉祥在时，拿着他当宝贝，惯出来的脾气，寻常走路都横着身子。所以，宋哲元一听这话，便打个了顿儿。

刘郁芬已是看出宋哲元有些怵头，便阴阳怪气地说："我说明轩呀，要是这事放过去，咱西北军不乱了套？这兵还有法带吗？"

"你说怎么办？"

"前有车后有辙。去年在河南，有几个兵闯馆子吃红烧肉，你不记得冯先生是怎么办的了？"刘郁芬把话挑到了舌头尖子上。

"杀！"宋哲元一声喝罢，掉头便进了屋去。只听身后那几个兵直着嗓子嚷嚷成一片：

"鸟，老子不服！"

"娘的，吃粮当兵，不给顿饱饭，不是欺负人吗？"

"老子不当饿死鬼！"

宋哲元在椅子上坐了，眉头拧成了疙瘩，"呼呼"喘起粗气来。

日子实在过不下去了。西北这几年就没落几个雨星儿，地皮干得都扒了嘴，庄稼几季颗粒无收，树皮、草根都让百姓啃光了，到处倒着饿死的人，有的地方竟然出了换孩子吃的惨事儿，便是在野外与土匪作战被打死的士兵，有的没来得及埋，就让饥民割肉吃了。城里边，人也都饿疯了，那街上卖大饼的，都在案头放一把刀，防备饥民上来抢夺。

西北军的日子自是一天难过起一天。自打冯玉祥跟蒋介石翻了脸，国民政府便一个子儿也不拨了，几十万大军穷得掉了底儿，军饷自是不用指望，军食眼看也要接济不上，全军上下都已沉不住气，就连副总参谋长曹浩森也离了陕西，投了蒋介石，有些兵也干起了杀人劫道的勾当，眼看局面撑不下去了，又没有出路，宋哲元头都大了。

石敬亭这时走了进来，劝道："明轩，我已将人拦下了，此事还需斟酌。"

刘郁芬却在后边道："我说筱山呀，斟酌啥？眼下全都成没窝蜂了，只有杀几个才能镇得住。"

石敬亭笑起来："刘主席，如今冯先生不在，吃的用的全接济不上，军队不安稳，当力求别出事才是。杀几个人，怕是非但镇不住，还会惹出大乱子来。"

刘郁芬不耐烦地道："别跟我说这些好听的，不就是怕惹孙良诚？"

石敬亭刚要说话，刘郁芬却扭头向着宋哲元道："明轩，你是代总司令，你做主，杀还是不杀？"不待宋哲元开口，却又说道，"不过话可说在前头，这事你要是松了口，那再出这样的事，别人可不管。"

刘郁芬本来就是个小心眼儿，跟孙良诚是冤家对头，与宋哲元也不对付，正要借着这事出气，也给宋哲元些难堪。石敬亭暗暗着急，便道："此事还须寻个两全的法子。"

宋哲元皱着眉头，没有做声，刘郁芬又道："明轩呀，你难道真怕了孙良诚吗？你凤翔杀土匪时那股子狠劲哪儿去了？"

宋哲元平素少言寡语，但在西北，却是有名的手辣。民国十七年十月时，他率部攻下了凤翔，打死了叛乱的党玉琨，俘住了党玉琨手下5000多人，当天就将500多名俘虏剁了脑袋。当时，这边开刀杀人，鬼哭狼嚎，血流成河，宋哲元却在一旁喝茶谈笑，若无其事。杀完这些俘虏，宋哲元又传令下去：让各部拿住的俘虏，当天夜里也照着样子全部砍头。这一回大开杀戒，只杀得对手闻风丧胆，也杀得宋哲元狠辣之名传扬西北。

如今听刘郁芬拿这事难为宋哲元，石敬亭忍不住道："如今情势不稳，还是以笼络为上。"

宋哲元突然问石敬亭道："筱山，你说怎么办？"

"是否将他们交给孙良诚处置。"

"不可。"宋哲元摇摇头道，"那我们今后将无法统领全军。"

"每人打五十军棍？"

"唔……"宋哲元略想了一想，点点头道，"好。打五十军棍！"

话音刚落，就听"咣"地一声响，两扇房门应声大开，一个人咧着架子走了进来，在屋里中间岔开腿站定，阔着嗓门叫道："好呀，打！"

是孙良诚到了。

石敬亭上前道："绍云来了，哈哈，坐下说话。"

孙良诚站着不动，高声道："宋代总司令、石参谋长、噢，还有刘主席，孙良诚是来领刑的，部下抢粮，我是主官，不用说罪过都是我的。孙良诚认罪，杀也任你们，打也任你们。"

石敬亭还要说话时，宋哲元却道："绍云兄，这几个干犯军纪，不该处理吗？"

"该，应该，完全应该。"孙良诚道，"可孙某也想问一句，当兵该喝西北风吗？"

宋哲元道："军粮不是批给你了吗？"

"那么点儿不够塞牙缝的呢。一天两顿，两个窝头算一顿，两碗照得见人影的稀饭算一顿，这是人过的日子吗？当兵的不是牲口，加撮料就能给你拉磨！"

"现在的情况你不是不知道。我不想让弟兄们敞开肚皮吃吗？可哪儿来那么多粮食！"

"别跟我说这个，你是代总司令，弟兄们吃饭穿衣就得找你。"

宋哲元听出这孙良诚是有意抬杠，脸色铁青，道："我没有办法。"

孙良诚毫不相让，道："宋代总司令没有办法，我这当警备司令的就更没办法了！好好，老子不干了！"说完转身便走。

石敬亭急忙上前拦下，道："绍云，绍云，怎么耍起小孩子脾气来了？到了这个时候，我们更得同心合力，不然，我们怎么对得起冯先生？"

好说歹说一通劝，方才把孙良诚的火气压了下去，结果那些抢粮的兵连根汗毛也没折，跟在孙良诚身后吱吱喝喝地走了。

适才刘郁芬在旁一直没有吱声，看到孙良诚走了，方阴阳怪气地说道："明轩，真会做好人。"站起身一把绰起放在桌上的帽子，用力拍了两拍，气哼哼地走了。

石敬亭劝说着一直跟到大门口，回到屋里时，只见宋哲元正抱着脑袋叹气，便劝道："孙绍云脾气大了些，刘兰村气量小了些，可不管怎么说，都是自家兄弟，西北的局面还指着咱们几个支撑呢，要是先窝里斗起来，那西北真是完了。"

宋哲元苦笑了一声，一拍膝盖说道："筱山不必劝我，我不会计较的。如今别说士兵急眼，就是我这代总司令，也着实沉不住气了。"

石敬亭也觉得一阵难受，重重地叹了口气："咱们西北军真要完了吗！"

两人默默地相对了半晌，宋哲元又恨恨地道："全是那个阎老西把我们害的，要是冯先生在……"

石敬亭恨道："冯先生如今在阎锡山手里，我们投鼠忌器，不然……"

两人又没了声响，都是一脸愁云，长一声短一声地叹气。

正在这时，门一响，一个人走了进来，宋哲元与石敬亭抬头一看，不由得又惊又喜，齐声叫道："继淹！"

来的这人叫陈希文，字继淹，如今正在西北军驻山西办事处做事。他一到，冯玉祥那边肯定有了消息。石敬亭向来沉着稳重，这时也跳了起来，一把抓住了陈希文的左臂，连声问道："冯先生怎么样了？冯先生可有书信来？

冯先生没说我们该怎么办吗？"

陈希文手臂被捏得生疼，笑了起来。石敬亭意识到了失态，也笑着松了手。宋哲元亲自拖过一把椅子让陈希文坐下，石敬亭连忙将自己的茶杯端到了陈希文的面前。

陈希文把冯玉祥在建安村的情况说了一遍，宋哲元与石敬亭连声叹息，陈希文道："这次费了好大周折，才进建安村见了冯先生一面。"说着，从怀中掏出一封信递了过来，道："冯先生吩咐，务要按他信上说的办。"

宋哲元一把抄了过去，撕信皮时，眼泪竟是流了下来，急急打开，看到最后时，却"哈哈"笑了起来，点着头很佩服地道："到底是冯先生。"

石敬亭把信拿过去一看，也笑了起来，"冯先生这一点拨，满盘棋便活了。"

宋哲元道："这样便打破了阎老西的如意算盘。"

石敬亭道："我们也可缓口气了。"

宋哲元想了一想，一拍案子道："就让陈琢如去一趟。"

三、金鳌万里奔饵来

身着银灰色中山装，头戴白色盔帽，蒋介石与宋美龄向栖霞寺走去。卫兵这时都换了便衣，装作游人模样不远不近地跟着。

此时正是初秋，不冷不热的时节。清风吹拂，更增爽意。顺着蜿蜒的山路走去，路两旁枫树密密匝匝，中间时见有几撮叶子已变红了，大多依然墨绿，极像绿纸上洒了几滴艳红，别有趣味。到了山坡顶上，掠过树梢看去，扬子江水滚滚东去，江中船只来来往往，满目的诗情画意。

可蒋介石却只是匆匆走着。

宋美龄心里明白。国事一波未平，一波又起，虽说冯玉祥那边暂时摁了下去，可护党、救国、迎汪、讨蒋，全国一片声地聒噪，闹得蒋介石心神不宁，今日突然说要去栖霞寺走走，宋美龄只当是要出门散散心，马上陪着来了。可是到了这儿，却见蒋介石像是有事的模样。宋美龄心里觉得蹊跷，却也不问，只是紧跟着，一路走来，身上不觉浸出汗来。

直到走到栖霞寺前的明镜湖时，蒋介石方才停了下来，就在一个摆着石凳子的去处坐了。但见湖面波澜不兴，青山绿树蓝天倒映其中，看上去晶莹剔透，温柔恬静。宋美龄赞道："这明镜湖真是名不虚传。"

蒋介石却像是没听到一般，先是若有所思了半晌，突然开口道："民国十五年时，我带兵讨伐孙传芳，包围了南昌，司令部就设在牛行车站。那儿附近有一座关帝庙，香火很盛。一日黄昏时，我与白崇禧散步路过庙前，一时起意，就走了进去，见香案上摆着签筒，便也上前抽了一根，却得了一只上上签。庙里的住持给我解道：此次战事一定会胜，但半夜有灾，须谨防后路。回到司令部，白崇禧即从预备队调来两个团，戒备起来。果然，那日半夜，孙传芳派3000人从南昌的地下隧道偷偷爬出来，偷袭我的司令部，多亏早有了提备，一场搏斗，偷袭的敌人全被歼灭。"

蒋介石说来，脸上显出了喜色。宋美龄听到这儿一下子明白了，蒋介石来这儿，肯定是要问难于神，心中不由一阵叹息：国事纷乱，连一向胸有成竹的蒋先生也觉得束手无策了，嘴上却附和道："真是惊险。"

蒋介石道："要不是住持提醒，我与白崇禧怕都丢了性命了。当时，我们虽说早有了准备，但饶是打得惨烈，我的卫队正副大队长全受了伤，白崇禧的卫队队长战死，我们一共伤亡了几百官兵。"

宋美龄道："是神的提醒吧？"

"对对，夫人说的对，是神的提醒。"蒋介石高兴起来。

两个又说了几句，蒋介石便要走向山门去。刚站起身来，便见一个副官从山下飞奔而来，到了跟前，上气不接下气地报告说："何总参谋长命我前来报告总司令，宋哲元派人前来联络，表示服从中央。"

"什么？"蒋介石一怔。

副官道："宋哲元的参谋长陈琢如已到京城，表示第二集团军愿意服从中央。"

蒋介石顿时如释重负，长出了一口气，脸上露出了笑容。

"这可真是个好消息。"宋美龄也知道西北军服从了中央，实实去了一个大患，很是高兴，便问蒋介石道，"我们可要回去吗？"

蒋介石摆了摆手，转身对副官道："你且回去，我走走再回。"说罢，迈步向着山门走去。宋美龄看出，蒋介石此时走来，比适才从容轻快了许多。

栖霞寺天下有名，庙宇建得雄伟庄严。一行人进了山门，走过弥勒佛殿，拾级而上，便到了大雄宝殿，殿内立着三丈来高的佛像。蒋介石立在佛前，恭恭敬敬双手合十，垂首默默过了一会儿，便走向了签筒，伸手从里边抽出了一只签来。

蒋介石看了一看，微微一笑，把签放进了口袋里，然后向着一旁的宋美龄点了点头。

宋美龄知道这是让她布施的意思，便一边从包里往外取钱，一边小声问道："不请住持解签吗？"

蒋介石又是一笑道："不用了。"

一行人出了寺，下了山，然后坐上车往回赶去。在车上，蒋介石掏出那签递给了宋美龄。宋美龄接过一看，却是一只上上签，只见上面写着：

金鳌万里奔饵来，

毋须怠慢收金钩。

不见风起三尺浪，

却遇平地一声雷。

宋美龄想了一想，道："说的可是西北的事？"

"哈哈。"蒋介石笑了两声，却没有回答。

回到总司令部，见何应钦早已等在了那儿。蒋介石一坐下，便问道："宋哲元什么意思？"

"第二集团军服从中央，拥护蒋总司令。"

蒋介石点点头，又问，"你没问他一声为什么？"

"问了。宋哲元说：第二集团军本来便是国民革命军之一部，自应服从中央。前边只有冯玉祥一心反对中央，现在他已下野，故而再无异志。"

"唔……"

"他还说，冯玉祥入晋之后，群龙无首，将领各怀心思，争斗不已，局面难以维持。又加连年大旱，粮草无继，军饷无着，军心摇动，若再这样待下去，只能分崩离析。"

"嗯。这倒是实话。"

"他们要求接济军饷，提供给养。"

蒋介石正在沉吟时，何应钦道："不知他们是否使诈。"

"使诈？他们使什么诈？"蒋介石一声冷笑，道，"第二集团军里边不少人本来就不愿与中央对抗，像韩复榘、石友三便是。现在又走投无路，光无粮无饷这一关他们已是过不去了。料他们此时也不敢使诈，不然，中央大军掩至，他们也只有束手就擒。"

蒋介石想起了适才抽的签，"金鳌万里奔饵来"不禁心中一阵高兴。神明洞鉴，果然不错，现在当"毋须怠慢收金钩"，要借这个机会，把第二集团军的人马全都笼络到自己这边来。

"那答应他们？"

"答应他们！"蒋介石道，"还要将被中央免职的鹿钟麟、薛笃弼等人也请回南京来，鹿钟麟可任军政部部长，薛笃弼仍任卫生部部长。"

"此时中央接纳，正是久旱逢甘霖，相信西北诸人定会感恩戴德，真心服从。"

蒋介石略一思忖，又道："当趁热打铁，马上派人去西安点验。"

"是。"

"就派参军处参军长贺耀祖去，任他为第二编遣区点验组主任，先行赴西安。"

"好。"

"去时带上款子和面粉。"蒋介石道，"到那儿多跟西北的军政官员碰碰头，让他们都能明白中央的信任。如是一切顺利，再由于右任运送物资赴陕。"于右任现在是国民政府审计院院长。当年做过陕西省主席，与西北不少人很是亲近，让他出马自是合适。

"我去安排。"

"还是让贺耀祖与于右任到我这儿来，有些事儿我要亲自跟他们说。"

何应钦明白蒋介石对这事很是重视，转身去了，蒋介石浑身舒坦地靠在椅背上，满足地长出了一口气，就手把那只签从口袋里取了出来，细细地把玩起来。

这一下，西北便可平靖了，西北的局势一平，整个局面便全变了。第二集团军一服从，第三集团军便掀不起浪头来。更有一样，阎锡山手里的'货'，一下子便不值钱了，他再也不能挺着腰板跟中央讨价还价了。真所谓"不见风起三尺浪，却遇平地一声雷"，不动不惊中，事儿解决了。

"第二集团军解决了，阎伯川不足虑也。"蒋介石自言自语道。

蒋介石一时拿定主意：接下来召开编遣实施会议，摁着阎锡山的脖子让他缩编。他若不答应，马上挥军山西！

四、不能让他们得逞

1929年8月，蒋又在南京召开第二次编遣会议，叫做编遣实施会议。

——周玳

在上将军府的院子里，阎锡山已是踱了足足一个小时。

众人知道老总有了心事，都格外加了小心，说话的嗓门低了，就连走路也都掂起了脚尖儿。

确实，阎锡山脑袋正疼。

西北军突然宣布拥护中央，不啻晴天响个霹雳，着实把阎锡山吓了一跳。接着，不好的消息，一个接一个传过来。

——贺耀祖与于右任去了陕西，西北军司令部副总参谋长秦德纯和陈琢如到陕州将他们迎进了西安，宋哲元与刘郁芬亲率西北军政官员和各界代表到城外欢迎，场面很是隆重热烈……

——贺耀祖在潼关西关外大操场阅兵，点验西北军，救济西北的粮食、被服、军饷等物资正由南京运往西北……

——西北不少人得了重用，鹿钟麟成了军政部部长，薛笃弼任了卫生部部长，已是进京上任，蒋介石还亲自宴请了他们……

阎锡山算得清楚，西北军投了蒋介石，自己与冯玉祥转眼间都成了夏天的棉袄、冬天的扇子，没了用场。自己精心谋划的计策一下子便泡了汤。

"大事不好！"阎锡山心下嘀咕，不住"咝咝"地吸着凉气。

阎锡山担心起来，蒋介石在北平亲口许给他的好处，如今自是一风吹了，这还不算什么，更让人心惊肉跳的却是，这下中央军和西北军成了一体，他们很有可能并膀子攻打山西，泰山压了顶，自己怎么撑得住？

他吃不下，睡不着，一进屋子便憋得难受，只在院子里不住地转圈儿，心里翻来覆去不停地掂量，却是一直没想出办法来。

正走着时，突然隐隐传过一阵读书声，侧耳一听，声响来自西边的院落。

这上将军府，本是当年袁世凯封了阎锡山上将军之后，阎锡山在老家河边村起的一座大宅子，阎锡山很是喜欢，平日经常住在这儿。上将军府的西边有一个小院，这是阎锡山特意留给赵戴文的，如今赵戴文从京城回来，正住在这儿。

阎锡山心思一动，拔步向着那边走去。进了院子，便听屋里有人朗声念道："蹇，难也，险在前也；见险而能止，知矣哉！蹇，利西南，往得中也，不利东北，其道穷也。利见大人，往有功也。当位贞吉，以正邦也。蹇之时用，大矣哉。"

阎锡山听出是赵戴文的嗓门儿，便推门走进屋去。

果然是赵戴文正端坐在太师椅上，举了一本书读得起劲儿，见到阎锡山进来，赵戴文只是笑了一笑，点点头，却未曾起身。阎锡山也是笑了一笑，做了个继续的手势，自己径直走向另一把太师椅坐了。

赵戴文继续读道："山上有水，蹇；君子以反身修德。'往蹇来誉'，宜待也。'王臣蹇蹇'，终无尤也。'往蹇来反'，内喜之也。'往蹇来连'，当位实也。'大蹇朋来'志在内也。'利见大人'以从贵也。"

阎锡山坐在那儿，凝神听着。等赵戴文读完，把书放下，才叹了口气，道："嗯，蹇。上卦为坎，下卦为艮，山高水深，跋行艰难呀。"

赵戴文道："始则艰难，终有大成。紧要在不可犯险，以柔克刚，待机候时，量力而行。"

阎锡山点了点头，垂头想了半晌，突然吟道：

> 万事缠身何时休，
>
> 光阴虚度古人忧。
>
> 今生尚有几多日？
>
> 岁月何堪似此流。

赵戴文听了微微点头，从桌上拿起烟袋锅子，伸到荷包里装了一袋烟，点上抽了一口，问道："有心事？"

"唉！"

"可是那边的事儿？"赵戴文举了烟袋锅子向着西北和东南一指。

"哦。"

两人又沉默了半晌，赵戴文方道："西北军与蒋介石亲近起来，非山西之福。"

阎锡山轻轻一敲八仙桌，道："我正是为此担心。"

"此事确实棘手，但我料蒋主席也不会太过分吧。"

"次陇，你是心太善了。不是不会，而是一定。从这次编遣实施会还看不出来？他老蒋直接掀了蒙头布，不遮不掩，明打明要摁着牛头喝水了。"阎锡山急了起来，站起来直走到赵戴文的跟前，叠了两掌"啪啪"拍着道，"你且听听这个蒋主席最近在编遣实施会上说的什么话：谁的兵多，谁就是新军阀，谁就是千夫所指的罪人！养兵愈多，力量愈大，其亡愈速！听听，听听，这什么意思？什么意思？这不分明就是指着鼻子数落我阎锡山吗？"

说到这儿，阎锡山猛地转身坐回了椅子上，"呼呼"喘了两口，又道："你再看这会上通过的决议案：各省政府主席不得兼军职，各师长不得兼任政务官，各编遣区以团为单位编遣。次陇你看看，你看看，这不是逼我们交出兵权，军队都归他蒋中正吗？"

赵戴文一手缓缓地抒着胡子，一手抚着烟袋，等阎锡山住了嘴，方在鞋底上磕磕烟袋锅子，道："蒋介石到底对你存了什么心思，倒是有个法子试上一试。"

"唔？"

赵戴文伸了一个指头在阎锡山面前的桌子上轻轻点了一点，道："投石问路。"

"投石问路？"

"你且把山西省主席当块石头……"话留了一个尾巴，赵戴文却住了声，低头装起烟来，阎锡山眼睛眨了几眨，已是明白了赵戴文的意思，他点了点头，从桌上取了火柴，擦着了火，伸向赵戴文，赵戴文把烟袋锅子伸过来，阎锡山给他点上，一句话也没说，转身走了。

赵戴文又拿起书，高声读了起来。

阎锡山慢慢地往回走去，到了自己的屋子，一屁股坐下，拖过一张纸，提笔便写，不多时，一篇文稿已是写就。又细细从头到尾看了一遍，方打发副官去叫梁汝舟。

梁汝舟一进门，阎锡山将文稿往桌上一撂道："把这封电报马上给国民政府和蒋主席发过去！"

梁汝舟拿过文稿一看，顿时怔了，竟是脱口而出问道："这怎么行？"

阎锡山翻了眼皮，瞪了梁汝舟一眼，一挥手："马上发。"

梁汝舟不敢再多嘴，转身要走时，就听阎锡山在身后道："收到回电马上送来。"

过了两天，国民政府的回电到了，梁汝舟立刻送到了阎锡山手里。阎锡山看了，竟是怔了好大一阵，想了半天，方把电令揣进兜里，慢吞吞地到了赵戴文住的那个小院。赵戴文正在屋里写东西，看到阎锡山进来便放下笔打个招呼。

阎锡山把电令掏出来，推到了赵戴文的面前，道："'石'投了，'路'也问明白了。"

赵戴文把电令拿过去仔细看了，轻轻"噢"了一声，道："竟然准了。"

原来，阎锡山用的"投石问路"之计，便是辞去他兼任的山西省主席一职。这么做自然不是真心的，只是用来试探蒋介石的态度，没想到蒋介石二话不说便回电准了，还顺便把阎锡山的编遣委员会遣置部主任一职也撸了。

"如此作为令人寒心呀。"赵戴文又道。

阎锡山也是一样的感觉。在发辞职电之前，阎锡山心中还估摸，蒋介石接到他辞职的电报，肯定回电不准；即便准，也得装装样子挽留一番。哪知他这辞职电发出两天便批了下来，且电令里从头至尾，找不到一个嘉慰之词，也看不出一丝挽留之意，就连客气话也一句没说。

阎锡山不由得生出些沮丧来，知道第二集团军一投中央，他阎锡山在蒋介石眼里立时便成了尿泡，没了半点儿分量。再一想，阎锡山又把心提了起来，这只是个苗头，蒋介石怕不会就此罢了，很有可能要把他阎锡山变成李宗仁、冯玉祥第二。

一时记起前不久蒋介石那亲热模样和恭敬态度，阎锡山不由得怒气直冲上顶门，恨恨地道："我算看明白了，老蒋这人就是个逛窑子的，办完事提上裤子就走，哪讲什么情，什么义！"

听了这话，赵戴文觉得有些崩耳朵，却也知道阎锡山这确实气急了，"咳"了一声，把烟袋锅子在鞋底上敲得"啪啪"直响。

两个默默相对了半晌，阎锡山突然道："次陇兄，我是不是对冯焕章做得有些过了。"

赵戴文道："此一时彼一时也。"

阎锡山点了点头，缓缓站起身来，向门外走去。到了门口时，却突然停了脚步，扶着门框像是对着院子，又像是对着赵戴文，还像是自言自语，道："前不久听人说过一个故事，有些意思。一座庙里的老师父问他的徒弟：要你烧壶开水，烧到一半时发现柴不够了，你怎么办？徒弟们有的说出去找，有的说出去借，有的说出去买。你道这师父怎么说的？他说：为什么不把壶里的水倒掉一些呢？"

赵戴文正寻思这话的意思时，阎锡山已是缓步走出门去，一边走，一边轻声吟道：

> 朝真暮伪何人辨，
> 古往今来底事无。
> 但爱臧生能诈圣，
> 可知宁子解佯愚。
> 草萤有耀终非火，
> 荷露虽团岂是珠。
> 不取燔柴兼照乘，
> 可怜光彩亦何殊！

五、我们还是好兄弟

是年八九月间，汪精卫策动张发奎之第四军从鄂西经湘西、广西南返进攻广东，企图夺取广东地盘，以作反蒋根据地，而后再联合冯、阎合力攻蒋。汪感到第四军一个军兵力过于单薄，派薛岳来南宁做说客，策动俞（平柏）、李（明瑞）共同反蒋。……俞、李亦认为联合第四军夺取广东，对广西也是有利的，遂于九月底，十月初宣布就任南路讨蒋军总、副司令职。

——张文鸿　时任十五师四十三旅第一团团长

中秋节到了。

建安村的徐公馆有了几分喜气。备了几样好菜，又买了些瓜果，冯玉祥吆喝众人在院子里摆开桌子，预备晚间过节赏月。

从离开西北来到山西，已是三个来月了。三个月里，众人很是郁闷恼恨。到了这中秋节，更添了几分心酸。也不知哪个开了个头，便在院子里你一言我一语、高一声低一声地骂起阎锡山来。

正在这时，杜春沂走了进来，身后跟着几个士兵，有的抬着食盒，有的抱着酒坛子，还有的捧着些花花绿绿的物件。到了冯玉祥面前，杜春沂恭恭敬敬地说："冯总司令，我们阎老总要来看望你，派我先送过礼物和菜肴来。"

冯玉祥还没开口，尹心田已是"吭"地一拍桌子，骂起来："奶奶的，阎锡山少弄这些鬼花活！"

李二牛也阔了嗓门叫道："你就是弄来龙肝凤胆老子也不稀罕，快快让我们回陕西是正经。"

众人七嘴八舌吵吵起来，话儿越说越是崩耳朵。

杜春沂有些尴尬，站也不是，走也不是。冯玉祥一直沉着脸没有开口，等骂过一阵，方"咳"了两声，众人住了嘴。冯玉祥正眼也没看杜春沂，只是向着他挥了挥手，冷冷地道："走吧。"

杜春沂敬个礼，灰头土脸地去了。

身后，众人又骂了起来：

"阎老西这是黄鼠狼给鸡拜年，没安好心。"

"他娘的阎老西脸皮厚得锥子都扎不透，还好意思再来见冯先生。"

"他来了，非吐他一脸唾沫星子不可！"

冯玉祥想了一想，站了起来，对众人道："你们都回屋去安生待着，我来会会阎锡山。我倒要看上一看，他舌头上是不是能长出花来。"

众人气哼哼回了屋子。冯玉祥一个人进了会客室，拖过一张纸，提笔在砚里荡着，屋里静静的，冯玉祥心中漾起笑来。

刚被软禁在建安村时，冯玉祥像头刚关进笼子的狮子，嘶嚎咆哮，恨不得跟阎锡山拼个死活。后来在众人劝说之下，火气才渐渐地消了下去，也琢磨出味儿来：阎锡山这是拿他做人质，控制西北军，威慑蒋介石，保住他自己！想得透了，便有了破解的招数。派陈希文悄悄潜回西北送了信，吩咐宋哲元，绕开阎锡山，直接与南京联络，靠到蒋介石那边去。这一下，顿时让阎锡山由秤砣变成了尿泡，破了他的诡计。如今一听到一直不朝面的阎锡山要来，冯玉祥松了口气。断定宋哲元那边有了动作，阎锡山坐不住了，疙瘩便要解开了。

此时，冯玉祥倒沉住了气，那一笔隶书仔细写来，规规整整，一丝不苟。

时间不长，便听到院外汽车声响，接着杜春沂跑进来报告说："阎总司令到了。"

分明要冯玉祥起身迎接的意思，冯玉祥却像屁股长在了椅子上，纹丝没动，继续全神贯注地写字。杜春沂没办法，只得转身出了门去，不多时，阎锡山一个人走了进来。

阎锡山亲自将门合上，然后向着冯玉祥抱拳施了一礼，亲切地叫了声："焕章大哥。"

冯玉祥就如没听到一般，继续握着笔凝神写字。阎锡山站在地当央，脸上满是愧疚和悲痛，道："焕章大哥，锡山向你请罪来了。"

冯玉祥举笔在砚里轻轻濡了墨，仔细荡了又荡，又认认真真写了起来。

阎锡山说："还望大哥务要谅解锡山一片苦心，锡山如此行事，实是迫不得已。老蒋逼我将您赶出山西，我明白他是要加害大哥，我怎么能做这等事？可我顶着不办，老蒋便要发兵动武，先打你，再打我，故而为了西北军，也为了山西，我便使了这招苦肉计，想把老蒋糊弄过去。只是让大哥受了不少委屈，也让我在外人眼里成了不讲信义的小人，锡山实在是有口难辩呀。"

说到这儿，竟带出了哭音。

自打阎锡山进了屋来，冯玉祥一直没抬眼皮，可心中却能想象出阎锡山眼下的模样：满是委屈，又可怜巴巴，还带着十二分的真诚，不由得心中一阵冷笑，你阎锡山戏倒是演得不错，可我冯玉祥是傻子吗？

接着，阎锡山又把蒋介石痛骂了一顿，真个是咬牙切齿，恨之入骨。临了，阎锡山道："千错万错都是锡山的错。只要大哥原谅锡山，往后锡山愿追随大哥反蒋到底，绝无二心！"

冯玉祥知道，阎锡山的话，在这山说的得跑到那山去听，断断信不得。可也有自己的主意，不管他阎锡山的话是真是假，只要他能亮出反蒋大旗，只要自己能离开山西，其他的事都可抛开。阎锡山的话说到这份儿上，自当就坡下驴，顺水推舟，便放下笔，扭过头道："但愿你说的是真心话。"

"阎锡山对天发誓。"

"伯川呀，做人做事，当对得起天地良心。"

"大哥教训的极是，阎锡山永志在心。"

冯玉祥挥挥手道："伯川既如此说，过去的事一风吹了。你我都是忠厚之人，不似蒋介石那样奸诈阴险，这才上了他的当。"站起来握了阎锡山的手道，"但愿你我二人从此之后同心一意，反蒋到底。"

阎锡山露出极是感动的样子道："大哥如此胸怀，倒让锡山越发无地自容了。"

冯玉祥给阎锡山拉过一把椅子，道："坐下细谈。"

阎锡山却径直走到窗边，向外看了一看，见院里无一人走动，只院门口笔直站了四五个兵，这才在椅子上坐了道："大哥看得透彻，蒋中正此人断断处不得，要是让他一手遮天，那国家和党便不得安稳了，我第二、三集团军也休想有好日子过。"

"伯川说的极是。"

"这次你我联手，定要将他扳倒。"阎锡山脸上的神情很是坚决。

"伯川可有办法？"

"没别的办法，只有打！"

"噢？"

"如今正是时候。汪兆铭的改组派将在粤称兵，蒋中正定是忙于应付，要是我们南北呼应，两面夹击，定会大获全胜。"

"不错。"冯玉祥点头道，"怎么打呢？"

"大哥，你看这样使得使不得？"阎锡山往冯玉祥跟前挪了挪，压低了声音道，"咱们此次联手行动，由我的第三集团军唱主角，你的第二集团军唱配角，大哥看可行吗？"

冯玉祥一听这话，顿时安下心来，看来阎锡山这次是真的了，嘴上自是连声说好。

阎锡山又道："战术上我想如此部署：第二集团军先在西北打响……

不待阎锡山说完，冯玉祥已是警觉起来，这阎锡山想设圈套，把西北军推到坑里去。当下便道："伯川你也知道的，我第二集团军新近出了一大堆麻烦事，伤筋动骨，怕是干不了重活儿。"

阎锡山道："这个锡山早已想到，是绝不让第二集团军挑重担子的。"

"那……"

"其实第二集团军先打响，只是虚晃一枪，我第三集团军直捣武汉、南京才是实招。你想，你杀出潼关来，首先对阵的是谁？河南地界的杂牌！他们哪儿是大哥你的对手？他们就是用上全身的气力，也伤不了你几根汗毛呀。而大哥你稍展拳脚，就把他们收拾了。"

"可中央军随后就会增援……"

阎锡山笑道："大哥说得极是，蒋中正的中央军随后大举增援那是一定的，我就盼着他增援，他一北上增援，后方自然空虚，这时我便突然挥军沿津浦路南下，直取武汉南京。那时，蒋中正还有别的路可走吗？他只能掉头撤兵，回救京汉，根本没有机会跟大哥你交手。"

"唔……"

阎锡山兴奋起来，站起身，到了冯玉祥面前，道："大哥，那时我第三集团军便迎上去跟中央军见个高低，你第二集团军追击呼应便可。"

"唔……"

阎锡山又道："至于物资弹药的供应，大哥全不用担心，概由锡山负责！往后我们联手讨蒋，便是一家人了，我的便是你的。"

冯玉祥听了，心里活动起来，阎锡山这计策倒也可行，只是有一样担心处，便是第二集团军到时动起手来，阎锡山一旦要滑头，溜了号，那便要吃大亏。想了一想，有了主意，要给阎锡山系上一根缰绳，挽上个死扣儿，让他怎么也挣不开。冯玉祥道："伯川着实有气魄，冯玉祥佩服得紧，就这么干，我愿意服从你的指挥。咱们的反蒋联军，我看由你任总司令，我任副总司令。"

阎锡山已是看透了冯玉祥的心思，没打顿儿道："大哥既如此说，锡山便当仁不让了。——其实，锡山就是顶个名儿，怎么办我全听大哥的。"

冯玉祥看阎锡山答应得如此痛快，一阵心喜，道："好，就如此办，我立即回潼关去着手部署。"

阎锡山倒沉吟起来："依锡山看，大哥此时回去不是时候。"

"此话怎讲？"

"我们此计，得让蒋中正相信你我水火不容，只盯着第二集团军，如此才能出其不备，一举成功。大哥一离晋回西北，老蒋肯定会警觉起来，对我有了防备。还有一层，大哥已通电下野，声言再不插手军政之事，如果动手之前大哥回了西北，国人定会认为是大哥操纵的，恐遭物议，我们便先输了情理，大哥说是也不是？"

"唔……"冯玉祥又沉吟起来。

"因此，锡山建议大哥还是暂留山西，需要商议作战计划，把人从西北叫过来就成。讨蒋开始，待到我出了兵，你再回第二集团军军中，如此稳收出其不意之功了，大哥你看行吗？"

冯玉祥想到，只要阎锡山下了水，挑起反蒋这面旗来，这盘棋自然就活了，自己回西北早一天晚一天倒也无关紧要，于是点头道："唔，有理，此事咱们得仔细研商。"

"对对，大哥做事向来是极沉稳的，此事请大哥细细思虑了再定。"

"此一战要是打起来，定是惊天动地，容不得有疏漏，必得万全才是。"

"极是极是，明日咱们弟兄一起去游五台山，在山上接着研究。然后，我们再一起回太原去。"

"好。"

事儿有了眉目，两人很是高兴，起身出了门去。这时，四周一片寂静，一轮圆圆的月亮挂在当头，银辉直泻下来，阎锡山举头望去，长长舒了口气，只觉得好生痛快，道："好月色！"

冯玉祥对着院里一扇扇紧闭的房门，敞开嗓门高声叫道："都出来吃饭、赏月喽！"

第十一章　又要开仗了

一、山雨欲来

宋哲元沉着脸正襟危坐，孙良诚却抱着胳膊肘儿一派悠闲模样，张维玺、刘汝明、吉鸿昌、庞炳勋、孙连仲、闻承烈、秦德纯几个都把目光投向石敬亭。

石敬亭道："这次我去太原，见了冯先生……冯先生说：蒋介石滥用威权，假中央集权之名，行专制独裁之实，蒋氏不去，中国必亡。冯先生拿定主意，联合阎锡山，讨伐蒋介石。"

屋子里一片寂静。

石敬亭接着道："此次出兵讨蒋，冯先生的意思是，推举阎锡山为总司令，他任副总司令。冯先生一时半会儿还不能回来，所以，这次讨蒋，我们第二集团军由宋哲元任代总司令，孙良诚任副总司令兼前敌总指挥，我任后方总司令，秦德纯任总参谋长，闻承烈任兵站总监。"

"冯先生对此次出兵讨蒋，作了筹划。"石敬亭站了起来，道，"我军编为八路。第一路，总指挥石敬亭，辖过之纲十五军，王冠军十六军，门致中十七军。第二路，总指挥孙良诚，辖梁冠英第一军，程心明第二军，王和民第三十七师。第三路，总指挥刘郁芬，辖吉鸿昌第十军。第四路，总指挥宋哲元，辖魏风楼第三军，冯治安第十一军，陈毓耀第十四军。第五路，总指挥刘汝明，自率第十二军。第六路，总指挥庞炳勋，自率第六军，并辖张凌云第四军。第七路，总指挥张维玺，自率第八军，并辖田金凯第五军。第八路，总指挥孙连仲，自率第九军，并辖赵席聘第十三军，郑大章骑一军。"

这时，宋哲元开口道："我军计划十月十日发出反蒋通电，十一日兵出潼关，各位务要竭尽全力，抓紧准备。作战计划已初步确定，各位一起听听，议一议。"

总参谋长秦德纯走到地图前，指着道："此次我军兵分三路向河南进军。一路由孙良诚指挥，沿陇海路出潼关东进，进攻巩县、登封。一路由孙连仲、刘汝明指挥，由紫荆关，进袭南阳。一路由张维玺指挥，从汉中、兴安出老河口。我军发动之后，阎锡山的第三集团军随即出师，我们联手南下武汉，并沿津浦路直捣南京。石敬亭率部留守西安。"

宋哲元道："如此部署，实是仍循我们出潼关北伐的路子，力求各部齐头并进，互相呼应，稳妥扎实。"

秦德纯问道"各位看看这样打如何？"

众人议论起来。往日里冯玉祥在军中时，一张嘴便是板上钉钉，别人不敢多嘴多舌的。眼下冯玉祥不在，真个山中无老虎，猴子称霸王，众人你一言我一语好一通吵，争了半天，可对三路出兵这一策略还是一致点了头。

在众人吵吵时，孙良诚一直抱着胳膊看着屋顶，一言不发，神情却分明带着些不屑。往日里，只要冯玉祥不在，孙良诚的嗓门最响，根本没别人说话的分儿，今天却成了哑巴，着实有些奇怪。石敬亭已是看在眼里，便问道："绍云兄，说说你的高见。"

听了这话，孙良诚倒不客气，大了嗓门道："仗不是这么打的。"

话一出口，众人都静了声。孙良诚又冷笑一声道："老蒋不是个寻常角色，这次打他，用老手段不成。"

庞炳勋笑了起来："绍云，倒是说说你的新招儿呀。"

孙良诚翘起了二郎腿道："当用锥子战术。"

众人还在琢磨这话时，孙良诚已大步走向地图，指划着道，"我军当确定一路为主，厚积兵力，集中一点，长驱直入，来个中心突破，另两路无须太多人马，只是策应掩护便可，如此方能打败中央军。如果不分主次，平均用力，这仗肯定没有什么好结果。"

庞炳勋又笑道："哈哈，可是这当锥子尖的就太凶险了。"

孙良诚却道："孙某愿做这个锥子尖儿。"说完这话，又回到了座位上，抱起了胳膊。

众人都能听得出孙良诚舌头后边的意思：西北军当听我的。

秦德纯接口道："中央军主力多集中于鄂西鄂北，只有强有力部队的出击，才能牵制其不致北上增援河南……"

孙良诚"哧"地一声哂笑，道："把我们强有力的部队集中河南，把那些杂牌一扫便光，中央军缓过神来时，这边已是打完了，他们还增援什么？又怎么来得及增援？"

秦德纯也有些急起来："一旦我们南边两路兵力太过薄弱，抗不过中央军，让他们从鄂西鄂北涌入，那西北便危险了，我们还怎么南下？不是满盘皆输了吗？"

孙良诚也红了脸道："我们防守西北的人是吃干饭的吗？再说，那时我们已把武汉攻下来了，他中央军还想涌入西北？"

两个人你一句我一句地吵了起来。

宋哲元有些着恼，可如今在西北军里，孙良诚手里的人马最多，装备最好，也最能打，这次出兵还要指望他出力，便咽了口气，拐个弯儿道："孙副总司令说的是，蒋介石不是好打的，正因如此，我们才要稳扎稳打，不可造次，但稳扎稳打却不是畏敌怯战，我也当亲至前线，与弟兄们一块作战。"

这几句话不软不硬，却分明是不同意孙良诚的法子，孙良诚自然也听得出来，轻轻"哼"了一声道："宋总司令的胆气让良诚佩服，不过，我把话撂到这儿，如果按这计划打，定没有好结果。"

宋哲元皱起眉来道："此次作战非比寻常，冯先生不在，若无十足把握，不可犯险……"

孙良诚却走到椅子上坐了，一声冷笑："打仗就是犯险，不犯险，在炕头上抱孩子好了。"

这话着实噎人，宋哲元脸色有些难看，道："可打仗却不是为了犯险，犯险是为了打胜仗……"

孙良诚与宋哲元都是第二集团军里有名的战将，孙良诚打仗勇猛，所部实力最强，宋哲元心机老到，做事稳当，两个各有所长。冯玉祥反复掂量了多时，才下了决心，让宋哲元代理总司令，孙良诚自然有些不服气。两人越争火气越大，眼看便要翻脸的模样。

石敬亭几个连忙劝解。

闻承烈在西北军里也是元老，说话也有分量，这时道："兵凶战危，用兵不是小事，都沉住气好好商议才是，你们皆是主将，哪容得这般意气用事？"

石敬亭道："凡事好生商量，要是出了差池，也对不起冯先生不是？"

孙良诚脸色发紫，道："好好，一兵一卒也不用给我添，孙良诚打给你们瞧瞧。"起身往外便走，走到门口时，又停下身来道："不过话说在头里，我是前敌总指挥，前敌的事，哪个也不能指手画脚。"

孙良诚走了，众人一时都不说话。静了半天，石敬亭方道："诸位回去赶紧准备，马上给鹿钟麟、刘郁芬发秘电，让他们速速从南京设法脱身。"

宋哲元也没再吭声，站起身来走了。

司令部里只剩下石敬亭和秦德纯，两人默默相对了半天，秦德纯方道："筱山兄，我怎么对这次出兵心里没底儿呢。"

石敬亭长叹道："自打韩复榘弄了那一出，冯先生又去了山西，我总觉得咱们西北军的心气提不起来了。"

"这仗打得好便好，打得不好极可能要弄个不可收拾。"

"有两个切要处，我最怕出事儿。"石敬亭煞起了眉。

"哪两个？"

"我军将帅不和，阎锡山坐观成败。"

秦德纯没有说话，只是抹了一把脸，"咳"了一声。

二、让唐生智出马

蒋介石回到他的国府办公室时，笑容满面。

如今虽是多事之秋，可第二集团军的事儿一解决，局面顿时峰回路转。军队编遣已付诸实施，预定的目标触手可及，又加今日正是中华民国国庆，庆祝会开得庄重热烈，蒋介石自是轻松舒畅。

一进门，却见杨永泰与杨杰正从沙发上站起来，脸上的神情都有些异样，蒋介石心中"咯噔"一下，脱口问道："出事了？"

杨永泰只是"咳"了一声，杨杰却将几张纸递了过来。

蒋介石接过来一看，脸色猛地红涨起来，急急看完，突地大声吼道："无耻之尤，岂有此理！"

这几张纸正是第二集团军二十七名将领发的通电：拥戴阎锡山、冯玉祥，讨伐蒋介石！蒋介石三两下将通电撕成碎片，向着地上狠狠摔去，腮上的肉疙瘩蹦起来，眼里射出骇人的寒光。

打过不少败仗，也跌过许多跟头，却从没气成这般模样。蒋介石能忍受失败，却不能忍受被骗，这次竟受了宋哲元如此戏弄，更是奇耻大辱。几天前，蒋介石还在励志社宴请了刘郁芬与鹿钟麟几个，他们一个个笑得那么开心，话说得那么动听。这时想来，那笑容全是讥讽，话儿字字句句都是嘲弄。蒋介石再也按捺不住，一挥手，把桌上的茶杯、纸笔等物全都划拉到了地上。

一个副官听到屋里动静不对，推门闯了进来，一看蒋介石的眼神，吓了一跳，呆在了那儿。

"滚！"蒋介石一声大吼，副官扭头跑了。

蒋介石拍着桌子破口大骂。

杨永泰与杨杰静静坐着没有说话，他们知道，这时劝也没用，等蒋介石这冲天的火气发泄过后，再开口也不迟。

过了不久，门一响，宋美龄走了进来。原来副官看到蒋介石这般情景，知道这时也只有夫人出马才能劝得住，便跑去搬兵。宋美龄急忙赶了过来，进门看到地上的东西，知道蒋介石确是气极了。

宋美龄却不上前去劝，只是蹲下身子，将纸张笔砚拾了起来，放到办公桌上，仔细收拾齐整，又把水杯碎片扫到铁簸箕里。然后从一边的桌子上取了一个杯子，倒上水，轻轻放到了蒋介石的办公桌上，回身对着杨杰使个眼色，轻轻地掩上门，走了。

做这些事时，宋美龄没说一句话，甚至没有看蒋介石一眼，可蒋介石的火气已是消了大半。夫人一走，便对着杨杰道："立即派兵包围第二集团军在三牌楼的办事处和军政部，捉拿刘郁芬和鹿钟麟！"

杨杰道："我已派出人去了，可是……"

蒋介石已是猜到了结果，还是脱口问道："跑了？"

"全跑了，一个也没捉住。"

"发运西北的粮食和军服立即截下！"

"只截下了两列，已是走了六列……"

蒋介石的脸色由红变青，牙关咬得"格格"直响，握了拳猛地擂向桌面，发出"嗵"地一声响。

"赵戴文跟山西办事处的人也走了吗，马上派兵去拿！"话一出口，便见杨永泰猛地一欠身子，像要说话的样子，蒋介石脑子忽地一转：这次宋哲元通电造反，虽是声称推举阎锡山为总司令，却未见阎锡山单独发出通电，在山西的内线也未报告晋军最近有行动迹象，且赵戴文也依然在京，上午开会时，他还出来讲了一番话，这里边分明存着蹊跷，自己造次了，便挥挥手，道："算了，赵戴文的事过一时再说。先商量一下如何对付这些西北叛逆。"

杨永泰与杨杰对视一眼，都是暗暗点头。总司令到底英雄，虽然未能做到每临大事有静气，可暴怒之中依然神志不乱，转眼之间，利害得失已是权衡明白。杨永泰开口道："钧座，眼下最要紧的是，弄清宋哲元是自行其是，还是真与阎锡山联手。"

蒋介石问道："如果只是宋哲元反叛，怎么办？"

杨杰道："对宋哲元，打！"

杨永泰道："对阎锡山，抚。"

蒋介石低头沉吟了一下，道："可是，打，兵力方面……"

杨永泰与杨杰都明白蒋介石咽下去的那句话。眼下，中央的嫡系多在南边，河南境里，在中央名下只有方鼎英与何成浚等几支杂牌部队，他们不是实力不济，便是让人放心不下。

杨杰倒是信心十足，道："如是运筹得当，足堪一战。"

蒋介石点点头道："要是冯玉祥跟阎锡山联手当如何应对？"

杨永泰道："那我们便要同时面对西北、山西、广西三股劲敌，事儿复杂起来，除了拼死一搏，还需多措并举。如今，阎锡山最为关键。"

蒋介石脸上的肉微微跳了几下。眼下，东北那边，张学良与苏俄为了中东路打得正猛，南边张发奎与俞作伯、李明瑞又联合挑旗反对中央，也打作一团，西北军要是再杀出潼关，阎锡山随着掺和进来，局面确实不好收拾了。想到这儿，不禁一阵心悸，再也坐不住了。

按铃将副官叫了进来，道："立马打电话，让赵戴文来见我。"副官刚要转身，又被叫住了，蒋介石道："我亲自去一趟。"站起身来，对着杨永泰两人道："你们马上召集相关人等开会商议对策，我去一趟监察院。"

蒋介石出了门，走了几步，忽地想起那日在栖霞寺抽的签来，略一思忖，不由得恍然大悟，一拍额头"咳"了一声。"金鳌万里奔饵来，毋须怠慢收金钩。不见风起三尺浪，却遇平地一声雷。"分明说的正是如今这事。有人只为"饵"来，让自己赶紧收起钩子，只恨自己当时理解差了，故而才有了这"平地一声雷"，蒋介石不由得又悔又恼。

到了国府监察院，60 多岁的院长赵戴文已得了信儿，亲自出门来接。蒋介石的怒容转眼便没了踪影，换上了亲切的表情，快步走上前去，一边客气寒暄，一边挽住了赵戴文的胳膊，两人转身向着屋里走去。

进了会客室，一坐定，蒋介石便问："次陇先生可闻听了西北之事吗？"

"已是听说了。在举国渴望和平、切求统一之时，宋哲元竟然擅动兵戈，重启战端，实是冒天下之大不韪。"

"次陇先生所言极是。宋哲元等 27 人通电反对中央，并举阎伯川与冯焕章为正副总司令……"蒋介石说到这儿停下了，紧紧盯着赵戴文的眼睛。

赵戴文已是明白蒋介石的意思，从容道："此事冯焕章是否参与戴文不知，但阎总司令那里戴文却是敢打包票的。伯川一直以服从中央、致力和平为职志，断不会做此等叛逆之事。定是宋哲元等拉大旗做虎皮，假借其名以壮声势，混淆视听而已。"

"嗯，中正也是如此看。"

"主席明察。伯川非但不会参与西北叛逆，且会坚决反对。"

蒋介石暗暗松了一口气，道："伯川深明大义，极好。中正想劳先生跑一趟太原，转告伯川，宋哲元、孙良诚、石敬亭背叛中央，破坏编遣，请伯川表明态度，以正视听。"

"戴文遵命。"

"另外还请伯川劝说焕章来京，如此，谋逆之徒则无复借口，乱事易平了。”

“领袖之命，定当遵从。”

“此事已到紧要关头。如是第一、三集团军携起手来，定可造民国和平大局，完成革命大业，中央有赖伯川和先生出力。”

“戴文自当无愧中央厚望。”

“我意，此次鹿钟麟附逆，其所任军政部部长一职撤销，军政部部长由朱绶光代理，次陇先生以为如何？”

朱绶光是阎锡山手下的大将，赵戴文明白这是蒋介石使的笼络手段，不过也确实表示中央信得过阎锡山，便道：“多谢中央与蒋主席信任。”

“如今国事繁杂，中正才智不及，还望次陇先生不禀指教。”

赵戴文一阵感动，道：“主席过谦了。戴文于党于国于蒋主席，唯有竭尽全力。”

蒋介石站起身来，向着赵戴文深深鞠了一躬。

蒋介石回了自己的司令部，进了门，见几个重要幕僚正围着地图说得热闹，看到他进来，众人走了出去。杨永泰与杨杰迎上前来，蒋介石直接道：“此事全力对付西北。”

杨永泰长出了一口气道：“那便好，那便好。”

蒋介石却轻轻摇头道：“阎伯川为人阴鸷，此事背后未必没有他的挑拨。”说着走到地图前打量起来。

却听身后杨杰道：“不管他背后什么作为，只要他不与中央公开撕破脸皮，不出兵助冯，此事便好办。”

杨永泰却淡淡一笑道：“耿光兄，依阎锡山的禀性研判，此事中他最希望做个什么角色？”

杨杰想了一想道：“渔翁。”

“着啊。”杨永泰双掌轻轻一拍道，“正是如此。那我们用这‘抚’字诀便是对症下药了。”

杨杰道：“畅卿先生所见极是，只要安抚住阎锡山，打宋哲元便轻松了许多。”

这时，蒋介石突然转过身来，道：“对宋哲元只有打，只是西北军向来勇悍，我军在河南各部恐非其对手。”蒋介石脸上显出些焦虑神情来。

杨杰却是胸有成竹，道：“有一人可敌宋哲元。”

“哪个？”

“唐生智。”

蒋介石愣了一愣，微微点了点头，又摇了摇头。

蒋介石心中明镜似的。如今河南地界里，真正可敌宋哲元的只有唐生智的第五路军。可唐生智一直是蒋介石的死对头，直到蒋介石跟桂系翻脸，两人才又走到了一起，可蒋介石一直对唐生智存着戒心。最近，才给了他一个军事参议院院长的虚衔，把他留在了南京，总算将老虎关进了笼子里。这次如要第五路军出马，当然得让唐生智回到军中去，可又担心如一以来纵虎归山，惹出更大的麻烦。

杨杰早就料到了蒋介石的心思，便道："有一个法子可用唐生智之力，但又可防止唐生智生出事来。"

"什么法子？"

"钧座可任唐生智为讨逆军总司令，命他坐镇南京指挥全部讨逆军队，如此既可将其留住在京，又能让第五路军效命。"

"唔。只是不知唐生智能否点头。"蒋介石低头想了半天，道，"我找唐生智谈。"

三、这是离京的好机会

从蒋介石那儿出来，唐生智便直奔蒋百里的住处。

进了一个幽静院子，唐生智径直走向北边的屋子，到了门前，停了脚步，整理一下衣服，方道："先生在吗？"

这时，便听屋里一个声音问道："是孟潇吗？"

唐生智推门走了进去，只见蒋百里正坐在一把圈椅上，笑嘻嘻地看着他。桌上放着一坛酒，一个酒杯，一碟花生，还有一本摊开的书。

蒋百里曾是保定军官学校的校长，是唐生智的恩师，且做过唐生智的参谋长。唐生智性子暴烈，但对老师却是言听计从，很是尊重。唐生智走到跟前，恭恭敬敬地叫了一声"先生"。

蒋百里向着一旁的另一把椅子抬了抬下巴，唐生智走过去坐了。蒋百里起身从旁边的茶几上取了一个杯子，放到了唐生智的面前，唐生智自己取过坛子，倒了一杯，蒋百里把那个盛着花生的碟子往唐生智面前一推。做这一切时，两人没有说话，却是极为自然默契。

两人坐定，蒋百里便问："可是西北的事儿？"

唐生智道："老蒋找我谈了，要打。"

"怎么打？"

"老蒋要兵分五路。第一路由方鼎英为总指挥，率王均第三军，由叶县、舞阳、西平、郾城一带向西进攻。第二路以刘峙为总指挥，率顾祝同第一军、蒋鼎文第二军，集中于广水、花园、樊城、襄阳老河口一带，相机北进。第三路以韩复榘为总指挥，第四路以何健为总指挥，我为第五路总指挥，率刘兴之第八军、何成浚第九军，在郑州以西，登封、孝义、巩县一带，迎战西北军。杨虎诚为南阳守备司令，阻击由陕西商洛向河南淅川、内乡进攻的西北军。川军杨森进至荆、沙地区待命。"

"噢，如此部署……"蒋百里摸着下巴沉思起来。

"我的第五路军首当其冲呀。"

蒋百里端了酒杯，呷了一口，道："现在北方的军队，除了第五路军，其他还真不是西北军的对手。"

"正因为如此，我怕第五路军与西北军打个两败俱伤。"

"唔。"

"老蒋还说要任我为讨逆军总司令，坐镇南京统筹全局，指挥全部五路人马。"

"噢？坐镇南京指挥？蒋中正到底信不过你。"蒋百里想了一想，问，"你怎么对他说的？"

"我明白蒋介石这是虚晃一招，试探我的。再说即使我真做了总司令，又怎么能指挥得动他手下的那些人，便力辞了。"

"最后怎么定的？"

"还是由他任总司令。"

"蒋介石还是不想放你出去……"蒋百里说着，便伸手去拿烟，唐生智递了上去，又从桌上拿了火柴给他点上。蒋百里吸了一口，低头沉吟起来，唐生智知道蒋百里如往常一样，在说话之前总要深思熟虑，便也不做声，自个端了酒杯饮起酒来。

吸完一支烟，蒋百里把杯中的酒一饮而尽，杯子往桌上一顿，道："此是一个绝好的机会，你要借此事离开南京，重新掌握第五路军。"

"我也是这么想的。可蒋中正坚持要我在南京协助他指挥。他不松口，我也没有办法。"

蒋百里略一思忖道："此事全在第五路军身上，准确地说在第五路军的第八军身上，如果他们打胜了，你便走不了，要是他们败下来，你便能走得了。"

"噢？"

"战场临敌，主帅不在，仗自然便难打。"说罢，意味深长地看了唐生智一眼。

唐生智立马明白了老师的意思，心里顿时有了主意！

唐生智往蒋百里跟前靠了一靠，低了声道："先生，生智琢磨，这次如是出京，胜也好，败也好，回来不回来都有大麻烦。"

"我也在想这个事儿。"

"生智如下定决心，取非常手段，老师有何指教？"

蒋百里向唐生智看过去，心中明白，唐孟潇此人本来便不是笼中物，这次只要打开了门，定是一翅子飞去。蒋介石自然也看到这一层，自然也想将笼中扎裹严实，那最后只有拿枪杆子说话。蒋百里知道他这学生就是个大闹天宫的孙猴子，敢将天戳个窟窿的，可也了解他身上有个莽撞冲动的毛病，担心他犯起倔劲吃大亏，便劝道："孟潇呀，这一次东山再起机会难得，万勿操切。"

唐生智慨然道："大丈夫生死何惧！"端起酒杯一饮而尽。

蒋百里生性沉稳，听了这话，又沉吟了半晌，伸了一个指头，蘸了酒在桌上的酒，写了两个字："东、西"，然后，轻轻地点着道："东，不如西。"

唐生智明白老师的意思，是让他趁此机会，经营西北，打下根基，不可起意进兵南京，思忖了半晌，方道："谨遵先生教导。"

从蒋百里这儿出来，唐生智直奔参议院。

他已拿定主意，一不做二不休，借此次讨伐西北军的机会，离开南京，掌握旧部，然后挑旗反蒋！唐生智暗暗生出一个心思：如今冯玉祥被阎锡山软禁在山西，西北军群龙无首，正好可以做一篇大文章……

一路想来，唐生智兴冲冲地。

到了参议院，第八军参谋长袁华选恰好从北平到了，唐生智更是高兴，关起门与袁华选商议了大半天，之后，袁华选悄悄出了南京，直奔潼关。

谁知仅过了三天，袁华选便回来了，见了唐生智一脸恼怒，恨恨地道："宋明轩岂有此理！"

唐生智忙问怎么回事，袁华选说起来尤自气恨恨地。

这次袁华选按照唐生智的吩咐，马不停蹄赶到了潼关，在西北军总司令部里，见到了宋哲元，谁知宋哲元却是不冷不热，劈头便问："唐生智有什么话要说？"

袁华选知道西北军与唐生智过去有些过节，却不想宋哲元这时还是这副嘴脸，心中有些不快，便不再拐弯儿，直接道："中央命令唐孟潇率部进攻西北军。"

宋哲元一声冷笑，道："好呀，来打好了。"

袁华选噎得半天没有喘上气来,硬生生地把预备好的说词儿咽了下去,"咳"了几声,方道:"唐孟潇想与贵军一起携手反蒋……"

"什么条件?"

"拥戴唐孟潇为领袖。"

宋哲元"哈"地一笑,身子仰在椅背上道:"好大的志气!唐生智凭什么做我们的领袖?我们为什么要拥戴他做领袖?"

"明轩兄,可知蒋中正如今兵势强盛,西北军怕是……"

"强不强打了再说。"

袁华选也不是寻常人物,毕业于日本陆军士官学校,与阎锡山同班同学,曾任北洋政府陆军第十旅旅长、湖南总司令部参谋长,平日也是个眼睛向上的人物,如今碰这一鼻子灰,一口气自是咽不下去,便也拉下脸来道:"宋总司令既如此说,那第五路军与西北军势必要在战场上见个高低了。"

"好呀,让唐孟潇好好打。"

袁华选知道再说也是白费唾沫,起身便走,宋哲元只在椅子上欠欠屁股道声:"不送。"

就这么着,袁华选急忙忙跑到潼关,没说几句话,只吃了一肚皮气,就气呼呼地回来了。

听完袁华选一通诉说,唐生智倒笑了起来:"那好,咱们就先打宋哲元。"

袁华选道:"可你得赶紧回第五路军,一打起来,没你在大伙儿心里可没底儿。"

唐生智道:"你马上回徐州,把我的意思给刘兴他们讲透,只要他们依计而行,这事便成了。"

然后,俯到袁华选耳边低声吩咐一番,袁华选点头道:"我马上便走。"

四、何成浚到了山西

"哈哈。伯川,想煞师兄也。"何成浚大笑着紧走了几步,向着阎锡山扑过来。阎锡山也满脸含笑迎上去,两人紧紧地抱在一起。

阎锡山迎来送往的多了,从来都是一本正经,不苟言笑的,只是在何成浚面前从来绷不住。因为两人是日本士官学校的前后同学,扯不断的师兄弟,而这何成浚又向来散漫随性,不拘礼节。

两人亲热过,便向会客室走去。

何成浚如今是北平行营的主任,还兼着第九军的军长,可举止却全不像个军人,一边走一边大咧咧地说笑:"伯川呀,比上次分手时看着胖了许多呢。"

阎锡山一笑："无所事事，自是脑满肠肥也。"

何成浚敞开喉咙大笑道："伯川竟然学会开玩笑了。哈哈。不过我这次一进山西，就想到你这儿的'首脑'了，流了一下巴口水，啧啧啧。"

阎锡山道："这个好说。我这便打发人做去，今晚你放开肚皮吃便是。"

"这个不消吩咐，本师兄最会享受的。"

何成浚说的"首脑"，是一种山西名吃，传说是由明末清初的山西名人傅山发明的。其实就是肥羊肉、莲菜、山药，再加些黄酒、酒糟和黄芪等佐料做成的汤糊。吃起来酒香中带着药和羊肉的味道。

阎锡山道："雪竹兄，还是好胃口。"

何成浚"哈"地一笑道："我何成浚虽也是士官出身，可行兵打仗的本事与你阎伯川那是不能比的。何某最拿手的便是这张嘴，就是说得好话，吃得好食。"

阎锡山知道这是实话。何成浚有名的能说会道，有"小孟尝"之名。张学良易帜便是被他说动的，张宗昌、孙传芳手下的徐源泉、上官云相几个，也都是何成浚策动归附的中央。

阎锡山道："看来雪竹兄此次来，是要既做说客，又做食客喽？"

何成浚听了并不尴尬，倒"哈哈"一笑道："正是。"

这倒有些出乎阎锡山的意料，也一笑道："好，你且说说看。"

"且慢呢。"何成浚却学了京戏的白口道，"先接旨，先接旨。"两人说着进了会客室，何成浚从包里取出一封信来，递了过去，道："这是蒋主席给老弟的亲笔信。"

阎锡山打开看了。信的内容自是先叙叙往日友情，说说革命大业，然后入了正题，请他帮助解决西北军问题，并答应兑现先前允诺的陆海空三军副总司令一职，军政部部长给朱绶光。蒋介石还讲，他将力推赵戴文代理国民政府主席。

阎锡山看过后，没有做声，心中却是连连冷笑，老蒋玩的还是老把戏。刚把信放下，何成浚又把另一封递到了阎锡山眼前，道："政府五院院长也联名给老弟写了信。"

阎锡山又看了，信里的意思跟蒋介石说的差不多，多的一样便是请他劝冯玉祥来京，以使谋逆之徒无复借口。阎锡山微微笑了一笑，把这信放下，何成浚却又笑嘻嘻地再递过一封信来，道："次陇先生也托本师兄捎来一信。"

阎锡山急忙接过，默念起来。到底是自家兄弟，这信说得实在。赵戴文把局势分析一番，说俞作柏与李明瑞反蒋已是失败，张发奎也将面临解体。中央支援广东的人马，即将由粤返回，中央军军势大盛，此次已是下了决心要对西北用兵，最低限度要将陕西、宁夏两省拿下。

赵戴文在信中交了底儿，阎锡山自是明白信中没明说的意思，便是提醒他别存幻想，西北军绝非中央对手，不可陪着他们一块儿倒霉。让阎锡山心中"咯噔"一下的却是信的末尾，赵戴文告诉他：吴稚晖曾当面说："伯川治晋十八年，成绩甚好，但这次如仍用从前'保境安民'的法子，恐山西亦要成个大乱的省份"。——吴稚晖这话不遮不掩，分明是在威胁：你阎锡山要是敢蹚这湾浑水，那中央定要打向山西！

把信全部看完，阎锡山轻轻叹口气道："中央与钧座之信任，锡山铭记在心。"

何成浚道："伯川会不辱使命的。"

"锡山一直实心拥护中央，"阎锡山露出无可奈何的样子道，"可是，雪竹兄你是知道的，我的实力有限，许多事好比秫秸当大梁，力不从心呀。"

何成浚道："中央自是知道伯川的难处，也有意加强第三集团军的力量。我动身来山西时，蒋主席已是应允，每月拨你军饷680万元。"

阎锡山脸上既不见喜，也不见惊，却轻轻叹了一声。

何成浚又道："伯川，你我师兄弟，我与你说话不拐弯，咱们一斧子砍到墨线。其实，你如今有件事一直在心里放不下：拥蒋还是反蒋。"

阎锡山心道：何雪竹这是用的说客手段，来个敲山震虎，只可惜这招儿在我面前却不顶用。如今凡是有脑瓜的，都会想到这一层，便"噗"地一笑道："雪竹这话说得没牙。哪个不知我阎锡山一直是紧随钧座的？何来反蒋一说？开什么玩笑？"

"其实，你拥蒋、反蒋，都能说得过去。"

这话倒是很出意外，阎锡山不由问道："此话怎讲？"

"先讲拥蒋。蒋主席如今是党国领袖、军队统帅，手握重兵，政治强硬，财力雄厚，靠过去自有好处。"

"好在何处？"

"就你来讲，陆海空副总司令一职到手，从此进入中枢。"

这话说到了心底里去，阎锡山确实对此一直很是眼热，此时听了这话却摇头道："阎某从不曾存过这样的心思。只愿编遣完成之后，把这千斤重担卸于中央，选个不大不小的县，做个县长，主席能一个月与我30万元经费，我将第三集团军的闲员一并带去，做个国家建设的实验，便心满意足了。"

何成浚知道阎锡山嘴上说的与心里想的不一样，便不接这个话茬儿，自顾道："拥蒋的不好处自是不言而喻。"

"噢？"阎锡山竖起了耳朵。

"蒋主席早存了削减各集团军实力的心思，你拥蒋自然便要服从这一项，那不用说便要裁兵缩编的，此其一。其二，如今天下对蒋主席不满者并非一个半个，这些人大多都视你为领袖，如你倒向蒋主席，他们自然会大失所望，损及你的威望。"

阎锡山暗道这何成浚确是厉害角色，心思都让他看透了，却依然轻轻摇头道："锡山的主张历来与中央并无二致。"

"拥蒋有好处也有不好处，可反蒋却只有失败这一个结局。"

"怎么讲？"

"如是反蒋，各派定推举你挑头，那各方的军饷物资，自然也都得你供应，你供得起吗？只怕到时仗打完了，山西这点家当也折腾完了，你成了穷光蛋，日子怎么过得下去？"

阎锡山却又"哈"地一笑，半真半假地说："也开个玩笑，要是打胜了呢？"

"你反蒋胜了，却又是失败的开始。你想，蒋主席一倒台，你自然要与冯玉祥共事。此人性子你摸得透的，他手下那些悍将你也清楚，能容得下你跟他一字并肩？结局还是一个：打！而另外这些小军阀，个个都是属蝎子的，哪个是好管的主儿？到时局面你怎么维持？只怕还要打个不休，你却成了众矢之的。伯川呀，你是个聪明人，这事定是看得透。反蒋胜了，你脱不过难受。要是败了呢？自不必说，你我都知道蒋中正的禀性，非把你摁进泥里去不可！"

何成浚说话不遮不掩，听来有些崩耳朵，阎锡山倒觉得贴心贴肺，不由得笑道："雪竹兄，你倒极像是我的参谋长。"

"哈哈，何成浚确是为你打算的。你如今定是左右为难。答应中央的条件吧，怕事儿过后，蒋中正会朝着你来；拒绝条件吧，又失去一次进入中枢的良机，并且会得罪中央，惹火上身。"

说到这儿，何成浚偷眼瞅了一眼，只见阎锡山垂了眼皮沉吟起来，只道已是把到了他的脉上，心中有些得意。

其实，阎锡山心思已到了别处。你何成浚说的全是实话，可我阎锡山自有主张。反蒋也好，拥蒋也罢，打也好，和也罢，一个铁打的前提不能变：我阎锡山不是块任人啃的肉，也不能替人当枪使，让我阎锡山没来由地吃亏，天爷爷也不成！想挖个坑让我蒙着眼跳，那是没长眼珠子！

阎锡山露了心悦诚服的样子道："我看雪竹兄何止是'小孟尝'，还是个'小诸葛'，真个是火眼金睛，料事如神。你说的靠谱，我确实曾生过这些心思。"

何成浚饶是精得狐狸一般，也未料到阎锡山猛不丁说出这话来。只觉好似两个人正扯着绳子较劲儿，对手突地一松手，把自个诳了个跟头，何成浚一时不知如何接下茬儿，只干笑了两声。

阎锡山心中一声冷笑，既是同学，谁有几把刷子能不清楚？你何成浚也不用抖什么机灵！嘴上却是一片真诚地问道："雪竹兄，你我是挣不断的兄弟，打断骨头连着筋呢，我从来也未曾把你当外人，你就实打实给我出个主意，我该怎么办？"

"拥护中央。利大于弊。"

"嗯，我听雪竹兄的。"

"我就说嘛，阎伯川看事透彻，眼光独到，没几个能及得上的。"

"不瞒雪竹兄，锡山一直担心，蒋主席对锡山信不过呀。"

何成浚往阎锡川身边挪了挪，道："其实有个赢得蒋主席信任的法子，只是不知你使不使。"

"何法？"

"将冯玉祥交于中央。"

"那怎么行？事关我阎锡山的人格，这事干不得！"阎锡山心道：老蒋到底没死心，还想用这招。

"那把冯玉祥就地解决……"

"更不行！"

何成浚压低了嗓门道："说实在话，蒋主席之所以对你有些疙瘩，全是因为这个冯玉祥。眼下起的这场大战，也全是冯玉祥的缘故，只要把他交给中央，战事也平了，你也立了大功。"

"我阎锡山绝不做这种无情无义的事！"

"那让我带来的人换上便衣，冒充土匪，把他毙掉。"

阎锡山摇头说："不行！在南京这样干成，在山西，我怎么脱得了干系？"

"要是蒋主席命令你执行呢？"

"那叫蒋主席下个命令吧，哈哈。"

何成浚"哈哈"笑了起来，转了话题道："伯川兄，'首脑'不知做好了没有……"

阎锡山站了起来，笑道："请！请！"

五、娥岭口打惨了

西北军前敌总指挥孙良诚这一路一马当先，直扑洛阳。

洛阳自古便是逐鹿中原的必争之地，有东压江淮，西挟关陇，北通幽燕，南系荆襄之谓，人称"八方辐辏"、"十省通衢"，如今，唐生智的第五路军第五十一师镇守在这儿，师长龚浩也是个能打的主儿。西北军众人估计，洛阳是块硬骨头，少不了一场浴血拼斗，可也都知道，此为兵发潼关的第一战，只能打胜，不能打败。

出兵第二天，孙良诚正在与庞炳勋几个商议如何拿下洛阳，一个参谋如飞似的跑了进来，报告说梁冠英派人送信来了。

梁冠英的第一军是攻打洛阳的前锋，孙良诚几个都不由得转过身去，参谋长王清瀚接过信，一看便大笑起来："洛阳城已被攻破！"

孙良诚与庞炳勋都是一脸的惊喜，齐声问道："攻破了？"

王清瀚笑道："诸位请听梁军长这报捷信是怎么写的：'我站在丽景门楼上向总指挥报告，我军占领洛阳'。哈哈哈。"

众人也大笑起来。

"欲知古今兴废事，请君只看洛阳城。"孙良诚十分得意，道，"好，梁冠英干得着实漂亮。接下来我要直捣郑州，让某些人学一学仗该怎么打。"

王清瀚道："洛阳如此容易便攻下了，龚浩未尽死力防守，是不是别有蹊跷呀？"

孙良诚道："有什么蹊跷？有我孙良诚在，就是再来个龚浩也休想挡得住。"

"总指挥，下一步咱们怎么走？"

"怎么走？紧跟着追！"

"宋代总司令一直吩咐我们不可冒进。再说，原定的计划也是我们拿下洛阳后，等本路人马在此聚集完毕，再兵分三路东进。"

"少给我提什么宋总司令！他宋哲元也少在我面前指手画脚！他那套本事打个土匪还成，打老蒋还得看我的！"孙良诚一脸的不屑，高声道，"此时敌军败逃，不乘胜追击，反倒在这儿集什么合，会不会打仗呀？"

孙良诚是个驴脾气，众人都不去碰他这个钉子，只是听着他嚷嚷。

"告诉宋明轩，让他马上来接收洛阳。更陈，"孙良诚对着庞炳勋道：

"咱们兵分两路，你带着第六军与第四军向黑石关进攻。我带第一军、第二军及第三十七师向登封、新密进击。宋哲元到了洛阳，让他作为第三路，率第三军、第十一军、第十四军，攻临汝！"

那口气倒像他是总司令在向宋哲元下命令。王清瀚到底忍不住，说道："宋……代总司令马上就会来到洛阳，是否跟他在这儿碰碰面？再说，我部此次出击，左右两翼的掩护很是重要，要是前突太快，孤军深入，只怕……"

庞炳勋也道："参谋长说的是，还是商议一下为好。"

"商议个鸟！跟宋哲元能商议出个啥来？就这么给他说！他去打临汝！"孙良诚向着王清瀚道，"命令梁冠英，不得停留，立刻拿下娥岭口！"

娥岭口此时已是打了起来。

娥岭口在太室、少室两山之间，远望云烟缭绕，山势陡峻，近看怪石嶙峋，道路曲折盘旋，是洛阳东南的险关要道。

五十一师师长龚浩，正站在一块山石上，举着望远镜向山下望着，身后，他的参谋长罗之藩正报告着洛阳城的情况。

突然，龚浩放下了望远镜，对罗之藩道："给蒋总司令和唐总指挥发电，要这么说：敌人来势极为凶猛，经剧战，我师伤损极大，无奈退出洛阳，现正据守娥岭口，阻击敌军，目前敌情十分紧急，军心不稳，亟须唐总指挥立刻临敌指挥。"

龚浩没说完，罗之藩已是明白了他的意思。

这次孙良诚部进攻洛阳，稍稍接战，龚浩便将全师退了出来。一方面是不想在洛阳与强敌硬碰，另一方面也是为了让唐生智找到借口离开南京，回到第五路军来。

罗之藩问："我们死守娥岭口吗？"

龚浩感叹起来："娥岭口真是个绝好的战场呀，不在这儿打一仗，真对不起这个地方，也不好对蒋总司令交代。"

"不在这儿给孙良诚点儿颜色瞧瞧，他也不知道我们的厉害。"

"此战要挫敌凶锋，不然我们将极为被动，局面难以收拾。"

"是。"

这一仗一开头双方便是拼命的架势。

西北军梁冠英部先是在山下排开大炮一阵猛轰，把个娥岭口炸得乱石横飞，黑烟滚滚。接着士兵开始高喊着一波接一波舍命攻山。龚浩的五十一师的兵也是都不要命的角色，凭着有利地形，坚守不退，双方杀了个天昏地暗，山上躺满了士兵的尸体。到后来，西北军打了个筋疲力尽，有些疲了，梁冠英枪毙了两个退下来的连长，把预备队都用上了，可从中午一直打到黄昏时分，娥岭口也没攻下来。

在山下的一座破房子里，梁冠英急得不住地骂娘。这时，卫兵端进饭来，放到了桌子上，

闻到味儿，梁冠英方觉得饿了，伸手抓过了一个馒头。

刚咬了一口，门"咣"地一声被踢开，孙良诚大步走了进来。昏暗中，他的白眼珠子显得格外清楚，看去带着几分狰狞。梁冠英急忙把馒头丢到了桌子上，立正叫了声："总指挥。"

孙良诚突然飞起一脚，把桌子踢翻在地，桌子上的馒头掉到了地上，孙良诚从牙缝里挤出一句："让你吃！"扭头走出门去。

梁冠英急忙跟了出去。

院子外边的空地上，孙良诚带来的手枪团已是排好了队伍。孙良诚走到团长李鸣周面前，道："你给我上去，拿下娥岭口。"

李鸣周没说话，只是伸手去解上衣的扣子，手枪兵们见了，也一起解扣子脱上衣。不多时，便个个光了膀子，一手提着大刀，一手提着盒子枪站好了。

孙良诚在队前来回走了一趟，大声叫道："你们要上去把娥岭口给老子拿下来，让他们知道，你们是西北军的铁军，是我孙良诚的兵！"

李鸣周举起大刀高声叫道："铁军！"

手枪团千把兵也一齐敞开喉咙高喊："铁军！铁军！"

孙良诚道："我就在这儿等信儿，你们要是拿不下娥岭口来，趁早滚回来，老子要亲自上去冲锋。"

李鸣周在前，手枪兵在后，转头走了。梁冠英急忙招呼他的兵也跟了上去。

夜色渐渐地浓了，四下里零星的枪声还在响。

过了一顿饭的工夫，枪声、爆炸声突然在山上爆响，中间隐约夹杂着阵阵吆喝声，火光闪闪烁烁。孙良诚站在院门口一动不动，心里却想象得出山上的情形。

他的手枪团摸黑爬上山去，这是西北军最拿手的本事。悄悄摸到敌人工事前，一声喊，手榴弹甩出去，在爆炸的火光里，纵身扑到敌人面前，手枪打，大刀劈，一时间，到处都是飞舞的大刀片子，满耳都是没人声的惨叫喊喝。山崖上，陡坡上，战壕里，士兵追逐、拼杀，火光闪烁，映着一张张狰狞的脸……

过了一来个小时，枪声稀了下来，孙良诚拔腿往山上便走，几个手枪兵

急忙上前护卫。走不多远，正遇到梁冠英，他兴冲冲地喊道："娥岭口拿下来了！"

接着，便见一溜儿火把像条闪光的蛇从山上蜿蜒而下，孙良诚与梁冠英迎了上去。到了跟前，火光里看得清楚，正是他手枪团的兵。人比上山前少了许多，带伤的也不少，这些兵看到孙良诚，便停了下来。

孙良诚喊道："好样的。老子的兵没孬种！"

可手枪团的兵却木木地站着，没一个言声。孙良诚顿时觉得不好，问道："李鸣周呢？"

还是没人答话，只是前边的手枪兵闪到了两边去，几个兵抬着一个简易担架走上前来，火光里看得清楚，李鸣周躺在上面。

只见李鸣周光着膀子，两只胳膊耷拉着，胸膛上的弹洞还在小小汩汩往外冒血。孙良诚疾步上前，伸手到李鸣周的鼻子前试了试，知道已是死多时了，不由得一阵难过，缓缓解开了自己的衣扣，脱下上衣，给李鸣周盖了上去，然后向着众人摆了摆手。

手枪团的兵放声大哭，抬着他们的团长走了。

第十二章　这仗打得忒凶

一、我去

几辆小车驶进了环龙路，在一座寓所大门前停了下来，蒋介石首先走了下来，后边跟着谭延闿、胡汉民、于右任，几个人脸上带着沉痛的表情，向着门里走去。

院子里一派肃穆，白色的纸幡在树枝上飘动。

何应钦一身孝服迎了出来，脸上悲凄中带着些意外，又有些感动，到了跟前，向着蒋介石几个深深鞠了一躬。

蒋介石上前紧紧握了何应钦的手道："敬之节哀，保重。"

原来，参谋总长何应钦的父亲何明伦在老家兴义去世，蒋介石得了消息，立马到了何应钦的家里。民国将领中父母家人亡故的不少，只有何应钦的父亲去世，总司令亲自上门吊唁，何应钦心中热乎乎的。

蒋介石几个缓步向着屋里走去，到了客厅，只见何明伦的遗像挂在墙正中，前边的供桌上摆着香烛祭品。几个人整理一下衣衫，蒋介石在前，缓步走到了遗像前，立正站好。

副官把一幅像赞在遗像边挂好，只见上面写着："兴学造士，团练卫州。革命军起，命子相投，曰勿内顾，党国是忧。子唯而出，十葛十裘，功垂竹帛，伊吕与侔。遗像清高，光动牛斗。"

那笔字，何应钦一眼便认出，正是蒋介石的，更是一阵感动，再看那赞词，既赞父亲，更赞了自己，不由眼窝一热。

这时，蒋介石又向前走了一步，向着何明伦的遗像板板正正跪了下去。

屋里一片死寂。谭延闿、胡汉民、于右任都没想到总司令竟然如此，一时愣在了那儿，还是何应钦头一个反应过来，依了老家的规矩，急忙跪倒在地。

蒋介石向着何明伦的遗像磕下头去，何应钦磕头还礼。三个头磕过，蒋介石方站了起来，何应钦站起来时，已然满脸是泪。嘴唇抖动着，叫了声："总司令……"

谭延闿与胡汉民几个上前安慰了几句。蒋介石又道："如今战事紧急，我不能久留，敬之多保重。"

何应钦一直送到大门外，看着蒋介石几个上车去了，又在大门外站了一会儿，方才回到屋里，夫人王文湘迎了上来。何应钦一边脱着孝服，一边道："我不能回贵州兴义给父亲送葬了。"

"怎么？"王文湘吃了一惊，"你不是递了呈请了吗？"

何应钦知道夫人指的是他递给蒋介石，请求辞去本兼各职，回籍奔丧的辞呈，重重地叹了一声。

"蒋主席不点头吗？"

"倒没说什么。"

"那你……"

"还用再说什么吗？今天父亲的哀荣哪个能比得上？我何敬之不能不识好歹。"

"那怎么办呢？"

"如今战事已到危急关头。自古忠孝不能两全，我只能移孝作忠，依古训在南京设奠了。"说到这儿，两行泪从何应钦腮上滚落下来。

王文湘上前挽住了丈夫的胳膊。

杨杰站在司令部的作战地图前，指划着述说局势，何应钦站在地图的另一边，抱着胳膊肘儿，一手摸着下巴，瞅着地图轻声吸着气。

蒋介石的眉头拧起了疙瘩，坐在沙发上黑着脸一动不动，耳朵里却将杨杰的话听得真真的。

形势危急了。

西北军攻势凶猛，左翼孙良诚指挥的庞炳勋部攻下了偃师，正在巩县黑石关与第八军刘兴的五十二师、龚浩的五十一师激战。梁冠英部进至登封，何成浚第九军抵挡不住，手下魏益三第五十四师几乎全部被歼，密县落到了孙良诚手里，第九军余部只好撤往新郑。许昌至郑州间的交通，有被孙良诚切断的危险。宋哲元所率魏凤楼、张自忠等部，也已攻到临汝，正与刘桂堂部激战。刘桂堂的新编第四师，是何成浚收编的土匪队伍，已是难以支撑，告急的电报一封接一封，露了弃城而走的苗头。西北军的中路刘汝明、冯治安、孙连仲三军也已由紫荆关进逼南阳，方鼎英正率王均第三军、阮玄武第四军防堵。右翼张维玺部，出白河东犯，罗霖独立旅抵挡不住，自南漳撤回襄阳。张维玺部正向襄阳城郊进攻，与陈诚十一师展开激烈对战……

杨杰讲完，何应钦道："看来，西北叛逆的主攻为左翼孙良诚所部，中路及右翼目的是牵扯我南方各部，不令我们北上支援。"

杨杰道："孙良诚是西北头号悍将，何雪竹恐非其敌手。"

何应钦道："正是。"

杨杰道："即便唐生智的第八军也是连连后退，连番告急。"

何应钦盯着地图看了一会儿，道："如果再不能抵住孙良诚，让他们拿下郑州，沿平汉线南进，威胁到武汉与南京，那大局便崩溃了。"

这时，蒋介石突然问道："你们说，怎么办？"

何应钦没有做声，只是看了杨杰一眼。杨杰道："现在最要紧的是第五路军必须顶住西北军的进攻，不能再往后撤！"

"怎么顶？"蒋介石问道。

"让唐生智到河南指挥第五路军！"

蒋介石"唔"了一声，沉吟起来。何应钦也劝道："第五路军刘兴与龚浩都连番来电，言说孙良诚凶猛，难以抵敌，第五路军军心摇动，要求唐生智亲临指挥。"

"咳——"蒋介石长长叹了一声。

这场大战最要紧的是河南，而河南又全仗第五路军。第五路军里，何成浚第九军的两个师都是杂牌，不是孙良诚的敌手。刘兴的第八军五十二师和第五十一师，是唐生智的嫡系，久经战阵，很是能打，可也吃喝着支持不下去，情势确实火烧眉毛了。

杨杰道："钧座，已到痛下决心的时候了。"

蒋介石又想了半天，"啪"地一拍沙发扶手，道："让唐生智去河南。"

何应钦与杨杰都露出了笑容，道："好，唐孟潇正是孙良诚的敌手。"

蒋介石向着两人看了一眼，然后低了头沉吟道："中央得有一员大将坐镇开封才好。"

杨杰明白，蒋介石这是想在唐生智的身后安上一支人马，督战和监视他，刚要说话，何应钦已是站了起来："钧座，我去吧。"

蒋介石也站了起来，满意地点头道："敬之去我最为放心。为党国夺情，党国感谢你，中正感谢你！"

何应钦道："何应钦理应为党国效力，不负钧座信任。"

"好好，你任开封行营主任，坐镇开封总揽讨逆战事。"

"是。"

蒋介石道："你走之后，何老先生后事由我全权负责，政府将在京设奠公祭何老先生，我将亲率谭延闿、胡汉民、戴季陶、林森、于右任等人组织治丧委员会……敬之放心前去。"

何应钦一阵感动，道："何应钦唯有尽力报效党国，我马上赶往开封。"

"敬之，"蒋介石道，"你先去太原走一趟。"

何应钦知道蒋介石的意思，便道："阎锡山所部好像并无异动。"

"你去跟阎伯川好好谈谈。促他抓紧就任中华民国陆海空副总司令。"

"好，如是阎伯川宣布就任副总司令，无异于我军增加十万人马，重挫西北叛逆士气。"

"正是。你去太原时，带上给阎伯川的委任状。"

"阎伯川心机极重，连番推脱，还一直找借口不让发表任命。"

"必须让他点头，若是时机合适，中央可先行发表。"

安排停当，何应钦去了，蒋介石一直将他送出司令部的大门。

回来后，蒋介石靠在沙发背上闭了眼沉思起来，杨杰趴在地图上比量着。过了一会儿，蒋介石突然睁开眼道："耿光，我想新编一个军，第十军！该军隶属第五路，归唐生智指挥，驰援河南战场。"

"可这个军怎么编？"

蒋介石知道杨杰担心无兵可用，道："由王金钰四十七师与徐源泉四十八师编成。"

杨杰正在沉吟时，蒋介石又道："耿光，如你执掌第十军，将如何指挥？"

"这事有些棘手。"杨杰掂量起来。这两个师人马的确不少，可四十七师是由孙传芳的部队收编，四十八师是张宗昌的部队降过来的，两师都是杂牌，两个师长全是降将。更让人挠头的是，这两师现在离着前线尚远，集中起来着实需些时日。

杨杰在地图前足足站了一刻钟，突然回身道："钧座，有主意了。"

"说说看。"

"第十军当马上驰援临汝！"

"不可！"蒋介石站了起来，几步到了地图前，手指在地图上划过，道："新郑何成浚第九军已支撑不住，当先援新郑，不然，让孙良诚进占了新郑，许昌至郑州的交通就断了，那大局便动摇了。你这参谋长，着实有些胡闹。"

杨杰听了这话一愣，马上接口反驳，口气竟是比蒋介石还硬："杨杰打仗从不胡闹，更不畏首畏尾。我看，便是第九军全军覆没也无伤大局，丢失新郑也不是什么大事。"

"胡闹！"

"此事得往长远处看，新郑即便丢了，但待我陇海和津浦两路援军到达，重新夺回并不是难事。不用我策，丢失的将不只是新郑！"

蒋介石对着杨杰瞪大了眼睛，杨杰也定定地看着蒋介石，两人对峙了一会儿，蒋介石转身出了屋子，门"咣"地一声摔了过去。

　　杨杰摇了摇头。知道从来没人敢这么当面顶撞蒋介石的，这次他把总司令惹恼了。

　　蒋介石出了房门，气冲冲在院子里转了一圈，风一吹，脑子清醒了许多，觉出自己适才有些急躁了，站了半晌，又回了屋子，进门看到杨杰仍旧趴在地图上琢磨什么，便道："耿光，过来坐坐。"

　　杨杰觉得有些意外，看蒋总司令这模样，非但没有着恼，反比平日多了几分和蔼。

　　杨杰在沙发上坐下，蒋介石问道："驰援临汝用意何在？"

　　杨杰说道："如宋哲元军攻占临汝并继续东进，则与孙良诚连成一片，二人协同，则难以抵敌了！如不援何成浚第九军，而是急速挺进、驰援临汝，确保临汝不失，则阻止了宋、孙两军会合，孙良诚便成了孤军深入……"

　　蒋介石听到这儿，已是明白过来。这一计分明是拼着丢掉一条胳膊，直取对手心窝，只要一击成功，立可扭转战局。转念一想，又道："耿光，你想过没有？如今王金钰四十七师与徐源泉四十八师皆远离临汝，又分散各地，集结起来需要不少时日，即便集结起来也定是人困马乏，到临汝去一路山高路险，能否及时赶到？到了临汝能否立刻投入战斗？且两师战力本来就不强，又是仓促成军，一旦临汝不能固守，新郑、郑州又陷入敌手，那整个战局便不可收拾了。"

　　杨杰毫不迟疑地说道："这确是个险招，但一旦成功，便胜券在握了。眼下当速选能战之人任第十军军长，马上赶往漯河，临敌指挥。"

　　蒋介石点点头道："这是一招好棋，也是一招险棋！第十军这个军长需要胆大勇猛，还要临敌机变，更要降得住王金钰与徐源泉，不知哪个能担此大任？"

　　杨杰高声道："有一人可以。"

　　"何人？"

　　"杨杰。"

　　蒋介石定定看了杨杰一会儿，笑了，连连道："好，好，在我们第一集团军里，无人比耿光你更合适做这个军长了。"

　　"钧座且看我打败宋哲元、孙良诚。"

　　"你马上着手组织司令部。"

　　"刘桂堂守卫临汝，他的新编第四师本来是些土匪，很难拦得住宋哲元，刻不容缓，我只带参谋处长赵复汉马上动身去河南。司令部可边干边组织。"

　　"请钧座严令王金钰与徐源泉两师迅即向漯河集结，不得迟误。"

蒋介石走到地图前，略一打量，道："耿光呀，如今第四十七师还在蚌埠一带，四十八师在界首一带，这两师人马要全部集中起来，怕要三五天才成，只怕……"

"是的，要等这两师人马全部集结完毕，只怕临汝早就丢了。我马上去漯河，有一个团就一个团，有一个旅就一个旅，我带上先走，赶到临汝，稳住刘桂堂要紧。"

"只是如此，非常凶险，我怕你有什么……"

"报钧座知遇，杨杰愿赴汤蹈火。"

"好。我随后亲至漯河，督促各部增援你。"

杨杰敬个礼，转身便走。刚拉开门，只听蒋介石在身后叫道："耿光……"

杨杰转回身，却见蒋介石带着少有的眼神看着他，道："耿光，记着，一战之胜败都在其次，我更望我的参谋长平安归来！"

杨杰心头一热，板板正正又向蒋介石行了一个军礼。

二、唐总指挥上来了

炮弹爆开，烟火腾起，尖锐的啸叫撕裂了天空，爆炸声惊天动地，整个黑石关都在燃烧，连天上的云似乎也被点着了。

关下漫天的烟尘中，钻出无数西北军的士兵来。他们低着身子，一手抓着手榴弹，一手举着光闪闪的大刀，快步向关上冲来。炮弹在人丛中不时炸开，有人被抛上半空，有人被炸倒在地，活着的却并不闪避，脚下也不稍缓，依旧挺身向着关上冲来，甚至队列也不见散乱。

防守黑石关最前沿的，正是龚浩五十一师的二十二旅。炮弹在关上炸开，震耳欲聋，乱石纷飞。壕沟里趴着的这些兵，却全像没有看到也没有听到一般，只是屏着气，架着枪，瞄向冲过来的西北军。

一方如巨浪卷向海岸，一方却如礁石安然不动。双方渐渐地近了，近了。

突然，炮火停了。天地间骤然一片死寂。也就眨眼工夫，进攻的西北军陡然发出一阵吼声，快步扑向五十一师阵地，几乎就在同时，枪声响起，五十一师的士兵把子弹直泼过去。西北军士兵脚下满是枪弹激起的尘灰，冲在前边士兵像砍倒的庄稼秸子一般，接二连三地倒下。后边的却不闪避，继续闷头前冲。转眼便到了跟前，手榴弹兜头砸了过来。五十一师的兵也纷纷扔出手榴弹，一时间，天空中手榴弹像蝗虫一样乱飞，接着便炸做了一团。就在手榴弹爆炸的同时，西北军已到了战壕前边，五十一师的兵也跳起身来，跃出战壕，迎上前去。刹那间，两拨人绞在了一起。

　　远处的一个山顶上，龚浩透过望远镜，把这一切都看在眼里。眼见双方好一阵厮杀，冲上来的西北军士兵越打越少，临了，剩下的十几个人被团团围在了中间，却尤自抡着大刀左冲右突，奋力冲杀，临了，被一阵乱枪打死，龚浩叹口气道："西北军能拼命，名不虚传！"一时又生出悲哀来，北伐时，这些兵还在并肩作战，谁能想到，今天却要拼个你死我活！

　　转身进了司令部，进门就喊："二十二旅这次吃亏不小，预备队赶紧上去增援。"

　　罗之藩听了，迎上前来道："预备队全都派出去了。"

　　龚浩这才想起，西北军在几处都攻得凶猛，预备队已是用完了。估计西北军还要进攻，不由得焦躁起来，便对罗之藩道："马上给刘军长打电话，让他快快派兵增援我们。"

　　电话要通，龚浩还没开口，电话那头第八军军长兼五十三师师长刘兴的大嗓门已在耳边炸开："唐总指挥已到了二十二旅司令部！唐总指挥已到了二十二旅司令部……"

　　龚浩大吃一惊。总指挥怎么冷不丁就从南京到了这儿？怎么没言语一声就直接来了前沿？二十二旅如今打得正烈，总指挥这是不要命了！

　　龚浩一时觉得头发直立起来，拔步跑出了司令部，一边高声叫道："快，卫队跟上！"

　　且说，前沿阵地不远处的一座破庙里，五十一师二十二旅旅长凌兆尧不停地骂娘。打昨夜开始，西北军就没消停，一拨下去又是一拨，一拨猛似一拨，凌兆尧眼看支撑不住，连自己的卫队也派上去了，身边只留了一个排的兵。

　　正骂呢，却听四周"哗"地一声响，凌兆尧扭头看去，手下的副官参谋等全都站了起来，齐齐看向门口，一个人正定定地站在那儿。

　　凌兆尧直跳起来，道："唐总指挥！"

　　确是唐生智到了。

　　战事未起时，刘兴与龚浩几个便依了袁华选传过的计策，连声要求唐生智亲临前线指挥第五路军，蒋介石没有应声。战火一开，他们便率着五十一和五十三师边打边撤，边一封接一封地发急电，吆喝情况危急，西北军凶悍，第五路军支撑不住，要唐生智马上到军前安定军心，指挥战斗。可电报打出去，还是石沉大海，刘兴与龚浩只得一路退到黑石关来。眼看再这样下去便要动摇大局了，蒋介石终于答应唐生智离京前往河南。

　　出京这天，蒋介石、宋美龄带着党国要员一直送到下关火车站，众人都觉得唐生智此去，定是好大一场血战，唐生智却生出鱼入大海，虎入深山的感觉，心情很是畅快。

上了火车，一路北来。到了前线，听到黑石关这边打得难解难分，唐生智便带着卫队，直奔二十二旅阵地。

凌兆尧一见唐生智到了，着实吓了一跳，说话也不利落起来："总指挥，你……怎么到……这儿来了？"

唐生智却从容坐了下来，道："说说情况。"

凌兆尧将战况略说一遍，唐生智"嗯"了一声，问道："你还有多少人？"

"一半吧。"

"能撑得住吗？"

"西北军攻得太猛了，弟兄们越打越吃力了。"

"我就与弟兄们钉在这黑石关上了。"

凌兆尧换上笑脸道："总指挥，这儿太靠前了点儿，你还是到后边指挥吧。"

唐生智一笑道："笑话，做军人的还怕危险吗？"看到墙跟支着一张行军床，便走过去躺了下来，裹了裹大衣，道，"好几天没睡个安生觉了，我要好好睡上一觉。"说完，便闭了眼睛，不一会儿鼾声便响了起来。

凌兆尧有些苦笑不得，只得对唐生智的副官低声道："总指挥一睡醒，你就把他拖走，这儿太靠前，我的兵不多了，出了事我可担当不起。"

"老总的脾气你不是不知道，哪个能劝得动。"那副官道，"你马上告诉弟兄们，就说总指挥到前沿来了。"

凌兆尧顿时醒悟，道："对对，这能顶上一个师的兵。"立即命令手下中外汇到前沿去传消息。

凌兆尧的旅部一时静了许多，唐生智的鼾声却越发听得清楚了。

过了不到一顿饭的工夫，几声脆响突然响起，是盒子枪的声音！众人一愣时，枪声已是响成了一片，中间还伴着喊杀之声，显是离着这儿不远。众人吓了一跳，不待命令，已是跳起身拔枪跑出门去。

凌兆尧刚跑出门，便见他的卫队排长跟跄着到了跟前，刚说了句："敌人偷袭……"便一个跟头栽倒在地，背上鲜血淋漓。

凌兆尧变了脸色，接着又见唐生智在庙四周警戒的卫兵从墙头上接二连三跳了进来。这座古庙早就破败了，院墙塌得高高低低，卫兵便将这墙作了工事，向着外边猛烈射击，外边的枪弹打过来，墙头上碎石乱飞，不断有人中弹倒下。

凌兆尧隐在墙后，向外一张望，便见不少兵向着这边猛冲过来，这伙人极迅捷勇猛，边射击边冲锋，已经离司令部百十步远近了。

就在这时，阵地上的炮声也突然轰隆隆响了起来。

孙良诚好手段！这是他的敢死队！这是要偷袭二十二旅的司令部，同时进攻黑石关！存心要一捶打死我凌兆尧！凌兆尧的心直沉下去，冷汗冒了出来。如今自己手里只有一个排，唐生智带来的卫兵也只有六七十号人，只怕抵挡不住这伙拼命的敌手。

凌兆尧回身跑进庙去，几步到了唐生智的床前，叫道："总指挥，敌人到了。"

唐生智把大衣领子一掀，露出头来，翻起眼皮看了凌兆尧一眼，道："打便是，不用扰老子的好梦！"

说完，头一蒙，又睡了。

凌兆尧转身出了破庙，心下着实有些慌乱，他站在庙门前的台阶上大声喊道："不要慌，咱们的援兵就到了！"

这时，一排枪弹打过，庙顶上的青瓦碎片纷纷落了下来，门口的木柱子也被打中了几枪。

看这架势，西北军敢死队是要来个鱼死网破，全不顾性命，越攻越近，最后，竟有几个兵跳进了院子。也亏得唐生智卫队的家什趁手，花机关枪使开来，风扫落叶一般，跳过墙来的几十人还没站稳，便全被打倒在墙跟下，另外那些兵隐在墙外，向院子扔进手榴弹来。

唐生智卫队的兵接连倒下。他们各自为战，在树后、墙角等处，拼命扫射。

凌兆尧骂着，挥枪不住地射击，心中却是哀叫：完了！

正打得紧张，突地就听四周一阵呐喊，枪声骤密，接着又见攻到近前的西北军掉头跑去，凌兆尧知道援兵到了，"噢"地欢叫起来，下令追击。不多时，龚浩提枪跑进庙来，一见凌兆尧便问道："总指挥呢？"

"在庙里头呢。"

龚浩一边疾步走着，一边骂道："你他娘的凌兆尧，旅部留这么几个人守卫？你不想活了拉倒，总指挥不能跟你倒霉！"

凌兆尧抹着头上的汗道："这次要不是师长带人上来，我真就活不成了。"

众人到了庙门前，听听里边没有动静，龚浩便推开门走了进去，只见唐生智还躺在那儿没动。

几个人都觉得有些奇怪，龚浩上前叫了声："总指挥。"

突然，盖在身上的大衣"呼"地飞了，唐生智猛地坐了起来，满是杀气的目光，从众人脸上扫过，他大声说道："传我的命令，第五路军全线反击！从今天起，哪个后退半步，摘他的脑袋！"

三、老子要绝食

西北风嗖嗖吹过，在敞亮处一站，直钻进骨头里去，像锥子扎着一般生疼。

冯玉祥已在院里足足站了一顿饭工夫，心里边却是火烧火燎。

西北军三路齐出，已在河南与湖北境里杀得天昏地暗，战事分明到了节骨眼儿上，可山西这边，原先拍得胸脯嗵嗵响的阎锡山却让风吹跑了一般，既没听他发讨蒋通电，更没见有晋军动弹。冯玉祥越来越沉不住气了。

这时，薛笃弼到了，进门便道："阎锡山通电就任国民政府三军副总司令了！"

"什么！"冯玉祥只觉腿一软，血一下涌到了头上。果然又上了阎锡山的圈套！讨蒋如今已是射出的箭，收不回来，西北军没了后援，也没了退路，只能独对蒋介石了！这还罢了，阎锡山这通电一发出，定是中央军气焰大盛，西北军一下泄了底气，这仗没法打了。

"宋哲元他们怎么样了？"冯玉祥只觉得浑身发凉，声儿打着颤。

"万分紧急了。河南这边，庞炳勋已被唐生智拦在了黑石关，眼下正在激战。杨杰的第十军占住了临汾，宋哲元几番血战，到底前进不得。只有孙良诚那一路进展较快，眼下打到了密县。可是上官云相正猛攻三家店，顾祝同的第一军及刘镇华的两个师也到了，局势十万火急。"

冯玉祥心里一阵阵发紧。薛笃弼的话字字句句尤如炸弹在耳边炸响，不用细想，就知自己的西北军到了生死关头！宋哲元与庞炳勋被阻住不能前进，孙良诚这一路便成了孤军深入，要是上官云相再占了密县与登封之间的三家店，那孙良诚的退路可就断了！

冯玉祥的腮邦子不住地抽搐，过了半晌又问："孙连仲与张维玺他们呢？"

"也被方鼎英与刘峙死死挡住，不能前进了。"

冯玉祥的心疼得直打哆嗦，"呼呼"喘了一会儿，恨恨地在地上跺起脚来，咬着牙道："阎锡山！阎锡山！"拔步冲出大门去。

他的几个手枪兵一直远远地站在一旁，看到冯玉祥往外跑去，也连忙跟了上去。

冯玉祥在大门口跑了十几步，便听一声喊，百十名晋军冲上前来将路堵个严实。

西北来的人听到动静，也都从徐公馆里跑了出来，把冯玉祥簇拥在了中间，李二牛等几个手枪兵提着盒子枪紧贴在冯玉祥的左右。众人乱纷纷高喊起来：

"起开！"

"王八羔子，敢挡冯总司令的路！"

"滚一边去！"

这边的晋兵也不示弱，举着枪高声喊道：

"停下！"

"不能走！"

"回去！回去！"

两边的人都涨红了脸，怒目而视，越靠越近，李二牛几个把手枪"哗哗"顶上了膛火，挡在了冯玉祥的前边，眼看就要动起手来。

冯玉祥将李二牛几个拨到了一边，走上前去，向着晋军士兵高声道："弟兄们，你们睁开眼瞧瞧，你们的总司令阎锡山是个什么东西？背信弃义，猪狗不如！"

冯玉祥放开喉咙说了起来。

从阎锡山将他骗来山西说到相约一起讨蒋，又从阎锡山极力撺掇他讨蒋说到自己却跟蒋介石穿了一条裤子，原原本本，桩桩件件，到最后嗓子都说辟了，依然嘶声道："要是阎锡山当初不赞成讨蒋，为何不明以相告，免了我自寻苦吃，也免了我第二集团军官兵流血丧命。我20万官兵，就因信赖他阎锡山与我冯玉祥的缘故，眼下陷入绝地！阎锡山言而无信，不无耻吗？发过的誓还记得吗？不怕五雷轰顶吗？"

说到这儿，冯玉祥竟是涕泪交流。

那些晋兵在寒风里站着，不敢言语也不敢动，只是任由冯玉祥破口大骂。

一气讲了一个多小时，临了，冯玉祥道："冯玉祥与我西北军弟兄同命运，前线官兵流血而死，我冯玉祥也已抱定必死决心，从今日起，绝食！"

说着回身便走，他手下的人也都痛哭失声，跟着冯玉祥转回了院子。

来到房门口，冯玉祥一抬手，众人停了下来，叫道："冯先生……"

冯玉祥露了果决的神情道："我主意已定。你们哪个也别劝。"说着对薛笃弼点点头道："子良，你进来。"

薛笃弼进了屋，把房门关严，冯玉祥道："我给宋哲元与孙良诚写封信，你想法送出去。嘱咐他们，务要照着我说的去做。"

"是，冯先生。"薛笃弼哽咽着答道。

冯玉祥在椅子上坐了，铺开纸，提着笔来，想想西北军前方将士定是凶多吉少，心中又是一阵难受，两行泪直流下来，扑簌簌落到了纸上，长吐了口气，抹了一把，静了静，写了起来。

他嘱咐宋哲元与孙良诚，在此危机时刻，务要携手一心，共同对敌，将队伍带回西北。一定要坚守潼关，保住西北这个根基。

写着，冯玉祥哽咽起来，薛笃弼站在一旁，也是泣不成声。

写完，冯玉祥把信叠好，交与了薛笃弼，拍拍他的肩膀道："你们好生努力。"

"我们一定按先生的吩咐去做。"

冯玉祥又低了声向薛笃弼道："子良，你这次回太原，给我叫几家报纸的记者来，要是他们不能来，你就直接去找他们。"

薛笃弼点头答应。

冯玉祥说："必须把这次我们与阎锡山协商反蒋的来龙去脉对报社一一说个明白，要让天下人都看看，他阎锡山到底是什么瓢子！"

薛笃弼明白冯玉祥这是存了分化蒋介石与阎锡山的用心，便答道："我一定办好。"

冯玉祥挥了挥手，道："去吧。"

薛笃弼迟疑了一下，道："冯先生，事儿并非没有转机，再说我们第二集团军断断不能没有你，你千万不要灰心。你若有事，那第二集团军真就垮了……"

冯玉祥道："我们革命，胜固成功，败亦成名，今日即便成仁，也在所不辞。不要多说了，去吧。"

薛笃弼向冯玉祥深深鞠了一躬，道："先生多保重。"

出了门，见众人还都围在门口站着，薛笃弼眼中含泪，向着众人道："你们也劝劝冯先生。"说完，便低着头走了。

这时，就听屋里冯玉祥喝道："李二牛，你在门口站岗，任何人不准放进来，这是命令！"

李二牛垂头丧气地站到了房门中间。

众人没法，只在门口这个一句那个一句地哀告劝说，可屋子里没有一点儿动静，房门一直关得紧紧的。

太原城热闹起来。大街上，旗幡招展，人头攒动。锣鼓家什敲个欢天喜地、震天价响。

学生、士兵、官员，男男女女、老老少少排出好几里路去。前边打着的横幅上写着："庆祝陆海空军副总司令阎锡山就职。"众人挥着小旗，口号声喊得惊天动地。

"拥护阎副总司令！"

"拥护中央！"

"拥护蒋总司令！"

"讨伐西北叛逆！"

"打倒宋哲元！"

大街两旁的墙壁上，贴满了花花绿绿的标语，全是此类口号。

刚刚开罢庆祝陆海空军副总司令阎锡山就职大会和讨逆大会，太原城里各界人士便涌上街去，开始了浩浩浩荡荡的游行。

可山西省府的会客厅里，此时却是格外安静。阎锡山安然坐在沙发上，悠然地抽着烟，贾景德与梁汝舟等几个坐在左边。右边坐着一溜儿记者。——此时，阎锡山一派沉着平静的模样，适才在会上那般慷慨激昂的神情已是一点影儿也没了。

一位中国记者问道："请问阎先生，你今日就任中华民国陆海空三军副总司令，是否由衷地高兴？"

"不。"阎锡山断然道，"锡山为人向来坦诚，实话实说。对此事，锡山未曾觉得有半分高兴。自经中山先生引导加入革命，至辛亥革命于太原率部举义，到北伐打倒军阀，锡山之志一向不在权位。锡山曾对蒋主席说过，而且不只一次说过，锡山最大的愿望，便是做个县长，踏踏实实做些事情。如不是蒋主席以革命责任相督励，不容本人卸肩，锡山断断不会挑起这副担子的。"

一个日本记者问道："阎副总司令对西北军持何种态度？"

"适才诸位想必都已看到了太原民众游行的情景，民心所向，锡山自是不能与民心相悖违。"

一个美国记者问道："可是，阎将军，路透社昨天报道了对冯玉祥将军的采访，冯将军说你与他早有约定，军事上相互联合，打倒蒋介石。西北军方面也说，是你在后面鼓动他们叛乱，你如何解释？"

这话着实噎人，贾景德与梁汝舟都有些紧张，齐齐地看向阎锡山。

"哈哈，"阎锡山却是淡淡一笑，把香烟伸到烟灰缸上面轻轻地弹了两下，从容道，"噢，这张报纸我尚未见到，你说的这事我也是第一次听到。我要告诉这位先生，绝无此事！锡山历来拥护中央，反对战争。此事蒋主席知之最详。有人另有话说，实是意在煽惑，别有用心。"

这个美国记者却又逼了上来，问道："那阎将军的意思是与西北军没有任何约定了？"

"不，有约定。"阎锡山毫不犹豫地答道。

一时，屋子里的空气像要炸开一般，记者都停了记录，齐齐抬头看向阎锡山。阎锡山却又从烟盒里轻轻抽出一根烟来，仔细地将烟头转着捏着，然后把抽着的烟蒂接了上去。缓缓地吸了一口，徐徐道："不过约定的时间，是在第二集团军反抗中央之前，约定的内容，是不妨碍该集团军觅食。除此之外，绝无其他承诺。"

贾景德松了口气，向梁汝舟看去，梁汝舟也正好向着这边看过来，两人都是微微一笑。

《中央日报》的一个记者接着问道："请问阎先生，你身为副总司令，对西北叛逆有无军事手段？"

阎锡山道："这个自然。当此国家危亡之机，锡山断不会一旁坐视，更不会让蒋主席独任其艰。"

"有什么具体行动吗？"

"蒋总司令命锡山节制黄河以北所有军队，锡山将唯蒋总司令之命是从。另外，我已派周玳率部进至风陵渡，赵承绶率部北趋五原，协同第五路总指挥唐生智肃清西北叛逆。"

说完这话，阎锡山吸了一口烟，那烟从鼻孔里徐徐冒了出来，又袅袅地在头上散了开去。

四、真降？假降？

> 孙良诚率四师以上兵力攻登封后，其前锋已冲过密县，东距平汉路仅三五十里。当此时，前敌各军得中正亲征之讯，士气大振，无不奋勇争先，以一当百。……乃令各军自十一日起实施总攻击。
>
> ——蒋介石

参谋长王清瀚小心地对孙良诚道："总指挥，下决心撤吧。再晚了只怕走不了了。"

孙良诚抱着脑袋没有做声。

孙良诚带的这一路，冲过了密县，可是原先定好策应掩护的两翼却没跟上来。杨杰出了一支奇兵，在临汝将宋哲元死死拦住，唐生智在黑石关将庞炳勋打退，孙良诚成了孤军深入。接着，上官云湘却又猛攻他的后路，前边中央军增援了上来，孙良诚眼看便要陷入重围。正在火上房的时候，又听阎锡山宣布就任民国三军副总司令，还要动手打过来，更让整个西北军从头凉到了脚，心中都透亮：这仗没法打了。

王清瀚道："如今别无他路可走了。"

孙良诚抬了头，一脸的痛苦焦虑，说："我担心，几万大军阵前后撤，要是被敌人发觉，随后追击，那便糟了。"

"强敌就在近旁，总指挥这样担心，不是没有道理。"

孙良诚摸着下巴沉吟了半晌，突然道："我倒有一个办法！"

"什么办法？"

"投降！"

"投降？"王清瀚脸色煞白，道，"孙总指挥，你不能……"

"诈降！"孙良诚站了起来，"我孙良诚向来喜欢刀对刀枪对枪明打明地干，这一手还是头一次使，真他妈的有点脸红，眼下顾不得这些了。老蒋如今正在禹县督战，咱们派人去接洽投诚，老蒋肯定松了心劲来，那时咱们突然行动，撤向洛阳。"

"倒也可行。"

"好，就这么办。"

王清瀚想了一想，道："是否给宋明轩打声招呼。"

"不用。走漏了消息，可不是玩的，"说到这儿，孙良诚生出几分恼怒来，"这次要是让我代理总司令全权指挥讨蒋的话，这仗也不至于打成这个样子，他宋明轩会打什么仗！"

王清瀚没有做声，只是叹口气摇了摇头。

且说禹县县府里，蒋介石正在捏着毛笔撰写命令，何应钦到了，进门便道："孙良诚派了一个名叫王至辰的副师长来了。"

蒋介石"噢"了一声，停了笔问道："何事？"

"洽降。"

"降？"蒋介石放了笔，定定地看着何应钦问道。

何应钦把他跟王至辰交谈的情况说了一遍，临了问道："当如何处理？"

"你看孙良诚是真降还是假降？"

"尚难断定。"

蒋介石想了一想道："把那个王至辰叫来，我见见他。"

不多时，王至辰走进门来，上前行过军礼，蒋介石还了礼，指指椅子道："王副师长坐。"

王至辰却道："卑职不敢。"

"无须拘礼，坐吧。"

王至辰谢过之后坐了。

蒋介石道："孙绍云深明大义，实应嘉勉。"

"孙总指挥对以往过错深感痛悔。"

"形势所迫，有情可原。绍云北伐时对革命有大功，中央不会忘记。只要幡然悔悟，中央既往不咎。"

"至辰代孙总指挥感谢中央及蒋总司令的宽容。"

"绍云打算怎么办？"

"一切唯蒋总司令之命是从。孙总指挥的意思是，请总司令马上派人到我部，督率我部官兵归顺中央。"

"好，足见孙绍云之诚，此事可由敬之安排。绍云服从中央，可发出通电，告知国人。然后全军集中登封，与中央各部会合。"

王至辰略顿了一顿道："至辰前来晋见总司令时，孙总指挥曾说，如蒙见谅接纳，定要立一大功报效蒋总司令。"

蒋介石露了极感兴趣的样子，"噢"了一声。

"宋哲元对抗中央极为顽固，与孙总指挥向来不睦，故孙总指挥之意，我部服从中央之事暂秘而不宣，容我部向宋哲元部靠过去，趁其不备突然发起攻击，中央各部随后跟进，定能一战奏功，然后我部为前锋，直取潼关，如此西北可一举底定。"

"好。很好！"蒋介石兴奋地一拍桌子，道，"我立即下令各部，停止对你部进迫。你回去告诉孙绍云，如此次成功，我将委他为安徽省政府主席兼第六路军总指挥。"

王至辰道："多谢总司令。"

蒋介石又从抽屉里取了一张支票递与王至辰，道："这是 60 万元，你交与孙绍云，权作慰劳。"

王至辰站起身来，敬礼致谢。蒋介石挥挥手道："你先休息一下，具体事宜可与何总参谋长细谈。"

何应钦陪着王至辰去了。

屋子里，蒋介石静静沉思了半晌，又起身踱起步来，最后在墙上挂着的一幅画前停了下来。那是一幅水墨图，画的是一只鹰从天空直扑下来，大张的翅膀好像鼓荡着狂风，很有些气势。这鹰的眼睛画得更是传神，凶光闪烁，尖利的爪子箕张，直插画外的猎物，着实威猛。

在画前站了半晌，蒋介石方转身向外走去，这时，门开了，何应钦走了进来。

蒋介石劈头便道："派人到孙良诚那儿联络——就让曹浩森去。"

"好的。"何应钦答应着。

曹浩森原是冯玉祥的副总参谋长，冯玉祥羁留山西后，投到了蒋介石的手下，到登封去他自是最佳人选。

何应钦看出，蒋介石已是相信了孙良诚的投诚，暗里觉得有些草率了，便拐个弯儿道："那与孙良诚对战诸部是否……"

蒋介石坚决道："密令各部迅速向登封一带集结，不可有丝毫懈怠。"

何应钦答应着，心中连连点头：到底是蒋总司令。

洛阳城沉睡过去，冷风吹过，一弯月牙儿簌簌发抖。

昏黄的灯光，照在西北军代总司令宋哲元与参谋长秦德纯的脸上，影影绰绰的，看去带着几分恐怖，又带着几分悲凉。

两个人隔着桌子坐着，高一声低一声地叹气。

也不知过了多久，宋哲元才道："眼下增援临汝的敌人越来越多，已是没指望打下来了，东进策应孙良诚办不到了。"

"是。"秦德纯连连摇头，"不但临汝打不下来，我们也危险了。"

"最危险的还是孙良诚……"

秦德纯气愤起来："要是一开始孙良诚服从命令，别不管不顾只是自己闷头往前冲，也不至于落到如今这步田地。"

宋哲元连连摇头。

秦德纯道："危急了，这次讨蒋，我们已不可能取胜，当立刻下令，命孙良诚部赶紧后撤，如若迟缓，只怕……"

"此次劳师动众，无功而返，实对不起冯先生，对不起西北父老，也对不起西北军将士。"

秦德纯听出宋哲元仍是有些不甘心，便又劝道："如果不断然撤兵，只怕到时我们在西北也没个立足之地，想做个平民也不能够了。"

宋哲元又是一声长叹："我何尝不知道呢，只是……"说着，把帽子一把抓了下来，猛地往桌上摔去。

秦德纯还要说话，突然就听门外传来士兵喊喝的声音："哪个？口令，站下。"

接着另一个嗓门厉声道："妈的，瞎眼了？老子是陈琢如。"夜里，嗓门儿听得格外清楚，接着脚步声越来越响，显见是朝着这边来了。

陈琢如是宋哲元的师参谋长，向来沉着，说话从未这般高喉咙大嗓的，宋哲元与秦德纯一听，便都一激灵，急忙站起来迎了出去，在门口正与陈琢如走个对头，秦德纯抢先问道："怎么啦？"

陈琢如回身将门关上，上气不接下气地说道："登封那边传过消息，孙良诚投蒋了！"

"孙良诚？"

"投蒋？"

宋哲元与秦德纯说话的声嗓竟不是了平常的调儿。

陈琢如又道："孙良诚的刘副官暗地打发人送来的信儿，说孙良诚已派人跟老蒋接上头了。"

"不可能吧？"秦德纯声儿抖着，都知道孙良诚是冯玉祥的铁杆亲信，往日里冯玉祥最器重他的。

宋哲元猜出了秦德纯的心思，道："韩复榘与石友三也一直是冯先生最信得过的……"

陈琢如急急地插嘴道："这事确定无疑了，老蒋已答应委孙良诚做安徽省主席和第六路总指挥。"

"知人知面不知心呀！"秦德纯呆在了那儿。

宋哲元缓缓地走到桌前，腿一软，坐了下去。

本来阎锡山没有出兵，西北军独战中央军，已觉得很是吃力。晋军倒向了蒋介石，又让宋哲元着实灰心。现在一听这个消息，更像兜头浇下一盆凉水，从头凉到了脚后跟。孙良诚在西北军里实力最强，他这一叛，西北军的半拉膀子便被卸了下来，士气也定是泄个净光。只怕讨蒋的十几师人马，再也回不了潼关，西北也落到蒋介石手里——这下要输个鸟蛋净光。

宋哲元从兜里掏出一根烟来，陈琢如连忙擦着火柴想给他点上，可宋哲元嘴上含着的烟卷儿却抖抖地对不准火头儿。

"怎么办？"秦德纯与陈琢如都看向宋哲元。

宋哲元只抽了两口，便将烟狠狠地在桌面上碾灭了，猛地站了起来，对秦德纯道："撤退，立刻撤往陕州！"

"只怕物资太多，车辆不够，时间不足。"泰德纯道。

"能运多少运多少，运不走的，丢！"宋哲元果断地说道，"马上命令石敬亭，立即抽调吉鸿昌师赶往潼关，部署防守。还有，吩咐石敬亭在西安城中遍贴标语，就说冯先生马上要回到陕西了。"

秦德纯与陈琢如听了不由得生出几分佩服来。吉鸿昌只要占住潼关，便守住了西北的大门，也能接应撤回的队伍，这个倒是都能想到的。而让石敬亭在西安遍贴标语，便显出宋哲元的心思细密了。孙良诚投降，大军败归，西北定是人心惶惶，极有可能要乱成一锅粥。如果此时大家知道冯玉祥回到陕西来，这定海神针一插，自然便会风平浪静了。

"孙良诚投蒋的事不可走漏风声。"宋哲元又叮嘱道，"赶紧部署撤退，一刻也不能耽搁。"

秦德纯与陈琢如自然知道利害，必须抢在孙良诚投降的消息传开之前撤退，要不然队伍极有可能无法控制了。也不多说，转身便走。

宋哲元拉过地图，趴在上面急急地察看起来。

过了不到一个小时，外边人喊马嘶，一片噪杂，还有零星枪声响起，宋哲元顿时把心提了溜到了嗓子眼里，几步到了院子中间，大声叫道："手枪营！"

手枪营就在不远的房子里住着，听到喊声，立马集合起来。宋哲元没开口，拔步便走，手枪兵们急忙跟了上去。

这时，尚在下半夜，可洛阳大街上已如大集一样，到处都是奔跑的士兵和牲口，口令和咒骂声、喊喝声响成一片。

宋哲元的眉头拧成了疙瘩，又是气又是急，只是不清楚，怎么成了这般模样。

陈琢如从人群里挤到了跟前，宋哲元刚要开口质问，却被陈琢如拉到了一边，低了声道："不知怎么的，孙良诚那事儿已是传开了，各部都慌了，争相向西逃去，有的为争路还开了枪。"

宋哲元脑子飞快地转了几转，有了主意，命陈琢如赶紧到火车站调度指挥，又对手枪营营长吩咐几句，那营长立刻进了人流不见了，不多时，大队人马到了，正是宋哲元的手枪团。

宋哲元命令他们点亮火把，就在街边列队。不多时百十支火把点亮，照得四下明晃晃的。宋哲元从队伍前缓缓地走了一趟，点点头，对着他们一挥手，高声道："跟上我！"头前迈步便走。

这队人马整整齐齐，顺着大道往东便走。

正乱纷纷地向西奔逃的官兵，突然间看到一队人马迎头走来，火把亮堂堂地照着，稳稳当当走在前边的正是他们的代总司令宋哲元。顿时安定心来，停了喧哗，靠向路边。

宋哲元转回身，对着身后的手枪兵大声道："给我唱起来……"

多年来，冯玉祥有个练兵的法子，便是编了许多歌，让士兵唱。射击有歌，行军有歌，驻防也有歌，士兵的日常操行、训练要求、作战要领等等都能唱出来。

手枪团的兵听了宋哲元的命令，一起放声唱了起来，这次唱的是《夜战歌》：

> 夜行军，保持步度，距离忌伸长。
>
> 最忌张皇与紊乱，镇静要当先。
>
> 当侦察，严密搜索，警戒我全军。
>
> 刚胆沉着自慧敏，更贵有热心！
>
> ……

五、撤了个稀里哗啦

一听曹浩森要来登封，孙良诚便笑了，他断定：自己使的诈降之计成功了。

王清瀚却蹙起了眉头道："里边不会另有意思吧？"

孙良诚觉得蹊跷，便问为何如此说。王清瀚道："要是弟兄们知道我们要投降老蒋，他们不明就里，会有怎样的情景？"

孙良诚猛一下醒悟过来。西北军的人大多认得曹浩森，也知道他降了蒋介石，如果他一到军中，明眼人自会看出苗头，弄不好会闹出乱子来。孙良诚心里一阵发毛，想了一想，有了主意，对王清瀚道："派个副官带手枪排去迎接曹浩森，从火车站直接把他接到大华旅店去……"

王清瀚明白孙良诚的意思，是要把曹浩森来登封这事儿风不吹树不摇地料理过去，想想也只能如此，便道："撤退的事不能稍停。"

孙良诚道："我在明处应付曹浩森，你在暗处布置各部撤退，咱们分头行动。"

王清瀚去了，孙良诚又琢磨了几个来回，方起身去了大华旅店，到了那儿屁股刚挨着座位，一个卫兵便来报告说：曹浩森接到。

孙良诚吃了一惊，连忙起身迎接，心里纳闷，怎么来得这么快？

在旅店门口，孙良诚与曹浩森见了面，两人在西北军里共事多年，虽然现在各为其主，但也没觉得生分。客气一番，便向旅店里走去。派去接曹浩森的那个排长得个空儿，低声告诉孙良诚：曹浩森提前到了，一下火车便将慰劳品卸了一地，如今满世界都知道蒋介石派人来到登封了。

孙良诚心一沉，第一个念头便是：蒋介石使的好计！想把我孙良诚逼到悬崖边上。可看看曹浩森满脸喜兴，又一转念，也许这只是无心之举。

进了旅店的客厅，孙良诚稳住心神，与老参谋长叙起旧来。曹浩森夸赞孙良诚深明大义，孙良诚则表示真心服从蒋总司令。临了，曹浩森道：蒋总司令已是下令进攻登封的各部后撤，只待孙部人马点验过后，中央立马支援弹药物资，便可掉头向西，进军西北了。

孙良诚自然是一派感激和服从模样，心中暗暗欣喜，看来老蒋是真的信他投诚了，便耐住性子，跟曹浩森七七八八说起闲话来。

正说得热闹，孙良诚的副官走了进来，端了壶给两人倒茶时，悄悄对孙良诚使了个眼色，走了。过了一会儿，孙良诚推说要解手，也出了门去，见那副官就在不远外站着，看到他出来转身便走，孙良诚急忙跟了上去，那副官拐过屋角，来到一个房门前站住了。孙良诚自是明白用意，也没说话，推门走进屋去。

王清瀚却在屋里，一脸的惊慌。

"怎么了？"孙良诚问道。

王清瀚的嗓音都变了："宋哲元从洛阳撤往陕州了！"

孙良诚脑袋"嗡"地一声响，张着嘴半天没倒过气来。

洛阳屯着孙良诚几师的弹药粮草，宋哲元这一退，一下便让他弹尽粮绝。更有一样，宋哲元这一撤，他身后便空了，强敌近在眼前，身后没人接应，手里这几万人一下便陷入了绝境。孙良诚只觉得脊梁一阵发凉，更有一股怒火在胸腔里腾腾烧了起来。

"他娘的宋哲元，肠子都是黑的，他这是要把咱们往油锅里推，要老子的命呀！"孙良诚咆哮起来。

王清瀚声音发抖，道："总指挥，赶紧拿主意吧。"

"回司令部！"

孙良诚几步出了旅店，自己的车正停在门口，孙良诚跳了上去，又从车窗里伸出头来，对手枪连的连长道："你在这儿看着，别让曹参谋长他们走了。"

然后，连声催促司机道："快走，快！"

在车上，孙良诚与王清瀚商定：全军立即后撤洛阳！

回到司令部，孙良诚急急将队伍后撤序列及掩护策应诸事传下令去，一时，众人全都手忙脚乱动了起来。

孙良诚这才觉出自己浑身汗浸浸的。

看看诸般有了眉目，孙良诚上车出了登封，向西急奔。透过车窗看去，许多卡车狂奔，士兵没命地奔跑，路两边丢弃着许多物资，一派狼狈混乱景象。

孙良诚黑着脸道："回到陕西，先跟宋哲元算算这个账。"

王清瀚道："大军临敌后撤，全身而退也算万幸。多亏你使了这个诈降计，不然他们要是趁机进攻，这几万人马全让人在这儿捣了蒜了。"

孙良诚咬牙切齿地说："我孙良诚自打带兵，还没这么狼狈过！要不是阎锡山这玩意儿把我们引到火坑边，宋哲元又在后边推了一把，咱们……"

"到了洛阳，咱们就能喘口气了。"

孙良诚闭了眼不再做声。可王清瀚清楚地听到他"呼呼"喘粗气的声音。

突然，车子停下了，只见前边的车子全都停了下来。这时，在前边开路的一个团长跑到跟前报告说。前边路上堆了不少石头，把路拦住了，弟兄们正在清理。

"他娘的。"孙良诚骂了一声，跳下车来，脚刚着地，就听一声啸叫在头顶响起。孙良诚久经战阵，一下便听出这是什么声音，一边矮下身去，一边大喊："炮弹！"

话音刚落，"轰"地一声巨响，一颗炮弹在近旁炸开，眼看着那个团长惨叫一声倒了下去。接着，炮弹在路上、山坡上接连炸开，枪弹"扑扑"在身前身后落下，有些士兵转眼倒下，不少汽车炸翻在地，有的"呼呼"燃烧起来。

孙良诚躲在一辆汽车后边，举了望远镜看去，只见路两边的山坡上烟火腾起，枪炮正是从那边打过来的。矮树丛里，山石后边，有人影在射击、跑动，看那服装，正是中央军！

孙良诚一下明白过来，不由得一阵懊恼。原以为自己的诈降计哄过了蒋介石，实际人家早已看破。前头人家又派人来又送物资慰劳，一派亲热模样，全是为了让他放松了警觉，慢下手脚，人家却趁机急扑上来，一下咬住了他的咽喉。

大军败退之中，骤遭截击，弄不好便是个灭顶之灾！眼下只有豁出去，方能寻条活路。孙良诚眼都红了，挺身站到了路中间，对着王清瀚高声叫道："参谋长，你组织掩护！手枪团，跟老子冲锋！"

说罢，提枪往前便跑。手枪团的兵听了，跟了上去。孙良诚手下官兵知道到了生死关头，也都拼了性命，齐声大吼，迎着炮火蜂拥而上。

也是中央军赶到的人不多，打埋伏的兵力不厚，一番血战后，终让孙良诚杀开了一条血路，逃进了洛阳城。只是这一路让中央军追杀，人马折损了大半。

自打宋哲元撤出，洛阳已成了一座空城，吃的用的都运走了，逃到这儿的兵竟没东西填饱肚皮，孙良诚气得头顶冒烟，一屁股坐了，铁青着脸不住地捶自己的大腿。

王清瀚将洛阳城防安排妥当，回来时进门便道："总指挥，咱们得抓紧撤，只有进了潼关才可保无虞。"

"不。"孙良诚腮帮上的肉一块块直绷起来。

王清瀚料孙良诚是要坚守洛阳，有些发急，道："总指挥，如今我部大败，军心已乱，既无给养又无后援，敌军大兵定是随后便至，洛阳万不能守呀。"

孙良诚狞笑起来："哪个要守洛阳？"

王清瀚一头雾水，直直地看着孙良诚道："那……"

"老子要降！要真降！"孙良诚嘶着嗓门叫了起来，"宋哲元存心要把老子送到老虎嘴里，老子咽不下这口气！"

王清瀚只当孙良诚说气话，便劝道："总指挥，这里边也许有误会，咱们弄清了再说，还是抓紧往潼关撤吧。"

"不撤！老子这回要跟宋哲元一刀两断。你给我写一个投降蒋介石的通电。马上就写，就在这儿写！"

王清瀚这才看出孙良诚是要来真格的，仍是问道："真要降？"

"是人家逼着咱走这条路呀。"

两人争了半晌，孙良诚坚决要降，王清瀚却执意不写，孙良诚没法，只得坐到桌前，亲自写了起来，王清瀚突然扑倒在孙良诚的脚下，哭道："总指挥，绍云兄，你们在西北军多年，冯先生对你我不薄，我们要是投了蒋中正，对不起冯先生，也对不起跟随你我多年的弟兄呀。"

"冯先生不在这儿了，那几个又不想让咱们活，不投降怎么办？"

王清瀚哭道："韩复榘与石友三他们投了蒋，多少人指着他们脊梁骂呀！"

孙良诚也流下泪来，王清瀚猛地站起来去夺孙良诚手中的笔，孙良诚却把笔紧紧抓在手里，王清瀚一把将纸抽走，团了一团塞到嘴里，嚼了几口咽了下去，说："我不能让总指挥留下骂名。"

"唉！"孙良诚长叹一声，把笔一丢，趴在桌上大哭起来。

就在这时，枪声骤起，一听响声分明就在极近处。孙良诚与王清瀚一起跳了起来，几步跑到院里，远近的枪声已是稠得分不出点儿来了。正要问时，副官跑了进来，道："敌人打进洛阳了。"

孙良诚大吃一惊，虽说吃了败仗，但手下还有几万人马，就是一人一口唾沫，洛阳城也是平地三尺水，断不会一下就被攻破的，孙良诚连声问道："怎么回事？这是怎么回事？"

原来，退进洛阳之后，梁冠英见没有吃的，便派了一营人马出城去寻找粮食，没想到却被急行军赶到的上官云相一个旅一网兜住。上官云相下令将这一营人的军服扒了，让他的人换上，借着黄昏天暗，到了洛阳城下，高叫征粮归来。守城的西北军士兵也没多问，打开城门，将这拨人放了进去。

这三百来人进了城，一下发作起来，没费多大劲儿便将西门夺到了手里。上官云相趁机带着一旅人马一涌而入，近万人在洛阳城里横冲直撞，左冲右突，真个如入无人之境。洛阳城里的西北军都是刚从登封败逃下来的，本来已是惊弓之鸟，这下更是惊慌失措，整个洛阳顿时大乱。

孙良诚跑出大门去一看，满街都是惊慌奔逃的士兵。他拔出手枪，高声吆喝手枪团跟他上去迎敌。刚出门走了百十步，就见迎头一彪人马，一阵风似直卷过来，一边扫射，一边高喊："拿住孙良诚！"

王清瀚不由分说，将孙良诚一把拉住，命令手枪兵拖着总指挥赶紧出城。

孙良诚的手枪兵这时也都红了眼，四五十人在前边开路，盒子枪抢开，打了个弹雨如泼，好一阵拼杀，方才出了洛阳。

跑出几里路，回头看去，洛阳城一片火光，枪声仍是响得炒豆子一般。孙良诚看看身后稀稀落落跟着的士兵，只觉得浑身无力，"噢"地一声大吼，仰面躺在地上。

六、把这面旗插到西安城上

火车缓缓地停在了郑州火车站。

军乐声大作，欢呼声四起。

两队士兵从前后的车厢里跳了出来，迅速向中间聚拢过来，在车旁站好。接着，民国陆海空总司令、讨逆军总司令蒋中正从中间的车厢里走了出来，吴稚晖与宋美龄几个跟在后边。

月台上，第五路军总指挥唐生智在前，第八军军长刘兴、第九军军长何成浚、第十军军长杨杰，龚浩、徐源泉、王金钰等师长随后，一起迎了上来。

"孟潇兄！"蒋介石叫着，快步走来，到了跟前，突然伸出双臂，一下抱住了唐生智。

众人一时很觉得意外。相熟的人都知道，蒋介石从未在大庭广众之下有这般举动，就连唐生智一时也没反应过来。

却听蒋介石"哈哈"笑道："孟潇兄，此次讨逆大获全胜，党国转危为安，中正很是感激。"说罢，方才松了开来。

唐生智却板板正正地向蒋介石行个军礼道："此乃生智分内之事。"

蒋介石依然笑道："孟潇兄居中指挥，实此次战胜叛逆之关键，居功至伟。"

唐生智道："全仗总司令信任支持。"

吴稚晖在一旁笑道："我看是蒋总司令用人得当，唐总指挥作战勇猛，指挥有方，你们将帅一心，全体将士沙场用命，方能获得此次大捷。"

众人大笑。

蒋介石又与参战将领一一握手，然后上车，直奔南乾元街七十五号院。冯玉祥执掌河南时，这个去处曾是平民图书馆，几座房子很是宽敞明亮。唐生智到河南后，便将这作了他的第五路军司令部。

在河南讨逆的各部将领大多到了。蒋介石与唐生智几个走进屋来，众将领齐齐地站了起来，齐齐地敬礼。蒋介石回了礼，然后满面春风地招手让众人坐下，自己站着讲起话来。

蒋介石先是对参战官兵极力褒奖慰问，然后说道："此次讨逆，唐总指挥居功至伟，面对凶悍逆军，指挥若定，胆大果断，一举力挽狂澜，彰显出我革命军人无畏气概，实为我革命同志之楷模，中正感佩不已。中正代中央、代国民政府、代陆海空三军向唐总指挥致敬。"

说着，蒋介石转向唐生智，行个军礼，唐生智急忙站起来还礼。

蒋介石又道："因有要事，中正近日将回转南京，我命唐总指挥代理陆海空军总司令，全权处理河南及西北善后事宜，所有讨逆各部均归唐总指挥指挥。望所有将士以服从中正之心服从唐总指挥，听从唐总指挥的指挥，就是听从中正的指挥。"

说到这儿，蒋介石向唐生智转过身去，道："唐总指挥，你今日起代行我之职权，军中诸事，你全权处置。"

在场诸将领一时都觉得此事有些突然，就连唐生智脸上也带出些没想到的神情，迟疑了一下，唐生智方起身敬礼道："生智……谢总司令信任。"

接着，唐生智致谢词。自是先表达谢意，然后表示一定统率各部稳定河南，扫荡西北。

说完，吴稚晖又代表政府向第五路军祝捷，自是说了一番中听的话，临了道："政府特命本人代为向唐代总司令授旗，以资表彰。"

这时，一个副官捧着一面卷着的大旗走向前来，在众人面前抖开。吴稚辉站在旁边指着上面的字高声说道："'为民先锋'！此四字，有两层意思，一是褒奖唐代总司令此次一举剿平叛乱，维护了国家和平。另一层意思便是期许，盼唐代总司令再接再厉，挥戈西指，将这面大旗插上西安城头。"

众将领"哗哗"鼓起掌来。

唐生智又站起来，向吴稚晖行了军礼，吴稚晖亲自把旗子递到了唐生智手上，唐生智拿在手里挥了几下，高声道："为民先锋！"

"为民先锋！"众将领也一起喊了起来。

会议开完，设宴庆功。众人自是高兴，开怀畅饮。直到天晚，蒋介石方才回了他的专列，唐生智一直送上车去，两人在车厢里坐了下来。

唐生智道："关于代理陆海空总司令之事，生智实在难以当此大任。请钧座务必收回成命。"

蒋介石却露了不能再议的神情道："孟潇不能担起此任，哪个能担得起？孟潇从来都是敢担当的，怎么倒畏首畏尾起来？你放手指挥便是。"

话说到这个份儿上，唐生智也不好再说什么，只得道："生智谢钧座信任，一定竭尽全力。"

"这便是了。如今局面正好，宋哲元已是溃不成军，孟潇当督率大军乘胜进击，攻破潼关，一举解决西北。"

"生智已有安排。拟兵分两路，一路以杨杰为指挥官，沿陇海线西进；一路以何成浚为指挥官，经宜阳、洛宁，向卢氏攻击前进。"

蒋介石略略一想，道："好，如此甚妥。宋哲元解决后，由你任西北边防司令。西北军事由你全权负责。"

唐生智道："遵命。"

"还有一事，孟潇须相机处理。"蒋介石沉吟了一下，道，"我近日得到情报，韩复榘与宋哲元暗中往来。"

韩复榘现做着河南省主席，手中又有一支人马，此次西北军进攻河南，自是应该上前抵挡的，可韩复榘不愿与过去的袍泽作战，蒋介石也担心他与宋哲元勾联起来，便就坡下驴，让他退到了后边。

唐生智乍听蒋介石如此说，觉得有几分意外，愣了一愣，问道："此事当如何处置？"

"此次韩复榘到此开会，你可将他扣留，如允许，可断然处置。"

唐生智心中一震，不由地转头看去，却见蒋介石脸上平静得如一泓秋水，不由轻轻地"噢"了一声。

"韩复榘所遗之河南省主席一职，由你接任。"

谈到很晚，唐生智告辞回了自己的司令部。一进门，却见参谋长晏勋甫与总参议袁华选说得正欢，看到唐生智回来，两人一齐站起身来。晏勋甫"哈哈"笑道："恭喜孟潇贺喜孟潇，今天可是大大地露脸。蒋总司令又是拥抱又是授旗又是封官，众人很是眼红呀。"

晏勋甫是唐生智的同学，说话自然随便。唐生智笑着摇头道："成猷开的什么玩笑？你还不知蒋中正玩的把戏吗？陆海空总司令还不是一张空头支票？除第五路外，我指挥得动哪个？冯玉祥在西北经营多年，驻有重兵，占领西北，又谈何容易？"

袁华选笑道："不过，这次总指挥一出马，便旗开得胜，我第五路军威风八面，声威大震呀，老蒋高兴却是真的。"

唐生智却微微"哼"了一声道："也许，老蒋心里另有盘算呢。"

晏勋甫与袁华选听出唐生智话里有话，都住了声靠过来。唐生智将蒋介石要他杀韩复榘的事说了一遍。两人听了吃惊不小。都道韩复榘立过大功的，老蒋如今却翻脸要取他的性命，心肠着实狠辣。

唐生智道："老蒋能如此对待韩复榘，就能如此对待我唐生智。"

袁华选道："蒋中正让你杀韩复榘，只怕还存着让你们两虎相斗的意思。"

唐生智道："说的不错。"

晏勋甫与袁华选正要接过话头，唐生智却转了弯儿，问道："成猷、士权，我且问你们，如果我一举荡平了西北，你估计蒋中正会如何待我？"

想了一会儿，晏勋甫道："按蒋中正的脾气，他从此便不能安枕矣。"

唐生智没有做声，只是"啪"地一拍椅子扶手。

袁华选道："极可能再使出老手段，给你封个高官，给个闲差，圈在京城。"

唐生智猛地站了起来，在屋里转了两圈，道："今年三月，我从白崇禧手里拿回第八军，若无此举，蒋中正怎能轻而易举攻下武汉，大胜李宗仁？可之后呢？原先他答应的让我回武汉，执掌湖北的允诺便全不作数，还将我羁留在南京。要不是宋哲元闹了这一出，我现在肯定还在那儿做着那个闲得蛋疼的军事参议院院长呢。蒋中正做人一向如此！"说到这儿，唐生智脸色红胀起来。

晏勋甫道："我们趁次机会，占据西北，自成一体，倒是一条路子。"

袁华选也道："如据有了西北，蒋介石软来软应，硬来硬对，我们便主动了。"

"百里先生也是这个意思，不过……"唐生智突然转过身来道，"我倒要直取武汉！"

"何时？"晏勋甫问。

"马上。"

在这之前，晏勋甫两人其实心中都已有数，知道唐生智早就存着反蒋之心，只是没想到他此时便要行动，还要南下攻打武汉，故而猛不丁听到这话，都是一怔。

唐生智倒兴奋起来，道："自古以来，湖北都是兵家必争之地，得之则胜，失之则败。如今攻取武汉，机会千载难逢。军事方面，中央军各主力正集中在鄂西一带，武汉空虚，我挥军南下，到时何健、夏斗寅响应，拿下武汉当有十成把握。政治方面，汪精卫先生自法国归来，在广州倡议改组国民政府，响应者众，蒋中正已成孤家寡人。"

晏勋甫道："河南这边……"

唐生智立马道："河南地界的力量，我也有绝对把握。你们看，徐源泉、杨虎诚这些杂牌，一直受蒋中正排斥，跟蒋中正结着老大的疙瘩，联合他们起事，料他们不会反对。韩复榘与石友三跟老蒋本来就不一心，有这个机会他们也不会摇头……宋哲元早就就对老蒋恨得牙痒痒，如今又正在提不上裤子的时候，让他掉头反蒋，分明是给他一条生路，自是巴不得。要是再把阎锡山拉进来，那这仗就更好打了，老蒋倒定了。"

两人想了半晌，袁华选道："孟潇要是下定了决心，眼下倒有个机会。"

"士权请讲。"唐生智坐了下来。

"明天蒋介石不是要回南京吗，这一路上多有隧道，选一合适去处，在他的专列过时，来个……"袁华选握起拳来，拳心向上，突然张开。

唐生智与晏勋甫一看便知，这是要在蒋介石回去的路上用炸药结果他。倒是好计，也不用费多大的事儿便可实施。如果蒋介石一死，中央军群龙无首，定会大乱，此时趁机进攻，便更增了把握。可唐生智一听便断然道："不行！我唐生智绝不干这样的事！我跟蒋中正要干就明打明地干，干不过那是我没本事！上不得台面的法子我不使！"

一番话倒让袁华选红了脸，晏勋甫打圆场道："要反蒋，联络阎伯川最是紧要。"

唐生智道："阎伯川不好对付，得有一个得力的人去才成。"

袁华选毕业于日本士官学校，在校时便有"智囊"之称，是阎锡山日本留学时的同学，这时已是明白了唐生智的意思，便道："我去吧。"

唐生智笑了起来："我正是这个意思，要说动阎锡山，除了士权，没第二个人。"

第十三章　老子要反蒋

一、唐生智须听我指挥

雪停了。

地上积了二指来厚的一层，满眼一片洁白。树枝上挂了雪，玉树琼枝一般，天地间平添了几分静谧。站在空地里吸口气，浑身通畅。

"不知庭霞今朝落，疑是林花昨夜开。"袁华选吟道。

阎锡山紧了紧大衣的领子，对袁华选说道："走走？"

两人在院子踱起步来，靴子踏在雪地上，发出"咯吱咯吱"的响声，倒也有趣。阎锡山无限感慨地叹口气道："时光如流水，想想当年我们在日本士官学校同学时，常常也是这么踏雪说话，那情景就如昨天一样。"

袁华选道："当年我们同宿舍的同学中，你我最是要好，这些年来虽是天各一方，但也常常挂念。"

"是呀，多少年来，经了多少事，遇了多少人！回头想想还是同学情谊最是纯真。"

"确实如此。"

阎锡山笑了起来："想当年，同学公认你袁士权足智多谋，是诸葛孔明一类人物，都佩服得很呢。"

袁华选"哈哈"笑道："那时你阎伯川确实不显山不露水，可现在，我们那些同学中属你事业做得最大。"

这倒说的是实话，阎锡山笑着摆了摆手，道："机缘巧合而已。"

袁华选这时却收了笑容道："伯川还有大机缘在眼前。"

袁华选来到太原已是几日了。初见阎锡山时，刚一开口把唐生智欲反蒋的事儿一露，阎锡山没打顿儿便连声叫好，这干脆劲儿倒让袁华选觉得有几分意外。事后，唐生智派到太原的代表李书城曾提醒袁华选，别跟冯玉祥一样着了阎锡山的道儿，袁华选自是警觉，可想阎锡山与自己既是同学，又亲如兄弟，断不会将自己推到坑里去的，且因为编遣的事，阎锡山与蒋介石结了好大的疙瘩，因此，袁华选认定，阎锡山此人向来多疑是真的，只要对他把话说透，他是会站到这边来一起反蒋的。故而这几日耐下了性子，得空便在阎锡山耳朵边说这事儿。

此时，听袁华选又提到什么大机缘，阎锡山心中透亮，却只是笑了一笑。

袁华选道："前几日煜如陪我去晋祠时，在奉圣寺给我讲了那棵老槐树的事，很是有趣呢。"

阎锡山说话向来爱拐弯儿，听到老同学说话也像自己一样，倒增了兴趣，问道："什么事？"

袁华选道："那株巨槐春夏时节干老枝嫩，苍郁古朴——这你自然是知道的。煜如说，原来这老槐树曾经干枯了许多年，到了乾隆二十一年，一日寺内集会，来了一个老道在那枯槐下叫卖膏药。口里喊着：'膏药灵验，能治百病，有福来买，无福不信。'可任他吆喝得口干舌燥，却无一人过问。临了，老道叹口气道：'凡人无福，枯槐宜生。'取了一帖膏药'啪'地贴在枯槐树干上，扬长而去。过了不到一个月，那株枯槐竟是死而复生，且生枝展芽，甚为茂盛。"

阎锡山笑道："这个故事有趣，山西人大多知道。"

袁华选道："如今国家就是这棵大枯树，就缺这么个道人，也缺这么一帖子膏药。"说完这话，定定地看向阎锡山。

阎锡山心中明白袁华选的意思，却并没接这话茬儿，只是拐弯儿道："孟潇到底有些胆气。不过，蒋介石手握重兵，又携打败第二、三集团军之威，就怕孟潇不是对手呀。"

袁华选道："蒋介石专横霸道，人神共愤，反蒋已成大势。唐孟潇此次打败宋哲元，足见第五路军战力之坚强。如今在河南境里的诸将领，也都与第五路军同仇敌忾。韩复榘、石友三诸人已是点头，只要孟潇登高一呼，他们便举旗响应。湖北夏斗寅、湖南何健，都是孟潇旧部，也已答应，只要孟潇起兵，他们立时接应。杨虎诚、刘茂恩、孙殿英几个也联络妥当，跟随孟潇起事。我也与冯焕章谈好，只要反蒋，西北便可化敌为友。可以看出，倒蒋已呈摧枯拉朽之势，国家改换气象之时已到。伯川，此时只要你挺身而出，不但对国家有利，个人也可建不世之功。"

阎锡山仍未言语，知道袁华选说的并不离谱。如今各派都将太原当做了反蒋的中心，派的代表来来往往，中央的大员也是这个前脚走，那个后脚来。阎锡山全给个囫囵话，笑脸相迎笑脸相送。不过眼里却是看得清楚，反蒋的力量越来越大了，蒋介石的日子越来越不好过了。

"伯川，机会千载难逢呀。"

"唔。"阎锡山点点头道，"唐孟潇打算怎么打呢？"

"如今中央军大多集中在鄂西，南边空虚，第五路军欲直趋武汉，然后顺江而下，直达南京。"

　　阎锡山听到这儿，突然停了下来，两手一拍道："士权，就这么干！"

　　"孟潇的意思是，伯川你出兵河北，占领平津，控制冀察，向津浦线南压，串连平汉、粤汉两路，与第五路互为声援策应。南边张发奎、李宗仁部则越五岭而入湘赣。如此，我们三路并进，蒋中正顾此失彼，失败即成定局。"

　　"好，很好。"阎锡山道，"就听老同学的！不过有句话我得说在头里，反蒋可以，但一件事唐孟潇必须依我……"

　　"请讲。"

　　"唐孟潇须听我指挥。"

　　袁华选笑了起来，到底是阎锡山，这算盘打得精，便道："这不用说，孟潇早就有话，只要伯川兄同意反蒋，他便拥护你为领袖。"

　　"嗯。那我们便联手跟蒋介石见个高低。"

　　"只要一切就绪，孟潇就发通电，拥护伯川为护党救国军总司令，孟潇为副总司令。"

　　"好，事儿就这么定。你跟孟潇说，让他就这么干，我接济孟潇军饷60万元。并助你部粮食枪弹。"

　　"太好了。"袁华选松了一口气，很是高兴。

　　其实，是否联合反蒋不是适才心血来潮才定下来的，这几日里，阎锡山白天黑夜与部下商议的正是这事儿，吃饭睡觉想的是这事儿，如今，方方面面、秤高秤低已是理得清清楚楚。

　　西北军已是大伤了元气，只有蒋介石跟他阎锡山并肩了，蒋介石的枪口极有可能要朝着他转过来，这时一时在阎锡山心里搁着放不下。可是，要是唐生智与蒋介石动起手来，不管最后谁胜谁败，对他阎锡山都有极大的好处。唐生智胜了，自然搬去了压在头上的这块石头。便是两个人打个不分胜负，自己也有便宜赚，因为一场大战下来，双方实力定会大受折损，彼消此长，他阎锡山自然就成了定海神针，蒋介石也就没了本钱指指划划了。要是唐生智败下来，他阎锡山也不会吃亏，正可趁机抢占河南，直趋西北，长江以北的半壁河山，便都姓了阎，那时实力强了，任由蒋介石使什么法术，他阎锡山都可挺直腰杆跟他较量一番了。

　　事儿到了现在，火候把握得正好。阎锡山暗暗得意。

　　袁华选觉得大功告成，也是兴冲冲地："伯川，咱们老同学携起手来，好好干他一场。"

　　"痛快。"

　　"你手下能人多，我看便由你起草通电，到时唐孟潇在郑州，伯川在太原发出。"

阎锡山已是听出了另外的意思来。袁华选让他写通电并从太原发出，分明是存着把他与唐生智绑在一起，使他到时不能抽身而退的意思。心中有点儿不高兴，脸上却是挂满笑道："没任何问题。我再让贾景德去联络一下张学良，争取张学良到时也出兵相助，即便不能出兵相助，也要在咱们的通电上签名。"

袁华选连声叫好，心下暗暗点头：阎伯川此人虽然长于谋而短于断，可看事却是极准的，这次大势看得清楚，自然便不再举棋不定了。

两人越说越高兴，不觉间到了大门口卫队值班的屋门口。

阎锡山推门走了进去，袁华选觉得蹊跷，随后跟了进去。屋里五个兵正围着一张桌子说话，猛一看老总走了进来，都慌忙跳了起来。

阎锡山却是不喜也不恼的模样，对他们道："你们都出去。"

那五个兵立马走了出去。

阎锡山径直走向枪架，从上面拿起一支枪，顺手丢向了袁华选，又拿起一支，掂了一掂，有些得意地道："这是我们山西自己造的枪，你看看。"

袁华选接了那枪，拿在手里打量起来。

这枪正是汤姆森手提机关枪。从民国十六年一月起，阎锡山便在山西建了专门的厂子批量生产这种枪，如今，阎锡山的军队每个班都配有这种枪，还建有独立的机关枪分队，阎锡山对此很是骄傲。

袁华选在摆弄那枪时，阎锡山把枪放到了桌子上，三下五除二，拆成了一堆零件，然后，又是一番动作，麻利利地将枪装了起来。

袁华选佩服地道："伯川，你真有两下子。"

阎锡山"哗"地一拉枪栓，举了枪向窗外一瞄，问道："这枪如何？"

"好枪！"

阎锡山把枪一放，道："你回去时，我送你三百支！"

"真的？"

"阎锡山怎会对老同学打诳语？"

二、炮弹打到了头顶上

蒋介石上下收拾停当，宋美龄将披风拿过来，帮他披上，蹙着眉道："达令，该不会出什么事吧？"

蒋介石问道："夫人可是担心石友三？"

石友三的军队眼下正在浦口，准备南下广东，约好了总司令前去检阅。

蒋介石这时正要动身。

宋美龄道："不知怎么，我有些心神不宁。"

宋美龄向来胆大，今日却这般小心起来，蒋介石笑了，道："夫人多虑了，不会有事的。"

"石友三到底是从冯玉祥那边过来的，从来都是胆大妄为。"

蒋介石取过军帽，端正戴好，道："不管他如何胆大妄为，料他还不敢对我怎么样！"

刚走到门口，电话铃响了，宋美龄接了起来，打个招呼后，对着蒋介石道："是陈雪暄的电话。"

陈雪暄便是山东省主席陈调远，这次石友三南下，便由他替换石友三安徽省主席位子，如今正跟石友三办理交接，蒋介石接过电话，便听陈调元说道："蒋总司令吗？"

"是的。"

"钧座，我正跟石总指挥说话呢，想问一下，钧座何时过来……"

"我马上就过江去……"

"噢、噢、噢，钧座不能过江来了？"

"雪暄兄……"

"噢、噢、噢，那只能改期了？"

蒋介石举着话筒，听到陈调元说话驴唇不对马嘴，一时有些莫明其妙，刚要再问时，脑子蓦地透出亮来，连忙"噢噢"答应两声，道："麻烦雪暄兄告诉石总指挥，我今日有急事要办，去不了了，改日再去吧。"

"好，好。我这就告诉石总指挥。"

电话挂断，蒋介石愣在了当地，宋美龄问道："怎么了？"

蒋介石没有做声，将披风解了，就手往旁边一丢。缓缓坐到了椅子上，心中暗道：夫人的感觉果然不错，浦口那边定是出了事儿。又暗暗庆幸：要不是陈调元透过风来，这次过了江去，分明便落入了虎口！

蒋介石所料不错，正是石友三要闹场大事。

石友三与韩复榘换旗之后，一直埋怨蒋介石拿他们当外人，蒋介石也老是恨他们有二心，两下里就没尿到一个壶里，各自时时提备着。石友三与韩复榘暗里跟冯玉祥、阎锡山几个有了来往，还跟唐生智约了，时机一到，便给蒋介石好看，蒋介石耳朵里也有到些许风声。这次让石友三到安徽当省主席，明里是重用，实是为了将他与韩复榘拆开，防着这哥俩并膀子闹事。石友三带着他的三个师开到蚌埠时，蒋介石在南京宴请了他。筵席吃得畅快时，蒋介石发话要从石友三手里抽调些人马南下支援陈济棠。石友三顿时警觉起来，断定老蒋是眼馋他的家底，便拍着胸脯儿说自己愿率全军开往广东。蒋介石更是高兴，当即许下可任石友三做广东省主席，并说定：石友三把部队开到浦口，然后乘木船到上海，再从上海乘军舰去广东。

广东是个富庶去处，到那儿做省主席自然比安徽要强百倍，石友三只当蒋介石是要笼络他，自是立刻答应。回去后兴冲冲地对唐生智说了，那知却被当头浇了一盆凉水。唐生智问："汉章，假如我是蒋中正，就在你的大军上船到了江上时，在岸上把炮一架，兵一摆，军舰前后一堵，看你怎么办？"石友三心里"格噔"一下，嘴上却道："不会吧？"唐生智道："那你说说看，他老蒋为什么不派军舰送你的兵，却让你用木船去上海？想想，你几万人马挤在木船上，往长江里一放，你就有天大的本事又怎么施展出来？不然，大炮一响，你要么就是到长江里喂王八，要是只有乖乖缴械。"

石友三如梦方醒，又惊又怒又恨。本来石友三就是个天不怕地不怕的主儿，急了眼敢揪天爷爷的鸟毛，又加唐生智一番撺掇，顿时横下心来，挽起袖子要戳老虎屁股。在带兵到达浦口时，笑嘻嘻地请蒋介石前去检阅，实是等他一到，便要掀桌子反脸。

只是没想到却让前来交接的陈调元看出端倪，当着石友三的面给蒋介石打了电话。

蒋介石起身在室内转了起来，心中不停地盘算，听陈调元那几句话的意思，石友三定是有了异动。要是他们只弄些小麻烦，最后上船开去上海，便万事大吉了；要是他们蹲在安徽不动，也算问题不大；要是举兵进攻南京……想到这儿，不由浑身一颤，叫了一声："不好！"

眼下石友三手里有三个师，五万来人，南京与浦口仅一江之隔，且过江船只都已齐备，石友三如有意，抬腿便能踏进南京来。而南京城里，扳着指头数上一数，满打满算也只有李玉堂的一个旅，再就是冯轶裴的陆军军官团两千学兵了，这点力量怎能挡得住石友三的虎狼之师？……想到这儿，蒋介石冒出一身冷汗，几步到了墙角，抓起电话要通了第二师顾祝同，开口便道："命你全师疾速开赴南京。"电话那头顾祝同刚问了一声："出什么事了？"蒋介石厉声道："休得多问！如有延误，军法从事！"

扔下电话，蒋介石回头对宋美龄道："快，叫李玉堂，还有冯轶裴，让他们马上到这儿来，马上！"

李玉堂得了命令，立即到了憩庐。——这年十月里，蒋介石已从城南三元巷搬到了城东黄埔路这座新起的官邸里。李玉堂急急走进总司令的办公室时，却见蒋介石正举着毛笔安安稳稳地写着什么。

适才听蒋介石的副官来电话，十万火急的口气，李玉堂只当是出了大事，急急惶惶地赶来，一见这般情景，顿时松了口气。

蒋介石放下笔，从容道："我得到情报，有股叛匪可能要袭扰京城，命你旅立即部署防卫，做好应战准备。"

"是。不知叛匪有多少人？"

"人数不多，"蒋介石顿了一下，道，"不管叛匪有多少，国家首都，京城重地，干系非同小可，你必须确保万无一失。"

"李玉堂以性命担保。"

蒋介石微微一笑，道："我已调集人马前来支援，他们不用多久便到了。"

蒋介石之所以把话在舌头后边藏了一半，实是石友三下一步到底干什么如今还拿不准，事儿提早张扬开，只能乱了自家阵脚，到时让自己也不好说话，便又吩咐了几句，让李玉堂去了。

过了不长时间，冯轶裴也到了，一进门，蒋介石便道："我要组建第二十二路军，任你为总指挥。"

冯轶裴敬礼道："谢钧座栽培。"

蒋介石点点头道："二十二路军暂时由军官团全部学兵组成，兵员近日给你补充。"

"是。"

"你协助李玉堂防卫京城，随时听候我的命令。"

"是。"

蒋介石又道："你将二十二路军分成几队，命他们每隔半小时在城中大街巡逻一次，各队轮流进行，不得停止。"

"是。"

冯轶裴已是觉察到出了事儿，却不敢多问，蒋介石自然也不多说，挥手让他去了。蒋介石这么做，实是要有意显出京城兵力雄厚的模样，一方面是给石友三看，让他不敢起意进攻；一方面也是给京城民众看，备着一旦石友三动手，民众不至于魂飞魄散。

这时，宋美龄走了进来，蒋介石道："给畅卿先生打电话，请他来一趟，我想跟他聊一聊。"

不多时，杨永泰到了，进门打过招呼，刚刚坐下，秘书长邵力子闯了进来，几步到了蒋介石面前，道："唐生智通电反对中央！"

蒋介石猛地站了起来，"唐生智？反对中央？"

邵力子把几张纸递了过来，道："阎锡山等共76名将领也一并列名。"

蒋介石把通电一把夺了过去，急急看起来。不知是惊是怒，他的脸扭曲着，手在不停地发抖。

真是当头霹雳，蒋介石只觉得耳边"嗡嗡"作响。

本次讨伐西北军，局面到现在已是云开日出，接下来便是打进潼关，将冯玉祥西北军连根拔了。可如今唐生智猛不丁一反叛，局面一下子便成了另一番模样。这76名将领，虽多是杂牌，手上却握着不少枪杆子，万不能小觑的。更让蒋介石心中凉透的是，李宗仁、冯玉祥举兵反叛，到底是别的集团军，这次却是大不相同。实实的窝里反，是第一集团军序列的人挑旗反对他！

"马上召集司令部相关人等开会！"蒋介石道。

邵力子走了，蒋介石把通电往杨永泰面前一放，在办公椅上坐了，觉得如进了蒸笼一般，燥热得喘不过气来，起身到了窗前，伸手推开了窗子。

民国十八年冬天的冷风和黑夜顿时扑了进来，蒋介石打个寒噤。

此时，四下里一片寂静，只有寒风吹到树枝发出的尖锐声响。不知怎的，蒋介石只觉得难言的孤独、失落，夹杂着恐惧从心底里陡然弥漫了全身。

杨永泰一看通电，脸色陡然一变，像针扎了一般猛地站了起来。"这、这、这……"连连叫了起来，临了又"唉"了一声跌坐下去。

冷风钻进骨头里，浑身颤抖起来，蒋介石关了窗子，在杨永泰对面的沙发上坐了。两人心中波涛翻滚，却谁也没有开口。

过了半晌，蒋介石才摇摇头道："畅卿先生呀，中正自问尝能尽心竭力，不敢稍有懈怠。但自北伐以来，国事一波未平，一波又起，你且说说，是不是中正德薄才疏，不能服众呀？"

蒋介石从来都是一派坚决镇定、舍我其谁的模样，眼前这般大势已去、心灰意冷模样还是头一次见到。杨永泰暗暗叹口气：局面确实到了不可收拾的地步。唐生智这次挑头一闹，声势极为浩大，恰似狂风骤然卷过，蒋介石南京政权这棵大树极有可能被连根拔起。

杨永泰心中清楚，此时虽是狂风骤雨临头，可总司令的底气万不能泄，便劝道："钧座不必如此自责，自北伐以来，钧座殚精竭虑，尽心尽责，为党国不辞辛苦，功勋卓著，天下人有目共睹。"

蒋介石又是一声长叹，道："唐生智之举实出乎中正意料。中正对他推心置腹，待之以诚，委以重任，虽然过去我与唐生智曾势如水火，前不久有人也提醒中正要防备此人，但中正始终不疑其他，欲引导其并入革命正轨，谁知唐生智竟是如此。"

"此事皆由唐生智军阀天性猝难革除所致。"

"中正到底难辞用人不察之过。"

"塞翁失马，安知非祸。永泰以为，此为革命进行途中必经之过程。尤其是革命将近成功之时，假革命与反革命者，常自取淘汰，他们虽猖狂一时，终不能改变大势。故为革命计，钧座对于此等叛变，不但不必悲观，反应该乐观才是。"

杨永泰一番话说得贴心贴肺，蒋介石的气出得顺了些，咬牙道："中正一日未死，必一日为党国奋斗，定当翦除逆贼而后已。"

"此次唐生智反叛，永泰料其不是中央对手，单从通电上看，便大有蹊跷。"

"噢？"蒋介石直视杨永泰。

"钧座且看，唐生智这通电中列名的将领确实不少，但其中竟有杨杰、何成浚。别人不敢说，此二人断不会背叛钧座。故我料此次反叛，貌似人多势众，气势汹汹，然真正甘于相从者并无许多，实为假借人名，虚张声势。"

"唔，有理。"

"便是通电列名的徐源泉、何健、魏益三、杨虎诚、刘桂堂诸人，也定是各怀心思，墙头草多，观望者众。如中央落在下风，他们便墙倒众人推；如果中央手段得当，取雷霆之势镇住唐生智，这些人定会靠过来。"

"对他们中央当多安抚。"

杨永泰明白蒋介石的意思是使出封官送钱许地盘的手段，便道："极是。对他们应用'抚'字。"

"唐生智，必须消灭！"蒋介石一拍沙发扶手，绝然说道。

杨永泰道："近来几事都似有阎锡山的影子在，此事怕也少不了他在背后捣鬼。"

蒋介石愤怒起来，道："先打唐生智，后打阎锡山！"

杨永泰点头道："对阎锡山其人钧座心中最为有数的，其阴鸷狡猾过人，但善谋而不善断，投机心重却又不敢破釜沉舟，最爱左右逢源，随机应变。如今通电上虽然他也列名，但细想却有一处很有意思……"

"何处？"

杨永泰一抖通电道："这通电只在郑州发出，太原方面却未见动静。按常理，阎锡山如是参加叛乱，必为首脑，当于太原提前或同时发出通电才是。"

"是这理。"蒋介石稍稍松了口气。

"故对阎锡山仍要静观其变,只要其未表明态度反对中央,眼下对他还是采取政治手段为宜。"

"畅卿之言正合我意,嗯……中正想派赵戴文回趟太原,先稳住阎锡山。"

"极是。如能让他随中央讨伐唐生智最好,即便不能如此,起码也要阻止他跟唐生智联手。"

蒋介石道:"这次我一定要将唐生智彻底打垮!"

话音未落,便见窗外火光一闪,又听一声巨响,屋子也抖了起来,接着,四下里轰隆隆响成一片。一时间,南京城里火光四起,到处都是枪声与哭喊声。

炸弹一响,蒋介石与杨永泰都猛地站了起来。杨永泰几步到了门口,拉开门迈出一条腿时,猛地意识到失态了,转脸看去,蒋介石却定定地站在那儿,侧了耳朵细听的模样。杨永泰脸上露了些许羞赧,急忙关上门退了回来,心中却是"噗噗"乱跳。

门猛地开了,宋美龄快步走了进来,急急问道:"这是怎么了?"

蒋介石还没回答,卫队长王世和已是带着几个侍卫直冲进来,道:"总司令,您跟夫人进地下室!"

蒋介石却道:"何处开的炮?"

"像是从江北打过来的。"

"石友三!"蒋介石顿时明白了,轻轻嘟囔一声,坐了下来,对王世和道:"你保护夫人与杨先生进地下室。"

这时,电话铃骤然响了起来,王世和抓起电话一听,便道:"总司令,李旅长的电话。"

蒋介石接过话筒,"嗯"了一声,便听李玉堂嘶声道:"总司令,石友三自浦口向京城开炮,城里也有不少便衣放枪扰乱。"

举着电话,听着李玉堂急急地报告南京的防卫部署和眼下的情况,一边"嗯嗯"地点点着头,此时的蒋介石却变得不慌不忙,他道:"石友三叛乱,我早有准备,援军马上便到,你旅须全力防守,不得后退半步。"

杨永泰明白蒋介石这是虚张声势,给李玉堂打气,中央军如今大多集中在鄂西和广东,远水解不了近渴,离得近些的一时也赶不过来,眼下只有指望李玉堂这一个旅了。

又一阵轰响传来,夹杂着枪声和叫喊声,蒋介石想像得到:此时,炮弹在南京城里这儿那儿炸开，火光闪烁，墙倒屋塌，百姓惊慌地奔跑，喊叫……

电话那边，李玉堂的声嗓"嗡嗡"作响："玉堂拼死保卫南京，只是……只是……请钧座立即撤离。"

"不！"蒋介石毫不犹豫地道，"我要与南京共存亡！我要与你们一起保卫南京！"

"钧座！眼下十分危险了，还是请钧座……"

"无须多言，我将带卫队与你们一道战斗！"

蒋介石放下电话，王世和上前劝道："总司令，还是到地下室……"

蒋介石道："我要到政府去，到那儿指挥战斗！"

宋美龄上前道："达令，我与你一起去。"

杨永泰一阵感动，也站起来道："永泰也愿随钧座与夫人一块去。"

蒋介石略为一想，慨然道："好，就一起去！"

这时，又是一阵炮火，就听近旁"哗"地一声响，显然是门窗上的玻璃震碎了。

王世和急忙跑出门去，招呼侍卫准备护卫。不多时，蒋介石与杨永泰、宋美龄走了出来，上了车。

侍卫各乘了两辆卡车，一前一后护卫着蒋介石的轿车驶出了憩庐，直奔民国政府。

炮弹不断在远近炸开，枪声密一阵稀一阵，四下里皆是火光和惊慌奔跑的人群，到是冯轶裴二十二路军的学兵依然在大街上列队巡视。

蒋介石垂了眼皮，揉起印堂来。杨永泰低声道："钧座，是否也要做走的准备？"

说出这话，杨永泰自然知道分量，蒋介石在南京待着，随时指挥行动，各方自然也就沉得住气。要是他抬腿一走，那南京立马便会大乱。到时南京丢了不说，便是整个中华民国都要哆嗦个不停。可要是不走，南京城一旦被攻破，国家主席身陷其中，那也是塌天的大祸！

蒋介石想都没想便一挥手，道："不，我不离开南京。"

这时，一颗炮弹在近旁炸响，火光一闪，震耳欲聋，小车跳了几跳。宋美龄紧紧挽住了蒋介石的胳膊。

蒋介石突然道："畅卿先生，你料唐生智一旦行动，会向哪个方向？"

炮弹乱飞，随时大祸临头之时，总司令倒像在作战室里商讨计划一般从容谈起另一处的战事儿来。杨永泰不禁暗挑大拇指，想了一想道："两个方向，一是西北，二是武汉。"

蒋介石点头道："西北，守，则据有潼关天险；攻，可用兵中原，不可任其成为心腹之患，然总是偏远了些，即便唐生智占了西北，我们可从容聚集兵力，徐徐图之。但如其攻打武汉，则凶险了。一方面，如今中央各部多集中在南方与鄂西一带，当下武汉只有刘峙一师人马防卫，且武汉四战之地，易攻难守，怕是难抵唐生智。"

杨永泰道："可是，武汉为军政重地，如其一失，天下震动……"

杨永泰的话，字字如炸弹爆开，蒋介石不由一阵焦躁。

杨永泰又道："紧要处还有两点：其一，唐生智若是攻下武汉，肯定随之挥师南京。其二，我料诸多杂牌，现在尚心存观望，若我处了下风，他们极可能随势倒向唐生智，对中央群起而攻。"

"嗯。"蒋介石点点头，略一沉吟又道，"令刘峙坚守武汉，令蒋鼎文第九师、赵观涛第六师、陈诚第十一师由鄂西迅速增援。"

"如增援不及时赶到……"

"情况一旦不好，可放弃武汉，各部退往湖口，全力保卫南京。"

说出这话，蒋介石却又一阵心慌，如今南京已是这般情景，只怕转眼落入石友三手中了。不禁暗暗咬牙道：好你个唐生智，好你个石友三，真是毒辣，一个攻武汉，一个攻南京，都是奔向我的哽嗓咽喉！只怕我蒋中正真要满盘皆输了。

这时，车子进了汉府街，只见到处挤着各色车子与各色行人，吵吵嚷嚷，慌慌张张，乱作一团。蒋介石喝令司机停车，开门走了下去，略略整了一整披风，迈步向着政府走去，宋美龄与杨永泰跟在身后。侍卫们早已跳下车来，簇拥在他们两边。

这时，炮弹仍在城里不时炸开。

蒋介石也不说话，只是从容向前走着，几个像是政府官员的模样的人也在后边跟了上来。越往前走人越多起来，渐渐地汇成了人流，一直跟到了民国政府大门前。

这时，冯轶裴带着一队人马到了，高声喊道："二十二路军已到达京城，即将反击叛军。"

有人举了手高呼起来："保卫南京！"

先是几个人随着喊，接着喊的人越来越多，倒有了几分气势。

蒋介石与杨永泰宋美龄进了大门，径直走向自己办公的去处。到了那儿，一边了解城里的情况，一边向着各方下达命令，手忙脚乱地过了一宿。

这一宿着实难熬，众人一直把心提到了嗓子眼里，只怕石友三一通炮轰过后，几万人随即打进南京来。可越往后越觉得蹊跷，怎么只是炮打个不停，却一直没有过江？

天将明时，炮声也突然停了下来。

正觉得奇怪呢，李玉堂来报，石友三将浦口抢掠一空，劫持了那儿的全部车辆，向北撤走了。

杨永泰连连拍着自己的脑门道："万幸，万幸。"宋美龄在旁连声道："感谢上帝。"

蒋介石如释众负的样子在座位上将身子一摊。笑着长出了一口气。转瞬间，笑容便散了，身子一下又直了起来，抓起电话命令道："各部立刻追击堵截石友三！"

杨永泰道："永泰再次得见钧座英雄气度，真乃泰山崩于前而色不变，此夜，终生难忘。"

蒋介石微微一笑，道："此事着实蹊跷，石友三竟是没向南京进攻。"

杨永泰道："多亏没有进攻，不然我们悉数成擒了，不瞒钧座说，永泰出了几身冷汗呢。"

蒋介石这时却是满脸的焦虑，"咳"了一声，道："何雪竹跟杨耿光他们怕是险了。"

三、讨蒋

> 唐为所惑，突于12月3日发电诬诋政府，自称护党救国军第四路总司令，宣言拥护汪精卫，且通电中央，假借各路军将领名义，混惑视听。一面作军事行动，威胁豫西友军，迫令赞同，企图沿平汉线向武汉进展。逆迹既著，举国愤慨。中央为整饬纲纪、制止反动计，遂调西征之师，还靖逆氛。
>
> ——蒋介石

第十军参谋处长赵复汉三步并做两步进了屋子，刚要说话，却见军长杨杰正裹着军大衣，面朝里抄着手蜷缩在床上，像是睡着了的样子，赶紧闭了嘴。

杨杰却突然开口道："怎么样了？"说话时依旧躺在那儿没挪窝。

赵复汉道："唐生智已将我们的后路截断，我们在郑州的粮草弹药被他全都抢光。"

"第九军何成浚那边有消息吗？"

"更是不妙。听说魏益三将第九军司令部给抄了，何成浚下落不明。"

杨杰猛一下坐了起来，低头愣了半晌，狠狠地捶向床面，道："可惜！可恨！"

局面本来一派大好，西北军从登封败到洛阳，又从洛阳逃往陕州，中央军一路追杀，势如破竹，如今归杨杰指挥的刘茂恩六十六师已是打到了潼关近旁的七里河，再加把劲儿，就可攻破西北大门，踏进陕西地界，大功便告成了。做梦也没料到，正打着宋哲元的唐生智猛不丁来了这么一下子。煮熟的鸭子飞了不说，众人也一下子反了脸。何成浚第九军的刘春荣、魏益三两个师跟军长做起对来，杨杰第十军的两个师长王金钰与徐源泉也名列唐生智的反蒋通电上。一转眼的工夫，天塌地陷了。

赵复汉道："军座，我们得寻后路了。"

杨杰"咳"了一声，又仰面躺倒在床上，叹道："没想到事儿成了这个结局。"

赵复汉明白刚刚还是统率几万人面，威风八面的大将，转眼成了光杆一个，心高气傲的杨杰咽不下这口气去，着急道："眼下最要紧是军座快快离开这儿。"

杨杰又猛地坐了起来，却没说话。河南地界凶险万分，自是三十六计走为上策，可眼下满地都是叛军，便是这洛阳城，也极可能走不出去了。

正在这时，进来一位参谋，说是有一人给军长送来一封信。杨杰接过去，见信皮上写着"杨军长亲启"五个字，打开，里边装着一封电报，细细一看，却是王金钰发给一四二旅旅长张振汉的，要他立即拿住杨杰，解送到唐生智那儿。

杨杰一声没吭，将电报递给了赵复汉。赵复汉一看，便变了脸色，道："军座，怎么办？"

杨杰倒笑了起来，道："你我无恙了。"俯到赵复汉耳边如此这般吩咐一番，赵复汉听罢满脸疑惑地问道："这样行吗？"

杨杰道："万无一失，你依着做便是了。"

赵复汉急急走了，不多时，便转了回来，报告说已准备停当，杨杰道："好，咱们走。"

两人也不带卫兵，出了院门直奔城门，到了城门边上，走进一个小茶馆喝起茶来。

此时正雪花纷飞，二三十来步远近便是一片模糊。茶馆里只有杨杰与赵复汉边喝边说话儿，一派悠闲模样。

不多时，一队人马向着茶馆这边走来。

赵复汉听到脚步声，悄声道："来了。"

杨杰却丢个眼色，坐着没动。

来的正是第十军的卫队团，他们走到茶馆不远处时，便听城楼上有人高声喝问，卫队团里有人高声答道："奉军长命令，去潼关支援六十六师。"

城楼那人又问道："我们怎么没收到军长的命令？"

这时就听一人高声道："我接到命令了，让他们马上走！"

"是，旅长！"

城门打开，卫队团列队向城外走去。杨杰说声"走"，起身出了茶馆，跟在了队伍的后边。走到城门边时，看到一个人背着手站在一旁，杨杰认出，这人正是张振汉。

张振汉是王金钰的手下旅长，对杨杰很是钦服，杨杰也极欣赏张振汉，阻击宋哲元时，便是张振汉按照杨杰的命令，带着本旅急行几百里，首先到达临汝，建了大功。杨杰把大衣领子竖了一竖，遮了脸，只当没看到一般继续往前走去。到了跟前时，却听张振汉蓦地"咳"了两声，扭头看去，朦胧中，张振汉咧嘴一笑。

杨杰夹在这团兵中间出了洛阳城，到了火车站，上了火车。

雪仍在下着。

火车向西跑了一顿饭工夫，到了一个山洼转弯去处，速度略略慢了。突然，最后的车厢里跳出两个人来，这两人一闪身到了土坎后边，火车继续跑着，不一会儿便消失在风雪中。

两个人从土坎后边站了起来，正是杨杰与赵复汉，不过这时都一身买卖人打扮。这正是杨杰的计策，先随卫队团出洛阳城，然后在中途跳车，寻条僻静山路，步行过黄河，再赴天津，取海道回南京。

赵复汉长出了口气道："总算离了虎口了。"

杨杰一笑道："看到那封电报时，我便断定你我能平安脱身了。"

赵复汉脑子还没转过弯儿来，便问道："那封电报分明是要捉军座的，你怎么反倒断定会脱身呢？"

杨杰道："要是真想拿我，还会把那电报给我看吗？"

"的确是。不知哪个给你看的？"

"不是王金钰，便是张振汉。"

"他不拿咱们便是了，为何给你看那电报？"

"这是要赶我走。"

赵复汉想了一想又道："确实如此，可让我们走直接说不就得了，怎么还拐这弯儿？"

"他们既不想得罪咱们，又不想得罪唐生智，这是为自己留后路吧。"

赵复汉笑了，杨杰又道："我料随唐生智反叛的不少都是如此，左右逢源，徘徊观望，要是钧座运筹得当，将他们分而化之，唐生智必败……"

"正是。"

此时，满世界都飘着雪花，风呼呼作响，山路上，一个人影儿也没有。两个人深一脚浅一脚地走着，眉毛上都结了一层霜。赵复汉道："刚来第十军时，是你我两人，没想到回去时仍是我们两个。只是来时八面威风，去时狼狈不堪。"

杨杰紧跑了几步，突然敞开嗓门，嘶声吟起诗来：

　　　　胜败兵家事不期，包羞忍辱是男儿。
　　　　江东子弟多才俊，卷土重来未可知。

一辆车一阵风似的进了唐生智的司令部，在院子里"嘎"地停下，第八军军长刘兴和刚刚提升的第四军军长龚浩从车上跳了下来，急匆匆径直进了参谋长晏勋甫办公的去处。

一见面，刘兴劈头便问晏勋甫："成獬，怎么回事？反蒋的通电已是发出，却迟迟不见进军武汉的命令？"

龚浩也急急地问道："这是要等什么？"

晏勋甫听了，却只是摇着头叹气，脸上满是无奈。

他们三人是保定陆军学校的同学，说话从来都直来直去。刘兴高了嗓门道："成獬，到了生死存亡的节骨眼上了，你还沉得住气！"

龚浩道："你直接说，到底为什么现在还不下令发兵？"

晏勋甫"咳"了一声，方道："全是因为那个顾伯叙！"

在唐生智的队伍里，没人不知道顾伯叙的。这人法号"净缘"，据说是什么佛教密宗居士，私下里众人都叫他"顾和尚"。民国十三年时，唐生智拜了此人为师，手下的将士也都膜顶受戒成了佛教徒。唐生智也起个法名，唤作法智，他对顾和尚极是尊重，顾和尚也常常摆出军师的派头指指点点。

龚浩听了晏勋甫这话，顿时皱紧了眉头，"咚"地一擂桌子，恨恨地道："顾和尚对孟潇胡说些什么？"

晏勋甫道："十日之后方能出兵。"

"十日之后？"

"是，顾和尚说十日之内皆犯煞，断断不能出兵。"

刘兴瞪大了眼睛，道："唐孟潇看来是信了他的话了。"

龚浩更是气愤："成猷，你怎么做的参谋长？怎么不跟孟潇好好说说？"

晏勋甫道："我嘴皮子都磨破了，不管用。你们不知孟潇的脾气？他认准的事儿，哪个能让他改过来？"

三个人闷头叹了半天气，龚浩突然站了起来道："不成！这事关系咱们这几万弟兄的生死，我们不能不说话。走走，再去跟孟潇说个明白。"

刘兴也道："走，这回非要把孟潇说回转不可。"

晏勋甫起身跟在他们后边去了，却是一边走一边摇头。

三个人进了唐生智的屋子。刘兴三个与他也是同学，又是跟随他多年的部下，唐生智一见自是高兴。连忙招呼他们坐下。

龚浩却直接道："如今军情紧急，我们既已通电反蒋，当速战速决，乘中央军混乱和来不及集中之机，直取武汉。"

刘兴道："听说武汉各机关已纷纷东逃，城里也只有一个师的兵力，拿下来易如反掌，此是千载难逢的机会，万万不可错失。"

龚浩道："特别是那些答应与我们共同反蒋的友军，大多在坐地观望，我们只有迅速行动，占领武汉，他们才有可能真正动起来跟随我们反蒋。"

刘兴又道："如今石友三在浦口炮轰南京，蒋介石已方寸大乱，正是我们进攻的绝好时机。"

晏勋甫道："还有一样，近来天气异常，要是再下几场大雪，那我军进攻就更难了。"

唐生智一边抽着烟，一边侧耳听着，等众人说完，方不慌不忙地道："你们说的都有道理，可是却没想到这几层：阎锡山那边一直没作声，我们得等他的通电。另外，反蒋各路人马也要疏通。再一个，净缘法师说了……"

刘兴截断了唐生智的话，道："打仗凭的是指挥有方，将士用命，其他岂能信得？"

唐生智听了这话有些不高兴，掐灭了烟头，道："你们且把心放到肚子里去，好好准备便是了。作战仓促也要不得，再说，就这几天，蒋介石也没什么折腾头。"

三个人还想劝说，唐生智却说要解手，站起身去了。

这一走左等不来，右等也不来，刘兴三个才觉出有些不对。晏勋甫打发副官出去看个究竟，不多时，副官回来报告说，总指挥出门去了，去了哪儿不晓得。

三个人面面相觑，半天没有作声，一时都有些垂头丧气。

晏勋甫摸过桌上放着的一盒烟，给刘兴与龚浩每人丢了一根，自己也含上一根，三人把屋子抽了个烟雾腾腾。

刘兴道："成猷兄、孟希兄，我怎么对这次讨蒋心里没底呢？"

龚浩长叹一声道："说实在话，在孟潇刚起意反蒋时，我曾几天吃不好饭，睡不好觉，只想把这担子撂了，到天津享个清闲。"

晏勋甫道："到了这时候，就不要再说这话了。"

刘兴道："是呀，唐孟潇对我们有知遇之恩，是好是歹我们都得跟着他走一遭。"

龚浩连声长叹："可惜了，可惜了。"

晏勋甫也道："尽人事，听天命吧。"

龚浩又道："两位老兄呀，我想起一件事来。——这事是前不久何成浚对我说的。"

刘兴与晏勋甫一齐看向龚浩，龚浩用力抽了一口烟，缓缓说了起来。

蒋中正未曾发迹时，曾遇一异人。此人头一次见面，便将老蒋从前经历的大事儿——说了出来，竟像亲眼见过一般，无一不准。老蒋很是佩服。这人又给老蒋推算了一番，之后他说的几事也——应验，老蒋更是心折。到北伐前，正准备发兵，这位异士又到了，老蒋便请他推算此次行动是否顺利。那人嘀咕了一会儿，说：此时不宜动兵，需静待时机，之后再图北进。哪知老蒋听了，厉声将那异人喝住，道：如今万事齐备，只有取迅雷不及掩耳之势，方能一鼓杀尽敌军。要是依你的主意，岂不是让敌人有了准备，让我白白错失良机？你不要多说了，走吧。当场将那异士赶出门去，立即挥军北进，之后果然大胜。

龚浩说完，三个人又闷着头抽起烟来，过了半晌，晏勋甫叹道："蒋中正果然枭雄！"

刘兴却把手枪往桌上一拍，咬牙切齿道："老子只想一枪崩了顾和尚！"

四、讨唐

阎锡山黑着脸，一指贾景德道："煜如，你把唐生智那几份通电给大伙念念，好好念念。"然后又一指周玳等几个将领："你们几个竖起耳朵好生听听，听听这个唐生智唱的哪一出。"

贾景德依了吩咐，将唐生智接连发出的《劝蒋罢兵电》《拥汪联张电》

等几份通电——读过，阎锡山"哼"了一声，向着众人道："都听清楚了？咂摸出味儿了吗？"

阎锡山起身在屋当间踱了几步，冷笑道："听到了吗？他唐生智要奉国民党十中全会的命令，统兵 30 万，倡导和平了。听到了吗？他唐生智要拥护汪精卫，联合张发奎反蒋了。听到了吗？他唐生智要做护党救国军的总司令，封我做副总司令了。了不得呀了不得。"

突地，阎锡山站下了，把手中的烟蒂往地上用力摔去，吼了起来："唐生智这是把我阎锡山当傻子！他是想让我给他打短工！让我阎锡山出力为汪精卫争元首，让他当总司令！他打得好算盘！"

阎锡山红头胀脸骂了起来，在场的人知道阎锡山气极了，不敢插嘴，直到阎锡山骂得累了，停了嘴，他们方七嘴八舌议论起来。

"唐生智不是答应听咱们总座指挥的吗？怎么倒要指挥起我们总座来了？"周玳道。

"他唐生智是什么玩意儿，还想指挥我们总司令？"骑兵司令赵承绶满面怒容。

"他是不知自己几斤几两了。"第一军军长孙楚也是愤恨不平。

几个人骂过一通，阎锡山才道："你们都说说咱们怎么办？"

赵承绶抢先道："费力不讨好的事咱们不干，不能让别人拿着当枪使。"孙楚也道："唐生智有本事让他跟老蒋打去，咱们不掺和。"

阎锡山低头想了片刻，突然道："把要送给唐生智的粮食、枪弹还有饷款全停了，从今往后，一粒粮食，一颗子弹，一分钱也不能从咱们这到他唐生智手里。"

阎锡山嘴上说着，心中却是暗叫可惜。本来唐生智拍得胸脯山响，口口声声说要听从指挥，自己只当绝好的机会到了，好生心动，正想借着唐生智的劲儿，把蒋介石扳倒，自己坐上民国第一把交椅。却没想到唐生智转脸却抱住了汪精卫的大腿，摆了居高临下的架势指挥起自己来。阎锡山一阵懊恼，大好时机就这么从指头缝里溜走了。

周玳道："总座，哪咱们……"

阎锡山道："咱们先安稳蹲着，瞪大眼睛瞅着，看他唐生智能跟蒋中正斗个什么样子？"

周玳几个接着便研讨起战局来，阎锡山不再做声，只是一口接一口地抽烟。众人商议了半天，阎锡山才沉声道："命令孙楚部、杨耀芳部与冯鹏翥部做好准备。"

几个人都觉得有些意外，孙楚脱口问道："打唐生智吗？"

"不。"阎锡山摇了摇头。

"打老蒋？"赵承绶这般问着，自己却先摇起头来。

果然，阎锡山摆摆手，扫了众人一眼，道："沉住气，听我的命令。"

倒是周玳琢磨出点意思来。孙楚的三十三师驻扎冀南，杨耀芳的三十九师驻扎石家庄，冯鹏翥的四十二师驻扎北平，看这三支人马摆放的位置，却是取河南的架势。

过了两天，赵戴文从南京回了太原。

那天，阎锡山正聚了人商议唐生智与蒋介石那边的事儿，听到赵戴文到了，便挥挥手让众人回去。几个人出门时，正与赵戴文走个对面，便上前打招呼，赵戴文却没理他们，只是沉着脸伸出拐杖指着贾景德问道："你可是要挑动阎伯川反对中央？"

贾景德却是一笑，不软不硬地对赵戴文道："这是说的哪里话？总座做事自有主见，哪是别人能挑动的。"

赵戴文"哼"了一声道："要是有人想害俺阎伯川，看我不拿拐杖敲碎他的脑袋！"

这时，阎锡山"哈哈"笑着迎了出来，贾景德瞅这空子急忙走了。

赵戴文进了屋子，屁股刚沾着座位，阎锡山便笑嘻嘻地问道："次陇怎么生这么大的气？"

赵戴文道："我来，是想把局势与你知会一声。"

阎锡山也坐了下来，说了声"好。我想听的正是这个。"

赵戴文道："唐生智此次通电反对中央，列名者76人，杂牌几乎全在其中，当然也有伯川你的大名，声势确实浩大。可时至今日，这70多人中，只有石友三与韩复榘、宋哲元发了响应的通电，其他诸人皆不声不响，没一点儿动静，即便他原先的嫡系何健也是一声没吭。伯川看，这里边有没有蹊跷呀？"

"各人都有自己的小九九呀。"

"便是这个石友三，经中央劝说，也已变了口风，只说这次炮轰南京是他的部下背着他发动叛乱，发话拥护中央，服从党国了。"

"噢，石汉章着实有些意思。"

"更有意思的是，东北张学良也已表态拥护中央、反对唐生智，马上便要发通电了。"

阎锡山听了这话，心中"咯噔"一下。他知道，张学良掺和进来，唐生智输定了。更要紧的是，张学良与蒋介石只要联了手，自己更动弹不得了，因为自己要是一动，张学良趁机带兵入关，那山西便保不住了。

阎锡山挠着头皮道："如此，中央便胜券在握了。"

赵戴文道："中央的手段已使了出来，委王金钰、徐源泉、杨虎诚、魏益三、王均几个都做了军长。"说着，赵戴文伸了烟袋锅子，装起旱烟来。

阎锡山自然明白蒋介石的手段便是封官送钱，这些手段虽是上不得台面，却是着实有效的，不由点头"哈"地一笑。

赵戴文又道："如今中央已命顾祝同、蒋鼎文、陈诚、夏斗寅等部增援武汉，不日便可到达。"

阎锡山咽了一口唾沫，心想：此时刻不容缓，哪个手脚麻利，便会抢得上风，哪个稍作犹豫，定会摔个跟头，看来蒋介石到底眼尖手快。

赵戴文道："蒋总司令还有一个意思，让你指挥河南境里的何成浚、刘镇华、徐源泉各部讨唐。等此战结束，河南、安徽两省由你治理。"

赵戴文说完，端起茶来喝了一口，道："我知道的便是这些。"

这次赵戴文回太原时，蒋介石嘱咐他，见了阎伯川，只把局势如实跟他说清便是。赵戴文深知阎锡山的禀性，极是佩服蒋介石识人的高明，果然依了蒋介石的法子，把情况一五一十摆了出来。他知道，把这账目放到面前，阎伯川最会拨拉算盘，这利害轻重自然算得清楚的。

其实，阎锡山一看到唐生智那份让他做副总司令的通电，便已改了主意，自己现在已是民国的陆海空三军副总司令了，难道费心劳力扳倒蒋介石，再到你唐生智手下去做个副总司令？我打个伤筋动骨，便宜让你唐生智装到口袋里？赔本的买卖不做，不赚钱的买卖也不做。现在一听张学良也站到了蒋介石那边，更是断更是铁下心来，不随唐生智跳火坑。还有一宗，河南、安徽两省地盘，也让阎锡山很是眼热。

阎锡山道："次陇，锡山向来都听你的，你说怎么办，咱们就怎么办？"

赵戴文听了这话很是高兴，道："拥护中央，打唐生智。"

阎锡山慨然道："好，就这么定了。你回京去告诉蒋总司令，锡山拥护中央统一之心不改。"

赵戴文高兴起来，道，"伯川深明大义，国家有幸。"

"我要与张汉卿一起列名通电。"

"极好。"

"我马上命孙楚、杨耀芳、冯鹏翯三师开往荥泽、新乡一带，讨唐！"

计议已定，赵戴文去了，阎锡山只觉得身上热腾腾的，正要出门散散步，袁华选走了进来。

袁华选满面春风，道："伯川兄，唐孟潇动手了。"

阎锡山的脸上立马泛起笑容来，道："孟潇果然英雄，说干就干，锡山佩服得紧。"

袁华选笑道："如今已是势如潮涌，反蒋之声震天动地了。"

"好，好。"

"只缺伯川兄你这洪钟大吕了。"

"哈哈，阎某自是不居人后的。"

袁华选大笑着从口袋里拿出一张纸来道："大战在即，孟潇命我速回军中。我已对孟潇说了，只等伯川也将倒蒋通电发出，我便起程，我已替你草拟一份，你看看能行否？"

阎锡山知道老同学意在逼宫，也"哈哈"大笑，接过去仔细看了，道："士权真知我心，写得好写得好，这些话正是我要说的。走走走。"拉着袁华选的手，来到电报房的外间，梁汝舟正在那儿。阎锡山将通电递了过去，道："马上发出去。"

梁汝舟接过去看了一看，道："总座，你签字。"

阎锡山"噢"了一声，接过梁汝舟递过的水笔，在桌边坐下，板板正正地签下了自己的名字。

放下笔，阎锡山嘱咐道："马上发出，不得耽搁。"

梁汝舟连声答应，袁华选却仍没起身的意思，阎锡山明白这老同学这是要等着发完才放心，也不说破，却与袁华选说起闲话来。过了一顿饭工夫，梁汝舟出来报告，通电已是发出。两人这才一起出了电报室，站在门前，袁华选长出了口气，笑道："今日真是高兴得很。"

阎伯川也随着笑起来，道："我已令孙楚从冀南，杨耀芳从石家庄，冯鹏翥从北平往河南集结，这三个师随第四路军一同南下武汉。"

袁华选道："好，我马上动身回郑州去，向唐孟潇汇报。"

阎锡山道："好，让孟潇大胆干。"

送走了袁华选，阎锡山回了自己的办公室，这时，梁汝舟悄悄走了进来，把那份通电稿子放在了阎锡山的桌子上，阎锡山抬起眼皮，道："嗯？"

"嗯。"

阎锡山点了点头，梁汝舟走了出去。

阎锡山知道，梁汝舟按自己的意思，未将电报发出。如今在太原的各派代表很多，都是提前译成密码，到阎锡山的发报室发出，发报时自然都要阎锡山签字。阎锡山无一例外马上便签，却早已给梁汝舟留下了话，阎锡山在电报稿上的签名，如果那个"山"字中间那一竖朝左边弯，便是按着做，要是朝右边弯，却是为了哄人的，即使当着人面上答应下来，也绝不能发。这次签名，"山"字那一竖便是弯向了右边。

想到自己老同学兴冲冲的那个样子，阎锡山淡淡一笑，心中道："士权兄，对不住了。"

又想到一场大战便要开始，蒋介石与唐生智定会打个血头血脸，阎锡山只觉得深身上下说不出的轻松，对着天花板轻声嘀咕道："介石兄，孟潇兄，好好打吧。"

五、打到最后

> 民国十八年十二月间，李宗仁、黄绍竑、张发奎会商，乘粤军撤退广西之际，会师东下，除留吕焕炎所部留守广西外，分两路进攻，张发奎部为左翼，攻打花县、从化，直趋广州；黄绍竑、白崇禧所部为右翼，攻打军田、粤汉铁路正面，会师广州。
>
> ——陈雄　曾任广西讨贼军驻粤办事处主任

列车出了郑州，在风雪中一路南下。

民国十八年的冬天让大雪盖个严严实实。举目望去，全是白茫茫一片。天，贼冷贼冷，似乎整个世界都冻僵了。风吹起时，雪花儿卷上半空，山峦、村庄、树木都颤抖起来。

铁路两边，唐生智护党救国军第四路的队伍一眼望不到头，在积雪中挣扎着奋力前行。

火车上，刘兴、龚浩默不做声，只是皱着眉头抽烟，晏勋甫却一直翻来覆去摆弄几个铜钱。龚浩走了过去，将铜钱一把拨拉到一边，道："还用算吗？肯定不吉。"

晏勋甫一脸懊恼，用力捶了一下桌子，道："多好的机会呀，白白地丢了！"

三个人连声叹起气来。

唐生智一发倒蒋通电，刘兴几个便极力主张立刻发兵南下，夺取武汉。那时节，武汉空虚，又没防备，拿下自是不难。可唐生智偏偏听信顾和尚的话，拿定主意要在什么黄道吉日出兵。可就在推后的这几天里，一跤跌进了冰窟窿。

先是，阎锡山与张学良突然发出了拥护中央的通电，一下子便搅起了漫天风雨。立马，在唐生智通电中列名反蒋的万选才、刘茂恩、王金钰、徐源泉几个杂牌将领便换了调门儿，一片声地吆喝起拥护中央来，宋哲元也在西北亮开嗓门儿高喊打倒唐生智。就连单独发了倒蒋拥唐通电的韩复榘与石友三，这时也与唐生智翻了脸。唐生智的老部下、湖南何健与夏斗寅，也换了旗号，要讨伐唐生智！——大好的局面竟是一风吹了。

刘兴愤怒起来，道："阎老西真不是个东西，这些杂牌没一个不是他娘的随风草！"

龚浩道："阎老西本来就是个诡计多端的小人，他怎么能信得过？冯玉祥、宋哲元没吃他的亏？"

晏勋甫道："这事说来也不能全怨阎伯川。前天，唐孟潇当面质问山西代表赵士廉，为何说话不算数，你猜赵士廉如何答的？人家理直气壮地说，'你唐孟潇不是亲口答应听我们老总指挥的吗？你说话算数吗？'"

龚浩问："孟潇怎么回答的？"

晏勋甫道："能怎么回答？让人家噎得半天没倒上气来，最后才红着脸说，'这事的确是我做差了'。"

龚浩道："看来唐孟潇后悔了。"

晏勋甫道："最后悔的还是袁华选。他向有足智多谋之誉，又以诸葛孔明自诩，还是阎锡山的好同学，在孟潇面前拍得胸脯山响，可如今让阎锡山一下诳到了坑里，弄了个灰头土脸，再也无脸见人。前天已对孟潇说了，要辞职，往后再也不涉及政治了。"

龚浩长叹了一声道："其实袁华选大可不必如此。悠悠乱世，自是枭雄天地，正人君子生存也难。"

晏勋甫道："孟希这话说得是。我听说韩复榘在开封就弄了这么一出：头几日贴出布告，拥唐讨蒋！过了几天又贴出布告，拥蒋讨唐！这讨唐的布告就盖在拥唐的布告上面。——想来着实有几分好笑。"

龚浩骂了起来："无耻之尤！"

晏勋甫一声叹息，道："只是我们如今势单力孤了。"

龚浩一阵烦躁，道："这些人本来就信不得！要紧的是，我们未收迅雷不及掩耳之效，让他们倒向老蒋，也让老蒋缓过了劲儿来。如今武汉肯定已是有了防备，这仗难打喽。"

刘兴这时突然高了声道："再难打也得打，到了这个时候断没有退缩的道理。"

晏勋甫道："正是。唐孟潇对我等不薄，这仗我等当拼尽全力，咬紧牙关打好。"

龚浩也道："只有一条路，我们方有希望转败为胜，便是不惜代价拿下武汉。如果武汉到了我们手里，不但天下震动，那些倒向老蒋的杂牌，也会再转过来的。"

刘兴道："还有一点，便是我们五十一、五十三两师官兵多来自两湖，大家久戍北方，思归家乡，士气可用。"

龚浩拍手道："好，是好是歹我们豁上性命干一场！"

三个人一时觉得身上的血热了起来，一起握了拳头用力一碰，道："干！"

就在刘兴、龚浩率军南下的同时，中央军第二路一部正从武汉开出，北上迎击他们。

第二路总指挥刘峙戎装齐整，在三位旅长和一队卫兵的簇拥下到了火车站。这时，路两边站满了看热闹的百姓。人群中一个戴眼镜的中年男人高声叫了起来："刘总指挥，逆军号称 30 万，武汉能保得住吗？你……"

那人还要再喊，一个士兵冲上去猛推了他一把，骂道："他妈的瞎咋呼啥？"

刘峙却在台阶上停了下来，扭转身看着问话的那人道："先生何人？"

"报馆记者。"

刘峙一笑道："唐生智虚张声势罢了，实际盲从者不过七八个团而已。而我方在陇海线、平汉线包围会剿部队达 20 多个师，讨唐如鼓烘炉燎毛发耳。故不但武汉无虞，且十日之内郑州也定当还于我手！"

上了火车，参谋长刘耀扬道："刘总指挥泰山崩于前而色不变，真大将风度也。"

刘峙摇头笑道："开什么玩笑？虚张声势而已。"

刘耀扬自然知道刘峙说的什么意思，不过心中着实佩服，刘总指挥北上这招的确高人一筹。

原来，当唐生智反蒋并挥军直指武汉的消息刚传到时，刘峙倒吸了一口冷气，脸色顿时灰了。

武汉地形本来易攻难守，如今这儿只有刘峙的第一师跟张治中的两千来学兵，可唐生智的基本部队至少有两三万人，且久经战阵，勇猛强悍，连西北军都不是他们的对手，武汉险了。刘峙半晌没有说话，心下却是不住地大叫：大事不好！大事不好！

正在火烧火燎地琢磨对策，唐生智发兵武汉的消息已是风一样传开。武汉的政府机关人员不待命令，便乱纷纷四散奔逃。城里不少民众也手忙脚乱地收拾细软，避往外地。一时间，全城大乱，人心惶惶。就连第一师的官兵也都沉不住气，徐庭瑶、胡宗南、张承治三位旅长匆匆直奔司令部，想问个究竟。可到了这儿，却见刘峙把房门关得严实，卫兵拦在门口，哪个也不让见！

几位旅长只得在作战室里候着，全都坐立不安，不住地嘀咕。生怕刘峙节骨眼上乱了方寸，危急时刻不能断然处置，弄个打不得又走不了的结局。

足足过了两顿饭工夫，刘峙的房门还是纹丝没动。几位旅长再也沉不住气，徐庭瑶发起脾气，定要闯进屋去见刘峙。卫兵坚决挡着不让，几个人说话的嗓门儿渐渐地高了起来。

这时，门开了，刘峙走了出来，后边跟着参谋长刘耀扬。刘峙沉着脸扫了部下一眼，没说话，迈步向作战室走去。徐庭瑶三个急忙跟了过去。

一进门，胡宗南便道："总指挥，当迅速行动，不然，要是唐生智赶到，我们就麻烦了。"

刘峙在椅子上摊开身子一坐，问道："怎么行动？"

"撤！"胡宗南道。

刘峙道："钧座给我的密电也有这个意思：如情况紧急，可放弃武汉，退守湖口。"

张承治道："那我们就执行命令，赶紧走吧。"

刘峙一摆手道："不，我不走！我要给钧座发报，我部绝不放弃武汉！"

三人一时愣了，胡宗南直着眼睛问道："为什么？"

刘峙刚要答话，一名军法官进来报告说：他们捉住一个换了便衣打算逃走的副官。

"枪毙！"刘峙没打顿儿便下了命令。

军法官走了，三个旅长看这架势，都明白刘峙已是下了决心，再不敢说别的，徐庭瑶问道："刘总指挥，那咱们怎么守武汉呀？"

刘峙又摇头道："我也不守武汉。"

几个人全都一愣，刘峙却起身到了地图前，背对着三个旅长道："固守或放弃武汉均非上策！我们一个师想坐守武汉，那是找死！不战而退，则会动摇全局！"

张承志急了起来，道："那不守不走，我们怎么办呀，总指挥？"

"出击！"刘峙"咣"地一拍地图说道。

三个旅长吓了一跳。这个时候，这点儿兵力，守且不足，竟然还要出击？刘总指挥果然迷糊了！

刘峙果绝地道："我要在平汉线上集中兵力，将唐生智挡在武胜关外！"

刘耀扬道："出兵武胜关，在那儿迎击唐生智，正如大水汹涌而来，堤坝将要溃时，我们不去筑坝，而将入水的口子堵上。武汉不易防守，可武胜关却是天险。我们这一师人马，可凭借那儿的有利地形将唐生智拦下。只要坚持几天，援军便到了。——刘总指挥行的确是一着妙棋。"

徐庭瑶三个一听，恍然大悟，不禁都叫起好来。

刘峙回转身来道："三位且慢叫好，这事我要向钧座立下军令状！要是守不住武胜关，丢了武汉，没说的，我刘峙这颗项上人头就交给钧座，你们三个哪个也别想跑。"

三个人齐声道："我们愿随总指挥进攻唐生智！"

"好！"刘峙道，"我还要电请蒋总司令速速给我们增派援兵，此战，我们一定要打败唐生智！"

徐庭瑶、胡宗南、张承治一起立正高声道："打败唐生智！"

第十四章　血染雪红

一、垛起尸体当掩体

> 征讨唐生智的一仗是我担任军人中最艰苦的一仗。我部与唐军在许昌附近展开激烈的争夺战。天降大雪，寒冷异常，官兵除因冻疮而死的无法计算外，被冻断手足的就有几千人，至为凄惨。
>
> ——蒋鼎文　时任中央军第二军军长

且说陈诚的第十一师紧追张维玺，从湖北保康、石花街到了均县草店，正准备渡汉水时，蒋介石的急电到了：唐生智叛变，武汉危急，立刻回师信阳，归刘峙指挥！

十万火急，陈诚不敢耽搁，掉头便回。

接连几天，几百里路，风雪交加中不分白天黑夜，跋山涉水，马不停蹄，十一师官兵受尽苦楚。一路上，隔不多远便见冻死的士兵倒在雪中。多亏陈诚平日带兵有方，官兵都还用命，故而虽是千辛万苦，也都奋力前行。一天130里，跑得腿都直了，总算到了信阳，与刘峙、夏斗寅会合了。三人一商议，都认为停歇不得，必须赶紧出武胜关。计议一定，十一师立马向关外开去。到达确山时，正是半夜。

确山位于郑州与武汉之间，距信阳县城六里远近。西依桐柏、伏牛两山余脉，东眺黄淮平原，号称中原腹地、豫鄂咽喉。到了这儿，陈诚传下令去，停止前进，李默庵第三十一旅驻守张营以西，李明第三十二旅驻守张营以东，十一师的司令部安在刘店。

官兵一路赶来，真个是人困马乏，筋疲力尽。一听停止前进的命令，不少人心气儿一松，顿时瘫在地上。有的闯进百姓家里倒头便睡，有的寻个柴禾垛、门楼子，或是找个避风的去处，裹上毯子便睡。

张营这一路刚停下一袋烟工夫，就见几匹马飞奔过来。马上的传令兵一边催马疾跑，一边大叫："师长命令，立即构筑工事！"

一时间，哨声、喊喝声四起。

士兵听了，有的踉踉跄跄跑到了街上，有的还在睡梦里。官长一边叫骂，一边连踢带打将他们拽起来。正在吵嚷，就见一队人马走过来。手电光里看得清楚，走在前边的正是他们十一师师长——陈诚。

士兵静了下来，让开道儿，陈诚手提一把铁锹走了过去。随后，众人急忙跟了上去。到了村边，立刻动手忙了起来，开挖壕沟、修建掩体、掏墙破洞……暗夜里，到处都是镐铲掘地挖墙的声响。

到了第二天午间，各团营的工事已都做得有了模样。陈诚巡视一圈，回到司令部，刚坐下喝了口水，便听得枪炮声响了。

唐生智的护党救国军到了。

前敌总指挥晏勋甫与刘兴、龚浩他们，其实头两天已乘火车到了驻马店，却因雪下得太大，步行的大队人马落在了后边。唐生智没办法，只得命令晏勋甫他们停下，等后边的队伍赶上来再往前行进。如此又过了两天，等人马聚齐时，发现中央军已是占了确山一带。

晏勋甫与刘兴、龚浩自然明白此时唯有拼死一搏，打进武胜关才有生路。要是让中央军拦在这冰天雪地里，不饿死也得冻死，因此毫不犹豫，龚浩的第四军与刘兴的第八军立马展开，从东西两面发起进攻。

龚浩这边的对手正是陈诚。

龚浩拿定主意，不顾一切撕开一个口子。他从自己的卫队拿出一个营打前锋，亲自指挥，要先拿下陈诚六十一团一营防守的张营村。

龚浩卫队营的兵都是百里挑一、久经战阵的老兵，又经过严格训练，极勇猛能打，手里的家什也趁手，全是一色的花机关枪。他们得了命令，立即发起了进攻。前进中摆开了攻击队行，在两三尺厚的大雪里蹿跳前行，奋力向着山坡上的张营村冲去。

世界一片白色，几百人散开在雪地里，远远看去，格外清楚。

这些兵几十天前还是中央军，故而他们现在的军服还与中央军一模一样，只是左臂上都缠着一条长方形的红黄白三色的带子，中央军的兵，则在脖子上系着一根红白蓝三色的布条。

张营村头的战壕里，陈诚的六十一团第一营的兵都屏住了呼吸，"哗哗"拉动枪栓。

龚浩卫队营的兵渐渐近了，双方都看清了对方眉眼。大地间，突然变得一片寂静，耳朵里，只有人"呼呼"的喘息声和脚踩在雪地上的"扎扎"声。

"啪！"

一声枪响，沉寂猝然打碎了。几乎同时，双方的战士一起高声大吼，枪声暴响。

卫队营的兵倒了一片，血在白白雪地里漫开，看去更是红艳恐怖。可活着的并不消停，他们跳过尸体，依旧挺身向前冲来。转眼间，便冲到了六十一团一营的战壕前，几百支花机关枪扫射起来，真是弹如雨下，刮风一般。一营第一道防线的兵，大多还没站起身来，便被打倒在战壕里。卫队营的兵接着跳过战壕，向着第二道防线扑去。一营的兵抵挡不住，急忙向村里退去。卫队营追了进去，双方便在村子里混战起来。

一时间，张营村火光冲天，枪声、喊声、爆炸声分不出点儿来。

陈诚得了消息，立即下令将守卫张营村的一营长撤职，六十二团第三营上前增援。龚浩的援军也冲了上来，双方各自增兵，把张营村打成了一锅粥。胡同、院落、房上房下、屋里屋外，都有兵在射击、搏斗。墙跟、树下、门楼、街上，都处都是士兵的尸体。天色暗下来时，双方杀得精疲力竭，才各占了半个村子，稍稍缓了下来。

这半天，打得惨烈无比，十一师伤亡巨大。陈诚得了消息，这次上来的其他几师也打得极苦。夏斗寅的第十三师在牛林、老楚山与刘兴的第八军肉搏了十数次，阵地几次被刘兴突破，后来得了刘峙第一师的支援，才总算将第八军打了出去。

陈诚不敢懈怠，亲到前沿巡视，不少兵蹲在雪窝里，冻得直打哆嗦。有的兵拖过死尸，垛起了人墙，枪就架在他们身上。看到一具具冻得僵挺的死尸奇形怪状，面目狰狞，陈诚也觉得头皮一阵阵发乍。

大雪又纷纷扬扬下了起来，风也越发大了，陈诚倒暗自生出几分高兴。唐生智的兵大多来自南方，又缺御寒衣被物资。天这般冷，雪这么大，自是承受不住，明天龚浩的进攻八成要缓下来了。

回到刘店的司令部，已是下半夜，陈诚又累又困，往床上一倒，便睡了过去。刚翻了个身，枪声又响了起来，陈诚一骨碌跳起来，侧耳一听，知道是敌人又进攻了，不由骂道：龚浩真是不要命了，这般大雪，耳朵都要冻下来了，竟然还要打。

这时，电话铃响了，接起来一听，是李默庵打过来的，报告说龚浩的人马全线展开，足有一个旅的兵力向关麟征的六十一团、萧乾的六十二团防线猛攻。

陈诚命令道："守住，哪个后退就杀他的头！"

放下电话，陈诚知道到了你死我活的关头，立即命令预备队做好准备。

果然，不到一顿饭的工夫，萧乾的电话来了，声儿都变了，说：敌军接连冲锋三次，六十二团伤亡过半，已是支持不住，连他这当团长的也要亲自上去参加战斗了。

陈诚厉声道："我马上派援兵上去。你要是丢了阵地，我毙了你！"

陈诚立即命令副师长罗卓英带一个营的预备队上去增援六十二团。刚走不多时，六十三团团长吴良琛又来了电话，报告说他们团在王庄东北已被冲垮，敌人攻到了团部跟前，请求马上增援。在电话里，陈诚真真地听到了机枪射击的声音，一咬牙，立刻把最后一个营的预备队派了上去。

刚喘了口气，六十四团团长霍揆彰的电话来了，一迭声地说敌人不要命地冲锋，他手下的两个营长全都战死，情况紧急，请求赶紧增援。此时陈诚的预备队已是全部用尽，手中能调动的只有身边的卫队营了。举着听筒略略想了一想，陈诚断然道："援兵马上就到。"

将电话撂下，陈诚命令卫队营长留下一个机枪连，其他人马上开上去增援六十四团。

卫队营长刚开口说"那师长这儿……"陈诚便厉声截断了他的话："少废话，快顶上去！"

兵派了出去，陈诚焦急起来，要通了刘峙的电话，请他立即派兵增援。那头刘峙的话音更是着急，说全线都在拼命死战，他命令陈诚务要咬牙顶住，不得后退。刘峙道："辞修，如今已到紧要关头，你我要保住脑袋，只有拼命了。"

陈诚明白刘峙的意思，放下电话，拔出手枪，退下弹夹，看了看里边的子弹。

就在这时，"当当"连声枪响，声音就在近旁！陈诚一凛，刚走到门口，机枪连的连长脸色蜡黄跑了进来，道："敌人已攻到师部！"

师部的参谋与副官等全都"哗"地站了起来，齐齐地看向陈诚。

陈诚心下一紧，立刻断定，龚浩这是要偷袭他。自己身边只有一个连，这下怕要撂在这儿了，可脸上没有丝毫惊慌神色，把手枪"哗"顶上膛火，从容道："随我来。"

手枪枪连长道："师座，咱们人少，还是我们保着你杀开条路走吧。"

陈诚一声冷笑："笑话，我十一师让人端了司令部，往后还怎么有脸见人？"话这么说，心中却是明镜似的，这百十号人就是出得了刘店，又怎么逃得过敌人的追击？

副官与参谋等各自拔枪在手，随着陈诚出了门。抬头便见敌人已冲到了街口。机枪连的兵不待命令，跳到街上，一阵猛扫，方将这股敌人阻住。

龚浩的兵也极凶悍，在房后隐住身子略略喘了口气，便将手榴弹兜头扔了过来，顿时把机枪连的兵炸翻了好几个。

龚浩的兵趁机直冲过来，高声喊着：

"活捉陈诚！"

"投降！"

陈诚指挥机枪连退进了院子。这院子本是一财主的家，院墙修得高厚坚固，院子中间有座两层的砖楼。陈诚命令一个排堵住院门，自己带着另一个排立即上了楼去。

因是近战，人又密集，陈诚机枪连手里的花机关枪特别好使。五个人一组，在大门两边隐住身子，轮番向外扫射。那枪弹如雨点一般泼下，龚浩的兵冲上前来，一近大门便被打倒，大门口外横七竖八躺满了尸体。正打着，就听几声巨响，砖石乱飞，却是院墙被炸开了几道口子，烟尘还没散开，便有无数敌兵跳了进来。陈诚的兵看事不好，全都退进了楼里，从窗户伸出枪去射击。龚浩的兵扔过手榴弹来，炸得砖楼四周满是烟火，有一颗竟从二楼的窗户飞到了屋里，一声巨响，当下将四五个兵炸倒在地。

陈诚的兵知道到了紧要时刻，只是闷了头抵抗，连陈诚也端着一挺花机关枪连连射击。

正在危急关头，就听四下里喊声大起。陈诚在窗内隐住身子向外看去，见一飙人马风一般直卷过来。那些兵的脖子上都挂着一根布条！

陈诚知道，救兵来了。

楼里的兵这时也都看清是自家人来了，接又见攻进院子的敌兵掉头向外逃去，顿时欢呼起来，不待命令，呼喊着追了出去。

陈诚出了大门，正遇上第六十五团团长莫与硕，他脸上带着些惊慌神色问道："师座，你没事吧？"看陈诚手提花机关枪，脸上被枪火熏得乌黑，衣服上一片水一片泥的，心中却已明白了究竟。

原来，莫与硕带着他的六十五团负责从后边往前线押运弹药，适才走到近处时，听到司令部这边枪声响成一片，吃了一惊，急忙前来支援，正好在紧要时刻，将陈诚救了。

陈诚很是高兴，道："你还不能歇着。前边吃紧，得立马带人上去增援。"

莫与硕带着手下掉头就走。

陈诚这才觉得浑身没了半点力气，身子软软得像抽了骨头一般，长长喘了几口气，出了院门，要到前沿去看看。

走到半道上，一个副官跑来报信儿，说刘峙派来增援的丁德隆第六团已到达张营，向六十一团丢掉的阵地发起了反击。萧乾的六十二团也稳住了防线……

陈诚听了，"噢"了一声，怔了一怔，却转身走向路旁的一个窝棚，到了那儿伸头往里一瞧，接着走了进去。

卫兵都觉得蹊跷，手枪连连长紧走了几步，到了窝棚跟，把头伸进去一看，只见陈诚已是趴在一堆秸秆上，睡着了。

那连长没言语，悄悄退出几步。他知道，师长好久没合眼了，这是撑不住了。

二、打了个冷不防

"火候到了，咱们该出手了。"新编十四师师长杨虎诚从椅子上一跃而起，眼睛烁烁发光，对着参谋长王一山道："马上发布命令。着冯钦哉第一旅、马青苑第二旅与杨子恒补充第四旅立刻起程东开驻马店，孙蔚如率第三旅与补充旅把守南阳。师部特务营、手枪营随我前去督战！"

杨虎诚本是于右任陕西靖国军的第五路司令，后来到第二集团军做了军长，可冯玉祥到底不把他当自家人，杨虎诚心中结了老大的疙瘩。在冯玉祥与蒋介石翻脸时，便带着部下投了蒋介石，做了新编第十四师师长，驻防南阳，可尽管他出力不少，蒋介石却一直拿他当杂牌待，故而也是一肚的闷气。

这几日，蒋介石与唐生智都派人来南阳会过杨虎诚，费了许多唾沫，可杨虎诚对谁都是既不点头，也不摇头。王一山知道师长是在看风头，如今一听命令，知道杨虎诚已是拿定了主意。

王一山问道："师长，咱们到底是要打老蒋还是打老唐？"

杨虎诚没接话茬儿，只是"哈"地一笑，向副官高声叫道："快快备马！"

王一山脸色一变，问："师座，咱们这就开拔？"

"立马动身。"

王一山更是一惊。大雪封路，冷风刺骨，天马上便要黑下来，这时开拔怎么能行？不由脱口道："只怕……"

杨虎诚披上大衣，绝然道："传令！"

时间不长，十四师的特务营、手枪营与第二旅官兵已集合完毕。杨虎诚大步走到，一纵身上了枣红马，向着部下一挥手，大吼一声："跟我走！"拨马冲了出去。一时脚步声"踏踏"响起，大队人马随后跟了上去。

连滚带爬，跟头骨碌，在雪中跋涉了一宿，天将放亮时，人马到了冯钦哉第一旅的驻地——赊旗镇。杨虎诚在镇子里一寻摸，却黑下脸来。

昨日已是发了命令，令第一旅今晨开向驻马店。可到了这儿一看，竟是没有一点儿动身迹象。杨虎诚额头上的青筋根根跳了起来，气冲冲直奔冯钦哉的驻处，"咣"地推门进了屋子。

冯钦哉正睡得安逸，一听动静不对，一下坐了起来。点了灯，看清是杨虎诚黑着脸站在地中央，连忙穿衣服，一边招呼道："虎臣这么早就到了？"

冯钦哉与杨虎诚是结拜兄弟，所以没外人时冯钦哉都叫杨虎诚的字，而杨虎诚则喊冯钦哉大哥。这时，杨虎诚没好气地问道："大哥，开往驻马店的命令没接到吗？"

冯钦哉道："接到了，去驻马店干嘛？"

"打唐生智！"

一听这话，冯钦哉一愣："打唐生智？不打蒋介石了？"

杨虎诚道："本来我看这次蒋家天下要撑不下去了，还有心与唐生智联手干一下。可如今张学良与阎锡山都发了讨他的通电，唐生智肯定成不了气候了。"

"这事得拿准了。"

"造老蒋的反也没什么不可以，可他唐生智不该在发通电时，没通个气就写上我的名字也太看不起人了。"

"那咱们就打唐生智，你说怎么打？"

"直取驻马店。"

冯钦哉一听便在心里竖起了大拇哥。我这老弟眼光就是毒，驻马店是唐生智护党救国军的大本营，拿下这个地方，便是掐住了唐生智的咽嗓咽喉。还有一样，唐生智的武器弹药、粮草物资全都堆在驻店，拿下这儿，十四师着实能发一笔大财。又一转念，不禁嘀咕起来，道："虎臣，你说打老蒋咱就打老蒋，你说打唐生智咱打唐生智。只是这鬼天气让人憷头呀！你看，雪这么大，白天也找不到路，更别说晚上！这天又贼冷，耳朵都要冻下来了。这样的天行军，不是要命嘛！"

杨虎诚在椅子上坐了，道："这样才正好出其不意！唐生智做梦也想不到咱们会出兵。我要冷不防使个窝心脚，打他个措手不及！"

"可是从这儿到驻马店几百里的路程，想想都让人头疼。"冯钦哉还是摇头。

杨虎诚烦了，"呼"地站了起来，道："你不愿去，就在炕头上躺着，把第一旅交给我，我带着去！"说完，转身便走。

冯钦哉看杨虎诚急了眼，急忙上去拦住，陪着笑脸道："虎臣虎臣，我去我去！你走了一宿了，就在这儿吃个热乎饭，睡个暖和觉，歇息歇息。我带一旅跟杨子恒的补充旅马上开拔，由我打头阵，你在后边接应便是。"

杨虎诚高兴起来，道："这才是我的大哥。雪天里打仗确实苦了些，可只要打胜了，便是奇功一件。我们枪也多了，人也多了，弟兄们的前程自然也是另一个样子了。"

"我这就走。"

"我在这儿歇上一歇，随后便开上去，接应你们。"

冯钦哉与杨子恒的两旅人马匆匆吃过早饭，便向东开去。天冷，雪猛，风大，大军在风雪中奋力挣扎前行，两天之后，天将擦黑时，终于到了一个叫做沙河店的去处。再往前走30里路程，便是驻马店了。

冯钦哉对杨子恒道："看样子驻马店那边还没发现咱们。"

杨子恒道："肯定没发现！这鬼天气离出十来步就看不到人影儿，冻死人的架势，老百姓又不出门，哪个能发现咱们？"

"好！咱师长这一计算是成了。这回，咱们要发财了。"冯钦哉两掌一拍说，"让弟兄们饱餐一顿，喘口气。今天晚上，老子要来他个黑虎掏心！"

杨子恒道："是不是等师长他们跟上来咱们再攻？要是不巧陷进唐生智的重围里，咱们可要吃大亏。"

冯钦哉笑了起来，道："老子不要命地跑到这儿，正是要趁唐生智没防备，打他个冷不防。要是耽搁了，走漏了消息，便前功尽弃了。这回老子要来个李愬雪夜袭蔡州，干件漂亮活儿。"

接着把计策一讲，杨子恒连声叫好。冯钦哉将几个团长叫到跟前，仔细吩咐了一番。又安排一名副官掉头往回赶，让杨虎诚赶紧上来接应。

部队吃过晚饭，便又开始行军，大雪中走出二十多里，到了臧集。这时已是半夜时分，风裹着雪，依旧很猛。再往前便是驻马店了，众人又是兴奋，又有些紧张。

突然，近处传过一声断喝："站下是什么人？"

接着便是"哗哗"拉枪栓的声音。

打前锋的是杨子恒旅的营长邓天章，听到喊喝，知道这是唐生智驻马店外围布的岗哨，倒也不慌不忙，依了冯钦哉出发时的吩咐，高声答道："我们是杨虎诚师长的队伍。你们是干嘛的？"

那边答道："我们是护党救国军第四军的。你们要干什么？"

邓天章道："总算找到自家人了，我们从南阳开来，要去增援信阳。"

那边又喊："让管事的上来说话，其他人都不要动。"

邓天章带着两个兵寻声走了过去。到了近前，影影绰绰地看见路边有个寨子，靠近路边的屋墙上挖着不少射击孔，孔里伸出许多枪口来。

一个排长模样的人带着几个兵迎上前来，拿着手电照了一照，见邓天章几个手臂上也都缠着护党救国军的布带子，便问："从南阳去信阳，该从唐河走，怎么到了这儿？"

邓天章一边跺着脚，一边"咝咝哈哈"地说："兄弟，你这是站着说话不腰疼！外边这么大的风这么大的雪，哪儿分得清东西南北？找什么鸟路？都不知到哪儿去了，好歹找到了铁路，想顺着铁道去信阳，才绕到了这儿。"

"一共来了多少人？"

"我们师全他娘走散了，谁知道来了多少人？俺们这一伙也就一个营吧。"

"你们稍等一等，我得打个电话问一下我们龚军长。"

邓天章露了不耐烦的样子，连声催促赶紧给信儿。

电话打到第四军司令部，龚浩听了觉得不好决断，便将电话打给了前敌总指挥晏勋甫，晏勋甫想了半晌，道："杨虎诚是我们的友军，当赶紧联系，尽力协助。"

那排长回来，对邓天章道："兄弟，我们军长发话了，你们往里走吧。"

邓天章到了队前，招呼众人快快前进。这一营人马呼啦啦往里便走。杨子恒补充旅的人早把棉大衣翻穿，白里朝外，半夜三更本来就一片黑暗，又加风雪天里，更是看不清楚人数多少，全都随着邓天章这一营人也跑了过去。接着，冯钦哉的第一旅也依样混过了臧集。

两旅人直奔驻马店。

却说杨虎诚带的人马在赊镇歇了半天，吃过午饭，便又向东开去。

此时，风一阵紧似一阵，天地间一片"呜呜"声响，刮到脸上，刀子割着一般生疼，冯钦哉他们在雪地上留下的脚窝，已让风雪全都填平了。走在前边的兵，一脚下去，雪直漫过膝盖去，一路上，时不时便有弟兄倒在雪地里，显见是冻死的。杨虎诚骑在马上，在队伍旁边来回跑着，高声催促士兵加劲儿，走到一个山脚时，"噗"地一下，便不见了踪影。卫兵没人声地叫起来："师座掉雪坑里了！""快救人快救人！"

众人惊慌起来，急忙上前，七手八脚好一通忙活，方将杨虎诚从雪里扒了出来。只见杨虎诚身子软软地，紧闭着双目，卫兵有的掐人中，有的捶背，有的连声叫喊，过了半晌，杨虎诚方睁开了眼，朝众人打量了一番，渐渐地清醒过来，用力吐了一口气道："龟子蛋，阎王爷也不敢收老子。"

正在这时，冯钦哉的副官到了，把情况一说，杨虎诚用力喘了几口气，挺身站了起来，跨上马去，身子晃了几晃，方才坐稳了，高声喊道："弟兄们，再加把劲儿，驻马店就要到了！"

手下的弟兄奋力向前赶去，离着驻马店十多里远近时，便听得那边枪声、爆炸声突地响成一片。杨虎诚催马在前一路奔去，手下的官兵不待催促，便跑动起来。

天明时，杨虎诚赶到了驻马店，冯钦哉与杨子恒迎上来，一见面便"哈哈"大笑。冯钦哉道："师长呀，你这一计真是绝了。我们进了驻马店，都来到门口了，他们还在睡大觉呢。一动手，他们死的死逃的逃，没费多大劲儿，驻马店落到咱手里了。哈哈。"

杨虎诚仰面大笑，向着冯钦哉一抱拳，道："全仗大哥出力。我从来都说，冯钦哉善攻，孙蔚如善守，果然不差！"

众人也是一阵大笑，笑声里，杨虎诚纵马进了驻马店，只见自己的兵不少正在抢夺东西，唐生智被俘的官兵这边一伙，那边一簇，有的还穿着睡觉时的衣服，一个个冻得缩成了刺猬。

冯钦哉向杨虎诚道："师座，这回咱们发大财了，唐生智的弹药粮草全都在这儿呢。"

杨虎诚在街头上勒住马，向着手下的旅长、团长们高声道："特务营孙辅臣、手枪营王振华率本部维持市内秩序，管守战俘及缴获的军用物资！"

孙辅臣两个齐声答应。

杨虎诚又道："第一旅马上占领驻马店以东阵地，守备东北两面。"

"好！"冯钦哉道。

"第四旅立刻占领驻马店以南及西南即设阵地。"

"是。"杨子恒道。

"第二旅做预备队。"

"是。"马青苑道。

"王参谋长，马上跟刘峙联络，让他派人增援！"

"是。"

杨虎诚道："驻马店是唐生智的命根子，如今锅也端了，灶也砸了，唐生智肯定急眼，定会舍命来夺。不过，肥肉到了咱嘴里，就没有再吐出来的理儿。就是天王老子来了，也要给老子打回去！"

"是！"众人齐声大叫。

三、你们这么干

一个长袍马卦、肩背搭裢的人，进了建安村，径直向徐公馆走去，离着大门还有二三十步远近时，两个哨兵上前将他拦住。那人笑嘻嘻地道："我是冯玉祥的亲戚，来看看他的。"

一个高个子哨兵虎着脸打量了来人一眼，道："不成。没我们杜旅长发话，哪个也不能进。"

那人仍是一脸的笑容："兄弟行行好，我从老家走了老远才到了这里。行个方便，让我们见上一面，就说几句话。"

另一个脸上有颗黑痦子的兵道："不成，不成。这事我们做不了主，别难为我们。"

正吵吵呢，就听有人道："这是干什么？"

几个人住了声，扭头只见一人站在门里，此人浓眉阔口，膀大腰圆，身着一件旧棉袍，腰扎布腰带，袍子前摆撩起系在腰间，肩上扛一把扫帚，正是冯玉祥。

前些时候上了阎锡山的当，西北军受了好大损伤，冯玉祥一气之下绝了食。几天水米不进，多亏李德全还有西北来的部下一起苦求劝解，方才罢了。打这之后，便横下心在建安村耗下去，还请了先生来讲课，得空就读书写字，有时也到村里帮着村民干点活儿，这是正要去扫扫街道。

那人见了，急步上前叫了一声："表哥。"

冯玉祥也看清了来人，笑道："是表弟来了？这大冷天怎么还站在门外说话？快到屋里去。"又向那两个哨兵道，"这是我表弟。做生意的。"伸手拉着那人便向屋里走去。

两个兵见冯玉祥开了口，不敢招惹事儿，没再阻拦，只是随后也跟了进去。到了屋里，那人从口袋里掏出几块大洋，往两个兵口袋里塞去："多谢两位兄弟关照。"

那两个兵相互看了一眼，长黑痦子的那个道："爷们别难为我们。出了事，我们当兵的可担当不起。"

那人只是哈腰，道："两位兄弟放心，不会有什么事的。只是多时不见了，拉拉家常。"

高个子兵道："也就是趁着我们老总带兵到河南去打唐生智，我们弟兄才有胆做回主，让这位兄弟进来了，冯总司令可不要叫我们吃不了兜着走呀。"

冯玉祥有些不耐烦起来，连连挥着手道："有我在这儿，会有什么事？你们尽管把心放肚子里。走吧走吧。"

两个兵走了出去。那人直送到房门口，看他们出了院门，方掩了门，回头对着冯玉祥哽咽着叫了声："冯先生……"

冯玉祥也迎上前来，叫道："瑞伯……"

来的正是鹿钟麟。本来，冯玉祥在编遣会后离了南京，军政部部长一职便由鹿钟麟在南京代理。后来宋哲元起事反蒋，蒋介石明令通缉西北诸人，鹿钟麟从南京逃进了天津租界。这次是接了冯玉祥的密信，到建安来见老长官的。自打冯玉祥入晋，两人便没再见过面，此时一见，自是悲喜交加。鹿钟麟上前几步，一下跪倒在冯玉祥的面前，冯玉祥也跪倒在地，两人握了手好一阵呜咽。

哭了半晌，两人方才站起来。鹿钟麟问道："冯先生可好？"

冯玉祥一张手道："我？好！我成了槽上拴着的牲口，好草好料吃着，可就不给你摘缰绳。"

鹿钟麟又是一阵难受，忍了一忍，说："冯先生，你得想法子离开这儿。"

"我一时半会还走不了，不过我已有了主意。"冯玉祥压低了声音道，"你回西北去，立刻着手重整西北军，准备再次东出潼关。"

"再出潼关？"

"正是。"

"打老蒋？"

"不！"冯玉祥摇一摇头道，"打阎锡山。"

冯玉祥一直牙关咬得紧紧的，人前人后都是联合阎锡山，推倒蒋介石，猛不丁听他改了主意，鹿钟麟很觉意外，不由得问道："打阎锡山？"

"对！投靠蒋中正，攻打阎锡山。"

"弟兄们对阎老西恨得牙根痒痒，早就想打他了，只是……我们要是在那边行动起来，你在这儿怕有凶险。"

冯玉祥摇了摇头，决绝道："不要管我！你们放开胆子干，我才会没事。"

"有了上次宋明轩那事，这次老蒋不知还能不能信我们。"

"我对老蒋摸得透，他即便不相信你们，但你们只要开口打阎锡山，他也定会立马点头。他掂量得清楚，你们跟阎锡山干起来，对他只有好处，没有坏处。"

"也是，我们就按冯先生的吩咐办。"

"你要设法联络韩复榘、石友三，让他们一同干。到时，他们进攻平津，你们进攻山西。"

"韩向方与石汉章对先生还是有情分的，两个人一直对外人讲，他们离开先生，全是受了石敬亭的难为。我估摸先生要是开口让他们一起打阎锡山的话，他们会点头的。"

冯玉祥又沉吟了半晌，道："韩复榘与石友三重回西北，那我们的事便多了几成胜算。我写封信给石敬亭，让他先休息一阵，这样韩复榘与石友三便没有牢骚了。"

鹿钟麟明白冯玉祥是要撤销石敬亭的本兼各职，心中一震。石敬亭一直对冯玉祥忠心耿耿，特别是在训练新兵等方面出力甚多。便是这次讨蒋失败的烂摊子，也多亏他尽力拾掇，才没有不可收拾。可为了争取韩复榘、石友三这两个变节投敌的叛将，却把石敬亭这忠心不贰的人撤职，实在有些说不过去。鹿钟麟道："先生，这事……再考虑一下。"

冯玉祥一挥手："就这么定了！"

鹿钟麟话到了嘴边，又硬生生地咽了下去。

冯玉祥又道："宋明轩这次讨蒋失败，怕是不能服众了。我委你为代总司令，西北军往后由你指挥。"

说着，冯玉祥拉开抽屉，从里边拿出一盒烟来，小心将烟盒折开，反过来在桌上铺平，拿过一支铅笔，飞快地在上面写下了任鹿钟麟为代总司令的命令，然后认真地签上自己的名字，又将烟盒依了原样折起来，将烟卷儿包好，递给了鹿钟麟。

鹿钟麟将这盒烟小心藏好，冯玉祥又起身去了里间，一会儿拿着一本书走了出来，放到了鹿钟麟跟前，道："你走时带上这本书。"

鹿钟麟接起来一看，却是本《三国演义》，翻了翻，只是寻常的书，不禁问道："冯先生，这是……"

冯玉祥指指书道："这里边有我想好的西北军往后的作战方略，还有给宋哲元的信，是用米汤早就写好的，你到了陕西，把这书折了，往水里一放，就能看出字来了。"

鹿钟麟暗暗佩服冯玉祥想得周到，把书小心放进了搭裢里，道："有冯先生发话，我们心里就有底了。"

冯玉祥紧紧握了握鹿钟麟的手，道："瑞伯，西北军大伤了元气，能不能翻过身来，全靠你了。"

鹿钟麟一阵感动，道："冯先生，我一定尽力。"

事儿商议停当，鹿钟麟不敢多待，匆匆告辞走了。冯玉祥一直送到院门口，看着鹿钟麟渐走渐远，消失在冰天雪地里。

四、只能走

> 部署既定，各部分路追击。第一师当日击溃王和店、吴桂桥
> 之残敌后，向郾城急进，第六师击破北泉寺、大小乐山之敌，向
> 五道庙、吕岗之线追击。十八旅击破独榆树西方之敌，向邢庄、
> 回龙贯之线追击。敌军大部向东屯，一部向西北溃窜，第十一师
> 追击至俄屯。是役也，除收抚两营外，各师俘虏达五千人，枪
> 三千余支，迫击炮四门、机枪十一架，唐部精锐至此歼灭殆尽，
> 所有附逆部队亦纷纷投诚反正矣。
>
> ——蒋介石

一听驻马店出了事儿，唐生智一下子从头凉到了脚后跟，立马离了郑州，火急奔向前方。

刚到了漯河，便遇上了从驻马店逃出来的晏勋甫。唐生智眉毛拧成了个疙瘩，黑着脸问道："这到底是怎么回事？"

晏勋甫垂头丧气地把驻马店丢失的情况说了一遍。

其实，杨虎诚刚打进驻马店时，晏勋甫跟刘兴、龚浩他们几个并未太当回事。都以为这要命的大雪天里，哪儿会有什么大军来袭，只可能是些打散的小股人马误打误撞到了这儿，不费多大力气便可把他们撵了出去。故而开头只派了一个营的兵力。一打，感到自己的人马单薄了，便又派了一个团，还是不行，这才觉得大事不好，立即红了眼集中兵力反攻。但已是晚了，杨虎诚的人马这时已全部进入了阵地，稳稳当当地站住了。

唐生智听了，眉毛直竖起来，牙关咬得"咯咯"直响。突然，抓起一个杯子向着晏勋甫摔过去，吼道："你们全是混蛋！有这么打仗的吗？丢了驻马店，不是丢了我们的性命吗？为什么当时不全力反攻，立即夺回来？"

其实，刘兴与龚浩他们何曾不知丢了驻马店的利害，又何曾没有舍命反攻？

当时，刘兴与龚浩亲自带着官兵冲锋，有几次还冲到了东寨的墙根下。可杨虎诚也豁上了性命，亲自到了寨墙上指挥战斗，帽子被打了一个洞，贴身卫士死了好几个，可他咬紧牙关抵死不退。

这仗打得天昏地暗。到最后，刘兴与龚浩打个筋疲力尽，也没将驻马店夺回。

此时，面对着暴跳如雷的唐生智，晏勋甫也不再作解释，只是低了头道：

"晏勋甫有愧总指挥的信任。"

唐生智脸色乌青，猛地站了起来，吼道："我要亲自上去，把驻马店夺回来。"

晏勋甫急忙上前拦住，道："孟潇，万万不可。"

唐生智厉声喝道："闪开！"

晏勋甫也高声道："孟潇，你想把弟兄们全都搭上吗？"

唐生智一愣时，晏勋甫又劝道："眼下，刘峙的人马已在确山以东、汝南以西摆开，将我军东去的退路阻断。杨虎诚的十四师正沿沙河以南，大刘庄车站及驻马店以东攻击前进，两人显然是要将龚浩、刘兴在驻马店东郊包围。如今我们不是要攻，而是想法退出来。"

唐生智"呼呼"喘了半晌，"咳"了一声，颓然坐到了椅子上，直觉得头要爆开一样，心中一阵阵生疼。驻马店落入敌手，弹药物资全丢了不说，护党救国军也被截成了两段，这仗确实打不下去了。

坐了一会儿，唐生智又站了起来，在屋子里来回打转，嘴里不住地嘀咕。

正在这时，副官送来了电报，晏勋甫接过来一看，"咝"地抽了一口冷气。

唐生智问道："何事？"

"魏益三的五十四师抄了我们在郑州的机关，把郑州的仓库全抢了。"

唐生智的眼里冒出火来，拳头重重地擂在桌子上。这个魏益三，起初商议反蒋时，他嗓门儿最响，后来还把何成浚的司令部抄了，转眼间，却又对自己下了狠手。

"媳他妈妈别！"唐生智恶狠狠地骂了一声粗话。

就在这时，门突然开了。一位参谋直冲进来，进门便叫道："唐总指挥，阎锡山带七个师的人马开进了河南！"

屋子里顿时死一样地安静。猛然间，几声怪叫响起，似撕心裂肺一般，晏勋甫吓了一跳，转脸看去，却是唐生智正大张着嘴在狂笑。

如今郾城丢了，新郑、许昌丢了，退路已断，中央军又将前路死死堵住，自己的精锐大受伤损，进攻已是没了气力，在这紧要关头，杂牌们又趁机群起而攻。唐生智感到他的护党救国军如今成了一只受伤倒地的野牛，漫天的鹰鹫扑下来，无数的虎狼拥上来，而自己连吼叫的气力也没了，只能眼睁睁地看着一只只利爪伸来，一排排獠牙咬过来……

笑声渐渐小了，最后变成了低低的呜咽。

晏勋甫也低了头连连叹气。两个人就这么无言地过了一顿饭工夫，晏勋甫才开口道："孟潇，事急了，得拿主意了。"

唐生智哑着嗓门道："什么主意？"

"只能……走。"

"走？"唐生智摇了摇头，道，"四周都是中央军，怎么走？"

晏勋甫道："我说的不是咱们护党救国军走，而是你。"

"我走？"

"你走。"

"我不走，我唐生智要与护党救国军共生死！"

"孟潇，有你在，护党救国军便在。民国十七年时，我们败在桂系手下，你出了洋，白崇禧夺去了我们的第五十一师、五十三师。后来机会一到，你不是又从白崇禧手里把这个师夺了回来？还重新做了这一番事业？"

"这次败得实在憋气。"

"胜败乃兵家常事。"

唐生智抬起头，愣了一会儿，缓缓把脑袋埋进了两手之中，胸脯起起伏伏了半晌，突然一拍桌子道："走。去天津租界！"

晏勋甫道："我派精干卫兵护你。"

唐生智摇了摇头，道："不，我一个人走。"

晏勋甫暗暗佩服唐生智胆量忒大，身为护党救国军总司令，竟敢孤身一个从万千敌军包围中逃出。转念一想，又觉得唐孟潇着实精明，此时一个人行动，出人意料，反倒更加安全。

晏勋甫向唐生智敬了个礼，道："孟潇，后会有期。"

唐生智却抱了抱拳，道："对不住了。"

不多时，一挂骡车出了漯河，不慌不忙地向北走去。车上，坐着两个人，一个是吆喝牲口的老头子，一个便是一身买卖人打扮的唐生智……

　

且说刘兴与龚浩被刘峙、陈诚与杨虎诚他们追着，逃到了离漯河十几里的西平、遂平一带。这一路上，士兵的行李大多丢了，弹药粮食看看也都尽了，伤病和冻死的官兵不计其数。掉队的兵有的让民团缴了枪去，有的便被他们杀了。

在一座四面透风的破房子里，刘兴与龚浩听了晏勋甫的话，半天没有做声。临了还是晏勋甫先开口道："唐孟潇让我们便宜行事。"

"便宜行事？"刘兴苦笑了一声，道，"是让我们投降吗？"

龚浩腮上的肉颤抖起来，道："如今也只有两条路，一条是投降，另一条便是突围。"

晏勋甫道："我军的士气和力量都已不行了，弹药也接济不上，硬拼实在要不得……"

刘兴猛地站了起来，抬腿把火盆"咣"地踢翻，骂道："真他娘的窝囊！"

龚浩咬牙道："老子咽不下这口气去！"

晏勋甫看两人没有服软的意思，便道："唐孟潇临走时留了话，队伍让铁夫负责。铁夫，你发话吧。"

刘兴气恨恨地道："我的意思是，咱们再鼓一把劲，突围！也许能突出去。咱们这支队伍来的不易，不能这么白白地扔给蒋中正。"

龚浩把烟把儿往地上猛地一丢，将靠墙支着的一挺花机关枪绰了起来，道："我打前锋。"刘兴道："咱们老同学一块儿上！"

命令传下去，刘兴与龚浩便带着卫队向南开去。走了一段路，只见前进的兵稀稀落落，却有一堆堆枪支架在路旁。

刘兴与龚浩心中透亮，手下的官兵不想打了，这明摆着是要缴枪的意思。

龚浩愤怒起来，看到一堆武器的近旁有个农家院落，知道有官兵在里边，便直闯进去。果然，屋子里挤着些士兵，正围着火堆打哆嗦。

龚浩青着脸问道："你们没有接到前进的命令吗？"

那些人没挪窝，也没一个做声。

龚浩厉声喝道："都站起来，马上跟我走！"

还是没一个欠身。

龚浩的卫队长愤怒起来，拔了枪高声叫道："你们他娘的都聋了吗？没听到军长的命令吗？老子'突突'了你们！"

这时，人丛里站起一个头上包着绷带的连长来，道："龚军长，你开枪把弟兄们毙了吧。弟兄们今天只喝了几口粥，前胸贴到了后脊梁，这大雪地里怎么拔得动腿？反正突围也跑不出去，都是个死，不如让弟兄们在这儿等着中央军来杀。"

有一个兵呜咽起来，道："浑身都成了冰茬子了，到了外边，不被打死也得冻死。"

另一兵却放声大哭，道："龚军长，我们弟兄从湖南跟着你们出来，吃了多少苦，受了多少罪？临了就让我们死在这冰天雪地里吗？"

立时，满屋里哭成了一片。

龚浩愣了半晌，扭头出了门，在院门口见了刘兴，也不说话，只是径直往前走去，刘兴看龚浩神色不对，急忙跟了上去，到了一个山坡上，龚浩把适才的情景说了。两人眼里都闪出泪花儿来，默默地呆了半晌，刘兴方道："孟希，咱们放手吧。"

龚浩"咳"了一声，点点头。

刘兴把卫队长叫到跟前，吩咐卫队长立即带队返回，告诉押后的晏勋甫，让他发电给蒋介石，同意放下武器，并由他全权负责与刘峙接洽善后。

卫队长走了。雪地里，只剩下刘兴与龚浩两个人。

刘兴把腰间的手枪解了下来，挂到了近旁的一棵小树的树枝上，重重地叹了一声道："孟希兄，咱们的事儿就干到这儿了，走吧。"

龚浩道："铁夫兄，走！"

两人相互搀扶着，艰难地向前走去。那支勃朗宁，在他们身后的树枝上，摇动着。

五、河南是我的

郑州善乐园摆开了宴席。

餐厅里，灯光彻照，如同白昼一般。河南境里的各路讨唐将领大多到了，喜气洋洋地围桌而坐。

何成浚首先代表蒋介石致辞，慰问了前线将士，表彰了有功官兵。

之后，阎锡山讲话。开口先把唐生智骂个狗血淋头，接着，又以讨逆军总司令跟陆海空副总司令的身份，将众人好一通勉励。临了，高声道："唐逆倒行逆施，为祸河南甚巨。得总理威灵震慑，全体将士用命，方将其凶焰遏住。此次锡山受命全权指挥讨逆，率七师雄兵自山西开到河南，抱定决心，将唐逆残余扫荡一净，还河南一片安宁，保国家长久太平！"

众人高声叫好。

阎锡山唾沫星子乱飞，韩复榘心里却在直敲鼓，听到阎锡山说七个师开进河南时，不自觉地嘴角一歪。众人此时的目光都落到阎锡山身上，无人注意这边，独有何成浚真真地看在了眼里。

唐生智起事时，韩复榘立马附和着通电响应。可转眼一看，其他人全没动静，立马觉出事儿不好，接着又见阎锡山出头通电讨唐，更是断定唐生智这次要摔个大跟头，赶紧换了调门，也一片声吆喝起讨唐来。所以，如今韩复榘一根汗毛也没损，依然安稳地做他的河南省主席。适才一听阎锡山带着大军到了，说话的口气又分明把河南当成了他家炕头，身上的毛一下便竖了起来。

等阎锡山话音一落，韩复榘站了起来，脸上满是笑容，举了酒杯道："此次讨逆大胜，实在可喜可贺。诸位光临河南，复榘作为豫省主席，不胜欢喜。复榘代表本省父老、军政官员，敬客人三杯，欢迎阎总司令、何总指挥及各位。复榘先干为敬！哪个不喝便是瞧不起我们河南，也瞧不起复榘这个省主席。"说罢，仰头喝了下去。

众人"哗"地大笑。

何成浚也笑着，却品出韩复榘话里的味儿来：他韩复榘是省主席，是河南的正主儿。这分明是跟阎锡山较劲儿，这时高声叫道："来来来，诸位都依韩主席命令，痛饮三杯！"众人笑着一起举杯。何成浚偷眼看去，阎锡山的笑容有些僵硬。

三杯酒饮罢，阎锡山又站了起来，道："今天这酒即是我讨逆军的庆功酒，又是我讨逆军的誓师酒。本总司令在此，委韩向方为前敌总指挥，率部扫荡唐逆残部。来来来，我们再痛饮一杯，祝韩总指挥旗开得胜，马到成功。"

众人又一片声叫起好来。

何成浚暗暗点头，到底是阎锡山，狐狸修炼成了精，如此几句话，便四两拨千斤，不动声色地将韩复榘摁倒在地。没明言一个字，却是明明白白地告诉韩复榘：任你有翻天的本事，到头来还是在我的手底下，必须要听我的号令。

韩复榘却像没听到阎锡山的话，"哈哈"一笑，招呼众人随意，大伙儿吃吃喝喝吃吃喝喝起来。

韩复榘本来与阎锡山、何成浚坐在一桌，这时端着酒杯走动起来，这桌那桌劝酒，高着喉咙寒暄、说笑，俨然一副主人派头。满厅都是韩复榘的大嗓门。

何成浚向着阎锡山凑了过去，大咧咧地说道："这韩向方真是高了兴了，东道做得着实不错。"

阎锡山微微一笑道："蒋总司令命我负责河南与安徽两省，这人倒是要好生使用。"

何成浚自是听得出这话的弦外之音，却装作满是酒意的样子甩个囫囵话道："有你们在，钧座是放心的。"

这酒喝得痛快，宴会散了时，众人大多带了酒意。

何成浚回了酒店，盘腿坐在床上，将酒席上的事儿在脑子里细细地过了一遍，"嘿"地一笑，一拍膝盖道："有门！"

来河南前，蒋介石把何成浚叫到他的司令部去，一见面便道："阎锡山到郑州了。"

何成浚道："讨唐战事要结束了。"

蒋介石轻轻叹口气，低头寻思了半晌才道："唐生智解决了，我担心另一个唐生智又会跳出来。"

何成浚已是猜中了蒋介石的心思，却又试着问道："你是说……阎伯川？"

蒋介石没接话茬儿，自顾说道："阎锡山这次亲率大军进入河南，其意实堪玩味。如是河南尽入其手，后果……不堪设想。"

"钧座所虑甚是。"

"况且如今冯玉祥又在他的手里，一旦他们联盟对抗中央，那情势只怕比此次唐生智叛乱还要难制。"

"极是。"

蒋介石紧蹙着眉头道："李宗仁大势已去，这次攻粤又遭大败，已是难成气候。冯玉祥所部，前有韩复榘几人投诚，近又刚被打回潼关，元气已然大伤，他又羁留山西，我看也不足为患了。那个唐生智更是一败涂地，成了孤家寡人，此三人皆不足虑了。如今与我们势均力敌的，就只有这个诡计多端、老奸巨滑的阎老西了。"

"钧座看得准。"

"阎锡山一直心存妄想，处心积虑对抗中央。宋哲元与唐生智叛乱，背后都有他的手脚。"

"那些反对中央的势力，如今也跟阎锡山暗里来往。"何成浚道，"此人确实不能不防。"

蒋介石"唔"了一声道："只防，太过被动，李宗仁、冯玉祥、唐生智皆是前车之鉴。阎锡山已渐成大患，当取断然措施。"

说这话时，蒋介石神情很是果绝。何成浚有些吃惊，道："钧座的意思是……要动兵？"

蒋介石轻轻摇了摇头，一字一顿地缓缓道："这次阎锡山到郑州……"

只听了半句，何成浚已是全都明白了，蒋介石要在郑州解决阎锡山，刚要说话，又听蒋介石道："雪竹兄，我想派你为代表，跑一趟郑州，代我慰问讨逆将士。"

何成浚心领神会，道："成浚便去。"

何成浚在蒋介石面前拍了胸脯，但也清楚做这事不是拍只苍蝇，而是林中擒虎，弄得不好，虎没擒下，自己倒成了老虎的点心，自是不敢造次。来郑州时，盘算了一路，临了有了主意：借韩复榘的手完成这事儿。今日在酒席上，何成浚察言观色，看出阎锡山与韩复榘两个不住地较劲儿，暗暗高兴，这样自己正好使出手段。

正在琢磨下一步怎么行棋呢，副官来报：韩主席到。

何成浚立马起身相迎，一见面，韩复榘便脸不是脸、鼻子不是鼻子地道："雪公呀，我韩复榘说话向来直来直去不打弯儿。你回去时得给蒋总司令把话说明白，河南省主席姓韩，他阎锡山要往我的锅里伸手，可别怪我动刀子！"

何成浚却是一副满不在乎的样子道："向方别多心，阎伯川只是来讨伐唐生智的。"

韩复榘窝在心里的火，更是直蹿上来："雪公定是揣着明白装糊涂。阎老西一撅腚，我便知道他要拉啥屎。如今已到了抹桌子散席的时候了，姓阎的却兴师动众，带七个师的人马来河南，存的什么心！"

何成浚低了头，沉吟了半晌，方道："你这么一说，我也觉得有些蹊跷了。阎锡山带的这七个师，排的阵势也有些意思。郑州地界驻着孙楚和孙长胜两师；杨耀芳师的主力却驻扎在郑州至黄河铁桥间的荥泽；石家庄到黄河铁桥这一段，则有张会诏、冯鹏翥、徐鹏云、孟兴富四个师排在那儿。这架势分明是，进可以横卷河南，退可以迅速缩回山西。嗯，别说，阎伯川这么干，确实有用心。"

韩复榘更沉不住气，道："分明是夜猫子进宅，来者不善！"

"唔，得提备他。"

"雪公，阎老西要是在河南不规矩，我就拿枪头子跟他说话，你得跟蒋总司令早垫个话。"

"向方可不要乱来。"

"什么乱来？他阎锡山对河南动心眼子，便是反对中央，与唐生智成一路。"

"嗯。说的也是。"

"蒋总司令要是装作看不到，就别怪我到时把锅掀了，大伙都过不成日子。"

"嗯，向方沉住气，沉住气。有啥话，我替你跟蒋总司令说去，总司令肯定不能让他阎锡山想干啥就干啥的。——向方知道的，总司令信不过阎锡山的。"

"好。"韩复榘站起身来，道，"我等雪公的信儿。"

送走韩复榘，何成浚躺在床上，越想越是得意，禁不住摇头晃脑唱起戏来：

> 我坐在城楼看山景，
> 耳听得城外乱纷纷。
> 旌旗招展空翻影，
> 却原来是司马发来的兵。

第二天，韩复榘刚醒，何成浚的电话便到了。何成浚道："向方，昨晚你说的那事我给蒋总司令说了。"

"总司令什么意思？"

"总司令说了三层意思：一、你是河南省主席，河南的军政由你负责。"

"公道。"

"二、阎伯川确有染指河南之意……"

"他妈的。"

"还有三，阎锡山野心昭彰，向方可在郑州将其处理。"

韩复榘顿时心花怒发，嗓门儿高了起来，道："好，总司令放心。"

"那向方打算怎么干？"

"阎老西如今在我们眼皮底下，这是个绝好机会……"

"唔，我全力配合向方，不过此事极大，得小心从事。"

"雪公且把心放到肚子里，这事就是裤裆里抓那玩意儿，手到擒来。"

放下电话，韩复榘兴冲冲地，立马打发人叫来了参谋长李树春。韩复榘将事儿从头至尾说了一遍，临了道："这回，老子要替冯先生报仇！把阎老西拿下，拿他换回冯先生。"

李树春低头沉吟了半晌，道："这事里边好像藏着蹊跷。"

"噢，什么蹊跷？"

"老蒋玩的好像是在别人家炕头试雷子的把戏。"

"什么？"

"眼下咱们拿住阎锡山倒也不是难事，可他手下的这几个师的人马怎么料理？一旦动起手来，只怕到时我们打个头破血流，便宜倒让老蒋全赚了去。"

韩复榘打个激灵，眼珠子转了几转，双手一拍道："对对对，有理有理。老蒋与阎老西是一窝的狐狸，都没安什么好心。老子稍稍打个盹儿，就差点让他推到坑里去。"

李树春道："跟这些人在一起，是得时时瞪大眼珠子。"

"想个法子。既把这个阎老西赶出河南去，又不让这把火烧到老子头上。"韩复榘挠着后脑瓜不住地转眼球子，突然笑了起来，道："奶奶的，想让老子吃屎，就别怪老子往你碗里下耗子药！"

"总指挥有法子了？"

韩复榘的话却拐个弯儿："沉住气，好好伺候，这顿饭老子要做得有滋有味。"

六、老子要捉阎锡山

这日过午，已升了军长的王金钰、万选才与刘春荣三个到了韩复榘的住处。这几人都出身杂牌，自是有些亲近，平日常聚在一块儿摸牌喝酒。今日听到韩复榘招呼，立马到了。进了屋子，却见韩复榘大马金刀地坐着，脸上的神情与往日大不一样，三个人都觉得有事儿。

果然，韩复榘眼里放光，道："今天叫三位弟兄来，是要做一件大事情。阎锡山明着服从中央，暗里耍奸捣鬼，蒋总司令吩咐，让咱们联手在郑州将他拿了。"

这事来得太过突然，王金钰三个一下都变了脸色。

韩复榘却像没看到一般，自顾说道："怎么弄？你们说话！"

过了半晌，几个人才缓过神来，万选才头一个开口道："这事可不是打个喷嚏，吃个果子，弄不好收不了场的。"

刘春荣道："蒋中正是只老虎，阎总司令也不是只兔子，咱们哪个也惹不起，的确不好下手。"

王金钰也摇着头："老蒋这不是逼着小猫吃葱吗？

万选才道："别临了打不着皮狐反惹一身骚呀。"

众人吵吵时，韩复榘一直背着手在屋里走来走去，这时长叹一声道："掏心窝子说句，我也不想戳阎锡山的老虎屁股呀。可如今老蒋发了话，我们干也得干，不干也得干。"

几个人又七嘴八舌议了半天，还是没拿定主意，临了道："向方你发话吧，我们听你的。"

"你们倒会一推六二五。"韩复榘"哈"地一笑："我看阎老西也没长着三头六臂，咱们就在郑州把他拿了能咋的？再说，这是老蒋的命令，天塌下来老蒋顶着，咱们怕个鸟。"

王金钰道："嘿嘿，晋军手里的家什让人瞧着着实眼馋。"

刘春荣道："那咱们干？"

韩复榘突然住了，一脚立在地上，一脚蹬着椅子，握了拳头一捶膝盖，道："干！"

三个人齐声道："听向方的。"

韩复榘道："不过丑话说在前边，咱们并膀子干，哪个要是装怂，别怪韩某翻脸不认人。"

三人都是连声答应。

韩复榘道："夜长梦多，我看今夜天不亮就动手。咱们这么干，我派一个团将阎锡山住的酒店包围，冲进去把他拿住。你们各自把军队开到指定位置，戒备他的队伍。只要阎老西一到咱们手里，中央那边自会有人出头说话，晋军群龙无首，这事就结了。"

三个人一起点头。

韩复榘又将事儿细细布置了一番。正说着呢，副官进来说，阎锡山派人来见，韩复榘起身去了。不久，回来对三个人道："阎锡山今晚设宴，咱们几个都请了。"

"咱们去还是不去？"万选才问道。

"去，都去。阎锡山是个不长毛的狐狸，咱们要是全不去，说不定他会看出事儿来。都去，该吃吃，该喝喝。明儿早上冷不防给他个裤裆里抓鸡巴，手到擒来。"

王金钰几个大笑起来。

临走时，韩复榘嘱咐："嘴巴都给我上锁，别走漏半点风声。"

到了晚上，阎锡山在他住的酒店大开宴席，在郑州的各部将领和河南的军政人员都请到了。阎锡山存了以此笼络众人、联络感情的意思，所以明面上也没什么正经事儿，众人只是吃喝说笑。

阎锡山平日极少喝酒，这次却很是高兴，放量喝了几杯。酒宴进行到中间时，起身去厕所小解。刚解开腰带，就见万选才摇摇晃晃地走了进来。两人打个招呼，便各自忙活自己的事儿。一时事毕，阎锡山提上裤子，正要转身往外走时，就听身后万选才突然道："阎总司令，你的香烟掉了。"阎锡山一愣，却见万选才朝他使个眼色，手里向他递过一盒烟来，那烟显然并不是自己的。阎锡山心思一动，道了声谢，接过去往口袋里一塞，不动声色地走了。

径直进了自己住的房间，将门关好，阎锡山急急掏出那盒烟来，正过来倒去过看了，却没发现一点儿异样，又将烟卷儿倒了出来，一根根仔细看了，也没发现什么，心中不禁嘀咕起来：这万选才搞的什么鬼？正寻思，无意间目光落到了桌上的那个空烟盒子，急忙拿过，小心拆开，只见背面草草写着一句话："蒋命韩在郑州捉你。明晨动手。"

阎锡山抽了一口凉气，适才的酒劲儿一下跑个净光。怔了一会儿，掏出火柴将烟盒点了，一边脑子转个不停。当那烟盒儿全化成了灰时，已是有了主意。立刻打发副官去叫梁汝舟。

梁汝舟一进门，便看出阎锡山脸上不是正色，急忙问道："出什么事儿了？"

"别问。"阎锡山沉声道，"你照着我的话去办就成。"

梁汝舟往前走了一步，阎锡山俯到他的耳边悄声吩咐起来。

听完，梁汝舟急急走了。阎锡山又对副官咬了一会儿耳朵，然后整了整衣服，往外走去。一出房门，脸上的阴云立马消散得无影无踪。回到筵席上，脸上笑出花儿来。

韩复榘喝得脸红红的，端了酒杯摇摇晃晃走了过来，笑道："阎总司令呀，你到哪儿去了？正要跟你再喝一杯呢。哈哈。"

阎锡山笑了起来："适才喝得猛了一些，头有点晕，回房去洗了把脸。来来，韩主席，咱们再干一杯。"说着，端起酒杯一饮而尽。

韩复榘也同样喝了，两人把杯一照，"哈哈"大笑。

这酒喝得痛快。散席时，阎锡山走路摇晃起来，说话舌头也有几分不利落。韩复榘与副官一边一个将阎锡山扶回了房间。阎锡山在床上一躺，嘴里嘟嘟嚷嚷说个不停，一会儿便睡了过去。韩复榘吩咐副官好生伺候，自己也摇晃着走了。

一时，整个酒店都静了下来，没有一个闲人随便走动，只是时不时有一小队晋军士兵进进出出，都知道，他们是在巡逻。

到了半夜，副官轻手轻脚进了阎锡山的房间，到了床前，轻声叫道："总座。"

被头一掀，阎锡山露出头来，问道："怎样？"

"已安排妥当。"

"车站上有什么情况？"

"花车四周多了些可疑的人，都身着便衣，腰里好像掖着家伙。"

"唔，"被子"呼"一声撩开，阎锡山睡前的醉态已是没了踪影，道："动身！"

过了一会儿，十几个巡逻的士兵从酒店走了出来。这些兵皆身背长枪，大衣领子竖着，大耳棉帽也扣得严实。他们过了院子，出了大门，径直向火车站走去。

车站离着酒店也就二里远近，不多时便到了。车站上早停着一溜儿晋军军列，这十几个兵从前门上车，从后门下来，一列一列，逐一查过，然后又列队往回走去。

火车站，还是往日模样。

这队士兵过去不久，一列火车向站外开去，朦胧的灯光里，阎锡山乘坐的那辆花车，依然静静地卧在车站里。

这列火车驶了足有一顿饭的工夫，离得郑州远了。车厢里，冯鹏翥向身边的一个兵俯过身去，叫了声："总座。"

那兵把棉帽摘了下来往旁边一丢，露出了真面目，阎锡山！

原来，一得万选才送的信儿，阎锡山便知是火烧眉毛了，当即命梁汝舟发出紧急密电：令在新乡的冯鹏翥师长立马带一列火车和一团人马赶到郑州来。命杨耀芳师长守好黄河铁桥，控制黄河南岸的所有民船，另派一部进驻郑州以西的黑石关，做好接应准备。副官则按阎锡山的吩咐做了逃离的安排。阎锡山换上士兵的衣服，夹在巡逻的士兵队里，离了酒店，到了火车站，又装做检查的模样上了车。一路查过去，走到一个车厢时，见冯鹏翥正坐在那儿，阎锡山轻轻咳了一声。冯鹏翥一拍身边一个兵的肩膀，那兵迅速站起来，插到了上来巡查的小队里，阎锡山在那兵空出的座位上一屁股坐了下去。这事只在眨眼之间，就是车上的人也没几个注意。

阎锡山松了口气道："给我来杯热茶。"

冯鹏翥帮阎锡山脱下大衣，又把茶杯递了过来。阎锡山喝了一口，问冯鹏翥道："你且说说，眼下何成浚与韩复榘他们正在干什么？"

冯鹏翥道："在睡觉。"

阎锡山露了讥讽的神色道："准确地说，他们是在做梦。"

冯鹏翥道："他们做梦也想不到总座已是离了郑州。"

阎锡山一笑道："那就告诉他们。别让他们惦记着。等到了新乡，你给何成浚与韩复榘发封电报，就说，太原人心浮动，阎某要返回去坐镇。记得，一定要对他们说声：后会有期！"

说到最后，阎锡山眼中已是冒出火来，一股怒气直冲上来，恨恨地道："蒋中正，这事就算开始了。"

郑州这边，何成浚与韩复榘把一切部署停当，眼看就要下令动手时，接到了阎锡山的电报，两个顿时傻了，何成浚更是沮丧，这趟差使结结实实地砸了，跺着脚连声道："可惜了可惜了。"

　　两人都知道事儿到了这个地步，已是没了别的办法了，骂了一通后便散了。

　　何成浚一走，韩复榘关上门，"哧"地笑出声来。

第十五章　催动人马到阵前

一、要攻山西

视察完队伍，阎锡山回了督军府，刚坐下还没喘口气，梁汝舟急急走了进来，道："阎先生，我们截到了西北与老蒋来往的电报。"

阎锡山心里一紧，脱口问道："西北跟老蒋来往？"

"是。不少。"梁汝舟把公文袋放到阎锡山面前，阎锡山打开袋子，拿出了一叠电文，冷笑一声："噢，看来还挺热乎。"略一看，脸色一沉，对梁汝舟道，"往后要十分留意他们的来往电报。只要收到，立马破译出来给我！"

阎锡山挥挥手，梁汝舟去了。门一关，阎锡山一封一封急急看了起来，一时间连连倒抽冷气，只觉得手里捧着的，就是一包引信冒着火花儿的炸药。

电报上，蒋介石与鹿钟麟说得着实热乎，也着实吓人。

鹿钟麟说：西北军拥护中央，拥挤蒋总司令。蒋介石则说：西北军多次背叛，何以取信于党国？鹿钟麟道：以前是宋明轩执掌西北军，现在是我鹿钟麟说了算。西北军从此定当真心改弦易张，服从蒋总司令指挥。蒋介石便问：为何要服从我？你们不是视我为敌人吗？你们不是联合阎伯川吗？鹿钟麟答：蒋总司令是我们现在的敌人，阎锡山是我们历史上的仇人，敌可化为友，仇则不共戴天。蒋介石问：你们有何打算？鹿钟麟道：西北军准备攻打山西。蒋介石道：西北军只要表明打阎的态度，中央便马上接济。鹿钟麟则道：拟由韩复榘与石友三打天津，我亲自率部直取太原……

看着这些电报，阎锡山只觉得脊梁骨一阵阵发凉。蒋介石跟鹿钟麟联手攻山西，便实实的成了泰山压顶，那还了得！

阎锡山心惊肉跳，放下电报，在屋里来来回回走了一个来钟头。反反复复地掂量，越想越觉得凶险，便急急打发副官叫贾景德。贾景德一进门还没开口，阎锡山便伸出一个指头在那些电报上面点了两下，从桌上往前一推。

贾景德拿过电报，到沙发上坐了，一看，便像坐到了烙铁上，直跳起来。

阎锡山沉声问道："什么想法？"

贾景德又一屁股坐了下去，急急翻了几页，道："不好。"

阎锡山道："这个冯玉祥一肚子弯弯肠子，他这是要给咱们来一记闷锤！"

"要是老蒋与西北军联起手来，那山西就掉到油锅里了。"

"我问你，怎么办？"阎锡山一阵心焦，竟是没好气地说。

贾景德想了半晌，方道："解铃还需系铃人……"

"冯玉祥！"阎锡山靠在椅背上，眼瞅着头上的天花板，面无表情地说。

"阎先生看得准。"

"这事我到底拿不定主意，让冯玉祥解开这疙瘩，只有把他放回西北。"

"正是。"

"我把冯玉祥得罪到家了，他要是回了西北，会不会同样掉头来打咱们呢？"

贾景德又沉吟了半天方道："冯焕章恨到骨子里的倒不是咱们，而是老蒋。"

阎锡山道："这话说得是。可是要给冯焕章扭过这弯子来，就得点头跟老蒋打。"

"反正都是打。不与冯焕章联手打老蒋，老蒋就与冯焕章联手打我们。"

"对，是这理。"

"再说，跟老蒋打，也正是时候。"

"说说看。"

"老蒋自从战胜桂军，又打败西北军和唐生智，气焰再也没人压得住。什么事儿都得他说了算，容不得别人稍稍歪歪嘴。"

"蒋中正向来容不得别人。"阎锡山一拍桌子道。

"正是如此，他蒋中正已了成众矢之的，全天下反蒋的声势一天比一天大，他那椅子坐得稳不稳还很难说。"

"说的是。"阎锡山道。

"而阎先生你众望所归，深得各方拥戴。眼下，改组派的陈公博、王法勤和西山会议派的邹鲁、谢持等，都函电纷驰，支持你反蒋。"

"唔。"阎锡山捻起了胡梢。

"李宗仁、樊钟秀、孙殿英、任应岐、万选才，还有石友三他们都有代表在太原，齐心反蒋，此时正是大好时候。阎先生振臂一呼，定是群起响应。"贾景德的嗓门高了起来。

"阎锡山却垂下了眼皮，轻轻地"唔"了一声。

"所以，现在与冯焕章联手反蒋，正是绝好时机。不但能保我们山西无虞，还能一举成就大功。"

"此话怎讲？"阎锡山眼皮一翻，问道，

贾景德脸上带着几分神秘、几分兴奋的神情说道："咱们太原旧称龙城，向有占据太原，便有天下之说。唐朝李世民、后唐李存勖、后晋石敬瑭、后汉刘知远、北汉刘崇等五个皇帝就是从太原起兵而得天下的。"

阎锡山看了贾景德一眼，又垂下了眼皮，半天没有做声，睡着了一般，内里却是层层波澜不停地翻腾，一个心思又一次生了出来：他蒋中正算得了什么，他冯玉祥、李宗仁又算得了什么，在中华民国，跺跺脚天下动弹的，应该是我阎锡山！

贾景德又劝道："阎先生，当痛下决心了。"

阎锡山咽了一口唾沫，突然睁眼问道："薛笃弼眼下在哪儿？"

"正在太原。"

"让他来见我。"

薛笃弼如今还是西北军驻太原的代表，他办公的去处离着督军府不远，贾景德立即打发人带了车去叫。不多时，薛笃弼便到了，进了屋子，却见阎锡山正低头翻看几张纸，他弯了弯腰，叫了声："阎先生。"

阎锡山眼皮也没抬，只是从鼻孔眼里轻轻地"唔"了一声。

薛笃弼与阎锡山早就相识，近来又在太原这些时日，对阎锡山知根知底，知道这人向来风一阵雨一阵、阴阴阳阳的，只当没看见，自个在沙发上坐了，翘了二郎腿，也不做声。

阎锡山仍是翻着那些纸"哗哗"响，过了半晌，突然抬头道："冯焕章近来在做些什么？"

"写写字，看看书。"薛笃弼答道。

"轻闲得很呢。"阎锡山一声冷笑，直直地盯着薛笃弼的眼睛问，"就没干些别的事？"

薛笃弼心中暗笑，你阎老西竟然使出这花招来，薛某又不是三岁小孩。怎能唬得住？开编遣会时，薛某都敢当面跟蒋中正论长短，还能怕了你阎老西？薛笃弼也直直地看着阎锡山，微微笑着道："如今冯先生连建安村都出不了，能干什么事？"

"干不了事？"阎锡山把手中的纸往桌上一拍，没好气地道："指使鹿钟麟勾结蒋中正打山西这事怎么干得了？"

薛笃弼自是明白阎锡山说的什么，却装了惊异的神色道："阎先生何出此言？"

阎锡山愤愤地道："就不要揣着明白装糊涂了。你如真是不知，回去问问冯焕章！"

"真不知阎先生所指何事。"

"要想人不知，除非己莫为。你且说说，鹿钟麟是不是与蒋中正勾结起来，是不是与石友三、韩复榘串通一气，要打山西？哼，要是阎某还蒙在鼓里，只怕你们已是兵临城下了！"

"阎先生不要听人瞎嚼舌头根子，分明是有人挑拨离间，居心不良！"

"你的意思是我捕风捉影，无中生有？"

"岂敢。不过阎先生说的这事，笃弼确实不知道，冯先生也一定不知道。冯先生与老蒋中死对尖凿，一直主张同阎先生合作反蒋，怎么可能勾联老蒋？又怎么可能指使鹿钟麟打山西？其中定有蹊跷。阎先生眼睛雪亮，这一层自会看得明白。"

阎锡山没有接话茬儿，只"哼"了一声。

"不过真人面前不说假话，冯先生的确没指使鹿瑞伯做这事，可鹿瑞伯却不一定不做这事。依本人判断，这事八成是真的。"

一听这话，阎锡山转过脸看着薛笃弼，那神情有些异样，他显然没料到这薛笃弼会说出这话来。

薛笃弼接着道："如果是真的话，那事态便严重了。"

阎锡山又"哼"了一声，道："阎锡山不是吓大的，晋军也不是纸糊的。"

"这是自然，可阎先生定会心中有数，如果中央军与西北军联起手来，晋军敌得过吗？"

这话像锥子一般直扎阎锡山的心窝，他明白这个薛笃弼说的是实话，可脸上却没有半点怯意："大不了拼个你死我活。"

薛笃弼仍是不动声色地道："这不正中了老蒋下怀，让老蒋高兴吗？"

"鹿钟麟要动手，那有什么办法？难道让我背起手等他来杀？"

"怎么会没办法？就看阎先生想不想做了。"

"说。"

"让冯先生回西北！冯先生回去，一张口，西北军哪个的小指头敢动一下？"

阎锡山一声冷笑："我怎么能信得过你们？"

"其实阎先生信不信都无关紧要。"薛笃弼说话还是噎人，"说句一斧子砍到墨线的话，眼下西北军与阎先生已是红了眼，只有冯先生回去，才能解开这个疙瘩。即便不能，顶多不就是动起家什，咱们两家见个高低嘛。可是不让冯先生走，那西北军铁定是要打过来的，吃亏的不是别人，只能是阎先生你。"

阎锡山又"哼"一声，但神色却和缓了不少。

"而且，要是冯先生回到西北去，我们两家联手，跟蒋中正干，定能把老蒋打倒。冯先生早已有话，他坚决拥戴阎先生为军政领袖。"

阎锡山没做声，只仰着头眼睛盯着天花板。

薛笃弼知道饭已是快熟了，便又加了把火道："冯先生绝不是背信弃义之人，我敢用身家性命担保。如阎先生仍不相信，到时我一人回潼关，把妻女都留在这儿。"

"那倒不至于。你还是先到建安村去，问问焕章，到底怎么回事？"

"好，我这便动身。"

二、打不打老蒋

一弯冷月挂在树梢。

天一擦黑，阎锡山督军府的人就觉得有些异常，四下里突然增了岗，流动哨也比往日多了不少，更有一样，保密室的窗帘拉得严丝合缝，卫队团团长、梁汝舟还有两名副官亲自在门外把守。

一时间，督军府里格外安静。

保密室里，阎锡山正闷着头走来走去，河北省主席徐永昌、察哈尔省主席杨爱源、总参议兼炮兵司令周玳、第一军军长孙楚都在沙发上正襟危坐。

足足过了一袋烟的工夫，猛地就听阎锡山怒声道："蒋中正，真不是玩意儿！"几个竖起耳朵等着下文时，阎锡山却又住了嘴，转起圈儿来，又过了老大一会儿，方听他又开口道："多年以来，我对大局无任何成见，也不去反对任何一方，只求别人不勉强我去干反对别人的事情。"

阎锡山站了下来，道："我不过是想替山西挡住风雨而已。党的事，国家的事，实在没必要落在我头上。只要公道，大家过得去，我就跟着。我所坚持的是'主张公道'，大家为公，你们说可是这样？"

杨爱源与周玳、孙楚都道："是。"

徐永昌也点了点头。

"咳！"阎锡山高了嗓门儿，"可有人偏不让我过安生日子。狂风暴雨总是袭到咱这儿来。以前，我以为蒋中正还可以相处的，不料他比别人更辣害，居然逼到咱们头上来了。"

说到这儿，阎锡山气狠狠地一屁股坐了下来，杨爱源连忙递上一根纸烟。

阎锡山深深地吸了一口，顺了顺气，接着道："刚过年时，宋子文来到北平，跟咱们说要划分什么国家税与地方税，让我把平津税收机关的人一个不落全撤出来，我给他说：好呀，我撤。可我平津卫成部队的饷项得由你财政部拨发。这理明摆着的，你不能让我的人给你扛长活，你连个馍也不给吃吧？宋子文当面答应得脆快，可只发了一个月，往后再也没见一个子儿。你就是磨破了嘴皮，求爷爷告奶奶，人家就装做聋子哑巴，给你个不理不睬。他娘的，这不是明着欺负人嘛！"

阎锡山把烟卷儿往烟灰缸里狠狠一摁，道："蒋中正这人心术不正呀。北伐时，山西银行给咱们垫付了3000万元的军费，如今伸手跟他要，他只摇头不点头。可咱山西也不是满地的金子呀，那钱也是为国家花的呀，我便张口要他同意申请发行公债来弥补。可好说歹说，人家死活不答应！我算看透了，他这是想困死咱们！"

阎锡山红胀了脸，咳了两声，又道："他蒋中正挖咱的墙角，掏咱的口袋，咱都不跟他计较，本想低低头过去算了，可你退一步，他进两步，如今拉下脸要直接对咱动家什了。"

这时，阎锡山又将适才摁在烟灰缸里的那根烟拿了起来，细细地整理了一番，点上，吸了一口道："蒋中正这人的良心都让狗吃了。李宗仁反他，宋哲元反他，唐生智反他，哪一次不是咱们伸手扶一把，他才没跌跟头？可现在，不说感恩了，反倒一心要掐咱们的脖子，要咱的命。"

阎锡山"噗"地吐出一口烟去，高声道："他打错了算盘！"

"中国人里，我最怕的是袁世凯，他最阴险也最凶狠。辛亥革命时那些都督让他杀的杀，撵的撵，几个有好下场？可阎某却能把他应付过去。他蒋中正怎能比得了袁世凯，却想对我下手，他没长眼睛！"阎锡山把烟屁股往缸里一丢，道，"你们都是我信得过的人，今日就把心窝子掏出来，说说咱怎么办？是强咽了这口气，还是挽起袖子跟蒋中正干一场。"

话音刚落，就听杨爱源道："我看，没别的路可走，打！"

"唔，"阎锡山道，"说说理由。"

杨爱源道："如今不是咱们打不打的问题，而是老蒋逼着我们不打不行。刘峙集重兵于徐州，控制了津浦铁路，何成浚控制了平汉铁路，这不是分明要对我们动手的架势吗？"

孙楚也接口道："打，才能保下山西，我们不能让老蒋当软柿子捏。"

"唔，有理。"阎锡山道。

屋子里静了一会儿，徐永昌却突然开口道："老总，我看还是不打的好。"

徐永昌也是山西人，早时在冯玉祥的国民军第三军里当师长，后来率部投奔了山西，多出奇谋，战功赫赫，在晋军里很有威望，阎锡山对他也极为信任。在阎锡山面前，也唯有他敢实话实说。

"为什么？"阎锡山问道。

"打，于我们不利。"

"怎么讲？"

"单讲军力……"

"军力无须担心，"阎锡山伸出手来比划着道，"如今，中央军有61万人，大炮839门，迫击炮1010门，机枪2479挺，飞机143架。咱们有10个步兵军，4个骑兵师，4个保安纵队，7个炮兵旅，10个工兵营，10个辎重营，总兵力20万，大炮有384门，迫击炮1000门，机枪1417挺，飞机22架。冯玉祥兵力25万，大炮300门，迫击炮172门，机枪3300挺。张学良的东北军有36万，大炮586门，迫击炮1032门，机枪1338挺。我们这边全都会合起来，自然能把蒋介石压下一头去。"

众人听阎锡山将这一串数字不打顿儿地报出来，又是惊讶又是佩服。老总果然精细过人，记性真好。同时也隐隐觉出，老总早已存了动手的念头。

周玳道："不知冯玉祥与张学良那边对反蒋……"

阎锡山道："他们，我有把握。"

徐永昌仍是不慌不忙地道："我不赞成打，还有另一层意思。对国家说来，刚刚打完了仗，不应再打了。对总座来说，打仗也不利。不打仗，反蒋各派都尊崇你；一打仗，他们肯定要向总座要钱、要枪、要地盘，这是个无底洞，怎么能满足他们的胃口呢？"

阎锡山却转头问周玳："你什么意思？"

周玳道："我也不主张打。因为目前打败了唐生智，蒋中正的势力更加强大，国内反蒋形势也有了转变。万一军事失败，我们怎么办？"

孙楚道："可是打不打由不得我们。我们即使不打，老蒋也要来打。与其坐在这儿等着他来打，不如先下手为强。"

这话说到了阎锡山心坎儿上。自己便是规规矩矩，蒋介石也断断容不得。并且宋哲元与唐生智反叛时，自己都在背后煽了风、加了柴的，蒋介石能没数？能睁一眼闭一眼算了？

杨爱源道："眼下各派都提着劲高喊反蒋，要是咱们蹲着不动，冷了他们的心，到时蒋介石来打，也不会有人出头帮咱们的。"

阎锡山扳着指头道："如今，冯玉祥、张学良、李宗仁、唐生智、石友三、韩复榘、刘文辉、樊钟秀、孙殿英、刘镇华、万选才、刘珍年，还有邹鲁、谢持、陈公博等都派人来联络反蒋，可以说是众志成诚。"

徐永昌微微摇了摇头，依然不徐不疾地道："我看这些人全靠不住。"

"怎么讲？"阎锡山问。

"冯玉祥这人野心很大，向来一跟他有利害冲突，便六亲不认，再者总座软禁了他几个月，他哪有不恨之理？至于他的部下，更是对总座一肚皮的不高兴，我就怕到了紧要关头，我们倒蒋不成，反而吃了他的大亏。"

周玳也道："冯玉祥这人确实靠不住。就是打败了蒋中正，到时只怕冯玉祥也不会让咱们过安生日子。"

阎锡山说："你们不能老是往腔后边看。要知道蒋中正几次下手拾掇冯玉祥，冯玉祥恨得牙根都疼。现在联合共同倒蒋，他自是求之不得的。当然子梁说的也有几分道理，冯玉祥固然不安分，打完蒋中正之后，他可能会捣乱。可这人是个老粗，没远见，到时我自有法子对付他，无须多虑。次宸，你接着往下说。"

徐永昌道："李宗仁与白崇禧，如今已是伤筋动骨，实力不济了，他们到时能不能打回武汉，还成问题。唐生智就更不行了，如今连个空架子也没有了。至于韩复榘、石友三这些人一惯是见风使舵，指望不得。刘珍年等几个又全是骗钱的，哪能指望的？所以，要是真打起来，这千斤重担一定是压在咱们肩头的。"

周玳点头称是，阎锡山低着头若有所思。

徐永昌说到最后，道："这个仗打不得。我并不是怕打仗，而是现在不是打的时候。"

杨爱源道："要是张学良铁心反蒋的话，东北军倒是用得，只是担心张学良不顶用。"

阎锡山道："我却不是这般看。张汉卿年纪轻轻，能将父业继承下来，且让一帮子悍将服帖听话，这便是本事，小瞧不得。——张汉卿也是一肚皮的不满，他也看出老蒋在打东北的主意。"

徐永昌沉吟道："要是张学良也反蒋，这事倒还有几成把握。可一旦不成，那便有些糟了。往最坏处想，要是张学良向蒋中正靠过去，前后夹击我们，那局面可就无法收拾了。"

屋里静了半晌，阎锡山又对徐永昌道："次宸，你说的也对。我从心底里也不想打，哪个不想过安稳日子呀？可蒋介石把咱们逼到墙角了呀。"

徐永昌道："咱们可以另想办法。"

阎锡山"唔"了一声，又背起手来在屋当间转了几圈，最后在徐永昌面前停了，脸上带着似笑非笑的表情说："我倒有个不打仗的办法。"

众人竖起了耳朵，就听阎锡山缓缓地说："我出洋。"

徐永昌很觉意外，一怔道："这个时候你要走了，我们怎么办？"

阎锡山道："这容易，你们可先对付蒋中正，要是最后没办法了，你们就缴了枪，投降他得了。"

徐永昌是个极沉稳又极机警的人，一听这话只觉得身上的血"呼"一下涌到了头上，猛地站了起来，变了脸色道："总司令，你要这样说，那咱们就打，我适才说的话全都取消。"

阎锡山却"哈哈"笑了起来："次宸，不要着急，不要着急。咱们再商量，再商量。兵凶战危，动刀兵不是小事，是得好生斟酌。"

周玳问道："那如何处理冯玉祥呢？"

"放！"阎锡山说完拔腿便走。

杨爱源与孙楚随着去了，只有徐世昌跟周玳坐在沙发上没挪窝。过了半晌，周玳方道："次宸，咱们还得跟老总好生说说。"

徐世昌仰靠在沙发上，重重地叹口气道："还说什么？我看老总决心已定，不打的事不要再提了。"

三、锡山是来请罪的

> 从 1930 年 2 月上旬起，（阎锡山）就开始了与蒋介石的"笔战"。先是打电报主张礼让为国，要蒋和他同时下野出洋，以弭争端；以后便是双方互相攻讦，电报措辞一次比一次激烈。
>
> ——周玳

阎锡山到了建安村徐公馆的门前。

有人报进去，冯玉祥脸上没露一丝儿表情，心里却知道，事儿谐了。前日，薛笃弼来到这儿，把阎锡山见他的事儿从头至尾说了，冯玉祥一听，便断定阎锡山要来见他了。

可冯玉祥并没有立马起身，而是依旧稳稳坐着，直到阎锡山推开了门，方才站了起来。两个人面对了面，脸上都带了难以言说的表情。

突然，阎锡山向前一步，一下子跪倒在地，哽咽着说道："焕章大哥，锡山是来请罪的。"

冯玉祥显然没料到阎锡山会有这般举动，顿时愣在了当地。就听阎锡山诚恳地说道："锡山有罪，锡山糊涂透顶！让大哥受了委屈，对不起大哥！"

冯玉祥俯身去拉阎锡山，阎锡山却挣着不起，继续道："只求大哥饶过锡山，要是大哥不谅解，锡山现在就在大哥面前自裁。"

"伯川你这是干什么，快快起来。"冯玉祥一边作势去拉阎锡山，一边向着随后进来的贾景德与薛笃弼道，"快帮我将伯川扶起来。"

两人急忙上前将阎锡山搀到了椅子上。阎锡山竟是抽泣起来，满面愧恨地道："锡山着实糊涂，愿听大哥教训。"

冯玉祥脸上挂着体谅和感动的表情，一挥手道："你我既是弟兄，哪有锅盖不碰锅沿的。以往的事全是中了蒋中正的诡计，如今一风吹了，我不会放在心上，你也不要当回事儿，从今之后，咱们弟兄一起拉起手来跟他老蒋斗。"可心中却是一阵冷笑：你阎老西就会演戏。我冯玉祥先咽下这口气，离了山西、回西北再说。

"大哥如此胸怀，更让锡山无地自容了。"说着，阎锡山掏出手帕抹起眼窝来。

冯玉祥道："我冯玉祥只为国不为私。请伯川放心，只要你反蒋，我便既往不咎，而且真心拥戴你为国家的军政领袖。"

往这儿来时，阎锡山估摸冯玉祥一见他定是火冒三丈，指着鼻子大骂一场，唾沫星子喷一脸是少不了的，便吩咐贾景德与薛笃弼跟着自己一起来见冯玉祥，准备一旦下不来台，好先上前劝解一番，没想到冯玉祥却是这般模样，自是松了口气，慨然道："阎锡山决心与大哥一道反蒋到底。"

"以前的误会尽可忘记。当务之急是我返回陕西，收拾西北残局，你我联手打倒蒋中正。"

阎锡山听冯玉祥直接提出回西北，心里一动，一个念头从心底里生了出来：冯玉祥该不是嘴上说好听的，暗里却要什么花招吧。这么想着，却略一皱眉便换了满脸的笑容，道："大哥一到陕西，西北军定然军威大振。等我们商议出个反蒋的眉目来，我立马送大哥启程。"

冯玉祥略一沉吟时，阎锡山又道："大哥回去时，带上锡山送的大洋50万，花筒手提机关枪200挺，面粉2000袋。"

"好，多谢！往后我们两军同生死，共患难，反蒋到底！"

"从今以后咱们便是一家人了。还是那句话，往后我的兵吃什么穿什么用什么，你的兵也吃什么穿什么用什么，大哥尽管放心便是。"

两人的手握到了一块儿。

阎锡山激动得满脸通红，道："明天咱们一块儿回太原去。李宗仁、张学良、唐生智、石友三他们的代表都已在那儿聚齐了，大伙儿会商会商。"

"就是这样。咱们先把讨蒋方略弄个眉目出来。"

阎锡山转身对贾景德道："你去安排一下，今晚我要与大哥痛饮几杯。"

冯玉祥也对薛笃弼道:"你也去帮帮忙。"

贾景德与薛笃弼来时,还都提溜着心眼子,只怕两个人一见面,叮叮当当呲出火花儿来,却没料到是这个结局,也都高兴起来。听了阎锡山与冯玉祥的话,知道两人是要密谈,连忙答应着退了出去。

孙良诚与刘骥带着几个参谋,从潼关到了太原傅公祠。

傅公祠因里边建着明末清初的山西名士傅山祠堂而得名,里边却有楼阁、祠堂、园林,占地二十四五亩,是个极好的去处。坐北朝南的一个三合小院,便是傅山的祠堂。东北处,有一座尖拱顶和坡拱顶连成一体的二层楼,叫做组碧楼。还有一座会议厅,飞檐高挑,回廊环绕,与组碧楼一样,通体满是洋味儿。此处很是幽静宜人,阎锡山常安排客人住在这儿,冯玉祥与各方反蒋代表如今就住在这组碧楼上。

孙良诚、刘骥与冯玉祥见了面,还没喘过气来,冯玉祥便问:"西北如今什么情况?"

孙良诚道:"那日鹿瑞伯从这儿回去,我们便依了先生的吩咐动了起来。"

"怎么动的?"

"先是按照先生的意思喊出了'拥护中央,开发西北'的口号,并派菊村悄悄去南京见了何应钦。"

菊村是刘骥的字,冯玉祥转向他问道:"何应钦怎么说的?"

"他自是高兴,说希望我们不要再上阎锡山的当,并答应,只要我们表明打阎的态度,中央马上就接济咱们。"

"噢,你们都准备好了?"

刘骥道:"已是差不多了。在我去南京的同时,闻承烈与李炘也去河南见了韩复榘、石友三。"

"怎么样?"

孙良诚道:"韩向方与石汉章都说,阎锡山为人奸诈,如不把他打倒,国家就不会太平,他们都答应与我们联合起来打倒阎锡山。"

"怎么打?"

孙良诚道:"晋军战力比不上我们,他们长于守而短于攻。进攻山西,咱们只要避开坚城,以主力直取太原,还是满有胜算的。"

冯玉祥端起桌上的一杯水,"咕嘟咕噜"喝了个底儿朝天,然后往桌上一顿,道:"你们马上停止!"

听了这话,孙良诚与刘骥都是一愣。

冯玉祥道："我要联合阎锡山，打倒中正。"

孙良诚与刘骥变了神色，不约而同地脱口问道："联合阎锡山？"

冯玉祥一挥手道："眼下哪个是我们真正的敌人？蒋中正！我们要跟阎伯川携起手来，先打倒他。只蒋中正倒了，阎伯川那边就好说了。"

本来西北军官兵都对阎锡山窝了一肚皮气，上上下下一片声地要讨阎，且诸般事体都已有了着落，哪想到就在开弓放箭的节骨眼儿上，冯玉祥却要弄这一出？孙良诚咽了一口唾沫，道："冯先生，这些年咱们一次又一次吃阎老西的亏，不能再信他了。"

刘骥道："要不把阎锡山打倒，咱们根本就没法子发展。"

孙良诚道："菊村说得极是，不打倒阎老西，我们别说向外发展，就是在北方立足都难。"

冯玉祥摇头道："做大事须往大处看，远处看，只看自己眼皮底下三寸远近的去处怎么能行？不能因为阎锡山打了我一拳，我就得踢他一脚。此次我看阎锡山的决心很大，是想真心与我们的合作。你们要清楚，蒋中正是头一个敌人。"

看到冯玉祥已是拿定了主意，知道再说也是白费唾沫，刘骥还是硬着头皮道："冯先生，退一步讲，我们不打阎锡山，但也不能打蒋中正，而是应该整顿内部，养精蓄锐。"

孙良诚也道："咱们西北军新败，人心不稳，元气未复，好生休整一段时间才是。"

冯玉祥道："这次机会千载难逢，不抓住便没了。从军事上看，这次是三个集团军联合对付蒋中正一个集团军，其他受蒋中正排挤的军队也都倾向于我们，可以说咱们人多势众；从政治上看，汪精卫先生与西山会议派中委也与我们合作，张学良也点了头，足见我们得道多助，蒋中正失道寡助，胜利一定是属于我们的。"

孙良诚还要说话，冯玉祥却不想再议这个话题，拿出一张地图，"哗"地在桌上铺开，道："我已打好了谱儿。这次我军要将全部兵力开出潼关，杀向中原。"

"全部兵力？"孙良诚吃了一惊。

"全部。"冯玉祥没打顿儿答道。

刘骥也有些担心地问道："孙连仲现在是甘肃省主席，他也率部东开吗？"

"对！全部东开。"冯玉祥的话音很是坚决。

孙良诚急了起来，道："冯先生，不留些人马控制西北，一旦局面不利，我们不是没了后路？"

刘骥道："是呀，冯先生你向来主张稳妥行事，能进能退的。"

冯玉祥握了拳头，向着地图一擂，决绝道："这一次是破釜沉舟的决战。我们胜则到南京组织政府，败则同归于尽。"

孙良诚与刘骥明白，冯玉祥这是铁了心要不顾一切干一场了，一时满是焦急却又无可奈何。

冯玉祥"哈"地一笑，又道："且都把心放到肚子里，此次讨蒋我有绝对把握。你们抓紧研判一下，拿一个讨蒋的详细方略出来。"说完，转身走出门去。

屋里，孙良诚与刘骥高一声低一声地叹起气来。孙良诚红涨着脸道："实在是弄不懂冯先生怎么想的，不知阎老西是个没长钩子的蝎子？为什么还要和他一起干？"

刘骥也摇着头道："如今咱们打阎的计划已是熟透了的果子，除掉这个肘腋之患，一伸手便是了。跟阎老西合作，咱们胜或败，最后都不会有好结果，早晚都要吃他的大亏。"

孙良诚"咳"了一声，道："我也是担心，按冯先生这法子，仗打赢了还好，要是打输了，想退到关中自保怕也做不到。"

刘骥道："实在太险了……"

两人嘀咕半响，都觉得心里没底儿，可又没办法。临了，刘骥"咳"了一声道："打吧，既然冯先生拿定主意打，咱们就硬着头皮打！"

孙良诚一拍桌子，道："也是，打吧打吧，西北那穷地方也实在待够了，要是能打下几个省来享享福也好。"

四、腰里掖根转轴

吃过了晚饭，冯玉祥便与孙良诚、刘骥还有李德全闲聊起来。

几个人都看得出，冯先生是真的开心了。自打离开西北到这山西来，冯玉祥极少有这样的兴致。

高兴的事儿确实一件接着一件。

阎锡山答应反蒋，大伙儿便要回转西北自是不说，前两天召集反蒋各派开的会，也大获成功。各派的代表全都到齐，众人一致同意组建中华民国陆海空军，推举阎锡山任总司令，冯玉祥、李宗仁为副总司令，刘骥为总参谋长。汪精卫发电过来表示共同合作，共举大事。张学良那边虽是没有点头出兵，可也答应，到时从东北发出讨蒋通电，并资助些弹药。冯玉祥与阎锡山商量了，先拉住张学良，然后使工夫慢慢地添柴，把这壶水烧热。

真个是云开日出，一帆风顺，再往下便是公开挑起旗来，跟蒋介石较量拳脚了，冯玉祥脸上的愁云不见了踪影，走路也比往日轻快了许多，就连说话的声嗓儿，也亮了起来，

虽是闲聊，自然还是离不开反蒋的事儿。不知怎么说到了石友三，孙良诚从鼻孔里"哼"了一声，道："这个石汉章，如今竟投了阎老西，也不知往后见了冯先生，他有啥脸说话？"

刘骥道："石友三的代表毕广垣向我透过口风，石汉章投向阎老西，阎老西出血不少呢。答应到时把第四方面军总指挥的位子给石汉章，还送了他50万元的开拔费，刘春荣那个军也归了他指挥。我听说为了这事，赵丕廉还被阎老西指着鼻子好一通臭骂呢。"

赵丕廉曾做过内政部次长，现在是阎锡山的代表，连他也挨了骂，这事有意思。冯玉祥也有了兴趣，问道："噢，怎么回事？"

刘骥道："我有个同乡在阎老西手下做事，是他喝多了对我讲的。——他说，阎老西让赵丕廉去新乡联络石友三，临行前发话说：汉章是个财迷，他要是开口要钱，你可做主答应下来。可没想到石友三狮子大开口，张口便要100万元，赵丕廉没多想便答应下来。回来后一说，阎锡山顿时黑下脸来，开口呛了赵丕廉一个跟头：我们有些人怎么一到外边就当起皇帝来了？把赵丕廉好一通数落，他是嫌送的钱太多，肉疼了，哈哈。许给石友三的钱只当放了个屁，赵丕廉弄了个里外不是人。"

众人哈哈大笑。刘骥又道："我听毕广垣说，石友三对这事气得骂娘，要不是后来阎老西另许了条件，这事还真黄了呢。"

冯玉祥听了，轻蔑地"哼"了一声："生就的骨头长就的肉，阎锡山到底改不了土财主的毛病，抠抠索索，爱打小算盘……"说到这儿，猛地觉出话说多了，连忙掩饰道："不过，这次反蒋他倒是没算错账。"

孙良诚与刘骥都笑了起来。

正说着呢，薛笃弼一步闯进门来，不等问便道："赵戴文从南京回太原来了，跟阎锡山关起门来整整谈了一下午。"

"说些什么？"冯玉祥有些紧张。

"这个不知道。不过，赵戴文肯定是给老蒋做说客的。少不了告诉阎锡山：不反蒋，老蒋就给他什么好处，反蒋，老蒋就要怎么给他过不下去。再

就是说老蒋是正朔，咱们靠不住，挑拨他跟咱们的关系。"

孙良诚道："生米都快做成熟饭了，到了这个时候，阎老西还会打另外的主意吗？"

薛笃弼一脸的惶急，道："你们又不是不知道阎锡山的为人，向来是腔里夹着滑车，腰上掖着转轴，一天转三转。这人心眼子多，眼窝子又浅，老蒋一拉一打，八成就变了主意。再说，他一向对赵戴文言听计从……"

冯玉祥骂道："赵次陇，书呆子一个！老蒋对他多说几句好话，扶他上下了几个台阶，他就死心塌地做了走狗了。"

刘骥问薛笃弼："阎老西有啥行动？"

"我从贾煜如那儿打听到，阎老西已给张学良发了急电，让他暂缓发出反蒋通电。"

刘骥道："看来阎锡山确是变了卦了。"

刹那间天昏地暗，风疾雨骤，众人顿时凉了半截，全都愣了，就听孙良诚急急地道："冯先生，你得赶紧走！"

薛笃弼有些沮丧地道："只怕走不了了，我来时，看到这儿四周已是加了岗哨。"

孙良诚骂了起来："他娘的阎老西，就该带兵过来抄了他这王八窝！"

冯玉祥低了头一直没有吭声，脸色却渐渐地紫涨起来，胸脯子一起一落拉风箱一般，突然起身道："我找阎锡山去。"推门便走，孙良诚与薛笃弼急忙跟上前去道："我陪冯先生去。"

几个人去了。屋子里，李德全脸上满是焦虑，对刘骥道："菊村，怎么办？得赶紧想办法，再这么揉搓下去，冯先生会疯了的！"

刘骥连忙宽慰道："夫人不必担心，这事儿还没到不可救药的地步。"

李德全低头沉思了许多，突然道："我听说子良对阎伯川发了话，让冯先生回西北，他把老婆孩子留在山西做人质？"

"是的。"

"这样，阎伯川就一定放冯先生回去吗？"

"他会更信我们的诚意。"

李德全这时露了决绝的神情道："这便好。我去给阎伯川说，你们都走，我跟孩子留在山西当人质。"

刘骥站了起来："夫人，这……"

"只要冯先生能回去，我什么也肯做的。"

刘骥一阵感动，哽咽着叫了一声夫人，对着李德全深深鞠了一躬。

徐永昌推门走进周玳家时，见几个人正围着周玳指指画画，吵得热闹。

徐永昌听出他们说的是阎锡山讨蒋反悔的事儿，也没吱声，只是自个走到沙发上坐了，轻轻地"咳"了一声，那几个人回头一看，立马住了声，立正，敬礼。徐永昌微微一笑，向众人点了点头。

那几个赶紧走了。

徐永昌一笑，打量了周玳一眼，问道："头大了？"

周玳摇着头道："一天不得安生了。"

"大伙儿什么主意？"

"咳，能有什么主意？反正都觉得老总这么干不成，却又不敢当面去说。"

"嗯。"徐永昌点点头，道，"这事还就得及早跟老总说个明白，不然只怕到最后不可收拾了。"

"次宸什么意思呢？"

"打！"

听了这话，周玳很觉意外。因为徐永昌一向极有主见，一直坚持不打的，怎么如今却又掉了个儿。

徐永昌自然明白周玳的心思，便道："以前不打是对的，现在不打便是不对。"

"唔？"

"这便如前边有惊涛骇浪，你不上船自是可以的，可你已是上了船，又到了江心里，断没有松了舵、丢了桨的道理。如今我们与蒋中正之间，已是公开决裂，势成骑虎，决心岂能动摇？且如此次老总服了软，无论对内对外，威望都会一落千丈，那些反蒋力量自然不再靠拢我们。"

"是。"

"且如果阎先生这次让人吓回去，那蒋中正定会得寸进尺，众人也断不会帮我们一把了，后果真不堪设想。所以，我们如今只能打。即使打败了，还可以退守山西，如果打个精疲力竭，讲和也容易些。况且我们也不一定失败。"

"对、对、对。"

"得赶紧向老总进言，万不可犹豫不决。再犹豫下去，便坏了大事了。"

周玳听了这番话，顿时坐不住了，站起身来道："次宸此言说得透，咱们马上去见老总，就把这个理儿说给他听。"

徐永昌却淡淡一笑，道："我到底是外来的媳妇，有些话不好说得，你是老总的学生，又一直跟在他身边，还是你出面力谏为好。你把我的意思说与老总听，老总认为有理，自会找我的。"

周玳知道徐永昌做事向来稳当谨慎，也不再勉强，道："那我这就去见老总。"

"我就在这儿等你消息。"

周玳走到门口时，徐永昌在后边道："子梁，此事攸关山西安危跟全军生死，必须力争。"

"放心。"

一直到了晚间，周玳才回又到家里，徐永昌还在客厅里等着，一见周玳到了，便迎了上来，便问道："如何？"

周玳笑了："扭过来了。老总说明日就与你去商议作战的事儿。"

徐永昌也微微一笑，一拍额头。

周玳说："听说这一天里，老总那儿反蒋各派的代表就没断线儿，吵嚷的都是反蒋为何停止的事儿，尤其是毕广垣和孙良诚几个，竟是露了要翻脸的意思，我估计他们已把老总的心思说活了，我到了那儿，又把你的意思一说，老总明白他事儿做差了。"

"唔，阎先生到底不糊涂。"

"老总很是后悔呢，埋怨说：'这个赵次陇，早也不来，晚也不来，偏偏这时回来，误了我的大事！'"

"张汉卿那边如何处理的？"

"老总说了：前头已让张汉卿缓发通电，现在再让他发，不好开口了。他让贾煜明与薛子良到东北跑一趟，当面向张汉卿解释。"

"也只能如此了。"徐永昌有些遗憾地叹道，又问："冯焕章那边呢？"

"放他回西北。"

"事不宜迟，再耽搁说不准又会出什么事，要快。"

"我去安排。"

"要让冯焕章不动不惊地走。"

"阎先生也是这个意思。"

赵戴文气哼哼地进了阎锡山的办公室，见阎锡山正低头翻阅着文件，便红涨着脸道：道："伯川，看来你是拿定主意造反了？"

阎锡山翻起脸皮看了赵戴文一眼，笑道："次陇大哥，这不叫造反，这叫讨蒋。"

昨天说得好好的，可过了一宿便又改了主意。赵戴文又气又急，几步到了阎锡山跟前，两手撑在桌子上，身子探过去道："你昨天是怎么说的？"

"箭在弦上，不得不发了。"

"你果真要放冯焕章走？"

"不放，西北军便没了，山西也丢了。"

赵戴文愣了一愣，咬牙道："你要真跟中央动手，我便跳黄河去。"

阎锡山不认识似的又看了赵戴文一眼，露了无可奈何、迫不得已的神情，拉开抽屉，取出一张电报来，往赵戴文面前一推。

赵戴文抖抖地把电报拿在了手里一看，却是蒋介石发给韩复榘与石友三的，知道这又是阎锡山破译的，仔细看过电文，只见上面写着："特派韩复榘为北路挺进军总指挥，石友三为副总指挥，克日向平津进发。"

赵戴文只觉得一阵头晕，张了手，抖着那份电报，道："这……这……"

"老蒋是要啃我的肉，我不能背着手让他啃吧？"

"这到底……"

阎锡山似笑非笑地道："次陇，有人说你是书呆子，我看你是让老蒋收买了。"

赵戴文没想到阎锡山突然冒出这样一句话来。直觉得心窝如锥子扎着一般疼，一时嘴唇抖抖地说不出话来。定定地看了阎锡山半晌，两行老泪直流下来，颤抖着缓缓转了身向门外走去，一出门，竟是哭出声来。

屋子里，阎锡山坐着没动。

五、黄河水滔滔

经前、昨两日与伯川、煜如剀切谈话之结果，伯川对余极了解，决请余即日返潼主持军事，并极恳切向余表示云：敌方前曾一面向晋制放空气，谓冯某返陕后，将联蒋以攻晋，使晋方见神见鬼，深为惴惴不安。一方面则通电表示，冯某留晋，并非出自蒋意，使西北将领积怨于晋，因以造成两方之隔阂，刻伊已烛破奸谋，特毅然请余返潼。余去岁北来，本欲与伯川合作倒蒋，共成救国救民之大业，讵信而见疑，致有在建安时种种误会。是与本无污而如见豕负涂，本无鬼而如见鬼一车，甚至欲张弧射之何异？今则群疑冰释，方知途之非寇而实亲也。

——冯玉祥

天一擦黑，傅公祠便又如往日一般幽静，只有宴客的去处，时不时传出说笑声来。

此时，贾景德与薛笃弼正摆开筵席，代表阎锡山与冯玉祥招待反蒋各部的代表。

李宗仁那儿的潘宜之，张学良的亲信葛光庭，石友三的手下毕广垣，刘文辉、樊钟秀、孙殿英、何健、万选才、刘湘几个派来的代表，还有西山会议派的邹鲁、谢持，改组派的陈公博、王法勤，再加上刘骥、孙良诚，二十多人满满坐了两桌。

讨蒋事儿已是板上钉钉，众人又都处得熟了，自是吃喝得高兴。大伙儿边吃边谈，杯来盏往，说说笑笑，一直到了晚上将近8点时，宴会才完了。众人走出这儿，又一起进了会议厅，随后便关上了门、拉上窗帘，外边再也听不到一丁点儿动静。——他们又开起会来，一五一十地商议起了倒蒋的具体事宜。

也在这时，傅公祠的晋军卫兵和做饭、送水的杂役人等，却接到了集合的命令，急急向着另一个去处聚了过去。

不多时，众人在一片空地上排起队来。这时节集合，而且是连杂役在内，傅公祠里从未曾有过，大伙儿都觉得有些蹊跷，正在嘀咕，卫队团团长到了队前，吩咐清点人数，之后，开口说声："跟上我。"转身便走。

众人不敢多话，只得随着团长一路走去。拐了几个弯儿，过了一片林子，来到一座房子前。这去处很是偏僻，寻常白天也极少有人来的，更别说这大黑天里，众人更是一头雾水。

推门走进屋去，更是吃了一惊，只见总参议周玳已是坐了在里边。

看到众人进了门，周玳又吩咐点名，一位副官走上前来，张三李四挨个点过，然后，周玳训起话来：先讲了一番孙中山的三民主义，又讲起了阎锡山的公道论来。

这一气讲下去，便是两个来钟头。众人都有些沉不住气了，看那周玳，却又喝了一口水，不紧不慢地说道："下边我再说说咱们山西的风土人情……"

此时，明晃晃一轮圆月当头照着，满地里一片银白。开会的关严了门开会，听讲的站麻了腿听讲，傅公祠偌大地方，没一个人走动，也没半点儿动静，四下里死一般的寂静。

组碧楼里，李二牛把窗帘撩开一溜缝儿，向外瞧了一瞧，回头对冯玉祥道："冯先生，是时候了。"

　　冯玉祥这时正两手按着膝盖坐在沙发上，听了这话，"啪"地一拍，站起身来，道："走。"

　　陈希文、尹心田还有几个卫兵都已做好了准备，听到冯玉祥发话，立马起身，前后护卫着冯玉祥出了房门。顺着墙跟，在阴影里快步走去。

　　出了侧门，李二牛举了手电一晃，便有一辆带篷的卡车到了跟前，众人迅速上了车，车子立马开动起来，驶出一段路去，便见前后各有两辆卡车不远不近地随了上来。

　　这是阎锡山定好的计策。

　　他安排贾景德与薛笃弼设宴与开会，将跟冯玉祥同住在组碧楼的各方代表拢住，又让周玳在偏僻去处训话，将傅公祠的卫兵及杂役圈个严实。冯玉祥只带七八个人，不动不惊地出了傅公祠。

　　外边接应的正是阎锡山的宪兵司令李润法，他亲自带着四辆卡车的宪兵，前后护卫。

　　冯玉祥就这么离了傅公祠，车队沿着太风公路向飞奔。李润法在前开道，遇到宪兵盘查时，皆是李润法出头说话，一路上自是极为顺利，第二天天将破晓时便到了，冯玉祥招呼众人上了船，一声令下。船工立即挥动船桨，向着对岸划去。

　　此时，东边已现出鱼肚白来，四下里仍是一片朦胧，满世界呼啸的风声伴着黄河波涛的阵阵轰鸣。船儿随波起伏，坐在上面，只觉得心也颤颤悠悠，天和地都沉沉浮浮。

　　冯玉祥坐在船头，心中的波浪也在翻卷。6月里，他便是从这儿入的山西，没想到这一去竟待了8个月！这8个月里一出一出的又发生了那么些事！

　　风声呼呼，浊浪哗哗，船在风浪中前行。

　　冯玉祥知道，马上就要站到西北的地界上了，噩梦结束了。接下来便是他统率几十万西北军健儿，杀出潼关，杀向中原，如狂飙一般横扫天下！

　　冯玉祥兴奋起来，只觉得浑身的血也如这黄河波涛一般沸腾起来，他对着李二牛喊道："二牛，再来一嗓子提提神。"

　　李二牛答应一声，站了起来，聚了全身力气，向着天空敞开了嗓门：

> 将令一声震山川，
> 人披衣甲马备鞍，
> 大小儿郎齐呐喊，

催动人马到阵前。

船工一边划船，一边"嗬呀嘿"地应和着。一时，风声、涛声伴着粗噪嘶哑的老秦腔，直冲上朦胧的天空。

民国十九年二月的早晨，裂了。

残酷大战拉开序幕，血火拼斗何样结局，请看《兵戈·1930》

图书在版编目（CIP）数据

兵戈·1929 / 野芒著. -- 北京 ：团结出版社，
2015.1
　ISBN 978-7-5126-3422-0

　Ⅰ．①兵… Ⅱ．①野… Ⅲ．①长篇历史小说－中国－
当代 Ⅳ．①I247.5

中国版本图书馆 CIP 数据核字(2015)第 002829 号

出　版：团结出版社
　　　　（北京市东城区东皇城根南街 84 号　　邮编：100006）
电　话：(010) 65228880　65244790　（出版社）
　　　　(010) 65238766　85113874　65133603（发行部）
　　　　(010) 65133603（邮购）
网　址：http://www.tjpress.com
E-mail：65244790@163.com（出版社）
　　　　fx65133603@163.com（发行部邮购）
经　销：全国新华书店
印　装：三河市东方印刷有限公司

开　本：170mmX240mm　　　1/16
印　张：23.5
字　数：345 千字
印　数：5000
版　次：2015 年 2 月　第 1 版
印　次：2015 年 2 月　第 1 次印刷

书　号：978-7-5126-3422-0
定　价：43.80 元